AF296725

LÉON PLÉE.

ABD-EL-KADER,

NOS SOLDATS, NOS GÉNÉRAUX ET LA GUERRE D'AFRIQUE,

ILLUSTRÉS

PAR JANET-LANGE.

PRIX : **1** FRANC **10** CENTIMES.

PARIS,

PUBLIE PAR GUSTAVE BARBA, LIBRAIRE-EDITEUR,

RUE DE SEINE, 31.

33.

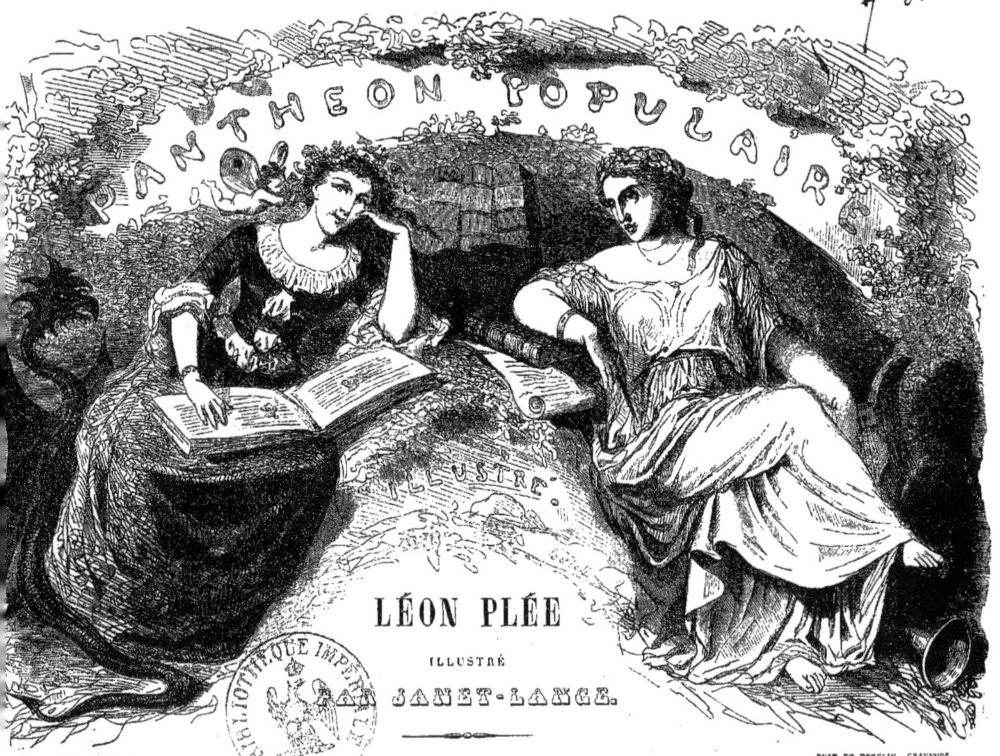
PANTHEON POPULAIRE
ILLUSTRÉ
LÉON PLÉE
ILLUSTRÉ
PAR JANET-LANGE.

GUSTAVE BARBA, ÉDITEUR. BEST ET HOTELIN, GRAVEURS.

ABD-EL-KADER,

NOS SOLDATS, NOS GÉNÉRAUX ET LA GUERRE D'AFRIQUE.

CHAPITRE I.

Description sommaire de l'Algérie. — Sa géographie, ses productions, ses divisions politiques, ses habitants. — Autres détails préliminaires. — Tableau chronologique de la conquête.

J L
A l'aspect du jeune cavalier, elles se voilèrent précipitamment.

Avant d'aborder la brillante histoire de la guerre que la France a faite pendant vingt-deux ans sur le sol de l'Afrique, et qui nous a valu la possession désormais incontestée d'un pays où vécut un si grand passé, où se développe en ce moment même un si remarquable avenir, il est nécessaire de jeter un coup d'œil sur le théâtre des événements. Le lecteur a besoin d'être initié tout d'abord à quelques détails principaux, sans lesquels il serait peut-être réduit à errer au milieu des noms, des choses et des faits, comme dans un véritable dédale. Nous procéderons aussi brièvement que possible.

Mathématiquement, l'Algérie est située entre le troisième degré de longitude occidentale et le sixième degré de longitude orientale. Sa latitude est entre le trente-troisième et le trente-sixième degré nord. La distance légale de sa capitale, Alger, à Paris, est de cent soixante myriamètres ou de seize cents kilomètres, soit quatre cents lieues. Historiquement et géographiquement, la nouvelle conquête de la France fait partie de ce que l'on appelait autrefois les États barbaresques ou la Barbarie. La Méditerranée, aux flots plus tranquilles d'ordinaire, mais plus traîtres que ceux de l'Océan, la borne au nord, sur un développement accidenté et de plus de mille kilomètres. Au sud le Sahara-el-Falat ou désert ; à l'est le beylich de Tunis, à l'ouest l'empire du Maroc sont les autres limites de l'Algérie. On évalue sa vaste superficie aux deux tiers de celle de la France, c'est-à-dire à environ trois cent mille kilomètres carrés.

La température est à peu près la même que celle des parties méridionales de la Provence et de l'Italie. L'hiver y consiste surtout en pluies tombant par ondées éloignées, mais considérables. Ces pluies raniment en un instant la végétation, que les chaleurs estivales sem-

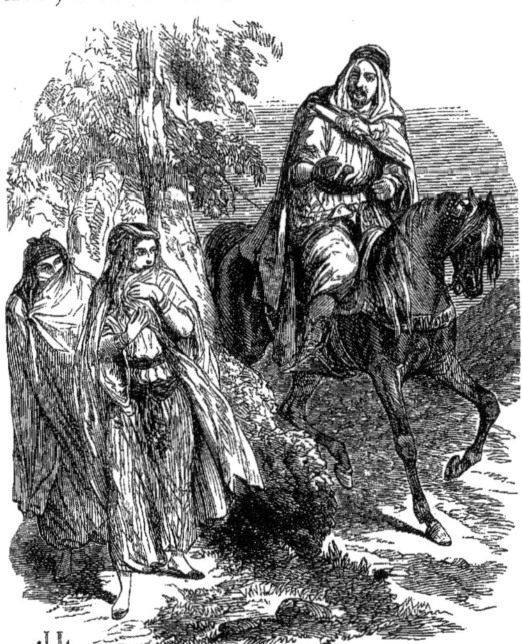

blent arrêter. Ces chaleurs sont aussi combattues par des nuits très-fraîches et par de fortes rosées. Aussi l'Algérie réunit-elle les espèces les plus variées. L'oranger, le citronnier, l'amandier, le figuier, l'olivier, le grenadier, le pistachier y produisent, sans compter, des fruits savoureux et dont une grande partie est convertie en essences, en huiles, en conserves ou en spiritueux. La vigne y vient sur les coteaux, et donne une liqueur comparable à celle de Madère et de Malaga. La canne à sucre, suivant la tradition, y a prospéré autrefois ; le coton réussit ; le houblon se naturalise. Le jasmin, la rose, le laurier n'ont besoin d'aucune culture pour parer le sol. Mais ce qui fait la vraie fortune d'un pays, ces plantes modestes, ces fécondes céréales dont l'homme forme sa principale nourriture, voilà ce que l'on y rencontre en plus grande abondance, depuis la patate et le topinambour jusqu'à l'aubergine et à la tomate, depuis le froment, l'orge, le seigle et le maïs jusqu'au sarrasin, aux fèves, au millet et au sorgho. Les fourrages naturels et artificiels, les plantes qui servent aux arts de l'industrie ne manquent pas non plus, et l'indigo, le safran, les arachides, le colza, le sésame, le lin et le chanvre sont cultivés avec succès.

Les richesses sylvicoles sont considérables. Les explorations officielles ont fait reconnaître environ huit cent mille hectares de forêts de toutes sortes d'essences isolées ou mêlées : chêne vert, chêne liége, chêne zéen, cèdres, tamarins, micocouliers, pins, azédarac, robinier, noyer noir, févier, lentisque, orme, frêne, plaqueminier, platine, ypréau, olivier, lentisque, thuya, cyprès. Tout cela est quelquefois magnifique. Le Djebel-Amour contient des térébinthes au feuillage assez étendu pour abriter jusqu'à trente cavaliers. Le sous-sol n'est pas moins riche que la superficie. On exploite déjà des mines de cuivre, de fer, de plomb, d'antimoine. Jusqu'ici ce sont les premiers de ces métaux que l'on a trouvés en plus grande abondance. Des sources thermales, dont quelques-unes furent connues des Romains, sont répandues çà et là ; plusieurs ont été analysées dans leurs principes ; on les a reconnues comme étant égales en vertus aux plus renommées de l'Europe. Les indigènes en font remonter l'usage jusqu'à Salomon, qui, selon eux, avait à ses ordres tous les génies terrestres, et qui, lorsqu'il voulait jouir des délices du bain, leur ordonnait d'entr'ouvrir la terre dans les sites les plus agréables, et d'en faire jaillir des eaux qu'ils étaient ensuite chargés de tenir éternellement chaudes et préparées pour la guérison ou le repos du corps.

Parlerons-nous maintenant des espèces du règne animal ? Au premier rang se présentent ces chevaux du Sahara, ces buveurs d'air qu'un général français vient de décrire avec tant de poésie [1], et dont les Arabes sont si fiers qu'ils répondent à ceux qui leur demandent l'origine de ce magnifique présent : « Ils viennent de la patrie du premier homme, où ils ont été créés un jour ou deux avant lui. » Ces rapides chevaux, qu'il n'est pas rare de voir faire cinquante ou soixante lieues en vingt-quatre heures, appartiennent, suivant M. Daumas, à plusieurs races, parmi lesquelles on distingue la race Haymour, celle de Bou-Gareb et celle de Merizigue. La première produit ordinairement des chevaux bais, la seconde des chevaux blancs, la troisième des chevaux gris. Une autre race fort estimée est celle de Rakeby, dans la partie centrale du Sahara algérien, et dont les produits sont des bais-bruns. Le chameau est aussi une des grandes ressources commerciales et militaires de l'Algérie. Le camp d'Abd-el-Kader n'en contenait jamais moins de plusieurs centaines, destinés à porter l'orge pour les chevaux et le biscuit pour les soldats. Une seule tribu en mit une fois six cents à la disposition de nos troupes. D'innombrables troupeaux de moutons, de chèvres et de bœufs formaient la principale richesse des tribus. Les populations sédentaires élevaient et élèvent encore des abeilles, dont la cire est plus renommée que le miel, et forme une des branches principales du commerce des Kabyles. Le ver à soie et la cochenille commencent à s'acclimater. On tire également un grand parti de la sangsue, et la pêche séculaire du corail occupe chaque année de cent cinquante à cent quatre-vingts bateaux, dont chaque patron paye à l'État une redevance de huit cents francs.

A côté de ces espèces utiles s'en présentent d'autres, qui attestent que la civilisation n'est pas encore toute-puissante dans ces contrées. Mais ces espèces, ennemies de l'homme ou des troupeaux, comme le lion, le chacal, la panthère, l'hyène, vont en diminuant de jour en jour. Un Français a acquis, en faisant seul, à ses moments perdus, la chasse au roi du désert, et en débarrassant plusieurs tribus du voisinage de cet hôte terrible, une renommée populaire qui ne le cède à celle de personne. Ses triomphes ont frappé l'imagination des Arabes, et quand des siècles auront passé, le nom de Gérard, le tueur de lions, rappellera aux habitants de la contrée quelque chose de grand et de puissant comme les exploits d'Hercule néméen. On se contera, on embellira la légende de Gérard ; mais son traité de la chasse au lion, l'un des ouvrages les plus extraordinaires que nous connaissions, restera pour attester que le soldat de nos armées dépasse souvent en courage téméraire et froid les héros de l'antiquité, et peut rivaliser avec Appien ou Plutarque pour le nerf, l'abondance précise et le pittoresque de la narration. Le Français, en présence de choses grandes, est toujours grand.

[1] Le général Daumas, *Chevaux du Sahara.*

Si nous jetons les yeux sur la configuration du terrain, nous verrons qu'il en est peu qui soient aussi variés dans leurs formes que celui de l'Algérie. Elle fait, hydrographiquement parlant, partie du bassin méditerranéen. La chaîne de l'Atlas la sillonne dans le sens de sa longueur, et de l'est à l'ouest, en jetant, soit du côté de la mer, soit du côté du désert, des contre-forts séparés par des vallées très-différentes d'aspect, les unes d'un sauvage indomptable, les autres riantes et gracieuses ; celles-ci rocheuses et arides, celles-là couvertes d'une végétation admirable. L'Atlas lui-même se divise en moyen, petit et grand. L'Atlas moyen ou proprement dit s'étend du golfe de Tunis au détroit de Gibraltar, tantôt se rapprochant de la mer jusqu'à cinq lieues, tantôt s'en éloignant jusqu'à vingt-cinq. Le petit Atlas, plus voisin de la côte, est souvent parallèle au premier, et s'étend des rives de l'Adouze, près de Bougie, à celles du Chélif, près de Mostaganem. Le grand Atlas court derrière le moyen et le petit. On l'a souvent comparé à un mur qui protégerait l'Algérie contre l'envahissement des sables du Sahara-el-Falat.

Afin que nos lecteurs puissent se reconnaître dans les récits que nous allons avoir à coordonner, nous indiquerons quelques-uns des noms les plus célèbres parmi ceux que portent ses djebel ou montagnes. Ainsi, le grand Atlas, à partir du Maroc, prend successivement les appellations de Djebel-Labeb, El-Mergueb, Djebel-Tayloul, Djebel-Zeroualen, Djebel-Dlua, Djebel-Tazenga, Djebel-Sba, Djebel-Menela, Dier-el-Kaf, Djebel-Nador, Djebel-Ben-Ammade, etc. Le Sahara algérien s'étend entre ces monts et le Djebel-Amour, et le Senalba. Le moyen Atlas porte, à partir du Maroc, les noms de Djebel-el-Col, Djebel-Bou-Aïet, Djebel-Tenira, Djebel-Ghessoul, Ouarensenis, Djebel-el-Ghessu, Djebel-Dalaca, Djebel-Dira, Djebel-Mecknin, Djebel-Afroun, Djebel-Serra, Djebel-Ouled, Bou-Thaleb, Djebel-Aures. Du Djebel-Meknin part le Djebel-Ouannougah ; puis viennent les Djebel-Babourah, Djebel-Arhes, Djebel-Mouila, et en redescendant vers Constantine, le Djebel-Ouach, qui se rattache au Djebel-Hamra, enfin tout à fait à l'est le Djebel-Sedjeras. Le petit Atlas s'appelle dans une certaine partie Djemel-Soumatha, et ailleurs *Jurjura* ou *Djerdjera.* Il est joint au moyen Atlas par le *Biben,* qui renferme les fameuses Portes-de-Fer. Les pics les plus hauts de ces diverses montagnes sont l'Edough, près de Bone ; le Grand-Babour, entre Bougie et Djidgeli ; le Dira, entre Dellys et Bousada ; le Sidi-Moussa, entre Tenès et Mostaganem ; la Medjouna, entre Oran et la rivière de Taffna, etc., etc., etc. D'autres, comme l'*Ouarensenis,* le *Mouzaïa,* doivent leur célébrité à de grandes actions de guerre.

Ces montagnes divisent naturellement le pays en deux versants. Celui qui est incliné au nord vers la mer s'appelle le Tell ou Teull : c'est la région des céréales. L'autre, incliné vers le désert ou le sud, forme le Sahara algérien : c'est la région des palmiers. On nomme Kabylie toute la région du moyen Atlas et du petit fleuve Adouze, qui, nous le verrons plus tard, porte dans les diverses parties de son cours, comme les autres rivières de l'Algérie, des noms différents. La Mitidja et la Medjana sont, avec les plaines de Bone, du Chélif et d'Oran, les surfaces planes les plus étendues de la contrée.

Ce nom d'Adouze nous amène à parler des cours d'eau qui sillonnent l'Algérie, et dont un si grand nombre ont dû leur célébrité à nos victoires. Les plus importants sont de l'est à l'ouest : l'Oued-el-Kebyr, à l'est, qui se jette dans le golfe de Bone ; l'Oued-Seybous, qui afflue au même golfe ; l'Oued-el-Kerke, et l'Oued-Safsé, qui se rendent au golfe de Stora ; l'Oued-Bou-Arbia, dont l'embouchure est près de Collo ; le grand Oued-el-Kebir, qui débouche à l'ouest du Bas-Atlyah, et reçoit l'Oued-Rummel ; l'Oued-Bou-Messaoud ou Adouze, qui se rend à la mer près de Bougie ; l'Oued-Isser, qui débouche près du cap Djinel ; l'Oued-Khamiz, qui a son embouchure près d'Alger ; l'Oued-Chelif le plus grand fleuve de la Régence, et qui après avoir longtemps coulé de l'est à l'ouest, a reçu une foule de rivières, a son embouchure non loin de Mostaganem ; l'Oued-Macta, qui, grossie du Sig et de la Habra, se jette dans le golfe d'Arzew ; l'Oued-Tafna qui débouche vis-à-vis Raschgoun, la Moulouia. Presque tous ces fleuves, sauf le Chélif, qui a un cours de près de cinq cents kilomètres, sont peu considérables.

L'Algérie, depuis l'origine de la conquête, a eu seize gouverneurs ou commandants généraux, dont voici la liste :

COMMANDANTS OU GOUVERNEURS GÉNÉRAUX DE L'ALGÉRIE.

1er.	1830	5 juillet.	Le comte de Bourmont, depuis maréchal de France.
2e.	—	2 septembre.	Le général Clauzel, depuis maréchal de France.
3e.	1831	février.	Le général Berthezène.
4e.	—	25 décembre.	Le duc de Rovigo (intérim du général Avizard).
5e.	1833	avril.	Le lieutenant général Voirol (intérim).
6e.	1834	26 septembre.	Le lieutenant général Drouet d'Erlon.
7e.	1835	août.	Le maréchal Clauzel.
8e.	1837	12 février.	Le général Damrémont.
9e.	—	13 octobre.	Le lieutenant général Vallée, depuis maréchal de France.

10e. 1839 31 décembre. Le lieutenant général Bugeaud , depuis maréchal de France. — Double intérim du général Juchault de la Moricière: le 1er au 15 novembre 1844; le second au 24 août 1845. — Autres intérims moins importants.

11e. 1847 11 septembre. M. le duc d'Aumale.

12e. 1848 24 février. Le général Eugène Cavaignac, depuis président du conseil des ministres et chef du pouvoir exécutif de la République.

13e. 1848 29 avril. Le lieutenant général Changarnier.

14e. 1848 29 juin. Le lieutenant général Charron.

15e. 1850 22 octobre. Le lieutenant général d'Hautpoul, ministre de la guerre.

16e. 1851 16 décembre. Le lieutenant général Randon. — Intérims du général Pélissier.

Abd-el-Kader, dont nous nous proposons de résumer en particulier la résistance merveilleuse, ne s'est révélé qu'après les premières années de notre occupation. Il a été sans le vouloir l'instrument de notre conquête, en nous entraînant partout à sa suite, et en nous forçant à tout prendre pour la dompter. Il a tenu tête à huit des gouverneurs généraux que nous avons nommés. Voici, en quelques dates principales, la chronologie de la conquête; elle sera complétée par une table plus explicite.

1830 5 juillet. Capitulation entre le général Bourmont et le dey d'Alger.
    novembre. Première expédition de Médéah.
    décembre. Première occupation d'Oran.
1831 25 juin. Deuxième expédition de Médéah.
    18 août. Deuxième occupation d'Oran.
    septembre. Relations établies avec les garnisons de Tlemcen, Mostaganem et Arzew.
1832 5 mars. Expédition de Bone.
    10 avril. Destruction de la tribu d'El-Ouffia.
1833 26 septembre. Occupation de Bougie.
1834 26 février. Traité du général Desmichels avec Abd-el-Kader.
1835 28 juin. Combat de la Macta.
    28 octobre. Occupation de l'île de Raschgoun.
    5 décembre. Prise de Mascara. Expédition de Tlemcen.
1836 15 avril. Établissement d'un camp sur la Tafna.
    mai. Occupation de la Calle.
    juillet. Combat de la Sicka.
    novembre. Première expédition contre Constantine.
1837 27 avril. Nouvelle reconnaissance de Blidah et de Koléah.
    30 mai. Traité de la Tafna.
    13 octobre. Prise de Constantine.
1838 3 mai. Nouvelle occupation de Blidah.
    juin. Établissement du camp de Koléah.
    4 juillet. Modifications au traité de la Tafna.
    7 octobre. Occupation de la rade de Stora-Philippeville.
1839 27 avril. Combat de l'Afroun.
    29 avril. Combat de l'Oued-Ger.
    15 mai. Occupation de Djigelli.
    20 mai. Combat du bois des Oliviers.
    juin. Soumission des tribus des environs de Sétif.
    28 octobre. Passage des Portes-de-Fer.
    10 novembre. Combat de la Chiffa.
    21 novembre. Combat de l'Oued-el-Aleg.
    15 décembre. Déroute des Arabes à Blidah.
    31 décembre. Défaite d'Abd-el-Kader sur les bords de la Chiffa.
1840 février. Défense de Mazagran par le capitaine Lelièvre.
    mai. Nouveau passage du col de Mouzaïa par le duc d'Orléans, les généraux la Moricière, Changarnier, Duvivier.
    8 juin. Occupation de Milianah.
    19 septembre. Combat de Kara-Mustapha.
1841 mai. Expédition de Tedekempt.
    30 mai. Combat d'Akbet-Kedda.
    13 juillet. Défaite des Arabes à Mascara.
    30 octobre. Autre défaite à Médéah.
1842 11 avril. Combat de Beni-Mered.
    mai. Expédition du général Négrier à Tebessa. Combat d'El-Diss. Le général Changarnier et le colonel Cavaignac sur l'Oued-Feddha. Expédition de l'Ouarenseris.
1843 16 mai. Prise de la Smala d'Abd-el-Kader par le duc d'Aumale.
    11 novembre. Défaite et mort de Sidi-Embarak, grand kalifa d'Abd-el-Kader.
1844 mars. Abd-el-Kader dans le Maroc. Campagne du maréchal Bugeaud dans la Kabylie.

    mai. Guerre avec le Maroc.
    12 mai. Combat de Taourgha.
    17 mai. Combat d'Ouarez-Eddin.
    6 août. Bombardement de Tanger.
    14 août. Bataille d'Isly.
    15 août. Bombardement de Mogador.
1845 mai. Expédition du général Bedeau dans l'Auress. Expédition contre Bou-Maza.
    juin. Expédition du Dahra. Terrible destruction des Ouled-Riah par le colonel Pélissier.
    septembre. Expédition du général Cavaignac contre les Beni-Ouersous. Abd-el-Kader reparaît en Algérie. Trahison et massacre de Sidi-Brahim (13 octobre).
    octobre. Expédition des généraux la Moricière et Cavaignac contre Abd-el-Kader, qui a insurgé les Traras, les Grossels et les Beni-Amar-Garabas.
    décembre. Combat de Temda.
1846 janvier. Prise de la tribu des Ouled-Riah par le général Cavaignac.
    avril. Expédition du Djebel-Lazereg à la poursuite d'Abd-el-Kader. Nouvelle opération dans l'Ouareusenis.
    juin. Dispersion de la deïra d'Abd-el-Kader. Combat de Djemmâ-Ghazouat.
    juillet Intérim du général de Bar.
    à Soumission des Ouled-Nail, des Ouled-el-Rhouini, des Kabyles de la Mezzaia, des Harrars, des Maknas, des Hamyanes-Charagas, des Djaffras, etc., etc.
    décembre.
1847 avril et mai. Expédition du général Cavaignac dans le Sahara algérien.
    6 mai. Expédition dans la Kabylie.
    29 décembre. Abd-el-Kader se rend ou est livré au général la Moricière.
1848 mars. Reddition du chérif Mouley-Mohammet.
    juillet. Expédition dans la Kabylie.
1849 novembre. Combat des Ouled-Nail. Siége de l'oasis de Zaatcha par le général Pélissier.
1850 Expédition dans l'Auress.
    21 mai. Combat de Trouna.
1851 mai. Expédition dans la Grande-Kabylie par le général Saint-Arnaud.
1852 décembre. Prise de Laghouat.

Nous partagerons, pour plus de clarté, la série de ces événements en plusieurs périodes, que les phases de la guerre nous serviront à établir. Il est nécessaire maintenant d'entrer dans quelques détails sur l'organisation politique. Auparavant, voici quelques chiffres qui feront comprendre les difficultés de la conquête et le grand nombre de forces militaires qu'il a fallu employer pour l'accomplir. On a mis en regard de chaque année l'effectif des troupes de l'armée d'occupation.

Armée expéditionnaire de 1830. (Voir plus loin le détail.)

1831	—	17,190 hommes.
1832	—	21,511
1833	—	26,681
1834	—	29,858
1835	—	29,485
1836	—	29,897
1837	—	40,147
1838	—	48,157
1839	—	50,367
1840	—	61,231
1841	—	72,000
1842	—	70,853
1843	—	75,034
1844	—	82,037
1845	—	95,000
1846	—	95,000
1847	—	97,760
1848	—	87,704
1849	—	75,017
1850	—	70,771

Total pendant vingt ans. 1,169,700 hommes employés.

Dans ce chiffre ne sont pas compris les contingents indigènes, dont nous parlerons plus tard.

L'Algérie est divisée en trois provinces : celle d'Oran, qui confine à l'empire de Maroc, et que l'on peut regarder comme la plus arabe; celle d'Alger, au milieu; et celle de Constantine, qui est bornée par le Beylich de Tunis. Chacune de ces trois provinces se partage aujourd'hui en deux classes de territoires : le territoire civil, qui forme un département; et le territoire militaire, qui relève exclusivement de l'autorité armée. Ce que l'on appelait la province de Tittery, nom qui reviendra souvent dans ces récits, s'étendait entre la province de Constantine et celle d'Oran. La province d'Alger la bornait au nord et le désert au midi. Sa capitale était Médéah, siége du bey. La province de Tittery ne renfermait pas moins de vingt et un southans, dont le plus important, celui de Diza, avait provisoirement pour kaïd un fils du bey. Elle n'existe plus maintenant que dans l'histoire.

Les départements formés par les trois provinces actuelles sont ceux d'Alger, dont le chef-lieu est Alger, siége du gouvernement général, et qui a pour sous-préfecture Blidah. Cinq commissariats civils et trois municipalités relèvent de ce département : ce sont les commissariats de Cherchel, de Médéah, de Miliana, de Ténès et d'Orléansville, et les municipalités de Boufarik, Douéra et Koléah. Le département d'Oran a pour chef-lieu Oran, et pour chef-lieu de sous-préfecture Mostaganem. Ses commissariats sont Arzew, Mascara et Tlemcen. Enfin, le département de Constantine a pour chef-lieu de préfecture la ville de ce nom, pour chefs-lieux de sous-préfecture Bone et Philippeville, pour commissariats la Calle, Bougie, Guelma et Sétif.

A chaque département correspond une division militaire, qui relève du gouvernement général, et qui se partage en subdivisions, lesquelles forment à leur tour des cercles dont il est nécessaire de connaître les noms, et auxquels sont attachés des bureaux arabes. Ainsi la division d'Alger contient six subdivisions : celle de Blidah, réunie au commandement divisionnaire; celle d'Alger, divisée en cercles d'Alger et de Delhys; celle d'Aumale; celle de Médéah, divisée en cercles de Médéah et de Boghar; celle de Miliana, formant les cercles de Miliana, Cherchell et Teniet-el-Ahd, et enfin celle d'Orléansville, où se trouvent les cercles d'Orléansville et de Ténès. — Dans la division d'Oran, cinq subdivisions sont formées, savoir : Oran, réunie au commandement divisionnaire; Mostaganem, divisée en cercles de Mostaganem et d'Ammi-Moussa; Sidi-bel-Ebbès, non partagée; Mascara, divisée en cercles de Mascara, Saïda et Tiaret; enfin Tlemcen, constituant les cercles de Tlemcen, Nemours, Sebdou et Lalla-Maghnia. — La division de Constantine ne renferme que quatre subdivisions : Constantine, avec les cercles de Constantine, de Philippeville et Djidjelli; Bone, avec les cercles de Bone, de la Calle et de Guelma; Batna, avec les cercles de Batna et de Biskra; enfin Sétif, avec les cercles de Sétif, Bougie et Bordj-Bou-Areridj.

Les indigènes, sauf la soumission supérieure aux bureaux arabes, ont conservé leur ancienne organisation, dont la base est le douar, ou réunion de tentes en cercle. Plusieurs douars forment une *ferka*, ou fraction de tribu; plusieurs ferkas une tribu, et plusieurs tribus réunies un grand kaïdat ou un agalik; plusieurs grands kaïdats ou agaliks réunis ont formé le gouvernement soit d'un bach-aga, soit d'un kalifat, délégué direct de l'émir au temps de la puissance d'Abd-el-Kader. Il ne faut pas confondre dans les tribus le cheik, qui est le délégué de l'autorité supérieure près de la tribu ou de la ferka, et le caïd, qui est le chef de la tribu même. Celui-ci est assisté du conseil des notables, appelé Djema, et d'un fonctionnaire chargé de rendre la justice, sous le nom de khadi.

Les impôts sont restés les mêmes qu'autrefois, et il est également nécessaire de les connaître. L'achour est la dîme sur les céréales; le zekket se prélève sur les troupeaux. Il est du centième pour les moutons, du quarantième pour les chameaux, et du trentième pour les bœufs. Le kokor est un impôt en argent, spécial à la province de Constantine. Il représente le loyer des terres qui sont censées appartenir à l'autorité, et est fixé à vingt-cinq francs par zouïdja ou djebda, c'est-à-dire par propriété pouvant être cultivée à l'aide d'une seule paire de bœufs. La lezma est la contribution en argent payée par les Kabyles de la montagne et par les tribus du Sahara.

Sous le rapport de l'origine ou de l'habitation, les indigènes se partagent en Maures et juifs, se livrant au commerce et faisant le fond de la population des villes; Koulouglis, fils de Turcs et de Mauresques, race aujourd'hui à peu près disparue; Kabyles ou Berbères, habitant les montagnes, population agricole, industrielle et guerrière; Arabes sédentaires et Bédouins ou nomades. Les événements de la conquête nous feront connaître les noms des principales tribus. On évalue l'ensemble de leur population avant 1830 à plus de trois millions cinq cent mille têtes. Ce nombre n'est pas encore rétabli.

Un mot encore, et nous en aurons fini avec les préliminaires. Nos lecteurs étant exposés à rencontrer des documents émanés des chefs arabes avec les dates dont se servent ceux-ci, nous devons leur donner sommairement la clef de ces dates. Les Arabes comptent les événements à partir de la fuite de Mahomet à Médine. Leur ère s'appelle Hégyre ou fuite; elle commence au 1er Moharrem an Ier, et correspond au 15 juillet 622 de l'ère chrétienne, et notre année 1853 est l'année 1270 du calendrier arabe. La semaine de ce calendrier est de sept jours comme la nôtre. Dimanche est *Joum-el-Had*; lundi *Joum-el-Emin*; mardi *Joum-el-Tlata*; mercredi *Joum-el-Arbuá*; jeudi *Joum-el-Kamis*; vendredi *Joum-el-Djemá*, et samedi *Joum-el-Sebt*. Quant aux mois, il faut distinguer les mois officiels, qui servent aux gens lettrés, et les mois vulgaires. Les premiers sont : *Moharrem*, mois sacré; *Safer* ou *Safar*, mois du départ; *Rebia-el-Aouel* ou *Rebi* 1er, premier mois du printemps; *Rebia-el-Tsani* ou *Rebi* 2, se-

cond mois du printemps; *Djemad-el-Aouel* ou *Djoumada*, premier mois de la sécheresse; *Djoumada-el-Tsani*, ou *Djoumada* 2, deuxième mois de la sécheresse; *Redjeb*, mois du respect; *Schâaban*, mois de la pousse des arbres; *Ramadhan*, mois de la grande chaleur, *Schoual*, mois de l'accouplement; *Del-Kada* ou *Dzou'l-Cadeh*, mois de la trève; *Dzou'l-Hedjeh* ou *Del-Hadja*, mois du pèlerinage. Les mois vulgaires sont tout bonnement la traduction de nos mois romains, comme l'attestent leurs noms : jennâr, foghiâr, mârs, ibrir, maiou, jounniou, jouliouz, groucht, chtâmber, khôber, nouâmber et djamber.

CHAPITRE II.

Origine de la guerre entre la France et l'Algérie. — La créance Busnach et Bacri. — Le consul Deval et le dey. — Ultimatum du gouvernement français.

C'était en 1827. Beaucoup ne croyaient plus à l'étoile de la France, et pensaient qu'enchaînée pour toujours aux traités de 1815 notre patrie en avait fini avec la gloire.

Nous allions cependant prendre deux éclatantes revanches de ces jours maudits où, accablés par le nombre et par la trahison, il nous fallut subir les affronts de l'Europe coalisée. Nous allions venger, comme il convient à une grande nation, par deux bienfaits immenses obtenus à l'humanité, d'un côté en arrachant la terre des Hellènes, la reine du monde classique, la Grèce, en un mot, à l'oppression turque, de l'autre en faisant rentrer dans le domaine de la civilisation une partie de ces vastes contrées de l'Afrique septentrionale, où la Barbarie, depuis près de quinze cents ans, avait établi son siége de prédilection.

Nous raconterons peut-être quelque jour l'affranchissement des compagnons de Canaris. Dans ce petit livre, c'est la conquête de l'Algérie que nous voulons dire, dire aussi rapidement qu'elle a été faite; car que sont ces vingt années dans la vie d'un peuple, si ce n'est un éclair, un moment?

Cette conquête a cela de remarquable qu'elle est toute providentielle; la France n'y songeait pas, ne la cherchait pas. Un tout petit événement en fit surgir les causes. Mais une fois que nous fûmes engagés dans l'entreprise, le pays ne regarda à aucun sacrifice, ni à l'or, ni aux soldats. L'élan fut tel, que, malgré les mauvaises volontés de l'Europe, malgré le peu de désir qu'avait notre gouvernement de créer une France d'outre-mer, malgré les efforts d'un ennemi qui puisait dans sa religion, dans son organisation et dans son indomptable nationalité une énergie et des ressources sans cesse renaissantes, les divers points de l'Algérie furent successivement emportés et occupés. Si les Arabes eurent leurs héros dont nous ne rabaisserons certes ni le génie ni le courage, nous eûmes les nôtres, qui se formèrent comme par enchantement. A un homme façonné comme Abd-el-Kader dans un moule exceptionnel, homme dur comme le bronze, souple et plein de ressort comme l'acier, d'un esprit aussi vaste que le pouvait permettre son éducation, et qui, s'il était venu au temps de la jeunesse politique des Arabes, eût certainement accompli des choses immenses, à cet homme nous opposâmes aussitôt les caractères les plus variés, les talents les plus sérieux, quoique les plus divers. Il sembla un instant qu'il suffisait à un régiment français de toucher la terre d'Afrique pour qu'aussitôt il s'élançât de ses rangs un prédestiné de la gloire, qui, trouvant l'occasion, la saisissait avec éclat, qui, rencontrant un théâtre, s'y distinguait entre tous, sans néanmoins pouvoir faire oublier les autres. Ceux de nos généraux qui avaient autrefois combattu durant l'épopée militaire impériale acquirent là de nouveaux titres à la gloire. Mais ce qui caractérisa surtout la guerre contre les Arabes, c'est qu'elle devint l'école d'une jeune armée digne de celle que la fortune trahit à Moscou. Des généraux en surgirent par centaines, comme naguère de nos guerres contre l'Europe. Malheureusement pour eux, le champ, quoique très-étendu, n'était pas encore assez vaste. Le sol conquis se déroba bientôt sous leurs pas. Il ne reste plus désormais qu'à maintenir ce qu'ils ont gagné; c'est à la paix d'achever l'œuvre de la guerre. Les administrateurs doivent succéder aux généraux. *Cedant arma togæ*.

C'était donc en 1827. Rien n'annonçait que la France songeât à des acquisitions lointaines; mais on l'a dit souvent, des tempêtes sont sorties d'un verre d'eau. Un simple coup de chasse-mouches fut le principe de la seule grande conquête durable que nous ayons faite au delà de la Méditerranée. Des discussions d'argent, discussions embrouillées s'il en fût, mais où le gouvernement français fit preuve de bonne volonté, puisque les chambres votèrent sept millions pour les terminer, duraient depuis tantôt vingt-cinq ans entre la France et la régence d'Alger pour des fournitures faites au compte de celle-ci à nos expéditions républicaines d'Italie et d'Égypte. On n'en finissait pas, et chaque fois que nos agents se trouvaient en présence du dey ou de ses grands officiers, il était question des créances Busnach et Bacri, comme on les appelait du nom des deux banquiers de la régence qui avaient fait les envois à nos expéditions, comme prête-noms de l'odjéak, laquelle s'était longtemps dissimulée derrière eux. Si notre consul Deval réclamait pour quelque bâtiment français ou allié de la France visité, contre les traités, par les navires algériens, ou lui répondait par des réclamations financières non moins pressantes. Enfin un jour, les paroles s'envenimèrent entre Deval et le dey lui-même. Celui-ci oublia qu'il avait affaire avec un personnage officiel, et en frappant notre consul au visage, nous y frappa tous; car telle est la solidarité qui unit les nations à leurs représentants au dehors, que toute insulte faite à l'un d'entre eux est une insulte à son pays entier.

Il fallait une réparation éclatante ou du sang. La France demanda d'abord la réparation. Le capitaine Collet, avec une majestueuse escadre de treize bâtiments, apporta au dey ce magnifique *ultimatum*, qui prouve que, toute royale qu'elle fût, la France avait alors un haut sentiment de sa dignité :

« Tous les grands de la régence, à l'exception du dey, se rendront à bord du vaisseau commandant, pour faire, au nom du prince offenseur, des excuses au consul de France.

» A un signal convenu, le palais du dey et tous les forts devront arborer le pavillon français, et le saluer par cent un coups de canon. »

Suivaient à la suite de ces articles d'honneur des clauses d'affaires regardant l'avenir. Le chef des corsaires algériens ne considéra guère ces clauses. C'était un ancien topji de Constantinople, et qui devait précisément sa fortune à un outrage qu'il n'avait pas voulu supporter. Il ne vit dans notre ultimatum que les excuses à présenter non à un grand peuple, mais à un homme appelé Deval et méprisé de lui. Il répondit au capitaine Collet en faisant détruire nos établissements de la côte d'Afrique et jeter bas notre fort de la Calle. Aussitôt nos vaisseaux formèrent, aux applaudissements de tout le commerce européen, le blocus de ce port d'Alger, d'où depuis plusieurs siècles tant d'audacieux pirates étaient sortis pour la désolation de la Méditerranée et de certains parages de l'Océan. Hussein-Pacha n'avait point de forces suffisantes pour rompre le blocus; mais son trésor était plein. Il pouvait nous braver; il nous brava deux ans. Enhardis par l'impunité, ses officiers firent bientôt plus que se renfermer dans une résistance passive : ils défièrent nos marins. Le capitaine de la Bretonnière, ayant été chargé de porter de nouvelles et dernières paroles au dey, n'eut à se plaindre que de son opiniâtreté; mais comme il se retirait sur le vaisseau *la Provence*, qui portait le guidon de commandement au grand mât, le pavillon blanc à la corne et le pavillon de parlementaire au mât de misaine, fut assailli par le feu des forts, et des boulets atteignirent son navire [1]. C'était mettre la France en demeure de convertir son blocus en une attaque décisive. Hussein-Dey eut beau destituer ceux qui avaient donné l'ordre de tirer, il eut beau écrire à M. de la Bretonnière qu'il n'était pour rien dans ce nouvel outrage, on ne voulut pas croire à ses déclarations, qui ne furent d'ailleurs ni assez explicites ni assez solennelles, et la grande expédition d'Alger se prépara.

C'était une chose immense et bien propre à frapper des imaginations françaises que cette expédition. Quand il s'agit de faire la guerre en Europe, la France est inquiète, non pas de la victoire, mais des principes pour lesquels elle combat. Ici point de telles inquiétudes : l'entreprise avait tous les caractères d'une croisade en faveur de la civilisation. La tradition la représentait comme pleine de périls; mais de si puissants souvenirs, des émotions si palpitantes se rattachaient à ces noms d'Afrique et d'Alger, que les dangers disparaissaient devant la grandeur de la tentative.

Pour comprendre ces souvenirs et ces émotions, il faut absolument jeter un regard sur l'histoire des contrées vers lesquelles la fortune nous poussait, pour ainsi dire malgré nous, à travers les outrages et les insultes de pirates sans foi ni loi. Auparavant rassurons nos lecteurs sur les difficultés même de la conquête, non de l'Afrique, mais de la capitale de ces pirates. Elle n'était point aussi périlleuse que le passé la représentait. La puissance algérienne au fond consistait dans un épouvantail moral séculaire. Néanmoins, quand les deys ou les beys, dans leur gouvernement absolu, proclamaient la guerre générale, toute la population virile de la régence était tenue de prendre les armes. Mais tel est le caractère des Arabes, que ceux-ci consultaient toujours un peu les événements avant que se décider. Quant à Alger même, sa principale force consistait en deux corps : l'un de milice turque, autrefois de janissaires; le second de koulouglis, c'était l'armée permanente. La marine était loin d'être aussi formidable que la terreur universelle aurait pu le faire croire. L'audace de ceux qui la montaient, leur organisation la rendaient plus à craindre que son matériel même. Lors de l'expédition d'Exmouth, elle se composait de cinq frégates de quarante à cinquante canons, de quatre corvettes de vingt à trente bouches à feu, et d'une douzaine de légers bricks ou de fines goëlettes. Quand notre flotte entra victorieuse dans le port, il contenait trois grandes frégates dont une sur le chantier, deux corvettes, dix bâtiments moindres goëlettes ou bricks, plusieurs chebecs, et trente-deux chaloupes portant chacune un canon à la proue. Voilà pourtant à quelle puissance maritime l'Europe entière avait consenti durant des siècles à payer tribut! La France n'était pas tarifée; mais elle envoyait un présent à l'avénement de chaque consul pour faire agréer celui-ci. L'Angleterre, pour le même motif, payait 600 livres sterling; l'Autriche, la Hollande, l'Espagne, le Ha-

[1] 30 juillet 1829.

novre, la Toscane, Rome, la Sardaigne, les villes libres d'Allemagne n'envoyaient également leurs consuls qu'accompagnés d'une riche rançon. La Suède et le Danemark ne rachetaient pas toujours leurs navires par un tribut annuel de 1,000 piastres en munitions de guerre et par un tribut décennal de 24,000 piastres en numéraire. Il en était de même du Portugal et des Deux-Siciles, qui versaient cependant au trésor du dey une rançon annuelle de 24,000 piastres et un présent consulaire d'à peu près même somme. Aussi ce trésor était-il bien certainement l'un des plus riches parmi ceux du globe; car, après avoir été privé de toutes ses recettes de mer, par suite de notre blocus, durant trois ans; après avoir suffi à une levée en masse de la régence, à un armement extraordinaire des forts de la ville et des ports, il resta encore assez considérable pour payer les frais de notre expédition.

CHAPITRE III.

Le passé de l'Afrique. — Carthage, les Romains, les Numides, les Maures, les Vandales, les Arabes. — Les dynasties du Maghreb. — Histoire sommaire des deys d'Alger.

Nous écrivons pour le peuple, et nous ne cherchons pas à faire de la science; nous laisserons donc en paix Procope, Léon l'Africain et les autres historiens de l'Afrique débrouiller la question confuse de l'origine de ses premières populations. Parmi les peuples du monde classique, les Phéniciens abordèrent les premiers les côtes méditerranéennes de ces contrées qui nous occupent. Ils y fondèrent, quinze cent vingt ans avant Jésus-Christ, la célèbre ville d'Utique. La commerçante et entreprenante Carthage ne s'établit que plusieurs siècles après, et sema bientôt de ses colonies, de ses forteresses ou de ses comptoirs toute la côte depuis les Syrthes jusqu'aux colonnes d'Hercule. On fait remonter jusqu'à elle Alger, Bougie, Cherchell, Djidéli, Bone, sous les noms d'Iomnium, Saldae, Iol, Ingilgilis et Ubo. On appelait alors le pays Libye. Les habitants se nommaient Maurusiens et Numides. Ils formaient un grand nombre de petits États sur lesquels Carthage exerça toujours beaucoup d'ascendant ou d'oppression. Les Romains, avec leur merveilleuse habileté politique, se mirent entre les Numides et Carthage pour venir à bout de celle-ci, et entre les Numides et les Mauritaniens pour dompter les uns et les autres. Ils réussirent à force de mauvaise foi, de patience, de trésors répandus, de sang versé. Leur succès fut l'œuvre de plusieurs héros et de plusieurs siècles. Polybe nous a conservé le récit de l'invasion des Scipions et de la rivalité de Massinissa, qui régnait à Constantine, alors Cirtha, et de Syphax, dont on croit avoir retrouvé le tombeau. Salluste, dans un récit plus admirable encore, a immortalisé la grande blessure que Jugurtha fit à Rome par la corruption, et la grande guerre que Métellus, Marius et Sylla firent à leur tour au neveu de Massinissa. La soumission des Numides sortit de cette guerre; il restait à dompter les Maures. Ce fut l'affaire de plusieurs siècles. On leur conserva d'abord leurs princes, comme les Juba et Ptolémée, à condition que ces princes régneraient pour le compte de Rome. Mais cet état de choses lassa bientôt ces populations indépendantes et courageuses. Elles trouvèrent un représentant de leur nationalité dans Tac-Farinas.

On a souvent comparé Abd-el-Kader à Jugurtha; il n'est pas sans quelque rapport avec Tac-Farinas. Celui-ci fut comme lui élu chef par une tribu insurgée; de même qu'Abd-el-Kader fatigua nos troupes, il fatigua les troupes romaines. Il alla comme lui, étant vaincu, chercher des forces dans le désert. Pendant plusieurs années, il fut, comme l'émir, insaisissable, se précipitant toujours sur l'endroit d'où on le croyait le plus éloigné, opérant des razias sur les colons romains et sur les tribus qui ne se rangeaient pas de son parti. Enfin un proconsul chargé de pleins pouvoirs employa contre lui le système qu'adopta contre Abd-el-Kader le maréchal Bugeaud. Il organisa un certain nombre de colonnes mobiles, qui de chasse en chasse, de retraite en retraite, acculèrent le lion d'Afrique aux ruines du fort d'Auzea, que l'on croit avoir été situé près des lieux où s'élève Bordj-el-Hamza. Mais Tac-Farinas ne se rendit pas, comme Abd-el-Kader; il se battit vaillamment le dernier jour comme le premier, et fut tué les armes à la main. Après lui, un esclave affranchi nommé Œdemon ralluma la guerre, fut poursuivi par Lucius Paulinus au delà de l'Atlas, et se vit définitivement réduit par Hasidius Geta. On était sous le règne de Claude. La liberté de l'Afrique céda alors complètement la place à la civilisation romaine. Celle-ci fleurit pendant trois siècles dans ces contrées où la nôtre commence à se répandre. L'archéologue en trouve à chaque pas de curieuses traces. Avec elle se développa aussi le christianisme. L'Afrique fut la terre classique des martyrs et des Pères de l'Eglise.

Cela dura jusqu'en 424 après J.-C. En ce temps une rivalité de ministres appela la nation entière des Vandales en Afrique. Les colonies de Saïe et de Toge, Sagatæ et Togatæ, furent aussitôt détruites. Les barbares poursuivirent avec une haine indicible tout ce qui rappelait Rome. Ils régnèrent cent ans sur le désert qu'ils avaient fait. Bélisaire les chassa des côtes, mais non des montagnes. L'Afrique septentrionale appartint alors plutôt en droit qu'en fait aux Grecs de Constantinople; la civilisation y refleurit quelque peu, mais non pour longtemps. Mahomet parut; ses lieutenants et ses successeurs se répandirent sur le monde; l'Egypte fut d'abord enlevée; puis tout le pays, à partir d'Alexandrie jusqu'au détroit de Gibraltar, passa sous leurs lois successivement, et la période arabe commença.

Cette période n'est longtemps qu'une série de révolutions, sans intérêt pour nous, et nous ne signalons les principales de ces révolutions que pour mémoire. Elles ont toutes le même caractère. Un inspiré, un saint, un marabout paraît, prédicateur et guerrier à la fois, comme Mahomet et comme Abd-el-Kader. Les tribus le suivent, croyant toujours avoir sous les yeux celui qui doit accomplir les prophéties du Koran, et il fait dynastie jusqu'à ce qu'un nouveau saint surgisse. C'est ainsi que se forment les Edrissites à Fez, les Méquinez à Miknasa, les Abdoulouates à Tlemsen, les Badissites à Tripoli, les Beni-Hammad à Bougie, les Almoravides à Maroc, puis les Almohades ou Mahiddins, puis les Beni-Ziars à Tlemsen, les Abou-Hafs, les Mérinides, et tant d'autres dynasties ici et là, dans le Maghreb, dynasties qui sont à la fin du quinzième siècle remplacées par les Etats barbaresques de Tlemsen, d'Alger, Tunis, Tenez, Gigeri, Bougie et Tripoli.

A cette époque tout le monde se mêlait d'être corsaire, et l'Espagne, qui venait de conquérir une partie de l'Amérique, en rapportait des richesses considérables, et avait à se défendre sur tous les points. Pour maintenir la piraterie, elle s'établit à Oran, à Mers-el-Kebir, et bâtit le fort du Penon à l'endroit du phare d'Alger, sur les îles Beni-Mezegrena. Le gouverneur d'Alger, ainsi serré de près, appela l'homme de mer le plus redoutable de ce temps, Aroudj ou Horuc-Barberousse qui disposait d'une flottille d'aventuriers turcs et de renégats. Aroudj n'eut pas de peine à chasser la petite colonie espagnole; mais quand il fut au Penon, il voulut être à Alger, et il y fut bientôt. Pour s'y maintenir, il fit comme les dynasties arabes: ne pouvant lui-même jouer au marabout, il en employa un des plus renommés, Sidi-Abd-er-Rhaman qui sanctionna sa victoire. Alors se forma cette odjéak ou république militaire qui gouverna Alger pendant trois cents ans. Aroudj n'en était le chef qu'à la condition de la dominer par l'esprit d'entreprise et le bonheur des expéditions. L'occasion se présenta bientôt pour lui de s'illustrer dans toute l'Afrique. Charles-Quint envoya une flotte de quatre-vingts navires pour reprendre l'île du Penon et Alger du même coup. Mais le débarquement se fit mal. Francisco de Vero, qui commandait, voulut faire de la tactique européenne. Aroudj ne s'amusa point à attendre l'effet des manœuvres de son ennemi, il attaqua avec toutes ses forces le premier corps qui se présenta. Les Arabes et les Bédouins se mirent de son parti, et Francisco de Vero n'eut pas le temps de se rembarquer avec une moitié de ses troupes. Comme il se retirait, une tempête brisa ou dispersa ses vaisseaux. Aroudj, resté maître d'Alger, rattacha bientôt à son odjéak Tenez, Médéah et Miliana. Il révolta ainsi les Arabes, qui se réunirent cette fois aux Espagnols, le battirent et le tuèrent près d'Oran. Kair-ed-Din ou Hariadan-Barberousse, son frère, lui succéda. Pour résister à Charles-Quint, il ne trouva rien de mieux que de mettre la république militaire d'Alger sous la protection du sultan. Celui-ci l'accepta pour vassal, et c'est de ce temps que date l'espèce de soumission nominale de l'Algérie aux empereurs ottomans. Hariadan prit le titre de dey, et tous les janissaires de Constantinople qui voulurent servir sous ses ordres lui furent envoyés. Il était temps; le marquis de Moncade, vice-roi de Sicile, arrivait avec une flotte encore plus considérable que celle de Francisco de Vero. Le nouveau général de Charles-Quint parvint à investir Alger; mais il perdit par une tempête la moitié de sa flotte et de ses troupes. Il prit alors le large, laissant à l'odjéak la superstition qu'Allah combattait pour la cause de la piraterie. Kair-ed-Din reprit tout aussitôt l'offensive contre les Arabes, et fit de rapides conquêtes; mais de suite aussi la nationalité des tribus se révolta contre lui. Il fut un instant dépossédé d'Alger même; mais il le reconquit, et plus fort que jamais chassa encore une fois les Espagnols du Penon. Puis, pour en finir avec eux, il réunit les îles Beni-Mezegrena à la terre ferme. C'est après ces succès qu'il prit le commandement des flottes ottomanes, laissant le célèbre renégat sarde Hassan-Aga à la garde d'Alger. Celui-ci fit pour ainsi dire encore mieux que son maître, et les pirates sous ses ordres ravagèrent si souvent et avec tant de cruauté les côtes européennes de la Méditerranée, que les gémissements des populations décidèrent Charles-Quint à entreprendre une troisième expédition. Cette fois l'empereur voulut commander lui-même les troupes. André Doria conduisit la flotte.

Les commencements de l'entreprise furent d'abord heureux. Charles avait des lieutenants si habiles! Que ne pouvaient Ferdinand de Gonzague, le duc d'Albe et Hugues Colonna! Mais une tempête comme celle qui avait brisé les deux premières expéditions s'éleva encore une fois. Les Turcs en profitèrent pour attaquer l'armée de siège. Ils ne réussirent qu'à moitié. Un Français, Ponce de Balaguer, portant l'attaque dans la défense, les repoussa jusque près des murs de la ville. Il allait entrer dans celle-ci, quand Hassan, sacrifiant les siens, fit fermer la porte. Ponce de Balaguer ne pouvait espérer de la forcer; il y enfonça héroïquement son poignard en frémissant de rage. Cependant rien n'était désespéré; Charles-Quint pouvait encore

vaincre. Malheureusement la tempête avait produit son effet. Toutes les populations arabes arrivaient en foule pour frapper ceux que frappait Allah. L'empereur se retira, laissant sur la plage une partie de sa flotte rompue et les cadavres de ses soldats décimés.

Dès ce moment rien ne troubla plus la prospérité extérieure de l'odjéak. Elle s'éleva encore sous Hassan, fils et successeur de Kaïr-ed-Din. Nous ne raconterons ni ses conquêtes, ni celles de ses successeurs, ni les sanglantes révolutions au milieu desquelles se fit la succession des deys. Les janissaires étranglaient ceux qui leur déplaisaient ou qui déplaisaient aux sultans. Pour se maintenir ils allèrent jusqu'à exterminer leur descendance et celle des femmes arabes qu'ils avaient épousées. Les Koulouglis, c'est ainsi que l'on nommait les fils de Turcs et d'Arabes, résistèrent. Cinquante d'entre eux se firent sauter dans la Casbah d'Alger, et causèrent la ruine de cinq cents maisons et de six mille habitants.

Nous avons omis de dire que des rapports s'étaient établis entre la France et cette exécrable puissance de corsaires. Ils avaient commencé sous Soliman Ier, qui avait appuyé de ses flottes, commandées par Kaïr-Eddin, la résistance de François Ier à Charles-Quint. Ces rapports continuèrent sous Charles IX, sous Henri IV. Mais ce que les deys permettaient à la France, les raïs, c'est-à-dire les capitaines de corsaires, refusaient de le tenir. Louis XIV, plus encouragé qu'intimidé par le peu de succès que venait d'obtenir la Hollande, qui avait dirigé deux expéditions contre eux, les fit attaquer et battre par le duc de Montfort, le 24 juin 1665. Il obtint un traité du dey d'alors, Ali; mais les Turcs étranglèrent celui-ci, et mirent en place Baba-Hassan, qui déchira le parchemin. Louis XIV envoya alors par deux fois Duquesne, qui brûla une partie de la ville, et qui l'aurait peut-être prise sans l'habileté du fameux chef de la flotte algérienne, Mezzomorte, depuis successeur de Baba-Hassan. Mezzomorte obtint une nouvelle capitulation. Il y manqua dès que Duquesne eut disparu. Le maréchal d'Estrées, vice-amiral de France et vice-roi de nos possessions d'Amérique, revint avec une flotte trois ans après le retour de Duquesne; il foudroya littéralement la ville, qui demanda grâce. Louis XIV, traité par l'ambassadeur turc d'Alexandre et de Salomon, consentit à oublier le passé. Le passé recommença bientôt. A la faveur des guerres qui occupèrent l'Europe, les Turcs de l'odjéak purent étendre leur empire sur presque toute l'Algérie. Ils arrachèrent aux Espagnols les dernières possessions qu'ils y eussent gardées, et incendièrent plusieurs fois les établissements de Collo et de la Calle, qu'ils nous avaient concédés dès les premiers temps de nos rapports. Enfin l'Angleterre, après avoir longtemps souffert leurs injures, envoya contre eux, en 1816, lord Exmouth, qui fit mettre en liberté les esclaves chrétiens. C'était un grand pas d'accompli dans la voie de l'affranchissement. Hussein-Khodja ou Hussein-Dey, qui régnait depuis 1817, l'avait compris, et en diverses circonstances il avait, à l'aide de sa garde maure, arrêté l'effervescence des raïs, gagnant du côté de la terre ce qu'il perdait du côté de la Méditerranée. Enfermé dans la Casbah, il défiait le poignard des Turcs. Il fallut son opiniâtreté pour le précipiter du trône et faire tomber avec lui l'ancienne odjéak. C'était cependant un homme de grands moyens, parti de très-bas comme la plupart des héros des annales turques. Car si l'Orient n'est pas le pays des droits politiques, il est, quoi que l'on dise, celui de l'égalité. Presque tous les hommes qui s'y sont illustrés sortaient des classes inférieures. Hussein-Pacha, né en 1769, comme Soult et Wellington, avait commencé par être simple topji à Constantinople; puis il s'était élevé de grade en grade dans l'artillerie ottomane. Trouvant néanmoins cet horizon trop peu vaste pour son ambition, et ayant à se plaindre de ses chefs, il partit pour Alger et s'engagea parmi les janissaires du dey, qui le remarqua bientôt. Il devint successivement secrétaire de la régence, mir-akhor, khodja-el-key, et conseil favori d'Ali-Pacha, son prédécesseur. Celui-ci le désigna, en 1817, pour lui succéder. Sa nomination fut approuvée par le divan. Quoique l'un des plus capables parmi les chefs qu'eût jamais eus la régence, il devait en être le dernier. La chose était écrite, comme il le dit plus tard.

CHAPITRE IV.

Prise d'Alger. — Forces de l'expédition. — Débarquement, combats. — Prise du fort l'Empereur. — Capitulation et départ du dey.

Le ministère de M. de Polignac, qui avait ses vues sur l'armée destinée à conquérir Alger, crut devoir en donner le commandement à l'un de ses membres, M. de Bourmont, ministre de la guerre. Comme général, M. de Bourmont avait fait sous l'empire ses preuves de capacité; mais son nom était le plus impopulaire que l'on pût choisir. On l'accusait d'avoir trahi la France à la veille même de Waterloo. Cette accusation l'animait du désir de se réhabiliter par un coup d'éclat. C'était d'ailleurs un homme froid, méditatif, prudent. Il préoccupait beaucoup des moyens de succès, mais y comptant. L'amiral Duperré, auquel on avait remis la direction de la flotte, ne se laissait point aller à la même confiance. Il entrevoyait dans l'expédition les plus graves difficultés. Ses lenteurs, que l'on ne saurait imputer qu'à son désir d'assurer le triomphe de nos armes, furent objet de critiques amères. Il ne répondit à ses envieux qu'en déployant une habileté consommée, quoiqu'un peu trop méthodique et pas assez en rapport avec le courage ardent de nos jeunes officiers. Sous les ordres du général Bourmont se trouvaient un grand nombre de lieutenants distingués, comme MM. Berthezène, Poret, e Morvan, Achard, Clouet, Danrémont, de Loverdo, d'Uzès. On remarquait parmi les colonels MM. de Brossard, Roussel, Mangin, Lagnau, Rulhières. Le général la Hitte commandait l'artillerie de siége, et le général Valazé le génie.

La flotte et l'armée furent prêtes dès le mois d'avril 1830. On crut devoir les encourager par une revue princière et par une proclamation : elles n'avaient besoin d'aucun de ces excitants. Cependant on appelait dans la proclamation la double insulte faite à la France, les triomphes déjà remportés plusieurs fois par les Français sur le sol africain, soit au temps de saint Louis, soit au temps de Napoléon, et les crimes séculaires des pirates. On disait aux soldats avec raison que la cause de la France était en ce moment celle de la civilisation et de l'humanité. On les exhortait à se rendre dignes de leur mission aussi bien par leur courage que par leur conduite envers les vaincus. On leur promettait enfin, et c'était là une grande erreur, que les Arabes verraient en eux des libérateurs, et, s'empressant de rompre avec les Turcs leurs oppresseurs, viendraient à nous aussitôt que l'étendard français se déploierait à l'horizon d'Alger.

La flotte mit à la voile de Toulon le 26 mai. Elle comptait cent trois bâtiments de guerre, six cents navires de commerce et trois mille bouches à feu. Outre les marins, elle portait trente-sept mille six cent vingt-neuf soldats et trois mille huit cent cinquante-trois chevaux, dont cinq cents seulement de cavalerie ; le reste était destiné au train des équipages et à l'artillerie, qui venait de recevoir une réforme des plus avantageuses. Une masse énorme de vivres, de munitions, d'approvisionnements de toute sorte, des milliers de tentes, de couvertures, de fourneaux de campagne accompagnaient tout cela.

La marche de nos vaisseaux fut d'abord rapide et directe. Ils étaient le 29 mai à la hauteur des îles Baléares ; le 30 ils saluaient la terre d'Afrique, et apprenaient de l'escadre formant le blocus la nouvelle des sinistres éprouvés par les bricks l'Aventure et le Silène, échoués sur cette terre dans les journées du 14 et du 15. Les équipages de ces navires avaient été en partie massacrés. Nos soldats brûlaient de les venger. Ils croyaient toucher au but de leurs désirs, quand l'amiral retourna brusquement en arrière pour rallier ses transports. Ce mouvement rétrograde donna naissance aux plus étranges conjectures. Les officiers s'imaginèrent un instant que l'expédition était contremandée. Il n'y avait rien de fondé dans une pareille crainte.

On va voir cependant à quoi tiennent les destinées des États et comment il s'en fallut de peu que la régence d'Alger ne fût sauvée. Sur les instigations de l'Angleterre, qui, par un pressentiment jaloux, voulait empêcher le succès de nos armes, la Porte Ottomane, usant de son droit de suzeraineté, chargea secrètement un certain Tahir-Pacha de tâcher de débarquer à Alger, de déposer Hussein, et de donner ensuite à la France toutes les satisfactions qu'elle demanderait. Tahir, monté sur une frégate anglaise, se présenta bientôt devant Alger. Ce bâtiment, ayant été aperçu par un petit croiseur que commandait l'enseigne Dubreuil, voulut un instant forcer l'entrée. S'il eût réussi, la régence existerait peut-être encore ; mais, quoique vingt fois inférieur en forces, le navire français se mit audacieusement en travers de la frégate anglaise. Le capitaine de celle-ci recula devant la rupture d'un blocus déclaré. Il eut peur des suites que pouvait avoir un combat ; il vira de bord, et conduisit sur sa demande Tahir-Pacha à Toulon. L'amiral le rencontra le lendemain du jour où il quittait ce port.

Dans son mouvement rétrograde, notre flotte fut assaillie aussi par un diminutif de ces tempêtes qui avaient, si à propos pour les corsaires barbaresques, dispersé les navires de l'Espagne. Il lui fallut relâcher à Palma. Elle remit à la voile le 10 juin, et le 13 se trouva en vue d'Alger. On avait, d'après des travaux de reconnaissance, don l'origine remontait à Bonaparte, désigné la baie de Sidi-Ferruch comme lieu de débarquement. Suivant l'habitude des Turcs de l'odjéak, Ibrahim, gendre de Hussein et son général en chef, ne s'opposa point à la descente des troupes ; il voulait, disait-il, que pas un des Français ne rejoignît sa patrie. Sans doute, comme ses prédécesseurs, il comptait sur les éléments, car il n'avait point avec lui toutes les forces que la régence aurait pu réunir. Ni le dey de Tripoli, ni celui Tunis, ni l'empereur de Maroc ne lui avaient envoyé de secours. Les beys dépendant du deylick, c'est-à-dire ceux de Constantine, d'Oran et de Tittery, étaient seuls venus avec leur contingent de Turcs et de Koulouglis, entraînant derrière eux les masses indisciplinées des tribus, masses qui ne pouvaient devenir dangereuses pour nous qu'en cas d'échec. Elles eussent alors augmenté d'heure en heure, la guerre générale étant proclamée. Deux matelots, Sion de la Thétis et Fr. Brunon de la Surveillante, plantèrent les premiers l'étendard de la France sur le lieu du débarquement à Torre-Chica. Les troupes de la régence et quelques milliers d'Arabes se tenaient au loin sur les hauteurs derrière des batteries, que le général Berthezène fut chargé d'emporter. Sa division s'élança,

suivie de près par les divisions d'Escars et Loverdo. Canons, redoutes, Turcs, Maures, Koulouglis, tout céda devant cet élan. Mais alors nos troupes se trouvèrent aux prises avec de nouveaux ennemis. D'innombrables masses de cavalerie éparpillées occupaient partout le terrain. Les hommes qui formaient ces escadrons indisciplinés lançaient leurs chevaux sur nos fantassins en poussant des cris atroces, en agitant leurs burnous avec des gestes sauvages, et fuyaient comme l'éclair, après avoir déchargé leurs longs fusils, pour revenir bientôt à une nouvelle attaque. Les conscrits français ne se laissèrent point intimider. Le soir n'était pas encore venu, que déjà l'ennemi avait disparu pour aller s'établir plus loin.

On profita du répit laissé pour s'établir, s'entourer de fortifications, creuser des puits et débarquer le matériel et les vivres. On demeura ainsi jusqu'au 18, après avoir eu dans la journée du 16 à redouter encore une fois la tempête, sur laquelle comptaient les Turcs.

Ceux-ci s'enhardissaient de notre inaction. Ils résolurent d'attaquer notre camp, ce qu'ils firent le 19 avec une résolution pleine d'énergie. Trois fois le général en chef lui-même et ses meilleures troupes fondirent sur nos retranchements en essayant de les déborder. Notre feu et nos baïonnettes repoussèrent l'ennemi, et nos divisions, prenant l'offensive, attaquèrent à leur tour le camp turc situé à Sidi-Kalef. Ni les Turcs ni les Arabes, après notre inaction de plusieurs jours, n'avaient supposé une pareille audace. Le repas était prêt dans les tentes ; quelques-unes regorgeaient de munitions et de vivres ; les troupeaux abondaient. Devant le 20e de ligne, qui venait d'enlever les batteries de défense, tout cela fut abandonné. Nos conscrits se précipitèrent ; il y en eut qui s'enrichirent du coup. Quant aux Turcs, ils s'enfuirent pêle-mêle, répandant sur leur passage et apportant avec eux dans Alger la plus affreuse stupeur. Nos régiments occupèrent le camp qu'ils venaient de quitter, et trois mille marins gardèrent celui contre lequel avait eu lieu l'attaque du matin. Il y eut alors un nouveau repos, qui donna à l'ennemi le temps de prendre haleine et de se remettre.

Il reparut le 24 juin à la pointe du jour, précédé par de véritables tourbillons de Bédouins ; mais les divisions Berthezène et Loverdo n'eurent qu'à se déployer en colonnes pour que Turcs et Arabes cédassent aussitôt le terrain dans le but de s'éparpiller derrière les massifs dans les hauteurs qui couronnent la partie orientale de la plaine de Staouéli. Les divisions dont nous venons de parler les y poursuivirent, les en débusquèrent à la baïonnette, et après avoir traversé le ravin de Bœkschédéré, qui fut énergiquement défendu, ne se trouvèrent plus qu'à quelques kilomètres d'Alger.

Malheureusement le matériel manquait pour l'attaque de la place. Il ne fut débarqué en entier que le 26. Il était temps. Un vent d'ouest s'abattit sur la mer et la souleva avec furie. Pour la troisième fois, on craignit que la flotte n'eût le sort de celles de Charles-Quint.

Cependant M. de Bourmont, depuis la dernière affaire, retenait nos troupes dans leurs positions, se contentant de repousser les attaques de détail que les Turcs et les Arabes continuaient à faire sans ordre. Un de ses fils avait été frappé à mort dans la journée du 24. Surmontant une douleur qui peut se comprendre, le général en chef donna ordre le 29 que l'on reprît partout l'offensive.

Les Turcs et leurs contingents arabes s'étaient depuis plusieurs jours fortifiés sur un prolongement du Boudjaréah ; il fallait les en déloger, et pour cela arriver d'abord jusqu'à eux. On n'y parvint qu'après des fatigues inouïes, et alors l'armée tout entière, sans tirer un coup de feu, monta par vingt chemins différents à l'assaut du Boudjaréah, qui lui fut abandonné. Elle salua de là par des cris de victoire Alger et le fort de l'Empereur, qui commença aussitôt à être investi. Il tint quatre jours, au bout desquels le dey ordonna de mettre le feu aux poudres, dans le moment même où la brèche allait être praticable. Quand le drapeau français flotta sur les décombres de cette forteresse, il ne fallut plus songer à défendre la ville, dont la marine avait déjà canonné une première fois le port. Le dey envoya dire à l'amiral Duperré et à M. de Bourmont qu'il était prêt à donner toutes les satisfactions que l'on voudrait. Le général en chef lui fit répondre que le temps des satisfactions était passé. Il fallait se résigner à subir toutes les horreurs d'un assaut ou se rendre à merci. Ces dures conditions furent portées dans la ville même par le courageux interprète Braschewitz. Alger présentait en ce moment un spectacle terrible. Voici comment l'envoyé français a depuis formulé le récit de sa mission, récit grandiose, terrible, et qui pourrait porter ce titre : Dernier jour d'un peuple ou d'une puissance.

« Sur les cinq heures environ, j'arrivai à la Porte-Neuve, qui ne me fut ouverte qu'après beaucoup de difficultés. Je me trouvai au milieu d'une troupe de janissaires en fureur ; ceux qui me précédaient toutes les satisfactions qu'on voudrait. Pendant que je montais la rampe étroite qui conduit à la Casbah, je n'entendis que des cris d'effroi, de menace et d'imprécations qui retentissaient au loin, et qui augmentaient à mesure que nous approchions de la place. Ce ne fut pas sans peine que nous parvînmes aux remparts de la citadelle ; Sidi-Mustapha, qui marchait devant moi, s'en fit ouvrir les portes, et elles furent après notre entrée aussitôt refermées sur les flots de la populace qui les assiégeait. La cour du divan où je fus conduit était remplie de janissaires. Hussein était à sa place accoutumée. Il avait debout autour de lui ses ministres et quelques consuls étrangers; l'irritation était violente. Le dey seul me parut calme, mais triste. Il imposa le silence de la main, et tout aussitôt me fit signe d'approcher avec une expression très-prononcée d'anxiété et d'impatience. Il avait à la main les conditions écrites sous la dictée de M. de Bourmont. Après avoir salué le dey et lui avoir adressé quelques mots respectueux sur la mission dont j'étais chargé, je lus en arabe les articles suivants avec un ton de voix que je m'efforçai de rendre le plus assuré possible :

« 1º L'armée française prendra possession de la ville d'Alger, de la » Casbah et de tous les forts qui en dépendent, ainsi que de toutes » les propriétés publiques, demain, 5 juillet 1830, à dix heures du » matin, heure française. » Les premiers mots de cet article excitèrent une rumeur sourde, qui augmenta quand je prononçai les mots : à dix heures du matin. Le dey réprima ce mouvement; je continuai :

Passage du Ténia, au col de Mouzaïa. — Novembre.

« 2º La religion et les coutumes des Algériens seront respectées ; au- » cun militaire de l'armée ne pourra entrer dans les mosquées. » Cet article excita une satisfaction générale. Le dey regarda toutes les personnes qui l'entouraient, comme pour jouir de leur approbation, et me fit signe de continuer. « 3º Le dey et les Turcs devront quitter » Alger dans le plus bref délai. » A ces mots, un cri de rage retentit de toutes parts. Le dey pâlit, se leva, et jeta autour de lui des regards inquiets. On n'entendait que ces mots, répétés avec fureur par les janissaires : « El mout ! el mout ! » (La mort! la mort!) Je me retournai au bruit des yatagans et des poignards qu'on tirait des fourreaux, et je vis leurs lames briller au-dessus de ma tête. Je m'efforçai de conserver une contenance ferme, et je regardai fixement le dey; il comprit l'expression de mon regard, et, prévoyant les malheurs qui allaient en résulter, il descendit de son divan, s'avança d'un air furieux vers cette multitude effrénée, ordonna le silence d'une voix forte, et me fit signe de continuer. Ce ne fut pas sans peine que je fis entendre la suite de l'article, qui ramena un peu de calme : « *On leur garantit la conservation de leurs richesses person-* *nelles; ils seront libres de choisir le lieu de leur retraite.* »

Ces mots, si nous en croyons ce brave interprète, avaient été bien habilement calculés par les chefs de notre expédition. Ils apaisèrent comme par enchantement le tumulte. En effet, les Turcs n'étaient que campés dans cette ville, qui avait si longtemps subi leur oppression, aucun d'eux peut-être n'y était né; en la quittant, ils ne quittaient pas une patrie; ils emportaient, en s'en allant, leur butin; cela leur suffisait. Hussein-Pacha se résigna le premier, et bientôt fut échangée la convention sur les bases lues par l'interprète et posées par le général en chef. Le 5 juillet, à dix heures du matin, les portes furent ouvertes aux troupes de la France ; la Casbah et les forts reçurent les soldats de la civilisation, remplaçant ceux du brigandage et

de la barbarie. Le dey lui-même quitta Alger quelques jours après. Ses beys et leurs contingents avaient regagné Oran, Constantine et Médéah. La petite guerre d'Algérie allait commencer avant la grande.

CHAPITRE V.

Commandement général de M. de Bourmont. — Expédition de Blidah. — La guerre n'est plus avec les Turcs, mais avec les Arabes.

Nous faisons de l'histoire pour tout le monde, et nous n'en faisons contre personne. On cherche bien loin les causes de la décadence de l'esprit public en France ; cette décadence est naturelle. Au moyen de l'histoire, les partis se sont attaqués les uns les autres ; l'histoire n'a plus été la vérité, mais une arme politique ; on s'est accusé, on s'est jeté mutuellement de la boue ; la plupart des historiens, même les plus graves, ont eu vingt pages consacrées au mal pour une consacrée au bien. Ils ont, sans le vouloir, sali leur patrie.

Nous ne les imiterons pas.

On ne trouvera donc point ici l'énumération des fautes que presque tous les annalistes de l'Algérie accusent M. de Bourmont d'avoir commises aussitôt après la prise d'Alger. L'art de profiter de la victoire est plus difficile que l'art de vaincre ; on sait cela depuis Annibal. M. de Bourmont était venu en Afrique sans instructions positives. Il y resta un mois à peine, et ce serait une injustice de le juger sur le peu qu'il fit pendant ce temps-là. On n'organise pas une conquête en un mois. M. de Bourmont ne resta pas inactif ; il désarma et embarqua pour l'Asie-Mineure ceux des janissaires du dey qui n'avaient point d'établissement dans le pays. Il tint les promesses de la capitulation, et essaya de former une administration qui convînt à la population d'Alger. Malheureusement des intrigants l'entourèrent, et cette administration ne fut pas ce qu'elle devait être. La préférence donnée aux Maures, à la classe commerçante et aux Juifs offensa la fierté arabe. D'un autre côté, les populations de la régence, et surtout celles de la province d'Alger, ne sentant plus peser sur elles la main de fer du dey, commencèrent à entrer en effervescence. Elles étaient délivrées des Turcs, une liberté nouvelle leur sourit. Que fallait-il pour que cette liberté se consolidât ? — Que les Français ou demeurassent dans Alger, ou qu'ils prissent peu à peu en dégoût leur conquête. Enfin les tribus arabes contenaient chacune au moins autant d'ambitieux qu'une de nos villes pouvait en contenir. Ces ambitieux voulaient profiter pour eux-mêmes de la situation que la chute de l'odjéak faisait au pays. De là une multitude d'embarras contre lesquels un génie véritable se fût vainement débattu.

Le meilleur c'était peut-être de ne pas laisser l'armée inactive, et, si l'on voulait demeurer dans la régence, de continuer à frapper des coups retentissants. Les prétextes ne manquaient pas. Ainsi les beys de Tittery, d'Oran et de Constantine avaient joint leur contingent à celui du dey. Il fallait en tirer vengeance ; tant qu'ils n'étaient pas détruits, rien ne devait sembler fait. L'aigle chassé de son aire, venait le tour des aiglons.

M. de Bourmont y songea, mais il n'y songea que timidement. Hussein-Pacha, en quittant la terre de la régence, l'avait averti de se méfier du bey de Tittery. Le général français était tout disposé à suivre le conseil ; mais le bey se hâta de venir faire sa soumission. Il en demanda aussitôt le prix, savoir l'annexion de Blidah à son beylick ; M. de Bourmont refusa. Le rusé Africain lança aussitôt des Kabyles, qui vinrent inquiéter cette petite cité, espérant que les habitants s'adresseraient à lui pour avoir un défenseur ; mais ils réclamèrent le secours des Français. M. de Bourmont accorda le secours imploré, et voulut le conduire en personne ; il emmena avec lui un nombreux état-major, très-curieux de voir le pays, mais il conduisit peu de troupes. Le bey fit répandre le bruit que ces troupes venaient pour piller les tribus. Alors la guerre d'embuscade des Arabes contre les Français s'organisa sur toute la route à parcourir. Les Kabyles descendirent de la montagne ; arrivés trop tard pour cerner Blidah, où nous avions d'ailleurs été bien reçus, ils nous assaillirent au retour. La colonne française fut obligée de se former en carré ; elle eut beaucoup à souffrir, sans avoir fait beaucoup souffrir l'ennemi, qui cria bien haut victoire.

Le résultat de cette expédition tentée avec trop peu de forces eut les conséquences les plus graves. On avait pris Alger, on semblait avoir échoué sur Blidah. Cela redonna du cœur aux partisans des Turcs ; ils conspirèrent. Il fallut recourir aux moyens de rigueur. De là un redoublement d'excitation et un prétexte au bey de Tittery pour rompre ses engagements : ses alliés soulevèrent presque tout le pays. C'était le moment où la révolution de juillet venait d'avoir lieu en France. Le général en chef, justement dévoré d'inquiétudes, regardait plutôt du côté de la France que du côté de son commandement. Tout prit un aspect lugubre.

Cependant les officiers et les soldats français, avides d'aventures et de gloire, cherchaient avec vaillance à propager l'influence de leur pays sur la terre d'Afrique. Ainsi le capitaine de Bourmont, fils du général, ayant été envoyé à Oran pour traiter avec le bey de cette ville, contre qui les Arabes du beylich s'étaient soulevés pour conquérir leur indépendance, et qui demandait notre secours, les marins de la petite flottille venue avec M. de Bourmont s'emparèrent du fort de Mers-el-Kébir. Puis, quand le jeune négociateur eut pris connaissance de l'état des choses, il obtint qu'une petite expédition fût envoyée pour aider le vieil Hassan : c'était le nom du bey. Mais à peine cette expédition mouillait-elle en rade d'Oran, qu'elle recevait l'ordre de regagner Alger. Il en était de même d'une autre expédition envoyée contre Bone et dirigée par le général Danrémont. Ce général, à peine installé dans la ville, qui le reçut amicalement, avait été assailli par les Arabes. Il les avait repoussés dans plusieurs assauts, malgré l'audace et l'héroïsme dont ils avaient fait preuve. Sans aucun doute son courage, son intelligence, nous eussent assuré cette importante conquête; mais M. de Bourmont venait de recevoir la nouvelle des événements arrivés en France. Il devait, en général prévoyant, concentrer ses troupes. M. de Danrémont évacua Bone, comme on évacuait Mers-el-Kébir. Les Arabes ne s'expliquèrent pas ces retraites, ou plutôt les expliquèrent par un défaut de persistance et de courage chez les Français. Dès ce moment ils se crurent libres.

On en était là quand le nouveau gouvernement que s'était donné la France envoya un successeur à M. de Bourmont. Ce général, qui

l'armée d'Italie sous Bonaparte, général de brigade dans l'expédition de Saint-Domingue, général de division depuis 1805, connu par une foule de beaux traits militaires accomplis en Autriche, en Prusse, en Russie, en Espagne, en Saxe et dans l'immortelle campagne de 1814 en France, désigné par Napoléon comme un de ses plus prochains maréchaux, appuyé de presque tout le parti libéral, Clauzel arrivait en Afrique précédé de la plus éclatante réputation. Cependant, avant de chercher à la justifier par des succès de guerre, il voulut se mettre à l'abri des reproches qui avaient assailli M. de Bourmont, et s'occupa tout d'abord de l'organisation de la conquête. Il fit reconnaître par l'armée le gouvernement qui l'envoyait; puis, songeant à tirer parti des ressources militaires que pouvait offrir la régence, il forma ces deux bataillons de zouaouas ou zouaves, aux ordres des capitaines Maumet et Duvivier, bataillons qui devinrent le noyau de l'une des plus brillantes troupes que nous ayons jamais eues. Il s'occupa ensuite d'introduire un peu d'ordre dans les revenus que la France pouvait espérer de la ville d'Alger et de ses environs, régularisa l'action des tribunaux, s'occupa des intérêts commerciaux des industriels qui commençaient à affluer dans la colonie, établit des postes sur les routes aux alentours du chef-lieu, réinaugura la ferme modèle

Débarquement des Français en Algérie.

avait gagné dans la campagne un bâton de maréchal et perdu un fils chéri, s'éloigna en étranger, sur un bâtiment étranger. Les administrateurs, qui un mois auparavant eussent adoré ses épaulettes, lui refusèrent le passage sur un navire français. Oh! combien il dut souffrir, si, comme on le disait, il avait en 1815 trahi sa patrie! mais combien il dut mépriser son pays et le plaindre, si sa conscience ne lui reprochait que de l'avoir bien servi! A Marseille, un employé des douanes eut l'infamie de visiter le cadavre de son fils, que l'on rapportait à la terre natale.

CHAPITRE VI.

Commandement général de Clauzel. — Commencement de colonisation. — Expédition de Médéah. — Les Français franchissent l'Atlas. — Fin du beylich de Tittery. — Relations avec Oran et Constantine.

Comme on vient de le voir, la guerre s'engageait mal; il fallait quelqu'un pour la relever; il fallait surtout se décider à la faire, et la conduire de façon à fonder rapidement l'influence française sur la terre d'Afrique. Temporiser, agir timidement, devait nécessairement compromettre la conquête. On comptait, avec raison sur le nouveau général en chef.

Clauzel, qui remplaçait M. de Bourmont, était une des plus brillantes figures de l'ancienne armée, et l'un des patriotes les plus distingués parmi ceux que la chambre des députés comptait alors. Il avait depuis 1791 fait les campagnes de la République et de l'Empire. Volontaire de l'armée des Pyrénées-Orientales, officier de

(Haouth-Hassan-Pacha), et prit des mesures de police intérieure qui permissent d'opérer au dehors avec sécurité. On lui a reproché, comme au général son prédécesseur, de nombreuses fautes administratives; par exemple, d'avoir enlevé aux imans la gestion des biens des mosquées et des fontaines, et autres biens *habous*, et d'avoir réuni cette gestion aux autres attributions de l'administration des domaines. Il ne pouvait cependant pas laisser les prêtres musulmans conspirer en paix contre notre occupation, et répandre parmi les tribus, pour s'y faire des partisans, l'or et l'argent destinés à l'entretien des mosquées et à la glorification du nom de Mahomet.

Le dedans à peu près organisé, Clauzel s'occupa du dehors; l'anarchie régnait en maîtresse au milieu des outhans arabes, les villes se donnaient des chefs et les déposaient. Le bey de Tittery, Bou-Mezrag, bravait ouvertement notre influence et formait le centre de tous les mécontents. Il prétendait succéder au dey d'Alger, et avait sommé le bey de Constantine d'avoir à le reconnaître. Tolérer plus longtemps ses entreprises pouvait devenir dangereux. Le gouverneur général se mit à la tête d'un corps d'armée de huit mille hommes, et s'avança vers le beylich de Tittery.

Ce beylich était le moins important des trois qui relevaient de la régence, mais sa soumission était celle qui nous intéressait le plus. Il s'étendait au sud de la province d'Alger jusqu'au désert, entre les provinces d'Oran et de Constantine. Sa capitale privilégiée était Médéah, ville libre, quoique servant de résidence au bey. Celui-ci avait pour principales forces les colonies militaires des Hahdes et des Douers. Il avait dans son gouvernement vingt et un outhans, dont le plus puissant passait pour être celui de Diza sur les confins du Constantinais. La contrée formant le beylick présente d'ailleurs tous les genres d'aspect des pays les plus divers. Dans la partie septentrionale se déploient de belles montagnes boisées, habitées par les Kabyles. Au midi sont de vastes et fertiles plaines qui fournissent abondamment les marchés où viennent s'approvisionner les tribus du Sahara. Les cours d'eau distribuent partout la végétation et la fécondité. Il ne faut que savoir tirer parti de la terre.

La petite armée du général Clauzel avait pour commandant immédiat le général Borey, et pour généraux de brigade MM. Achard, Hurel et Monk d'Uzer. Les forces appartenaient à divers régiments. On se mit en marche par Bouffarik sur Blidah. On ne rencontra les Arabes que devant cette ville. Clauzel leur envoya le célèbre Jusuf, depuis général. Jusuf ramena avec lui un parlementaire qui signifia fièrement à la colonne d'avoir à respecter Blidah et de se contenter de combattre Bou-Mezrag, autrement il y aurait une sanglante résistance. La colonne reçut aussitôt l'ordre d'apprendre aux habitants de Blidah à qui ils avaient affaire. Attaqués avec ardeur, ceux-ci lâchèrent pied presque aussitôt; et la brigade Achard entra le soir dans la ville, tandis que les autres brigades prenaient position aux alentours. Le lendemain, comme l'armée allait poursuivre sa route sur Médéah, les Arabes et les Kabyles les vinrent assaillir, profitant de tous les accidents de terrain et surtout des positions qu'offraient les magnifiques jardins de Blidah pour tirer à coup sûr contre nos soldats. On ne s'en débarrassa qu'en détruisant les jardins eux-mêmes. Le général en chef ne s'en tint pas à cette exécution nécessaire pour sa défense, il fit diriger une razzia contre la tribu des Beni-Salah, et ici eurent lieu des exécutions bien autrement tristes, et dont la nécessité n'est pas aussi bien démontrée. De nombreux prisonniers furent passés par les armes. Un captif plus important que les autres allait subir le même sort, quand on l'entendit s'écrier : « qu'il était bien mal récompensé de son zèle pour les chrétiens, auxquels ils travaillait à rallier les tribus. » On le conduisit au général. Ce prisonnier disait vrai : c'était le muphti de Blidah. Mis en liberté, il revint bientôt avec plusieurs chefs kabyles qui firent leur soumission. Il en fut de même de cinq cheiks de l'outhan El-Sebt. En présence de cette pacification, l'armée put continuer sa marche, laissant à la garde de la ville conquise le colonel Rulhières avec deux bataillons. On était alors au 20 novembre.

Pour parvenir de Blidah à Médéah, il faut traverser le Tenia au col de Mouzaïa, formidable gorge de la première chaîne de l'Atlas. C'est là que nous attend Bou-Mezrag avec ses contingents et les mécontents de toutes les tribus environnantes. Ce chef a disposé ses troupes de façon que le passage des sept ou huit anneaux du défilé doive être emporté d'assaut. Les Arabes occupent chaque pli de terrain, avec ordre de quitter leur poste aussitôt qu'il ne sera plus tenable, et de se rallier au poste supérieur. Cette organisation est vraiment formidable. Aussi à l'arrivée des troupes aux approches du Tenia y a-t-il un instant solennel d'attente et de recueillement. Clauzel, par une réminiscence habile et grandiose, en profite pour frapper profondément l'esprit des soldats et les élever en pensée à la hauteur presque antique de leurs pères des Pyramides; il les réunit, et, d'une voix qui retentit au loin dans le silence de la vallée, leur rappelle leur mission et les anciennes victoires de la France. « Soldats, leur dit-il, nous allons franchir la première chaîne de l'Atlas, planter le drapeau tricolore dans l'intérieur de l'Afrique, et frayer un passage à la civilisation, au commerce et à l'industrie. Vous êtes dignes d'une si noble entreprise; le monde civilisé vous accompagnera de ses vœux. — Conservez le même bon ordre qui existe dans l'armée, ayez le respect le plus grand et le plus soutenu pour les populations partout où elles seront paisibles et soumises; c'est ce que je vous recommande. — Ici j'emprunte la pensée et les expressions d'un grand homme, et je vous dirai aussi que les siècles vous contemplent! »

Après ces paroles prononcées, notre artillerie salue bruyamment et solennellement le vieil Atlas. Puis une partie de la brigade Achard se précipite pour gagner le col de Mouzaïa par les crêtes qui bordent la route sur la gauche. Une autre partie marche par la route tortueuse et difficile qui mène au col. Elle est suivie de la brigade Monk d'Uzer. Bientôt les tambours battent la charge pour animer les soldats qui gravissent les pentes. Le général Achard croit que les bataillons lancés sur la gauche ont réussi. Lui-même s'élance à la tête des troupes qui suivent la route, et qui se composent d'un faible bataillon du 37ᵉ aux ordres du commandant Ducros. Ce bataillon arrive comme la foudre sur l'entrée du col; la mitraille qui tonne contre lui ne l'arrête pas un seul instant. Les officiers sont à la tête, entraînant tout, enlevant tout. On est prêt à lutter corps à corps, et l'attaque décisive est ordonnée, quand l'ennemi abandonne en désordre sa position. Alors commence une poursuite des plus vives. Nos soldats plantent le drapeau tricolore sur tous les postes arabes, et le soleil couchant vient ajouter à l'éclat de leur victoire. Ils ont été dignes de ces légions romaines qui vingt siècles avant eux pratiquèrent ce passage célèbre. Mais que de braves atteints cruellement! Achard, Ducros, Mac-Mahon sont du nombre!

Les feux du bivouac succèdent à ceux du soleil, qui a suivi les Arabes dans les gorges où ils se sont cachés; alors arrivent des chefs kabyles, qui s'empressent de reconnaître la grandeur du nom français. « Allah est avec toi! » disent-ils au général. On apprend aussi par eux la route qu'a suivie Bou-Mezrag, qui, aidé de son fils, a dirigé la résistance en personne.

Le lendemain, on laisse la brigade Monk d'Uzer à la garde du passage, et l'on continue à s'avancer sur Médéah. La brigade Achard est toujours en avant, combattant toujours; elle a surtout à repousser les tirailleurs arabes, postés avec avantage dans un bois d'oliviers. Elle les en déloge, et à une lieue de là recueille un pauvre malheureux qui se tient caché et qui lui apporte la capitulation des habitants de Médéah... En effet, les notables de cette ville ne tardent pas à se présenter devant le général en chef. Le but de l'expédition est atteint; un nouveau bey est installé en remplacement de Bou-Mezrag, qui vient enfin lui-même implorer son pardon. Il l'obtient à l'aide d'une ingénieuse flatterie. « Si je n'avais pas trahi mes serments, dit-il à Clauzel, tu n'aurais pas eu la gloire de franchir l'Atlas et de chasser mon drapeau des montagnes. »

La colonne expéditionnaire ne se reposa que deux ou trois jours à Médéah. Elle y laissa le colonel Marion pour asseoir l'autorité du nouveau bey, et reprit le chemin du Col. Aucun ennemi ne se montra à elle jusqu'à Blidah. Mais dans cette ville, le colonel Rulhières venait d'être obligé de se multiplier pour repousser des milliers de Kabyles lancés contre lui par le cheik Ben-Zamoun. Il avait repoussé leurs attaques. Les malheureux habitants de Blidah s'étaient mis de son côté. Ils ne voulurent pas rester dans la ville, où le général en chef ne jugea pas à propos de laisser une garnison, et suivirent l'armée jusque sous les murs d'Alger, dans les environs duquel on les établit.

Le retour de Clauzel put rappeler aux Algériens les triomphes des anciens deys au retour de leurs expéditions. Bou-Mezrag marchait avec sa famille et ses janissaires désarmés au milieu de nos soldats. De nombreux troupeaux pris aux tribus insoumises suivaient nos colonnes; venaient ensuite les infortunés Blidiotes, traînant après eux leurs misérables pénates et les débris de leur fortune.

Le général en chef, à peine arrivé, dut d'ailleurs songer aussitôt à la garnison de Médéah, à laquelle on n'avait pu laisser que très-peu de vivres et de munitions. Le général Boyer fut chargé de la ravitailler. Ce général, parti d'Alger le 2 décembre avec deux brigades et un convoi formidable, traversa l'Atlas et le col de Mouzaïa presque sans coup férir. Il trouva le colonel Marion vainqueur de cinq ou six attaques des Arabes appartenant aux outhans de Rhigor, Assam, Ben-Alep, Beni-Hossan, Ouzara et Aouara, et aux restes des Habides et des Douers, ainsi qu'aux tribus des Arabes et des Ben-Soliman. Malgré ces victoires, il était temps que le convoi de ravitaillement arrivât. Les bataillons du colonel avaient à peine encore de quoi tirer quelques coups de feu. On les renforça par des troupes fraîches, et le général Danlion fut chargé de garder la place. Boyer revint à Alger comme il était venu, sans avoir trouvé l'occasion d'engager ses soldats.

Les deux expéditions de Médéah eurent un grand retentissement. Elles assurèrent la soumission de l'arrondissement d'Alger et la tranquillité du beylick. Les Blidiotes regagnèrent en partie leur malheureuse cité. Un grand nombre de tribus entrèrent en relation avec nous.

Pendant que la marche du général Boyer avait lieu, nous tentions une autre campagne qui n'était pas sans gloire. Le général Danrémont partait d'Alger le 11 décembre pour dégager le bey d'Oran, toujours assiégé par les Arabes. Il s'emparait le 14 du fort de Mersel-Kebir, et le 16 du fort Saint-Grégoire; puis, à la suite de négociations assez longues, occupait le 4 janvier Oran, que quittait le vieil Hassan.

Le général Clauzel nourrissait alors des projets que l'on a jugés diversement. Il voulait lier intimement les intérêts du bey de Tunis, prince disposé à accepter la civilisation européenne, avec les intérêts de la France. Il céda le beylick d'Oran à un parent de ce bey, nommé Sidi-Ahmet, moyennant une somme annuelle d'un million de francs. Il céda aussi le beylick de Constantine à un autre prince tunisien, nommé Sidi-Mustapha. Mais Hadj-Achmet, bey de Constantine, n'était guère homme à se laisser destituer. D'un autre côté, le général Clauzel fut désavoué par le ministère français; il quitta Alger le 20 février, laissant le gouvernement au général Berthezène. On était au temps où la dynastie de juillet, voulant se faire accepter par l'Europe, s'amoindrissait le plus possible. Elle disait partout qu'elle ne voulait point d'une conquête onéreuse, et que, sans les susceptibilités de la France, elle l'eût abandonnée. Par contre, à mesure qu'elle manifestait sa tiédeur, la colonisation de l'Algérie acquérait de la popularité. Mais la popularité ne suffit pas pour maintenir les conquêtes. L'armée d'Afrique étant réduite, le général Clauzel fut obligé d'ordonner l'évacuation de Médéah. Les bénéfices des expéditions contre cette ville et les avantages de l'expédition d'Oran furent perdus. Notre influence se concentra de nouveau dans l'enceinte d'Alger; à peine rayonnait-elle aux environs, tandis que les chambres françaises et la presse retentissaient de discussions oiseuses sur la colonisation.

CHAPITRE VII.

Commandement du général Berthezène. — Nouvelle expédition de Médéah. — Le commandant Duvivier. — Les Arabes bloquent l'armée expéditionnaire — Première expédition de Bono. — Le commandant Houder. — Le général Boyer à Oran.

Jusqu'ici nous n'avons eu dans notre horizon aucun représentant distingué de la nationalité arabe; les Turcs ont seuls soutenu la guerre régulière et cela sans animation, comme des maîtres qui s'en vont. Bou-Mezrag par exemple, a cédé après la première défaite. Hassan, dégoûté, a demandé lui-même à quitter son beylick. Ceux des Arabes qui sont entrés en lice ont combattu sans ordre, anarchiquement. Voici venir la période où l'ordre se mettra dans leur résistance, où les chefs les plus distingués, les Sidi-Embarek, les Abd-el-Kader surgiront. Le gouvernement français a reculé devant de premiers sacrifices, il a réduit l'armée. Douze régiments d'Afrique ont regagné la France. Nos occupants forment à peine un total de dix mille hommes. Les Français se fatiguent, ils s'en iront bientôt tout à fait, tel est le bruit qui circulait dans toute la régence; et pour hâter le départ de nos soldats, les marabouts prêchaient partout le djehah, c'est-à-dire la guerre ordonnée par Mahomet contre les infidèles. On allait jusqu'à parler du retour du dey Hussein. Le général Berthezène, qui vint dans ces circonstances, était un brave soldat et un honnête homme, ce qui est déjà beaucoup; mais il n'avait pas le génie personnel, et il manquait des forces militaires qui eussent été utiles pour arrêter le mal. Cependant il agit avec un certain courage. Médéah fut pour lui, comme pour Clauzel, le but des efforts qu'il dirigea sur l'extérieur, après avoir opéré plusieurs marches dans la Mitidja, pénétré de nouveau dans l'Atlas, touché Riza et reconnu Coléah.

Nous avions, comme on l'a vu, installé dans cette ville un bey, homme assez médiocre, ancien marchand, nommé Mustapha-ben-Omar. Ce chef abandonné à lui-même, se vit bientôt assailli dans Médéah par tout ce qui nous était hostile. Il eut plus particulièrement pour adversaire un fils de Bou-Mezrag, qui n'avait point suivi son père en exil. Ce jeune homme ne tarda pas, à la tête d'un ramassis, de Turcs, de Koulouglis, et aidé par les Arabes de plusieurs outtlians, à mettre Ben-Omar dans la plus fâcheuse position. Après avoir reçu des renforts de France, le général Berthezène se décida, au mois de juin 1831, à envoyer du secours à ce dernier. Son expédition, composée de deux brigades, quitta Alger vers la fin du mois que nous venons de nommer. On y remarquait les volontaires de 1830, ceux-là même qu'une médisance réactionnaire qualifia de Bédouins d'Afrique. Les Arabes et le fils de Bou-Mesrag ne songèrent pas à fortifier de nouveau le Mouzaïa. On y passa sans encombre. Les Kabyles s'enfuirent devant nous, et laissant entrer la colonne française à Médéah, où on la reçut en libératrice, allèrent se rallier sur le plateau d'Haoura, lieu consacré par l'occupation romaine, dont on y voit encore des vestiges.

Le général Berthezène, bien que leur position fût formidable, n'hésita pas à les y venir chercher. L'entreprise était périlleuse et difficile. Que l'on se figure une armée occupant une sorte de forteresse naturelle où on ne peut atteindre que par des chemins escarpés et à travers des ravins. Le général Berthezène ordonna l'assaut de cette position et l'emporta. Mais les Arabes se dispersèrent en un instant de mille côtés. Nos troupes victorieuses reprirent alors trop tôt le chemin de Médéah. Les Arabes étaient exaspérés autant par leur défaite que par la manière de combattre adoptée par un général qui se faisait précéder de l'incendie. Ils se rallièrent dès qu'ils nous virent rétrograder, et nous suivirent en nous insultant comme des gens victorieux. Cette espèce de succès enflammant leur courage, ils devinrent de jour en jour plus hardis. Voyant leur nombre et leur audace croître, le général crut encore une fois devoir abandonner Médéah à son malheureux sort. Il quitta cette place le 2 juillet, et revint par le Ténia. A peine venait-il de le franchir au rebours, que le col, n'étant plus gardé, fut à son tour envahi par les Arabes qui débordèrent bientôt sur les hauteurs que l'on avait négligé d'occuper, et par lesquelles la route est dominée. Un brave bataillon du 20e de ligne formait l'arrière-garde. Son commandant est blessé. Les Arabes le pressent de plus en plus. Le désordre se met dans ses tirailleurs dispersés. Ils fuient vers le gros de la colonne. Les Kabyles voient sa terreur et se précipitent à sa suite. Des cris affreux retentissent sur le derrière de l'armée et sur ses flancs, qu'attaquent des ennemis débordés sur les hauteurs. On croit à je ne sais quelle terrible embuscade. Pour la première fois depuis la conquête, au lieu de faire face au danger on lui tourne le dos.

Mais dans les circonstances les plus difficiles, il y a toujours sous nos drapeaux quelqu'un qui sauve l'honneur de la France. Qui sera ce sauveur? Voyez ce fier commandant du deuxième bataillon des Zouaves et des volontaires parisiens, qui se jette avec tant de décision en dehors du flanc droit de la colonne, et qui barre tout à coup la route, couvrant l'ennemi d'un feu terrible, et le repoussant avec les baïonnettes de ses fantassins quand il veut franchir ce mur mouvant composé de braves. Ce sauveur inattendu, c'est Duvivier! Du-

vivier, qui mourra plus tard, hélas! sous des balles françaises! Qu'on le seconde, qu'un bataillon seulement se reforme en échelon derrière le sien, et la défaite se change en victoire. Mais nul ne le soutient, et il suffit seul à couvrir la retraite, ramenant avec lui jusqu'à une pièce de montagne renversée, et que l'officier chargé de la direction de l'artillerie n'avait par voulu abandonner. Arrivé à la ferme de Mouzaïa, il trouve l'armée occupée à se remettre, et insiste inutilement pour que l'on reprenne l'offensive. Le général Berthezène est frappé, il ne commet plus que des fautes. On passe en désordre le gué de la Chiffa. La marche régulière ne se rétablit que pour atteindre Bouffarik, au delà duquel on repousse une embuscade des Beni-Khalel et des Beni-Moussa, qui se sont emparés des ponts, des taillis et des passages. C'est après cette petite victoire que l'on rentre dans Alger le 5 juillet, anniversaire du jour de la capitulation.

Nous n'avons pas besoin de dire les funestes effets de cette malheureuse retraite, quand des retours si glorieux ont déjà eu de si tristes résultats. Le prestige est rompu. Les Arabes ne craignent plus de se mesurer avec nous. On dirait qu'ils sortent de chaque ravin, de chaque buisson, que la terre en vomit. Nous sommes comme bloqués dans Alger. Deux camps arabes principaux se forment, l'un à Bouffarik, sous les ordres du fils de Bou-Mezrag, l'autre dirigé par ce Ben-Zamoun que nous avons vu déjà investir le colonel Rulhières dans Blidah, et qui a pour l'appuyer les prédications du remuant et fanatique Sidi-Sadi. Nos colons de la plaine se réfugient dans Alger. Nos soldats tiennent seuls à la Ferme-Modèle, à Berkadem, et au blockhaus de l'Oued-el-Kerma. Le général Berthezène serré de si près, retrouve alors la bouillante ardeur des jours du débarquement. Il sort d'Alger, disperse les gens de Ben-Zamoun, les rejette sur la route de Blidah, les fait poursuivre, et rallie de nouveau par ce succès à notre cause les tribus voisines. Il était temps. Les maladies, compagnes habituelles du découragement, décimaient l'armée. L'agriculture naissante de la colonie était détruite; le commerce languissait. Il n'y avait, grâce à la défaite de la double insurrection de Ben-Zamoun et de Sidi-Sadi, rien de définitivement perdu.

C'est ici que pour la première fois nous rencontrons le nom d'Em-Barek. Le chef de la famille des Em-Barek n'était pas encore le guerrier rusé et hardi qui fut si longtemps le bras droit d'Abd-el-Kader. Les Em-Barek, adversaires décidés de notre occupation, avaient pour cheik le cousin du futur kalifah, El-Hadj-Mahi-Eddin-el-Sghir. Ce dernier jouissait d'une grande influence sur les tribus de l'arrondissement d'Alger; il promit de les faire tenir en repos et d'exercer sur elles l'ascendant qu'exerçait autrefois l'agha turc, et que n'avait pu exercer l'agha nommé par la France. On lui accorda le titre d'agha, avec un traitement des plus riches. Nous cessâmes alors d'être pour quelque chose dans le gouvernement des Arabes. Pendant que ceci se passait, le fils de Bou-Mezrag rétablissait pour quelque temps sa dynastie à Médéah. Sur un autre point, le bey de Constantine, Ahmet, essayait d'étendre son autorité. Le général Berthezène crut combattre son influence croissante en se rendant aux prières des habitants de Bone, qui, mal défendus par une centaine de Turcs cantonnés dans leur Casbah, et pressés par les tribus de leurs environs, voulaient se donner à la France. Sur leur demande, il leur envoya cent vingt-cinq zouaves indigènes, aux ordres du capitaine Bigot et sous la direction du commandant Houder, nommé consul à Bone. Celui qui avait fait l'appel à la France était un Koulougli des plus déliés, nommé Ahmet. Cet Ahmet en demandant les troupes indigènes n'avait pour but que de les corrompre après s'être défait des officiers. Il devait à leur aide se créer une position indépendante. Ses projets, aussitôt après l'arrivée du commandant Houder, furent éventés par un certain Ibrahim, ancien bey de Constantine, lequel songea à en profiter pour lui-même. Il dénonça Ahmet aux Français, et avec l'argent qu'il reçut pour sa trahison, corrompit la garnison de la Casbah, qui se déclara pour lui. Le commandant Houder et le capitaine Bigot, repoussés de la forteresse, se maintinrent un instant dans la ville, où, de son côté Ahmet souleva ses partisans contre eux; mais ils furent bientôt obligés de songer à la retraite. Ils allaient effectuer la leur en se retirant à bord de deux bâtiments, la Créole et l'Adonis, qui étaient en rade de Bone, quand les Arabes fondent sur la ville, inondent les rues, se précipitent sur nos officiers. Vainement ceux-ci font bonne contenance. Forcés de céder au nombre, ils défendent le terrain pied à pied. Le capitaine Bigot est égorgé. Houder reste bravement à l'arrière-garde de sa petite troupe; et comme lui dernier il posait le pied sur une embarcation que la Créole lui envoyait, il reçut le coup de mort. Au même moment deux bricks arrivaient d'Alger; ils portaient un nouveau bataillon de zouaves commandé par Duvivier. Celui-ci voulut venger Houder et Bigot par une attaque sur la Casbah. Les capitaines de la marine, n'ayant point d'instructions, refusèrent de lui prêter le secours de leur artillerie et de leurs matelots. Il rentra à Alger, le cœur plein d'une douleur facile à concevoir. Dans la colonie ce fut à qui accuserait le général Berthezène d'avoir envoyé nos malheureux officiers à la mort, en les envoyant avec si peu de forces et seulement avec des forces indigènes dans une ville ennemie. L'influence du bey de Constantine grandit d'autant.

La seule province où nous augmentâmes à cette époque notre domination fut celle d'Oran. Le lieutenant du bey tunisien, accompagné d'un régiment commandé par le colonel Lefol, s'était emparé d'Oran ; mais on y avait à peu près oublié nos soldats. A la fin, le gouvernement, voyant que Tunis lui laissait toute la charge de l'occupation, crut qu'il valait mieux conquérir pour soi-même. Il envoya directement le lieutenant général Boyer pour prendre le commandement du beylich. Celui-ci le prit en effet, et s'occupa immédiatement de l'organisation administrative. Sa domination ferme, mais trop cruelle, fut plutôt faite pour épouvanter les tribus que pour les rallier ; aussi la résistance ne tarda-t-elle pas à s'y organiser. Elle y était facile. Cent cinquante tribus populeuses habitaient la province ; nous n'y avions d'amis qu'à Arzew, et, outre Oran, le seul poste que nous occupions était Mostaganem. Les autres villes, Mascara, Milianah, Tlemcen, etc., quoique partagées, nous étaient hostiles. Des chefs très-influents, et qui, à la faveur de la faiblesse de l'ancien bey, avaient acquis une véritable prépondérance, attiraient autour d'eux des partis puissants. De ce nombre était Mahi-Eddin, dont le fils, Sidi-Hadj-Abd-el-Kader-ben-Mahi-Eddin, allait paraître sur la scène de la guerre. On ne connaissait encore Mahi-Eddin que dans un horizon restreint, quand le général Berthezène fut rappelé, et céda la place de gouverneur général à l'un des anciens administrateurs de l'Empire, au célèbre Savary, duc de Rovigo.

CHAPITRE VIII.

Commandement général du duc de Rovigo. — Établissement de camps fortifiés. — Actes administratifs. — Massacre des Ouffias. — Jusuf et d'Armandy à Bone. — Ben-Aïssa.

Le lieutenant général Savary, duc de Rovigo, ancien aide de camp de Napoléon et son ministre de la police, réunissait à une capacité incontestable la connaissance des traditions administratives appliquées aux pays conquis. Sa renommée comme homme d'affaires était grande ; la tâche qu'il avait à accomplir était plus grande encore. Il fallait répondre à l'attente de la France, laver nos armes des affronts qu'elles venaient de recevoir, consolider notre occupation et l'étendre. Les forces données au célèbre duc n'avaient rien qui fût en rapport avec les difficultés de sa mission. L'armée algérienne se composait de trois régiments d'infanterie régulière, de deux bataillons de zouaves et de deux régiments de chasseurs d'Afrique, récemment formés. M. de Rovigo, aussitôt son arrivée, jugea qu'il n'avait que faire de ces forces dans Alger même, tant cette ville acceptait notre administration. Le séjour des cités ne vaut d'ailleurs rien pour des soldats qui peuvent à chaque instant être appelés à combattre un ennemi dangereux. Le nouveau gouverneur choisit en conséquence les emplacements les plus favorables pour la fondation de quatre camps destinés à protéger la colonisation et à tenir les troupes en haleine. Ces postes, véritables petites forteresses, furent établis à Kouba, Birkadem, Tixeraïn et Dely-Ibrahim. On traça des routes pour les relier à la métropole et aux points principaux de la colonisation. Malheureusement ces routes durent traverser des cimetières musulmans ; les indigènes crièrent au sacrilége. Ils se plaignirent aussi vivement d'une contribution en nature créée pour le coucher des soldats. On leur donna raison à Paris ; ils apprirent par là que les gouverneurs généraux n'étaient point les maîtres, et qu'en s'y prenant d'une certaine façon l'on pouvait lutter avec eux. Ce fut une circonstance très-grave, et qui retarda longtemps la conquête. En liant des intrigues en France, les indigènes étaient sûrs d'entraver en Algérie l'action des généraux. Ils y eurent souvent recours ; et bien que Paris ne fût pas, comme Rome au temps de Jugurtha, une ville à vendre, ils y réussirent plus d'une fois.

Le duc de Rovigo n'était pas homme à se décourager pour un échec. Aidé de M. Genty de Bussy, intendant chargé des services administratifs, il introduisit dans Alger toutes les lois françaises, les bonnes comme les pires. La vieille cité des corsaires eut à la fois une garde nationale, un hôpital, une église, mais aussi tout le cortége de la fiscalité de notre pays. Les propriétaires se virent forcés de justifier de leurs titres de propriété ; les industries naissantes eurent des droits à payer. Ce fut à qui joindrait ses plaintes à celles des indigènes. Un événement des plus tristes vint augmenter la défiance que l'on avait déjà contre l'ancien ministre de la police.

Le cheik des Arabes du Sahara algérien envoie une ambassade à Alger pour demander au gouverneur général de l'aider à chasser le bey de Constantine, dont les cruautés révoltent toute la contrée. Cette ambassade, après avoir été bien accueillie par le duc, se retire ; mais à peine a-t-elle quitté Alger, et se trouve-t-elle sur le territoire des Ouffias, un peu au delà de la Maison-Carrée, qu'elle est assaillie et dépouillée des présents qu'elle a reçus. Les envoyés reviennent en hâte près du gouverneur, et accusent naturellement les Ouffias. Sans se donner le temps d'instruire l'affaire, le duc part aussitôt et de nuit avec un corps de troupes, et fait passer par les armes la peuplade entière, sauf son kaïd El-Rabbia, qui est régulièrement condamné à mort. Ces exécutions sanglantes, loin de répandre la terreur parmi les tribus, ne font qu'exciter leur haine contre la France. D'un autre côté, l'agha Mahiddin-Em-Barack,

dépouillé peu à peu de son autorité par le duc, ne les maintient plus comme autrefois. La guerre sainte est de nouveau prêchée, et une insurrection générale de la circonscription d'Alger éclate avec une violence et une perfidie d'attaques tout à fait en rapport avec les circonstances qui l'ont amenée. Pour la dompter, M. de Rovigo envoie deux colonnes, l'une sur Koléah, l'autre sur Singali, ferme des environs de Bouffarick. Cette dernière colonne croit surprendre les Arabes et marche de nuit. Ce sont les Arabes qui la surprennent à Sidi-Saïd. Mais après un premier moment de trépidation et d'étonnement nos soldats se rallient ; leur retour offensif plein de vigueur a le plus entier succès. L'ennemi fuit et se disperse. La colonne rentre à Alger après avoir remporté une seconde victoire, attaquée qu'elle est encore à son retour. Quant au petit corps d'armée dirigé contre Koléah, il ne rencontre aucun rassemblement hostile. Le duc, pour achever d'étouffer l'insurrection, envoie une autre expédition à Blida et à Sidi-el-Kebir, village populeux des gorges de l'Atlas. Cette expédition répand partout la terreur sur son passage. La révolte est domptée. M. de Rovigo s'assure alors des tribus qui se soumettent en leur nommant de nouveaux aghas. Mais, comme toujours, il va trop loin dans la répression. Ayant attiré à Alger deux chefs accusés d'avoir pris une grande part à la guerre, il les fait saisir, juger et exécuter, malgré le sauf-conduit dont ils sont porteurs. Cette violation de l'hospitalité inspire de nouveau aux Arabes la terreur du nom français, et dans les outhans on répète, en l'assombrissant encore, la lugubre histoire de ces deux martyrs de la liberté musulmane, Meçaoud et El-Arbi.

Pendant que ces choses se passaient dans la province d'Alger, de grands événements occupaient l'attention de la province d'Oran et de celle de Constantine.

Nous avons laissé Bone aux mains d'Ibrahim, de cet ancien bey qui avait avec tant de duplicité causé la mort de deux officiers distingués. A peine le pouvoir de ce misérable venait-il de s'asseoir, qu'il eut à le défendre contre Ben-Aïssa, lieutenant du bey de Constantine. Désespérant de prolonger sa résistance, qui dura six mois, Ibrahim ne craignit pas de s'adresser à ces Français qu'il avait trahis. Le duc écouta favorablement ses envoyés, et envoya à Bone le même jeune Jusuf que nous avons déjà rencontré dans l'expédition de Blidah, et un capitaine d'artillerie nommé d'Armandy. Jusuf devait chercher le moyen de s'emparer de la ville pour le compte de la France ; la mission du capitaine d'Armandy était d'aider les Bonois à défendre leur Casbah contre le lieutenant du bey de Constantine. Jusuf, après avoir été une première fois à Bone, poussa jusqu'à Tunis, et ne revint dans la première ville que le 26 mars 1832. M. d'Armandy n'y était plus. Arrivé le 29 février, il n'avait pu empêcher les habitants, dégoûtés du joug d'Ibrahim, de recevoir Ben-Aïssa dans leurs murs. La citadelle seule ne s'était pas rendue. Or M. d'Armandy était un de ces hommes hardis et persistants à la fois qui n'abandonnent jamais une partie commencée. Il resta en vue de Bone sur la felouque la Fortune, amusant Ben-Aïssa par des négociations, et inspirant aux Turcs cantonnés dans la citadelle le courage nécessaire pour repousser les offres et les assauts du lieutenant d'Ahmet. Ben-Aïssa commençait à se fatiguer, quand le capitaine Jusuf revint de Tunis sur la goëlette la Béarnaise ; aussitôt M. d'Armandy conçoit le plus grand projet, et l'exécute avec les plus petites forces. De concert avec Jusuf, il obtient du commandant de la goëlette, M. Fréart, qu'il mette à sa disposition une trentaine d'hommes. Sûr de cet officier, M. d'Armandy et Jusuf débarquent seuls pendant la nuit, et au péril de leur vie, parviennent à avoir avec les Turcs de la Casbah un entretien dans lequel ils leur proposent de se joindre à eux, avec les marins de la Béarnaise, pour défendre la place. Malheureusement Ibrahim, quoique M. d'Armandy eût feint d'oublier sa conduite envers le commandant Houder, Ibrahim, qui s'était jeté aussi dans la citadelle avec quelques partisans, intervient tout à coup, excite les siens contre les Français, et engage une rixe terrible. Nos deux héros ne sauvent leur vie qu'à force d'audace. Mais leur départ ne met pas fin à la lutte ; les Turcs reprochent avec énergie à Ibrahim tous les méfaits dont il s'est rendu coupable. Le sang coule. Le bey, se sentant le plus faible, s'enfuit avec ses partisans.

Il est à peine hors des murs de la Casbah, que l'un des défenseurs de cette forteresse, parvenant à tromper la surveillance de Ben-Aïssa, court aux navires, et avertit les officiers que l'on est prêt à les recevoir. Ceux-ci ne se le font pas répéter deux fois. Suivis des trente marins, ils tournent la citadelle, et tandis que les Constantinais en observent les portes, ils pénètrent par le côté opposé, au moyen de cordes qu'on leur jette, et leur premier soin est de faire flotter sur les murs le pavillon de la France. A cette vue, la fureur de Ben-Aïssa s'enflamme : il ordonne une attaque. Les Français, meilleurs artilleurs que les Turcs, le repoussent à coups de canon. Aussitôt les matelots restés sur la Béarnaise apportent à leurs compagnons des vivres et des munitions pour soutenir de nouvelles attaques. Cet approvisionnement étant fait, M. Fréart continue à stationner devant la ville avec son navire.

Bien lui en prit ; car Ben-Aïssa, forcé d'abandonner le siège, ne voulut rien laisser aux Français. Il mit le feu dans Bone après l'avoir llée, et nos officiers durent se résigner à voir cette malheureuse cité envahie à différentes reprises par les hordes des environs. Leur position devint alors des plus critiques. Les défenseurs de la citadelle s'accusèrent hautement d'être la cause de la ruine de Bone, et conspirèrent contre eux. Mais ils avaient affaire à des hommes, nous l'avons dit, d'une trempe peu commune. Tandis que M. d'Armandy, se saisissant des trois plus mutins, les fait conduire à bord de la *Béarnaise*, le capitaine Jusuf ordonne une sortie. A peine est-il sur les glacis, qu'il s'arrête, et s'adressant à sa troupe : « Tous les traîtres, s'écrie-t-il, n'ont pas reçu leur châtiment. Parlez, continue-t-il; quels sont encore ceux de vous qui veulent livrer leurs officiers? » Comme nul ne lui répondait, il vint se placer en face de deux zouaves nommés Jacoub et Mouna : « Tuez-moi donc, leur dit-il, puisque vous l'avez promis à Ben-Aïssa! » Ceux-ci, se voyant ainsi désignés, lèvent à la fois leurs armes contre lui. Il les jette à ses pieds d'un double coup de pistolet, puis court à l'ennemi et lui fait éprouver de nouvelles pertes.

Depuis cette exécution, les Français ne furent plus inquiétés dans la Casbah. Cependant ils n'auraient pu y tenir longtemps, car Ibrahim-Bey, réfugié à Bizerte, soulevait tout le pays et traitait avec Ben-Aïssa. Mais une brigade envoyée de France, et aux ordres de M. Monk d'Uzer, arriva au moment même où les Constantinais et Ibrahim tentaient une dernière attaque. Les premiers se retirèrent sans combattre; le second fut chassé, après avoir eu beaucoup d'hommes tués, et Bone nous resta.

Pendant ces diverses actions guerrières, la province d'Oran était le théâtre des événements les plus graves. Abd-el-Kader surgissait.

CHAPITRE IX.

La plaine des Ghris. — Abd-el-Kader et Mahi-ed-Din. — Naissance, amours et commencements de l'émir. — Il est reconnu sultan. — Assemblée d'Ersébia. — Portrait du nouveau chef des Arabes.

Au moment où tout ceci enflammait la province de l'est, dans celle de l'ouest, la fertile plaine des Ghris, où s'élèvent habituellement sept douairs considérables des Hachem, et qui s'étend à quelques lieues de Mascara, voyait se former peu à peu le noyau d'une puissance qui allait tenir tête à nos armées.

Dans cette plaine des Ghris, sur les bords de l'Oued-el-Haman, s'agitait déjà depuis longtemps à la recherche de l'influence un de ces apôtres remuants de la religion de Mahomet, que les Arabes vénèrent sous le nom de marabouts. Sidi-el-Hadj-Mahi-ed-Din c'est ainsi que s'appelait cet apôtre, était fils de Sidi-Mustapha-ben-Moctar et petit-fils de Sidi-Kada-ben-Moctar, l'un et l'autre marabouts, et s'enorgueillissant d'une origine qu'ils faisaient ambitieusement remonter jusqu'au prophète. Selon eux, leur famille avait autrefois régné sur la contrée, et notamment sur Tékédempta, ou Tagdempt, qui figurera plus tard dans cette histoire.

Sidi-el-Hadj-Mahi-ed-Din était déjà bien connu d'une partie de la province d'Oran pour son patriotisme. Il avait dans le temps manifesté sa haine contre les Turcs; et quand les Français parurent, il ne fit que changer d'ennemis. Affranchir son pays était le rêve de sa vie et de son ambition. Ses opinions et ses tentatives l'avaient fait surveiller avec soin par les beys d'Oran, et s'il ne s'était point révolté contre eux, c'est que l'occasion lui avait manqué.

L'une de ses quatre épouses, Lalla-Zohra, fille du marabout Sidi-Amar-ben-Douba, femme des plus distinguées par les qualités du cœur, par celles de l'esprit et par l'instruction, lui donna vers 1806 un fils qui fut l'objet de sa prédilection. Soit prévision d'un grand avenir, soit sentiments religieux, il l'appela du nom de l'un des plus célèbres personnages du mahométisme, du tout-puissant Muley-Abd-el-Kader. Le jeune Abd-el-Kader ne tarda pas à répondre à ses soins et à ceux de sa mère; il reçut une éducation supérieure à celle que recevaient alors les Arabes même les plus riches. A l'âge de seize ans, son père, fuyant l'inimitié de Hassan, bey d'Oran, accomplit pour la seconde fois le pèlerinage de la Mecque. Abd-el-Kader l'y suivit, et y gagna le surnom honorifique de Hadj ou Pèlerin. Le père et le fils, soit à l'aller, soit au retour, s'arrêtèrent en Égypte. Mehemet-Ali y régnait. Ils admirèrent ses établissements, et peut-être sa gloire ne fut-elle pas étrangère au développement de leur ambition. Cependant, revenus sur le sol des Hachem, ils vécurent dans une sorte de retraite jusqu'à la chute du gouvernement turc.

La chute de ce gouvernement fut le signal d'une émancipation passagère des tribus arabes. Sidi-el-Hadj-Mahi-ed-Din marqua naturellement dans ce mouvement, et devint bientôt le centre de tout ce que la partie de la province d'Oran qui avoisine Mascara comptait de décidé à vivre en liberté. Le bey Hassan, menacé par les Français, eut même recours à lui. Mahi-ed-Din voulait lui donner asile. Son jeune fils l'en empêcha, en lui représentant qu'une alliance avec les anciens oppresseurs de leur pays, même mahométans, compromettrait l'influence de la famille. Hassan se rendit à nos troupes. Dès ce moment, le marabout des Hachem et les siens regardèrent la souveraineté de la province comme devant leur revenir.

Plusieurs circonstances recommandaient déjà aux tribus le jeune

fils de Lalla-Zhora et de Mahi-ed-Din. Lors du pèlerinage à la Mecque, son père ayant été arrêté par Hassan, Abd-el-Kader avait trompé celui-ci par une ruse hardie. De plus, à la Mecque, Mahi-ed-Din avait vu en songe Muley-Abd-el-Kader, le patron du futur émir. Le tout-puissant Muley n'avait pas manqué d'annoncer en songe à plusieurs que le fils du marabout des Ghris serait sultan. D'autres prophéties circulaient. A la Mecque, un simple nègre ayant apporté à Hadj-Mahi-ed-Din trois présents pour chacun de ses enfants, lui dit en lui présentant les deux premiers de ses dons : « Voilà pour l'aîné, voilà pour le plus jeune. — Et le troisième présent? demanda le marabout. — C'est pour le sultan, répondit l'Abyssinien. — Pour quel sultan? répliqua Mahi-ed-Din. — C'est pour ton second fils, celui qui t'accompagne; il commandera un jour aux croyants. »

Sidi-Hadj-Abd-el-Kader venait en outre de contracter une alliance qui resserrait les liens de sa famille. Cette alliance, bien que modeste, ne s'était pas faite sans bruit. On nous pardonnera de la raconter brièvement, quoique l'entourage appartienne plutôt à la fiction qu'à la réalité; car, ainsi que tous les héros de l'Orient, le vainqueur de la Macta a sa légende qui se mêle à l'histoire.

La légende poétique d'Abd-el-Kader commence par ses amours avec la belle Kheïra. Elle n'a rien que de simple et d'oriental, et comme l'amour naît partout, même dans la Bible, d'une rencontre inattendue, d'une étincelle qui jaillit de deux beaux yeux et tombe en l'enflammant sur un cœur vierge, nous sommes tout disposé à ne rien révoquer en doute de cette légende. La voici telle qu'on la raconte :

Hadj-Abd-el-Kader avait été envoyé par son père Mahi-Eddin à Sidi-Aly-ben-Thaleb, son oncle, marabout des Garabas. Il cheminait à cheval, seul, s'abandonnant à une rêverie vague, quand au détour d'un sentier il se trouva face à face avec deux femmes qui revenaient d'un bain pratiqué pour elles à une source voisine. Ne redoutant la rencontre d'aucun étranger, elles laissaient leur visage à découvert. A l'aspect du jeune cavalier, elles se voilèrent précipitamment, mais non pas assez vite pour que le fils de Mahi-Eddin ne reconnût que l'une d'elles était un vrai modèle de beauté; et en effet, il lui avait été donné de voir le visage de sa cousine Kheïra, de celle dont les femmes de la contrée vantaient les rares perfections. Il ignorait, du reste, qu'elle fût de sa famille, quand, introduit sous la tente de son oncle, il la reconnut, malgré son voile, à sa taille, à sa démarche, et peut-être aussi aux battements d'un cœur de vingt ans. De retour à la guetna paternelle, il ne goûta plus ni de jour ni de nuit aucun repos, songeant à sa belle parente. De son côté, celle-ci se désolait. Dans sa pensée, qui s'exagérait en ce point les naïfs préjugés de sa race, elle était déshonorée si tout autre qu'Abd-el-Kader, qui avait le premier vu sa figure, devenait son mari. Il ne lui restait plus qu'à mourir. Une de ses servantes, à laquelle elle conta son chagrin, se chargea de la tirer de peine. Elle avait souvent aperçu depuis la rencontre le fils de Mahi-Eddin rôdant autour du douar. Elle se mit un soir en embuscade, et le surprit qui, l'oreille collée à la tente des femmes de Ben-Thaleb, écoutait Kheïra chanter la chanson des trois frères qui tuent leur sœur parce qu'elle a paru sans voile devant un étranger.

Vous aimez Kheïra? lui dit-elle. — Abd-el-Kader, tirant son poignard, voulut la tuer; elle s'enfuit en lui jetant un bouquet de la part de sa maîtresse. — Inutile d'ajouter que le fils de Mahi-Eddin revint le lendemain à l'heure où le silence de la nuit protége le mystère des amours; il trouva Kheïra au rendez-vous, et lui jura de la demander à son père. Malheureusement un homme de la tribu les avait vus. C'en était fait de Kheïra s'il parlait. Le yatagan d'Abd-el-Kader le mit dans l'impuissance de rien révéler; les eaux du Fken firent le reste.

A quelques mois de là, les familles des deux frères célébraient un mariage qui resserrait les liens de leur parenté.

Que cette légende soit vraie ou non dans ses détails, il est certain que Kheïra est restée toujours la femme préférée de l'émir, le courageux quoique frêle soutien de ses travaux et de ses périls. L'histoire, qui ne se mêle qu'avec la plus grande réserve à la vie privée, doit regarder comme une calomnie ce que plusieurs recueils périodiques ont cru pouvoir, dans un moment où les haines de la guerre subsistaient avec tout leur fiel, raconter des relations de la sultane et du grand kalifa Sidi-Em-Barek. Toute la vie de l'émir et de sa famille répond à cette calomnie.

D'ailleurs entre Sidi-Em-Barek, brave, entreprenant, hardi, mais subalterne et borgne, et Abd-el-Kader, le type le plus parfait, quoiqu'un peu mignon, de la race arabe, nulle comparaison n'est possible, pas plus pour la gloire que pour la beauté physique. Le portrait de l'émir a été tracé mille fois : front large et poétique, un peu nuageux; figure régulière, pâle, d'ordinaire soucieuse, mais s'animant facilement et renvoyant avec éclat les diverses impressions venues de l'extérieur; de beaux yeux noirs, doux et magnétiques, bleuissant dans la colère; taille petite, mais prise avec avantage; l'allure trop vive peut-être depuis qu'il est devenu un homme de salon, mais au temps de sa jeunesse contenue et presque ascétique; la tête penchée en avant comme Alexandre et Napoléon; les mains blanches et très-soignées; la parole facile, rapide, articulée, vibrante; les manières polies, empreintes d'une grande distinction; tel est Abd-el-Kader. Ces avantages étaient rehaussés, en 1832, chez le jeune émir, par une habitude prématurée des armes et du cheval, par une merveilleuse souplesse de corps, par une bravoure encore inexpérimentée mais à l'épreuve de tous les périls, par une sobriété tout arabe, par une générosité princière; enfin, par cet entrain si précieux chez un chef, entrain qui consiste dans un je ne sais quoi plus facile à reconnaître qu'à décrire.

Abd-el-Kader fit ses premières armes dans les attaques dirigées contre les Français maîtres d'Oran, durant le mois de juin 1832. Il paraît certain que ce fut lui qui décida les Arabes à se déclarer à la fois contre les Turcs et contre la France, et à proclamer l'indépendance de leur sol. Son père, Mahi-Eddin, voulait soutenir Hassan-Bey, Abd-el-Kader lui fit comprendre qu'il valait mieux laisser détruire l'un par l'autre deux ennemis communs.

Les attaques du mois de juin n'aboutirent à aucun succès. Mais la brillante ardeur que le marabout et son fils y déployèrent signala les deux chefs à l'admiration des tribus. Une partie des Gharabas et des Beni-Amer leur proposèrent de prendre le commandement supérieur de l'insurrection, qui s'étendait alors depuis la côte oranaise jusque dans tous les douars de l'intérieur où le nom français était parvenu. Elle comprenait particulièrement la ville de Mascara, qui s'était formée en république. La proposition des Gharabas et des Beni-Amer fut accueillie avec joie. Seulement, dans l'assemblée générale qui eut lieu à Erseblia (le 27 novembre 1832), Mahi-Eddin refusa le commandement pour lui-même. Il représenta aux délégués arabes que son grand âge l'empêcherait d'agir activement. La parole, voilà quelle était sa seule arme. Pour chasser les Français et empêcher à jamais le retour des Turcs, il fallait un chef jeune, ayant devant lui de longs jours, et portant sur son front le signe de l'avenir. Les délégués comprirent facilement qu'il désignait un de ses fils à leur choix; mais la jeunesse d'Abd-el-Kader les arrêtait. Mahi-Eddin dissipa leurs scrupules en leur racontant, avec l'autorité du saint et de l'inspiré, diverses visions qu'il avait eues. Un de ses collègues, Sidi-el-Harach, vint à son aide. Il avait vu en songe, pendant la nuit même qui avait précédé l'assemblée, une grande plaine au milieu de laquelle s'élevait un trône doré. Muley, le Tout-Puissant lui-même, se tenait près de là, et comme Sidi-el-Harach lui demandait en tremblant quel était le prince puissant qui s'assoirait sur ce trône encore vide, le saint vénéré avait répondu que ce serait le troisième fils de Mahi-Eddin, Hadj-Abd-el-Kader.

Les délégués ne furent pas aussi convaincus que l'on pourrait le croire. Le trône surtout leur déplaisait : ils voulaient un chef, et non un maître. Les marabouts virent la faute qu'ils avaient commise, et dans une autre assemblée Mahi-Eddin eut recours à un trait plus habile.

— J'ai reçu une nouvelle visite de l'envoyé de Dieu, s'écria-t-il. Le prophète nous ordonne de nous armer. Il m'a laissé le choix ou de vous guider ou de vous faire guider par mon fils. Si je vous guide, mon fils meurt, et vous êtes vaincus; si c'est lui que vous choisissez, je n'ai plus que quelques mois à vivre, et vous êtes vainqueurs. Eh bien! enfants des Nachems, je me sacrifie. A moi la mort, à vous et à mon fils la victoire!

Cette fois l'enthousiasme fut à son comble. Mahi-Eddin en profita pour s'écrier en se précipitant aux pieds de son fils : « Je salue le sauveur de la vraie prophétie! » Aussitôt chacun voulut l'imiter. Ce fut à qui baiserait les pieds du jeune émir. De ce jour on le regarda comme le sultan. Il n'y eut enfin que le parti qui ne voulait obéir à personne et désirait vivre dans la plus complète indépendance. Mais ce parti se réduisit bientôt à peu de chose, car la ville de Mascara reçut à quelque temps de là le jeune émir en triomphe. Cependant, au sein de sa propre famille il resta des ennemis à Abd-el-Kader. Son frère aîné, Maly, essaya dans la suite de se faire proclamer sultan par les tribus du désert. Nous verrons aussi surgir d'autres rivaux de cette puissance nouvelle créée tout à coup dans la plaine des Ghris.

En attendant, Abd-el-Kader essaya vainement de nouvelle tentatives contre Oran. Le général Boyer le repoussa dans plusieurs combats où se distinguèrent entre autres officiers le général Trobriant et le colonel de l'Étang. Le général Boyer sut aussi déjouer plusieurs intrigues liées dans la place par les amis de l'émir. On lui a reproché d'avoir agi avec une excessive cruauté. Le gouvernement crut aux accusations dirigées contre lui et le rappela en France. Il fut remplacé par le général Desmichels, qui était destiné à augmenter outre mesure la puissance du fils de Mahi-ed-Din, comme nous le verrons au chapitre onzième.

CHAPITRE X.

Commandement du général Voirol. — Création du bureau arabe. — Le capitaine la Moricière. — Expédition de Bougie. — Les Kabyles.

En même temps qu'Abd-el-Kader jetait les fondements de sa fortune, celui qui devait y mettre fin s'élevait aussi. Le capitaine des zouaves, la Moricière était mis à la tête du premier bureau arabe qui ait été créé en Algérie. Ce fut le général Trézel, chef de l'état-major de l'armée, qui fit ce choix pendant le commandement intérimaire du général Avizard auquel était échu le gouvernement par droit d'ancienneté après le départ du duc de Rovigo.

Le capitaine la Moricière était un de ces hommes qui ouvrent les chemins dans lesquels les autres marchent. Il lui avait suffi d'apercevoir l'Algérie pour la deviner, de rencontrer l'Arabe pour le connaître. Se familiariser avec les habitudes, avec la langue du pays, fut pour lui l'affaire d'un moment. Jeune, entreprenant, passionné, il se recommandait par un esprit plein de portée et de rectitude. S'agiter dans le vide lui eût été insupportable. Nul plus que lui ne faisait bon marché du péril; mais il voulait que le péril lui profitât, ainsi qu'à son pays. Il conçut, dans la modeste position qu'il occupait alors, le plus grand et le plus utile des projets, c'était de vaincre les Arabes autrement que par les armes. L'assimilation, voilà quel fut son rêve. Mais pour l'accomplir, il fallait bien autrement de courage et d'intelligence que pour remporter des victoires sanglantes et sans résultats. Il fallait commencer par se mêler aux Arabes, par n'avoir plus besoin d'interprètes avec eux ; puis faire connaissance avec les chefs, prendre connaissance aussi des affaires intérieures des tribus, se servir de leurs petits démêlés, les conquérir par la franchise et la fermeté des manières, leur inspirer le désir de la civilisation. Les armes n'étaient que le moyen extrême. Plus tard nous verrons le capitaine la Moricière, devenu général, joindre à ce plan que devaient peu à peu réaliser les bureaux arabes, un plan de colonisation non moins remarquable. En attendant, il donna le premier l'exemple. On le voyait, dit l'auteur des *Annales algériennes*, partout où il y avait quelque trouble à apaiser et quelque conquête morale à faire.

Le lieutenant général Voirol étant venu succéder à M. de Rovigo, tandis que d'un côté l'on guerroyait contre les gens de Bouagueb et de Guerrouaou de l'outhan de Ben-Khalil, et que l'on punissait ces malheureux de n'avoir point voulu reconnaître un kaïd que nous leur donnions, le capitaine Lamoricière montrait par une opération plus modeste le parti que l'on pouvait tirer de l'Algérie. Il approvisionnait notre armée de fourrages récolté sur les bords du Hamise, et obtenait par son influence que les Arabes ne troublassent ni les transports ni la fenaison. A quelque temps de là, il ne craignait pas de se rendre parmi les Hadjoutes, de conférer avec eux, essayant d'entraîner leurs chefs. Il reconduisit lui-même à Koléah le marabout Sidi-Allah, depuis longtemps prisonnier à Alger. Rien ne lui paraissait difficile à accomplir.

Malheureusement en France tout homme qui rend des services administratifs, est certain de languir dans son utile position. Quand c'est un homme de guerre, il risque fort de voir son mérite rabaissé. Des campagnes, des campagnes, et toujours des campagnes, voilà ce qu'il faut pour arriver à un grand nom. Le résultat ne fait rien à la chose. Le capitaine la Moricière quitta la direction du bureau arabe pour suivre l'expédition de Bougie, dont il avait en partie préparé les plans.

L'expédition de Bougie allait mettre les Français en rapport avec une population nouvelle pour eux, celle des Kabyles. Si elle réussissait, c'était un grand coup de frappé en Algérie. Outre que Bougie est par sa position un point important, elle empruntait précisément à la réputation des tribus environnantes une haute renommée de force. On n'évaluait pas à moins de vingt mille hommes la puissance armée que ces tribus pouvaient mettre sur pied. Parmi ces tribus distinguaient celle de Mezzaïa, les Beni-Messaoud, les Beni-Mimour, les Beni-Amrous, les Ouled-Aly, les Beni-Mohammed, les Beni-Hassem, les Beni-Segrouel, les Beni-Amram, Beni-Kersilia, Beni-Hidel, les Ouled-Abd-el-Djebaar, les Senadja, les Beni-Immel, Beni-Ourgli, les Toudja, les Fenaya, les Nedjamen, les Oulad-Ameriou, les Beni-Barbaches, Beni-Soliman, Beni-Gratib, Beni-Djelleb, Beni-Chebana, Beni-Oudjan, les Kifser, les Msisna, les Adjessa, et surtout les célèbres Beni-Abbès et les Greboula. Ces tribus sont distribuées sur le long du littoral ou sur les bords de l'Adouze, qui prend les noms de Summan et d'Oued-bou-Messaoud, et qui traverse le pays du sud au nord, ou dans l'intérieur des terres. Elles ont une certaine industrie et quelques villes comme Kela et Akrib. La passion de la liberté remonte chez elles à l'antiquité la plus haute. Elles se gouvernaient presque toutes d'une manière purement républicaine. D'ailleurs se contentant de peu, et laborieuses absolument comme nos montagnards de l'Auvergne, mais guerrières au dernier point, et incapables de céder sur l'article de l'indépendance.

Le capitaine la Moricière s'était chargé de reconnaître la place même de Bougie. Le chef du port de cette ville, Boncetta, l'y introduisit; mais à peine y eut-il su son arrivée, qu'une sorte d'émeute se produisit. La population mit le feu à la maison de Boucetta, et le jeune officier des zouaves courut les plus grands dangers. On lui a reproché d'avoir exagéré les facilités de l'attaque. Il est permis de croire qu'il les exagéra de très-bonne foi. Certains esprits regardent comme faciles les choses les plus ardues parce qu'ils ont l'habitude ou la prescience du succès.

L'expédition fut préparée à Toulon. Le général Trézel en eut le commandement. Il opéra son débarquement le 29 septembre; mais rien de ce qui avait été prévu et écrit ne fût exécuté. Les Kabyles, par leurs attaques impétueuses, dérangèrent tous les plans. Les forts que l'on n'espérait pas emporter, si ce n'est avec de grandes pertes, furent enlevés dès les premiers jours; mais les Kabyles firent de chaque maison, de chaque mur, une autre forteresse. Il fallut bientôt se retrancher soi-même et attendre des secours d'Alger. Ce ne fut qu'au bout d'un mois que Bougie se trouva complétement avec ses dépendances au pouvoir des Français. Le général Trézel en laissa le commandement à cet héroïque commandant Duvivier, que nous avons admiré déjà dans plusieurs combats, et qui, avec le capitaine la Moricière, avait été l'un des héros de l'expédition. Duvivier n'eut pour défendre la nouvelle conquête de la France contre les tribus kabyles entièrement soulevées, que trois bataillons d'infanterie et un escadron de cavalerie légère.

L'occupation de Bougie fut le principal incident militaire du commandement général de M. Voirol. Nous ne saurions raconter la foule de petits faits administratifs ou guerriers qui signalèrent ce gouvernement. On le regarde généralement comme l'un de ceux qui apportèrent le plus de profit à notre influence. Dans la province d'Alger, une série d'expéditions partielles, les progrès du bureau arabe, une administration conciliante et douce, quelques razzias bien conduites et dont nos alliés eurent leur part, amenèrent la soumission d'un grand nombre de tribus. Suivant la pensée du capitaine la Moricière, on se vit, on se mêla, on alla les uns chez les autres. Les deux civilisations se tendirent plusieurs fois la main. Quant aux événements militaires, les principaux sont dans les autres provinces, et cela se conçoit; ce n'est jamais dans le voisinage d'un grand centre d'occupation que se trouve le plus fort d'une guerre d'envahissement, c'est toujours aux extrémités. Aussi nous faut-il retourner à Oran, où nous allons trouver le général Desmichels compromettant l'œuvre entière de la conquête.

CHAPITRE XI.

Le général Desmichels à Oran — Expédition de Mostaganem. — Accroissement d'Abd-el-Kader. — Premier traité avec lui. — Ligue contre son autorité dans la province. — Fautes du général Desmichels.

Nos plus grands malheurs en Algérie remontent au commandement du général Desmichels à Oran. Ce général commit deux fautes qui eurent des conséquences terribles. Il refusa de traiter avec Mustapha-ben-Ismaïl, chef des douairs, et traita avec Abd-el-Kader. Ce n'est point que ce général manquât ni de capacité ni de courage, mais il vit mal les choses. Il crut qu'il valait mieux pour la France avoir affaire à une puissance régulière qu'à plusieurs petits chefs. Après avoir essayé inutilement d'arrêter les progrès de l'émir, fasciné pour ainsi dire par ses grandes qualités, il traita avec lui, espérant qu'il ne troublerait pas l'occupation française du littoral. Les événements démontrèrent la fausseté de cette espérance.

Aux premiers coups que le général Desmichels, arrivé à Oran le 23 avril 1833, frappa au dehors, on aurait pu cependant s'attendre aux actes les plus brillants. Dès le commencement de mai, il sort de la place avec deux mille hommes, et tombe au point du jour sur la puissante tribus des Garabas, dont l'émir tire son origine. Il la disperse et la pille. Aussitôt toutes les populations des douairs environnants se soulèvent. La colonne est assaillie à son retour par des nuées d'ennemis. Elle fait bonne contenance, ramène intactes ses riches prises, et Oran est ravitaillé.

Les Garabas ne pouvaient point ne pas être vengés par Abd-el-Kader. Celui-ci et son père Mahi-el-Din montent à cheval. A leur voix tout, dans un rayon immense, se trouve debout en un instant. Ils viennent à la tête de ce monde s'établir au Figuier, à trois lieues d'Oran. Desmichels, n'écoutant que son seul désir de frapper un nouveau grand coup, sort comme précédemment de nuit pour surprendre le camp ennemi. Mais, soit défaut de confiance, soit renseignements plus positifs sur la force des Arabes, il se laisse arrêter, et se contente de présenter la bataille à l'émir en avant de la place. L'émir ne l'accepte pas. Desmichels établit un blockhaus pour lui montrer qu'il ne doit pas s'attendre à voir les Français reculer. L'émir se décide alors à l'attaque. Notre général appelle toutes ses troupes, et repousse les Arabes dans leur camp du Figuier, après leur avoir fait subir de grandes pertes.

Il fallut poursuivre ce succès, et la puissance naissante d'Abd-el-Kader s'écroulait. Mais on le laissa reprendre l'offensive; il vint attaquer le blockhaus, et ne se retira qu'après avoir constaté que les Français se retranchaient dans la place.

Une autre expédition du général Desmichels, entreprise contre Mustapha-ben-Ismaïl, chef des douairs et ennemi d'Abd-el-Kader, fut également sans résultats. Le commandant de la province se jeta alors sur Arzew, dont il s'empara presque sans difficulté. De son côté, Abd-el-Kader ne s'endormit pas dans l'oisiveté. Il réussit à faire considérer plusieurs actes de clémence du général Desmichels comme autant d'actes de faiblesse. Il enleva jusque dans Arzew un de ses ennemis, nommé Bétouna, et le fit exécuter. Profitant des divisions des habitants de Tlémecen, il y fit reconnaître son autorité. Il n'y

eut que les Turcs et les Koulouglis, cantonnés dans le Méchouar, qui refusèrent de se donner à lui. Toutefois, il réussit encore dans cette entreprise à se débarrasser d'un ennemi dangereux nommé Ben-Nouna, chef de la ville, et qui se réfugia près de l'empereur de Maroc. La mort du marabout Mahiddin vint d'ailleurs confirmer en ce moment solennel pour lui les prédictions faites à l'assemblée d'Erschia. Elle le laissa de plus maître absolu de ses actions, qui devinrent peu à peu plus téméraires et plus entreprenantes.

Le général Desmichels ne s'était pas contenté de prendre Arzew ou plutôt la Mersa : il s'était emparé de Mostaganem, où le kaïd Sidi-Ibrahim avait alors la principale influence. Les Arabes du parti de l'émir voulurent s'opposer à ces diverses conquêtes; mais ils n'agirent que tièdement, et furent facilement repoussés. Le commandant français, après avoir laissé garnison dans les nouvelles places d'occupation, revint à Oran, qui continuait à être le point de mire des attaques partielles des tribus. Ayant à se plaindre des Smela, il fit partir le lendemain même de son retour, le 5 août, une petite colonne aux ordres de M. de l'Étang pour punir cette tribu.

La colonne accomplit heureusement son expédition; mais les Arabes se rallient aussitôt qu'ils la voient commencer son mouvement pour rentrer dans la ville. Une partie d'entre eux, profitant de la lenteur avec laquelle marchent nos fantassins accablés de chaleur et portant leurs blessés, prennent les devants et incendient tout sur le chemin que nos troupes doivent traverser. Celles-ci s'effrayent, se découragent. Quelques soldats jettent leurs armes et se préparent à mourir sans lutter; mais la cavalerie, moins fatiguée, fait la meilleure contenance. Elle se range autour des fantassins, décidée à les sauver ou à périr. Pendant qu'elle combat si héroïquement et avec une si noble solidarité, un officier d'ordonnance, M. Desforges, a l'audace de rentrer seul à Oran pour prévenir le général en chef; il réussit. Des troupes fraîches arrivent. Les Arabes s'enfuient. La colonne est sauvée.

Abd-el-Kader commençait dès lors à jouer ce fameux et difficile jeu des barres qui lui a réussi pendant tant d'années. On le voyait partout où nos généraux n'étaient pas. Il vint attaquer Mostaganem aussitôt que Desmichels fut à Oran, et l'assiégea durant plusieurs jours. Le canon d'un brick français, alors au mouillage, et l'héroïsme d'une compagnie cantonnée dans un marabout, qui fut le principal objet des efforts de l'émir, firent justice de ses attaques. Cependant ses Arabes faillirent s'introduire par surprise dans le corps de la place. Le lieutenant Giraudon éventa cette surprise, et les repoussa au moment où ils allaient faire sauter une partie des murs. Abd-el-Kader se retira.

Dans l'esprit d'un tout autre peuple que les Arabes, ces retraites continuelles lui eussent causé un tort des plus graves. Dans la pensée des populations de la province, elles attestaient sa prudence. Il battait d'ailleurs continuellement la campagne, forçant les hommes des tribus à le suivre, empêchant tout commerce avec nous, punissant d'une manière terrible les relations plus suivies. Nos troupes avaient pu supporter dans les premiers temps les désavantages de cet isolement; mais ces désavantages devenaient de jour en jour plus sensibles. Les tribus s'étaient retirées de la portée de nos attaques. La capitale de nos possession oranaises ne recevait plus de vivres que par mer. Au lieu de sortir de cette situation par un grand effort en attirant, par exemple, l'émir à un combat en règle et en le battant, le général Desmichels prêta l'oreille à des propositions que des Juifs, privés des gains de leur commerce, attribuèrent à Abd-el-Kader. Ces Juifs rapportèrent, d'un autre côté, à l'émir que le général ne serait pas éloigné de traiter. Abd-el-Kader était trop habile pour ne pas saisir l'occasion de se faire reconnaître par la France comme il était déjà reconnu par les Arabes de la province. Il envoya un de ses officiers, *Miloud-ben-Harach*, pour demander sur quelles conditions on traiterait avec lui. On l'accueillit favorablement, trop favorablement. Le général Desmichels ne sentit pas la portée de ce qu'il allait faire. Il ne comprit pas qu'il créait un représentant par excellence de la liberté et de la nationalité arabes dans la province d'Oran, qu'il donnait un centre aux tribus, et la convention ci-dessous fut conclue :

DU CÔTÉ DES ARABES.

« Les Arabes auront la liberté de vendre et acheter de la poudre, des armes, du soufre, enfin tout ce qui concerne la guerre.

» Le commerce de la Mersa (Arzew) sera sous le gouvernement du prince des croyants, comme par le passé et pour toutes les affaires. Les cargaisons ne se feront pas autre part que dans ce port. Quant à Mostaganem et Oran, ils ne recevront que les marchandises nécessaires aux besoins de leurs habitants, et personne ne pourra s'y opposer. Ceux qui désirent charger des marchandises devront se rendre à la Mersa.

» Le général nous rendra tous les déserteurs et les fera enchaîner. Il ne recevra pas non plus les criminels. Le général commandant à Alger n'aura pas de pouvoir sur les musulmans qui viendront auprès de lui avec le consentement de leurs chefs.

» On ne pourra empêcher un musulman de retourner chez lui quand il voudra. »

DE LA PART DES FRANÇAIS.

« A compter d'aujourd'hui, les hostilités cesseront entre les Français et les Arabes.

» La religion et les usages des musulmans seront respectés.

» Les prisonniers français seront rendus.

» Les marchés seront libres.

» Tout déserteur français sera rendu par les Arabes.

» Tout chrétien qui voudra voyager par terre devra être muni d'une permission revêtue du cachet du consul d'Abd-el-Kader et de celui du général. »

— Et le troisième présent? demanda le marabout.
— C'est pour le sultan, répondit l'Abyssinien.

Ce traité fut, nous le répétons, une faute immense. En matière politique, tant qu'une puissance n'est pas reconnue, elle n'existe pas. Maintenant Abd-el-Kader existait; il existait comme prince des croyants, comme centre de la résistance arabe, comme protecteur suprême de l'islamisme. Il visait les passe-ports aux chrétiens; il était, en un mot, une puissance considérable. Il ne tarda pas à s'accroître encore, et cela en vertu du traité même. On va le comprendre.

Abd-el-Kader, à son passage en Égypte, avait vu le parti que le vice-roi tirait des monopoles. Les Turcs ont eu, de leur côté, de tout temps, des monopoles. Les deys en avaient, et c'était pour eux une grande source de richesses. Sous prétexte de protéger le commerce des tribus, Abd-el-Kader fixa d'abord les prix; puis il se chargea de garantir les ventes, puis enfin il paya lui-même, par l'entremise de son oukil, les prix fixés par lui, quitte à revendre à ses risques et périls. Quand les Français voulurent acheter des grains ou d'autres denrées, ils se trouvèrent en face de lui. Il faisait la loi sur tous les marchés. Instruit de ces faits, le général Voirol blâma sévèrement le général Desmichels, qui répondit qu'il ne s'était nullement engagé sur la question des monopoles. La chose était vraie; mais il n'y avait plus à y revenir, si ce n'est par les armes.

Le général Desmichels eut encore une fois l'avenir de l'Algérie entre les mains. Voici comment.

La paix étant faite avec les Français, Abd-el-Kader pesa nécessairement de tout le poids d'une souveraineté naissante sur les tribus de la province d'Oran. Plusieurs chefs de ces tribus eurent à s'en plaindre. Abd-el-Kader prétendit, par exemple, lever les impôts sans eux, et se mettre au lieu et place des beys, quant à la perception. Une ligue se forma, dans laquelle entrèrent Sidi-el-Aribi, chef de la tribu du même nom; Mustapha-ben-Ismaïl, chef de la tribu des Douers; Kadour-ben-el-Morfy, chef de la tribu des Bordjia, et plusieurs autres mécontents de marque. D'une autre part, les Beni-Amer déclarèrent qu'ils ne voulaient pas substituer un tyran à un autre. Ils refusèrent l'achour à l'émir. Celui-ci, qui ignorait la ligue des

trois chefs, ordonna aux Douers et aux Smélas de les attaquer. Ceux-ci eurent alors une raison de se tenir en armes. Mais que fit Mustapha-ben-Ismaïl? Au lieu de marcher contre les Beni-Amer, il surprit, pendant la nuit du 12 avril 1834, le camp d'Abd-el-Kader. L'émir n'eut que le temps de monter à cheval. Entouré, jeté bas de son coursier, il était presque déjà prisonnier de Mustapha quand un de ses cousins, et en même temps le mari de sa sœur, Mouloud-ben-Sidi-Boutatel, espèce d'Hercule arabe, l'enlève dans ses bras, le jette sur un cheval frais et s'échappe avec lui.

L'instant était favorable pour les Français, car aussitôt les tribus se déclarent contre le vaincu; les Aribs et les Bordjia se réunissent à Mustapha, et celui-ci demande l'appui du commandant d'Oran.

Mais, par une aberration politique inconcevable, le général français s'imagine qu'Abd-el-Kader est devenu odieux aux tribus parce qu'il a traité avec la France. Au lieu d'aider à sa défaite, il lui fait passer quatre cents fusils et de la poudre. Il va plus loin : ayant appris que Mustapha, ne réussissant pas près de lui, s'était adressé au général Voirol, il fait savoir à Abd-el-Kader de ne point se décourager, et, joignant l'action aux paroles, va prendre à Miserghein une position hostile à Mustapha. Celui-ci, menacé à la fois par deux ennemis, perd son premier élan; ses alliés ont peur, et au premier choc d'Abd-el-Kader, qui l'attaque près du Sig avec de nouvelles forces, il voit ses troupes se disperser. Alors il n'a plus qu'à implorer la clémence de l'émir. C'est ce qu'il fait, quitte à se venger plus tard. Abd-el-Kader, ne se sentant pas assez fort pour le frapper, feignit de le recevoir comme auxiliaire et de lui pardonner. Mustapha ne fut pas dupe de sa clémence, et chercha un asile plus sûr dans la citadelle de Tlemcen.

L'émir ne compta plus dès lors dans la province d'Oran d'autres ennemis que les Français et les Turcs du méchouar de Tlemcen. Il demanda du canon à M. Desmichels pour les réduire. Sur son refus, il refusa à son tour d'avoir une entrevue avec lui; puis, n'apercevant plus de bornes à son agrandissement, maître de la province oranaise depuis le Chélif jusqu'au désert, il commença à lier des relations avec

El'e s'enfuit en lui jetant un bouquet de la part de sa maîtresse.

les Arabes des autres provinces, leur demandant de le reconnaître, et leur promettant en retour de chasser les Français. Son principal agent fut le marabout de Miliana, Sidi-Ali-el-Kalati. Ce marabout ne craignit pas de remettre au général Voirol une lettre de l'émir, dans laquelle celui-ci, s'annonçant comme le sauveur de l'ordre dans les tribus de l'Ouest, proposait au commandant général français de venir rétablir aussi la tranquillité parmi les tribus de la province d'Alger et du beylich de Tittery. Sidi-Ali-el-Kalati, poussant même l'audace au delà de toute limite, ajouta que désormais les Français n'auraient pour obtenir le respect des tribus d'autre moyen que de recourir à l'intervention du chef des croyants. Le général Voirol se contenta d'enjoindre à Abd-el-Kader d'avoir à passer le Chélif. Quant à l'ordre qu'il avait rétabli, il le félicitait de cet ouvrage.

Paris. Typographie PLON FRÈRES, rue de Vaugirard, 36.

Sidi-el-Kalati, ainsi repoussé, revint à Mascara, et ne trouva rien de mieux à répandre si ce n'est que le commandant d'Alger voyait avec jalousie que le général Desmichels eût pacifié la province d'Oran. Il ajouta qu'il était pourtant fort heureux que ce général et l'émir fussent bien ensemble. Autrement, disait-il, toutes les tribus de l'Algérie se soulèveraient; elles n'attendaient qu'un ordre de Mascara. Le général Desmichels le crut d'autant mieux qu'il avait d'Abd-el-Kader la plus haute opinion et, dans les meilleures intentions qui soient, il continua ses relations avec l'émir. Celui-ci, de son côté, le maintint habilement dans de bonnes dispositions, et parut ne s'occuper que d'organiser les tribus qu'on lui laissait gouverner depuis le Chélif jusqu'au désert. Mais ses agents se répandaient avec activité dans toute la régence, popularisaient son nom, augmentaient en paroles l'éclat de ses exploits, et préparaient le terrain pour qu'il fût bien reçu quand il aurait assez avancé les choses de façon à pouvoir pénétrer sur la province d'Alger. On en était là quand le comte d'Erlon, envoyé comme gouverneur général pour remplacer le général Voirol, obtint du ministère le rappel du général Desmichels. Ce général eut pour successeur un moins heureux encore que lui!

CHAPITRE XII.

Ordonnance constitutive des possessions a'gériennes. — Gouvernement général du comte d'Erlon. — Abd-el-Kader dans les provinces d'Alger et de Tittery. — Soulèvement des Douers et des Smélas dans la province d'Oran. — Défaite de la Macta.

En France, depuis le départ du duc de Rovigo, les ministères et l'opinion publique étaient en travail d'une organisation de l'Algérie. Cette organisation fut fixée par l'ordonnance du 22 juillet 1834. Les principaux éléments consistèrent dans un gouverneur général relevant du ministre de la guerre et dans un conseil institué près de ce gouverneur, et comprenant un officier général commandant les troupes, un intendant civil, un officier général commandant la marine, un procureur général, un intendant militaire et un directeur des finances. C'était un conseil des ministres au petit pied près d'un roi constitutionnel et responsable. Le comte d'Erlon reçut le titre de gouverneur général. C'était un vieillard qui avait fait ses preuves autrefois, mais que le ministère avait choisi surtout à cause de ses habitudes soumises et prudentes. Il fallait un homme absolument différent, jeune, actif, n'ayant point perdu l'usage des travaux de la guerre, et capable de prendre beaucoup sur lui.

Le comte d'Erlon prit possession de son gouvernement en septembre 1834; ses actes administratifs furent en général dignes d'estime; il établit le régime municipal dans les villes soumises, divisa la banlieue d'Alger en communes, commença l'organisation d'une instruction publique française, constitua des commissions provinciales pour les affaires d'Oran et de Bone, refondit les ordonnances relatives à la justice et à la police; tout cela d'accord avec son conseil, qui le domina souvent. Mais sa conduite politique manqua complètement d'habileté. Il noua avec les chefs arabes des relations en dehors des commandants des places ou des provinces. C'est ainsi qu'à Bougie il dégoûta le brave colonel Duvivier, et traita avec un aventurier, qui se donnait pour chef des Kabyles. Si cet aventurier, nommé Oulid-Ourehbah, eût été comme Abd-el-Kader un homme de génie, nous eussions eu de ce côté-là un nouveau traité Desmichels. Dans la province d'Alger, il laissa commencer l'interminable guerre des Hadjoutes. Mais c'est dans la province d'Oran qu'il accumula les fautes:

Il fallait évidemment changer de politique à l'égard d'Abd-el-Kader. Le comte d'Erlon était arrivé, bien décidé à opérer ce changement. Il obtint, comme nous l'avons vu, le rappel du général Desmichels, et le remplaça par un homme tout d'énergie et de vigueur, mais moins heureux que brave et moins habile que bon soldat, par le général Trézel. Puis, comme la province de Tittery se trouvait comme abandonnée à elle-même, et que c'était surtout cette province qui était convoitée par Abd-el-Kader, il voulut l'organiser fortement. En conséquence, il résolut d'installer à Médéah un nouveau bey, qui serait soutenu par des forces convenables. Malheureusement, sachant peu prendre sur lui, il en référa auparavant au ministère français, qui n'approuva pas l'expédition. La province de Médéah resta donc ouverte aux entreprises possibles d'Abd-el-Kader.

Celui-ci eut bientôt l'occasion de l'envahir. Un chérif du désert, nommé Mouça, s'alliant à Sidi-el-Aribi et à Mustapha-ben-Ismaël, lui déclara la guerre. L'émir ne l'attendit pas. Mais pour aller jusqu'à lui il fallait passer le Chéliff malgré la défense formelle des généraux français. On rapporte qu'il eut un moment d'hésitation; mais quand il eut appris que son compétiteur Mouça était entré lui-même à Médéah, à la tête des Dorkaoui, il franchit ce nouveau Rubicon, et arriva à Milianah. Ce fut alors une fête, un enthousiasme inexprimable dans l'ancien beylik. Les tribus, hommes, femmes, enfants, vieillards abandonnaient les douairs, et venaient baiser les pieds du libérateur. L'entraînement des populations fut bien plus grand encore quand il eut vaincu les Darkaoui près de Haouch-Amoura. Eût-il en ce moment voulu rétrograder que cela lui aurait été impossible. Le flot populaire le porta à Médéah; cette ville désolée par tant d'invasions, livrée à l'anarchie, le reçut comme un sauveur.

Qui fut bien perplexe de ces succès? nous n'avons pas besoin de le dire. Le général Trézel proposait un plan qui eût pu réussir: c'était de répondre au passage du Rubicon-Chéliff par une marche hardie sur Mascara. Mais le comte d'Erlon l'empêcha de mettre ce plan à exécution: lui qui avait tant désapprouvé la politique de transaction, il l'adopta tout à coup; il laissa l'émir installer un des siens comme bey de Milianah, et, au lieu de le menacer, continst son ambition à force de caresses et de promesses. Ce fut le plus beau temps peut-être de la puissance d'Abd-el-Kader; si les limites de son empire étaient encore restreintes, tout le monde, dans ces limites, le respectait. La plupart des tribus, n'appréciant que les bienfaits de l'ordre, oubliaient leur esprit d'indépendance pour le saluer sultan. Il répondait à leur confiance en veillant à la sûreté des routes et des marchés. Il réformait la justice et les impôts. En même temps, prévoyant le moment où il aurait besoin d'une force organisée, il faisait rechercher par ses agents les ouvriers les meilleurs, fondait des fabriques d'armes à feu, et s'entourait d'une milice permanente et régulière, dont une partie l'accompagnait dans toutes ses expéditions.

Cependant tous les Arabes ne voyaient pas du même œil sa puissance croissante. Ses monopoles lui faisaient des ennemis au sein des tribus commerçantes, les Douers et les Smélas étaient de ce nombre; elles voulurent commercer avec les Français sans subir ses exigences. Il leur ordonna de quitter les environs d'Oran, où s'élevaient leurs tentes, et leur assigna une autre demeure dans la montagne. Elles refusèrent d'obtempérer à un ordre qui les ruinait; il les fit attaquer par son agha El-Mzary. Elles n'eurent plus alors d'autre ressource que de se mettre sous la protection de la France; c'eût été une lâcheté que de la leur refuser: le général Trézel en était inca-

RETRAITE DE CONSTANTINE.

... Entre six mille Bédouins et trois cents Français la partie doit être égale...

CHANGARNIER.

pable ; il sortit d'Oran, le 14 juin, repoussa l'agha El-Mzary ; le sur-lendemain il reçut au camp du Figuier les Douers et les Smélas dans l'alliance française ; enfin, poussant plus loin, il vint camper sur les bords du ruisseau de Tlélat, d'où il envoya sommer Abd-el-Kader de renoncer à inquiéter nos alliés. Celui-ci répondit avec hauteur qu'il aurait raison des tribus passées sous le drapeau français, et qu'il les reprendrait, fussent-elles abritées sous les murailles d'Oran. Puis, joignant les faits aux déclarations, il appela toute la province à se réunir sur le Sig. La guerre éclatait donc de nouveau ; le traité Desmichels était rompu.

Dans ces circonstances, le général Trézel commit une grande faute : au lieu de marcher tout de suite sur le Sig, il laissa à l'émir le temps de réunir des forces deux fois plus nombreuses que les siennes. Il ne sortit à sa rencontre que le 26 ; à peine avait-il avec lui 2,500 hommes, et ses vivres étaient presque épuisés.

L'ordre de marche ne fut pas habile : le général, qui disposait d'un régiment de cavalerie, le morcela en trois parties, deux escadrons formant l'avant-garde, deux escadrons flanquant le convoi, et un escadron formant l'arrière-garde ; l'infanterie fut également morcelée, et Trézel n'en plaça pas assez pour soutenir sa tête de colonne.

Vers le matin du 26, à peine cette tête de colonne a-t-elle débou-ché du bois taillis de Mulcy-Ismaël, que des masses arabes, cavaliers et tirailleurs, se précipitent sur elle. L'attaque est si vive, les forces sont si nombreuses, que l'avant-garde plie et se rejette sur le con-voi. Les Arabes la poussent, attaquent le convoi, et parviennent à isoler un des bataillons d'infanterie qui flanquent sa droite. Encore un peu et c'en est fait du corps entier ; mais Trézel, s'inspirant du danger, parvient à enlever une partie de son arrière-garde, et à la faire passer en avant du convoi. Une compagnie d'Afrique, entre autres, se précipite avec un élan irrésistible ; aussitôt chacun reprend courage : ceux qui avaient plié les premiers sont les premiers à char-ger. L'ennemi cède à son tour, et nous laisse ramasser nos blessés et nos morts ; parmi ces derniers est le colonel Oudinot. On était vain-queur ; il fallait prendre un parti : poursuivre son succès, ou profiter du répit laissé par les Arabes pour faire une orgueilleuse retraite. Trézel adopte d'abord la première pensée ; après avoir laissé prendre à ses soldats un repos qui dégénéra, dit-on, en orgie, il pousse au Sig, et y arrive vers la fin de l'après-midi. Les forces arabes campent à une certaine distance. Trézel, voulant effrayer l'émir, l'envoie sommer de nouveau d'avoir à désavouer ses attaques, et à reconnaî-tre l'autorité de la France. Mais Abd-el-Kader connaît aussi bien que le général lui-même la faiblesse numérique des Français et les pertes qu'ils ont faites. Il refuse fièrement, comme à la première sommation.

C'est peut-être le cas de tenter la fortune en appuyant les négo-ciations par une attaque ; mais tout à coup Trézel, qui n'a d'ailleurs pas la main assez ferme pour maîtriser des soldats dont la con-fiance n'est pas complète, Trézel change d'avis : il campe toute la journée du 27 sur le Sig, et le lendemain se met en marche pour gagner Arzew. L'émir, qui cette fois aussi manqua de courage, puis-qu'il n'osa pas venir offrir le combat à cette petite colonne fran-çaise égarée loin d'Oran, l'émir, en voyant ce mouvement rétro-grade, monte aussitôt à cheval, suivi d'une dizaine de mille cava-liers, qui ne tardent pas à tourbillonner autour de nos troupes et à les envelopper ; mais elles font bonne contenance et gagnent du terrain à travers la plaine de Ceïrat, sans rompre un ins'ant leur ordre de marche.

À l'issue de cette plaine, il y a deux routes pour se rendre à Ar-zew : l'une par les collines des Hamian, l'autre par la gorge de l'Ha-bra. La première offre moins de dangers, en ce qu'elle est découverte ; mais, à raison des difficultés du terrain, Trézel craint que son convoi ne puisse la franchir. Il ne réfléchit pas que la seconde est plus facile, l'ennemi, en occupant les hauteurs qui dominent la gorge, peut écraser les troupes qui s'engageront dans celle-ci. En effet, à son mouvement oblique, Abd-el-Kader juge qu'il ne traversera pas les collines des Hamian ; il fait partir à fond de train un millier de cavaliers portant des fantassins en croupe. Cette force se déploie au-dessus du défilé au moment où la colonne française s'y présente, à l'endroit où le Habra, quittant les marais, prend le nom sinistre de Macta.

Là, un chef habile pourrait encore lutter. Il faudrait, par exem-ple, sans ralentir sa marche, envoyer sur les hauteurs des forces suffisantes pour contenir l'ennemi. Mais Trézel ne veut pas dégarnir son ordre de retraite ; deux compagnies seulement sont envoyées pour balayer les collines. Les Arabes en force les repoussent facile-ment, et, ayant l'avantage du terrain, contraignent les Français à rester dans la vallée ; puis ils attendent le passage du convoi. Au moment où la longue file des voitures chargées de blessés et de matériel s'engage dans la gorge, ils se précipitent ; notre arrière-garde voit ce mouvement : elle craint d'être coupée, et, au lieu de défendre le convoi, elle court à droite pour se réunir à la tête de colonne. Plusieurs voitures sont alors pillées ou prises, les blessés qu'elles portent sont égorgés et décapités ; d'autres sont entraînées dans les marais par leurs conducteurs épouvantés, il faut arrêter ceux-ci le pistolet au poing pour les forcer à ne point fuir. C'est

ainsi que le maréchal des logis Fournier sauve vingt blessés : les seuls, hélas !

Cette attaque sur le convoi est quelque chose d'affreux dans les an-nales de la guerre. Cependant elle est le salut de la colonne.

Tandis que les Arabes pillent, coupent des têtes ou s'enivrent, une partie des Français se rallie pêle-mêle sur un mamelon, autour d'une pièce d'artillerie qui tonne en désespérée. Abd-el-Kader les fait attaquer par ses principales forces ; mais ces braves se forment en carré, et, entonnant l'hymne de la république, cette *Marseillaise* qui a le don de transporter les âmes, ils résistent à toutes les atta-ques. Pendant leur résistance, la seconde partie des troupes et ce qui a pu échapper du convoi cherche la route d'Arzew et au milieu du désordre ne parvient qu'avec peine à la trouver. Les défenseurs du mamelon se trouvent tout à coup complètement isolés. Ils veulent tous mourir. Quelques chefs parviennent enfin à les décider à suivre la retraite. Abd-el-Kader n'a point su leur couper le chemin. Ils re-joignent, avec leur pièce d'artillerie prise et reprise deux fois, le gros de nos fuyards.

On vit alors un spectacle véritablement héroïque. Trois ou quatre officiers, Bernard, Allaud, Pastoret, Maussion, ont formé une petite arrière-garde composée de quarante chasseurs, de cinquante soldats de toute arme, et soutenue par de l'artillerie. Cette arrière-garde suffit à contenir les masses arabes. Elle tiraille, charge, tiraille et charge encore. Décimée, elle n'abandonne le terrain que pour mieux résister. Les Arabes ne savent d'ailleurs profiter ni de la position ni du moment critique. Peu à peu leurs furieuses charges se ralentis-sent, leurs cris deviennent moins menaçants. D'une autre part, la voix de nos officiers recommence à reprendre son autorité ; l'ordre se rétablit, le courage et le sang-froid reviennent à tous, et l'on arrive à Arzew le soir, après avoir marché seize heures et combattu quatorze. On avait perdu trois cents hommes ; deux cents autres étaient blessés.

C'était peu pour une pareille déroute ; mais la renommée multiplia bientôt ce nombre. Le revers de la Macta, qui, dans une grande guerre régulière, eût passé inaperçu, fut bientôt appelé à Alger et en France un désastre. Quelques-uns allèrent jusqu'à traiter le brave mais inhabile Trézel de nouveau Varus.

Quant à lui, d'Arzew, il fit ramener une partie de ses troupes par mer à Oran. Mais comme il trouva dans la première ville un renfort aux ordres de la Moricière, alors commandant, et ayant avec lui les capitaines Cavaignac et Montauban, il rentra avec l'autre partie dans Oran par la même porte qui l'avait vu sortir. Le comte d'Erlon ne tarda pas à le remplacer par le général d'Arlanges. Abd-el-Kader ne sut pas d'abord poursuivre son succès, et nous gardâmes les Douers et les Smélas dans notre alliance.

Cependant en France, l'opinion publique, surexcitée par les évé-nements de la Macta, forçait le ministère à donner de nouveau le maréchal Clausel pour gouverneur général à l'Algérie ; il y arriva le 10 août 1835.

CHAPITRE XIII.

Gouvernement général du maréchal Clausel. — Le prince royal. — Mascara. — Le Sig. — Le Méchouar. — Le capitaine Eugène Cavaignac. — Expéditions diverses dans la province d'Oran.

Cinq ans s'étaient écoulés depuis la prise d'Alger, et, à la grande honte de la royauté de juillet, la France n'était guère plus avancée dans la régence que le premier jour. L'opinion publique se pronon-çait avec une énergie croissante contre la manière tiède et embar-rassée dont on conduisait une conquête qui, en raison même de ses difficultés, acquérait une popularité à laquelle il fallait céder. Le maréchal Clausel était une concession faite à cette popularité. Mais pour que le nouveau gouverneur fût à la hauteur de ce que l'on atten-dait de lui, il fallait qu'il frappât de très-grands coups ; ceux qu'il tenta ou ne furent pas assez éclatants ou ne furent pas heureux.

On croyait à cette époque encore pouvoir gouverner les Arabes par les traditions turques. Le maréchal nomma un bey pour Titery et un autre pour Milianah et Cherchell. C'était une faute s'il n'était pas décidé à les faire reconnaître. Le général Rapatel reçut l'ordre d'aller installer le bey de Titery, Mohammed-ben-Hus-sein. Celui-ci avait promis que l'on viendrait de Médéah au-devant de lui. On trouva en effet des Arabes au col de Mouzaïa, mais en armes et disposés à nous repousser ; le général Rapatel ne se crut pas assez fort pour enlever le passage ; il revint à Bou-Farik. Le bey nommé résolut alors de se passer de notre appui. Il franchit l'Atlas par des chemins détournés, mais on ne voulut pas de lui à Médéah. Quant au bey de Cherchell, il fallut l'embarquer de force avec ses gens. Il criait qu'on le conduisait à la boucherie. Les habitants de Cherchell n'en voulurent pas non plus. On le ramena à Alger, et les soldats, toujours disposés à voir le côté plaisant des choses, firent des chansons sur les grandes victoires du maréchal. Celui-ci, arrêté jusque-là par les ravages du choléra, résolut d'agir en personne.

Nous avons vu, sous l'administration du duc de Rovigo, se distin-guer l'agha Sidi-Hadj-Mahi-Eddin-el-Sgher, chef de la famille des Embareks. Ce chef avait été obligé de se soustraire aux persécutions de ses ennemis dans la province d'Alger, Abd-el-Kader lui donna asile, et, reconnaissant en lui de grandes qualités, le prit pour conseil et le donna comme bey ou comme kalifah aux Milianotes. Son administration habile et bienfaisante lui concilia beaucoup de tribus, et son pouvoir gagna de jour en jour en deçà du Chéliff. Il voulut l'augmenter encore, et, réunissant une foule considérable de cavaliers, il fit invasion dans la plaine. Le maréchal Clausel combina contre lui une expédition qui devait en même temps servir à punir les Hadjoutes, dont nos colons avaient continuellement à se plaindre. Cette expédition ne réussit qu'imparfaitement; à l'approche de nos colonnes Sidi-Hadj-Mahi-Eddin se mit en devoir de regagner les montagnes. On ne sut pas lui fermer la retraite. Il échappa après avoir perdu assez peu de monde. Les hadjoutes éprouvèrent une plus rude défaite; mais il était évident que l'incendie se propageait. Le nom d'Abd-el-Kader retentissait jusque dans Alger, et, traversant cette province même, débordait au delà dans le beylik de Constantine, où des intrigues étaient nouées par l'émir, à la fois contre nous et contre Achmet, dernier représentant de la puissance turque. Quant à la province d'Oran, il y eût été le maître absolu sans les postes fortifiés que nous y conservions, et sans la constante inimitié des Douers et des Smélas. Le désastre de la Macta n'avait point intimidé ces tribus; Elles faisaient de continuelles expéditions sur les terres des alliés de l'émir, et venaient ensuite se réfugier sous le canon d'Oran. Il était honteux pour nous que des Arabes nous donnassent l'exemple. On le comprit à Paris, et il fut arrêté que l'on irait détruire la puissance de l'émir dans sa capitale même. On ne savait pas que cette puissance n'avait rien d'assis, rien de saisissable, qu'elle était partout sans être nulle part.

Le maréchal Clausel s'organisa néanmoins pour porter la plus rude atteinte à cette puissance. Il ne s'agissait de rien moins que de prendre et détruire Mascara. Le prince royal, Ferdinand-Philippe, duc d'Orléans, arriva pour prendre part à l'expédition, que l'on regardait comme devant avoir un grand retentissement.

Jamais prince ne fut plus charmant et plus aimé que le duc d'Orléans. Élevé démocratiquement, il possédait néanmoins une exquise distinction. Quoique fils de roi, il ne dédaignait pas le péril. Déjà habile officier sur le champ de manœuvre, il voulait expérimenter ce qu'il savait. L'impopularité de son père l'affligeait; il espérait lui concilier l'opinion en prenant part aux fatigues et aux dangers de nos soldats. Comme tous les hommes qui doivent mourir jeunes, il avait avant l'âge une grande maturité d'esprit. Il voyait juste, sans préventions. Si la Providence lui eût réservé le trône, il s'y serait certainement montré avec avantage. Il eût été patriote, libéral, exempt de toute pensée de résistance systématique, ami des arts et ami du peuple; et la dynastie d'Orléans aurait pu, grâce à lui, se flatter de vivre.

Il ne trouva pas en Afrique ce qu'il pouvait raisonnablement attendre. L'expédition de Mascara ne présenta rien d'héroïque ni de chevaleresque. Elle fut tout bonnement une expédition sagement conduite, mais sans résultats.

Le maréchal Clausel, avant de rien entreprendre, fit occuper l'île d'Haârch-Goon à l'embouchure de la Tafna, afin d'en imposer aux tribus par la crainte continuelle de l'arrivée de nouvelles forces. Il partit ensuite d'Oran, emmenant avec lui environ onze mille hommes formant quatre brigades et une réserve que commandaient les généraux Oudinot, Perregaux, d'Arlanges, l'héroïque colonel Combes et le lieutenant-colonel de Beaufort. On était au 27 novembre; Abd-el-Kader, prévoyant l'orage qui allait fondre sur lui, avait réuni des masses assez considérables. Il s'était pourvu d'armes et de munitions. Il lui en était venu de l'Angleterre et du Maroc. Mais ses forces ne pouvaient pas rivaliser avec celles des Français; aussi ne chercha-t-il jamais le combat durant l'expédition. Il se contenta de tirailler et d'inquiéter l'arrière-garde, manœuvrant assez habilement pour n'être pas saisissable. On vit plusieurs fois, durant la campagne, les deux armées marcher sur deux lignes parallèles s'observant et ne s'attaquant pas. Un seul combat important eut lieu le 3 décembre, quand nous eûmes passé le Sig. Les Arabes furent facilement enfoncés malgré les prudentes dispositions de leur chef, et se rejetèrent dans les montagnes. Le maréchal Clausel, après avoir déployé un grand luxe de manœuvres, força alors sa marche sur Mascara, que l'émir cherchait de son côté à gagner par d'autres chemins. Dans son impatience, il finit par prendre les devants avec le duc d'Orléans et arriva le 6 dans la capitale de l'émir. La ville était déserte, mais abondamment approvisionnée. Par une aberration inexplicable dans un tel homme, le chef de l'expédition ne crut pas devoir occuper la capitale que l'on était venu conquérir. Au bout de deux ou trois jours l'armée reprit le chemin d'Oran cherchant vainement à s'expliquer le but de sa course, qui n'était pas apparemment une simple promenade à Mascara. L'émir put à son aise rentrer dans sa capitale. On n'en proclama pas moins que la province était soumise, et le vainqueur la divisa sur le papier en beyliks de Tlemcen, du Chéliff et de Mostaganem.

Quant à Abd-el-Kader, il se soucia fort peu de cette division. Aussitôt le retour à Oran de l'expédition, il vint attaquer les Douers et les Smélas jusque sous le canon de la place. Puis il dissipa plusieurs petites coalitions de ses ennemis, qui relevaient la tête chaque fois

que nous paraissions disposés à les protéger. Enfin, ayant appris que le maréchal projetait une marche sur Tlemcen pour porter secours aux Turcs du Méchouar, il résolut de s'en emparer avant nous. Mais, quoique vainqueur des gens d'Angad, qui étaient venus prêter appui aux Turcs, il ne put pénétrer dans la citadelle. Le maréchal, à la tête de sept mille cinq cents hommes, s'étant à son tour mis en marche, vint enfin délivrer les défenseurs du Méchouar. Ces hommes héroïques, qui devaient avoir des successeurs plus héroïques encore, étaient au nombre de sept cent cinquante, dont la moitié désarmés. Ils tenaient tête aux Arabes depuis cinq ans. Abd-el-Kader oublia alors sa prudence habituelle. Il resta dans les environs de Tlemcen, espérant que, comme à Mascara, les Français ne feraient que passer. On avait résolu, au contraire, de s'établir dans la nouvelle conquête. Une partie de l'expédition, ayant dans ses rangs Mustapha-ben-Ismaïl et son ancien agha El-Mzari, sortit contre lui et faillit l'envelopper. Il s'enfuit, laissant lui avoir coupé la retraite sur Mascara; il passa entre les brigades, et l'on perdit bientôt l'espoir de l'atteindre.

Cette expédition, plus heureuse que celle de Mascara, nous valut de nombreuses soumissions de tribus. Le maréchal ne commit pas la même faute que précédemment. Il fit mettre le Méchouar en nouvel état de défense. Mais comme ses instructions s'opposaient à ce que l'on occupât le pays, il se contenta de nous assurer la citadelle. On forma dans les brigades un bataillon de volontaires pour la défendre. Le commandement en fut donné au capitaine Eugène Cavaignac de l'arme du génie.

C'était une pénible et périlleuse mission qu'acceptait le capitaine Cavaignac. Il allait avec sa petite troupe se trouver entouré d'ennemis, ne pouvant espérer que des communications lointaines avec les corps de l'occupation d'Oran. Mais le capitaine Cavaignac était sûr de lui-même. Il savait que jamais une faiblesse ne lui traverserait le cœur. Sa solidité sur le champ de bataille, sa tenue militaire, la plus digne qui fût dans toute l'armée, ses connaissances spéciales inspiraient à ses compagnons une confiance sans bornes. Avec un tel chef, la garnison du Méchouar n'était pas seulement assurée d'être toujours couverte. Elle savait que rien n'était étranger à l'initiative de son commandant. Cette initiative lui promettait des ressources variées. Elle y comptait. Elle y comptait, et elle avait raison. Déjà sur le front méditatif et sévère du simple officier du génie, planait ce signe qui annonce les grands hommes. Le capitaine pensait beaucoup et parlait peu. Jamais son esprit ne restait oisif. Peu soucieux de plaisir, mais avide d'héroïsme, c'était le devoir fait homme. Cet amour du devoir, accompagné d'un désintéressemen poussé à l'extrême, d'une modestie qui lui a fait du tort quand il est arrivé au pouvoir, lui donnait un côté antique saisissant. Ses lectures cultivaient cette grande saillie de son caractère. Plutarque, voilà le livre qui se trouvait à son chevet. Il le lisait encore dernièrement dans sa prison de Ham.

Ajoutez à cela que la sévérité de ses réflexions habituelles ne lui enlevait rien de cette affabilité qui rend le chef si cher aux inférieurs. Au bivouac, au camp, partout, il s'occupait d'abord des soldats, et ne songeait à lui qu'après. Quoique faisant un dogme de l'obéissance, il comprenait une contradiction mesurée, et ne refusa jamais de s'éclairer des avis d'un inférieur. Sobre, d'ailleurs, facile à vivre, dur à la fatigue, il ne regardait pas comme une nécessité d'imposer ses goûts aux autres. Nul ne fut jamais plus tolérant que lui, quoi que l'on en ait dit. Mais doux comme un enfant dans les relations habituelles, le lion se révélait chez lui au moindre éclair de la poudre, à la moindre apparence d'un danger à dompter, d'une victoire à obtenir. Alors avait lieu une véritable transformation. Ses yeux s'animaient, son nez, orgueilleusement recourbé comme celui de l'aigle, aspirait la fumée du combat. A la façon dont il posait le pied sur le sol, on sentait que cet homme de fer ne reculerait pas de la longueur d'un grain de sable. A la manière dont son regard planait sur l'ensemble, on comprenait qu'il ne négligerait aucun détail, et qu'il eût été, l'occasion échéant, aussi bien Kléber ou Moreau que le premier Bonaparte en Italie.

Le capitaine Eugène Cavaignac avait alors trente-deux ans environ. De nombreux services le recommandaient déjà. Ce sera néanmoins l'un des grands honneurs du maréchal Clausel devant l'histoire de l'avoir distingué.

Puisqu'il laissait une garnison dans le Méchouar, le maréchal Clausel devait chercher à assurer les communications entre Tlemcen et Oran. Il résolut en conséquence de reconnaître le cours de la Tafna, et d'asseoir à son embouchure un poste militaire qui fût en relation avec celui d'Haârch-Goon. Cette expédition eut un tout autre caractère que les précédentes. Les amis d'Abd-el-Kader lui reprochaient amèrement de n'avoir rien fait pour empêcher la prise de Mascara et celle de Tlemcen. C'était une injustice : cette injustice le piqua d'honneur. Après sa disparition des premiers jours, il revint sur la Tafna avec plus de forces qu'il n'en avait encore eu. Il espérait, grâce à sa supériorité numérique, et vu l'affaiblissement du maréchal, qui laissait à Tlemcen une partie de ses troupes, trouver l'occasion d'une nouvelle Macta.

Il se trompa; quoique trois ou quatre fois inférieur en nombre, le maréchal Clausel le repoussa dans toutes ses attaques et lui fit éprouver de grandes pertes. Mais il ne put établir les communications qu'il désirait. Il rentra dans Tlemcen sans autres résultats qu'une gloire peu fructueuse; et après avoir achevé l'organisation de la défense du Méchouar, il reprit le chemin d'Oran le 7 février. Abd-el-Kader essaya vainement de s'opposer à sa marche. A force de tactique et d'habiles manœuvres, le maréchal le repoussa encore sans perdre de monde, et atteignit heureusement Oran, où il laissa le général d'Arlanges pour commander la province avec le général Perregaux comme lieutenant. Il quitta les pays de l'ouest à la fin de février, et revint à Alger. Ces deux généraux s'occupèrent, suivant ses instructions, d'assurer les communications entre les diverses places occupées pas nos troupes, et de protéger les tribus qui étaient passées de notre côté. Le général Perregaux fit la promenade la plus heureuse le long du Chéliff. Mais, en avril 1836, le général d'Arlanges, ayant voulu obéir aux instructions du maréchal, quitta Oran avec une assez petite division; à peine fut-il arrivé à l'embouchure de la Tafna, où il établit un camp retranché, qu'il y fut bloqué par Abd-el-Kader, tandis qu'autour de Tlemcen les tribus se soulevaient de nouveau hostilemen', et qu'Oran et Mostaganem avaient aussi à repousser des attaques dirigées contre leurs abords.

Cette situation appela de la manière la plus sérieuse l'attention de la France entière. On comprit que le défaut d'une force suffisante compromettait la conquête. En attendant que l'on fît d'autres efforts, on envoya le général Bugeaud avec le 23e, le 24e et le 62e de ligne, pour débloquer le camp de la Tafna et assurer l'existence de l'héroïque garnison du Méchouar.

CHAPITRE XIV.

Le général Bugeaud. — Ravitaillement de Tlemcen. — Combat de la Sickak.

Le général Bugeaud inspirait au roi Louis-Philippe la plus grande confiance. Il avait promis de vaincre Abd-el-Kader : il devait tenir sa promesse.

Il débarqua à la Tafna le 6 juin. Avant de raconter son expédition, le lecteur nous permettra d'esquisser le curieux portrait de cet homme si remarquable.

Maintenant que Thomas-Robert Bugeaud appartient à l'histoire, on peut dire de lui la vérité.

C'était vraiment un type à part dans la galerie militaire de son temps. Quoique né à Limoges, il avait l'humeur et le sang gascons, mais gascons avec une étonnante bonhomie. Sans le duel qu'il eut avec l'infortuné Dulong, sans la part qu'il fut accusé d'avoir prise aux événements de la rue Transnonain, sans le rôle que l'on supposa qu'il avait accepté près de la duchesse de Berry, il n'y eût pas eu d'homme plus populaire que lui en France, tant, par ses saillies, son entrain et sa manière de ne douter de rien, il savait trouver le chemin si difficile qui conduit au cœur des masses. Quoi qu'il fît, sur le champ de bataille ou dans ses terres de la Dordogne, en face des Arabes comme en face de l'opposition libérale, c'était toujours le même vainqueur, sûr de lui, professant la théorie de la victoire, ne reculant jamais. On a prétendu qu'il représentait à un merveilleux degré le soldat laboureur, on s'est trompé. Il s'entendait sans doute fort bien en économie agricole; mais il n'avait rien de la résignation mélancolique du type populaire que nous venons de nommer, c'était la démonstration incarnée. Il réfléchissait sans doute, et beaucoup, mais pour rien au monde il n'eût dévoré ses réflexions. Napoléon et les généraux de son école cachaient avec soin leurs plans; Bugeaud les disait tout haut. Avant la bataille d'Isly, par exemple, il réunit ses officiers autour de quarante gamelles de punch. Sa figure noble et épanouie à la fois, mélange de sévérité et de bonhomie, respectable quoique attirante, sa figure rayonnait : « Voilà ce que nous ferons, disait-il, et nous serons vainqueurs. Vous pénétrerez au milieu de cette multitude; vous la fendrez comme un vaisseau fend les ondes, sans vous en embarrasser; vous frapperez, allant toujours en avant, sûrs que rien ne se reformera derrière vous; et tout ce monde, qui croit déjà nous envelopper, disparaîtra avec une facilité dont vous vous étonnerez vous-mêmes. » Comme si ce n'eût pas été assez que cet engagement pris si haut et avec tant d'assurance, voici ce qu'il écrivait au ministre de la guerre : « J'ai environ huit mille cinq cents hommes d'infanterie, quatorze cents chevaux réguliers, quatre cents irréguliers, et seize bouches à feu, dont quatre de campagne. C'est avec cette petite force numérique que nous allons attaquer cette multitude qui, selon tous les dires, compte trente mille chevaux, dix mille hommes d'infanterie et onze bouches à feu; mais son armée est pleine de confiance et d'ardeur, elle compte sur la victoire tout comme son général. Si nous l'obtenons, ce sera un exemple que le succès n'est pas toujours du côté des gros bataillons, et l'on ne sera plus autorisé à dire que la guerre est un jeu de hasard. »

Tout le caractère de l'homme est, selon nous, dans ces mots. Quand un général fait preuve d'une telle confiance avant le triomphe, on doit s'attendre à un orgueil exagéré. Cet orgueil n'existait pas chez Bugeaud. Il se bornait seulement à constater par points et circonstances qu'il avait eu raison d'agir comme il avait agi. Aussi était-ce

un excellent professeur de guerre. Si tant d'officiers distingués se sont formés dans nos campagnes d'Afrique, c'est que le général en chef ne gardait ni sa science ni son expérience pour lui. Il démontrait la guerre sur le champ de bataille, comme il démontrait l'agriculture au conseil général de la Dordogne. Louis-Philippe le savait, et c'est pour cela qu'il lui confiait si volontiers ses fils. Bugeaud avait encore une autre qualité précieuse : il ne voulait pas, comme certains supérieurs, tout faire par lui-même; il laissait volontiers gagner de la gloire à ses lieutenants et n'en était pas jaloux. Il leur pardonnait plus volontiers une victoire éclatante qu'une simple critique contre ses opérations. Un grand esprit de justice le guidait ordinairement. Cependant il eut quelques antipathies. Il ne sut pas mettre en action certains caractères héroïques. Il ne reconnut que fort tard les précieuses qualités du général Cavaignac.

Au physique, Bugeaud était ce qu'il était au moral, un homme complet, grand, robuste, le regard vif, le front haut, l'allure dégagée. Il supportait les fatigues sans les rechercher, et les épargnait autant que possible au soldat, dont il s'occupait beaucoup, l'interrogeant, l'encourageant, le haranguant, lui parlant de son père, de sa mère, du pays. Le soldat le récompensait par beaucoup de respect et de confiance. Quand on marchait dans la colonne du général Bugeaud, on était sûr que rien ne manquerait, et l'on marchait gaiement, sans souci, certain de n'être exposé qu'à bon escient. Si ces mots : père du soldat, n'avaient pas été si prodigués, nous les appliquerions au vainqueur de la Sikkah. J'ai voyagé tout un jour avec un gendarme de Lanouaille, en Périgord, et qui l'avait servi. Ce brave homme, nommé Astre, ne pouvait parler sans pleurer de son ancien chef et maître. Il m'en racontait naïvement mille traits de bonté, de malicieuse gaieté, ou de véritable enfantillage. Un jour, par exemple, qu'étant gouverneur, le général traitait sous la tente notre illustre Arago, qui venait s'assurer par lui-même de l'état de la colonisation et de la guerre, il détourna la conversation et la mit sur le chapitre de l'astronomie. « Vous connaissez, dit-il à notre cher savant, toute la carte du ciel?—Presque aussi bien que vous la carte d'Algérie, maréchal.—Eh bien! parions que je vous fais voir un astre que vous ne connaissez pas.—Ce serait fort.—Tenez-vous la gageure?—Je la tiens. » Alors le maréchal appela son domestique. « Comment t'appelles-tu? lui demanda-t-il. —Astre, mon général. — J'ai perdu, s'écria Arago, je ne connaissais pas celui-là. — Eh bien! repartit le maréchal, moi non plus je ne connais pas tout en Algérie; et si chaque poste de l'armée n'était pas à chaque heure du jour, en quelque endroit que ce soit, sur ses gardes les plus complètes, Abd-el-Kader nous ferait souvent voir des étoiles en plein midi. — Je vous comprends, repartit l'hôte du général, vous voulez avoir ma voix à la chambre pour une augmentation d'effectif! —Oui, reprit vivement Bugeaud, il me faut cent mille hommes pour finir la guerre; sur ces cent mille hommes il n'y en aura peut-être que deux ou trois mille qui auront à combattre. — A quoi serviront donc les autres? — A faire sentinelle; ici il faut des vedettes partout, et chaque vedette ne doit pas compter moins d'une brigade bien commandée, faisant faction sur un espace de vingt-cinq lieues carrées, et ne souffrant dans son horizon aucun ennemi. »

Dans cette conversation, qui dura ainsi longtemps sur un ton tantôt enjoué, tantôt sérieux, l'homme de guerre expliquait tout bonnement à un savant digne de le comprendre son plan de campagne. C'était d'organiser un certain nombre de corps de troupes assez forts pour ne craindre aucune surprise et qui seraient chargés chacun d'opérer dans un rayon donné, puis d'envelopper, s'il y avait lieu, l'ennemi par des marches concentriques. Nous verrons plus tard comment ce plan réussit; encore deux ou trois détails sur Bugeaud, et nous reprendrons notre narration. Le futur gouverneur général avait passé par tous les grades de la hiérarchie; né en 1784, soldat dans les vélites en 1804, capitaine au 116e en 1809, lieutenant colonel commandant sous Suchet, en Espagne, vers 1813, colonel en 1814, licencié en 1815, il avait, après quinze ans d'interruption, repris du service en 1830, avec le titre de maréchal de camp, et ses concitoyens de Périgueux l'envoyaient depuis lors à la chambre des députés. La presse, qu'il avait souvent insultée sans aucune justice, le haïssait de même; mais cette haine lui plaisait. Il ne dédaignait pas de répondre aux attaques, et se réjouissait naïvement de trouver hors de la guerre l'occasion de lui et le public.

Arrivé le 6 juin à la Taffna, il ne perdit pas de temps, se mit en marche dès le 12, à minuit; et après avoir une première fois repoussé les forces qui s'opposèrent à son passage, il arriva à Oran le 16, puis alla de là tout aussitôt s'assurer de l'état de la garnison du Méchouar. Quoiqu'en parfaite situation morale sous les auspices du capitaine Cavaignac, que le général Bugeaud félicita tout haut de ses rares qualités, elle avait besoin d'être ravitaillée. Bugeaud retourna de nouveau au camp de la Taffna, et en ramena un convoi d'environ trois cent cinquante chameaux chargés de vivres et de munitions tant pour le Méchouar que pour la petite armée expéditionnaire. Arrivé, le 6 juillet, sur les bords de l'Isser, près de son confluent avec le Saf-Saf, qui s'appelle aussi Sickack ou Sikeh, il eut enfin avec Abd-el-Kader le combat qu'il avait cherché dans ses nombreuses allées et venues. Le récit qu'il a fait de ce combat, peignant à la fois les choses et l'homme, nous donnerons la parole à celui-ci.

Voici le rapport qu'il adressa au maréchal Clausel sur la journée de la Sickack.

« Monsieur le maréchal,

» Ma dépêche télégraphique vous a fait connaître en abrégé notre succès du 6. Mieux qu'un autre, puisque vous avez triomphé souvent, vous jugerez du bonheur que j'ai à vous retracer un combat tel que je l'ambitionnais, à cela près qu'Abd-el-Kader n'a été ni tué ni pris; son cheval seul est resté sur le champ de bataille.

» L'affaire de la Sickack pourrait, sans hyperbole, s'appeler une bataille, puisque toutes les forces dont pouvait disposer mon adversaire s'y trouvaient.

» Il avait appelé du secours de partout pour m'empêcher de ravitailler Tlemcen, et depuis quatre jours il était posté au Telgoat, près de la Tafna; une reconnaissance que j'y avais poussée dans le but de reconnaître la route pour l'avenir, et de lui donner le change, lui avait fait penser que je voulais passer par là, tandis que je n'en eus jamais l'occasion.

» Mon convoi devait être l'objet de son envie, et je comptais làdessus pour avoir avec lui un engagement sérieux, que j'aurais peutêtre cherché vainement par d'autres manœuvres. Se faire attaquer est le meilleur moyen avec un tel ennemi et sur un tel terrain; mais il fallait combattre dans un lieu favorable : ce fut là l'objet de toute ma sollicitude.

» Je partis de Rachgoun (Haârch-Goon) le 4 à quatre heures du soir. Je poussai trois bataillons, aux ordres du colonel Combes, sur la route du Telgoat, et je vins camper avec mon convoi de cinq cents chameaux et trois cents mulets à quelque distance derrière lui. À deux heures du matin, Combes quitta son camp sans bruit et par un sentier à gauche; il fut occuper à deux lieues et demie de là le col de Sab-Chioulé. Une heure après, le convoi et le reste de la division s'y dirigèrent. Le col n'était pas gardé; mais quatre ou cinq cents hommes des Beni-Hamer y arrivaient par l'autre versant. Il était trop tard; à sept heures tout mon convoi avait passé et nous descendions sur l'Isser. Abd-elKader était trop loin pour s'opposer à notre marche. La rivière fut franchie tranquillement, et je campai sur la rive gauche, fort satisfait d'avoir franchi sa chaîne de montagnes sans combat.

» Abd-el-Kader, instruit enfin de ma marche, se rapprocha de moi. À trois heures après midi, quinze cents à deux mille chevaux, aux ordres de son lieutenant Ben-Koume, défilèrent en vue de mon camp sur la rive droite de l'Isser, et vinrent camper à demi-lieue sur ma gauche. Le gros des forces remonta la rive gauche de l'Isser, et vint camper à une lieue sur ma droite. Je jugeai que cette manœuvre avait pour but de m'enfermer le lendemain matin dans le profond ravin de la Sickack que je devais passer deux fois pour me rendre à Tlemcen. Je fis une reconnaissance pour chercher une autre route; mais toutes présentaient des difficultés, soit pour le combat, soit pour le convoi. Je me décidai à franchir la Sickack, et je quittai mon camp à trois heures du matin, dans le double objet de passer le premier ravin et d'être plus près de Tlemcen avant d'être attaqué, afin d'y jeter mon convoi et de reprendre l'offensive dès que je serais débarrassé de cet énorme empêchement. J'annonçai cette résolution aux troupes : « Vous serez attaquées, leur dis-je, demain dans votre » marche; vous saurez un temps souffrir les insultes de l'ennemi, et » vous vous bornerez à le contenir. Mais dès que je pourrai jeter le » convoi dans Tlemcen, vous prendrez votre revanche; vous marche» rez à lui et vous le précipiterez dans les ravins de l'Isser, de la » Sickack ou de la Tafna. »

» Cela s'est vérifié avec un bonheur inouï. Malgré ma diligence, j'ai été attaqué par le camp de ma gauche à quatre heures et demie du matin, lorsque mon convoi n'avait passé qu'à moitié le premier ravin de la Sickack; je l'ai fait contenir par les douairs, un bataillon du 24e et un escadron du 2e chasseurs.

» Le colonel Combes, après avoir passé la Sickack, avait pris avec intelligence une position protectrice du convoi.

» Soupçonnant que la colonne d'Abd-el-Kader ne tarderait pas à paraître sur les plateaux de la rive gauche, je me suis empressé d'y arriver avec la tête de la colonne du centre et ma colonne de gauche.

» Abd-el-Kader y touchait avec environ trois mille chevaux, trois mille Kabyles à pied et son bataillon régulier de mille à onze cents hommes. J'ai déployé le 62e et un demi-bataillon d'Afrique, parallèlement à la Sickack, mais en arrière de la crête, de manière à n'être pas vus de l'ennemi qui nous suivait. J'ai mis en bataille le 23e et un demi-bataillon d'Afrique perpendiculairement à la gauche du 62e. En avant du 23e et parallèlement, j'ai formé en colonnes doubles, échelonnées sur le bataillon du centre, les trois bataillons du colonel Combes, et j'ai jeté en avant, sur le flanc gauche du 62e, deux compagnies d'élite en tirailleurs et les spahis du 2e chasseurs. Le 2e chasseurs a été rappelé en entier et placé en colonne par escadrons vis-àvis l'un des intervalles des bataillons de Combes. Le convoi a été placé dans l'angle rentrant formé par la ligne parallèle et la ligne perpendiculaire à la Sickack. Il était gardé par deux cents hommes du bataillon de Tlemcen et les KouIouglis. Je rappelai les douairs et les tirailleurs qui contenaient les Arabes de la rive droite de la Sickack, afin de leur donner la confiance de passer sur la rive gauche. Les douairs furent lents à se réunir, et ne purent prendre place dans l'ordre de bataille parce que les événements marchèrent trop vite. Je ne connais d'autres défauts à cette intrépide cavalerie, que de se lancer dans le combat avec un tel abandon, qu'on ne peut presque plus disposer d'elle pour les événements subséquents; mais dès qu'elle reconnaît que sa présence est nécessaire sur un point où le combat devient sérieux, elle y accourt d'elle-même. C'est ce qu'elle a fait avec succès durant cette journée.

» On voit par les dispositions indiquées que je vais livrer un combat double sous la figure d'une équerre.

» Contre des armées européennes, cette disposition pourrait paraître vicieuse. On peut croire faible le sommet de l'angle qui peut être enveloppé et écrasé; mais ici cet inconvénient était racheté par ces circonstances que l'une des lignes était couverte par le ravin, et que l'autre appuyait sa droite au même obstacle. D'ailleurs avec les Arabes il n'y a pas de mauvais ordre, pourvu que l'on ait de la fermeté et de la résolution. Je n'aurais pu, du reste, choisir dans tout le pays un champ de bataille plus heureux que celui que m'offrait la fortune. Abd-el-Kader avait derrière lui un plateau facile pour la cavalerie, de deux à trois lieues d'étendue, et entouré sur trois côtés par la Sickack, l'Isser et la Tafna; de sorte que j'étais presque assuré, en le mettant en fuite, de l'acculer à un ravin où il devait éprouver des pertes, pourvu que la poursuite fût vigoureuse.

» J'avais besoin de dix minutes de plus pour finir mes dispositions et distribuer les rôles avec précision. Il fallait aussi donner le temps à l'ennemi de la Sickack de le passer, afin de l'y précipiter. Abd-elKader n'a pas voulu me donner ces dix minutes; il a jeté sur moi mes tirailleurs et mes spahis, et s'est avancé en grosses masses informes poussant des cris affreux. J'ai jugé que c'était l'instant de prendre l'offensive à mon tour, et qu'un mouvement rétrograde pouvait tout compromettre. Après avoir lancé des obus et de la mitraille sur cette vaste confusion, toutes les troupes à la fois se sont ébranlées à mon commandement et ont abordé l'ennemi avec une grande franchise.

» Le combat du plateau était le plus considérable; les trois bataillons du colonel Combes (un du 47e, deux du 17e léger) ont agi avec une résolution et une vitesse remarquables pour des troupes si fatiguées par les marches et par la chaleur. Les cavaliers arabes étaient si nombreux, que la fusillade avec laquelle ils nous ont accueillis ressemblait à un feu de deux rang de notre infanterie. Ils ont plié, mais avec lenteur. J'ai cru le moment favorable pour lancer sur eux le 2e chasseurs. J'ordonnai à ce régiment une charge à fond, qui eut d'abord un plein succès. Les Arabes qui se trouvèrent en face furent culbutés, et un parti d'infanterie kabyle fut sabré; mais l'aile droite des Arabes ayant attaqué le flanc gauche des chasseurs, pendant que d'autre infanterie sortie du ravin les fusillait par le flanc droit, ils se sont retirés avec quelque perte, et sont rentrés sous la protection des bataillons que je menais à leur secours presque à la course. L'artillerie, aux ordres du brave colonel Tournemine, suivait ces mouvements rapides, bien que cela parût impossible auparavant avec le matériel des montagnes. Les Arabes ont plié une seconde fois; une seconde fois aussi je leur ai lancé ma cavalerie. Mais alors quatre cents douairs m'avaient rejoint. Malheureusement leur aga Mustapha venait d'être blessé d'une balle à la main. Malgré la privation de cet excellent chef, ils m'ont rendu de grands services; eux et les chasseurs se sont couverts de gloire. Tout a été culbuté, et la cavalerie arabe, embarrassée par son nombre même, a perdu beaucoup d'hommes, d'armes et de chevaux : ses morts et ses blessés sont restés en notre pouvoir. Alors Abd-el-Kader lui-même, dont nous avions aperçu le drapeau en arrière, au milieu de son infanterie régulière, s'est avancé avec cette réserve et la cavalerie qu'il a pu ramener. C'est la première fois, dit-on, qu'on a vu les Arabes employer une réserve ou l'engager avec tant d'à-propos. Ce dernier effort n'a pu nous arrêter un moment; nous nous sommes jetés sur cette troupe, qui, malgré un feu bien nourri, a été rompue et précipitée fatalement sur le point le plus difficile du ravin de l'Isser. Une pente assez rapide aboutit à un rocher taillé presque à pic de trente ou quarante pieds au-dessus de la plage. C'est là qu'un carnage horrible commence et se poursuit malgré mes efforts! Pour échapper à une mort certaine, ces malheureux se précipitent en bas du rocher, s'assomment ou se mutilent d'une manière affreuse. Bientôt cette triste ressource leur est enlevée; des chasseurs et les voltigeurs trouvent un passage et pénètrent dans le lit de la rivière; les ennemis sont cernés de toutes parts, et les douairs peuvent assouvir leur horrible passion de couper les têtes. Cependant à force de cris et de coups de plats de sabre, je parviens à sauver cent trente hommes de l'infanterie régulière. Je vais les envoyer en France. Je crois que c'est entrer dans une bonne voie. L'humanité et la politique en seront également satisfaites. Ces Arabes prendront en France des idées qui pourront fructifier en Afrique.

» Grand nombre de fusils donnés à Abd-el-Kader au temps où il était notre allié sont restés en notre pouvoir. Indépendamment des armes des tués et des blessés, beaucoup de soldats avaient jeté leurs fusils pour se glisser dans les rochers où ils avaient besoin de leurs deux mains. Nos douairs étaient porteurs chacun de deux ou trois têtes et de trois ou quatre fusils. Je leur ai donné tout l'argent que je possédais; mais je leur ai dit que c'était pour les prisonniers, et non pas pour les têtes, qu'à l'avenir je n'en payerais aucune.

» La cavalerie arabe avait lâchement abandonné son infanterie, et s'était enfuie vers la Tafna. Je l'aperçus faisant mine de se rallier au bord du plateau avant de descendre sur la rivière. Je marchai sur elle avec les 17e léger, le 47e, le 23e, l'artillerie, laissant à la cavalerie le soin de poursuivre les restes de l'infanterie et les Kabyles. Cette cavalerie (celle de l'émir) ne m'attendit pas; elle passa la Tafna, et je m'arrêtai sur la rive droite, mes troupes étant très-fatiguées et la chaleur excessive.

» Revenons sur le premier champ de bataille, où le 62e et un demi-bataillon d'Afrique ont dû charger l'ennemi, qui avait attaqué le convoi, et dont partie seulement avait passé la Sickack au moment où j'ai été forcé de prendre l'offensive. Cette portion fut précipitée dans le ravin et fusillée de très-près; elle éprouva des pertes énormes en hommes et en chevaux tués. Après cette charge victorieuse, le 62e, débarrassé de l'ennemi qu'il avait en face, vint appuyer mon mouvement victorieux.

» Dès que la victoire avait été à peu près décidée, j'avais fait filer le convoi sur Tlemcen. Quoique privé de mon parc à bœufs et de toute espèce de ressources pour les officiers, j'ai tenu à coucher sur le champ de bataille pour mieux constater ma victoire. »

Après ce bulletin triomphal, qui selon nous est la meilleure peinture de l'homme, le général Bugeaud signalait aux récompenses les nombreux officiers qui, dans cette circonstance comme en tant d'autres, avaient noblement fait leur devoir.

C'est ainsi que Tlemcen fut ravitaillé une première fois. Notre garnison du Méchouar avait eu de nombreuses attaques à repousser; mais son plus grand ennemi avait été l'ennui, l'ennui accompagné d'une foule de privations. Le capitaine Cavaignac, toujours digne des postes qu'il a remplis, humbles ou élevés, fut complimenté par le vainqueur de la Sickack. « Je demanderai pour vous le grade de chef de bataillon, lui dit Bugeaud. » Mais « cet officier, pour nous servir des expressions d'un livre écrit en 1836, cet officier, d'une vertu et d'un désintéressement stoïques, répondit qu'il n'accepterait rien s'il était le seul qui dût être récompensé. »

Le vainqueur de la Sickack termina sa campagne en incendiant les moissons des tribus du parti de l'émir. C'est de ce moment que date le système de guerre par lequel on a progressivement amené les Arabes à demander merci. Nous n'avons pas à juger ce système, que l'humanité condamne. La seule chose que nous ayons à en dire, c'est que nous demandons ceci à Dieu : puisse-t-il épargner à tout jamais à la France une guerre comme celle qu'elle a faite aux Arabes!

Le général Bugeaud ne fit, du reste, que passer comme un météore dans la province d'Oran. Il devait y revenir à quelque temps de là, et cette fois son passage ne devait être rien moins que glorieux. Nous verrons bientôt comment l'infatigable Abd-el-Kader allait réparer ses pertes. Mais dans le premier instant il fut affecté au dernier point. Les Arabes le quittèrent après avoir pillé ses magasins et coupé une partie de sa tente. Il rentra dans Mascara avec cinquante cavaliers et cent fantassins seulement. Mais c'était un esprit trop fécond en ressources pour que, nos généraux lui laissant du répit, il ne réparât point promptement ses pertes. Ce répit lui fut laissé par suite d'une apathie inconcevable. Il en profita pour rassembler de nouvelles forces, et bien qu'il eût prédit une grande victoire aux Arabes avant sa défaite de la Sickack, les Arabes crurent encore à lui.

CHAPITRE XV.

Au moment où ces événements se passaient dans la province d'Oran, M. Thiers était ministre à peu près dirigeant. Or, quand M. Thiers a été ministre, on a toujours rêvé en France, sinon exécuté de grandes choses. Le maréchal Clausel s'étant rendu à Paris, n'eut pas de peine à faire comprendre au conseil que la guerre que l'on faisait en Algérie était ruineuse et sans résultats ni pour notre puissance ni pour l'éclat de nos armes. D'après son plan, on occupait avec trente cinq mille hommes tous les centres de population, tous les points stratégiques. Clausel s'engageait, dans le mois de septembre, à refaire la conquête de ce beylik de Tittery, si souvent pris et si souvent perdu. Le mois suivant on s'emparait de Constantine, dont on avait destitué le bey sur le papier pour le remplacer par le célèbre Jusuf. Ensuite toutes les forces disponibles devaient être conduites dans la province d'Oran pour en finir avec Abd-el-Kader.

Mais, comme à son habitude, M. Thiers ne fit que passer au pouvoir; on parla de donner à Clausel pour successeur le général Damrémont : celui-ci vint même à Alger. Ces circonstances déterminèrent le maréchal à agir, si bien que son plan ne fut pas mûri. Il se lança dans l'exécution avec tant de témérité et de précipitation qu'il osa tenter d'exécuter ses projets sans recourir à la métropole, et avec

les seules forces qui lui suffisaient à peine à se maintenir dans des limites si resserrées.

Il débuta par une expédition sur la Chiffa, expédition qui avait pour but l'établissement d'un camp sur cette rivière. Cette expédition, reprise deux fois par le général de Brossard, n'eut que de très-petits résultats. Le camp projeté ne fut pas même fondé.

Quant à la tentative sur Constantine, il aurait fallu la mûrir encore plus que celle de la Chiffa. Mais le maréchal se laissa tromper par des promesses et par de faux rapports. On lui représentait la capitale d'Achmet comme devant être trop heureuse d'ouvrir ses portes aux Français, et de se délivrer à jamais du tyran qui l'opprimait. En puis, nous l'avons dit, Clausel avait nommé comme bey de Constantine le célèbre Jussuf. Ce jeune officier, alors à Bone, faisait de son côté des préparatifs pour réaliser son gouvernement *in partibus*. Plein de confiance, il faisait partager au général sa sécurité. On publia des ordres du jour où l'entrée des Français à Constantine était marquée pour ainsi dire à heure fixe.

Quoi qu'il en soit, les provinces d'Alger et d'Oran furent dégarnies pour fournir sept mille hommes, avec lesquels le maréchal croyait pouvoir conquérir la province de l'Est. Ces sept mille hommes formaient quatre petites brigades aux ordres du général de Rigny et des colonels Corbin, Lévesque et Huguet. Le colonel Petit d'Hauterive commandait la réserve, et les 2e, 3e et 4e brigades réunies obéissaient à un général jusque-là toujours peu heureux, à Trézel. On n'emmenait avec soi que pour quinze jours de vivres, dont les soldats portaient la moitié dans leurs sacs. On ne s'était pas même donné le temps de réunir les moyens de transports suffisants. L'artillerie, peu nombreuse, n'emportait que de très faibles munitions. Elle avait en tout de quoi tirer quatorze à quinze cents volées de canon. Il est vrai qu'un prince du sang accompagnait l'expédition, et que, sans nul doute, sous ses yeux, les officiers s'efforceraient de se surpasser. Mais malheureusement ce prince n'avait ni la confiance de la nation, ni celle des troupes. Son caractère froid, sa réserve aristocratique le faisaient passer, à tort peut-être, comme dépourvu des brillantes qualités qui rendaient le duc d'Orléans si cher à ceux dont il était entouré. Ainsi, tous les éléments de l'expédition semblaient choisis pour tourner contre nos armes. Il y avait cependant dans les rangs subalternes de vaillants hommes de guerre, entre autres, et outre quelques-uns de ceux que nous avons déjà vus, le commandant Changarnier.

Changarnier est, comme Bugeaud, un type à part dans notre galerie militaire française. Il y a en lui, quoiqu'il soit né au Nord, plus de l'humeur gasconne. Le castillan domine dans cette brillante figure. Jamais on ne vit plus belle confiance en son étoile et dans les troupes maniées par soi. Longtemps cette étoile fut heureuse ; nous la retrouverons souvent rayonnant avec éclat sur maint champ de bataille. Chose remarquable ! c'était dans un revers que Changarnier allait se révéler, brave à l'excès, indomptable, infatigable, doué de magnifiques qualités militaires, possédant un sang-froid à toute épreuve, dans un moment où presque tout le monde se laissait aller aux incertitudes d'une retraite précipitée.

L'expédition partit de Bone le 13 novembre, par un temps qui, de mauvais, devint bientôt affreux. Il y eut de fâcheux présages, et dont, en pareils cas, nos prédécesseurs les Romains eussent tenu compte. Le bruit du tonnerre, les éclairs, le vent et les rafales répandirent l'effroi non dans l'armée, mais parmi les troupeaux qu'elle traînait à sa suite. Ils se débandèrent, s'enfuirent, et l'on en perdit un certain nombre. Quelques jours après, on atteignit Guelma, où on laissa les malades, qui commençaient à se plaindre en grande quantité dans les colonnes. Le 17, la rivière de Seybouse fut franchie; enfin le 21, par des fatigues inouïes, des chemins horribles, un temps presque toujours semblable à celui du départ, on se trouva sur les rives de l'Oued-Achminin, à deux lieues de Constantine. On n'avait vu, pour ainsi dire, jusque-là ni amis ni ennemis.

Constantine, quand Clausel, du bas du plateau de Mansourah, alla en reconnaître les abords, observait la plus fière attitude. Au lieu de la soumission annoncée, tout annonçait une rude défense. Déçu dans son espoir, Clausel n'en laissa rien paraître. Il disposa habilement le peu de monde qu'il avait pour emporter la place.

Celle-ci occupe un plateau que borne de trois côté un ravin escarpé, aux berges souvent presque verticales. L'Oued-el-Rummel coule au fond de ce ravin profond. Deux autres plateaux avoisinent la ville : l'un est celui de Mansourah, qu'un pont de pierres réunit à la place; l'autre est Condiat-Aty, duquel on pourrait pénétrer sans obstacle dans la place si elle n'était particulièrement fortifiée de ce côté. En face de Coudiat-Aty sont les trois portes du Bab-el-Djedid, El-Oued et El-Djabia. La quatrième porte ou Bab-el-Cantara, porte du pont, s'élève vis-à-vis du plateau de Mansourah.

On ne pouvait songer à attaquer la ville de ce dernier côté. Ce fut donc une faute que de n'avoir pas manœuvré de manière à y arriver par Coudiat-Aty. Il fallait maintenant porter les principales forces sur ce plateau, et cela en présence de l'ennemi et par les plus grandes difficultés de terrain. On le fit néanmoins avec une grande décision, et le général de Rigny s'établit à Coudiat-Aty, tandis que Clausel faisait canonner le Bab-el-Cantara, espérant renverser cette porte. Alors une partie des brigades se seraient précipitées dans la ville et l'auraient emportée par un coup de main. Mais ni cette canonnade, ni des tentatives plus directes du génie, ne réussirent. Pendant ce temps, le général de Rigny repoussait les attaques des cavaliers d'Achme-Bey, et sous ses ordres Duvivier, alors lieutenant-colonel, essayait aussi de faire sauter le Bab-el-Oued ou porte de la Rivière. Mais cette tentative nous coûta des pertes funestes, comme celle du brave commandant Richepanse et du savant capitaine Grand, et n'amena aucun résultat. Une attaque de nuit du côté du pont ne réussit pas mieux. Le malheureux Trézel y fut blessé.

Or, on était au 24. Les vivres, mal épargnés, commençaient à manquer. Le froid sévissait avec intensité. On se plaignait du manque de munitions. S'entêter avec le peu de forces que l'on avait amenées à un succès impossible, pouvait devenir d'un extrême danger. Clausel vit ce danger, et il eut la grandeur d'âme de le reconnaître. Il ordonna la retraite.

On évacua d'abord Coudiat-Aty pour repartir du plateau de Mansourah. Cette évacuation est accomplie par les troupes de M. de Rigny avec une vitesse que tous les soldats ne peuvent pas suivre. Divers petits postes sont oubliés. Changarnier, à la tête de son bataillon du 17e léger, se charge d'aller les rallier. Il accomplit sa tâche de la manière la plus rapide et la plus heureuse. Mais quand il est de retour, toute l'armée se trouve en pleine retraite. Son bataillon forme alors l'extrême arrière-garde.

De leur côté, les Arabes, voyant, du haut des murs de la ville, nos brigades opérer en désordre leur mouvement rétrograde, sortent par nuées de la place. Ils se contentent d'abord de tirailler eux-mêmes en désordre; puis peu à peu, voyant la faiblesse de l'arrière-garde, ils concentrent leurs attaques. Changarnier fait comme eux, et concentre la défense. Il ordonne à sa petite troupe de se former en bataillon carré. « Mes enfants, s'écrie-t-il, regardez ces drôles en face, entre six mille Bédouins et trois cents Français la partie doit être égale. Vous ne ferez feu que quand ils seront à portée de pistolet. » Le bataillon obéit. L'ennemi, qui charge, est repoussé avec des pertes énormes; il renonce alors aux attaques par masse, et nous suit en tirailleurs. Il était temps; sans cette résistance, venue si à point et si énergiquement déployée, les Arabes débordaient sur nos colonnes de marche, où régna un instant le plus affreux désordre, et des malheurs terribles eussent été peut-être à déplorer. Clausel d'ailleurs se multiplie: il relève les courages, et supplée autant que possible à l'insuffisance de ses moyens de transport pour les blessés et les malades. D'un autre côté, le ciel se déclare pour la France. Le soleil reparaît; les chemins se sèchent. On a, malgré cela, de nombreuses infortunes individuelles à déplorer. Des soldats, glacés par le froid, sont abandonnés; des blessés ne peuvent être sauvés. Un général ne craint pas de laisser échapper des paroles imprudentes contre le chef de l'expédition. La démoralisation se glisse çà et là. Mais Clausel domine toutes les difficultés par une habileté digne d'un meilleur sort. Il sauve enfin une armée qu'un ennemi plus courageux et plus décidé qu'Achmet-Bey aurait bien certainement mise en grave péril. Le 1er décembre, elle était rentrée à Bone. La perte totale qu'elle essuya, soit par le feu et le fer arabes, soit par le froid, les fatigues, la faim et les maladies, est évaluée à deux mille hommes. Exemple terrible des suites funestes de la précipitation et de l'imprudence! Clausel savait pourtant mieux que personne que le chef répond devant la patrie du sort de ses soldats. Mais il y a des illusions glorieuses. La sienne fut de cette nature. Il l'expia cruellement. L'opinion publique, si changeante, se retira de lui. Il n'eut pas même la satisfaction de venger son échec. A quelques mois de là on lui donnait un successeur dans le général Damrémont.

Pendant son absence d'Alger, Abd-el-Kader avait lancé sur la province le neveu d'Hadj-el-Shgir, Sidi-Embarek, qui, après avoir vécu quelque temps dans l'intimité de nos jeunes officiers, s'était rallié à lui comme son oncle. Sidi-Embarek envahit à deux reprises la Mitidja, et battit un petit corps de sphahis. Il avait dans sa troupe plusieurs déserteurs français. L'un d'eux, qui croyait avoir à se plaindre des sphahis, dans les rangs desquels il avait servi, écrivit avec un poignard son nom sur le cadavre de l'un des officiers tués en cette rencontre. Le général Rapatel répondit à l'expédition de Sidi-Embarek par une contre-expédition sur Blida. Mais cette contre-expédition ne fut guère suivie de résultats, puisqu'un autre parent de Hadj-el-Sghir, nommé Sidi-el-Hacbi, ramena presque aussitôt un nouveau parti d'Arabes dans la Mitidja. De part et d'autre, on prenait l'habitude d'incendier. Nous faisions des razzias accompagnées de feu chez les tribus ennemies, elles en faisaient sur nos alliés. Sidi-el-Hacbi ne manqua pas à la coutume, et le général de Brossard essaya vainement de le joindre. Peu de temps après, ce général partit pour Oran, dont le rayon s'agitait de nouveau sous les excitations d'Abd-el-Kader. Celui-ci venait, comme par enchantement, d'y rétablir sa puissance. Le désastre de Constantine donnait à ses prédications un retentissement tout nouveau. Plus que jamais ses émissaires se répandaient dans les villes et dans les tribus. On annonçait sa venue à Alger. Il est nécessaire que nous nous occupions de lui encore une fois.

CHAPITRE XVI.

Le camp d'Abd-el-Kader. — Captivité de M. de France. — Tentative de l'émir pour établir sa capitale à Tékédempt. — Missions du général Damrémont et du général Bugeaud. — Traité de la Tefna. — Ses désastreuses conséquences.

L'émir essayait alors, mais en vain, de diminuer les horreurs de la guerre que se faisaient les deux nations. Son plan était de nous apparaître à nous-mêmes comme un missionnaire de la civilisation avec lequel la France ne pouvait que gagner à s'entendre. Malheureusement son peuple défiait l'action qu'il cherchait à exercer. Il se dérobait à son influence toutes les fois qu'il s'agissait d'une vengeance.

Rien ne peut mieux faire connaître les mœurs des Arabes, la haine qu'ils avaient pour nous, l'intérieur et le génie particulier d'Abd-el-Kader, que l'histoire de la captivité de M. de France et de quelques-uns de ses compagnons.

M. de France était en station sur le brick *le Loiret* à Arzew. Il descendit à terre avec plusieurs de ses collègues pour aller ramasser des boulets lancés dans un exercice de tir. Il fut entouré par des Arabes cachés dans un ravin d'où ils épiaient l'occasion de surprendre le troupeau de bœufs que nourrissait la garnison de la place, comme toutes les garnisons des places de l'Algérie. Après s'être défendu en brave, il allait peut-être échapper à force de courage. Tout à coup il sent quelque chose de rude glisser sur sa figure; il y porte la main, et touche une corde qui entoure son cou. En même temps une secousse violente le renverse, et un Arabe, qui avait attaché l'extrémité de cette corde à l'arçon de sa selle, pique des deux et l'entraîne au galop d'un cheval fougueux. C'est ainsi qu'un grand nombre de nos soldats avaient été lâchement surpris, entraînés, décapités:

« J'avais beau crier et demander grâce, dit M. de France, l'Arabe de presser toujours l'allure de son cheval et de me traîner toujours à demi étranglé à travers les rocs et les broussailles. Cet horrible supplice dura plusieurs minutes. Enfin le coursier, obligé de gravir un tertre assez escarpé, ralentit sa course, et je parvins non sans peine à me relever. Alors, tout étourdi par une aussi rude secousse, les mains et la figure meurtries et sanglantes, les jambes déchirées, je ne sais pas comment je trouvai encore assez de vigueur pour saisir la corde et la soutenir afin que la force de traction ne portât pas entièrement sur mon cou, pour courir, attraper le cheval et me suspendre à sa queue. »

Mais à peine le courageux enseigne s'est-il ainsi relevé, que les Arabes l'entourent de nouveau, le dépouillent de ses vêtements, le frappent, excitant le cheval qui l'entraîne à reprendre le galop. Alors recommence pour ce nouveau Mazeppa un supplice effrayant, dont on ne le délivre que pour procéder à sa décapitation. « Le galop incessant du cheval, dit-il, les violentes secousses de cette corde, qui me faisaient rouler au milieu des broussailles et des pierres sur lesquelles je laissais des traces sanglantes, les injures et les coups des Arabes, tout cela dura un quart d'heure. Un quart d'heure, c'est bien court, ajoute M. de France, il me parut l'éternité. »

Lorsque les Arabes jugèrent la distance qu'ils avaient parcourue assez grande pour n'avoir plus à redouter la poursuite des marins du brick, ils s'arrêtèrent pour trancher la tête du malheureux officier. On lui lia les mains derrière le dos, et on l'attacha à un palmier nain.

Ici, nouvelle et affreuse scène!... Les bourreaux se disputaient la joie de trancher la tête de la victime. Ce fut son salut, salut, hélas! plus terrible que la mort.

En effet, le bruit de la dispute attire un espion d'Abd-el-Kader, nommé Adda, et qui était souvent venu à Arzew; il reconnaît M. de France pour un des officiers de la station, et, au nom de l'émir, il promet aux Arabes une bonne récompense s'ils le conduisent vivant au camp royal. Après de longs pourparlers, les Arabes y consentent, et voilà le pauvre prisonnier marchant, les poings liés, entre ses bourreaux. Bientôt ils osent lui proposer de porter une tête fraîchement coupée, celle d'un de ses compagnons. Il refuse, en leur faisant comprendre qu'il préfère la mort. L'espion Adda le sauve de nouveau; mais bientôt la troupe traverse des douairs. Alors les Arabes, quittaient leurs travaux, le frappaient, l'accablaient d'injures et d'outrages; les femmes, les enfants se montraient plus acharnés que les hommes. La nuit, on l'enchaînait comme une bête fauve, et des fers trop étroits lui faisaient éprouver d'intolérables douleurs. Enfin, on arriva au camp de l'émir, près de la ville de Kaala, entre Mostaganem et Mascara. Là, nouvelles avanies, nouvelles menaces. Ce ne fut qu'avec peine que les chaouchs d'Abd-el-Kader l'arrachèrent des mains de la foule ameutée pour le conduire au sultan. Celui-ci le reçut avec bonté, lui fit donner quelque nourriture, et le garda comme prisonnier de guerre, après l'avoir longuement interrogé. Il eut tout le temps d'observer, et il a laissé deux volumes de remarques précieuses[1].

L'émir affectait la plus grande simplicité; jamais d'or, jamais de

[1] *Cinq ans de captivité chez les Arabes*, par M. de France.

broderies sur ses burnous. Il portait une chemise de toile très-fine, aux coutures couvertes de lisérés en soie, à l'extrémité desquelles pendait un petit gland de pareille matière. Après ce premier vêtement, venait un haïck; puis, sur ce haïck, deux burnous en laine blanche, et sur les deux burnous blancs, un burnous de couleur noire. Quelques ornements en soie relevaient seuls la simplicité de ce costume. Il ne portait jamais d'armes à sa ceinture. Ses pieds restaient nus dans des babouches; sur sa tête rasée, il mettait deux ou trois calottes grecques l'une dans l'autre. Quand il était entouré de ses officiers ou de ses conseillers, sa figure, alors jeune, riante et expressive, formait avec la leur le plus piquant contraste. Très-fier de ses mains et de ses pieds, il en prenait soin en public tout en causant. Ben-About, son ancien précepteur, avait toute sa confiance; il gardait le trésor du maître durant le combat. Miloud-ben-Harrach commandait les troupes sous les ordres de l'émir. Ces troupes se composaient de deux cent cinquante cavaliers et de cinq cents fantassins réguliers. Un nombre à peu près égal de réguliers campait aux environs de Tlemcen. La journée d'Abd-el-Kader au camp se passait à

Mouloud-ben-Sidi-Boutatel, espèce d'Hercule arabe, l'enlève dans ses bras, le jette sur un cheval frais et s'échappe avec lui.

recevoir et à interroger des espions, à se faire lire des lettres interceptées, à prendre livraison de convois venant du Maroc, et dans des exercices militaires simulant une défaite des Français, et qui se terminaient toujours par une brillante fantasia dans laquelle le sultan jouait le plus grand rôle par son habileté comme cavalier.

Le camp d'Abd-el-Kader était tracé en rond; les tentes de l'infanterie en formaient les limites, celles de la cavalerie se trouvaient au milieu. Dans chacune, vingt hommes prenaient place. On attachait les chevaux en dehors par les pieds de devant. Au centre, se déployait la tente de l'émir, entourée d'un vaste espace libre, destiné à recevoir ses chevaux et ceux de ses gens. L'émir en avait sept à lui, qu'il prenait plaisir à voir panser chaque matin.

Derrière la demeure portative d'Abd-el-Kader, les muletiers tendaient la leur. Une centaine de chameaux étaient accroupis près de celle qui servait de cuisine.

Quant à la tente de l'émir elle-même, elle était, relativement, magnifique. Elle avait trente pieds de long sur onze pieds de haut. Des draps de diverses couleurs, semés d'arabesques, de croissants de toutes couleurs la garnissaient intérieurement. Trente esclaves nègres l'entouraient de jour et de nuit. Tous les meubles contenus dans la partie destinée aux réceptions consistaient en un tabouret servant à l'émir pour monter à cheval, et en trois caisses remplies d'objets précieux, et formant une sorte de sofa.

La manière dont le chef arabe rendait la justice n'avait rien que de très-sommaire. On lui obéissait sans aucune espèce d'objection ni de retard. Un simple signe de sa main ou de son front formait un ordre ou un arrêt sans appel. Cependant l'ordre le plus parfait ne

régnait pas toujours au camp. Les distributions de vivres surtout étaient le sujet de véritables émeutes; mais l'émir n'y prenait pas garde, et laissait ses chaouchs apaiser le tumulte. Tous les Arabes professaient pour lui la plus grande admiration et le plus grand respect. Il les haranguait souvent, et ses harangues produisaient sur eux un effet incomparable. Il cherchait particulièrement à réprimer leur brutalité; mais il n'y parvenait point. Ses entretiens habituels roulaient sur la guerre. Il se vantait de chasser un jour les Français. Rien n'égalait son apparente dévotion. De nombreuses prières l'occupaient plusieurs fois le jour.

M. de France l'accompagna dans diverses expéditions ou dans plusieurs marches, notamment aux ruines de Tékédempt, ville qu'il voulait relever, et dont il prétendait faire sa capitale pour remplacer Mascara. Cette ville est située sur le Oued-Mina. Le sol qui l'entoure est assez accidenté, mais sans aucune trace de végétation et couvert de pierres. A l'époque du voyage de M. de France, on y voyait encore debout quelques pans de muraille qui formaient jadis l'enceinte d'une forteresse. A quelques centaines de pas s'élevaient les débris de l'ancienne Casbah, sur les ruines de laquelle l'émir en faisait élever une nouvelle. Son camp s'abritait sous un petit mamelon, et allait presque rejoindre l'Oued-Mina. Un cercle de montagnes entourait le tout. Abd-el-Kader dirigeait les travaux dans le costume le plus simple, portant pour se garantir du soleil un vaste chapeau tressé de feuilles de palmier nain. « Je veux, dit-il un jour à nos prisonniers, élever cette ville et la rendre plus florissante qu'elle n'a jamais été sous les sultans mes ancêtres. Ce sera pour moi le nid du vautour. C'est de là que je m'élancerai contre les Français pour chasser d'Alger, de Bone et d'Oran, les troupes qu'ils y ont mises. » De France osa lui répondre qu'il était fou de nourrir de telles espérances, et que s'il reprenait même Alger, on l'en chasserait comme on en avait jadis chassé les deys.

Abd-el-Kader dès cette époque parlait un peu le français et comprenait cette langue; mais il eût cru déroger que de s'en servir devant un chrétien. Il entendait aussi quelque peu la langue italienne. M. de France n'était pas, au reste, le seul prisonnier qui fût dans son camp : avec lui se trouvaient quelques compagnons de souffrance et de captivité, entre autres un malheureux colon, dont la femme, la fille et la gouvernante avaient été de la part des nègres de l'émir les objets du plus horrible viol qui soit dans les annales de la guerre et du brigandage, attentat demeuré impuni. Mais reprenons le fil des événements accomplis dans la province depuis la défaite de la Sickack.

Le général de Létang succéda au général Bugeaud : il fit en octobre une expédition qui aboutit à des dévastations nombreuses; puis, ayant été obligé de se dégarnir pour envoyer des troupes à l'expédition de Constantine, il se vit forcé de garder le repos. Les garnisons du Méchouar, de Tlemcen et du camp de la Taffna furent alors de nouveau bloquées par les populations hostiles. Il n'y eut pas jusqu'à nos fidèles alliés, les Douers et les Smélas, qui ne manquassent à tout.

On en était là quand le général de Brossard fut envoyé à Oran pour remplacer le général de Létang. C'était un homme de grandes ressources, et qui a été plus malheureux que coupable. Il comprit immédiatement la situation; mais, au lieu d'agir énergiquement pour la faire cesser, il eut recours aux mêmes expédients que ses prédécesseurs. Il traita avec les agents commerciaux de l'émir. Ceux-ci fournirent des grains et des troupeaux. On leur donna en retour du soufre, du fer et de l'acier. C'est ainsi que l'héroïque garnison du Méchouar fut ravitaillée par les propres richesses d'Abd-el-Kader. Celui-ci, en autorisant ses agents à fournir aux besoins de cette garnison, avait aussi un but plus noble que celui de se procurer quelques munitions. Ses agents lui faisaient entendre que l'on délivrerait les prisonniers faits à la Sickack par le général Bugeaud, et dont les lettres, au rapport de M. de France, pénétraient de joie le camp arabe. Des prisonniers épargnés, des prisonniers qui reviendraient, cette double pensée produisait dans les tentes un effet indicible !

Le Méchouar venait d'être ravitaillé par les soins de l'émir, et notre garnison avait partagé ses ressources avec les habitants pauvres, quand le vainqueur de la Sickack revint en Algérie avec une mission spéciale, indépendante pour la province d'Oran. Damrémont était cependant nommé gouverneur général en remplacement de Clausel.

L'insuffisance du général de Létang et de M. de Brossard avaient donné à Abd-el-Kader le temps de respirer. S'étant fortifié dans l'intervalle, surtout par suite de l'insuccès de Constantine, il n'apprit pas sans un vif déplaisir le retour de son vainqueur; mais tout en l'amusant par des semblants de dispositions à la paix, il se prépara à prendre sa revanche. Pour cela, il lui fallait de grandes forces; il résolut d'en aller chercher, et accomplit sa résolution avec un bonheur extraordinaire.

On était en avril 1837. Descendre avec ses réguliers sur les bords du Chéliff, recevoir la soumission de plusieurs tribus puissantes, y percevoir les impôts, obtenir la reddition de Cherchell, est pour Abd-el-Kader l'affaire de quelques jours. Regardant alors la province d'Oran comme à lui, il reparaît dans celle de Tittery, ne craignant pas d'attirer sur son petit corps d'armée les forces réunies des deux généraux. Milianah le reçoit de nouveau avec enthousiasme. Là mme au Chéliff, il lève la dîme. Puis tout à coup il paraît hésiter, rétrograde sur Mascara ; mais ici son étoile reprenant le dessus, il ange brusquement de direction en se portant avec rapidité sur (édéah : il entre comme autrefois dans cette ville au milieu des ac- amations les plus enthousiastes de la part des populations. Les oulouglis sont les seuls qui voient sa venue d'un mauvais œil ; il en mmène une centaine prisonniers à Médéah, entre autres l'oulid ou ls de Bou-Mezrag, l'ancien bey. Les Arabes battent des mains ; baque jour une députation nouvelle vient le trouver ; les Blidiotes econnaissent son pouvoir ; tout annonce une insurrection générale.

Nous verrons dans le chapitre subséquent comment le général amrémont prévint cette insurrection ou en combattit les commen- ements dans la province d'Alger ; nous ne quittons plus Abd-el- ader.

B essés égorgés et décapités dans les gorges de l'Habra.

Celui-ci, craignant sans doute d'être attaqué à la fois par le gou- verneur général et par le chef de la division d'Oran, quitte Médéah pres y avoir installé comme bey ou gouverneur son frère, El-Hadj- Mustapha. Il commet alors, lui aussi, une faute considérable, c'est de aisser les tribus qu'il a soulevées dans la province de Tittery aban- lonnées à elles-mêmes ; mais combien il va réparer habilement cette aute !

A peine est-il de retour dans la province d'Oran, qu'il offre à la ois au gouverneur général et à Bugeaud une paix définitive. C'était e même système qu'il avait suivi avec Desmichels et Rovigo. Ce sys- ème lui réussit encore. Craignant que ce ne soit Damrémont qui ait es honneurs du traité, Bugeaud se hâte de conclure, tout en prépa- rant une grande expédition, qui, suivant lui, ne devait pendant trois nois laisser aucun relâche à l'émir ; et, le 30 mai, le malheureux raité de la Taffna est signé, signé au moment même où Damrémont, ayant, comme nous le verrons tout à l'heure, pacifié la province d'Alger, pouvait faire sa jonction avec Bugeaud pour écraser l'émir le concert avec lui, et finir la guerre dix ans plus tôt. Voici ce traité :

« ARTICLE PREMIER. — L'émir reconnaît la souveraineté de la France en Afrique.

» ART. II. — La France se réserve, *dans la province d'Oran* : Mos- taganem, Mazagran et leurs territoires, Oran, Arzew ; plus, un ter- ritoire ainsi délimité : à l'est, par la rivière de la Markta et le marais d'où elle sort ; au sud, une ligne partant du marais ci-dessus men- tionné, passant par le bord sud du lac Segha, et se prolongeant jus- qu'à l'Oued-Melad (Rio-Salado), dans la direction de Sidi-Saïd, et de cette rivière jusqu'à la mer, de manière que tout le territoire com- pris dans ce périmètre soit français ; — dans la province d'Alger : Alger, le Sahel, la plaine de la Mitidja, bornée à l'est jusqu'à l'Oued- Kadra et *au delà* ; au sud, par la première crête du petit Atlas jusqu'à a Chiffa, en y comprenant Blidah et son territoire ; à l'ouest, par la Chiffa jusqu'au coude de Mazagran, et de là par une ligne droite jus- qu'à la mer, renfermant Zoliah et son territoire.

» ART. III. — L'émir administrera la province d'Oran, celle de Tittery, et la partie de celle d'Alger, qui n'est pas comprise à l'ouest, dans les limites indiquées à l'article II. Il ne pourra pénétrer dans aucune partie de la régence.

» ART. IV. — L'émir n'aura aucune autorité sur les musulmans qui voudront habiter sur les territoires réservés à la France ; mais ceux-ci resteront libres d'aller vivre sur le territoire dont l'émir a l'administration, comme les habitants du territoire de l'émir pour- ront venir s'établir sur le territoire français.

» ART. V. — Les Arabes vivant sur le territoire français exerce- ront librement leur religion. Ils pourront y bâtir des mosquées, et suivre en tout point leur discipline religieuse, sous l'autorité de leurs chefs spirituels.

» ART. VI. — L'émir donnera à l'armée française trente mille fa- nègues (d'Orient) de froment, trente mille fanègues d'orge, cinq mille bœufs. La livraison de ces denrées se fera à Oran par tiers ; la première aura lieu du 1er au 15 septembre 1837, et les deux autres de deux mois en deux mois.

» ART. VII. — L'émir achètera en France la poudre, le soufre et les armes dont il aura besoin.

» ART. VIII. — Les Koulouglis qui voudront rester à Tlemcen ou ailleurs y posséderont librement leurs propriétés et y seront traités comme les Hadurs. Ceux qui voudront se retirer sur le territoire français pourront vendre ou affermer librement leurs propriétés.

» ART. IX. — La France cède à l'émir : Harschgoun, Tlemcen, le Méchouar et les canons qui étaient anciennement dans cette cita- delle. L'émir s'engage à faire transporter à Oran tous les effets, ainsi que les munitions de guerre et de bouche de la garnison de Tlemcen.

» ART. X. — Le commerce sera libre entre les Arabes et les Fran- çais, qui pourront s'établir réciproquement sur l'un ou sur l'autre territoire.

Cavaignac.

» ART. XI. — Les Français seront respectés chez les Arabes, comme les Arabes chez les Français. Les fermes et les propriétés que les sujets français auront acquises ou acquerront sur le territoire arabe leur seront garanties ; ils en jouiront librement ; et l'émir s'o- blige à leur rembourser les dommages que les Arabes leur feraient éprouver.

» ART. XII. — Les criminels des deux territoires seront récipro- quement rendus.

» ART. XIII. — L'émir s'engage à ne concéder aucun point du lit- toral à une puissance quelconque sans l'autorisation de la France.

» ART. XIV. — Le commerce de la régence ne pourra se faire que dans les ports occupés par la France.

» ART. XV. — La France pourra entretenir des agents auprès de l'émir et dans les villes soumises à son administration pour servir d'intermédiaires près de lui, aux sujets français, pour les contesta- tions commerciales ou autres qu'ils pourraient avoir avec les Arabes. L'émir jouira de la même faculté dans les villes et ports français. »

Il n'y eut qu'un cri d'indignation en France quand on y connut cet abandon de tous nos intérêts. On comprend vite dans notre pays les questions qui touchent l'honneur et l'avenir de la nation. Tout le monde sentait que le traité de la Taffna constituait en Algérie et y reconnaissait une puissance en ce moment-là bien autrement forte que la nôtre, et qui allait nécessairement s'accroître de tout ce qui serait abandonné par nous. Cependant le roi Louis-Philippe, esprit éminemment politique, mais qui, dans deux ou trois occasions de sa vie, a été complètement au-dessous de son rôle, soit par lui-même, soit par ses ministres, ratifia le traité. Le général Damrémont et l'armée le dévorèrent comme une honte et comme un malheur. Quant au négociateur, l'amour-propre l'aveugla d'abord ; mais dans la suite il reconnut la faute politique dont il s'était si précipitamment rendu coupable.

Une des conséquences immédiates du traité fut l'abandon du Méchouar, que Cavaignac, maintenant chef de bataillon, dut évacuer après l'avoir si longtemps fait respecter. Les braves volontaires furent réunis au corps des zouaves, et nous retrouverons l'ancien capitaine du génie se distinguant à la tête de cette troupe toute d'attaque, de vitesse, de rapidité et de coups de main.

Cependant le général Bugeaud, qui désirait voir se renouer aussitôt les relations de commerce entre les deux nations, hâta l'entrevue. Il s'y rendit accompagné de six bataillons d'infanterie, de deux escadrons de cavalerie et de quelques pièces de campagne, et arriva le premier. Abd-el-Kader, selon toute apparence, avait fait croire aux siens que les Français venaient lui rendre hommage. Il se fit attendre comme un suzerain. Douze mille cavaliers le suivaient. Quand il fut en vue de nos troupes, il ordonna aux siennes de s'arrêter et de se déployer en couronnant les hauteurs. Quant à lui, montant un superbe coursier d'un noir d'ébène, il s'avança vers nous, suivi de deux cents chefs de tribus de la plaine et de la montagne. Ce fut alors pour les nôtres un magnifique spectacle. Ces patriotes arabes que nos soldats n'avaient aperçus jusqu'alors qu'à travers la fumée des combats, composaient vraiment le cortège le plus grandiose qui se puisse imaginer. Ils arrivaient, se prélassant majestueusement dans leur blanc haïk, comme les compagnons de Saladin. Le yatagan pendait au quartier gauche de leur selle. Sous leur burnous apparaissait une veste de couleur éclatante, et leurs bottines de maroquin rouge armées de l'éperon du moyen âge pressaient le flanc de chevaux bondissant d'ardeur. Le fils de Mahi-Eddin les précédait ; son regard si fin et si étincelant semblait dévorer cette poignée de Français replié sur elle-même dans un silence qu'il pouvait prendre pour de la peur. Cependant quand il fut près du général, il lui tendit la main et descendit comme lui de son cheval. Tous deux s'assirent. Mais dès les premiers mots qui suivirent les compliments et les promesses, l'émir demanda avant toute chose la ratification du traité par le roi des Français. Aussitôt le général se leva. Abd-el-Kader, affectant de rester assis, Bugeaud le prit par la main et le força à se lever en lui disant : *Quand un général français se lève, tu peux bien en faire autant.*

« Je pensais un instant, dit dans la suite le général, que l'émir, sur cette action de ma part, allait ordonner à ses troupes de nous charger ; mais malgré les faibles forces que j'avais avec moi, je ne le craignais pas. »

Puisque vous ne le craigniez pas, illustre vainqueur d'Isly, il fallait prendre les devants, ne pas conclure le traité qui avait amené l'entrevue !

Après celle-ci, le général Bugeaud revint en France défendre son œuvre. Damrémont continuait la sienne. Nous allons assister à sa pacification de la province centrale et à sa conquête de la province de l'Est.

CHAPITRE XVII.

Le général Damrémont dans la province d'Alger. — Ben-Zamoun. — Combat de Boudouaou. — Philippique de Clausel. — Seconde expédition de Constantine. — Prise de cette ville. — Encore la Moricière. — Le colonel Combes. — Le général Valée.

Une nation comme la France ne pouvait laisser sans le réparer l'échec de Constantine. Ce fut la principale pensée du général Damrémont. Mais avant de rien entreprendre du côté de l'est, pacifier l'intérieur était une nécessité suprême.

Damrémont avait d'éminentes qualités et pouvait accomplir sa mission. C'était un caractère prudent, patient, et de plus un homme véritablement expérimenté, habile à concevoir et habile à exécuter. Il possédait une faculté précieuse, celle de savoir attendre. Si on ne lui eût pas donné à Oran pour rival le général Bugeaud, il aurait peut-être accompli de grandes choses. A l'époque où il fut nommé gouverneur, il était encore dans la force de l'âge. Né en 1783 à Chaumont, élève de l'école de Fontainebleau à la fin du consulat, il avait passé par tous les grades, depuis celui de sous-lieutenant. C'était un des brillants colonels de l'empire. L'opinion lui reprochait d'avoir été l'aide de camp du maréchal de Raguse ; mais d'autre part, son double titre de beau-frère du général Foy et du général Bara-

guay-d'Hilliers la rassurait. Il devait cependant à la restauration d'avoir été élevé au cadre des officiers généraux. Nous l'avons vu seconder avec bravoure et avec décision, en 1830, le maréchal de Bourmont. Sa conduite à l'égard de Clausel, devant qui il s'effaça, et à l'égard de Bugeaud, dans lequel il eut peut-être le tort de ne pas voir un subalterne, est digne d'estime.

Arrivé à Alger vers le commencement d'avril, Damrémont, après avoir donné ses premiers soins à l'administration, parcourut la province d'Alger. Il se montra partout où la mauvaise volonté s'était fait jour, et particulièrement à Blidah et à Coléah. Le service de l'intendance l'empêcha seul d'établir près de cette première place un camp fortifié qui nous en eût assuré la possession. Il aurait également assuré la soumission de la seconde ville s'il n'eût compté avec le nombre de ses troupes disponibles, troupes dont il pensait avoir besoin pour en finir avec Abd-el-Kader dans la province d'Oran, où il était convenu qu'il seconderait les mouvements du général Bugeaud.

Ce calcul, que dérangea le traité de la Taffna, fut aussi cause du succès incomplet qu'il remporta sur une insurrection dont le noyau s'était formé sur l'Oued-Merdjia.

Il envoya pour dissiper cette insurrection le colonel Schauenbourg avec deux ou trois mille hommes. Le général Perregaux eut ordre d'appuyer les attaques du colonel en débarquant sur la côte des Issers. M. Schauenbourg força le ténia du Beni-Aïcha, et, après l'avoir franchi, se trouva en face des tribus insurgées ayant à leur tête le même Ben-Zamoun que nous avons déjà vu commander plusieurs levées d'armes dirigées contre nous. Ben-Zamoun fut repoussé. Le colonel marcha alors vers la mer pour faire sa jonction avec le général Perregaux. Ne l'ayant point trouvé au rendez-vous, il eut de nombreux combats de détail à livrer aux Arabes et aux Kabyles. La victoire lui sourit toujours. Le gouverneur, toujours dans la pensée de préparer l'expédition d'Oran, le rappela au moment où il allait soumettre toutes les tribus de la côte entre Alger et Delhys. Mais il laissa campé sur le Boudouaou le commandant de la Torré avec neuf cent cinquante hommes environ, dont quarante-cinq seulement de cavalerie. A peine cet officier fut-il abandonné à lui-même, que les rassemblements qui avaient paru se disperser se reformèrent, et bientôt cinq à six mille ennemis assaillirent, avant qu'elle eût eu le temps de se retrancher, la petite troupe du commandant de la Torré. Celui-ci fit ses dispositions de combat avec une habileté peu commune. Il profita de tout, abrita une partie de son monde derrière les voitures du train, une autre partie dans le village de Boudouaou, et protégea le tout par une longue ligne de tirailleurs, opposant sa poignée de cavaliers à la cavalerie arabe. Il eut d'abord l'avantage ; mais un commandement mal compris fit évacuer le village. Les autres troupes crurent que les compagnies qui le défendaient battaient en retraite, et se montrèrent disposées à en faire autant. Mais le commandant de la Torré se jeta au-devant d'elles avec ses officiers, leur expliqua la méprise, et les entraîna à la baïonnette contre les masses arabes qui se pressaient pour occuper le village. Ces masses se croyaient victorieuses ; ainsi abordées à l'arme blanche, elles ont un instant d'indécision. De la Torré en profite pour précipiter son monde. Au même moment on entend dans le lointain le bruit des tambours d'une compagnie qui arrive d'un campement voisin. Les Arabes, poussés d'un côté par nos baïonnettes, de l'autre talonnés par la peur, prennent la fuite. Le lendemain, le général Perregaux, avec des forces considérables, arrive sur le théâtre du combat ; ces forces y étant inutiles, il les promena sur l'Isser, où il eut à dissiper un autre rassemblement de trois à quatre mille Arabes ou Kabyles. Cette expédition fut couronnée par la soumission de Delhys, et nous assura la tranquillité des tribus de l'est de la province d'Alger. De nombreuses courses contre les Hadjoutes, dans lesquelles se distinguèrent le général Négrier et plusieurs vaillants officiers, décidèrent également les tribus de l'ouest à la soumission. Enfin, le traité de la Taffna laissant disponibles toutes les forces que l'on destinait à combattre l'émir, on songea à réparer l'échec de Constantine.

Ce n'était pas une petite chose que de tenter cette entreprise. La situation du maréchal Clausel était là pour l'attester. Ce général avait en vain demandé qu'on lui laissât prendre sa revanche. Un impitoyable refus ayant accueilli ses instances, il écrivit contre l'ingratitude et la dureté des gouvernements cette philippique digne des temps antiques ; satire terrible inspirée par une indignation légitime, image trop vraie de ce qui attend le plus souvent dans notre France les renommées les plus populaires. Cette philippique contenait en abrégé toute la vie du maréchal.

« Je puis vous le dire, à vous, jeunes généraux, qui rêvez la reconnaissance de votre pays ; voici ce qui vous attend, si jamais les circonstances vous offrent l'occasion de faire ce que j'ai fait.

» Si la patrie appelle tous ses enfants, vous partirez comme soldats ; vous gagnerez tous vos grades à la pointe de l'épée. Dans l'espace d'une campagne, vous assisterez à cinq batailles et à soixante combats ; vous obtiendrez la reddition de plusieurs villes, en enseignant par où et comment on peut les prendre. Après avoir apporté au pouvoir cent drapeaux pris à l'ennemi, dont quelques-uns l'ont été de votre fait, vous refuserez le grade de général, pour retourner là où l'on peut combattre ; vous irez faire la guerre partout où on vous appellera ; vous serez chargé de l'abdication d'un roi ; et quand ce roi vous donne un tableau dont un empereur vous offre un million, vous donnerez ce tableau au Musée national. Vous négocierez la réunion d'un royaume à la France, et vous arriverez au but ; vous garderez des villes avec des garnisons inférieures ; vous sauverez les restes d'une armée en combattant, presque seul et durant tout un jour, à la tête d'un pont ; vous assisterez à tous les combats, et vous y ferez distinguer les troupes qui vous seront confiées. Quand les dangers fuient la France, vous irez les chercher au loin ; là vous combattrez et vous vaincrez ; vous pacifierez les populations, vous rétablirez l'ordre ; vous vous ferez bénir par les ennemis. Quand on vous aura éloignés de cette noble mission, on vous donnera une province à gouverner ; vous la ferez sillonner de routes, et vous fonderez des établissements qui vivront longtemps. Si votre souverain vous appelle pour prendre part à une bataille, vous lui amènerez votre corps d'armée à travers deux cents lieues de pays, et vous arriverez à jour fixe comme un régiment parti d'une caserne qui va à un champ de revue ; vous irez prendre le commandement en second d'une armée, et lorsque le chef qui en répondait avant vous, blessé, mis hors de combat, vous la laissera cernée de toutes parts, presque perdue, blessés vous-mêmes, vous la rétablirez, vous la sauverez, vous la ramènerez intacte et forte devant une armée plus que double en soldats ; chargés d'un commandement en chef, vous combattrez incessamment un ennemi vainqueur, et vous retarderez sa marche de manière à mériter ses éloges et son estime. Puis, parce que vous serez du parti de la gloire française, on vous fera condamner à mort, et vous vivrez dans l'exil ; de retour dans votre patrie, vous vous associerez à la résistance de l'opinion contre le pouvoir ; plus tard, et sous un nouveau gouvernement, vous serez chargés du soin d'une colonie nouvelle ; là, vous ferez partout votre devoir, plus que votre devoir ; vous enseignerez aux soldats à combattre, vous donnerez tous vos soins à la grandeur et à la puissance de ce pays ; et au bout de tout cela, qu'attendez-vous ?

» Une brutale destitution pour un non-succès que le pouvoir a amené autant qu'il l'a pu. Restés pauvres, vous serez accusés de concussion et de vol ; on vous dira riches de déprédations, tandis que vous serez obligés de vendre le patrimoine reçu de votre père, pour payer des dettes contractées pendant que vous donniez des services à l'État. On demandera votre tête par journaux et par pétitions ; on vous insultera en paroles et en écrits, on vous avilira sous tous les rapports.

» Allez donc, jeunes généraux, allez ! risquez votre vie ! Consumez toutes vos belles années dans les fatigues et les privations ! Donnez votre sang, sans calcul et sans mesure ; espérez la gloire, le nom, la fortune ! Allez, allez ! voilà ce qui vous attend ; car voilà ce qu'on m'a donné !

» Oh ! je l'avoue, quand je suis revenu en France d'Alger, j'ai été affreusement blessé de tout ce que j'ai appris. Voir qu'on n'a reculé devant aucune calomnie ; que personne n'a attendu ma présence pour commencer l'attaque ; sentir que j'avais vainement derrière moi quarante-quatre ans de service, et que cela n'avait pas un moment arrêté ceux qui m'accusaient ; comprendre qu'une vie irréprochable ne me valait pas mieux qu'une vie de trahison ; qu'une pauvreté patente me comptait moins qu'une fortune volée ; regarder autour de moi et n'y trouver personne qui m'ait défendu, personne qui ait seulement dit : Attendez ! qui ait crié : « Doutez ! oh ! ç'a été pour moi une épouvantable désolation.

» J'ai été triste, mais je n'étais pas désespéré.

» J'avais encore mon épée ; on me l'a ôtée, autant du moins qu'on pouvait me l'ôter ; on a laissé une carrière de victoires trébucher sur un revers, sans vouloir lui laisser prendre un dernier laurier ; on a pensé sans doute que j'étais assez tombé pour m'empêcher de me relever. Non, non ! je me relève, moi ! Je me relève pour rentrer la tête haute dans mes foyers ! Je me relève, et, sur le seuil de cette maison paternelle où je retourne, je poserai entre moi et la calomnie ma vieille épée de combat.

« Regardez-la bien ; elle n'a ni or ni diamant à sa monture : elle n'a que du sang sur sa lame ; c'est le sang des ennemis de la France. »

Malgré l'exagération de cette douleur échappée à l'homme de cœur, mis dans l'impossibilité de venger un affront, Clausel disait vrai. La France est beaucoup comme Athènes. Miltiade y est souvent proscrit. Mais l'ingratitude du pays a le rare privilége de n'arrêter aucun dévouement ; quoique la parole de Clausel se soit vérifiée, quoique Cavaignac vive aujourd'hui dans l'isolement, quoique Duvivier soit mort par les balles françaises, quoique la Moricière, Changarnier, Bedeau soient en exil, il y aura toujours en France des cœurs prêts pour tous les dangers, des courages disposés à tous les sacrifices.

Quoi qu'il en soit, le général Damrémont veilla avec un soin extrême à ce que tout vînt concourir au succès, se promettant bien de ne pas se survivre comme le général Clausel, et de vaincre ou de mourir. Un instant, il se résigna même à ne point supporter tout le poids de l'expédition, et à n'être que le major général du duc d'Orléans, qui serait le général en chef ; mais il n'entrait point dans les vues de Louis-Philippe de mettre trop en relief l'héritier du trône. Le duc de Nemours fut désigné pour prendre part à l'entreprise, avec

le titre de général de brigade. Il était juste qu'il prît sa revanche ; mais si cela était juste pour lui, ne l'était-ce pas pour Clausel ?

La première tentative sur Constantine n'avait pas été tout à fait sans résultats. Laissé à Guelma, le colonel Duvivier, avec ses capacités peu communes, eut bientôt étendu notre influence sur les tribus des environs. Il repoussa toutes les attaques, et fit plusieurs sorties aussi habiles qu'heureuses. A Bone et aux alentours notre puissance s'affermit aussi.

De son côté, Achmet-Bey fit valoir dans le reste de la province le succès négatif qu'il avait remporté. Il augmenta ses troupes, amassa des provisions et des munitions ; et en même temps qu'il préparait tout pour une résistance désespérée, il négocia. Ses négociations eurent un instant la chance de triompher ; car à quoi bon le renverser, puisque l'on venait d'élever Abd-el-Kader ? Ne valait-il pas mieux le conserver et consolider sa puissance pour l'opposer à ce dernier, dont il était d'ailleurs l'ennemi ? A la fin l'honneur de nos armes l'emporta sur l'intérêt du moment, et, tout étant préparé pour l'expédition, elle quitta Bone, ou plutôt Medjez-Amar, le 1er octobre 1837.

L'armée comprenait trois mille hommes de plus que la première fois. Ses dix mille combattants formaient quatre brigades aux ordres du duc de Nemours, des généraux Trezel et Rulhières, et du colonel Combes. Un lieutenant général des plus distingués, le comte Valée, commandait l'artillerie, composée de dix-sept bouches à feu. M. Rohaut de Fleury dirigeait le génie. Les vivres abondaient. On n'avait pas oublié la désastreuse faute commise à cet égard en 1836.

Achmet, instruit du départ, donna ordre aux tribus de tout incendier sur notre passage ; mais elles exécutèrent cet ordre sans zèle et sans ensemble. Cependant la route fut difficile. De temps à autre des pluies furieuses défonçaient les chemins. On investit la place le 6 octobre par une de ces ondées terribles. Ben-Aïssa, lieutenant d'Achmet-Bey, défendait les remparts de son maître, et celui-ci tenait la campagne. Comme la première fois, on attaqua par Coudiat-Aty, tout en occupant le plateau de Mansourah, et en y établissant des batteries de siège. Ces batteries et celles de Coudiat-Aty canonnèrent la ville pendant les journées du 7 et du 8, journées pendant lesquelles on eut à repousser deux sorties des assiégés ; mais leur feu n'ayant point produit l'effet que l'on en attendait, on les concentra toutes, sauf une, à Coudiat-Aty. Cette concentration fut extrêmement pénible : il fallut, tant le terrain était mauvais, atteler à plusieurs pièces jusqu'à quarante chevaux ; mais quand on l'eut opérée, tout prit une nouvelle face. Le général Damrémont sut, par des mesures énergiques, empêcher une sortie générale, et bientôt notre canon eut fait aux murailles une brèche ouverte à nos soldats.

Sûr désormais de vaincre, puisqu'il allait pouvoir lancer ses zouaves, ses chasseurs d'Afrique et les héroïques fantassins de la ligne et de la légère à travers cette brèche, le commandant de l'expédition envoya sommer les habitants de Constantine pour qu'ils eussent à se rendre. Voici la proclamation qu'il leur adressa. Ce fut son dernier acte, pour ainsi dire :

« Habitants de Constantine,

» Mes canons sont aux pieds de vos murs ; ils vont être renversés, et mes troupes entreront dans la ville. Si vous voulez éviter de grands malheurs, soumettez-vous pendant qu'il en est temps encore. Je vous garantis par serment que vos femmes, vos enfants et vos biens seront respectés, et que vous pourrez continuer à vivre paisiblement dans vos maisons. Envoyez des gens de bien pour me parler, et pour convenir de toutes choses avant que j'entre dans la ville ; je leur donnerai mon cachet ; et ce que j'ai promis, je le tiendrai avec exactitude. »

Le parlementaire qui se chargea de porter cette proclamation fut d'abord retenu. Au bout d'un jour, il revint avec cette réponse verbale de Ben-Aïssa : « Si les Français manquent de munitions ou de vivres, nous leur en enverrons, car Constantine en a plus qu'il ne lui en faut ; mais nous ne savons pas ce que c'est que de capituler : ou vous nous égorgerez tous jusqu'au dernier, ou nous serons vainqueurs. »

Achmet-Bey fut moins confiant, et voici ce qu'il écrivit au général en chef :

« De la part du très-puissant, notre seigneur et maître, El-Sid-el-Hadjy, Achmet-Pacha :

» Nous avons appris que vous aviez envoyé un message aux habitants de la ville, qui a été retenu par les chefs principaux, de peur qu'il ne fût tué par la population, par suite de son ignorance dans les affaires. Les mêmes chefs m'ont fait part de cette nouvelle pour avoir mon avis. Si votre intention est de faire la paix, cessez votre feu, rétablissez la tranquillité : alors nous traiterons de la paix. Attendez vingt-quatre heures, afin qu'un personnage intelligent vous arrive de ma part, et que, par suite de notre traité, nous voyions éteindre cette guerre, d'où il ne peut résulter aucun bien. Ne vous inquiétez pas de votre messager, il est en sûreté en ville. »

Avant de répondre à cette lettre, le général Damrémont, qui depuis l'arrivée des troupes se multipliait avec une activité juvénile, qui veillait aux points menacés avec une prudence consommée, qui payait dans toutes les occasions de sa personne, sortit pour observer les progrès de la brèche. Afin de mieux voir, il mit pied à terre, et s'arrêta près de la batterie de Nemours, à un point très-découvert, d'où sa vue embrassait sans obstacle le travail de nos artilleurs. Le général Rulhières voulu le faire retirer, en appelant son attention sur le danger qu'il courait : il continua à observer. En ce moment un boulet arabe le frappe, il tombe. Le général Perregaux, qui l'accompagne, s'élance pour le relever : il est atteint d'une balle entre les deux yeux.

Dans un autre temps, dans une autre armée, cette mort inattendue que l'on a souvent comparée avec raison à celle de Turenne, aurait amené la ruine de l'expédition. Elle ne causa qu'une vive et universelle douleur, qui fut partagée par la France entière. Le lieutenant général Valée, commandant en chef de l'artillerie, prit le commandement général de l'expédition. Il répondit à Achmet-Bey la lettre suivante :

« Je vois avec plaisir que vous êtes dans l'intention de faire la paix, et que vous reconnaissez qu'à cet égard nos intérêts sont les mêmes. Mais, dans l'état où sont les opérations du siége, elles ne peuvent être suspendues, et aucun traité ne peut être signé par nous que dans Constantine. Si les portes nous sont ouvertes par vos ordres, les conditions seront les mêmes que celles déjà consenties par nous, et nous nous engageons à maintenir dans la ville le bon ordre, à faire respecter les personnes, les propriétés et la religion, et à occuper la ville de manière à rendre le fardeau de la présence de l'armée le moins dur et le plus court possible; mais si nous y entrons par force, nous ne serons plus liés par aucun engagement antérieur, et les malheurs de la guerre ne pourront nous être attribués. Si, comme nous le croyons, votre désir de la paix est le même que le nôtre, et tel que vous l'annoncez, vous sentirez le besoin d'une prompte réponse. »

La réponse s'étant fait attendre, le général Valée fait reconnaître la brèche, dans la matinée du 13 octobre, par les capitaines Boutault et Garderens, qui la déclarent entièrement libre. Il prépare alors ce terrible assaut dont le bruit retentira longtemps dans l'histoire.

Trois colonnes sont disposées. La première est commandée par le brillant la Moricière. Elle est composée de quarante sapeurs du génie, de trois cents zouaves et de deux compagnies d'élite du 2ᵉ léger. Elle attend l'instant décisif dans la place d'armes formée auprès de la batterie de brèche, dans un ravin qui y attient. La seconde colonne d'assaut, qui attend aussi dans cette enceinte, est aux ordres de l'héroïque colonel Combes. Elle est plus massive, et consiste en quatre-vingts sapeurs, deux cents hommes du 2ᵉ et 3ᵉ bataillon d'Afrique, cent hommes de la légion étrangère, et trois cents hommes du 47ᵉ de ligne. La troisième colonne forme une sorte de réserve, comprenant deux bataillons de troupes mêlées prises dans les diverses brigades. A sept heures l'assaut commence; aussitôt le signal donné par le duc de Nemours, sur l'ordre de Valée, la Moricière, escorté d'une héroïque petite troupe d'officiers de génie et de zouaves, s'élance hors de l'enceinte. Les soldats des premières compagnies d'attaque le suivent au pas de course, frémissant de se voir ainsi devancés par leurs jeunes chefs. On arrive au pied de la brèche; là il faut gravir, en s'aidant des mains, une pente des plus roides, sur laquelle, au milieu des décombres, la marche glisse et se dérobe à chaque instant. Cette pente est rapidement escaladée sous le feu général de l'ennemi; car, dit un témoin oculaire, dès que les premières têtes des Français s'élançant de la batterie s'étaient montrées hors de l'épaulement, le couronnement des remparts avait comme pris feu, une fusillade continue s'était allumée le long de cette ligne, et tout l'espace que nos soldats avaient à parcourir de la batterie à la brèche était couvert d'une pluie de balles. Cependant quelques minutes venaient à peine de s'écouler, que déjà le drapeau tricolore, abrité du vieux coq des Gaules, flottait fièrement sur le haut de la brèche. Le capitaine de Garderens, des zouaves, l'avait planté. L'armée le voyait et applaudissait.

Mais là commencent des obstacles bien plus sérieux. Où aller? On se trouve en présence de constructions incompréhensibles, dit le même témoin, d'enfoncements qui promettent des passages et qui n'aboutissent pas, d'apparences d'entrée qui n'amènent aucune issue. C'est une ligne continue de maisons qui forme comme une seconde enceinte parallèle au rempart et que les assiégés ont fortifiée. Mais l'instinct de nos soldats ne les trompe pas. Ils se portent là où le feu de l'ennemi est le plus vif, car c'est là aussi que doivent être les postes importants, et par conséquent les vrais passages. Alors commence un terrible combat de détail; on attaque les maisons les mieux défendues; on monte sur les toits, on fait des percées dans les murs; on court à toutes les barricades que l'on aperçoit, on les enlève. La Moricière, dont le sang-froid et l'audace, jointe au courage des officiers qui le suivent, entraîne les compagnies à mesure qu'elles arrivent; les dirige, prend part à leurs attaques, brise, escalade, comme un simple soldat, et chaque fois la balle frappe la place qu'il vient de quitter. C'est ainsi que le brave capitaine Sanzaï est tué sur la terrasse d'une maison où le colonel a placé lui-même les tirailleurs, disposant, dit le capitaine de la Tour-du-Pin, au-dessus des combats de terre ferme, comme une couche de combats aériens. D'autres braves aussi sont frappés, comme Leblanc du génie, comme Desmoyen des zouaves. Des accidents terribles nous font encore plus de mal que les balles ennemies. Un passage étroit se trouvait engorgé d'une foule de soldats. Un pan entier des murailles qui forment ce passage s'écroule

sur les hommes du 2ᵉ léger. Leur chef de bataillon est pris sous les décombres. Il implore vainement du secours, vainement, comme Encelade, il soulève les masses qui l'opprimient et qui retombent toujours; il meurt dans une agonie désespérée, car on ne peut venir à son aide : un autre événement a bouleversé la face du combat.

Voyez tous ces hommes qui se choquent en tumulte, tombant les uns sur les autres, ceux-ci brûlés, ceux-là frappés de cécité; ceux-ci ayant perdu l'usage de leurs jambes ou de leurs bras, ceux-là se débattant vainement contre la flamme qui les enveloppe. Une explosion vient d'avoir lieu dans un magasin à poudre de l'ennemi. Tout s'est embrasé. Le feu a gagné de proche en proche chaque cartouchière. Jamais scène plus épouvantable n'eut lieu. La Moricière tombe blessé et momentanément privé de la vue. Une foule de soldats se tordent sous le feu. L'ennemi profite de leur agonie pour revenir dans des positions qu'il a quittées; il tire à mitraille sur les mourants, et les voyant incapables de défense, vient les charger à coups de barres, de haches et de yatagans.

Mais il ne faut pas oublier que la brèche est ouverte, et que cette porte glorieuse entrent à chaque instant et deux par deux, de nouvelles compagnies. Or, à peine l'explosion qui a décimé le bataillon d'Afrique vient-elle d'avoir lieu, que Combes succède à la Moricière; il prend le commandement. A son cri : A la baïonnette! à la baïonnette! le courage revient à tous ceux qui peuvent encore marcher. Les compagnies fraîches du 47ᵉ léger et de la légion étrangère soutiennent ce mouvement, enlèvent les barricades intérieures. Tout va nous appartenir. Mais à son tour Combes est frappé de deux balles. Il résiste dans les premiers moments à sa blessure, promène sur le théâtre du combat un coup d'œil satisfait. Puis, ramassant toutes ses forces, il quitte la ville, et vient annoncer au général en chef qu'il n'y a plus qu'à tenter un dernier effort. « Ce sera, dit-il, un beau succès, et dont jouiront ceux qui ne seront pas blessés mortellement. » Ces mots prononcés, il s'affaisse sur lui-même; on l'emporte. Deux jours après il n'était plus, mais il avait conquis une gloire éternelle.

Pendant que cet homme, digne par sa belle mort des plus beaux jours de l'antiquité, se trouvait forcé d'abandonner le champ de bataille, les compagnies d'attaque, privées de chefs, s'engageaient dans les rues de la ville et chassaient de poste en poste ceux des ennemis qui résistaient encore. M. Valée, pour leur donner une direction qui centralisât tous les efforts, charge le général Rulhières de prendre le commandement des troupes qui sont dans la place. Ce général exécute son ordre. Il ordonne les mesures que lui commande la circonstance, reconnaît le terrain, et fait occuper les principaux édifices, cherchant à chasser les défenseurs de la ville vers les remparts opposés au côté de l'attaque. Mais ces mesures deviennent bientôt inutiles. Un parlementaire se présente au nom des notables de Constantine, et demande grâce. « Les habitants, dit-il, ne sont pas coupables; ce sont les Turcs et les Kabyles qui ont organisé et soutenu l'énergique et presque sauvage défense dont les Français ont à se plaindre. On promet au reste la soumission la plus entière. » M. Valée n'écoute plus alors que la voix de l'humanité. Il ordonne qu'on cesse le feu.

Il était temps, et la ville avait chèrement expié sa résistance. Saisie d'épouvante au bruit de l'assaut, une partie des habitants avait cherché à s'enfuir en descendant au milieu des précipices qui entourent la Casbah du côté extérieur. Mais chacun voulant passer le premier, les fugitifs avaient roulé presque en masse dans les abîmes au fond desquels on apercevait leurs corps amoncelés. Une autre partie avait choisi les chemins moins périlleux pour se rendre au camp d'Achmet-Bey. Nos obus les forcèrent d'abord à ralentir leur fuite. Puis on eut pitié de ces malheureux et on les laissa s'échapper. Ben-Aïssa fut du nombre de ceux qui parvinrent jusqu'à Achmet.

Le général Valée, après avoir pris possession de la ville, y maintint l'administration arabe, et assura la nouvelle conquête de la France par une forte garnison confiée au général Bernelle.

Les restes mortels de Damrémont furent rapportés en France, où ils eurent les honneurs du glorieux mausolée des Invalides. Perregaux, blessé grièvement, mourut au retour, et la Sardaigne reçut ses dépouilles. La Moricière devait vivre pour d'autres combats et pour d'autres événements. Parmi ceux qui s'étaient distingués avec lui, le général Valée cita, dans son rapport officiel, le chef de bataillon Bedeau de la légion étrangère, les capitaines Marulaz, de Garderens, Canrobert, et beaucoup d'autres braves moins connus.

CHAPITRE XVIII.

Développement de la puissance d'Abd-el-Kader. — Annexes au traité de la Taffna. — Guerres de l'émir contre les tribus. — Ses menées dans la province de Constantine. — Gouvernement général du maréchal Valée. — Expédition des Bibans. — Le duc d'Orléans.

Du temps où Achmet-Bey était encore sur le trône de Constantine, nous avions deux ennemis, mais qui se neutralisaient l'un par l'autre. Maintenant telle est l'audace d'Abd-el-Kader, que la défaite du pacha de l'Est va lui sembler un véritable coup d'Allah opéré dans l'intérêt des Arabes. « Les Français ont fait l'œuvre de Dieu, va-t-il écrire aux tribus, ils ont renversé les derniers Turcs. Allah s'est servi des infidèles pour chasser les tyrans, il faut maintenant se réunir contre les infidèles. » Ces paroles ne seront que trop entendues.

En attendant, ce fut un spectacle curieux que de voir l'émir organiser les provinces que nous lui avions données. Les tribus s'assouplissaient sous sa main; il leur faisait sentir les avantages de l'ordre et de la centralisation. Le commerce et les routes se remplissaient de sécurité. Les Arabes devenaient un peuple, tout en conservant leurs mœurs et leur antique organisation fondée sur la famille et sur la tribu. Mais adieu l'indépendance d'autrefois! La tribu n'était même plus libre dans ses propres affaires; les officiers de l'émir y intervenaient à chaque instant. Sauf cette intervention, tolérée avec peine, les Arabes bénissaient un gouvernement qui les rendait tous égaux, sinon en civilisation, du moins en droits. Les tribus de la province d'Alger, sans cesse agitées, troublées, menacées, soupiraient après le moment où elles pourraient jouir des mêmes bienfaits que leurs sœurs de l'Ouest. L'émir entretenait avec soin ces aspirations. Quand on venait se plaindre à lui : « Passez de mon côté, » disait-il. Lorsque les agents du gouvernement français l'accusaient de ne rien faire pour engager nos sujets à la paix : « Restez dans Alger, répondait-il, et laissez-moi gouverner les Arabes; je vous réponds d'eux. »

Il manqua cependant une belle occasion. Durant la campagne de Constantine, le choléra décimait nos troupes. Le général Négrier, resté à Alger, n'aurait pas pu mettre sur pied deux mille hommes valides. Abd-el-Kader se contenta de s'affranchir à petit bruit des limites du traité de la Taffna. Après avoir organisé la province de Tittery sous les ordres du kalifat El-Berkani, il parut dans les montagnes qui séparaient cette province de celle d'Alger. Nous dûmes songer à arrêter cette espèce d'invasion sur notre territoire. Il argua du traité signé par le général Bugeaud. Nos agents l'expliquèrent autrement. On finit par conclure, le 4 juillet 1838, une contre-convention ou annexe dont voici le texte :

« ARTICLE PREMIER. — Dans la province d'Alger, les limites du territoire que la France s'est réservé au delà de l'Oued-Kaddarah sont fixées de la manière suivante : le cours de l'Oued-Kaddarah jusqu'à sa source, au mont Tibbiarin; de ce point jusqu'à l'Isser; au-dessus du pont de Ben-Hini, la ligne actuelle de délimitation entre l'Outhan de Khachna et celui de Beni-Djaah; et au delà de l'Isser jusqu'au Biban, la route d'Alger à Constantine, de manière que le fort de Hamza, la route royale, et tout le territoire au nord et à l'est des limites indiquées, restent à la France, et que la partie du territoire de Beni-Djaah, de l'Hamza et de l'Ouannougha, au sud et à l'ouest de ces mêmes limites, soit *administrée* par l'émir.

» Dans la province d'Oran, la France conserve le droit de passage sur la route qui conduit actuellement du territoire d'Arzew à celui de Mostaganem; elle pourra, si elle le juge convenable, réparer et entretenir la partie de cette route à l'est de la Macta qui n'est pas sur le territoire de Mostaganem; mais les réparations seront faites à ses frais, et sans préjudice des droits de l'émir sur le pays.

» ART. II. — L'émir, en remplacement des trente mille fanègues de blé et des trente mille fanègues d'orge qu'il aurait dû donner à la France avant le 15 janvier 1838, versera, chaque année, pendant dix ans, deux mille fanègues de blé et deux mille fanègues d'orge. Ces denrées seront livrées à Oran, le 1er janvier de chaque année à dater de 1839. Toutefois, dans le cas où la récolte aurait été mauvaise, l'époque de la fourniture serait retardée.

» ART. III. — Les armes, la poudre, le soufre et le plomb dont l'émir aura besoin seront demandés par lui au gouverneur général, qui les lui fera livrer à Alger, au prix de fabrication et sans aucune augmentation pour le transport par mer de Toulon en Afrique.

» ART. IV. — Toutes les dispositions du traité du 30 mai 1837 qui ne sont pas modifiées dans la présente convention continueront à recevoir pleine et entière exécution, tant dans l'Ouest que dans l'Est. »

Avec un ennemi tel qu'Abd-el-Kader, traiter n'était rien. Le maréchal Valée appuya la convention en se montrant décidé à la faire exécuter. Il forma un camp sur le Khamis, occupa Blidah et Coléah, les couvrit par des postes considérables, et accordant au système du colonel la Moricière une prédominance qui aurait été longue à triompher, il opposa politique à politique. Par ses ordres, on se mit partout avec les chefs arabes influents; on chercha à leur faire comprendre que la France ne voulait que le règne de la civilisation et de l'ordre, qu'Abd-el-Kader était un maître bien plus dur et bien plus dangereux. Cette politique eut un grand succès dans la province de Constantine. Les kaïds trouvèrent bientôt entre la domination de la France et celle des Turcs une différence immense. Quelques-uns réprimèrent d'eux-mêmes des meurtres commis sur des Français. L'excellent général Négrier ayant été chargé de rechercher la meilleure et la plus courte voie pour se rendre de Constantine à la mer, fit sur Stora, et par une région non encore parcourue et réputée terrible, une reconnaissance qui fut à peine troublée. La route de Constantine à l'ancienne Russicada fut alors projetée, et une ville française, Philippeville, prit la place de la vieille cité romaine. Philippeville devint promptement le port d'Alger.

Le maréchal Valée fit aussi occuper Djigelli, et fortifia notre garnison de Djimilah, qui pendant sept jours venait de résister à une

attaque générale des Kabyles de la contrée; il résolut enfin de lier par terre des communications entre les provinces de Constantine et d'Alger en franchissant les Bibans par le célèbre passage des Portes de Fer.

Pendant ce temps, Abd-el-Kader faisait de son côté de grandes choses. C'était peu pour lui que d'étendre sa domination au détriment de la France. Presque toutes les tribus du désert dans lequel va se perdre la province d'Oran lui étaient hostiles. S'il tolérait cette hostilité, il pouvait se trouver pris à un jour donné entre ces tribus et la France maîtresse des principaux points du littoral. D'une autre part, tant que ces tribus ne lui seraient pas soumises, il lui était impossible de pousser à fond de train la guerre contre les Français. Il résolut d'agir en conséquence; mais avant de se porter sur le désert, il eut à s'occuper de Médéah.

Un inspiré, Sidi-Jahia-el-Churgi, avait paru dans cette ville. Lui seul, disait ce prophète, était l'envoyé de Dieu, et Abd-el-Kader n'était qu'un imposteur. Comme preuve de sa mission, Sidi-Jahia-el-Churgi affirmait que si l'émir marchait contre lui, *sa poudre ne partirait pas*. Le fils de Mahi-Eddin ne tint pas compte de la prophétie. Il fut en outre servi à point. Un renégat italien, qui exerçait un commandement dans sa petite artillerie, ayant reçu les propositions de Sidi-Jahia, demanda la faveur de charger lui-même la première pièce et d'y mettre lui-même le feu. Sidi-Jahia, comptant l'avoir gagné, se présenta audacieusement avec les tribus qu'il avait rassemblées. La poudre ayant pris feu, il s'enfuit. Abd-el-Kader profita de cette circonstance pour augmenter son influence dans la province de Tittery, et, ne craignant plus de rival au Nord, se porta vers le Midi.

Son principal adversaire sur ce point était le cheik Tedjini, chef ou djouat des Ouled-Moktan, dont la famille commandait à Laghouat et à Tadjmout, et qui lui-même concentrait ses forces à Aïn-Mahdi. Tedjini, habitué à vivre dans l'indépendance, ne voulait payer à l'émir que ce qu'il payait autrefois aux Turcs, c'est-à-dire un droit d'investiture. Il envoya le montant de ce qu'il se croyait obligé de solder. Abd-el-Kader lui retourna ses présents, exigeant une soumission absolue, et exigeant qu'il le vînt joindre avec ses cavaliers disponibles. Tedjini refusa. L'émir le fit d'abord investir par son frère Sidi-Mustapha; puis il marcha lui-même à la tête de ses forces principales. Tedjini, assiégé par un ennemi nombreux, résista avec courage. Il fit plusieurs sorties; mais il lui fallut enfin abandonner sa ville patrimoniale. Il se réfugia plus au midi, armant contre l'émir les tribus du Sud; mais Abd-el-Kader se fatigua point à le poursuivre. Ce ne fut qu'après longtemps menacé qu'il regagna Tédékempt, qui devint le principal marché du Midi. On le vit bientôt se présenter de sa personne, sous prétexte d'accomplir des actes religieux, jusque dans la grande Kabylie, et jusqu'à Bougie, puis lier des relations suivies dans la province de Constantine. Tel était l'état des choses quand le maréchal Valée tenta l'expédition des Bibans.

Deux divisions, l'une sous les ordres du duc d'Orléans, auquel on n'avait pas voulu accorder la gloire de l'expédition de Constantine, l'autre commandée par le général Galbois, furent chargées de franchir ces redoutables montagnes, devant lesquelles s'était arrêtée l'audace romaine. Ces divisions, parties de Djimilah, s'avancèrent par Aïn-Turc, l'Oued-Bou-Selam et le plateau de Dar-el-Hammar, guidées par notre kalifa Mokrani; de là, elles se portèrent sur l'Oued-Bou-Kheteun. Ici, la division de Galbois reçut l'ordre de rentrer dans la Medjanah, où sa présence était nécessaire pour arrêter les progrès des partisans de l'émir. Elle obéit en frémissant d'une douloureuse impatience. Les régiments aux ordres du duc d'Orléans continuèrent seuls la route. C'étaient le 2e et le 17e légers, le 1er et le 3e chasseurs; quelques spahis, du génie et de l'artillerie les accompagnaient.

Le génie eut fort à faire quand on se fut engagé dans la vallée de l'Oued-Bou-Kheteun. A mesure que l'on s'avança, la vallée devint plus étroite, les montées et les descentes furent plus rapides. Enfin on se trouva dans le voisinage des Portes de Fer, chacun cherchant vainement à pénétrer des yeux dans ces célèbres passages, à travers les masses perpendiculaires qui se dressèrent tout à coup en face de l'armée.

Ces portes sont au nombre de quatre; elles consistent en des ouvertures naturelles qui donnent successivement passage entre des rochers gigantesques sur lesquels croissent, défiant la main de l'homme, les plus belles fleurs de la flore méditerranéenne et des palmiers séculaires. La première se trouve à la suite d'une sorte d'immense entonnoir dans lequel on descend par une pente abrupte. Cette porte franchie, la route s'élargit un peu, puis, toujours surplombée par des rochers dont la vue n'aperçoit point le faîte, elle se rétrécit promptement jusqu'à un second, puis à un troisième passage fort rapproché. La dernière de ces portes donne accès dans un défilé obscur, mais moins étroit, au bout duquel est la quatrième, à travers laquelle on aperçoit, comme le paradis au bout de l'enfer, une vallée dans laquelle continue à couler l'Oued-Bou-Kheteun, mais cette fois sous le nom d'Oued-Biban, et embellissant ses rives de perspectives qui, à l'œil fatigué et terrifié par les obscurités des portes, semblent véritablement délicieuses.

Ce fut un moment magique quand la division déboucha dans cette riante campagne aux sons retentissants d'une musique joyeuse. Mais cette magie dura peu. On était au 28 d'octobre. Le tonnerre commença à gronder comme si le ciel eût vu d'un mauvais regard une armée française franchir ces portes infranchissables. Il fallut faire halte à El-ma-Kalou. Dire ce que nos soldats souffrirent alors serait difficile. On comprendra une partie de ce qu'ils supportèrent quand on saura que le chemin qu'ils parcouraient est appelé le chemin de la soif. Pénible et cruel chemin en effet, car l'Oued-Ben-Sellam, maintenant appelé Oued-Maleh, comme il s'appelait tout à l'heure Oued-Biban, y coule dans un lit tout imprégné de sels de magnésie qui en rendent les eaux insupportables.

Après la soif, le combat! A peine s'est-on remis en marche le 29, que l'on saisit des éclaireurs arabes, par lesquels on apprend que le commandant arabe de Sebaou, le bey ou kalifa Ben-Salem, s'est levé pour le compte d'Abd-el-Kader, et que celui-ci invite toutes les tribus des Bibans à se mettre en armes. Ben-Salem lui-même, à la tête de ses forces, campe sur l'Oued-Nava, et s'avance pour nous barrer la route du fort de Hamza, qui est le but de l'expédition. Le rapport des éclaireurs se vérifie. Le 30 octobre, on aperçoit le kalifa s'avançant comme ils l'avaient annoncé; mais le duc d'Orléans, qui conduit une forte colonne d'avant-garde composée de troupes légères, les lance avec rapidité au-devant de l'ennemi, sans rien négliger néanmoins pour s'assurer des positions qui dominent les passages. Ben-Salem ne juge pas à propos de les attendre; il se retire vers Médéah. Le fort d'Hamza, qui commande aux trois routes d'Alger, de Bougie et des Portes-de-Fer, et qui date des Romains, est en conséquence occupé sans coup férir, puis détruit. Il ne reste plus alors qu'à franchir les contre forts du Djebel-Hammal, pour atteindre le camp du Foudouck, où le général Rulhières a ses positions sur l'Oued-Kaddarah. De là on rentrera à Alger. Cette nouvelle et difficile marche s'exécute encore avec bonheur, malgré l'opposition de quelques partis arabes. Le 2 novembre, on est à la Maison-Carrée, et bientôt après la division est reçue dans la capitale de nos possessions au milieu des acclamations d'un peuple enthousiaste.

Ce fut assurément le plus beau moment de la vie du duc d'Orléans. Le courage dont il avait donné l'exemple, la décision et la rapidité de ses mouvements, la facilité de ses relations, le rendaient, dans toute la force du mot, l'idole de l'armée d'Afrique. Prince et soldats s'unissaient dans une même pensée, le premier promettant solennellement que désormais toute cette terre que l'on venait de parcourir resterait française, les seconds jurant de verser leur sang pour la conserver. Prince et soldats devaient tenir parole; seulement l'exécution de la promesse du duc d'Orléans allait être bientôt interrompue par la mort et léguée à ses frères.

Personne ne songeait à une mort si prématurée lors des brillants discours de l'héritier de la couronne à la Maison-Carrée, lors de son magnifique toast à l'armée d'Afrique, quand il s'écriait :

« Au nom du roi, messieurs, à cette armée, qui a conquis à la France un vaste et bel empire, ouvert un champ illimité à la civilisation dont elle est l'avant-garde, à la colonisation dont elle est la première garantie!

» A cette armée, qui, maniant tour à tour la pioche et le fusil, combattant alternativement les Arabes et la fièvre, a su affronter avec une résignation stoïque la mort sans gloire de l'hôpital, et dont la bouillante valeur conserve la tradition de nos légions les plus célèbres!

» A cette armée, compagne d'élite de la grande armée française, qui sur le seul champ de bataille réservé à nos armes doit devenir la pépinière des chefs futurs de l'armée française, et qui s'enorgueillit justement de ceux qui ont percé à travers ses rangs!

» A cette armée, qui loin de la patrie a le bonheur de ne connaître les divisions intestines de la France que pour les maudire, et qui, servant d'asile à ceux qui les fuient, ne leur donne à combattre pour les intérêts généraux de la France que contre la nature, les Arabes et le climat!

» Au chef illustre qui a pris Constantine, donné à l'Afrique française un cachet ineffaçable de permanence et de stabilité, et fait flotter nos drapeaux là où les Romains avaient évité de porter leurs aigles!

» C'est au nom du roi, qui a voulu que quatre fois ses fils vinssent prendre leur rang de bataille dans l'armée d'Afrique, que je porte ce toast!

» C'est au nom de deux frères dont je suis justement fier, dont l'un vous a commandés dans le plus beau fait d'armes que vous ayez accompli, et dont l'autre s'est vengé au Mexique d'être arrivé trop tard à Constantine, que je porte cette santé!

» C'est aussi, permettez-moi de vous le dire, comme lié d'une manière indissoluble à l'armée d'Afrique, dans les rangs de laquelle je m'honore d'avoir marché sous les ordres de deux maréchaux illustres, que je porte cette santé. A la gloire de l'armée d'Afrique et au maréchal Valée, gouverneur général! »

Cette noble improvisation contenait toute l'histoire de la colonie, toute l'histoire du règne. Chaque mot portait et annonçait une ère nouvelle pour le jour où le prince qui le disait serait le chef d'un gouvernement vraiment français, libéral et populaire. Le destin allait se jouer de tant d'heureux présages! Cependant le duc d'Orléans avait encore de la gloire à recueillir en Afrique.

CHAPITRE XIX.

Rupture des traités entre la France et Abd-el-Kader. — Proclamation de la guerre sainte. — Nouveau passage du col de Mouzaïa. — Mazagran. — Fin du gouvernement du maréchal Valée.

On a vu que, d'après la convention annexe au traité de la Taffna, le fort de Hamza devait nous appartenir. Mais, sous prétexte qu'il n'avait pas ratifié la convention, l'émir déclara considérer la destruction de ce poste comme une atteinte à la paix signée par le général Bugeaud. Il écrivit au maréchal Valée d'avoir à se préparer, car la guerre sainte allait soulever d'un bout à l'autre de l'Algérie toutes les tribus arabes.

Le véritable motif d'Abd-el-Kader en prenant un rôle ouvertement hostile était tiré de ses véritables intérêts. En effet, le maréchal Valée avait donné force et vigueur en Afrique à deux politiques nouvelles; la première, c'était celle de l'administration des Arabes par les Arabes sous le gouvernement de la France; la seconde, suivant le mot du duc d'Orléans, c'était celle de la permanence de notre occupation. S'il laissait ces deux politiques, par lesquelles on eût dû commencer, prendre décidément pied, l'émir devait se résigner à perdre son influence et son renom dans l'universalité de l'Algérie. Au plus languirait-il quelque temps encore dans ses possessions de Tittery et d'Oran jusqu'à ce que les Français l'écrasassent comme ils avaient fait d'Achmet. Son avenir lui faisait donc une loi de reprendre l'offensive. Il s'y était préparé de longue main. Par les soins de ses espions et de ses envoyés, une vaste conspiration embrassait de son réseau délié toute la surface des quatre provinces. Au jour convenu d'avance, elle éclata sur cent points à la fois. Nos petits postes furent surpris jusque dans les environs d'Alger, nos colons massacrés, nos camps assaillis.

En présence de ce soulèvement aux cent têtes, le maréchal Valée, quoique homme de décision, ne se crut pas assez fort. Il demanda des secours en France. Les petits postes se replièrent sur les grands, et, en attendant l'arrivée de nouvelles troupes, on se borna à faire bonne contenance. Mais comme on se bornait à garder ses positions, les Arabes s'enhardirent. Les tribus fidèles furent entraînées. La situation devint critique, elle exalta au plus haut degré l'opinion publique en France; et l'opinion publique se montrant avec une indescriptible énergie, il fallut lui obéir. L'armée d'Afrique fut renforcée, et le maréchal Valée tint immédiatement la campagne.

On était aux premiers jours de décembre 1839. Nos colonnes remportent coup sur coup trois grands avantages. Une d'entre elles, composée du 62e de ligne et du 1er chasseurs, atteint entre le camp de l'Arba et l'Arrouch un millier de cavaliers hadjoutes, qu'elle disperse. Une autre colonne, conduisant un convoi de Bou-Farik à Blidah, est attaquée par les bataillons réguliers de l'émir. Elle les repousse avec de grandes pertes. Enfin, le maréchal Valée lui-même attaque entre Blidah et la Chiffah, sur le ravin de l'Oued-el-Kebir, les forces réunies des kalifats de Milianah et de Médéah soutenues par plusieurs bataillons de réguliers et par cinq ou six mille cavaliers de divers contingents. Malgré la puissance naturelle de la position et l'enthousiasme des combattants arabes, le maréchal culbute toute cette armée et lui prend cinq cents fusils, quatre drapeaux et une pièce de canon. C'est plus qu'il n'en faut pour redonner l'ascendant à notre influence.

Le maréchal profite de l'indécision que cette victoire jette dans le mouvement des tribus, et organise un plan général d'expéditions partielles. Il s'agit d'en finir avec les Hadjoutes, et de dominer le littoral par la possession de Cherchell; il s'agit de reprendre Médéah et Milianah, et de les mettre en communication directe avec Alger par une route conduisant de la Métidjah à la vallée du Chéliff; il s'agit, cette grande opération une fois faite, de se mettre en rapport avec les troupes qui gardent Oran et Mostaganem; enfin, quand on aura accompli ces quatre choses si considérables, on opérera directement contre l'émir en détruisant ses établissements et en le poursuivant à outrance.

Ce plan, qui demande plusieurs années pour être mené à bonne fin, reçoit aussitôt un commencement d'exécution; mais avant de nous occuper de ce qui est fait pour cela, disons les événements dont les deux provinces de l'Est et de l'Ouest sont le théâtre.

Dans celle de Constantine, toute la partie méridionale est en insurrection. Les Kabyles assiègent nos garnisons de Bougie et de Djigelli. Dans celle d'Oran, les Douers et les Smélas sont de nouveau pressés par l'émir. Ils ne se défendent qu'avec la plus grande peine. Oran et Mostaganem repoussent plusieurs attaques; mais la principale attaque est dirigée contre Mazagran, petit fort dépendant de cette dernière place.

Cent vingt-trois hommes de la 10e compagnie du 1er bataillon léger d'Afrique, aux ordres du capitaine Lelièvre, occupaient ce poste. Ils sont investis le 2 février par les forces de Ben-Thami, kalifa de Maskarah. A combien s'élevaient ces forces, nous ne saurions le dire. L'histoire

ccusé le capitaine Lelièvre d'avoir trompé la religion de son pays
exagérant le chiffre des assaillants et les faits de la défense. Tours est-il que la faible garnison de Mazagran se maintint dans son
ste, et pendant plusieurs années nul n'a contesté la vérité des faits.
ici la teneur dans laquelle ils ont été transmis à la connaissance
public :
Ben-Thami fit d'abord reconnaître les abords de la place par une
ltitude d'éclaireurs. Le 2 janvier, il investit le fort avec environ
inze mille hommes appartenant à quatre-vingt-deux tribus. Avant
donner l'assaut, il le canonna et eut bientôt opéré une brèche dans
faible enceinte. Les Arabes se précipitèrent aussitôt par cette brè-
e; toutes leurs attaques furent repoussées. Ils les recommencèrent
3 février, se portant à la fois sur la brèche et contre la porte du
rt. Celle-ci, défendue seulement par quinze hommes aux ordres du
utenant Durand, résista. A la brèche, on ne se défendit pas avec
oins d'héroïsme; mais les soldats commencèrent à perdre courage
voyant que la garnison de Mostaganem ne faisait rien pour les
courir. Pendant la nuit, le capitaine Lelièvre leur inspira cepen-
nt la résolution de mettre le feu aux poudres, et de sauter avec le
rt plutôt que de se rendre. On n'eut pas besoin d'exécuter cette
solution extrême. Après une nouvelle journée d'assauts inutiles,
n-Thami se retira au matin du cinquième jour, comptant un mil-
er de morts ou de blessés. Quand la garnison de Mostaganem arriva
fin sur le champ du combat, elle trouva la petite troupe du capi-
ne Lelièvre plus que décimée, mais prête à combattre encore.
Cependant tous ces faits d'armes n'avançaient que bien peu la pa-
ication. Abd-el-Kader avait adopté un système de guerre qui de-
it rendre pendant longtemps les efforts de nos troupes impuissants.
econnaissant que l'armée française ne pouvait sans s'éparpiller à
nfini occuper que certains postes considérables, il tenait le pays
haleine. Les chefs qui reconnaissaient son autorité, ceux qui étaient
s partisans ou seulement les ennemis de la France, avaient pour
struction d'entretenir l'insurrection sans la compromettre par des
mbats importants. En conséquence, lorsque nos soldats sortaient
s postes pour une expédition, il était rare qu'on les attendît, à
oins que l'on ne fût très en force. On fuyait devant eux, leur aban-
onnant la campagne; mais à peine reprenaient-ils le chemin des
rnisons, que l'on se reformait sur leurs derrières, et nos coups por-
ient ainsi dans le vide.
Il fallait pourtant obtenir quelque chose de décisif. Comme les
incipales forces d'Abd-el-Kader sillonnaient la province de Tittery,
maréchal Valée résolut une expédition qui, si elle ne les dissipait
s, les contiendrait du moins. Il s'agissait d'occuper de nouveau la
pitale du Beylich et de ne plus la quitter, et d'en faire autant pour
erchell et pour Milianah.
Le duc d'Orléans s'était rendu si populaire à la suite de l'expé-
tion des Bibans, que les soldats le demandaient cette fois encore
ur chef. Le jeune duc d'Aumale voulut aussi faire ses premières
mes sous son frère. Le corps expéditionnaire partit de Bouffarik le
avril 1840.
Il fallait, comme nos lecteurs le savent, pour gagner Médéah, tra-
erser de nouveau le fameux col de Mouzaïa. Les Arabes avaient ré-
lu de ne point nous y laisser arriver. Nos troupes, après un jour
marche, venaient à peine de s'établir autour de ce fameux tom-
au de la chrétienne qui a donné lieu à tant de légendes, et qui
lève à la route orientale du lac Kulloulah, quand tout à coup les
vins et les hauteurs se couvrirent d'ennemis dont rien n'avait an-
ncé la venue. Hadji-el-Sghir-Embarach et Ben-Salem commandent
s contingents, qui, se réunissant soudainement en files serrées, fon-
nt au galop de leurs chevaux sur la petite armée française à moitié
rprise. Mais des chefs solides sont là : Duvivier, la Moricière,
hramm, Changarnier, d'Houdetot, Cavaignac secondent Ferdinand-
hilippe. Nos troupes affermies par eux tiennent bon, gagnent du
rain, puis se précipitent à leur tour, et les contingents arabes
ient au loin, poursuivis par le jeune duc d'Aumale, qui gagne ses
erons.
Cette attaque, au commencement de l'expédition, annonçait que
nnemi ne céderait pas facilement le passage du col de Mouzaïa. En
fet, les contingents chassés de l'Afroum se réunissent à la colonne
mmandée par El-Berkani et qui garde le défilé. Là sont rassemblées
armes plusieurs tribus considérables se rattachant toutes à la grande
ibu des Mouzaïa. Abd-el-Kader a pourvu lui-même à la défense du
l. Une forte redoute est construite dans l'endroit le plus propice
r la pointe d'un piton. Des batteries sont établies sur les points qui
mmandent à la route. De plus, de grandes récompenses ont été
omises tant aux tribus qu'aux troupes régulières. Les Mouzaïa en
rticulier ont reçu des priviléges importants. Tous les Arabes comp-
nt sur une défaite des Français.
Cependant ceux-ci s'avancent au matin du 12 mai. Le plan d'atta-
ue est simple, il ressemble à tous les plans par lesquels on veut
mporter des défilés. Trois colonnes ont été formées. L'une, conduite
r la Moricière, doit se porter par la droite sur les retranchements
nemis et les prendre à revers; tandis que la seconde colonne, aux
dres de Duvivier, se portant sur la gauche, attaquera directement
s mêmes retranchements. La troisième colonne, formant une sorte

de réserve, observera un instant, et aussitôt qu'elle verra l'ennemi
faiblir elle se portera de front sur le col.
Ceux qui ont la passion des armes auraient pu entrevoir alors l'un
des plus magnifiques combats qui nous aient assuré la terre d'Afrique; nous disons entrevoir, car à peine la première colonne française
s'est-elle, par un élan rapide, présentée au pied de la redoute, que
tous les pitons du col s'allument, vingt mille fusils s'embrasent à la
fois, puis la fumée enveloppe les montagnes, et c'est à travers ce
nuage que l'on s'attaque, que l'on se poursuit de ravin en ravin, de
pic en pic. Cette lutte dure sans résultats pendant plusieurs heures.
Enfin vers midi, le clairon fait entendre, au milieu de la fusillade,
sa voix aiguë. Sa fanfare joyeuse annonce que la colonne qui a été
lancée la première a conquis une véritable position, et qu'il est temps
d'agir avec ensemble pour la seconder. Aussitôt les deux autres colonnes envahissent à leur tour les hauteurs. Celle qui marche de
front sur le col est attaquée par une masse d'Arabes retranchés dans
un ravin; elle lutte corps à corps, officiers et soldats. Le général
Schramm lui-même est blessé. Un moment d'indécision a lieu; mais
un bataillon du brave 23e, tournant ce formidable ravin, charge par
derrière les Arabes à la baïonnette; ils fuient dans toutes les directions, et le chemin de la redoute et des derniers retranchements est
balayé.
Mais il reste à enlever les ouvrages eux-mêmes; et, depuis trois
heures du matin qu'elles marchent et combattent, nos troupes sont
à jeun. Elles meurent littéralement de soif et de faim. Elles voudraient se reposer; mais ralentir l'attaque, ce serait faire croire aux
Arabes que l'on hésite. Les généraux le comprennent. L'un d'eux,
Changarnier, qui s'est mis à la tête du 2e léger, par un de ces mouvements dont le succès est toujours certain, appelle à lui les officiers
de ce corps, et, mettant froidement son épée sous son bras, comme si
l'entreprise n'eût présenté aucun péril : — Faites marcher vos hommes, leur dit-il; — en avant! — A sa voix sonore les soldats retrou-
vent leur énergie, on se précipite sur la redoute, on l'investit, on
l'assaille; repoussé, on revient à l'assaut; enfin un soldat plante le
drapeau tricolore sur les retranchements; il n'en faut pas davantage
pour donner à tous une nouvelle ardeur. La colonne de Duvivier,
celle de d'Houdetot, pressent leur marche; et tandis que la colonne
de la Moricière chasse devant elle les défenseurs de la redoute, les
poursuit jusqu'au bois des Oliviers, le col est occupé, le passage est
franchi.
Cinq jours après on arrivait à Médéah, et c'était Cavaignac que
l'on choisissait pour commander la garnison. Avec lui, on était sûr de
ne pas perdre un pouce de terrain. Il fit mesurer ce terrain dès le
premier jour. Ayant pointé lui-même un canon, il fit observer à ses
officiers la place où le boulet allait au loin frapper : — Voilà nos limites, s'écria-t-il. — Les Arabes ne franchirent pas cette frontière
d'un nouveau genre, mais lui la dépassa dans plusieurs expéditions
que nous aurons lieu de signaler.
Médéah emporté, on s'établit à Milianah, dont Changarnier prit le
commandement. Ce fut l'objet d'une autre expédition, qui ne présenta point les mêmes péripéties. On croyait qu'Abd-el-Kader défen-
drait cette place, où il avait ses principaux magasins. Mais une telle
défense n'entrait point dans ses plans, il abandonna la ville après
qu'elle eut été complétement ruinée par lui-même.
Ces succès furent les derniers du gouvernement du maréchal Valée. Un successeur venait de lui être donné sur sa demande.

CHAPITRE XX.

Gouvernement du général Bugeaud. — Première période de ce gouvernement. —
Cavaignac à Médéah. — Ravitaillement de cette ville. — Combat du 3 mai 1841.
— Défense de Coléah. — Expédition de Tékédempt. — Le général Changarnier et Cavaignac sur l'Oued-Foddah. — Le général Négrier dans la province
de Constantine. — Le colonel Noël

Nul n'a jamais contesté les rares talents militaires du maréchal
Valée. A une grande expérience il joignait des connaissances pro-
fondes en matière de stratégie. Mais comment utiliser ces connaissances avec un ennemi insaisissable? Le maréchal Valée se dégoûta
trop tôt peut-être. Au lieu d'exiger qu'on lui fournît assez de troupes
pour agir contre Abd-el-Kader de manière à l'enfermer dans une
muraille de fer ou à le rejeter hors de l'Algérie, il se borna à demander un successeur. Ce successeur, ce fut le général Bugeaud,
avec lequel nous avons déjà lié connaissance.
Le vainqueur de la Sickah arrivait en Algérie dans les meilleures
conditions. Les deux expéditions dirigées par le duc d'Orléans avaient
eu le retentissement le plus grand en Afrique et en Europe. D'un
autre côté, la parole de celui que l'on appelait alors l'héritier du trône
était engagée. On ne devait plus abandonner la conquête, cela avait
été dit. Les Arabes le savaient, et, malgré tous les efforts d'Abd-el-
Kader, commençaient à le croire. Il ne faut pas perdre de vue non
plus que le général Bugeaud avait à cœur de faire oublier par tous les
moyens possibles son funeste traité de la Taffna. Enfin e gouvernement français, dont il avait la confiance, faisait pour lui ce qu'il n'avait
encore consenti en faveur d'aucun général. Non-seulement on lui

accordait de pleins pouvoirs, mais on mettait à sa disposition l'effectif le plus considérable. Soixante-treize mille hommes d'infanterie et treize mille hommes de cavalerie, voilà de quoi se composait l'armée qui allait agir sous les ordres du nouveau gouverneur. Avec de telles forces, si l'on n'arrivait à aucun résultat, c'est qu'évidemment il n'y en avait pas à obtenir.

Le général Bugeaud ne doutait pas du succès. Dans son gasconage héroïque, il devançait de quelques années la fin de la guerre. Sa proclamation aux troupes atteste toute sa confiance en lui-même. Voici cet acte officiel.

« Soldats de l'armée d'Afrique,

» Le roi m'appelle à votre tête. Un pareil honneur ne se brigue pas, car on n'ose y prétendre ; mais si on l'accepte avec enthousiasme

Bugeaud.

pour la gloire que promettent des hommes comme vous, la crainte de rester au-dessous de cette immense tâche modère l'orgueil de vous commander. Vous avez souvent vaincu les Arabes, vous les vaincrez encore ; mais c'est peu de les faire fuir, il faut les soumettre. Pour la plupart, vous êtes accoutumés aux marches pénibles, aux privations inséparables de la guerre ; vous les avez supportées avec courage et persévérance dans un pays de nomades, qui, en fuyant, ne laissent rien au vainqueur. La campagne prochaine vous appelle de nouveau à montrer à la France ces vertus guerrières dont elle s'enorgueillit. Je demanderai à votre ardeur, à votre dévouement au pays, au roi, tout ce qu'il faut pour atteindre le but : rien au delà.

» Soldats ! à d'autres époques, j'avais su conquérir la confiance de plusieurs corps de l'armée d'Afrique ; j'ai l'orgueil de croire que ce sentiment sera bientôt général, parce que je suis bien résolu à tout faire pour la mériter. Sans la confiance dans les chefs, la force morale, qui est le premier élément du succès, ne saurait exister. Ayez donc confiance en moi, comme la France et votre général ont confiance en vous. »

Les premiers événements répondirent à la certitude de vaincre dont cette proclamation est tout imprégnée.

Nous avons parlé déjà du système auquel le général Bugeaud s'arrêta. C'était de poursuivre l'émir dans tous ses alliés ; de le chasser lui-même de position en position ; de l'attirer, si l'on pouvait, à des engagements décisifs ; de ne laisser ni à lui ni aux siens aucun répit. Pour mettre ce système en œuvre, le général voulait être d'abord sûr de la province d'Alger et d'une partie de celle de Tittery. Après avoir concentré ses forces dans ces deux provinces, il voulait procéder dans les autres par voie de rayonnement.

En conséquence, il prépara une première expédition qui avait un double but : ravitailler Médéah et Milianah, et, chemin faisant, châtier toutes les tribus rebelles des deux provinces.

Le blocus de Médéah n'est pas moins célèbre que celui de Tlemcen.

Deux bataillons de zouaves, commandés par MM. Renaud et le Flô, sous les ordres du lieutenant-colonel Cavaignac, composaient en dernier lieu la garnison. Le casernement était dans un état affreux. Les zouaves montrèrent là comme ailleurs toutes les ressources de leur imagination pour l'améliorer. Ils firent eux-mêmes leurs paillasses et leurs couvertures. On les vit, pour s'éclairer, retirer l'huile des pieds des bœufs, et souvent filer des étoupes comme de vieilles femmes. Cela se faisait au milieu de prises d'armes continuelles. Plusieurs fois on dut croire dans la place à une attaque générale ; mais Cavaignac avait pour système de faire sortir ses zouaves toutes les fois que l'ennemi se présentait. On le poursuivait jusqu'à la portée du fameux canon qui avait tracé les limites. Puis, comme on ne pouvait songer à être ravitaillé par l'armée d'Alger, il fallait se ravitailler soi-même. Le colonel Cavaignac sortit le 29 décembre 1840, et alla chercher ce qu'il fallait à ses hommes dans la vallée d'Ouzera. Cette expédition eut un plein succès. Elle amena, il est vrai, contre Médéah des représailles. L'ancien kalifa de la ville, El-Berkani, essaya, le 5 février 1841, de la reprendre ; il fut repoussé, quoique dix fois supérieur en forces. Enfin la petite garnison des zouaves fut relevée le 3 mai. Le général Bugeaud chargea Cavaignac de la féliciter : elle l'avait bien mérité. Celle de Milianah avait encore eu plus à souffrir. Mais revenons à l'expédition du ravitaillement elle-même.

Ayant organisé ses convois à Blidah, le général Bugeaud en partit le 27 avril. Il avait envoyé en avant le général Baraguay-d'Hilliers, qui avait, par un sentier nouvellement découvert, su tourner la position du col de Mouzaïa. En conséquence, il n'y eut que des tiraillements sans valeur au passage du col, et l'on ravitailla Médéah le 29. Le même jour, la colonne, rentrant au bois des Oliviers, fut harcelée par douze ou quinze cents chevaux. Cavaignac conduisait avec lui un demi-bataillon de zouaves. Ennuyé des attaques de l'ennemi, il le chargea avec ce demi-bataillon, et le força à la fuite. Le lendemain,

Bugeaud s'occupait beaucoup du soldat, l'interrogeant, l'encourageant, le haranguant, lui parlant de son père, de sa mère, du pays.

le convoi de Milianah rallia le bois des Oliviers. Changarnier y fut blessé à l'épaule d'une balle kabyle. On en fit aussitôt l'extraction, et aussitôt il se remit à cheval. Les colonnes réunies arrivèrent au matin du 1er mai devant la gorge qui remonte vers la ville. Dix ou douze mille cavaliers arabes encombraient la plaine. Le général en chef échelonna l'infanterie de ses deux ailes à droite et à gauche de la gorge, afin de protéger l'entrée du convoi dans la place. Quelques centaines de Kabyles en disputèrent faiblement l'entrée.

Il paraît que la colonne de gauche ne comprit pas ou exécuta mal l'ordre qui lui avait été donné. « Ma colonne de gauche, dit le général Bugeaud dans son rapport, au lieu de s'échelonner jusqu'à Milianah s'étendit sur des crêtes éloignées, d'où elle ne pouvait couvrir les transports, et là s'engagea un combat dont la vivacité j'annonça le voisinage d'un ennemi sérieux. Une compagnie de zouaves, un instant enveloppée, fut dégagée par une charge à la baïonnette que fit bravement le commandant des zouaves Saint-Arnaud avec deux compagnies. Au même instant, et comme j'arrivais près de la ville à la tête du convoi, deux mille Kabyles environ m'attaquèrent sur le flanc gauche. Le bataillon du 48e, qui devait relever la garnison, était déjà entré à Milianah, dont le chemin très-étroit et parsemé de rochers se trouvait encore encombré par l'ambulance; de telle sorte que je ne pouvais communiquer que très-difficilement avec ce bataillon. Je n'avais donc sous la main, pour repousser l'attaque des Kabyles, que les cavaliers, qui conduisaient à pied leurs chevaux chargés de farine. La moitié d'entre eux se précipitèrent en tirailleurs avec beaucoup de résolution, et repoussèrent les assaillants dans les ravins d'où ils étaient sortis. Je pus ensuite parvenir de ma personne à la place. J'en ressortis immédiatement avec le bataillon du 48e et une partie de la garnison. Ces forces, échelonnées sur les points culminants, assurèrent l'arrivée du convoi, qui ne mit pas moins de six heures à défiler. »

Le général passa le reste de la journée à examiner le terrain, pensant bien que l'émir, qui se trouvait en force, l'attaquerait le lendemain. Il prit ses mesures, embusqua pendant la nuit dans Milianah le colonel Gedeau, avec ordre de tomber par derrière sur l'ennemi, quand il verrait le corps d'armée aux prises avec lui.

De son côté, Abd-el-Kader n'avait pas perdu un seul des faux mouvements de l'entrée dans la place. Il se trouvait d'ailleurs en face de l'homme qui l'avait vaincu à la Sickah, et il voulait prendre sa revanche.

Il n'attendit pas qu'on lui offrît la bataille : le 3 mai, au point du jour, il vint la chercher.

« Au point du jour, dit le général Bugeaud dans son rapport, on vit s'avancer vers la droite deux colonnes de Kabyles, fortes, selon l'évaluation générale, de six mille hommes au moins. L'une d'elles était suivie de trois bataillons réguliers, qui furent évalués à huit cents hommes chacun. Ces troupes, se dirigeant de manière à combler tous mes vœux, vinrent se masser derrière les buttes, au pied de la position occupée par ma droite, en tournant presque le dos aux deux bataillons cachés dans Milianah. Bientôt les Arabes passèrent le ravin et commencèrent à gravir la position. Pour mieux faire croire à une retraite, j'éloignai mon drapeau et mon état-major, où leur feu très-vif avait déjà blessé plusieurs chevaux. »

En même temps le général fit sonner la retraite par ses tirailleurs; mais les Kabyles prirent cette sonnerie pour celle de la charge, et rétrogradèrent. Bugeaud ordonna alors que tous les commandements se fissent à la voix. Le silence des clairons et des tambours enhardit l'ennemi, mais pas assez pour qu'il osât une attaque décisive.

Cependant Abd-el-Kader avait, lui aussi, son plan, qu'ignorait le général. Tandis que les colonnes dont nous avons parlé tenaient les nôtres en échec, une autre colonne très-forte filait à couvert par un ravin de manière à tourner la gauche des Français. Un faux mouvement la mit bientôt face à face avec cette gauche et avec le centre, que commandait le duc de Nemours. Ce jeune général n'avait point reçu l'ordre de céder le terrain par la meilleure des raisons, savoir que Bugeaud ne prévoyait point qu'il pût être attaqué. En conséquence, voyant les Arabes venir à lui, il ordonne de les charger. Ceux-ci s'enfuient. On les poursuit, l'élan gagne quelques bataillons de la colonne du général en chef lui-même, et voilà tout son ordre de bataille compromis; car entendant les cris de ceux de leurs amis qui s'enfuient, et voyant les réguliers de la colonne du ravin se dis-

perser, les Kabyles qui faisaient tête au général n'osent plus s'engager. Ils lâchent pied à leur tour, et les bataillons embusqués dans Milianah ne réussissent qu'à en couper plusieurs centaines.

Abd-el-Kader, désespéré, voulut en vain retenir ses troupes : il fut entraîné à son tour. Le célèbre commandant de spahis, Joussouf, le reconnut, et se mit à sa poursuite. Comme il était très-bien monté, il se trouva bientôt seul derrière l'émir, qui criait aux siens : « Lâches! retournez-vous donc! il n'y a qu'un homme derrière vous. » L'homme ne ralentit pas pour cela son ardeur; mais son cheval, fatigué d'un élan trop rapide, refusa de le servir, et l'émir ne fut pas pris. Il revint à la charge quelques jours après, en attaquant le corps expéditionnaire, au retour de Milianah. Il fut encore battu.

Le général Bugeaud poursuivit alors avec énergie son plan de campagne. Il donna ordre au général Baraguay-d'Hilliers d'opérer sur le bas Chéliff, et de ramener les tribus à l'obéissance par la terreur. Pendant ce temps-là, lui-même irait ruiner et détruire pour jamais les dépôts d'armes et les places fortes qui restaient encore à l'émir. Parmi ces places figurait surtout cette Degedempta ou Tagdempt, qu'Abd-el-Kader avait relevée quand il avait vu que Mascara était trop exposée aux coups des Français. Nous allons laisser le général Bugeaud raconter lui-même comment il détruisit la capitale de l'émir. Son rapport sur l'expédition est ainsi conçu :

« Je suis parti le 18 mai de Mostaganem, ainsi que j'avais eu l'honneur de vous l'annoncer.

» Les prolonges de l'artillerie et du génie étaient chargées de munitions, d'outils et autre matériel, pour le siége présumé de Tagdempt.

» Les moyens de transport qui étaient à ma disposition ont été employés pour l'organisation de ce service et pour celui des ambulances; j'ai ajouté à ces moyens tout ce que mes ressources me permettaient de faire : chaque soldat portait des vivres pour huit jours, et les chevaux de la cavalerie étaient chargés d'un sac de soixante kilos de riz.

» Le dévouement de ma cavalerie a rendu un service signalé à l'armée. Des cavaliers ont porté leurs sacs jusqu'à Mascara, tour à tour soldats du train et des équipages et cavaliers quand il fallait combattre.

» Après plusieurs petits combats d'arrière-garde et de flanc, nous sommes arrivés devant Tagdempt le 25 mai, et nous en avons pris possession pendant un engagement très-vif entre les zouaves et la cavalerie ennemie qui était sur les hauteurs voisines. Ce combat fait beaucoup d'honneur aux zouaves, corps vraiment d'élite.

» La ville et le fort étaient évacués par les habitants, qui avaient tout enlevé; quelques maisons couvertes en chaume brûlaient incendiées par les Arabes eux-mêmes. Celles en maçonnerie, recouvertes en tuiles, étaient intactes, ainsi que la fabrique d'armes, une scierie et des magasins. L'armée a travaillé immédiatement à la démolition, et les soldats du génie à pétarder le fort. Le lendemain à huit heures nous avons pris la route de Mascara, et des hauteurs voisines Abd-el-Kader a vu sauter la citadelle qui lui avait coûté tant d'efforts et d'argent à édifier, et dans laquelle il plaçait ses principaux dépôts d'armes et de munitions de tout genre.

» Comme je présumais que les cavaliers arabes ne manqueraient pas de venir à l'instant de notre retraite examiner la destruction que nous avions accomplie, j'embusquai derrière les décombres du fort les zouaves, et dans les ruines des maisons de la ville un bataillon du 41e de ligne. A peine la colonne était-elle à une portée de canon, que sept à huit cents cavaliers inondèrent la place et les rues. Le bataillon du 41e sortit brusquement de son embuscade, et leur fit une

— Tenez, lui dit-il (Changarnier), mon cher colonel (Cavaignac), après de si glorieuses fatigues, vous devez avoir besoin de vous rafraîchir.

3

fusillade qui en mit quinze sur le carreau et qui leur tua plusieurs chevaux. Les zouaves n'eurent pas la même occasion.

» Le même jour et les jours suivants, jusqu'à Mascara, Abd-el-Kader nous a toujours flanqués par deux grosses colonnes de cavalerie, pendant qu'un millier de chevaux tiraillaient sur notre arrière-garde. Ses principales forces se tenaient à une distance et dans des positions telles, qu'il était impossible de les engager au combat contre leur volonté. J'ai tenté vainement plusieurs moyens qu'il serait trop long d'expliquer. A Fortassa, l'ennemi réunit toutes ses forces sur les hauteurs que nous devions franchir. Ce lieu était célèbre dans l'histoire des Arabes, puisqu'ils y ont défait, il y a quarante ans, le bey Bou-Cabous. Je crus qu'ils avaient choisi ce lieu pour me livrer bataille; je massai aussitôt mon convoi; la cavalerie déposa ses sacs à côté, et sans presque aucun retard dans notre marche, nous nous portâmes vivement vers l'ennemi, heureux de trouver enfin l'occasion d'obtenir un succès qui pût décider de quelque chose. Nos espérances furent encore déçues. Dès que nos bataillons, échelonnés par les deux ailes et couvrant la cavalerie, furent à portée du canon, l'ennemi se retira au galop et alla prendre position sur de hautes montagnes à environ deux lieues. Je renonçai à le poursuivre, pour ne pas fatiguer inutilement les troupes, et je revins coucher au lieu où j'avais laissé le convoi sous la garde de quatre bataillons. Il y avait de l'eau, du fourrage et du bois.

» Nous retrouvâmes Abd-el-Kader le 30 sur les hauteurs qui environnent Mascara; il était renforcé par quatre mille chevaux que lui amenait Bou-Hamedi, kalifa de Tlemcem. Tout annonçait qu'il voulait défendre les approches de la ville. Nous fîmes la même manœuvre qu'à Fortassa; elle n'eut pas de beaucoup meilleurs résultats. Cependant on nous attendit d'un peu plus près, et nos tirailleurs et nos obus tuèrent quelques hommes et quelques chevaux. Nous prîmes alors possession de Mascara, et je fus agréablement surpris quand je vis qu'on s'était borné à briser les portes et les meubles en bois.

» Grand nombre de maisons sont en ruines depuis longtemps; mais comme la ville est très-grande, car elle a contenu autrefois vingt à vingt-cinq mille habitants, il nous a été facile de trouver des locaux pour l'hôpital, les magasins et le casernement de la garnison. »

Le général Bugeaud raconte ensuite son retour à Mostaganem. Ceci fut plus difficile que l'expédition elle-même, car on prit pour abréger la route le défilé d'Akket-Kredda. Notre arrière-garde y fut attaquée par six mille Arabes. Telles étaient les difficultés du terrain, que le général en chef ne put lui porter aucun secours. Quoiqu'elle ne fût forte que de trois bataillons, elle se suffit à elle-même. Le général Levavasseur la commandait. Les Zouaves étaient aux ordres de Cavaignac, que Bugeaud cita à l'ordre de l'armée avec MM. Daumas, Esterhazy, Berthois, Charron, Bizot, Saint-Arnaud, de Barral, Baudens, Bertin, Chard, Travot, Vergé, de Clonard, etc., etc., etc.

L'expédition de Borar et de Thaza ne fut pas moins heureuse. Il s'agissait de ravitailler Médéah et de détruire plusieurs établissements importants de l'émir. Le général Baraguay-d'Hilliers dirigea cette expédition avec intelligence. Sous ses ordres, Changarnier, usant de la rapidité qui le distingue, tomba sur les Mouzaia, occupa le col, et permit ainsi au corps d'armée de franchir l'Atlas sans coup férir. Après avoir jeté des vivres dans Médéah et avoir emprunté à sa garnison quelques compagnies d'élite, on occupa successivement Borar, Cassar-Boreri, ancienne station romaine, et Thaza, fort où Abd-el-Kader avait renfermé plusieurs prisonniers, et qui fut entièrement rasé. De là on revint par Milianah, où l'on ravitailla aussi la garnison; et après avoir touché de nouveau à Médéah, où furent réintégrées les compagnies du 25ᵉ, on rentra le 2 juin à Blidah, que l'on avait quitté le 18 mai.

Cette expédition si rapide eut cela de remarquable que toujours les Arabes fuirent devant nos troupes. On aperçut des réguliers de l'émir à Thaza et au Téniah; mais ils n'osèrent entrer en lice. A ce propos, le général Baraguay-d'Hilliers s'exprimait ainsi : « Les Arabes, disait-il, ne se lasseront-ils pas enfin de voir les réguliers les pousser au combat sans s'engager eux-mêmes, d'être dans l'obligation continuelle de se sauver à notre approche, de voir incendier leurs tribus, et surtout de donner leur argent pour bâtir des châteaux que nous raserions en vingt-quatre heures, fussent-ils encore plus éloignés de nous que ne l'étaient Borar et Thaza? Jusqu'à présent, ils ne pouvaient se figurer que nous oserions aborder le désert d'Angad; aujourd'hui, ils doivent être convaincus que nous irons détruire les établissements d'Abd-el-Kader partout où il pourra en fonder de nouveaux. »

Il n'y eut pas un homme de tué dans cette expédition.

Pendant que tout cela avait lieu dans les provinces de Tittery et d'Oran, l'armée divisionnaire de Constantine remportait de grands succès; il en était de même aussi d'un petit corps aux ordres du général la Moricière, et qui, opérant à l'extrémité sud-ouest de l'Oranais, détruisait la gethna d'Abd-el-Kader et le fort de Saïda, résidence de son beau-père Mustapha-Ben-Thamy. Nous parlerons plus tard des avantages obtenus dans la province de Constantine par les troupes aux ordres du général Négrier.

Ce n'est rien que de vaincre en pays conquis, il faut administrer. Le gouverneur chercha dans l'élément arabe un moyen d'administration; et voulant donner dans la province de Mostaganem un centre arabe aux tribus qui se rallieraient à nous, il établit un bey à Mostaganem et à Mascara. On n'était pas alors encore revenu du système des feudataires.

Abd-el-Kader profita habilement de la faute qui était commise. Le bey des Français était le fils de l'ancien bey Osman; l'émir exploita la répugnance qu'inspirait cette origine à beaucoup de tribus. Quelques-unes se soulevèrent; il y eut de grands mouvements dans celle des Hachem, et Abd-el-Kader lui-même fit irruption dans le pays, au sud de Mascara. Le général la Moricière fut chargé de le poursuivre; mais il n'eut affaire qu'aux lieutenants de l'émir. Ben-Thamy et Ben-Aïssa essayèrent de défendre contre lui le col de Bardj. Ils avaient avec eux sept mille hommes, parmi lesquels deux bataillons de réguliers et quatre cents cavaliers rouges. Le général la Moricière les attaqua avec son impétuosité accoutumée : en moins d'une heure, à la baïonnette, il dispersa cette foule. Un peu plus tard, divisant son corps d'armée en plusieurs colonnes mobiles, il opéra sur divers points du pays, toujours avec les mêmes avantages. Le système du général Bugeaud était dès lors arrêté. Il avait tracé ce qu'il appelait deux lignes d'occupation. La première était maritime et passait par sept points principaux : Oran, Mostaganem, Tenès, Cherchell, Alger, Philippeville et Bone. La seconde était intérieure; elle s'appuyait également sur sept places fortes : Tlemcen, Mascara, Milianah, Médéah, Sétif, Constantine et Guelma. Des quatorze points de ces deux lignes, des colonnes mobiles, dans lesquelles on utilisait pour les transports et le soldat et le cheval, devaient rayonner dans tous les sens, et servir à la fois à l'occupation, de sentinelles et de garnisons. Pour que ces colonnes rayonnassent avec moins de difficultés, des reconnaissances de toute sorte, des routes, des ponts étaient nécessaires; ce fut l'affaire du génie. La colonisation venait en même temps. On avait de plus maintenant le droit de compter que le sang répandu, que les travaux faits, ne le seraient pas en pure perte. Dans son discours du trône, la royauté de juillet, dont les enfants combattaient sur la terre d'Afrique, venait de s'engager formellement à considérer désormais cette terre comme à jamais française. Ce fut sous ces auspices que s'ouvrirent les diverses campagnes de 1842.

Au commencement de 1842, les provinces d'Alger et de Tittery jouissaient d'une tranquillité momentanée. Celle d'Oran reposait aussi, de même que celle de Constantine, où un assez grand nombre de tribus, situées à l'ouest de Philippeville, avaient fait leur soumission. C'est assez dire que la campagne multiple de 1841 avait amené d'importants résultats. Abd-el-Kader n'était plus dans la position toujours redoutable de l'offensive, il se défendait.

On mit à profit ce repos pour assurer les communications entre les places de Milianah, Mascara et Tlemcen, pour activer nos relations commerciales avec les tribus soumises, pour construire de petits villages dans le Sahel, et pour frapper ici et là des coups aussi utiles que retentissants. Ainsi, le gouverneur général se mit en marche au mois de juin, emmenant avec lui, entre autres troupes, trois mille cavaliers arabes; il parcourut la vallée du Chéliff, et opéra dans l'Atlas. Toute la chaîne, depuis Cherchell jusqu'à l'Arrach, reconnut nos lois. Ainsi encore, en mars, une campagne de vingt-deux jours, accomplie par la division d'Oran, eut pour résultats la soumission de trois portions de la tribu des Flittas, de la presque totalité des Hachem de l'est et de l'ouest, des Sidi-Ali-Bou-Thaleb, des Zdama, des Haouata, des Kallafa, et des habitants de Fremdah, si bien que quand l'émir essaya de se montrer dans les massifs, entre Mostaganem et Mascara, il fut reçu à coups de fusil par ses coreligionnaires. Il n'en réussit pas moins à entraîner avec lui les Beni-Shasen, et à pénétrer ainsi accompagné sur le territoire des Trara. Une marche du général Bedeau sur Hénaïa suffit pour l'arrêter.

Malgré cette tendance générale vers la paix, plusieurs faits de guerre remarquables eurent lieu sur le territoire de Tittery; par exemple, on réprima les Hadjouth, les Beni-Ménad et les Beni-Ménasser. Une colonne, partie de Milianah le 6 juin, se porta par les crêtes du Zakkar sur le territoire de cette dernière tribu. Les Kabyles, qui essayèrent de la repousser, laissèrent deux cents morts sur le terrain. Les gouvernements des kalifa Embarek et Berkani furent également renversés par la colonne de l'ouest. D'autre part, à Aïn-Télemsil, le colonel Korte fit aux Kabyles trois mille prisonniers, leur enleva quinze cents chameaux, trois cents chevaux et mulets, et environ seize mille têtes de bétail. Pendant ce temps, une colonne, aux ordres du colonel Comman, dans l'est de Tittery, fondait sur le territoire des Beni-Seliman. A son approche, Ben-Salem s'enfuit dans le désert, et son aga Mahi-Eddin, se détermina à faire sa soumission avec six cents cavaliers. Un autre aga, mais de notre parti, Ben-Ferhat, ayant été attaqué par les Kabyles, s'adressa au général Changarnier, qui quitta aussitôt l'Oued-Foddah, où il opérait.

Quand le général Changarnier reçut la lettre de l'aga Ahmet-Ben-Ferrah, ses troupes se reposaient de leurs fatigues à quatre journées de Milianah, dans la vallée du Chéliff. Le général avait avec lui douze cents hommes d'infanterie, trois cents chevaux réguliers et quatre cents cavaliers arabes. Deux colonels, MM. Cavaignac et Morris, et le commandant Forey étaient sous ses ordres.

Pour aller au secours de l'aga, il y avait deux routes, revenir par Milianah ou suivre la montagne. Par la première on perdait deux jours; par la seconde on les gagnait. Le général n'hésita pas. On lui garantissait, au reste, qu'il ne rencontrerait pas d'ennemis. Se fiant médiocrement à cette garantie, il ne marchait qu'en bon ordre. C'est ainsi qu'il rejoignit au matin du 19 septembre la rivière de l'Oued-Fodda à l'endroit où elle reçoit un petit affluent. Rien n'annonçait le voisinage des Kabyles. Néanmoins, le général, en envoyant au fourrage, donna l'ordre de garder le silence, et de ne pas tirer un seul coup de fusil.

Cependant à peine la cavalerie est-elle partie, que la plus vive fusillade éclate. On se porte à la reconnaissance, et l'on découvre alors seulement des milliers de Kabyles qui, avertis du passage de la colonne, se sont embusqués pour la surprendre. Ils couvrent toutes les crêtes des montagnes, et poussent déjà des cris de victoire.

A quelle résolution s'arrêter? Battre en retraite, c'est s'exposer à une ruine certaine, car les Arabes sont ainsi faits, qu'ils n'ont tout leur courage que pour l'attaque. Franchir le défilé de l'Oued-Fodda, on ne peut l'espérer que par de véritables prodiges de valeur. Le général compte sur ces prodiges. Il donne l'ordre d'aller en avant, et se portant de sa personne à l'arrière-garde, il se prépare à ne laisser rétrograder qui que ce soit, si tant il est qu'une pareille idée puisse venir à quelqu'un. Alors s'engage un de ces combats homériques dont le souvenir se garde des siècles.

« Pour bien comprendre cette lutte terrible, il faut, dit l'un de ceux qui l'ont racontée avec le plus de poésie [1], il faut se rendre un compte exact du terrain. Cent pieds de large pour se battre, une terre de sable, sillonnée par le lit du torrent; à droite et à gauche des escarpements à pic, grisâtres et schisteux, garnis de pins maritimes; les pitons des montagnes se dressant comme des pyramides d'où plongeaient les balles : tel est le théâtre du combat.

» Que l'on se figure cette ravine, les rochers, ces montagnes, couverts d'une multitude s'excitant de ses cris, s'enivrant de la poudre, ne connaissant plus le danger, et se ruant sur une poignée d'hommes qui opposaient un sang-froid énergique et l'action toujours régulière de la discipline à cette fureur désordonnée.

» Heureusement, ajoute le même auteur, les tribus de l'Est ne prenaient point part à la lutte, et l'on n'eut à se défendre que sur la droite. Toutefois la colonne n'avançait qu'avec peine, quand on arriva à l'un de ces passages qu'il était nécessaire d'occuper. Des escarpements rocheux surplombaient le lit de la rivière en avant d'un marabout entouré de lentisques; la compagnie de carabiniers des chasseurs d'Orléans fut chargée d'enlever ces rochers; pleins d'ardeur, ils s'élancèrent; mais les pentes étaient affreuses, et huit jours de vivres sont une rude charge. Aussi, M. Ricot leur lieutenant, qui s'était jeté en avant, sans s'inquiéter s'il était suivi, arriva le premier sur le haut du plateau. Deux balles le frappent à la poitrine; le lieutenant Martin et deux carabiniers se précipitent pour le dégager, ils tombent morts; M. Rouffiat, le dernier officier qui reste, vole à leur secours; une blessure affreuse l'arrête; la compagnie n'a plus d'officiers, plus de sergent-major; une avalanche de balles s'abattait sur elle, sans guide, sans chef; les carabiniers furent ramenés, emportant avec peine M. Martin, qui vivait encore. Pour les autres, ils sont déchirés à la vue de la colonne au milieu des cris féroces des Kabyles. »

Il s'agit de les venger. Les zouaves et les chasseurs d'Orléans sont chargés de cette périlleuse mission, qui ne pourra être accomplie que si la position est emportée. Le général et ses deux colonels n'hésitent pas à se mettre à la tête de cette charge qui doit avoir lieu en même temps que la cavalerie refoulera, si elle le peut, l'ennemi dans le lit de l'Oued-Foddah. Le clairon sonne; on s'élance, on se prend corps à corps. D'excellents officiers tombent les premiers. Le général lui-même ne doit la vie qu'à l'adresse d'un de ses hommes [2]. Mais, au prix de ces pertes et de ces dangers, l'obstacle est franchi. Les Kabyles se retirent un instant à leur tour; d'autant plus ivres de vengeance, que la charge opérée sur les contingents échelonnés le long de l'Oued-Foddah a balayé les rives.

Au bout d'une sorte de trêve de quelques instants, le combat reprit avec une ardeur nouvelle. « Les officiers, dit M. de Castellane, les premiers au danger, étaient les premiers frappés. Cinq officiers de zouaves, trois officiers de chasseurs d'Orléans avaient déjà succombé, et l'on n'était qu'au milieu du jour. Le colonel Cavaignac, avec ses zouaves, s'acharnait à venger ses officiers; c'était plus que du courage, chaque homme en valait vingt, se multipliant pour faire face à tous les périls. Quant au général, les balles et le danger semblaient augmenter encore son audacieux sang-froid; son œil rayonnait, et partout sur son passage, il répandait une énergie nouvelle. La colonne avançait toujours au milieu du fracas de la poudre, que les échos de ces montagnes répétaient comme le roulement d'un orage; la cavalerie marchait en tête, ayant ordre de ne s'arrêter que vers la nuit au premier terrain favorable.

« Les troupes avaient atteint un endroit de la rivière où les deux berges, se rapprochant davantage, formaient un nouvel étranglement; les Kabyles des tribus de la rive gauche occupaient alors aussi la rive droite, et les capitaines Magagnoz des zouaves, et Castagny des

chasseurs d'Orléans, furent chargés de les débusquer, tandis que le capitaine Ribains du même corps, eut l'ordre d'occuper la position de droite. C'était une cascade verticale de roches et de terrains schisteux, couverts de pins et de broussailles; un ruisseau traversait ces terres qu'il détrempait, et se jetait ensuite dans la rivière. Le capitaine délogea les Arabes, occupa la position, assurant ainsi le libre passage de la colonne; mais lorsqu'il fallut rejoindre, les Kabyles se ruèrent sur la petite troupe; quelques hommes, les premiers, essayèrent de descendre en ligne droite; le pied leur manqua sur ces terrains rendus glissants par l'eau, et neuf d'entre eux furent précipités d'une hauteur de quatre-vingts pieds. Ils roulèrent de rocher en rocher, d'escarpement en escarpement, bondissant sur les arêtes, cherchant en vain à se raccrocher aux broussailles, et tombèrent enfin dans le lit de la rivière; le reste de la compagnie s'était sur-le-champ jeté à droite par une ravine, se laissant couler entre les arbres pour rejoindre la colonne. Un de ces chasseurs, Calmette, est séparé de ses compagnons, entouré de Kabyles, poussé sur le bord d'un précipice; d'un coup de carabine il en abat un, sa baïonnette en tue deux autres; mais enfin il va tomber : alors s'accrochant à deux Kabyles, il cherche encore en les entraînant à venger sa mort. La roche était à pic, ils tombèrent de ces hauteurs; et, par un bonheur inouï, le Kabyle que le chasseur tenait étroitement serré, se trouva dessous lorsqu'il toucha la terre, et par sa mort lui sauva la vie. Le capitaine Ribains descendait le dernier de tous, semblant défier les balles ennemies, quand trois Kabyles s'élancèrent sur lui, et, le tirant à bout portant, lui fracassèrent l'épaule; ses hommes heureusement purent le dégager. Tous se le rappellent encore lorsqu'il passa devant le général, qui le félicitait de sa glorieuse conduite; son énergique figure respirait le légitime orgueil du devoir accompli; on sentait en lui la juste fierté d'un sang noblement répandu.

» La lutte, continue le remarquable écrivain militaire, sembla alors redoubler d'acharnement. La rivière s'élargissait un peu, et un escadron de cavalerie fut mandé à l'arrière-garde. Il n'y avait pas d'artillerie; les chasseurs d'Afrique le remplacèrent; le général les lançait comme des boulets pour écarter les Kabyles furieux et permettre d'enlever les blessés. Bientôt mis hors de service, cet escadron fut remplacé par la division du capitaine Bérard. On les lança encore, et en dix minutes un peloton entier, à l'exception du brave officier qui le commandait, le lieutenant Dreux, eut tout son monde hors de combat. MM. Sébastiani, Corréard, Paër, Fraiche, des zouaves, furent blessés ou tués à peu de distance. La troupe tenait bon pourtant. Comment d'ailleurs aurait-elle pu faiblir, commandée par de tels officiers, lorsqu'elle voyait le capitaine Corréard, une balle dans le bras, menant encore ses hommes au feu, et M. Paër, le cou traversé, ne pouvant plus parler, mais frappant toujours? Les heures s'écoulaient, la nuit n'était pas loin, et la tête de la colonne, ayant atteint un endroit où le lit de la rivière formait un emplacement circulaire, s'était arrêtée pour le bivouac. Toutes les dispositions de sûreté furent prises immédiatement, puis l'on déposa les blessés dans les tentes de l'ambulance, que l'on avait dressées non loin de la tente du général. »

Il faut lire, dans M. de Castellane, le récit de la nuit qui succéda à cette journée; nuit qui fut remplie de l'héroïsme des blessés, comme le jour avait été rempli de l'héroïsme des combattants.

A deux heures du matin, le général Changarnier fit occuper sans bruit diverses positions qu'il avait reconnues la veille; puis la diane battit, et la colonne se mit en marche. Les Kabyles ne s'attendaient pas à tant de promptitude. Ils s'appelaient les uns les autres pour recommencer le combat de la veille; mais le terrain n'était plus le même. Les positions étaient prises, et l'insouciance de nos soldats commença à narguer l'ennemi. On traversait des vignes magnifiques; ce fut à qui se désaltérerait aux dépens des Kabyles. Le général Changarnier ne dédaigna pas de faire comme les chasseurs et les zouaves. Cavaignac ayant passé auprès de lui, il lui tendit une des plus belles grappes : « Tenez, lui dit-il, mon cher colonel, après de si glorieuses fatigues, vous devez avoir besoin de vous rafraîchir. »

Ce ne fut pas tout que les glorieuses luttes de l'Oued-Foddah : à peine nos troupes venaient-elles d'y être victorieuses, que Changarnier, pour bien constater sa victoire, eut l'audace d'opérer une razzia sur les tribus qui l'avaient attaqué. Cette entreprise eut un plein succès, comme toutes celles que, dans une campagne de plusieurs mois, le même général fit dans l'Ouar-Senis.

A la même époque, la Moricière poursuivait les smalas d'Abd-el-Kader et de ses kalifas, et les rejetait sur le désert. En un seul et brillant combat, il prit à l'émir plus de cent cinquante chevaux.

Cependant, il fallait tirer vengeance de Ben-Salem. Le gouverneur général se chargea lui-même de cette mission. Il rasa les forts de Bel-Kheroub et d'El-Arib, où ce chef avait concentré ses forces. Le gouvernement de Ben-Salem fut ainsi à peu près dissous.

Mais Abd-el-Kader restait debout. Il se rejeta dans l'Ouar-Senis, et sa position dans ces montagnes pouvait devenir menaçante. M. le maréchal Bugeaud conduisit de ce côté ses forces disponibles, en prescrivant au général la Moricière des manœuvres propres à faire diversion dans la division d'Oran. Trois colonnes rayonnant autour de Milianah soumirent et frappèrent d'exécution dix tribus voisines.

<hr>

[1] M. Pierre de Castellane, *Souvenirs de la vie militaire en Afrique*.
[2] Le clairon Brunet.

D'un autre côté, la guerre contre les Kabyles amena la soumission de la ville de Matmata et de celles de Meknès et de Besnès. Les populations envahies se réfugièrent dans les hautes montagnes des Beni-Ouragh. Elles y furent forcées. Les tribus des deux rives du Chéliff firent alors leur soumission. Cependant tous ces succès semblaient enflammer le zèle des amis de l'émir au lieu de le réprimer. Dans la province de Constantine, Ben-Amar, kalifa d'Abd-el-Kader, attaqua Msilah et échoua. Bougie fut assaillie deux fois par les Kabyles, qu'excitait Sy-Zeghdoud, et deux fois heureusement et brillamment dégagée. Le camp de l'Arrouch repoussa aussi par les mains du colonel Lebreton et de ses soldats de nombreux assaillants. Le camp de l'Aïn-Roumel se vit également menacé par l'ancien bey de Constantine Achmet. Le général Sillègue sortit le 16 septembre contre ce chef, qui se retira sans faire énergiquement tête.

Mais le plus fort de la guerre était où se trouvait Abd-el-Kader. Une petite révolution venait de s'accomplir sur les bords de la Tafna. Le marabout Ould-Sidi-Cheïkh ayant repoussé l'autorité de l'émir, celui-ci le menaça. Aussitôt le gouverneur général et le colonel Tempoure marchèrent pour le défendre. Nos troupes entrèrent à Tlemcem, s'emparèrent du fort Sebdou, et en trois semaines soumirent tout l'Ouest depuis le Habra jusqu'à la frontière du Maroc. Abd-el-Kader, de son côté, ne resta pas inactif. Suivi d'un corps de cinq à six mille hommes, il parvint deux fois à envahir les environs de Tlemcen. Deux fois le général Bedeau le battit. Ne pouvant plus tenir la campagne, privé des secours du Maroc, l'émir regagna par le désert sa triste capitale de Tedekempt, où il avait laissé sa famille et ce qui lui restait de réguliers. Ses fidèles Hachem continuèrent seuls la guerre, sur la rive droite de la Mina. Le général la Moricière soumit ceux de l'Ouest. Quelques-uns des Hachem de l'Est suivirent la fortune de l'émir au delà de Tedekempt, puis l'abandonnèrent. Il en fut de même quant à l'abandon des Ouled-Sidi-el-Arabi, qui entraînèrent dans leur défection les tribus de la basse Mina. Le chef des Ouled-Sidi-el-Arabi avait été mis à mort par ordre d'Abd-el-Kader.

Cependant il fallait en finir avec les tribus de l'Atlas entre Milianah et Médéah. Un grand mouvement fut combiné pour les envelopper. Ce mouvement réussit à merveille, le gouverneur général remonta le Chéliff pendant que le général Changarnier pénétrait dans l'Atlas par l'ouest des Beni-Manasser. Toutes les tribus à l'Est et à l'Ouest firent leur soumission.

Quant à la province de Constantine, des faits considérables y avaient lieu. Le principal fut l'expédition du général Négrier à Tebessa. Elle eut lieu dans le courant de mai et de juin 1842. Nous ne l'avons réservée jusqu'ici que pour ne pas la mêler aux autres événements.

Les tribus de l'Est, situées à l'extrémité de nos possessions, du côté de la régence de Tunis, ayant manifesté l'intention de se soumettre, le général Négrier résolut de les visiter avec sa colonne mobile, et de frapper aussi un grand coup sur les esprits. Il fut déterminé d'ailleurs à son entreprise par une députation des principaux de la tribu des Nmammchas, des Ouled-Jahya-ben-Thalel et de ceux de la ville de Tebessa, qui vinrent lui demander de rétablir l'ordre dans leur pays, lui jurant d'accepter d'avance toutes les conditions des Français.

Le général partit le 27 mai d'Aïn-Bbouch; il traversa le 30 l'Oued-Tourouch, franchit le Djebel-Hammamah, passa ensuite au col de Grechioun, et arriva le 31 à Tebessa, sans avoir eu à repousser aucun ennemi. Sept coups de canon tirés à l'avant-garde annoncèrent à toute la colonne que le drapeau français flottait sur la vieille forteresse romaine.

Les populations qui avaient quitté la ville y revinrent quand elles virent que les Français n'apportaient avec eux ni le pillage ni l'incendie. Négrier les organisa, investit plusieurs chefs de fonctions importantes, reconnut quelques places des environs, entre autres Beccuria, et quitta Tebessa que le 3 juin.

Selon leur habitude, les Arabes l'attendaient au retour. C'est là leur grande tactique. Ils croient en se portant sur une colonne qui vient de faire une expédition, couvrir l'échec qu'ils ont reçu et changer leur défaite en triomphe.

La colonne française venait de quitter Tebessa et se portait sur la Meskiana, suivant la rive droite de l'Oued-Chabro. Elle allait passer cette rivière et s'établir sur la gauche, quand on vit plusieurs centaines de cavaliers descendre du Djebel-Kradid et déboucher des ravins qui avoisinent le Bordj de Basaoud-el-Keber. Ces cavaliers, après avoir d'abord échangé avec nous des paroles de paix, prirent bientôt une attitude hostile, et aux coups de fusil qu'ils tirèrent, trois cents fantassins environ se joignirent à eux.

Négrier n'était pas homme à s'occuper d'une troupe aussi misérable. Enhardi par son dédain, le contingent arabe commença à se rapprocher et à devenir fatigant. Le brillant colonel des chasseurs du 3° d'Afrique, Noël, qui venait d'être récemment placé à la tête du corps et qui voulait lui prouver ce qu'il savait faire, demande alors au général la permission de les charger. Il ne lui faut, dit-il, que trois petits pelotons de vingt-cinq hommes chacun. En effet, il s'élance, arrive le premier à la charge, porte le premier coup de

sabre, et en un seul instant frappe cinq ou six Arabes. L'infanterie de la colonne s'était arrêtée et avait formé les faisceaux pour jouir du spectacle de ces soixante-quinze braves chassant, poursuivant un ennemi huit fois plus fort en nombre. Ce fut un des plus curieux épisodes de la guerre d'Afrique. Après cette rude leçon, l'ennemi ne reparut plus dans la plaine.

Négrier revint ensuite par le Djebel-el-Marrah sur la Meskania, et se trouva à bivouaquer le 5 juin sur l'Oued-Tourouch. Un autre rassemblement d'Arabes, mais bien plus considérable que le premier, l'y attendait. Ce rassemblement obéissait à El-Hasnaoud, cheik des Nemenchas, lequel avait prêché la guerre sainte et su réunir à lui les Guersa, les Achach, les Beni-Oudjena, les Sodrata, les Oulad-Sy-Kalifa, les Oulad-Daoud, les Sallaoua, les El-Arbaa et les Oulad-d'Hann. La cavalerie de ces tribus était véritablement formidable. Elle attaqua la colonne le 7 au matin, sans que celle-ci ralentît sa marche. Le colonel Noël, avec ses chasseurs, fut chargé de tenir à l'ennemi. Il le fit avec son audace et son aplomb accoutumés. Son régiment, entraîné par lui, eut les honneurs de la journée. Un bataillon du 31° de ligne, aux ordres de Damesme, se distingua beaucoup aussi, de même que le goum arabe, conduit par le kaïd Aly, et qui combattait sous nos drapeaux.

Le général Négrier prit ensuite position sur l'Oued-Meknès pour continuer d'autres opérations où il réussit également.

CHAPITRE XXI.

Événements de 1843. — Efforts de l'émir. — Le général la Moricière dans la province d'Oran. — Prise de la smala d'Abd-el-Kader. — Le duc d'Aumale.

On s'est demandé souvent pourquoi Abd-el-Kader avait choisi la province d'Oran comme théâtre principal de sa lutte contre la domination française. Un étranger qui a suivi avec intérêt nos opérations militaires en Afrique, M. le général major de Decker, a répondu avec simplicité à cette question : « Les causes de la préférence d'Abd-el-Kader pour la province d'Oran sont, dit-il, faciles à pénétrer. D'abord, cette contrée étant son pays natal, il pouvait espérer avec raison d'y rencontrer plus de sympathie, ainsi que cela eut lieu effectivement. Les autres considérations sont toutes locales ; la province d'Oran étant beaucoup moins montagneuse que les autres, son terrain se prêtait ainsi plus favorablement à l'exécution de la grande guerre que l'émir projetait de faire en premier lieu. Plus riche que les autres parties de l'Afrique septentrionale, plus fertile, surtout dans la vallée du Chéliff et dans les vallées adjacentes, ce pays offrait aussi plus de ressources pour la guerre. Il y existe en outre plus d'Arabes que de Kabyles ; la population est plus nombreuse, plus puissante, plus guerrière, et surtout plus fanatique ; de là provient que la guerre y porte un caractère tout particulier d'excessive violence et même de cruauté. Quoique l'époque de la domination de l'Espagne fût déjà bien éloignée, la haine que cette nation avait fait naître subsiste encore toujours dans l'esprit des habitants. Les idées religieuses y sont également plus vivaces, et presque toutes les familles se trouvent en lien de parenté avec quelque marabout de distinction. »

Cependant la position n'était plus guère tenable dans la province d'Oran pour Abd-el-Kader. Si nous faisions une biographie particulière du général la Moricière, nous dirions avec quelle ténacité, avec quelle continuité ce général, qui commandait la province, avait poursuivi l'émir, ne lui laissant aucune position, et malgré le petit nombre de troupes qu'il avait à sa disposition, se faisant fort vis-à-vis du gouvernement général de suffire à toutes ces circonstances. Ce résultat est d'autant plus remarquable, que dans la province d'Oran Abd-el-Kader ne disposait pas seulement des ressources locales ; il se tenait là en communication avec le Maroc, qui, comme nous le verrons plus tard, lui fournissait depuis longtemps déjà de l'argent, des munitions, des armes et des hommes. Dans toutes ses rencontres avec l'émir, la Moricière fut habile et heureux, et si nous ne les racontons pas, c'est pour ne point fatiguer le lecteur des mêmes victoires. Le combat de Sidi-Jousef, livré contre l'émir le 22 septembre 1843, est surtout célèbre, grâce à l'acte héroïque d'un simple soldat. Un de nos meilleurs officiers, le capitaine adjudant-major de Cotte, venait d'avoir son cheval tué en abordant l'infanterie arabe. Celle-ci avait le dessus. Retardé par une ancienne blessure à la hanche, M. de Cotte ne pouvait s'éloigner assez vite pour ne pas tomber au pouvoir de l'ennemi. Le trompette Escoffier le force à prendre son propre cheval en lui disant : « Ce n'est pas moi, mais vous, capitaine, qui rallierez l'escadron. » Le capitaine eut l'héroïsme difficile de comprendre son devoir. Il accepta le cheval du trompette. L'escadron fut sauvé, mais Escoffier resta dix-huit mois prisonnier d'Abd-el-Kader. Il a laissé des mémoires sur sa captivité.

En somme, telle fut la ténacité, la vélocité de mouvements du général la Moricière, que l'émir ne pouvait plus guère songer à continuer la guerre comme il la faisait. Il se résolut à un grand coup : c'était de porter l'attaque dans la défense ; et sortant de la province d'Oran et de l'élément arabe, d'aller révolutionner l'élément kabyle aux frontières même de la province d'Alger, et de changer à la fois théâtre et les moyens de la lutte. Les tribus ne se soumettaient la plupart du temps que pour éviter des désastres. Abd-el-Kader avait, dès le principe des soumissions, entretenu des intelligences actives avec les tribus soumises. La contrée la mieux disposée pour ses vues était, sans nul doute, cette partie de l'Atlas qui s'étend de Cherchell jusqu'auprès de Tessey, et qui est bornée au nord par la mer et au sud par la vallée du Chéliff. Là surtout les soumissions n'avaient pas un grand caractère de franchise.

D'après les rapports mêmes du général Bugeaud, l'émir connaissait parfaitement cette situation. Il résolut donc de faire du pays que nous venons d'indiquer le foyer de l'insurrection. Arrivé du Sud à la tête d'un millier de chevaux réguliers et irréguliers, il grossit bientôt cette troupe en entraînant après lui, de tribu en tribu, tous les mécontents. Ses partisans devinrent bien plus nombreux quand il eut porté la terreur chez nos alliés les Ataff et les Kosseir. Il les augmenta encore en allant fanatiser les Kabyles des hautes montagnes des Zatima, des Beni-Zioui, des Larhall, des Aghebel et des Gouraya. Avec les forces imposantes qu'il réunit ainsi, il se présenta au milieu des grandes tribus des Beni-Menacer, dont ceux de l'Ouest se joignirent à lui. Un simple lieutenant-colonel, M. l'Admirault, qui commandait à Cherchell, dissipa un rassemblement de ces tribus, celle que l'on nomme Beni-Menacer-Gharabas. Le général de Bar étant venu le soutenir avec plusieurs bataillons, ils se portèrent ensemble sur l'Ouest. Abd-el-Kader n'hésita pas à les attaquer le 3 janvier 1843. Bien soutenu, il fut obligé de céder ce terrain. Le général de Bar l'attaqua à son tour et le refoula dans les montagnes de Gourayas; mais il en sortit bientôt, et, redoublant d'audace, vint camper dans l'est des Beni-Menacer, inquiétant jusqu'à la plaine de la Mitidjah. Le khalifa Sidi-Embarek l'y vint joindre avec l'agha des Hadjoutes Ben-Tiphour et le kaïd des Chenouas.

Tous nos généraux se mirent aussitôt en mouvement. Le général Changarnier se porta avec un renfort sur Milianah, et couvrit contre les courses de Sidi-Embarek les aghaliks des Beni-Zug-Zug et des Ouled-Ayad. D'un autre côté, le duc d'Aumale eut ordre de maintenir les environs de Médéah dans le plus large rayon possible. Il sortit avec le colonel Jusuf, tomba sur les tribus qui donnaient des signes d'hostilités, et se maintint constamment de façon à menacer les derrières de l'émir. Le colonel Jusuf s'empara de la kasna d'Embarek, et faillit surprendre aussi la smala d'Abd-el-Kader.

Pendant ce temps-là, le gouverneur lui-même entra sur le territoire des Beni-Menacer à l'ouest. Le lieutenant-colonel Saint-Arnaud devait le rejoindre chez les Gourayas et les Beni-Ferrah; mais un temps affreux arrêta la colonne du gouverneur, et il lui fallut rentrer à Cherchell. M. Saint-Arnaud opéra quant à lui son mouvement avec le bonheur qui a jusqu'ici secondé toutes ses entreprises. Ses zouaves châtièrent sévèrement les Beni-Ferrah, qui avaient sacrifié à la vengeance de l'émir leur kaïd Sidi-Moktar. Ils auraient également châtié d'autres alliés de l'émir sans un temps affreux qui les arrêta à El-Kantara.

Pour Abd-el-Kader, après des efforts surhumains au milieu de toutes ces colonnes, favorisé d'ailleurs par les tempêtes, il se retira dans l'ouest de l'Ouarenseris. La tranquillité se rétablit autour d'Alger et du Chéliff au Jurjura.

Ce qui rendit surtout pour l'émir cette campagne malheureuse, c'est que l'on commit en son nom ou par son ordre des cruautés inutiles sur les tribus qui n'étaient pas de son parti. Les rôles changèrent aussitôt. Il ne fut plus le libérateur. Les Français se présentèrent parmi ces tribus en cette qualité; et nous voyons par un rapport du jeune duc d'Aumale que des réunions eurent lieu dans les montagnes mêmes où se trouvait l'émir, et qu'un grand nombre de chefs arabes prirent des engagements solennels contre lui.

Le duc d'Aumale commandait alors la province de Tittery. Des fils qui restaient à la famille de Louis-Philippe, famille véritablement décapitée par la mort du duc d'Orléans, le jeune maréchal de camp par droit de naissance, quoiqu'il eût passé par les grades immédiatement inférieurs, était assurément le plus brillant. Le duc de Nemours, malgré des qualités qui ont été trop diminuées, n'avait pas su se concilier la faveur de l'armée. Le duc de Joinville, très-populaire comme marin, n'avait malheureusement dans sa spécialité qu'une carrière dont le temps n'était pas encore venu.

Rien au contraire ne semblait alors borner l'horizon du duc d'Aumale. Doué d'une grande intrépidité personnelle, exalté par le sentiment de son rang, rang qui fixait sur lui les yeux de tous, il était de plus arrivé en Algérie dans une période excellente. On avait accompli le plus fort de la besogne. Les Arabes, quittant l'offensive, se défendaient. Cette situation donnait à nos soldats et à nos généraux un élan considérable. Il régnait de plus une émulation immense entre tous ces officiers si capables que réunissait alors la terre d'Afrique. Le duc d'Aumale ne voulut pas rester en arrière. La fortune lui réservait les plus heureuses occasions.

Nous ne nous arrêterons pas à l'expédition qu'il fut chargé de faire pour soumettre et châtier les Nezliouna. Cette expédition fut cependant importante, et le colonel Cavaignac, avec ses zouaves, s'y distingua. Les Nezliouna avaient été fanatisés par Ben-Salem, qui se trouvait chez eux avec le reste de ses réguliers. Le 11 mars 1843, le jeune

général se présenta au pied des montagnes de cette populeuse tribu. Un capitaine [1] avec cent vingt spahis, apercevant des cavaliers postés sur ce mamelon du Dra-el-Abbas, qui commande tout ce pays, se jette sur eux et pénètre dans les massifs. Mille à douze cents Kabyles ne tardent pas à l'y entourer. L'infanterie court à son secours; une compagnie de zouaves, entraînée par le colonel Cavaignac, et ayant à sa tête le capitaine Klever et le sergent Ceccaldi, tombe à l'improviste sur les Kabyles, les précipite dans un ravin profond. Ce mouvement, habilement appuyé, décide de la victoire, et dans ce reste de la petite campagne les tribus de la contrée viennent avec des paroles de paix à nos bivouacs. Nous ne raconterons pas non plus l'expédition du duc d'Aumale contre la grande tribu des Rhaman. Cette tribu, des plus batailleuses, était en querelle continuelle avec ses voisins. Plusieurs fois ses prétentions avaient failli entraîner une conflagration générale. A la suite d'une marche de nuit habilement déguisée, les Rhaman se virent enveloppés; on leur prit douze mille moutons et cinq cents chameaux. Les femmes, les vieillards et les enfants n'eurent point le temps de fuir. On leur rendit aussitôt la liberté. La pacification de la province de Médéah parut alors complète.

La province d'Alger était pendant ce temps-là le théâtre d'événements très-importants. Le général de Bar, pour établir les communications entre les deux établissements que l'on venait de fonder à Tenez et à El-Esnam, entreprit de dompter la tribu des Sbihh, qui, par sa puissance et son esprit belliqueux, dominait tout le Dahara. La tribu, avertie à temps, émigra en masse. On l'atteignit après une rapide mais rude poursuite, et on lui fit dix-neuf cents prisonniers. D'un autre côté, le général Changarnier rentra dans l'Ouarensenis, pacifiant les chaînes de l'Ouest. Trois petites colonnes sous ses ordres opérèrent heureusement. Le kalifa Sidi-Embarek tint tête avec beaucoup d'ardeur à celle de droite. Il engagea par trois fois son bataillon de réguliers. Les compagnies du 64e le mirent en fuite.

Quant à Abd-el-Kader, sa position devenait des plus critiques; mais il redoublait de courage et d'audace avec le malheur. Embarek et El-Berkani l'imitaient.

Après les événements que nous avons résumés et dans lesquels l'émir avait couru de si grands dangers, il se rejeta dans la province d'Oran. Un coup de main tenté par lui sur quelques tribus des environs de Mascara ne lui réussit point. Il se porta alors sur les Sédamas; mais au moment où il allait les enlever, notre colonne se montra dans le lointain. Les Sédamas prirent aussitôt l'offensive, et tuèrent à leur ancien sultan cinquante cavaliers.

Poursuivi alors de très-près par le général la Moricière, Abd-el-Kader réussit à passer sur les derrières de nos troupes, et pénétra dans le pays des Flittas par l'Oued-Menalsa. Son intention était de se venger de la trahison de Djelloul, chef des Ouled-Belaya, que nous avons récemment vu se déclarer pour nous. Djelloul échappa comme les Sédamas; ayant appris que le convoi de Mascara était dans ses environs, il partit à sa recherche. Abd-el-Kader ne lui laissa pas le temps de le joindre, et l'investit avec sa rapidité ordinaire. Heureusement le commandant du convoi était averti. Avec cinq cents hommes, il parvient à couvrir la masse inoffensive de la tribu qui s'enfuit. Djelloul, voyant les enfants, les femmes et les troupeaux des Belaya protégés par les Français, attaque avec fureur les cavaliers de l'émir, les pousse dans un terrain difficile, et en tue une trentaine.

Cet échec fut suivi de plusieurs autres, parmi lesquels il faut distinguer ceux que le général Bedeau fit éprouver aux Djaffras, tribu des plus importantes, et qui venait d'accepter d'Abd-el-Kader un kalifa nommé Sidi-Seïtoun-Oulid-bou-Chareb. On les surprit dans le plus complet repos. Ils laissèrent quarante morts sur la place.

Dans la province de Constantine, les succès continuaient. Cependant cette province avait pour ainsi dire trouvé, elle aussi, son Abd-el-Kader dans la personne de Sy-Zegdoud. Le général Baraguay-d'Hilliers fut chargé de mettre un terme aux entreprises de ce prédicateur de guerre; il y réussit complétement. Sy-Zeghdoud, atteint par nos troupes, se réfugia vainement dans le marabout d'Ackeïcha. Il s'y défendit vaillamment, et fut tué. D'autres expéditions contre les Zerdezas et les tribus des environs de Collo achevèrent la pacification. Nous trouvons dans un rapport du lieutenant-colonel Daumas, alors directeur des affaires arabes, des paroles qui attestent à quel point on en était arrivé. « On peut dire, écrivait cet intelligent officier, dont nous aurons bientôt occasion de parler en détail, qu'en laissant de côté les Bibans et en passant chez les Ounoughas, les communications d'Alger avec Constantine sont presque sûres. » Sur les autres points, la même tranquillité régnait.

Cependant l'émir ne se tenait pas pour vaincu. Sans doute, il ne lui restait plus de villes, plus de camps fortifiés, plus de tribus qui pussent devenir pour lui un centre de résistance sérieuse; mais il lui restait son esprit supérieur à l'adversité, il lui restait l'espérance qu'avec une meilleure fortune, l'esprit changeant des Arabes reviendrait à lui. Ce qu'il avait de mieux à faire jusque-là, c'était de pro-

[1] M. Piat.

téger contre la rapidité des colonnes acharnées à sa poursuite ce noyau mourant de sa puissance, si connu sous le nom de smala.

La smala se composait de la famille du chef, des principaux lieutenants ou marabouts assez compromis dans son parti pour ne le pouvoir quitter; elle avait pour défense la partie des réguliers que le fer des Français n'avait pas détruite, ou qui n'était pas soit avec Sidi-Embarek, soit avec El-Berkani. Il fallait joindre à cette force les goums de plusieurs tribus, qui, par habitude autant que par fidélité, suivaient la fortune de l'émir. Sous cette protection erraient à l'aventure de la guerre sept à huit mille personnes, femmes, enfants, vieillards, serviteurs, réfugiés, transfuges, n'ayant d'autre ligne de conduite que d'échapper aux poursuites de nos colonnes, et de déployer leurs tentes là où le drapeau de la France ne flottait pas. Ce qui donnait à l'existence nomade de cette smala quelque sécurité, c'est que rarement Abd-el-Kader se trouvait avec elle. Comme la perdrix qui, pour sauver sa couvée, entraîne au loin le chasseur, l'émir, en se montrant sur un point, était sûr d'entraîner avec lui les poursuites, et, par ce seul fait, famille et amis se trouvaient en sûreté.

Cependant un coup terrible allait lui être porté.

Le 9 mai, le général Bugeaud apprend par des éclaireurs attachés aux bureaux arabes qu'Abd-el-Kader est revenu dans l'Ouarenseris. On lui a signalé son campement à quelque vingt lieues de Boghar. Aussitôt le gouverneur donne ordre à la Moricière et au jeune duc d'Aumale de combiner leurs mouvements entre eux et avec ceux de la tribu des Arars, sur laquelle ils devaient rejeter l'émir. L'opération était difficile. Il fallait affronter les plus grandes fatigues, parcourir à marches forcées des contrées où l'eau manque souvent, et sur lesquelles, malgré les excellents travaux des bureaux arabes, les données n'étaient pas toujours complètes. Quant au succès, rien n'était moins certain. Il y avait, selon toute apparence, à craindre les efforts les plus terribles d'un ennemi tel qu'Abd-el-Kader, s'il se voyait acculé aux dernières extrémités. Un général expérimenté n'aurait peut-être pas réussi; un coup de fortune livra les dernières espérances de l'émir aux mains d'un général de vingt ans qui sut se rendre digne de la rencontre.

Le jeune duc d'Aumale était parti de Boghar avec treize cents baïonnettes et six cents chevaux. On était au 10 mai. Il apprit bientôt par l'agha des Ouled-Aïad que la smala devait se trouver dans les environs du village de Gougilat. On surprit de nuit ce village, et l'on y sut la véritable position des tentes de l'émir; elles s'élevaient à quinze lieues à l'ouest à Oussek-on-Rekaï. Le jeune duc précipita sa marche de ce côté; mais en même temps la Moricière opérait dans une autre direction, et serrait de près Abd-el-Kader, si bien que celui-ci d'Ouessek-on-Rekaï se jeta vers Taguin, pour de là gagner le Djebel-Amour, où des grains déjà mûrs lui promettaient la nourriture des siens. Le duc d'Aumale apprit cette nouvelle, et sans hésiter se porta vers Taguin avec la partie la plus mobile de sa petite troupe. Un coup de fortune, comme je l'ai dit, lui était réservé.

Le 16 mai, après une matinée passée en recherches inutiles, on se trouva tout à coup, sans le savoir, près de la smala. Sur une étendue de plus de deux cents kilomètres, trois cent soixante-huit douars de quinze à vingt tentes chacun se déployaient au loin.

L'aga des Ouled-Aïad, Ahmar-Ben-Ferrath les vit le premier Il rebroussa aussitôt chemin avec ses cavaliers qui formaient l'avant-garde, et vint avertir le jeune général, en le suppliant d'attendre ses zouaves, qui ne pouvaient tarder. Mais on était trop avancé; il fallait boire le vin tiré, c'est-à-dire vaincre. « Jamais nul de ma race n'a reculé », s'écrie héroïquement le prince; et il donne l'ordre à Jusuf de commencer l'attaque avec ses spahis. Lui-même, à la tête des chasseurs, se prépare à charger. Jusuf part comme une flèche sur laquelle cent autres flèches seraient lancées.

On nous avait vus de la smala, et le cri de terreur: *Er roumi! er roumi!* ébranlait les échos. Les femmes, qui commençaient à faire cuire les aliments de la journée, fuient les premières. Mais déjà les spahis sont au milieu des tentes d'où s'élancent les réguliers. Ils sabrent tout devant eux. Cependant il est évident que leur petit nombre ne pourra longtemps vaincre un si grand nombre d'ennemis. Le prince le comprend, et s'ébranle alors avec ses chasseurs, divisés en trois groupes, l'un à gauche, commandé par le lieutenant Delage, le second au centre, entraîné par le lieutenant-colonel Morris, et le dernier à droite, sous les ordres du capitaine d'Espinay. Les Hachem essayent vainement de les arrêter. Toute résistance cède à l'impétuosité de nos cavaliers, à la fougue de leurs chefs. Alors ont lieu mille épisodes saisissants. C'est une mère qui, portant ses enfants dans ses bras, demande et obtient le passage à travers nos soldats; ce sont les femmes et les filles des cheïks qui fuient emportées par des dromadaires rapides, tandis que leurs maris ou leurs pères se font tuer au-devant des tentes. Ailleurs des troupeaux s'échappent pêle-mêle et sont ramenés vers les douars par les spahis, toujours avides de butin.

Mais laissons le vainqueur lui-même raconter cette mémorable surprise, dont on a voulu en vain rapetisser la portée. Nous disons que l'on a voulu vainement en diminuer la portée, car voici ce qu'écrivait dernièrement à ce sujet notre illustre Alexandre Dumas:

« Hélas! tant de calomnies, tant d'indifférence, tant d'oubli suivent les exilés, qu'il faut bien que, de temps en temps, quelques voix rappellent au pays qui les a nommés ses enfants bien-aimés qu'ils n'étaient pas indignes de cet amour!

» Un officier ne m'a-t-il pas répondu un jour, — il est vrai que cet officier avait reçu ses premières épaulettes du duc d'Aumale, — un officier ne m'a-t-il pas répondu, à moi qui vantais en sa présence la bravoure de ce pauvre banni:

» — Brave!... parbleu! brave comme tout le monde!

» — Brave comme tout le monde! quand j'ai entendu dire à Jusuf, — on ne contestera pas la bravoure de celui-là, j'espère! — quand j'ai entendu dire à Jusuf, qui est prêt à le répéter, j'en suis sûr:

» — Lorsque nous nous sommes trouvés, avec nos deux cent cinquante hommes, en face de quarante mille âmes dont se composait la smala; que j'ai demandé au prince: « Monseigneur, que faut-il » faire? » et qu'il m'a répondu: « Entrer là dedans, pardieu! » lorsqu'il m'a répondu cela, me disait Jusuf, j'ai cru avoir mal entendu, je l'ai fait répéter; et lorsqu'il eut répété: « ENTRER LA DEDANS, VOUS » DIS-JE! » *le frisson m'a pris;* j'ai mis le sabre à la main, parce que je suis un soldat, mais je me suis dit à moi-même: « C'est fini! nous » sommes tous flambés! »

» Brave comme tout le monde! quand Charras, — on n'accusera pas celui-là d'être orléaniste; on ne l'accusera pas non plus d'avoir peur: c'est un de ces rares tempéraments qui aiment le danger pour le danger, un *soldat de nuit,* comme les appellent les connaisseurs; — quand Charras me disait en parlant de cette même prise de la smala:

» — Pour entrer, comme l'a fait le duc d'Aumale, avec deux cent cinquante hommes au milieu d'une pareille population, *il fallait avoir vingt-deux ans, ne pas savoir ce que c'est que le danger, ou bien avoir* LE DIABLE DANS LE VENTRE! *Les femmes seules n'avaient qu'à tendre les cordes des tentes sur le chemin des chevaux pour les culbuter, et qu'à jeter leurs pantoufles à la tête des soldats pour les exterminer tous, depuis le premier jusqu'au dernier.*

» Non, le duc d'Aumale n'a pas été brave comme tout le monde, il a été brave comme personne ne l'eût été, même les plus braves [1].

On va voir, par le rapport qui suit, si le jeune prince joignait à la bravoure la modestie:

« Au bivouac de Chabounias sur l'Oued-Ouerk, le 20 mai 1843.

» MON GÉNÉRAL,

» La smala d'Abd-el-Kader est prise, son trésor pillé, les fantassins tués ou dispersés. Quatre drapeaux, un canon, deux affûts, un butin immense, des populations et des troupeaux considérables sont tombés en notre pouvoir. Voici le résumé de nos opérations:

» J'avais, d'après vos ordres, rassemblé à Boghar, dans les premiers jours du mois, des grains, des vivres et des moyens de transport. Le 10 mai je quittai ce poste avec treize cents baïonnettes des 33e et 64e de ligne et des zouaves, six cents chevaux tant spahis que chasseurs et gendarmes, une section de montagne et un approvisionnement de vingt jours en vivres et en orge porté par un convoi de huit cents chameaux et mulets. Je laissai à Boghar des vivres pour ravitailler au besoin la colonne, et une petite garnison de deux cent cinquante hommes, commandée par le capitaine du génie Mattet, officier plein de ressources et d'intelligence. Le but que vous m'aviez indiqué était d'atteindre la smala d'Abd-el-Kader, soit en agissant de concert avec M. de la Moricière, soit en opérant seul, si des circonstances politiques retenaient cet officier général dans la province de Mascara. Des renseignements dignes de foi, fournis par l'agha des Ouled-Aïad, plaçaient la smala dans les environs de Goudjilat, sans déterminer sa position d'une façon exacte. Il importait donc, avant tout, d'atteindre ce point le plus promptement possible, en tâchant de dissimuler à l'ennemi la direction que nous suivions; nous ne pouvions pas espérer qu'il ignorerait notre sortie. Grâce à d'excellents guides, nous pûmes, en suivant une vallée étroite et parallèle à celle de Narh-Ouassel, arriver à Goudjilat sans qu'on y fût prévenu de notre approche; et le 14 mai, à la suite d'une marche de nuit, ce petit village fut cerné.

» Goudjilat est peuplé de gens de métier, que leur profession mettait en rapports continuels avec la smala: on en arrêta quelques-uns. Nous sûmes par eux que la smala était à Ouessek-on-Rekaï, à environ quatorze lieues au sud-ouest.

» Dans la nuit du 14 au 15, la colonne se remit en route vers ce point. Quelques individus surpris dans les bois nous apprirent que l'ennemi avait levé son camp la veille au soir, et s'était dirigé vers Taguin, pour de là gagner le Djebel-Amour. Cette montagne renferme des grains déjà mûrs dans cette saison, et qui devaient nourrir pendant quelque temps les nombreuses populations qu'Abd-el-Kader traînait à la suite de son douar. Je fus informé, en même temps, que le général de la Moricière était à quelques lieues dans le sud-ouest, et que sa présence avait décidé ce brusque mouvement. L'émir l'observait avec vingt-cinq chevaux, afin de pouvoir mettre sa smala à couvert; mais il ne craignait rien de la colonne de l'Est, qu'il croyait

---

1 *Mémoires d'Alexandre Dumas,* troisième partie.

rentrée à Boghar. Cette nouvelle ne me laissait qu'un parti à prendre, c'était de gagner aussitôt Taguin, soit pour atteindre la smala, si elle y était encore, soit pour lui fermer la route de l'Est, et la rejeter forcément sur le Djebel-Amour, où, prise entre les deux colonnes de Mascara et de Médéah, il lui était difficile d'échapper ; car, dans ces vastes plaines, l'eau est si rare, que les routes sont toutes tracées par les sources si précieuses qu'on y rencontre.

» Ce plan était simple ; mais il fallait, pour l'exécuter, une grande confiance dans le dévouement des soldats et des officiers. Il fallait franchir d'une seule traite un espace de plus de vingt lieues, où l'on ne devait pas rencontrer une goutte d'eau. Mais je comptais sur l'énergie des troupes ; l'expérience a montré que je ne m'étais pas trompé.

» Je subdivisai la colonne en deux : l'une, essentiellement mobile, composée de la cavalerie, de l'artillerie et des zouaves, auxquels j'avais attaché cent cinquante mulets pour porter les sacs et les hommes fatigués ; l'autre, formée de deux bataillons d'infanterie et de cinquante chevaux, devait escorter le convoi sous les ordres du lieutenant-colonel Chadeysson. Le 16, à la pointe du jour, nous avions déjà rencontré quelques traînards de la smala. Sur des renseignements inexacts qu'ils donnèrent, je fis, avec la cavalerie, une reconnaissance de quatre lieues, droit au sud, qui n'aboutit à rien. Craignant de fatiguer inutilement les chevaux, je persistai dans mon premier projet ; et je repris la direction de Taguin, où toute la colonne devait se réunir. Nous n'espérions plus rencontrer l'ennemi de cette journée, lorsque, vers onze heures, l'agha des Ouled-Aïda, envoyé en avant pour reconnaître l'emplacement de l'eau, revint au galop me prévenir que la smala tout entière (environ trois cents douars) était établie sur la source même de Taguin.

» Nous en étions tout au plus à mille mètres ; c'est à peine si elle s'était déjà aperçue de notre approche. Il n'y avait pas à hésiter ; les zouaves, que le lieutenant-colonel Chasseloup amenait rapidement avec l'ambulance du docteur Beuret et l'artillerie du capitaine Aubac, ne pouvaient pas, malgré toute leur énergie, arriver avant deux heures, et une demi-heure de plus ; les femmes et les troupeaux étaient hors de notre portée ; les nombreux combattants de cette ville de tentes auraient eu le temps de se rallier et de s'entendre ; le succès devenait improbable, et notre situation très-critique. Aussi, malgré les prières des Arabes, qui, frappés de notre petit nombre et de la grande quantité de nos ennemis, me suppliaient d'attendre l'infanterie, je me décidai à attaquer immédiatement.

» La cavalerie se déploie et se lance à la charge avec cette impétuosité qui est le trait distinctif de notre caractère national, et qui ne permit pas un instant de douter du succès.

» A gauche, les spahis, entraînés par leurs braves officiers, attaquent le douar d'Abd-el-Kader, et culbutent l'infanterie régulière, qui se défend avec le courage du désespoir. Sur la droite, les chasseurs traversent toutes les tentes sous une vive fusillade, renversent tout ce qu'ils rencontrent et vont arrêter la tête des fuyards, que de braves et nombreux cavaliers cherchent vainement à dégager. Ici, mon général, ma tâche devient plus difficile. Il faudrait vous raconter mille traits de courage, mille épisodes brillants de ce combat individuel, qui dura plus d'une heure. Officiers et soldats rivalisèrent et se multiplièrent pour dissiper un ennemi si supérieur en nombre. Nous n'étions que cinq cents hommes, et il y avait cinq mille fusils dans la smala. On ne tua que des combattants, et il resta trois cents cadavres sur le terrain.

» Quand les populations prisonnières virent nos escadrons qui avaient poursuivi au loin les cavaliers ennemis, elles demandaient à voir leurs vainqueurs et ne pouvaient croire que cette poignée d'hommes eût dissipé cette force immense dont le prestige moral et réel était si grand parmi les tribus.

» Nous avons eu neuf hommes tués et douze blessés. »

A la suite de ce modeste exposé, le duc d'Aumale citait ceux de ses compagnons d'armes qui, comme Jusuf et le lieutenant-colonel Morris, l'avaient le mieux secondé. Son esprit de justice n'oubliait personne, ni les officiers ni les soldats [1]. Mais ce qui lui fait encore plus d'honneur, c'est la manière prudente dont il met à couvert les fruits de sa victoire. Ce n'était pas une petite affaire que de ramener prisonnières les premières familles de la suite de l'émir et de celles de ses kalifas. On y réussit cependant sans brûler une seule amorce.

[1] Le prince citait dans l'état-major : le commandant Jamin, son aide de camp ; les capitaines de Beaufort, Durrieux et de Marguenat ; l'interprète de première classe Urbain. Dans le 33ᵉ, le capitaine Du; in, de l'état-major. Dans la gendarmerie, M. Gros-Jean, lieutenant ; le maréchal des logis Chambort, le brigadier Murel, le gendarme Fermeau, blessé. Dans le 1ᵉʳ de chasseurs, le lieutenant Litchelin, blessé ; les maréchaux des logis d'Orvinsy et Pobeguin. Dans le 4ᵉ de chasseurs, les capitaines d'Espinay, Granvalet et Cadix ; le lieutenant Paulze-d'Ivoy, les sous-lieutenants Marchand, Draix, Cancloux et de Laye ; les maréchaux des logis Dreux, Carrel, Laroche, Cambriel, Monphoux ; les brigadiers Masson, Bertrand, Boissenay, Briou ; les chasseurs Magnin, Morel, Delacour, Perray, Lemoine et Desprez ; le trompette Ardouin.

Dans les spahis, le chef d'escadron d'Allonville ; les capitaines Offroy et Piat, les lieutenants Fleury, Jacquet, Frontville et Legrand ; les sous-lieutenants Dubarrail, Gautreau, Bréautés, de Breteuil, Piat, Saïd ; les sous-officiers Olivier, Mesmer, et d'autres de noms arabes.

Le coup moral fut immense. On s'en aperçut aux soumissions des tribus. Parmi ces tribus, il faut distinguer celles qui habitaient au sud de Thaza et de Boghar. Nous copions, comme donnant une excellente idée du caractère arabe, la lettre de Djelid, chef des Ouled-Chaïl.

« A l'Excellence que Dieu a préposée au gouvernement des peuples, et dont il a étendu l'autorité sur les nations !

» A Son Altesse le fils du roi de France ! etc., etc., etc.

» Vous n'ignorez pas que nous sommes des Arabes, et que nous servions celui qui était sultan antérieurement.

» Vous savez aussi que la crainte seule nous avait forcés à nous soumettre à lui, car nous étions exposés à ses coups ; et il pouvait nous traiter comme il a traité les tribus qui ont demandé la paix et se sont soumises.

» *Mais puisque Dieu vous a donné le pouvoir, nous devenons vos serviteurs et les serviteurs du gouvernement français.*

» Je vous envoie le fils de mon frère, que je regarde comme un autre moi-même. Je vous prie de m'accorder l'aman, et de me couvrir de votre protection.

» Pour le fils de mon frère, *je vous demande une dignité* qui soit aux yeux de tous la preuve de la protection que vous lui accorderez. Je vous l'envoie avec l'espérance que mon attente ne sera pas trompée. »

La naïveté de l'intérêt et de la personnalité qui présidaient aux soumissions arabes éclate trop dans cette pièce pour que je la fasse ressortir.

La victoire du duc d'Aumale fut d'ailleurs complétée par le général de la Moricière.

Nous avons vu que ce général opérait de son côté pour surprendre la smala. Moins heureux que son jeune rival, malgré l'habileté de ses manœuvres, il n'avait pu la joindre. Il apprit le 19 à son bivouac de Tiaret le glorieux coup de fortune du commandant de Tittery. Sans en éprouver la moindre jalousie, il ne songea qu'à seconder les mouvements de l'autre colonne. Il fit presser le pas dans la direction qui lui était indiquée comme étant celle qu'avaient dû suivre les tribus de la smala. Bientôt des spahis lui ramenèrent des prisonniers ; puis, un peu plus tard, il rencontra toute la tribu fugitive. Abd-el-Kader, avec ses réguliers, couvrait la fuite ; mais tel était le découragement des Hachem, qu'ils se rendirent dès qu'ils virent nos soldats. Ceux de l'émir tirèrent sur eux au dernier moment, comme pour les punir de leur lâcheté.

Alors commença pour le général de la Moricière une œuvre de générosité. Une population de deux mille cinq cents âmes était entre ses mains. Qu'allait-il en faire ? Laissons-le parler lui-même, son cœur est tout entier dans ces lignes que l'on va lire :

« A deux heures du soir, après une course de huit à neuf lieues, nos cavaliers, écrivit-il au gouverneur général, ramenèrent vers le camp une population d'environ deux mille cinq cents âmes, avec ses troupeaux, ses chevaux, et ce qu'elle a pu sauver de deux catastrophes.

» Je ramène à ma suite toute cette population ruinée, et je vais la faire reconduire dans la plaine d'Égris, d'où elle est partie il y a un mois à peine. Malgré leur défection récente, je ne puis enlever à ces gens tous leurs troupeaux, qui forment leur unique ressource. Ils sont exténués de fatigue et de faim ; j'ai été obligé de leur donner aujourd'hui un jour de repos, et de leur livrer un peu de biscuit. Les Sedamas et les Kallafas, d'après mes ordres, viennent de leur envoyer quelques provisions. On viendra au-devant d'eux de Mascara, et on les aidera sur la route.

» Rendus chez eux, ils y trouveront quelques ressources, et bientôt les moissons que j'avais fait saisir, et dont on leur rendra une partie. »

Il n'y a rien à ajouter à une page aussi magnifique ; rien, si ce n'est que, sans nul doute, la guerre contre les Arabes n'eût point autant duré avec un pareil système de générosité.

Pendant que ces succès étaient remportés dans le Sud, les généraux de Bar, Changarnier, Gentil, Bedeau, et le colonel Cavaignac, obtenaient sur d'autres points de brillants avantages, notamment contre les Flittas et dans l'Ouarcnseris. Le général Changarnier, en particulier, enferma dans les gorges de la pointe est de ces montagnes plusieurs milliers de Kabyles qu'il força de se rendre, et qu'il épargna comme le général la Moricière avait épargné les Hachem. Le colonel Cavaignac en fit autant de deux fractions des Sendjass.

Une perte sensible diminua toutefois la joie que répandit parmi nos troupes l'ensemble de ces nouvelles. Nous voulons parler de la mort du vieux Mustapha-Ben-Ismaïl. Un mot sur ce compagnon fidèle de nos armes ne sera pas déplacé ici.

CHAPITRE XXII.

Mustapha ben-Ismael. — Sidi-Embarek ; sa mort. — La nationalité arabe. — Le général Tempoure. — Le colonel Tartas. — Le brigadier Gérard.

Mustapha-ben-Ismaïl, bien qu'Arabe, puisqu'il appartenait à l'ancienne famille des Bactaïa, originaire du Maroc, est, à part le général Jusuf, le plus brillant représentant de cette race chevaleresque de gens de guerre que l'on qualifie de Turcs, comme ayant été au service des beys de la régence. Il était né à Aïn-el-Amriah, sur le Rio-Salado, et l'on n'a jamais bien su comment il était arrivé aux fonctions d'agha des tribus de commandement, c'est-à-dire des tribus guerrières formant le maghzen ou réserve des beys d'Oran. Ce fut le bey Mustapha-el-Manzali qui lui confia ces fonctions à la mort de son frère Kaddour-ben-Ismaïl. Il se distingua particulièrement sous le successeur de Mustapha-el-Manzali. Il aida ce successeur, nommé Mohammed-el-Mukallech, à chasser de sa province la secte des derkaoua qui s'en était emparée. Il joua aussi un rôle glorieux sous le dernier bey Hassan. C'est lui, dit-on, qui détermina ce prince à épargner Mahi-Eddin, père d'Abd-el-Kader, lors de ses premières entreprises. C'est lui aussi qui reprit aux tribus insurgées par Mohammed-Tedjini, père du chef du même nom, devenu depuis notre allié, la ville de Mascara.

Duvivier, général de division, mort à Paris le 8 juillet 1848.

A la chute des beys, Mustapha-Ben-Ismaïl, ralliant autour de lui les Douers et les Smélas, repoussa les entreprises de l'empereur de Maroc sur la province d'Oran. Il s'opposa de même à celles de Mahi-Eddin et d'Abd-el-Kader. Nous l'avons vu se réfugier dans le méchouar de Tlemcen, et s'y soutenir des années entières contre les attaques incessantes de l'émir. Si les généraux, chargés du commandement de la province avaient su l'apprécier et l'investir d'un titre réel, il aurait, sans nul doute, neutralisé la puissance du jeune sultan d'Eghris, qui représentait dans la province l'élément démocratique religieux, tandis qu'en lui, Mustapha, s'incarnaient les souvenirs aristocratiques militaires du pays. Alors les choses eussent bien changé de face. Il se serait formé autour du vieil agha un noyau qui eût résisté à tout l'élan d'Abd-el-Kader. Quand on écouta du côté de la France la voix de l'ancien lieutenant des beys, la puissance de l'émir était fondée. Mustapha, qui aurait pu être notre lieutenant à nous aussi, ne fut plus qu'un auxiliaire important.

On peut dire de lui qu'il était la tête et le cœur des Douers et des Smélas. Dès qu'il combattit avec nos troupes, il devint bien vite populaire parmi elles. Dans toutes les rencontres, il se montra à la fois d'une sagesse digne de son âge et d'une ardeur complétement juvénile. « Il y avait en lui, dit un de ses meilleurs biographes[1], du Nestor autant que de l'Achille. Jamais il ne permit à aucun des siens d'ouvrir le feu avant qu'il eût donné lui-même l'exemple. » Son maghzen sous sa main était aussi souple et aussi discipliné que peut l'être une troupe arabe.

Au blocus de la Tafna, à la Sickah, dans toutes les occasions, il se montra comme nous venons de le dépeindre, plein de prudence et plein d'élan. On crut devoir, après la victoire de la Sickah, lui donner le titre de maréchal de camp. Il prouva qu'il était à la hauteur du grade. Louis-Philippe le voulut voir en 1839. Il ne craignit pas de

[1] M. Félix Mornand

lui dire que la France ne pourrait se flatter de dominer en Algérie tant qu'Abd-el-Kader ne serait pas complétement détruit. C'était son *delenda Carthago*. Il comptait pour l'accomplir sur le duc d'Orléans.

Lorsque les opérations militaires recommencèrent dans la province d'Oran, le vieux Mustapha se montra partout où il y eut de la gloire à conquérir. Il accompagnait encore le général de la Moricière lorsque celui-ci acheva la destruction de la smala d'Abd-el-Kader. Ses Douers et ses Smélas avaient eu comme toujours la plus forte part des prises; il demanda pour eux au général la permission de retourner à Oran pour mettre en sûreté leur butin. Comme il traversait le territoire des Flittas, il tomba dans une embuscade. Le voyant frappé d'une balle ennemie, le maghzen fut saisi d'une véritable épouvante. Cette troupe, qui sous lui n'avait jamais reculé, s'enfuit, laissant le corps de son chef aux mains d'une poignée d'ennemis. La Moricière, pour punition, la priva de son drapeau. Elle a su le reconquérir depuis.

La mort de Mustapha-ben-Ismaïl causa dans l'Algérie les sensations les plus diverses. Elle fit oublier aux partisans d'Ab-el-Kader leurs échecs consécutifs. L'émir, auquel les Flittas envoyèrent sa tête et sa main droite, n'avait pas eu parmi les Arabes d'ennemi plus dangereux. Il l'accusait avec raison de l'avoir empêché de faire l'unité dans la province d'Oran, et de ne pas lui avoir été moins funeste dans les négociations que sur les champs de bataille. Il se réjouit de sa mort comme d'un bienfait d'Allah. Les tribus des environs d'Oran, au contraire, pleurèrent pendant plusieurs jours l'ancien agha de leurs beys. Depuis tantôt demi-siècle il commandait parmi elles, et on l'avait toujours vu allier à la plus étonnante bravoure tout ce qu'un Arabe peut, dans l'état de sa civilisation, avoir de générosité. Mustapha était quand il mourut âgé de plus de quatre-vingts ans. « Impossible, dit M. Mornand, de se représenter autrement que sous les traits de cet homme remarquable ces puissants patriarches dont parle l'Écriture, souverains absolus, sans palais et sans trône, qui,

De la Moricière, général de division.

semblables aux fleuves dont le lit va sans cesse en grandissant, n'étaient jamais plus majestueux ni plus respectés qu'au déclin de leur vie. A son approche, on ne pouvait se défendre d'une profonde vénération. Sa stature était imposante, et l'âge n'avait point courbé sa haute taille. Il avait le visage très-ovale, peu plein et d'un extrême relief, le front haut, les yeux noirs, le nez fièrement arqué, la bouche fine et dédaigneuse. Une barbe blanche comme la neige encadrait sa noble figure, dont l'expression habituelle était d'une gravité hautaine. »

Son neveu et son émule, Hadj-el-Mezari, lui succéda dans le commandement du maghzen.

Mais Abd-el-Kader n'eut pas lieu de s'applaudir longtemps de la mort de Mustapha-ben-Ismaïl. La fortune lui réservait la contrepartie de cette mort. Il allait perdre un *alter ego*, un homme qui avait été à lui ce que Mustapha avait été à la France, nous voulons parler de Sidi-Embarek. Interrompons-nous un instant pour résumer ici l'histoire de ce chef éminent, que les accidents multiples de la guerre nous ont fait perdre de vue.

Sidi-Mohamed-ben-Hamlam, vulgairement Ben-Allal, neveu de ce El-Hadj-Mahi-Eddin-el-Sgher que nous avons vu commander les tribus dans la province d'Alger, puis passer du côté de l'émir après la destruction des Ouffias, descendait des Beni-Zian, anciens rois de Tlemcen. Il demeura quelque temps en otage à Alger, où il se livrait dans la société de nos jeunes officiers à des excès que ses compatriotes lui ont reprochés. Une querelle de femmes le rejeta hors de notre parti. A la mort de son oncle El-Hadj-Mahi-Eddin-el-Sgher, Abd-el-Kader le nomma kalifa de Milianah. L'émir voulait alors se débarrasser de l'espèce de tyrannie que les Hachem faisaient peser sur lui comme étant, pour ainsi dire, les premiers instruments de son élévation. Il leur ôta la garde de sa famille, et la donna pendant son expédition contre Tedjiny, chef d'Aïn-Madhy, au kalifa de Milianah. C'est en ce temps-là, si nous en croyons quelques biographes, qu'auraient eu lieu les relations dont nous avons réfuté dans un de nos

» vous. Maintenant, c'est à vous à voir si vous vous sentez le courage » de vaincre la frivolité de votre sexe, et si le titre d'épouse honorée » et unique d'un souverain suffit à vos désirs et peut vous faire sup-» porter l'ennui des veilles solitaires. Réfléchissez bien à ceci, et » parlez-moi à cœur ouvert. Il se peut qu'une telle destinée soit au-» dessus de vos forces; en ce cas, je vous autorise dès ce jour à aban-» donner ma maison et à chercher un autre époux. »

» Lalla-Kheïra, émue par ces nobles paroles, jura à son mari qu'aucun sacrifice ne pourrait la détacher de lui, et qu'il la trouverait toujours digne du rang glorieux où son génie et sa vertu venaient de la faire monter. Elle ne tint point son serment. Après huit mois de fatigues et de périls extrêmes passés devant Aïn-Madhy, l'émir revit enfin sa smalah, où son arrivée ne causa qu'une sensation d'épouvante. Il trouva sa demeure en proie à un tumulte inexprimable. Un nègre et une négresse, spécialement attachés au service de la sultane, en avaient disparu peu de jours avant son retour. Ses autres serviteurs, inquiets, abattus, osaient à peine lui parler. Sa femme enfin parut devant lui, pâle, tremblante, les yeux baissés; tout dans son maintien semblait demander grâce au jeune sultan.

MONTS AURÈS.

Le colonel Noël s'élance, arrive le premier à la charge, porte le premier coup de sabre, et en un seul instant frappe cinq ou six Arabes.

premiers chapitres jusqu'à la possibilité. Voici comment la *Revue de Paris* du 11 mai 1844 raconte le fait :

« A quelques mois de là, Abd-el-Kader entreprit l'aventureuse expédition d'Aïn-Madhy, et pendant ce temps il confia sa femme, ses enfants et sa mère à la garde de Sidi-Embarek. Il partit sans inquiétude, plein de foi dans la vigilance et la loyauté de son ami, plus encore dans la vertu et l'affection de sa compagne. On raconte que, le lendemain du jour où les Arabes lui avaient d'une commune voix décerné le titre de sultan, il était entré sous la tente de cette dernière, et lui avait tenu ce langage :

« La volonté et le choix de mes frères viennent de me placer à la » tête des musulmans de ce pays. Hier encore, je n'étais rien qu'un » très-humble serviteur d'Allah. Aujourd'hui ce n'est plus seulement » votre époux, c'est un souverain qui vous parle. La haute mission » qui m'est confiée m'impose des devoirs tout nouveaux. Mes veilles, » mes travaux, mes pensées ne m'appartiennent plus; ils sont le bien » du peuple qui m'a désigné pour son chef. Ne vous étonnez donc pas » si à l'avenir le soin des affaires publiques me contraint à vous né-» gliger, et si les graves intérêts dont je suis chargé nécessitent entre » nous de longues et fréquentes séparations. Songez que je dois compte » de ma virilité à la malheureuse nation qui a remis entre mes mains » ses destinées; et quant à vous, sachez que mon cœur n'est et ne » sera jamais pour rien dans l'isolement où je serai souvent forcé de » vous laisser. Que nulle jalousie ne se mêle à vos regrets; vous êtes » ma compagne bien-aimée, et je n'aurai point d'autre femme que

Elle n'eut pas besoin de confesser sa faute, il suffit à l'émir d'un regard jeté sur elle pour pénétrer le motif de cette attitude suppliante.....

» La générosité de cet homme vraiment grand et la tendresse que lui inspirait l'infidèle le portèrent à épargner l'épouse adultère; mais il ressentit une vive douleur de cette trahison, douleur bien plus amère encore lorsque Lalla, cédant à ses demandes réitérées, lui eut avoué le nom de son complice.

» Le coupable était Sidi-Embarek. »

Avons-nous besoin de dire que rien ne nous autorise à regarder ce récit comme basé sur des faits réels, malgré l'incontestable bonne foi de son auteur, qui ajoute que l'émir fit tomber sa colère sur le nègre et la négresse dont il est parlé plus haut? Ces malheureux, apprenant le retour de leur maître, s'étaient enfuis à Alger. Abd-el-Kader demanda et obtint leur extradition, à propos de laquelle le commandant Pélissier, directeur des affaires arabes, aurait donné sa démission. Ils furent mis à mort par l'émir.

Quant à Sidi-Embarek, nous le voyons au mieux avec son maître dès la rupture de la paix en 1839. C'est lui qui se jette sur la Mitidja; c'est lui qui est battu à l'Oued-el-Alcy avec El-Berkani; c'est lui qui plus tard est chargé par l'émir d'échanger cent vingt-quatre prisonniers français contre les familles arabes que lui ramena le célèbre évêque d'Alger, M. Antoine Dupuch.

A la suite de cet échange, Sidi-Embarek lia plusieurs négociations avec nos généraux. Il demandait trop; on ne lui accorda rien. Nous l'avons vu, dans d'autres chapitres, attaqué par les troupes du duc d'Aumale, laisser tomber sa khazna aux mains du colonel Jusuf. Un peu plus tard, malheureux dans toutes ses entreprises, il fut encore battu par le colonel Saint-Arnaud et par le général Changarnier. Enfin sa famille tomba avec la smala d'Abd-el-Kader aux mains du duc d'Aumale. On a de lui la remarquable lettre qu'il écrivit à ses parents prisonniers en réponse à des supplications de leur part. Nous transcrivons cette lettre comme étant de nature à faire connaître quelle puissante résistance l'armée d'Afrique a eue à dompter. Parmi ses parents se trouvaient les femmes, le fils, le frère et les tantes du kalifa.

« Mohammed-ben-Hamlam-Oulid-Sidi-Embarek (que Dieu le traite avec bonté dans ce monde et dans l'autre, lui, ainsi que tous les musulmans!) à ses frères prisonniers, capturés sous le drapeau du Prophète.

» J'ai reçu vos lettres et en ai compris le contenu. J'ai rendu grâce à Dieu du bon état de santé dans lequel vous paraissez être, car la santé est le plus précieux de tous les biens; je l'ai remercié aussi de la manifestation de sa haute puissance qui a amené votre captivité.

» Oui, ce qui est arrivé n'est que l'accomplissement de sa suprême volonté. C'est ainsi que toute-puissance s'est manifestée lorsque, sans le concours de personne, il a créé le ciel et la terre par la seule force de sa volonté et de son pouvoir. Dieu est unique; il n'a point d'aides; il n'a pour alliés ni les Français ni aucun autre peuple de l'univers. Votre captivité est aussi le résultat de ses immuables décrets. Plein de cette idée, je vous engage à n'occuper votre âme que de lui. C'est lui qui fait vivre, c'est lui qui fait mourir : il réduit en esclavage, il rend la liberté, il abaisse, il élève; la mort et la vie, la pauvreté et la richesse, le bien et le mal, la tristesse et la joie, en un mot tout ce qui compose l'existence de l'homme sur la terre dépend uniquement de lui.

» Je n'ai pas le pouvoir de vous accorder ce que vous me demandez; notre auguste prophète a seul ce privilège. Invoquez-le donc, car c'est lui qui intercède pour les hommes. Dites : O Dieu! c'est par l'entremise de notre bien-aimé prophète que nous vous conjurons. O Mohammed! veuillez supplier pour nous l'Éternel; ô le plus pur des envoyés! employez votre influence près de Dieu pour obtenir notre délivrance!

» Faites une fois cette invocation dans vos prières, et n'oubliez pas que le saint prophète a dit : Que ceux qui désirent des faveurs prient, car c'est à l'aide des prières que l'on atteint le but de ses vœux.

» Ainsi priez sans cesse et surtout le vendredi. Choisissez à cet effet un iman que vous désignerez parmi vous.

» Je vous conseille aussi d'être très-réservés dans vos discours. N'adressez la parole aux étrangers que rarement et dans le cas de nécessité absolue. Ne tenez pas de propos indignes d'un mahométan; c'est ainsi que vous conserverez vos noms purs de toute souillure. Que la concorde et l'harmonie règnent entre vous; soyez bons les uns pour les autres; consolez-vous réciproquement, et ne désespérez pas de la bonté de Dieu, car l'impie seul doit renoncer à l'espérance. Ne formez entre-vous tous qu'une seule et même personne, afin que votre désunion ne fournisse pas à l'ennemi un prétexte de se railler de vous.

» Je vous adjure également de vous armer de patience. Le prophète a dit : C'est par la patience que notre peuple échappera à la persécution. Dieu lui-même vous a prescrit la patience dans toutes les pages du Koran. Ali a dit : La patience est inséparable de la foi; elle est à la religion ce que la tête est au corps. Omar a dit : J'ai patienté, et les décrets de la Providence se sont accomplis. Ils doivent nécessairement recevoir leur exécution.

» Au reste, comme je vous l'ai dit, votre captivité et notre séparation, qui en est le résultat, sont des décrets providentiels. Résignez-vous, soumettez-vous à la volonté de Dieu, et vous aurez en partage toutes les félicités promises. Ce Dieu a dit : Ceux qui quitteront leur pays pour marcher contre les infidèles, je les introduirai au sein du paradis.

» Que les maux dont vous êtes atteints ne vous affligent pas. Considérez ce qu'ont souffert Joseph et Jacob, et cela durant tant d'années. Eux aussi ont eu à pâtir de la captivité et à vider la coupe de l'absence. Ah! rendez grâce à Dieu, qui, en sévissant sur vous, vous a traités encore avec plus de bonté que les pharisiens ces rois d'Égypte.

» Prenez exemple sur les Sohabas. Que n'ont-ils pas eu à souffrir! Ils ont cependant patienté, et tous leurs maux ont eu un terme.

» Imitez jusqu'au bout leur fermeté et soyez inébranlables comme l'un d'entre eux, Ben-Kedama-el-Sohabi, qui fut ainsi que vous prisonnier, sous le kalifat de Sidi-Amer. Les chrétiens, voulant faire de lui un prosélyte, firent bouillir beaucoup d'huile dans une chaudière puis lui dirent : Sois chrétien, ou nous te précipitons dans cette huile. Sur son refus, ils se saisirent d'un autre prisonnier musulman et le jetèrent dans la chaudière, où il fut brûlé jusqu'aux os. Ils renouvelèrent alors leur proposition à Kedama, qui les rejeta, et l'instant d'après expira MARTYR DE SA FOI.

» Faites bien attention aux conseils que je vous donne et suivez-les, car Dieu saura vos actions.

» Pour ce qui est de me rendre près de vous chez les infidèles, afin de mettre un terme à votre captivité, n'y songez pas! Vous m'avez dit d'aller à vous, et moi je vous réponds : Oui, sans doute, rien ne nous est plus cher ici-bas que les auteurs de nos jours, nos frères, nos proches, nos enfants. S'il s'agissait de vous racheter avec de l'argent au prix de ma vie, je le ferais; mais me rendre près de vous, parmi les chrétiens, est une démarche que réprouve la loi de Dieu et de son prophète; ce serait les quitter tous les deux pour aller aux impies. J'espère que je ne ferai pareille chose, je ne mourrai, s'il plaît à Dieu, que musulman. Je ne suis pas disposé à renier Dieu pour l'amour de vous, et je souhaite que ces sentiments soient les vôtres. On retrouve toujours les parents dont on a été séparé; la vraie foi et le Très-Haut, jamais.

» Le mieux est donc de vous en tenir à la patience. Priez, lisez le Koran, suivez tous mes conseils. Il est probable que je ne recevrai plus de vos lettres; j'ai récité sur vous l'oraison des morts. Demandez grâce à Dieu, qui fait ici-bas ce qu'il veut, et dites avec Job : O Dieu! vous êtes le seul savant, le seul médecin capable de guérir nos maux.

» Je vous informe que j'ai pris en mariage la fille de Ben-Aïssa-el-Berkani, kalifah. J'ai formé une smala plus considérable que celle dont vous faisiez partie.

» Abd-el-Kader notre seigneur se porte bien; il est victorieux et s'est emparé de Benaïch, d'Aziz et d'Abran. *Il a avec lui plus de soldats qu'auparavant. Si Dieu continue à favoriser ses armes, vous entendrez bientôt parler de lui, fussiez-vous à Paris.* »

Il suffit de lire cette lettre, de peser les expressions qu'elle contient, pour voir à quels hommes de fer notre armée d'Afrique livra dix-huit ans de bataille. Vaincus, jamais domptés, confiants dans leur cause, ingénieux en ressource, incapables de se laisser aller au découragement, tentant de grandes entreprises au moment où on les croit isolés, méprisant les pertes personnelles, instruits dans leur religion, fiers d'imiter les grands exemples de la Bible, tels cette lettre nous révèle les patriotes arabes qui soutinrent Abd-el-Kader.

Voilà pourtant l'homme dont le commandant Saint-Arnaud, trompé sans doute par de faux rapports, écrivait qu'après sa défaite dans l'Ouarensenis, il pleurait toutes les nuits.

De tels caractères rompent, mais ne ploient pas. Leur cœur n'a point de larmes. Si jamais, ce qu'à Dieu ne plaise! la France était envahie, que ses défenseurs prennent exemple sur les Arabes! qu'ils disputent le terrain pied à pied! qu'ils meurent Français, mais qu'ils ne se rendent pas!

On va voir, au reste, comment mouraient les chefs de ces patriotes arabes que nous ne saurions trop admirer, tout en déplorant une résistance qui a fait tant de mal à notre pays, qui nous a coûté tant de sang et tant d'or.

Le général Tempoure, qui venait de se distinguer en obtenant l'alliance du fameux scheik Mohammed-Ouled-Sidi-Chiqr, régnant sur le territoire compris entre le désert d'Angad et les montagnes de Trara, opérait alors dans le rayon de Mascara, dont il commandait la subdivision. Il apprit par un déserteur espagnol que Sidi-Embarek avait en effet reformé sa smala. Ce chef avait avec lui huit ou neuf cents hommes d'infanterie régulière que l'on disait être la dernière ressource de l'émir; chose fausse d'après la lettre ci-dessus transcrite.

Quoi qu'il en soit, le général Tempoure, guidé par les indications du déserteur, espère en finir avec la puissance de l'émir. Il part de Mascara le 6 novembre, ne tarde pas à apercevoir au loin les tentes des réguliers. Il les suit malgré toutes leurs feintes et leurs marches dérobées, et les atteint le 11 près de l'Oued-Malah. Le colonel Tartas commandait la cavalerie de la colonne française. Les réguliers de Sidi-Embarek l'attendirent cette fois de pied ferme. Quatre cents laissèrent leurs cadavres sur le champ de bataille. Les porte-drapeaux ne livrèrent leurs étendards qu'avec la vie.

Le combat tirait à sa fin. Un cavalier de haute taille parmi les Arabes avait combattu avec une vigueur remarquable. Le sabre des Français l'avait jusque-là respecté. Voyant tous ses compagnons ou tombés autour de lui ou faits prisonniers, ce cavalier se décide enfin à fuir. Un capitaine de spahis, nommé Cassagnoles, le poursuit. Il est accompagné du brigadier Gérard et de deux autres sous-officiers, Labossay et Sicot. Tout à coup le fuyard, arrivé sur une colline nommée Kef, se retourne dans une attitude suppliante. Il tend la crosse de son fusil comme pour indiquer qu'il se rend à discrétion. Labossay a l'imprudence de croire à ce mouvement, il tend la main pour recevoir l'arme de l'Arabe; celui-ci l'abat roide mort à ses pieds. Aussitôt le capitaine Cassagnoles enlève son cheval avec un jurement terrible. En une seconde il est proche du meurtrier; il va lui fendre la tête. Mais le musulman a tiré de ses fontes deux pistolets. Des balles de l'un il brise la tête du cheval de son adversaire. Le capitaine Cassagnoles tombe avec son coursier. Sicot se présente en ce moment et réussit à blesser l'Arabe. Mais celui-ci d'une autre balle le met hors de combat. Il n'a plus alors affaire qu'au brigadier

Gérard. Il s'attaque à lui corps à corps. Gérard résiste, réussit à jeter à bas de son cheval son adversaire, qui l'entraîne avec lui. Ils se roulent alors l'un sur l'autre. Mais le musulman perd son sang par la blessure que Sicot lui a faite ; Gérard réussit à poser son genou sur sa poitrine et à le tuer.

« En ce moment le capitaine Cassagnoles se relevait tout meurtri de sa chute. — Est-il à vous ? crie-t-il à Gérard. — Je le crois, capitaine. — Regardez s'il est borgne. — Il l'est, capitaine. — Alors, mon brave, réjouissez-vous ; vous voilà chevalier de la Légion d'honneur, car vous avez tué le grand kalifa Sidi-Embarek. »

A cette époque, beaucoup de nos spahis avaient encore les mœurs arabes. Il en arriva sur le lieu du combat qui tranchèrent la tête du lieutenant de l'émir. Elle fut envoyée au général Bugeaud, et d'Alger reportée à Milianah, où, après avoir été exposée pendant trois jours aux regards effrayés des musulmans, elle reçut les honneurs militaires de la part des Français et sur l'ordre formel du gouverneur.

Quelques jours après la mort du kalifa, Abd-el-Kader vint de sa personne, lui aussi, sur la colline de Zef. Le tronc mutilé de son kalifa y gisait, abandonné aux oiseaux de proie. L'émir s'agenouilla devant ces restes du patriote arabe, et après les avoir embrassés, les fit transporter à Tagdempt. Ses proclamations, adressées à ses partisans, n'en démentirent pas moins la mort de Sidi-Embarek, et encore aujourd'hui beaucoup de tribus croient que le grand kalifa, caché dans quelque retraite, n'attend qu'un moment favorable pour lever de nouveau le drapeau de la nationalité.

Cependant le gouvernement français a agi à son tour avec une habileté qui devait dissiper toutes les illusions à cet égard. Pour honorer, selon la parole du général Bugeaud, un ennemi qui avait su mourir en ennemi, il fit mettre en liberté la malheureuse famille de Sidi-Embarek, dans les premiers mois de l'année 1844. Et cependant le kalifa, de son vivant, avait commandé la décapitation de quatorze de ses coreligionnaires, accusés d'avoir vendu des œufs à une colonne française. La cruauté de la résistance arabe dépassa toujours celle de l'attaque française.

CHAPITRE XXIII.

Le duc d'Aumale dans la province de Constantine. — Ahmet-Bey. — Combat du mont Aurès. — Première expédition dans la Kabylie par le général Bugeaud. — Ben-Salem. — Les deux manières de conquérir. — Le colonel Daumas. — Progrès de la conquête.

On regarde unanimement la campagne multiple de 1843 comme ayant eu des résultats décisifs pour l'avenir de l'Algérie. La colonisation marchait alors également d'un pas rapide, et néanmoins plus sûr que précédemment. Elle suivait les progrès de nos soldats, et là où ceux-ci plantaient notre drapeau, elle ne reculait plus. Cependant les ennemis de la France ne perdaient pas courage. Abd-el-Kader, comme autrefois Jugurtha, se préparait à aller chercher des auxiliaires en Mauritanie. D'un autre côté, des résistances considérables se manifestaient. Une partie de la province de Constantine était en rébellion sous la double influence d'Ahmet-Bey et des partisans de l'émir, ayant à leur tête Mohammed-el-Sgher. La Kabylie grondait sourdement.

Le duc d'Aumale, qui venait d'accomplir de si brillantes choses dans son commandement de Tittery, venait de recevoir le généralat supérieur de la province de l'Est. Il s'agissait d'en finir avec la double influence dont nous avons parlé. Mohammed-Sgher, kalifa pour Abd-el-Kader, régnait sur le Zab, c'est-à-dire sur cet ensemble de campagnes et de villages situés sur la limite du Sahara, et dont Biskara est la capitale. Quant à Ahmet-Bey, il était rentré dans les montagnes entre le Zab et le Tell, et plusieurs tribus soulevées par lui étaient en insurrection. On ne pouvait arrêter leurs progrès par des coups trop rapides.

La colonne destinée à cette expédition, une des plus laborieuses qui se soient faites en Algérie, se mit en marche vers la fin de février. Elle atteignit promptement Biskara, établit une petite garnison française et indigène dans cet important marché des tribus du désert, et après avoir successivement visité Sidi-Okba, Tebessa et Bouçaia, elle se porta sur les Ouled-Sultan, autour desquels, dans d'âpres montagnes, s'étaient réfugiés une foule de mécontents, qui comptaient, selon l'expression du duc d'Aumale, sur la virginité des monts Aurès.

On était au 24 avril, la colonne venait de s'engager à travers les accidents d'un pays tourmenté, boisé, difficile. Le général avait parfaitement disposé son monde. Sur les deux ailes, un bataillon d'infanterie flanquait le convoi, qui était en outre protégé, à droite, par un escadron de chasseurs et de spahis, et à gauche par les différents goums alliés. Tout à coup une brume épaisse se fait ; la colonne continue néanmoins sa marche ; elle aborde une gorge profonde. A peine y a-t-elle pénétré, qu'une vive fusillade éclate sur la gauche. Saisis d'une terreur inexplicable, les goums alliés, qui ne combattaient que malgré eux les Ouled-Sultan, regardés comme invincibles, au lieu de marcher à l'ennemi se replient au galop sur le convoi, le coupent, ne se rallient qu'à la droite près des chasseurs et des spahis. Leur

kalifa seul ne lâche pas pied ; avec une poignée de tirailleurs français, il contient un instant les assaillants.

Cependant l'ennemi qui nous attaquait si inopinément à la faveur de la brume était des plus nombreux. Les Ouled-ben-Aour, les Ouled-Chelih, et plusieurs autres tribus, avaient réuni leurs contingents à ceux des Ouled-Sultan. Une partie de ce monde court en poussant des cris sauvages au convoi que la retraite des goums alliés a laissé découvert à gauche ; une autre partie attaque la tête de la colonne, tandis qu'une troisième masse presse notre arrière-garde. Un brave chef d'escadron, nommé Gallias, meurt en sauvant ce convoi. D'un autre côté, le colonel de chasseurs Noël, que nous avons vu se distinguer si vaillamment lors de l'expédition de Tebessa, fait sur l'ennemi, qui arrête la marche de la colonne, une de ces charges qui l'ont fait surnommer le Murat de Constantine. Avec lui, se précipitent le duc d'Aumale, ses aides de camp, la plupart des officiers. L'ennemi laisse une cinquantaine de morts sur la place, et, frappé à son tour de la même panique qui a débandé les goums, il ne se montre plus qu'à distance. Le prince va poursuivre son succès ; une pluie terrible l'arrête. Ses guides déclarent qu'ils ne savent plus la route. Il retourne sur ses pas en bon ordre. Telle est la frayeur des Ouled-Sultan, qu'ils n'osent pas inquiéter la marche rétrograde de la colonne sur le bivouac qu'elle a quitté le matin.

Après avoir fait évacuer ses blessés sur Sétif, et tiré des vivres de cette place, le prince rentre dans la montagne le 1er mai. Les Ouled-Sultan avaient à venger la mort de cent des leurs, parmi lesquels dix-sept marabouts ou tolbas, prédicateurs de la guerre sainte. Ils étaient en force comme la première fois. Mais ce jour-là, selon l'expression du duc d'Aumale, le ciel était clair. Il vit la prompte défaite des Kabyles. Pour la constater, la colonne alla faire son bivouac de nuit à Bir, position inexpugnable, où n'avaient jamais osé se présenter les troupes turques.

Rien n'était fini. A quinze lieues de là s'élevait le camp de Batna, sous le commandement du colonel Lebreton. Le duc d'Aumale est informé que, pour faire une diversion en faveur des Ouled-Sultan, toutes les tribus non soumises de l'Aurès vont attaquer cette position. Aussitôt il lève son bivouac, et, dans le soir du jour qui suit, il arrive à Batna avec sa cavalerie. L'énorme rassemblement ennemi se dissipe. — Après être resté à Batna quelques jours pour éviter qu'il ne se reformât, le jeune commandant de la province reprit encore une fois le chemin de l'Aurès.

L'ancien bey de Constantine, Achmet, était parmi les tribus. Mais après deux échecs, n'espérant plus de victoire, il dirigeait leur fuite. Elles se sauvaient vers les grottes, qui passaient, comme le puits de Bir, pour être inaccessibles. La colonne atteignit, le 8 mai, vers le soir, la queue de l'émigration. Les tentes d'Ahmet-Bey étaient encore déployées. Ses bagages restèrent entre nos mains. Deux petites colonnes mobiles, aux ordres du colonel Noël et du commandant Bouscarins, furent alors chargées de poursuivre les tribus dans leur retraite. Elles le firent avec succès, aidées par les contingents arabes alliés qui, voyant nos succès, accouraient maintenant en foule. Un peu plus tard, les soumissions se firent.

Pendant que ces événements avaient lieu, la petite garnison française de Biskara, trahie par une partie de la garnison indigène, était presque entièrement massacrée, et le kalifa d'Abd-el-Kader en avait repris possession. Le sergent Pélisse réussissait seul à s'échapper. Averti à temps, le duc d'Aumale revint à marches forcées sur Biskara. Mais intimidé par le sergent, qui rassemblait du monde dans les tribus fidèles pour reprendre la place, le kalifa d'Abd-el-Kader avait déjà abandonné celle-ci. On y mit une garnison capable de se maintenir contre toutes les entreprises.

La rapidité de ces événements acheva de terrifier les montagnards. Ahmet-Bey, malade, abandonné de ses serviteurs, dénué de tout, disparut dans le Djebel-Aurès, où il fut impossible de le poursuivre. Mais quant à la partie des montagnes que l'on nommait le Belezma, et qui est séparée du Djebel-Aurès proprement dit par le défilé de Batna, elle fut entièrement soumise. En quelques jours, les tribus versèrent aux mains du colonel Lebreton une riche contribution de guerre.

Quatre kaïds, nommés par la France, furent en outre acceptés par elles.

En même temps, on opérait également avec succès dans l'ouest de la province. Les chefs des montagnes de Bougie, et autres, manifestaient leur envie de se soumettre à la France. Le général Randon pacifiait la subdivision de Bone, et couvrait notre frontière du côté de Tunis, qui, bien que notre allié, devait être observé ; il apaisait des différends entre les tribus, et faisait aimer le nom français.

A la même époque, Bugeaud, devenu maréchal de France, songeait à achever la conquête de la province d'Alger. Il n'y avait pas, selon lui, à compter sur cette conquête tant que la Kabylie ne serait pas réduite. Mais l'expédition qu'il projetait trouvait en France la plus grande opposition. Beaucoup de gens craignaient qu'une guerre contre les Kabyles ne remît tout en question. Ils disaient que ces montagnards nous respecteraient tant que nous n'irions pas les chercher dans leurs montagnes. La chose n'était qu'à moitié vraie. Déjà, à plusieurs reprises, Abd-el-Kader était venu de sa personne au milieu des Kabyles. Il y avait trouvé toutes sortes de ressources. D'un instant à l'autre, on pouvait craindre qu'il n'y soufflât le feu de la guerre sainte, et que les populations, descendant des montagnes, où on ne les était point allé chercher, ne se ruassent sur les environs d'Alger. Les Kabyles de l'Est surtout manifestaient de fâcheuses dispositions. Les marabouts y colportaient des lettres de Ben-Salem, ainsi conçues :

« Fils des montagnes, vous aviez un chef qui a longtemps combattu les chrétiens et qui s'est vendu à eux. Il voudrait vous livrer à l'ennemi comme des bêtes de somme, en vous disant qu'Abd-el-Kader n'attend que le jour de la grande lutte pour reparaître plus grand et plus terrible que jamais. En attendant, moi, son kalifa, j'ai été choisi pendant les jours de la poudre pour défendre votre nationalité qui n'a jamais fléchi sous aucun maître : avec vous, je combattrai pour le tombeau de vos pères, et le champ nourricier de vos enfants. Je le jure au nom du prophète : je m'ensevelirai avec vous sous les ruines de vos villages incendiés, plutôt que de vous voir lâchement soumis à des chrétiens, à des ennemis de vos frères et de votre religion. »

N'ayant point ses préparatifs achevés, et le ministère français manifestant de la répugnance pour l'expédition, avant de répondre par les armes, Bugeaud crut pouvoir faire à Ben-Salem une petite guerre de proclamations, attribuant à sa parole une influence qu'elle n'avait pas. Il lança la lettre suivante :

« HABITANTS DU DJERJERAH,

» Beaucoup de vous ont été séduits pas de fausses promesses et entraînés, malgré eux, dans une guerre qui leur devient de jour en jour plus préjudiciable, et dont ils attendent impatiemment le terme. Je serai indulgent et bon envers ceux qui se repentiront avec franchise et sincérité; mais je me montrerai intraitable et sans pitié pour ceux qui persévéreront dans la malveillance et la rébellion.

» Abd-el-Kader a fait preuve de mauvaise foi et de trahison : je ne prendrai de repos qu'il ne soit ruiné et anéanti, dussé-je le poursuivre jusque dans les sables du désert. Vous avez eu à souffrir de ses exactions et de ses cruautés; plusieurs de vos tribus ont même refusé de reconnaître son autorité. Voici le moment de secouer le joug qu'il a prétendu vous imposer. Il a rompu vos relations commerciales; il a exigé de vous des amendes considérables. Et à quel droit et à quel titre?

» Cultivez en paix vos terres, échangez vos produits; cette dernière situation ne vous semble-t-elle pas préférable à une guerre contre un peuple grand et puissant, qui n'aurait qu'à vouloir pour vous détruire ?

» Il ne me serait pas difficile de parcourir vos plaines et de pénétrer dans vos montagnes si vous m'y contraigniez par des démonstrations hostiles. Les défilés des Beni-Aïcha et les sentiers de Cherob ne sont pas inconnus aux Français. Rappelez-vous le combat de Drane; interrogez les Beni-Dijounad, ils vous en donneront des nouvelles. J'irai bien loin quand j'en prendrai la résolution. Malheur alors à vos troupeaux, à vos arbres, à vos champs, à vos habitations, qui ont été préservés depuis trois ans! Mais, s'il plaît à Dieu, il n'en sera pas ainsi : vous ne me réduirez pas à cette extrémité.

» J'ai d'autres intentions que Dieu m'a inspirées dans l'intérêt de tous, je vais en commencer l'exécution; j'ai déjà donné l'ordre à mes soldats de quitter le camp du Fondouk; je ne veux pas vous révéler encore tous mes projets, l'avenir vous les fera connaître : c'est à vous de ne pas leur donner une fausse interprétation.

» Gardez-vous donc d'écouter des insinuations perfides, et de concevoir des espérances dont le passé doit vous faire comprendre toute l'illusion. Vous voyez bien qu'Abd-el-Kader lui-même n'a pu résister davantage. Songez donc à vos véritables intérêts; cessez de vous confier aux vaines paroles de Ben-Salem, qui vous conduit, comme des aveugles, à une ruine inévitable, et qui vous abandonnera quand il aura accumulé sur vous les maux de la guerre.

» Ainsi, ne soyez plus insensés, et reconnaissez enfin le doigt de Dieu, qui nous protége et nous a choisis entre toutes les nations pour vous délivrer du despotisme et de l'anarchie et vous rendre heureux. Que son nom soit glorifié et béni! Adieu ! »

La principale des tribus à laquelle s'adressait cette proclamation si peu propre à la toucher était celle des *Flissas*. Cette tribu, composée de dix-sept fractions, pouvait mettre sur pied de huit à dix mille fantassins. Autour d'elle se groupaient d'autres tribus fort importantes, comme la confédération des Guetchoula, et celle des Nezliouna, ou comme les Amaroua, les Maatka, les Beni-Kalfoun, etc.

Toutes ces tribus, habituées depuis des siècles à être menacées par les Turcs et à n'en être point attaquées, regardèrent comme non avenues les menaces du gouverneur général. Cependant Bugeaud avait concentré à la Maison-Carrée une force d'environ huit mille hommes, laquelle devait marcher, divisée en trois colonnes, sous les ordres des généraux Gentil et Corte et du colonel Schmitt. Le pays dans lequel la France allait faire invasion était inconnu aux Français. Mais les chefs des bureaux arabes, et particulièrement le lieutenant-colonel Daumas, avaient recueilli sur les routes à suivre, sur la force réelle des tribus, une foule de renseignements précis.

On quitta la Maison-Carrée le 27 avril. Le 29 on campa sur les bords de l'Oued-Cebro, où l'on fut rejoint par quelques centaines de cavaliers indigènes appartenant aux Beni-Djaad, aux Beni-Selyman, et aux Aribs-Hamza, qui ne rapportèrent rien de favorable sur les intentions des montagnards. Ce ne fut que le 30 que l'on s'engagea dans les premières gorges qui mènent au Djurjurah; on traversa sans coup férir le col difficile des Beni-Aïcha, où souvent les soldats furent forcés de marcher un à un, et l'on campa sur les bords de l'Isser. Là, les chefs kabyles des Guechtoulas, des Nezliouna et des Beni-Kalfoun, vinrent demander à rester neutres.

Nous ne répéterons pas les descriptions emphatiques qui ont été faites du passage de l'Isser. Nous faisons peu de cas de ces triomphes où il n'y a pas d'ennemi. Le pauvre soldat qui lutte contre les éléments est alors le seul héros.

Pendant que l'Isser débordé arrêtait nos troupes, les Kabyles du Djurjura, et principalement les Flissas, s'étaient mutuellement convoqués en djemaâ. Ils tenaient leur assemblée générale à Time-Zerit.

Jamais réunion ne fut plus orageuse. Deux partis s'y manifestèrent dès l'ouverture. Le premier se composait de l'aristocratie, qui, plus instruite et mieux renseignée sur les forces de la France, craignait qu'en définitive tout le fardeau de la guerre ne portât sur ceux qui possédaient. En effet, Bugeaud, adoptant un système de guerre que nous ne saurions assez condamner, avait menacé de couper les oliviers et d'incendier les villages. Il ne devait que trop tenir cette odieuse promesse. Le peuple kabyle, ayant moins à perdre, formait le second parti. Il avait à sa tête Ben-Salem, l'artisan de toutes ces guerres, et s'élevait avec fureur contre les chefs. Il demandait le combat à grands cris. Les femmes se montraient surtout acharnées; elles s'armaient et armaient de force ceux qui paraissaient vouloir céder aux exhortations des chefs. Cependant on demeurait indécis, quand l'intervention de la religion entraîna l'assemblée. Sid-el-Djoudi, le plus influent des marabout de la montagne, lança l'anathème sur les lâches qui préféreraient au paradis de Mahomet l'alliance avec les infidèles. Il n'y eut plus alors à reculer. On se dispersa pour mettre ce que l'on avait de plus précieux en sûreté, et, ce soin accompli, de toutes parts on se prépara à combattre. Outre une multitude de petits détachements indisciplinés, trois grands corps se formèrent pour tenir tête aux colonnes françaises. Ils étaient aux ordres de Ben-Salem, de Ben-Kassem et de Sid-el-Djoudi. Malheureusement pour eux aucun de ces chefs n'était expérimenté. S'il y eût eu là Abd-el-Kader ou Sidi-Embarek, les choses eussent d'autant plus changé de face que les éléments étaient contre nous.

Il fallait agir avec une prudence extrême. On n'évaluait pas à moins de vingt mille le nombre de gens en armes que contenaient les montagnes. Pour montrer leur décision les Kabyles épargnaient au général français la peine de mettre à exécution les termes de ses lettres. Ils brûlaient çà et là ce qu'ils ne pouvaient cacher.

Bugeaud établit à Bordj-Henaïel, non loin de l'Isser, dans une position autrefois occupée par les Turcs, un très-fort camp retranché qu'il fit soigneusement garder; puis il alla se ravitailler à Dellys, qu'il avait fait préalablement occuper pour en imposer aux tribus dont cette ville était le principal marché. De Dellys, il revint sur ses pas, remontant l'Oued-Nissa pour s'établir au camp de Bordj, et attendre là que la première furie des ennemis fût tombée.

Les Kabyles ne lui laissèrent pas le temps d'accomplir son projet. Ils se mirent en mesure de l'attaquer au passage de la rivière dont nous venons de parler. Ses habiles dispositions paralysèrent bien vite leur élan. On les débusqua en détail de toutes leurs positions. Ils se rejetèrent alors dans la vallée de Taourgha, au nombre de huit ou dix mille, et se fortifièrent dans quatre villages appartenant aux Amraouas. Cinq bataillons et le goum des Arabes alliés que commandait le lieutenant-colonel Daumas furent lancés sur eux. Une compagnie de voltigeurs, embarrassée dans un chemin difficile, faillit périr. Le plus fort du combat s'engagea autour d'elle. Il fut promptement funeste aux Kabyles. En quelques heures le rassemblement était dispersé sans que nous eussions perdu plus de trois hommes. L'ennemi en laissait près de cinq cents dans les ravins et dans les villages où il s'était défendu.

C'est à ce propos que le général Bugeaud écrivait ce principe militaire digne d'être retenu, il disait : Voilà une preuve de plus, que passé un certain chiffre relatif, il ne faut pas se laisser arrêter par la force numérique de masses sans organisation et sans discipline, quelque braves que soient les hommes qui les composent individuellement.

Les tribus qui avaient donné dans l'affaire de Taourgha étaient étrangères aux Flissahs. Ceux-ci essayèrent d'arrêter par des négociations le général prêt à pénétrer sur leur territoire; mais ces négociations n'avaient pour but que de donner le temps à Sidi-el-Djoudi de réunir ses contingents. De son côté, Bugeaud attendait le général Gentil avec une colonne. Quand celui-ci l'eut rejoint, il se mit en mesure pour frapper un coup qui décidât la soumission du pays.

Les tribus lui prêtèrent pour ainsi dire le flanc en se rassemblant dans des proportions tout à fait démesurées. Dès qu'il eut vu les dispositions de ces masses immenses, éparpillées sur les montagnes, Bugeaud n'eut pas de peine à concevoir le plan qui devait lui donner la victoire. Il fallait simplement s'emparer de la ligne dominante, couper ainsi l'ennemi en deux, et le balayer à droite et à gauche, en le rejetant sur des corps postés pour le recevoir. Ce plan si simple fut exécuté avec le courage et l'entrain ordinaires à nos troupes.

Les dix-neuf fractions des Flissahs couronnaient, sur une assez grande profondeur, une longue ligne de crêtes protégées par un ravin profond, et fortifiées çà et là dans les endroits non abrupts par des redans en pierres sèches. De nombreux villages, disséminés çà et là, formaient comme autant de forts détachés.

Attaquer cette longue ligne en face eût été une courageuse folie; mais avec de la promptitude, on pouvait, pour accomplir le plan du général, tourner la position, gravir les crêtes supérieures à celles qu'occupaient les Kabyles, et tomber de là sur elle de façon à les couper. Si les Kabyles, que l'on passât à leur droite ou à leur gauche, voulaient s'y opposer, on ne devait avoir à leur livrer qu'un combat de tête de colonne à cause du ravin dont nous avons parlé.

Le général fit partir les troupes d'attaque à trois heures du matin, alors que les Kabyles, fatigués d'une longue veille, commençaient précisément à reposer. Le général Korte, commandant une colonne spéciale, eut ordre de menacer la droite de l'ennemi, et de se poster sur l'Oued-Kesseub ou Ksab, petite rivière vers laquelle Bugeaud se proposait de précipiter l'ennemi du haut de sa ligne.

Le mouvement d'attaque fut très-bien exécuté. L'avant-garde avait à passer devant le village d'Ouarez-Eddin; elle l'emporta dans le premier sommeil des habitants, dont une partie fut massacrée, puis, exaltée par ce succès, elle se laissa entraîner un peu trop avant. La colonne, guidée par le général lui-même, ne la rejoignit que quand ses éclaireurs avaient déjà subi des pertes assez sensibles. Cette colonne rétablit promptement le combat, et de crête en crête arriva bientôt à dominer la position des Kabyles. Aussitôt fut exécuté le mouvement projeté par le général.

Les troupes d'attaque fondent comme des oiseaux de proie sur la ligne kabyle, la coupent à son point culminant, et poussent surtout la partie qu'elles ont à leur gauche vers le lit de l'Oued-Kesseub. Cette partie cède elle-même au mouvement. Elle s'effraye, et se précipite vers l'endroit où Bugeaud a prescrit au général Korte de se trouver; mais des accidents de terrain ont empêché celui-ci d'y parvenir à temps, si bien que les fuyards vont se rallier au delà de la rivière. D'une autre part, les Kabyles restés sur les crêtes inférieures, voyant descendre les Français, s'empressent d'abandonner des positions qui leur deviennent inutiles. Ils se jettent en masse au-devant des assaillants pour les arrêter. On les maintient avec peine, et cent petits combats s'engagent à la fois. Croyant à un avantage, le général en chef ordonne à l'un de ses lieutenants, le général Gentil, d'opérer une diversion décisive en allant incendier à la base des crêtes plusieurs villages qui doivent être abandonnés. Les Kabyles, qui voient les forces du général Gentil quitter le théâtre du combat, s'imaginent que les Français battent en retraite. Ils s'enhardissent à une nouvelle attaque d'ensemble. Bugeaud ordonne qu'on les attende du plus près que l'on pourra. Quand ils sont à la portée de la baïonnette, le cri : En avant! retentit de notre côté. Aussitôt la masse kabyle, chargée avec furie, se débande de nouveau. On la poursuit, on l'écrase en détail.

Mais il y a déjà bien des heures que ce va-et-vient d'attaques continue. Le général rappelle ses troupes pour aller camper en arrière, près de la fontaine de Sidi-Ali. Au même moment, un contingent de Kabyles sur lequel on ne compte pas, et qui vient d'arriver par le nord, rengage le combat tandis que tous les montagnards qui ont pu se rallier tentent sur notre droite un assaut désespéré. C'est comme une nouvelle bataille qui recommence. Elle est encore heureuse pour nous. Notre artillerie qui tonne achève la victoire, et balaye au loin les plateaux et les crêtes. Il est cinq heures du soir. Depuis quatorze heures, personne n'a pris de repos; mais qui pourrait en réclamer? Le général lui-même donne l'exemple. « Debout sur un petit plateau découvert, il dirigeait lui-même le combat, dit un témoin oculaire [1], et animait du geste et de la voix l'ardeur des soldats. Une grêle de balles tourbillonnait autour de lui, sans qu'il parût s'en apercevoir. Les pentes et les ravins étaient jonchés de débris d'hommes; nos obusiers faisaient d'affreuses trouées dans les masses ennemies; une vapeur de sang s'élevait des broussailles, et des cris sauvages répondaient aux décharges de nos braves soldats; c'était une lutte à bout portant, sans merci, entre des assaillants désespérés et des vainqueurs qu'exaltait la présence et l'exemple d'un chef intrépide. Le maréchal était admirable dans ce moment suprême. »

Une heure après, le feu de notre artillerie s'apaisa. Les Kabyles se retirèrent, emportant leurs morts lentement, avec une sorte de solennité. Ils avaient fait ce qu'ils avaient pu pour conserver à leurs montagnes le renom d'invincibilité. La discipline avait vaincu le nombre. Douze cents montagnards étaient morts en défendant le sol de la patrie. Nous n'eûmes que cent cinquante tués ou blessés. Nos soldats baptisèrent leur sanglante victoire du nom d'Ouarez-Eddin.

On était alors au 17 mai. Le lendemain se passa sans combats; mais voyant que les tribus vaincues ne venaient pas faire leur soumission, le général crut devoir appuyer son succès de la veille par des exécutions que l'histoire est obligée de condamner. Il fit brûler

tout autour de lui les villages abandonnés. Quelques montagnards essayèrent aussitôt un retour offensif qui fut chèrement expié par eux.

Enfin, le 20 mai, ne comptant plus sur la protection d'Allah, les vaincus s'inclinèrent. Le fils du chef des Flissah, le jeune Ben-Zamoun, accompagné de plusieurs kaïds, se présenta aux avant-postes français. Le colonel Daumas, prévenu par des émissaires, l'y attendait. Il l'introduisit près du général. Un des secrétaires de celui-ci a raconté comme il suit ce qui se passa alors [1] :

« Que veux-tu ? dit le maréchal au jeune chef.

— La fin des maux que tu nous as causés.

— M'apportes-tu la soumission des tribus qui combattaient?

— Elles demandent la paix.

— Elles ne l'obtiendront qu'à la condition d'une soumission complète et sans délai. Pourquoi, après ma victoire de Taourgha, vous êtes-vous obstinés à lutter contre moi? Je vous avais invités, dans votre intérêt, à chasser de votre pays Ben-Salem, le partisan d'Abd-el-Kader, que j'ai juré de poursuivre jusqu'à la dernière extrémité. Je vous offrais l'alliance et la protection de la France, pour prix d'une loyale soumission à son autorité; pourquoi avez-vous préféré les maux de la guerre à mes bonnes intentions?

— La paix, répondit Ben-Zamoun, était pour vous et pour nous le parti le plus avantageux, et je la désirais moi-même sincèrement; car la victoire est partout avec toi, et nous savions que rien ne peut te résister. Mais il y a, dans les montagnes, des marabouts, dont l'influence domine plus sûrement le peuple que la voix de ses chefs. Nos alliés du Djerdjerah sont aussi des hommes sauvages qui ne connaissent que la guerre et qui méprisent la mort; ils nous menaçaient du pillage si nous laissions les Français pénétrer sur notre territoire. Nos femmes elles-mêmes nous reprochaient la faiblesse de nous soumettre avant d'avoir été vaincus. Aujourd'hui même, après la grande journée de la poudre, qui nous a coûté tant de pertes, nous ne sommes pas sans ressources contre toi. Toutes les montagnes d'alentour sont remplies de guerriers, qui ne se rendraient pas si je les appelais à verser tout le sang qui nous reste pour le salut de notre indépendance. Mais Ben-Salem, qui nous avait fait croire qu'Abd-el-Kader viendrait à notre secours avec une grande armée, Ben-Salem nous a lâchement abandonnés au commencement de la bataille. Quand il a su que tu conduisais toi-même les Français à l'assaut de nos crêtes, que nous jugions inaccessibles, il a fui avec ses trésors. Maintenant les Flissahs le méprisent et le maudissent; il ne trouvera plus d'asile dans leur pays. Tu es le plus fort; Dieu l'a voulu ainsi; accepte donc notre soumission.

— Je suis le plus fort, mais vous êtes tous de nobles et courageux adversaires, répondit le maréchal, et cette journée de poudre doit cimenter entre nous une estime réciproque : la paix n'en sera que plus solide. Voici mes conditions : Tu renverras sur-le-champ tous les alliés dans leur pays; tu recevras de moi l'investiture en qualité de kalifa de la France; tu t'engageras à faire payer régulièrement l'impôt; tu ouvriras ton territoire aux échanges du commerce, et tu en protégeras la sécurité.

— Je ferai tout cela, » reprit Ben-Zamoun...

D'autres historiens affirment, au contraire, que ce ne fut pas le maréchal, très-mauvais négociateur, qui fit ses conditions. Ben-Zamoun lui aurait demandé avant tout que les razzias cessassent, que les incendies s'éteignissent, et que les troupes françaises redescendissent dans la plaine. A ce prix, il promit la soumission de sa tribu, dont il représentait déjà cinq fractions considérables. Bugeaud était pressé d'en finir. On recevait de la province d'Oran des nouvelles qui prouvaient que le génie d'Abd-el-Kader, toujours actif, survivait à tous les échecs. D'un autre côté, nos troupes ne pouvaient poursuivre leurs succès dans la Kabylie qu'en pénétrant de plus en plus dans les montagnes. D'autres tribus que les Flissahs seraient entrées en lice. Le général se décida à investir Ben-Zamoun au milieu de la pompe ordinaire. Le 30 mai il rentra à Alger. Fier de son expédition, voici ce qu'il en écrivait au ministre français :

« Les résultats de cette courte campagne, disait-il, sont d'avoir étendu de plus de vingt lieues le rayon d'Alger dans l'Est; d'avoir ajouté à notre domination un territoire fertile et très-peuplé qui sera un nouvel aliment pour notre commerce et pour les revenus coloniaux; d'y avoir conquis de vastes et bonnes terres pour la colonisation européenne; enfin, d'y avoir détruit l'influence d'un lieutenant d'Abd-el-Kader. »

Inutile d'ajouter que, selon sa coutume, Bugeaud nommait tous les braves dont il avait eu le plus à se louer, soit à Taourgha, soit à Ouarez-Eddin. Tels étaient les généraux Gentil, Korte; les colonels Charron, de Schmitt, Regnaut et Gachot; les lieutenants-colonels Daumas, Pélissier, de Chasseloup-Laubat, Forey, et une foule d'autres officiers, de sous-officiers et de soldats, comme Pellé, Corréard, Jacquin, Bess, Féry, Léautey, de la Noüe, Ducasse, Paër, Fraiche, Rampon, Merlet, Marion, Guichard, Rohan, etc., etc., etc.

Il y a certes beaucoup de ces noms qui mériteraient une étude particulière. Nous ne nous arrêterons qu'à un seul, lequel est intimement lié à l'histoire de l'armée d'Afrique; c'est celui de Daumas.

---

[1] Léon Galibert, *L'Afrique française.*

[1] P. Christian, *Souvenirs du maréchal Bugeaud.*

Il y a deux manières de conquérir, l'une par les armes, l'autre par l'administration; il y en a même une troisième, par la plume. Certains écrivains font quelquefois plus pour la popularité d'une conquête que les meilleurs soldats. Quand ces trois manières de conquérir se résument à un degré quelconque dans un homme, qu'il soit ou non votre ennemi politique, il lui faut rendre hommage. C'est ce que nous faisons pour M. Daumas, quoique la proscription n'ait point frappé sur lui.

A lire ses brillants ouvrages sur les chevaux du Sahara, sur la Kabylie, on serait tenté de croire que Daumas est sorti le premier de quelque savante école. Il n'en est rien. Fils de général, il s'enrôle en 1822 au 2ᵉ chasseurs, passe laborieusement par tous les grades sans exception. Nous le trouvons sous-lieutenant en 1827. Son élévation comme officier n'est pas moins laborieuse; en 1835, il commence à rendre des services à l'armée d'Afrique. Il est capitaine instructeur au 2ᵉ de chasseurs. Comme tel il prend part à diverses campagnes importantes; chef d'escadron, lieutenant-colonel au corps de cavalerie indigène, il commence alors ses études de mœurs, de langue arabe et des intérêts spéciaux de l'armée et de la colonie d'Afrique. Imitant la Moricière, Pélissier l'annaliste et quelques autres, il se met en mesure d'être doublement utile à son pays en devenant l'intermédiaire de nos relations avec les indigènes. De 1837 à 1839, pendant la paix qui suivit le traité de la Tafna, on lui confia les fonctions délicates et difficiles de consul auprès d'Abd-el-Kader à Mascara. A la rupture du traité, il est directeur des affaires arabes dans la province d'Oran. Le général Bugeaud, en 1841, le choisit comme directeur central de ces mêmes affaires pour toute la conquête. C'est alors qu'il organise de nouveau les bureaux arabes, dont l'institution avait été trop négligée. Travailleur infatigable, il recueille les renseignements nécessaires à une foule d'expéditions; il dresse des itinéraires que le général Bugeaud proclame admirables. Il fonde l'administration de la province de Tittery confiée au duc d'Aumale. Il recueille une foule de renseignements précieux pour l'avenir de notre conquête, et qui serviront plus tard à la populariser. Enfin, malgré tant de labeurs, il prend part à toutes les campagnes qui sont à sa portée.

On voit que nous aurions manqué à nos devoirs d'historien en ne rendant point, en passant, hommage à une vie si bien employée. Nous retrouverons plus tard et dans de plus hautes position l'écrivain brillant, l'administrateur habile, sous les auspices duquel le régime économique de l'Algérie a été assimilé en partie à celui de la France. Il nous suffira de n'avoir pas été arrêté, pour être juste envers lui, par l'homme politique. Nous revenons aux événements.

De grandes rumeurs, comme nous l'avons dit, se faisaient alors à l'extrémité de la province d'Oran. La guerre avec le Maroc allait s'engager par le fait d'Abd-el-Kader. En attendant, nous étendions notre conquête et notre influence sur tous les points. Une colonne dirigée par le général Marey faisait reconnaître la France par les tribus du petit désert. Le célèbre marabout, le grand ennemi d'Abd-el-Kader, Tedjini, chef d'Aïn-Maadhi, nous envoyait sa soumission. Puis avait lieu la première expédition de Laghouat ou El-Aghouat. Le kalifa Ahmet-ben-Salem y recevait de nous l'investiture. Quand le général Marey revint sur ses pas, il s'était avancé jusqu'à cent vingt lieues au sud d'Alger.

On nous permettra maintenant de nous interrompre quelques minutes pour parler plus spécialement de nos soldats; la guerre d'Afrique allait entrer dans une nouvelle phase.

CHAPITRE XXIV.

Nos soldats.

Aujourd'hui que l'Afrique est conquise, il est de mode de diminuer les difficultés de l'entreprise et de rapetisser les services de l'armée d'Afrique. On n'est pas seulement oublieux pour les généraux, on est injuste aussi pour les soldats. Certains publicistes, commodément assis au coin de leur feu, déclarent la guerre à la guerre. Ils voudraient, et nous voudrions aussi de grand cœur, qu'une civilisation pût conquérir une autre civilisation sans qu'il y eût une goutte de sang versé. Un soldat pour eux est une sorte d'être antiphilosophique, réprouvé par le progrès, et qui n'est bon qu'à tuer partout la liberté.

Sans doute, le rôle des armées dans la politique intérieure des États modernes a été souvent fatal aux institutions libres. Mais c'est là le sort de toutes les choses humaines. Elles ont toutes leur côté mauvais. Les armées ont le leur.

Mais, quand je songe à ces bandes héroïques qui sauvèrent vingt fois la France, soit sous Henri IV, Louis XIII et Louis XIV, soit sous l'immortelle république issue de 1789; quand je songe à l'abnégation qu'il faut pour être un digne soldat, je ne sais pas médire de l'armée, de mon pays.

Le voici qui part, le pauvre enfant. Sa vingt et unième année vient à peine d'aller rejoindre d'autres années de paisible bonheur. Il vivait de cette vie de famille dont on n'apprécie bien la douceur que quand on ne l'a plus. Au dehors de la famille, son cœur cherchait déjà peut-être et s'était déjà peut-être fait une idole. Il va quitter tout cela. Que de fois son âme sera brisée soit par l'âcre nostalgie, soit par la fatigue morale d'une discipline inaccoutumée! Mais ce n'est rien encore, ou plutôt c'est encore le paradis du jeune soldat. Tout à l'heure, du sol de la France, il sera vomi avec un flocon de vapeur sur la terre d'Afrique. Les privations commencent : le chaud, le froid, la soif, la faim, la fièvre se disputent tour à tour cette proie qui leur arrive. Tout homme qui n'est pas d'un tempérament robuste meurt ainsi tiré à cinq ennemis contraires. S'il survit, voici la balle arabe qui siffle dans l'ombre, voici le yatagan qui sépare la tête du tronc, voici le croc qui traîne les corps! Il n'y a souvent pas de sépulture pour celui auquel le pied a glissé sur la pente d'un ravin. D'ailleurs, qu'il y ait sépulture ou non, pour qui tant de sacrifices accomplis, pour qui tant de dangers méprisés, pour qui cette violente séparation du milieu où l'homme se développe normalement? Pour une patrie qui ne saura pas même votre nom. On sait que l'on va mourir, on meurt. Pourquoi? Pour l'honneur d'un pays qui ignore jusqu'à votre existence!

Et il n'y aurait pas là quelque chose de profondément admirable! J'appellerais ce soldat une machine parce qu'il se résigne ainsi, ou bien je l'appellerais un brigand parce qu'il a répondu à la balle arabe par une balle française, au yatagan par la baïonnette! Non, je ne m'y résous pas. Je déplore que Dieu permette la guerre; mais je ne puis m'empêcher de reconnaître que si elle nourrit de mauvais instincts, elle fait surgir aussi les plus nobles et les plus retentissantes qualités. Je dis plus, j'affirme que les seules nations qui sachent faire la guerre sont les nations vraiment capables de liberté. La France l'a prouvé, comme la Grèce, comme Rome, comme l'Amérique unie.

Parlons maintenant de nos soldats. A l'Oued-Foddah Changarnier n'avait pas d'artillerie; mais, lançant à travers les ravins, les futaies, les gorges et les mamelons, sans qu'ils rencontrassent jamais une difficulté de terrain insurmontable pour eux, les zouaves du régiment de Cavaignac, alors sous ses ordres, il disait en les montrant : *Voilà mes boulets.* Ce mot n'était pas seulement héroïque, il était juste. Lancez le soldat français, lancez-le après avoir habilement pointé, et il fera la trouée que vous aurez voulue. Si votre commandement contient une dose suffisante d'élan et de poudre, ayez confiance : le boulet arrivera. Parfois il n'arrivera qu'en ricochant : patience encore, le but n'en sera pas moins frappé.

Mais c'est surtout quand à l'énergie, au sang-froid et à l'élan du commandement se joint la force toute-puissante de l'exemple du chef que l'action du soldat français est certaine. Il ne regarde pas seulement au drapeau, il regarde à l'officier. Où va l'officier, le soldat va aussi sans se demander s'il en reviendra. Les fatigues que l'officier supporte lui sont légères; il oublie ses privations en voyant celles de ses chefs, et les oublie bien mieux encore quand il est en face de l'ennemi.

La bonne condition du soldat français est donc le bon commandement. Dans la guerre d'Afrique, guerre de marches et de contremarches, de campements de nuit, de surprises, le bon commandement a toujours fait le bon soldat. Ce n'est pas que ni le simple cavalier ni le simple fantassin de nos recrues manquent d'initiative. Bien loin de là : l'un et l'autre en ont trop. Chez le soldat anglais, il faut soutenir le flegme et l'esprit de résistance; chez le soldat russe ou allemand, il faut exciter l'attaque; chez l'Espagnol et l'Italien, il faut précipiter le dénoûment, et pour entretenir la confiance laisser la porte ouverte à la retraite. Chez le Français, il faut contenir, mater et diriger l'exubérance des qualités personnelles. Laissez-le à lui-même : il va parler, discuter, diriger, commander. Chacun, dans les rangs ou hors des rangs, aura son plan, son idée, et voudra aller ici ou là, frapper ainsi ou autrement. Mille tracés de bataille ou de combats surgiront à la fois. Si, dans des circonstances données, ces qualités ont leur prix, si elles sauvent quelquefois l'individu, elles sont en général pleines de danger en face de l'ennemi. Mais rien n'eût été plus dangereux en Afrique; car l'Arabe a précisément des côtés analogues. Appelé à chaque instant à défendre ses troupeaux, son douair, sa tente, il est habitué à s'inspirer du péril et à ne pas attendre la voix du chef. Où en serait-il si à toute heure il ne comptait pas sur la force et la rapidité individuelles, si à toute heure il n'était prêt à ne prendre d'avis que du salut?

Le Français, qui est l'assaillant, ne vit pas comme l'Arabe dans l'isolement du douair. De son côté, il y a une sentinelle commune toujours attentive, constamment éveillée. Cette sentinelle, qui ne doit pas dormir une seule seconde sous peine de mort, non point seulement pour un seul, mais quelquefois pour tous; cette sentinelle, c'est la discipline. Elle faisait la force des légions romaines; elle fait celle de nos régiments. Entendez dans cette colonne en marche, alors que l'ennemi est loin, les propos, les critiques, les saillies, les rires qui éclatent sur toute une ligne. Il y a là une foule d'intelligences d'élite, capables d'apprécier les ordres, d'en avoir leur sentiment, de le produire. Eh bien! le tambour a battu, le clairon a sonné, l'ennemi est présent. Aussitôt plus de paroles, plus de critiques : les plus indépendants tout à l'heure dans leur langage sont les plus obéissants. Le chef est tout; bons ou mauvais, ses ordres sont exécutés. Personne ne conteste, et encore moins ne recule. On murmurera peut-être après le combat, surtout si l'on n'est pas vainqueur, mais jamais pendant l'action.

Maintenant, que le chef disparaisse, que l'inférieur soit abandonné à lui-même, que le soldat ait à chercher son salut dans ses propres inspirations, n'en soyez pas en peine. Il se tirera de toutes les difficultés; il s'en tirera dans le combat comme il s'en tire dans la garnison, en route et au bivouac.

Là, qu'il ait appris un métier ou qu'il n'en ait pas, il les sait tous. Il est, selon la nécessité, terrassier, bûcheron, charpentier, tisseur, filateur, tailleur, cordonnier même. Rien ne l'embarrasse. A Médéah, les vieux zouaves se firent des matelas, du fil, préparèrent des peaux pour leurs chaussures. A Tlemcen, ils se fabriquèrent jusqu'à du tabac.

Et que de bon esprit comptant au milieu de toutes les privations! que de saillies! que de peintures piquantes et faites en un seul mot ou en une seule phrase! Lorsque le général Bugeaud, avec ses idées romaines, eut imaginé de faire porter aux troupes une partie de leurs vivres, si bien qu'il était à peu près impossible de combattre sans déposer les sacs, le soldat d'infanterie pesamment chargé se donnait à lui-même le surnom de soldat-chameau. Si encore, disait-il, on vous laissait les avantages *de la chose*; mais le soldat-chameau doit avoir des jarrets de cerf, un cœur de lion et... un estomac de fourmi! — Pauvre soldat! c'était tout bonnement le soldat-phénix qu'il définissait ainsi, et souvent on trouva cette merveille sur le sol de la France algérienne.

Toutes les qualités militaires mises de côté, on ferait un long et touchant recueil des actions dévouées qui ont été faites au sein de l'armée d'Afrique. Quelques-unes seulement sont devenues populaires, comme celle du trompette Escoffier, comme celle de Guichard sauvant son capitaine. Ces dévouements n'ont pas été isolés. Malheureusement ce ne sont pas les bonnes actions que l'on redit. On parle plus volontiers des mauvaises. Nous ne nous en plaignons pas; c'est l'honneur de la France que le mal soit de la sorte stigmatisé; mais il faudrait aussi tenir compte du bien; et à côté des massacres de Blidah et d'Ouarez-Eddin, à côté des exécutions terribles du général Pélissier, on ne devrait pas se permettre d'oublier la générosité déployée par nos troupes en tant d'occasions. Après la prise de la smala, elles partagèrent leur biscuit avec les prisonniers. Plusieurs fois, souvent même il y eut des enfants recueillis et adoptés.

On a surtout reproché à l'armée d'Afrique un système que la raison et l'humanité réprouvent, c'est celui des razzias.

La razzia n'est pas une invention française. Les Arabes l'ont employée de tout temps, même du temps de la Bible. Ils en firent usage contre les premières tribus qui se soumirent à nous. On les leur reporta en représailles.

« Le fait le plus fréquent et presque quotidien de la vie arabe, dit le général Daumas dans un livre que nous avons déjà cité, c'est la razzia. La gloire est une belle chose sans doute, ajoute le célèbre écrivain, et à laquelle on a le cœur sensible dans le Sahara comme partout ailleurs. Mais là on met sa gloire à faire du mal à l'ennemi, à détruire ses ressources en augmentant les siennes propres. La gloire n'est pas de la fumée, c'est du butin. Le désir de la vengeance est aussi un mobile; mais est-il plus belle vengeance que celle de s'enrichir des dépouilles de l'ennemi?

» Ce triple besoin de gloire, de vengeance et de butin ne pouvait trouver pour se satisfaire un plus expéditif ni plus efficace procédé que la *razzia* (incursion), envahissement par la force ou la ruse du lieu occupé par l'ennemi, du dépôt de tout ce qui lui est cher, famille et fortune.

» Les razzias sont de trois sortes :

» Il y a d'abord la *téhha* (proprement le *tombement* : du verbe *tahh*, il est tombé); elle se fait au point du jour *(fedjeur)*. Dans une *téhha*, on n'est pas venu pour piller, on s'est rué pour massacrer; on ne s'enrichit pas, on se venge.

» Puis la *khrotefa*, qui a lieu à (*el dasseur*) deux ou trois heures de l'après-midi. C'est la rapine.

» Et enfin la *terbigue* ; ce n'est pas la guerre, ce n'est pas un coup de bandit ni de brigand, ce n'est guère qu'un tour de voleur tout au plus. La *terbigue* se fait à *nous el leïl*, à minuit. »

Avons-nous besoin de dire que jamais nos troupes ne firent des razzias d'aucune de ces trois sortes? Ce n'a jamais été dans une vue de butin ou de massacre qu'elles en ont entrepris. Si dans des circonstances exceptionnelles elles se sont nourries aux dépens de l'ennemi, la plupart du temps, presque toujours, elles ont abandonné aux contingents alliés le butin fait sur leurs concitoyens. Ce que l'on a voulu de notre côté par la razzia, c'est forcer l'Arabe à soumission : ça a été une sorte de loi martiale, très-mauvaise assurément; mais ce n'a jamais été que cela.

D'ailleurs il ne faut pas croire qu'au sein même de l'armée d'Afrique le système de la razzia n'ait pas soulevé les plus vives protestations. Eugène Cavaignac, dans ses observations sur la régence d'Alger en 1843, écrivait ce qui suit : « Ce n'est point par des apparitions périodiques au milieu des Arabes que l'on peut espérer les réduire. Ces épisodes de guerre ne sont bons, tout au plus, si rien ne leur succède, qu'à entretenir la haine de ce peuple et à aiguiser ses appé-

tits belliqueux. Ce serait nous présenter à eux comme les plagiaires de leurs précédents maîtres, avec moins de résolution et de force. L'hostilité permanente est un acte d'un autre siècle; et puisque nous avons rendu la guerre nécessaire, elle doit perdre au moins ce caractère agressif qui l'éterniserait. En usant de nos armes, nous ne devons avoir pour but que de prévenir, par un déploiement de forces imposant, une guerre de détail qui ne produit que des massacres et ne promet aux Arabes que des malheurs, au lieu d'être l'appui d'une politique pacifique et protectrice du travail. »

Ce que disait Eugène Cavaignac était répété par les meilleurs esprits de l'armée. Des officiers de la plus haute distinction signalèrent souvent comme monstrueux le système des razzias.

Dans tous les cas, la faute doit remonter à ceux qui en ordonnèrent l'application; et non au soldat, lequel dut obéir. Quand il fut bien commandé, le soldat en Afrique ne recourut jamais au pillage. Il se maintint exactement dans les liens les plus étroits de la discipline. Ce fait n'échappa point aux Arabes, et partout où il se produisit nous eûmes des alliés fidèles. Nous citerons la longue et laborieuse expédition que dirigea le général Marey; le soldat y fut exemplaire.

« Il n'a pas été, dit le général dans son rapport, porté une seule plainte contre nos soldats; leur discipline a fait l'admiration de tout le pays, qui avait toujours vu les camps du bey et d'Abd-el-Kader piller les maisons, les jardins, et tous les gens qui ne pouvaient se défendre. A Aouta, notre bivouac était placé contre les murs délabrés de jardins où se trouvaient de beaux arbres, des légumes, de l'orge et des blés mûr; on manquait de bois et de vert : cependant les propriétés furent complétement respectées. L'impression laissée dans le pays par notre opération a été certainement celle d'une organisation sociale et militaire supérieure, ayant une grande puissance d'ordre et de discipline envers nos sujets, devant être fort à craindre pour nos ennemis... A Tedjemont, où nous parûmes d'abord, tout le monde voulut s'éloigner; il fallut toute l'autorité du kalifa pour rassurer. Mais quand on vit que les propriétés étaient respectées, que nul n'était maltraité, que tout était payé exactement, que nous avions une mission non de destruction, mais d'ordre, personne ne songea à fuir. »

Mais, pourquoi ne pas s'exprimer avec franchise? l'armée d'Afrique, comme toute notre armée, a éprouvé un grand malheur : elle a été mêlée à nos luttes politiques; elle a été un instrument social. Elle a sauvé, puis elle a servi à détruire une république. Si d'aventure elle eût pu rester neutre, personne ne contesterait ses services.

Il faut aussi, pour juger nos soldats combattant sur le sol algérien, tenir compte des éléments dont furent composés quelques corps de l'armée d'Afrique. Lorsqu'au dehors d'une grande nation il se fait une guerre longue et considérable, les aventuriers y courent; et il ne faut pas se le dissimuler, en général l'aventurier est brave. Il sert bien, mais il faut pour le dompter une discipline de fer; pour l'entraîner, il faut être encore plus brave que lui. Le colonel Noël, au retour de l'expédition de Tébessa, n'eut d'autre moyen de se rendre maître de ses chasseurs que de charger hors de son tour, et pour ainsi dire hors de son grade, avec eux.

Mais de tels hommes se retiennent difficilement après la victoire. Toutefois, nous en sommes persuadé, avec un autre système de guerre il en eût été partout de nos soldats comme de ceux de la colonne du général Marey. La cruauté n'est pas dans leurs âmes; elle ne passera pas dans les mœurs militaires. Les laboureurs de la douce Touraine, les vignerons de la Bourgogne, les Bretons, dont le regard est toujours tourné vers le pays; les cultivateurs de l'Alsace, les laborieux enfants de l'Auvergne et du Limousin, toutes les recrues de France en un mot, sont d'une origine bonne et civilisée. Les excès ne sont chez eux que les accidents d'un mauvais commandement. Ainsi que l'écrivait Duvivier dans sa *Solution de la question d'Algérie*, les bulletins officiels, les rapports qui ont tiré vanité des récoltes détruites, des arbres coupés, des villages incendiés, resteront à tout jamais comme pièces accusatrices. Mais seulement, ajoutons-nous, contre ceux qui les ont rédigés. Maintenant, un autre système était-il possible avec des ennemis qui n'en avaient pas d'autre?

Grand problème! problème à faire détester la civilisation, si vraiment elle ne peut être répandue au sein d'un peuple déjà formé, que par le fer et le feu!

N'essayons pas de le résoudre, et reportons plutôt nos regards sur les rangs inférieurs de notre armée d'Afrique.

Une des plus belles choses descriptives qui aient jamais été écrites est le *Traité de la chasse au lion*, par Jules Gérard. Poésie grandiose, style à la fois concis et large, images pittoresques, saisissantes, tout ce qui constitue l'écrivain de génie, est là renfermé en quelques pages.

Un simple sergent du génie, Henri Lardy, qui n'a pas eu comme Gérard le bonheur de franchir les premiers degrés de la hiérarchie, et qui commande aujourd'hui, comme sergent d'infanterie de marine, le poste de la Trinité dans les Antilles, a relevé les ruines de Tébessa, suivant les expressions du savant Letronne, de façon à désespérer nos meilleurs architectes et à rendre fiers nos officiers les plus instruits,

Nos administrations publiques, celles des chemins de fer sont, dans les rangs subalternes, peuplées d'anciens sous-officiers d'Afrique. Ce sont les meilleurs employés.

Que d'hommes de lettres, que d'artistes distingués ont fait leurs premières armes dans les zouaves ou dans les spahis! Que d'honorables chefs d'entreprises, que de dignes chefs d'atelier ont appris à cette école de discipline l'ordre, le travail et l'économie!

Puisque nous parlons de zouaves et de spahis, disons un mot de ces corps célèbres, qui furent d'autant plus utiles à la conquête, que les Arabes mêlés parmi eux annonçaient par leur seule présence que toute la conquête n'était pas à faire. Le général Bourmont prit à la solde de la France une partie des anciens cavaliers du dey. On les appela les mameluks. Les mameluks augmentèrent promptement en nombre, et après l'expédition de Médéah ils formèrent deux escadrons que l'on nomma chasseurs algériens. Un peu plus tard, à Bone, le général Monck d'Uzer organisa un autre escadron d'indigènes auxquels on donna le nom d'*otages*. Pareille institution eut lieu dans la province d'Oran.

A mesure que notre conquête se fortifia, le nombre des indigènes qui voulurent servir sous nos drapeaux alla en devenant chaque

capitaine inclusivement, le grade supérieur après deux ans de service en Afrique. On ne tint pas cette promesse, mais les chasseurs tinrent tout ce que l'on s'était promis d'eux.

Nous aurions encore à parler ici des bataillons d'infanterie légère d'Afrique, de la légion étrangère. Leurs services, peut-être moins brillants que ceux des corps indigènes, n'en furent pas moins réels.

On comprendra l'utilité de ces derniers quand on aura le secret de la pensée qui présida à leur formation.

« Si l'on avait voulu, disait un homme spécial, si l'on avait voulu seulement de braves soldats, nul doute que les régiments français n'eussent parfaitement et préférablement rempli cette mission. Mais on s'était de plus proposé, en instituant les zouaves et les spahis, de faire servir à la conquête une partie de cet élément arabe qui déjà, avant nous, vivait de la guerre. On voulait de plus y mêler des Français, qui, vivant avec les Arabes, s'instruisant dans leurs mœurs, dans leur langue, découvrant tous leurs petits secrets, deviendraient une véritable pépinière d'interprètes, d'administrateurs, d'hommes essentiellement utiles à la cause française en Algérie. Il n'était pas mal non plus d'imiter les Romains, en s'assimilant les armes et la manière de combattre des ennemis.

Prise de la smala d'Abd-el-Kader. — 16 mai 1843.

jour plus considérable. On songea à leur donner une organisation régulière, et, le 10 août 1834, le lieutenant-colonel Marey reçut à Alger le commandement de quatre escadrons de spahis. Deux autres escadrons furent mis à Bone sous les ordres du chef d'escadron Jusuf. On en constitua bientôt quatre autres à Oran. Les escadrons d'Alger furent ensuite portés à six, et ceux de Bone à quatre. En 1839, le gouvernement ordonna qu'un de ces escadrons fût attaché à chaque régiment de chasseurs d'Afrique. Cette ordonnance ne fut pas exécutée. Une autre ordonnance répartit en vingt escadrons toute la cavalerie dite indigène. Dix-huit de ces escadrons formèrent en 1845 trois régiments distincts.

Les zouaves sont les contemporains des spahis. Ils datent comme eux de 1830. En ce temps-là, le général Clausel chargea le commandant Maumet de recueillir et d'organiser un premier bataillon d'infanterie indigène. On appela les soldats de ce bataillon les zouaves du nom de la célèbre tribu montagnarde des Zouaouas, que leur pauvreté forçait à fournir des fantassins aux troupes du dey. Duvivier organisa un second bataillon qui reçut le même nom. Les deux bataillons furent, en 1832, réunis en un seul, sous le commandement de cet homme remarquable, qui légua bientôt les zouaves au commandant Kall, puis au capitaine de la Moricière. D'autres bataillons de zouaves furent ensuite créés; nous citerons particulièrement celui qui se composa des volontaires, défenseurs du méchouar de Tlemcen sous Cavaignac. Les zouaves formèrent ensuite des régiments, comme les spahis.

Les chasseurs d'Afrique ne doivent pas être oubliés à côté de leurs compagnons de combat. On les forma en novembre 1831. Ils ne pouvaient se recruter que parmi les Français. L'ordonnance du 17 novembre garantissait aux officiers qui y entreraient, jusqu'au grade de

Comme ces corps devaient, précisément à cause du mélange des deux races, toujours servir d'avant-garde et d'éclaireurs, chacun de nos officiers voulut passer par les zouaves ou par les spahis. Duvivier, la Moricière, Cavaignac, le Flô y passèrent les premiers. Là les plus grands noms côtoyaient les noms les plus obscurs. A Caroubet-el-Ouzeri le vieux sergent Razin mourut avec le jeune fils du duc d'Harcourt. Ce dernier fut tué comme il arrivait le premier pour reprendre une position. Le vieux sergent Razin accourut pour le venger. Son fourrier le suivit, un brave dont nous regrettons de ne pas savoir le nom. Mais Razin n'avait plus depuis longtemps ses jambes de vingt ans, le fourrier le devança bientôt. — Ah çà! lui crie Razin, est-ce que le conscrit aurait la prétention de passer devant son ancien! fais place, et vivement! Le fourrier se rangea; mais à peine fut-il derrière, qu'une balle frappa le sergent. — Me voilà devant, mon pauvre vieux! lui dit en passant le fourrier; mais il tombe à son tour. Un des zouaves voulut le relever. — Occupe-toi de Razin, lui dit-il, je me sauverai bien seul. Le zouave relève son sergent, et au même instant est, comme lui, frappé à mort. Le fourrier rampe alors sur ses mains, détache la croix du vieux brave, et, laissant un long sillon de sang dans les broussailles, il vient remettre au commandant la croix du mort. — Je n'ai pu rapporter que cela, lui dit-il. En effet, un de ses bras pendait horriblement mutilé [1].

Cavaignac, grand jusque dans les actions les plus simples, réunit d'Harcourt et Razin, le duc et le vieux routier de guerre, dans une même et courte oraison funèbre. « Dans la journée du 10 novembre, écrivit le commandant à l'ordre du jour du bataillon, le jeune Richard d'Harcourt, sous-lieutenant au corps, et le vieux sergent Razin, de la

[1] Voyez ce fait raconté par M. le comte de Castellane, page 78.

quatrième compagnie, sont morts en abordant l'ennemi et en devan-çant les plus braves. Le lieutenant-colonel recommande leurs noms à la mémoire des officiers, sous-officiers et soldats du corps. Il les donne aux jeunes gens pour exemple et pour glorieux modèles. »

Les spahis, arme plus spéciale que les zouaves, comptèrent peut-être moins d'illustrations; mais ils furent également utiles. Les Montauban, les d'Allonville, les Joussouf-Bey, les Dubarrail, les de la Rochefoucauld ne sont pas des noms à dédaigner. Bedeau passa par la légion étrangère. Une foule d'officiers distingués ont figuré aux chasseurs d'Afrique.

Les corps indigènes n'ont point, du reste, tout grand que fût leur mérite, fait pâlir le renom de tant de beaux régiments d'infanterie de ligne ou légère qui ont laissé le plus pur de leur sang sur la terre d'Afrique. Faut-il nommer le 3e, le 29e, le 38e, le 9e, le 35e, le 21e, le 20e, le 66e de ligne, le 47e, le 17e de ligne, le fameux 2e! Faut-il nommer encore le 23e, le 58e, le 1er, le 41e, le 56e de ligne, le 13e léger, le 58e, le 26e de ligne, le 19e léger, le 43e, le 53e, le 58e, le 32e, le 41e de ligne, le 6e léger, et tant d'autres qui sont successivement désignés aux bulletins de l'armée!

C'est au 26e et au 4e de chasseurs d'Afrique qu'appartenait cette poignée de soldats qui combattit entre Bou-Farick et Beni-Mered contre une nuée d'Arabes, et dont le gouvernement a perpétué le souvenir par un obélisque portant cette inscription : *Aux vingt-deux braves de Beni-Mered.* Là se trouvaient Leclair, Giraud, Clie, Beal, Lecomte, Laurent, Boursier, Michel, Laricout, Bire, Girard, Estal, Marchand, Monnot, tous soldats du 26e, sous le commandement du sergent Blandan.

N'oublions pas non plus de mentionner ici les services obscurs peut-être, mais que l'on ne prisera jamais assez, ceux du génie, ceux du corps médical militaire, ceux de l'artillerie.

Mais reprenons le récit général de notre conquête de vingt ans.

CHAPITRE XXV.

Le Maroc. — Abd el Kader et Abd-er-Rhaman. — La politique anglaise.

On ne saurait trop admirer, on n'a peut-être pas su assez craindre le génie d'Abd-el-Kader. Le fils de Lalla-Zohra n'a plus temporairement de ressources en Algérie. Nos colonnes mobiles lui ont tout pris, villes et tentes, ressources et influence. Les chefs nationaux, fatigués de ses continuelles défaites, ne veulent plus agir, ou n'agissent plus que languissamment en sa faveur. Beaucoup se sont tournés du côté de la France. En vain il a cherché à se refaire une force aux extrémités du côté du désert. On l'y a poursuivi, on l'y a détruit. Il n'est plus rien qu'un grand nom. Mais tout cela peut changer si l'émir en a la volonté, et si le dieu de sa croyance vient en aide à son patriotisme et à son ambition.

En effet, rien de plus mobile que le caractère arabe. Un événement heureux peut le soulever de nouveau contre la France. Par exemple la province d'Oran confine à un empire immense, en état de mettre sur pied cent mille soldats; que cet empire, au nom de la religion, au nom de la politique, se déclare pour la cause arabe en Algérie, ou que cet empire prenne seulement, d'une manière décidée, une attitude hostile à la France : aussitôt les tribus oranaises, celles de Tittery, celles des Kabylies, celles de Constantine même, remuent, agitent, se soulèvent peut-être. Qui affirmerait ce qu'il adviendra de ce nouveau soulèvement? Abd-el-Kader commence à connaître la politique européenne; il sait que la France a des ennemis qui ne la voient pas s'agrandir sans jalousie. Or, l'empire dont nous venons de parler, se déclarant pour la cause arabe en Algérie, il doit, dans

la pensée profonde d'Abd-el-Kader, se produire deux faits : ou le Maroc, car c'est du Maroc qu'il s'agit, ou le Maroc sera vainqueur, et alors les Français perdant tout leur prestige, l'émir regagnera le sien, ou le Maroc sera vaincu, et alors la France ira en avant dans sa conquête; elle se fera de nouveaux ennemis en Afrique, et ses ennemis d'Europe, de plus en plus jaloux, lui déclareront la guerre. Alors elle sera forcée de dégarnir ses nouvelles possessions. De toutes façons donc la nationalité arabe sera sauvée.

Raisonnement puissant, et dont la logique devait échouer à la fois contre la fortune de nos armes et la faiblesse de notre diplomatie.

Outre ce raisonnement, Abd-el-Kader pouvait former un autre projet.

En ce temps-là, de violents dissentiments politiques et religieux agitaient les populations du Maroc. Quels que fussent les événements, victoire ou défaite, l'émir ne pouvait-il pas profiter de ces dissentiments pour se faire, à l'ouest de l'Afrique, une position que sa patrie lui refusait ?

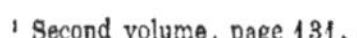

Abd-el-Kader.

L'ancien sultan de la plaine d'Egrhis y pensa; ce fut même par là qu'il semble avoir commencé.

Depuis longtemps, il entretenait des relations avec le Maroc. Déjà cette puissance lui avait fourni, comme à un coreligionnaire, toutes sortes de secours et de ressources durant sa bonne comme durant sa mauvaise fortune. Nos prisonniers, au temps où il relevait Tagdempt, virent souvent arriver à son camp des convois marocains, et c'est en vain que l'on a nié officiellement le fait.

« On a dit qu'Abd-el-Kader ne tirait de l'empire de Maroc ni argent, ni poudre, ni effets d'habillement, ni biscuit, ni armes, écrivait M. de France en 1837[1]. Les renseignements recueillis à Maroc sont contredits par les faits que Maurice et moi avons vus de nos propres yeux. »

Le 7 août 1836, il est arrivé de Maroc au camp d'Abd-el-Kader un convoi apportant des chemises, des calottes, des babouches, des culottes et des capotes pour six cents hommes.

Le 15 août, il est arrivé un convoi de quinze chameaux chargés de poudre et de balles venant de Maroc.

« Lorsque le dernier convoi eut été déchargé, ajoute M. de France, Ben-Faka me fit appeler, et me dit en comptant les ballots que des esclaves emportaient dans les magasins : Regardez si le sultan n'est pas grand! Sa puissance s'étend au loin. Ses alliés ne l'abandonnent pas. »

Ailleurs, le captif d'Abd-el-Kader dit encore que toutes les fois que les Arabes voyaient arriver au camp un convoi du Maroc, ils laissaient éclater leur allégresse, et rendaient au chef de la caravane les mêmes honneurs qu'à l'émir.

Celui-ci pouvait donc, avec raison, espérer que cette bonne alliance pourrait devenir plus étroite, et se changer en un appui plus considérable et plus décisif.

Il ne se trompait pas.

Il se trompait d'autant moins, que la politique anglaise était fort opposée alors à celle de la France. Les Anglais, qui vendent des fusils à tout le monde, ne se contentaient pas d'en avoir vendu à l'émir. Il est positif que leurs intrigues excitaient alors le Maroc à se mêler de la guerre des Arabes avec la France. La conquête était devenue nationale chez nous; l'Angleterre l'avait nécessairement prise en haine.

Appuyé par le cabinet de Saint-James, le Maroc n'était pas une puissance à dédaigner. Plaçons ici quelques détails sur cet empire.

Les musulmans n'appellent pas, comme nous, Maroc l'empire qui

[1] Second volume, page 131.

s'étend sur la côte nord-ouest de l'Afrique; ils lui donnent le nom de Belad-moula-Abd-er-Rhaman, c'est-à-dire pays du seigneur Abderame. Cet empire se divise plutôt historiquement que politiquement en deux royaumes, ceux de Fez et de Maroc. Le premier a pour capitale Fez, et pour villes principales Tanger, Tétouan, Larach, les deux Saleh, etc., etc. Les premières cités du second sont Maroc ou Marach, Mogador, Aghader, Tarou-Dan, Tafileh, Draha, Akkaha et Tartah. Mogador est la propriété personnelle de l'empereur, qui tire ses plus gros revenus des monopoles commerciaux et des douanes. Cette ville, dans cette seule spécialité, rapporte 700,000 piastres à elle seule, et Tanger 400,000.

L'Atlas, que l'on y appelle Djebel-Dyris, avec ses ramifications, parcourt le Maroc du nord-est au sud-ouest. Ses cours d'eau les plus renommés sont la Malouïa, qui se rend à la Méditerranée après avoir reçu la Taffna et l'Isly, le Sebou, la Morbeja, le Tensiff, qui affluent à l'Océan; la Draha, le Siz, qui se perdent l'un dans les sables, l'autre dans le lac du Siz.

Sous le rapport géographique, le Maroc se partage en trois régions, celle de l'Atlas, le Riff ou massif méditerranéen. C'est là que s'élèvent Meknès, Fez, Maroc, Ouezzan, Souïra ou Mogador, Mazagan, Slà ou Saleh, et Rbat ou Rabat. La troisième région est la région transatlantique ou de Gezoula, qui comprend le pays des Sous, celui de l'Oued-Noun et le pays des Oasis.

Historiquement le Maroc correspond à la Mauritanie Tingitane. La dynastie actuelle est une branche de la dynastie des scheriffs, fondée par Mohammed-ben-Ahmet au commencement du seizième siècle, et affermie en 1578 par la bataille d'Al-Kasar, où périt Sébastien de Portugal.

Si cette puissance ne s'était pas montrée aussi terrible sur la mer que les corsaires d'Alger, elle n'en avait pas moins, comme ceux-ci, forcé l'Europe à un tribut. Tous les États européens, sauf la France, la Russie et la Prusse, lui payaient des présents annuels. L'Espagne payait 1,000 douros chaque année, et 12,000 aux changements de consul; l'Autriche donnait 10,000 sequins par an; la Hollande, le Danemark, la Suède versaient au trésor du scheriff qui 15,000, qui 25,000, qui 20,000 douros annuels. Les États-Unis envoyaient environ pour 15,000 dollars de présents. La fière Angleterre avait à elle seule enrichi le Maroc de 2 millions en vingt ans. Seule, elle a, dit-on, continué à verser le tribut déguisé sous le nom de cadeaux ministériels.

Seize mille hommes soldés formaient la force régulière ou le maghzen de l'empereur de Maroc quand Abd-el-Kader se tourna vers lui. Ce maghzen comprenait d'abord la garde des scheriffs, composée de quinze cents Ondaïas ou Arabes choisis du désert, de quinze cents Abid-Bokaris, nègres renommés pour leur haute stature et leur force herculéenne, et combattant à pied, et deux mille cavaliers choisis avec soin parmi les meilleures tribus nègres combattant à cheval. A cette garde s'agrégeait quatre mille réguliers de cavalerie et neuf mille réguliers d'infanterie. Les tribus fournissaient en outre au premier appel de nombreux contingents. Les places fortes, surtout les places maritimes, étaient abondamment pourvues d'une assez puissante artillerie et servies par des Topchis constamment exercés. On n'évaluait pas le nombre de ceux-ci à moins de deux mille.

Telle était la puissance du côté de laquelle l'ancien sultan de Mascara tournait maintenant ses espérances.

Pour que ce dernier espoir ne le trompât point, il agit avec une suprême habileté.

S'adresser au divan du Maroc n'eût peut-être pas été prudent. Abd-el-Kader n'était pas sans savoir qu'un traité [1] fort important liait les scheriffs et la France. En effet, il y en avait un qui disait : « En cas de rupture entre l'empereur de France et les régences d'Alger, Tunis et Tripoli, l'empereur de Maroc ne donnera aucune aide ni assistance auxdites régences en aucune façon, et il ne permettra à aucun de ses sujets de sortir ni d'armer sous aucun pavillon, pour courir sur les Français; et si quelqu'un desdits sujets venait à y manquer, l'empereur le châtiera et répondra des dommage causé par son sujet. » On avait souvent parlé de ce traité à l'émir pour s'excuser de ne point se déclarer ouvertement pour lui.

Abd-el-Kader ne s'adressa donc pas directement au gouvernement marocain. Affilié à la principale des sectes religieuses qui du Maroc avaient reflué sur la province d'Oran, il alla chercher un refuge dans les massifs du Riff. Son arrivée fut bientôt connue des montagnards. Les marabouts, les chefs de tribus le vinrent visiter. Il leur parla avec cette éloquence qui l'a rendu si fort contre ses ennemis. Il leur raconta la guerre de destruction que le général Bugeaud faisait aux champs, aux figuiers, aux oliviers, aux troupeaux, aux moissons. Bien sûr, les Français ne s'arrêteraient pas à la frontière oranaise; ils la passeraient bientôt, et le Riff serait exposé à la même guerre que les plaines de Mascara et de Tlemcen. Alors, il n'y aurait plus ni paix, ni trêve pour l'islamisme; les chrétiens le chasseraient de l'Afrique. Ces discours enflammèrent bientôt les sauvages Riffains. Ils nourrirent l'émir, l'accablèrent de présents, s'offrirent en foule pour marcher sous ses ordres.

[1] Celui de 1767.

Les voyant ainsi disposés, Abd-el-Kader écrivit à Abd-er-Rhaman. Il lui représenta que les habitants du Riff n'avaient jamais bien été soumis aux empereurs; qu'ils étaient les Kabyles du Maroc. Il s'offrit pour les dompter et pour les civiliser. Quant à lui, il promettait la plus entière docilité aux ordres du scheriff, et ne demandait pour récompense que le titre de kalifa.

Une circonstance particulière donnait à Abd-er-Rhaman le droit de s'occuper des affaires d'Abd-el-Kader. L'empereur de Maroc, que l'on nous pardonne la comparaison, est le pape de l'Afrique musulmane, et dans l'islamisme la politique et la religion sont intimement unies. La dynastie du sultan puise une autorité exclusive en son titre de scheriff ou de descendant de Mahomet. Ce n'est pas tout; dans les cérémonies annuelles du pèlerinage de la Mecque, c'est l'empereur de Maroc qui représente l'Afrique. Ses drapeaux y sont portés comme étant ceux de l'islamisme africain.

La demande si habile de l'émir fut appuyée à Maroc par les agents de l'Angleterre. Abd-er-Rhaman s'y refusa longtemps. Il craignait de rompre avec la France; il redoutait aussi, vu l'état des esprits dans son empire, d'y introduire un homme comme Abd-el-Kader, qui déjà, lors de la chute des beys, l'avait, par le fait, empêché de s'étendre sur la province d'Oran. Enfin les instances de l'Angleterre l'emportèrent. Il investit l'émir par les armes et les drapeaux d'usage. Mais Abd-el-Kader n'avait pas attendu. Il s'était mis en possession du kalifat, il en exerçait toute l'autorité, et de là, il entretenait des correspondances avec ce qui lui restait de partisans en Algérie; il leur promettait une armée du Maroc. Cette armée était annoncée dans la Kabylie quand Bugeaud attaqua les Flissahs.

La situation, comme on voit, devenait grave pour la France. Le traité de 1767 était rompu. Nos envoyés réclamèrent près d'Abd-er-Rhaman. Mais la diplomatie maure, turque ou arabe, a toujours été la première diplomatie du monde. On répondit par des protestations d'amitié très-vive. On se rejeta sur la force des choses. On objecta en particulier que ce n'était pas le Maroc qui avait le premier transgressé les vieux arrangements. C'était la France qui, en s'avançant chaque jour davantage dans la province d'Oran, avait foulé la première ses pieds un territoire relevant de l'autorité des scheriffs. Un nouveau traité devenait donc nécessaire, et pour conclure avec fruit ce traité nouveau, il fallait commencer par décider ce qui dans la province d'Oran devait appartenir au Maroc, et ce qui devait appartenir à la France.

Abd-er-Rhaman alla plus loin. Deux causes le portèrent en avant. La première fut l'envie d'être agréable à la démocratie religieuse de son empire; la seconde fut l'influence de l'Angleterre. Il s'imagina, sur quelques propos diplomatiques peu certains, que cette puissance interviendrait entre lui et les Français. En conséquence, il ordonna à une partie de ses contingents de se porter sur la frontière oranaise pour appuyer le traité de délimitation. Le général de la Moricière qui commandait la province de l'Ouest faisait alors construire sur cette frontière le fort de Lalla-Maghnia. Il vint aussitôt camper, avec ce qu'il avait de troupes disponibles, en face de ces contingents, parmi lesquels Abd-el-Kader se montra également, entouré des hommes qu'il avait recrutés chez les Riffains, et de ceux qui de divers points de l'Algérie commençaient à le venir rejoindre.

Il était évident qu'une guerre allait commencer, si l'on ne frappait pas un coup terrible pour l'arrêter au début. Tout était en question. Un demi-succès seulement, et l'émir, entraînant à sa suite une partie des Berbères du Riff, débauchant peut-être des bataillons du Maghzen des schériffs, se précipitait de nouveau sur l'Algérie.

L'Angleterre n'en doutait pas; elle observait avec une joie mal dissimulée.

CHAPITRE XXVI.

Négociations armées du général la Moricière et du général Bedeau. — Ouchda, Tanger, Mogador, Isly. — Le prince de Joinville.

J'ai été républicain sous le régime monarchique, et mes opinions ont survécu à la chute de la république; cependant je ne puis me défendre d'un vif sentiment de douleur quand je me trouve en face de certaines pages de la guerre d'Algérie, et que de ces pages mon souvenir se reporte naturellement à cette maison si triste de Claremont. Quoi! tant de brillants fils n'ont pu retarder d'une heure la chute d'une dynastie! Quoi! tant de gloire acquise, tant de services rendus par eux n'ont pas même sauvé de l'exil ces jeunes princes qui voulurent mêler leur sang au sang plébéien de nos soldats; ces jeunes généraux qui, nés d'un roi, s'identifiaient si bien avec la nation, que l'armée caressait comme des idoles, et auxquels un si magnifique avenir semblait réservé !

Après le duc d'Orléans, dont la mort fut le triste présage de la chute paternelle, après l'aristocratique commandant des troupes d'attaque de Constantine, après le rapide vainqueur d'Aïn-Tagguin, voici venir maintenant une autre figure princière, c'est celle du prince de Joinville. Celui-là aussi se montra à la hauteur de son rang. Brave de sa personne comme ses frères, populaire comme eux depuis surtout qu'il avait ramené en France les cendres de Napoléon, le duc de Joinville possédait de plus que ses frères l'esprit politique. Vivant avec des gens sérieux, — les marins le sont, — il avait appris de bonne heure à réfléchir, et il réfléchissait prématurément avec une sorte de sagesse. Il connaissait en outre très-bien son métier. La Providence le destinait, lui aussi, à être un des soutiens et un des ornements du nom français. Mais avant de dire ce qu'il fit, il est nécessaire de revenir au fort de Lalla-Maghnia.

Le général de la Moricière, en voyant Abd-el-Kader parmi les contingents marocains, sentait bouillir son sang de zouave; mais tous ceux qui l'ont connu ont pu le remarquer, la pétulance du vainqueur définitif de l'émir cache une prudence à toute épreuve, excepté à celle des manœuvres, que sa franchise ne saurait toujours deviner. Il n'aurait voulu, ni par une bravade inutile, ni par une action d'éclat, compromettre la France et engager la guerre. Il campait sur l'Oued-Mouïla, non loin de la frontière marocaine, et se contentait de négocier. Mais le pacha El-Gennaoui repoussa par son adroite diplomatie toutes les avances du général français, et se grossit chaque jour de nouveaux contingents. Il fut même, à la fin de mai (1844), rejoint par un prince de la famille impériale, Sidi-el-Mahmoun-Ben-Chériff. Celui-ci vint camper à Ouchda. Sa présence enflamma les troupes marocaines déjà postées sur la frontière; elles sortirent de dessous leurs tentes, et vinrent inquiéter les travailleurs de Lalla-Maghnia. Pour le coup, la Moricière n'y tint plus. Il quitta ses tentes à son tour. Les fusils partirent d'un côté, et répondirent de l'autre; mais les Marocains n'étaient ni assez forts ni assez habiles pour tenir contre nos tirailleurs. Engagé à onze heures, le combat était fini à midi; un peu plus tard, Sidi-el-Mahmoun rejoignait en désordre le camp dont il avait eu l'imprudence de sortir.

Quoi qu'il en fût, la guerre était déclarée. Le maréchal revenait de son expédition de Kabylie; il était à Dellys, quand il apprit le combat d'Ouchda. Il s'empressa de partir pour la province d'Oran. Des renforts vinrent avec lui; d'autres furent amenés de France.

On ne continua cependant pas tout de suite les hostilités. La guerre avec le Maroc, c'était l'inconnu. Malgré son appétit de gloire et sa forfanterie gasconne, le maréchal Bugeaud ne voulait pas prendre cet inconnu sur lui. Il essaya de négocier avec Gennaoui, et, se méfiant peut-être du général qui avait combattu déjà sans son ordre, il chargea de ses pouvoirs le général Bedeau.

Peu de mots feront connaître cet officier.

Au passage du col de Mouzaïa, sous le prince royal, Bedeau commandait le 17e léger. Boitant d'une blessure qu'il avait reçue quelques jours auparavant, le nez mutilé par une balle qui venait de l'atteindre, le visage inondé de sang, il était resté debout au milieu de ses intrépides tirailleurs, qu'il animait du geste et de la voix. A diverses reprises, quand il les vit faiblir, il se mit à leur tête, et les reporta en avant. Les Arabes ayant abandonné leurs positions, Bedeau ne songea à lui que lorsqu'il fut sûr qu'aucun de ses soldats ne gisait plus ni blessé ni mort. Comme un capitaine qui ne quitte que le dernier son vaisseau naufragé, il ne voulut abandonner que le dernier aussi le champ de sa victoire. On ne le pansa qu'après tous les autres.

Le général Bedeau était donc un officier solide dans toute la force du mot, à la fois très-ferme et très-prudent. Il avait dans la province d'Oran partagé les principaux travaux du général la Moricière.

Il arriva à l'entrevue convenue à mi-chemin entre les deux camps, avec quatre bataillons. Le pacha Gennaoui y vint, suivi d'environ quatre mille cavaliers et de six cents fantassins.

Les Marocains se crurent en force. S'agitant, tourbillonnant, changeant de place malgré les ordres de Gennaoui, ils entourèrent bientôt nos bataillons. Ceux-ci ne sourcillèrent pas un seul instant, jusqu'à ce qu'un grand nombre de coups de feu fussent dirigés contre eux. Ils allaient répondre. Bedeau leur ordonna seulement de mettre l'arme au bras, et, rompant la conférence, reprit le chemin de Lalla-Maghnia.

Cette contenance froide produisit le plus grand effet sur les Marocains; mais au bruit du feu les contingents s'étaient réunis. D'un autre côté, deux officiers de Bedeau étaient partis à toute bride pour prévenir le maréchal. Celui-ci prit aussitôt quatre bataillons, dont les hommes ne portaient absolument que leurs armes, et il se dirigea avec eux pour soutenir son négociateur ou le venger au besoin.

Il le rencontra impassible, ne répondant pas même aux insultes des Marocains. Toute l'armée de ceux-ci le suivait, formant le demi-cercle autour des bataillons, et près de les déborder. D'un coup d'œil Bugeaud voit la situation; rien de facile à trouver comme cet arc de cercle formé par des éparpillements de cavaliers. Il n'y a qu'à faire faire volte-face aux bataillons que ramène Bedeau. Le dernier de ces bataillons se portera droit au cœur de la masse ennemie; les ailes feront nécessairement alors un mouvement en avant. Les autres bataillons disposés en échelons les recevront par un feu nourri, et la victoire est certaine. Aussitôt conçu, aussitôt accompli. La charge sonne, les bataillons s'ébranlent; comme l'a prévu Bugeaud, l'arc est divisé en deux parts, qui sont trouées à leur tour en vingt endroits. Alors on les poursuit, et une sorte de chasse s'organise. Elle dure trois heures.

Cette fois, il n'y avait plus guère à compter encore sur les négociations; mais tel était en ce moment-là le système de paix à tout prix, suivi par le ministère de sept ans, que le maréchal Bugeaud, ayant reçu à cet égard de véritables injonctions, essaya de renouer les conférences. Après une correspondance inutile, échangée entre lui et Gennaoui, il lui envoya une sorte d'ultimatum, dans lequel il eut le tort de se préoccuper beaucoup trop évidemment de l'émir, ce qui devait intéresser plus vivement encore les Marocains à la cause de celui-ci. Cet ultimatum était ainsi conçu :

« La France veut conserver la limite de la frontière qu'avaient les Turcs et Abd-el-Kader après eux. Elle ne veut rien de ce qui est à vous; mais :

» *Elle veut que vous ne receviez plus Abd-el-Kader* pour lui donner des secours, le raviver quand il est presque mort, et le lancer sur nous. Cela n'est pas de la bonne amitié, c'est de la guerre, et vous nous la faites ainsi depuis deux ans.

» Elle veut aussi que vous fassiez interner dans l'ouest de l'empire les chefs qui ont servi Abd-el-Kader; que vous fassiez disperser ses troupes régulières; que vous ne receviez plus les tribus qui émigrent de notre territoire, et que vous renvoyiez immédiatement chez elles celles qui se sont réfugiées chez vous. Nous nous obligeons aux mêmes procédés à votre égard, si l'occasion se présente. Voilà ce qui s'appelle observer les règles de bonne amitié entre deux nations. A ces conditions, nous serons vos amis; nous favoriserons votre commerce, et le gouvernement d'Abd-er-Rhaman, autant qu'il sera en notre pouvoir. Si vous voulez faire le contraire, nous serons vos ennemis. »

Cet ultimatum n'était pas habile; on y posait trop l'émir en cause de la guerre, en objet du litige.

Pendant ce temps Abd-el-Kader ne restait pas inactif. Ne voulant pas sembler être un embarras pour les généraux marocains, il entraîna avec lui ce qu'il put de contingents, et courut la campagne sur la frontière, châtiant cette tribu, soulevant celle-là, faisant parler de lui au loin.

D'un autre côté, Gennaoui ne répondit pas à l'ultimatum du maréchal. Celui-ci marcha sur Ouchda, s'en empara sans brûler une amorce, tandis que le général la Moricière se mettait en mesure de maintenir Abd-el-Kader, et de l'empêcher de pénétrer dans l'intérieur de la province d'Oran, où tous les postes étaient sous les armes.

L'émir, ainsi maintenu, se replia sur les forces marocaines, qui s'étaient reformées pendant les négociations. Gennaoui venait d'être remplacé par un ami personnel d'Ad-el-Kader, le kaïd Sidi-Hamida, sous les ordres supérieurs de Sidi-el-Mahmoun. L'ayant appris, Bugeaud marcha sur la haute Mouïla, tant pour se rapprocher de l'armée ennemie que pour offrir un point d'appui à des tribus que l'émir avait entraînées, et qui demandaient à revenir en Algérie. Les contingents du Maroc répondirent à ce mouvement par un autre mouvement en avant. Bientôt les deux armées furent à la distance de deux portées de canon.

Bugeaud n'était pas venu dans l'intention d'attaquer le premier, il attendit les tribus. Celles-ci venaient d'être arrêtées par ordre de Sidi-el-Mahmoun; le général français, jugeant dès lors inutile d'aller en avant, se retira.

Il y avait dans cette contre-marche un double piége : un piége politique et un piége militaire. Le piége politique était de mettre pour la troisième fois les Marocains dans leur tort en leur offrant une attaque facile. Le piége militaire consistait à les attirer à une affaire sérieuse par la facilité de cette attaque. Ils ne manquèrent pas de tomber dans l'un et dans l'autre. De même qu'après la conférence avec Bedeau ils suivirent le maréchal, entourant son arrière-garde d'un long arc de cercle. Les Français faisaient-ils figure de se retourner, les troupes de Sidi-el-Mahmoun en faisaient autant. Abd-el-Kader marchait parmi elles, les animant de la voix et de l'exemple. Quand il les vit en bonne position, Bugeaud ordonna la volte-face qui lui avait déjà réussi. En un instant tout fut balayé. Le maréchal arrêta la poursuite. La frontière oranaise n'était pas alors le seul théâtre de la guerre et des négociations avec le Maroc, et c'est ici que nous retrouvons François de Joinville.

Il fallait avant tout arriver à une satisfaction, l'honneur de la France y était intéressé. On ne pouvait guère espérer forcer l'empereur à la donner si l'on n'employait que des troupes de terre. Le duc de Joinville fut envoyé avec une escadre pour appuyer par sa présence, et au besoin par ses canons, les réclamations finales, que notre envoyé, M. de Nyons, était chargé de présenter à Abd-er-Rhaman.

La position de celui-ci devenait extrêmement difficile. La plus grande fermentation régnait dans les ports. Les populations voulaient la guerre; elles insultaient les Européens en attendant qu'elles les attaquassent. Pour gagner au moins du temps, Abd-er-Rhaman promit la punition des chefs de la frontière si la France, de son côté, voulait punir le maréchal Bugeaud. La condition était inadmissible. Le prince de Joinville veut en conséquence jeter l'ancre devant Tanger. Il ne pouvait rien entreprendre contre cette place tant que les Français qui habitaient la ville s'y trouveraient. Le gouverneur voulait s'en faire des otages. On eut toutes les peines du monde à les lui enlever. Les consuls étrangers quittèrent également Tanger. Ceux qui siégeaient dans les autres ports furent aussi recueillis par le prince.

Cette précaution prise contre le fanatisme musulman, notre envoyé, M. de Nyons, transmit au pacha de Larach, pour être porté à l'empereur, l'ultimatum de la France. La réponse ne se fit pas attendre; elle était conçue dans les mêmes termes vagues que les précédentes, et demandait toujours, en retour de la punition des kaïds de la frontière, celle du général Bugeaud. Quant à Abd-el-Kader, elle ne s'opposait pas à ce que les Français le prissent, s'ils pouvaient; mais elle ne promettait rien. On apprit en même temps que les troupes de la frontière oranaise allaient toujours en augmentant. Le fils de l'empereur lui-même était parti pour aller les encourager. De plus, l'attitude de l'Angleterre n'avait aucune franchise. Il était urgent de se décider. On était au 4 août, et la première attaque des Marocains datait du 6 mai. Le duc de Joinville avait assez fait preuve de prudence, il fit preuve de décision, et, comme le général Bugeaud, il n'attendit pas l'insulte pour y répondre.

Tanger est l'ancienne Tingis des Romains, elle est peu peuplée, mais bien fortifiée, et c'est là que résident les consuls européens. Quant à la force de ses ouvrages de défense, les Marocains apprirent bientôt ce qu'ils valaient. Que l'on se figure, sur le penchant d'une montagne nue, une enceinte flanquée de tours rondes et carrées, soutenue par des ouvrages de différents temps et de différents systèmes. Ces ouvrages sont surtout accumulés du côté du port. Là s'élèvent deux étages de batteries composées de soixante pièces de gros calibre et de huit mortiers battant sur le port. D'autres batteries flanquent à droite et à gauche le débarcadère. La baie est battue par six batteries rasantes en maçonnerie et fermées à la gorge. En tout, cent cinquante bouches à feu forment l'artillerie maritime de la place.

Le prince de Joinville vint, le 6 août, mouiller dans la rade, qui est aussi vaste et aisée que le port est étroit, peu profond et incommode.

A deux heures du matin, le branle-bas de combat retentit dans le silence des flots encore endormis. Une heure après, l'escadre se rangea dans l'ordre qui lui avait été assigné. Le *Suffren*, qui portait le jeune amiral, était au poste le plus rapproché des batteries ennemies. Le *Jemmapes*, sur la même ligne, faisait également face. En arrière, le *Triton* devait battre les portes de la ville. La *Belle-Poule* et les bricks le *Cassard* et l'*Argus* étaient opposés aux forts de la côte. Derrière cette belle ligne de bâtiments à voiles, s'étendait la ligne des bâtiments à vapeur, comme le *Véloce* et le *Gassendi*, prêts à porter secours à la première ou à l'aider dans ses mouvements.

Hors de la portée du feu, dans la rade, une division espagnole, un vaisseau anglais, de petits bâtiments de guerre suédois, sardes, américains, se disposèrent en même temps de façon à bien voir.

Joinville fit les choses comme à Fontenoy. Il attendit que les Marocains tirassent les premiers, et pour les y exciter, quand tout fut bien prêt, à neuf heures, par ses ordres, un coup de canon d'honneur éclata majestueusement. En même temps, à la tête de tous les mâts, le pavillon français fut hissé, et tous les vaisseaux lâchèrent leurs tonnantes bordées.

Les canonniers-bombardiers marocains étaient à leurs pièces; ils ripostèrent avec vivacité et avec adresse. Le feu dura une heure. Un nuage épais de fumée enveloppait le port et la rade; mais il était facile, aux éclairs qui traversaient cette nuit, de voir que progressivement le feu des Français prenait le dessus. Bientôt celui des Marocains eut moins d'ensemble et moins d'éclat, puis ne retentit plus que sur quelque points. L'amiral fit alors taire momentanément ses canons. Le nuage de fumée et de poudre devint moins considérable. On put rectifier le tir, et s'assurer du mal fait à l'ennemi; ce mal était immense. Des forts et des batteries de l'enceinte et des ouvrages qui bordent la ville, il ne restait plus que des décombres. Bientôt ce qui demeurait des batteries de la côte, fit ce silence qui annonce la défaite ou demande la grâce. Les vaisseaux français se turent à leur tour.

Alors la population croit à un débarquement. Des replis du terrain sortent des nuées de Kabyles qui se massent sur le rivage. On les balaye avec de la mitraille.

Cette terrible besogne de guerre accomplie, nos vaisseaux, comme s'ils eussent assisté à un simple exercice, se rallient avec autant de majesté que le matin ils s'étaient mis en ligne, et reprennent leur mouillage. Espagnols, Sardes, Américains, Suédois, battaient des mains à l'habileté de nos manœuvres, au sang-froid de nos officiers. Les marins du vaisseau anglais avaient, au contraire, dissimulé jusqu'à leur curiosité. On eût dit qu'ils ne donnaient aucune attention au bombardement du principal port de leur allié. Nos pertes étaient peu considérables; cependant le vaisseau amiral, le plus exposé de tous, avait reçu quarante-neuf boulets dans sa coque.

Le prince se dirigea aussitôt après sur un autre point de l'empire de Maroc, Mogador devait subir le sort de Tanger; mais, avant que nous racontions la destruction de ses ouvrages de guerre, il est nécessaire, pour se maintenir dans la chronologie, de revenir sur les frontières marocaines.

Voici assurément, sur les rives de l'Oued-Derfou, la plus charmante illumination qui se soit jamais vue dans ces contrées sauvages. De riants jardins anglais, faits du matin, s'étendent sur les deux rives du pittoresque ruisseau. Dans les allées, ce ne sont que brillants uniformes et vives causeries de combats. Aux branches des arbres sont suspendus tous les feux que l'artifice du soldat a pu s'imaginer. Sur des tables, le punch à la flamme bleue vacille, se rallume, colore tout autour de lui d'une façon étrange. C'est la fête avant le combat.

Mêlé à ses officiers, les animant, les éclairant de sa parole, Bugeaud est là qui explique à tous son plan du lendemain. On l'entoure, on l'applaudit, on lui jure de vaincre.

Au loin, le camp français, composé d'une multitude de petites tentes, après avoir longtemps contemplé cette fête, commence à s'endormir.

Puis bientôt les feux et les flammes des jardins s'éteignent. Il reste plus d'éveillé que les grand'gardes et le général, qui écrit en France pour y annoncer d'avance la victoire.

En effet, une grande victoire allait consacrer notre conquête de l'Algérie, et en imposer pour longtemps à toutes les jalousies. Cette victoire était bien désirable. Jusqu'ici, dans les diverses rencontres, les Marocains ne se regardaient pas comme battus, parce qu'ils avaient fui à temps, et qu'ils avaient perdu peu de monde. Leurs rassemblements ne se composaient plus de dix mille, mais de vingt-cinq mille hommes. Ils avaient au milieu d'eux un prince impérial. Ils ne prenaient même plus la peine de négocier, et posaient, eux aussi, leur ultimatum, qui était l'évacuation de Lalla-Maghnia. Dans leur camp, c'était un enthousiasme plus grand encore que dans le camp français. Les marabouts racontaient la bataille d'Al-Kasar, les champs blanchis par les ossements des soldats de Sébastien de Portugal. On voyait déjà la faible armée du maréchal dispersée, et jonchant de ses débris la frontière qu'elle avait osé franchir. De ce succès on courait à d'autres succès. On reprenait Mascara, Oran, et bientôt le drapeau des schériffs flottait sur Al-Djezaïr, sur Alger.

D'un autre côté, Abd-el-Kader mettait à profit chacune des journées que nous perdions à attendre. Si l'on tardait plus longtemps à prendre un parti, on pouvait craindre une révolte sur nos derrières.

Mais comment obtenir un engagement décisif avec des ennemis qui n'attaquent qu'à coup sûr?

Bien que les chaleurs fussent considérables, le général Bugeaud, après avoir reçu de la cavalerie légère de France, quitta ses bivouacs le 13, le lendemain de la fête dont nous avons parlé; mais, afin que les Marocains ne pussent avoir soupçon de ses intentions de leur livrer combat, il feignit un grand fourrage, à la faveur duquel il masqua ses mouvements. Le soir venu, on campa pour quelques heures, dans l'ordre même de la marche, en silence, et sans qu'aucun feu trahît la présence des soldats. Puis, aux premières lueurs avant-courrières de l'aube, on reprit la direction du camp marocain.

Après avoir traversé une première fois l'Oued-Isly, sur les huit heures du matin, on arriva sur des hauteurs que l'on appelle de Djarf-el-Akdar. De là, l'on aperçut les tentes marocaines et leurs pavillons. En avant, d'innombrables cavaliers se disposaient à attaquer l'armée assaillante lorsqu'elle aurait à franchir pour la seconde fois les sinuosités de l'Isly. Au milieu, dans une partie plus élevée, et commandant aux masses marocaines, on pouvait remarquer le quartier général du prince impérial, ses drapeaux, et ce fameux parasol, imité des rois hindous, sous lesquels s'abritent les sultans.

A cette vue, nos soldats ne purent retenir leur joie et leur enthousiasme; ils jetaient en l'air le bâton qui leur sert à la marche et pour tendre les toiles de leurs tentes.

Bugeaud forma aussitôt facilement son ordre de bataille, pour lequel il avait pris préalablement toutes les dispositions.

C'était, dit-il lui-même dans ses mémoires, un grand losange fait avec des colonnes à demi-distance par bataillon, et prêtes à former le carré. Derrière le bataillon de direction se trouvaient deux bataillons en réserve et ne faisant pas partie du système, c'est-à-dire pouvant être détachés suivant les circonstances.

L'artillerie était divisée sur les quatre faces, vis-à-vis des intervalles des bataillons, qui étaient de cent vingt pas. L'ambulance, les bagages, les troupeaux étaient au centre, ainsi que la cavalerie, formée en deux colonnes sur chaque côté du convoi. On devait marcher à l'ennemi par un des angles formé par un bataillon qui serait celui de direction.

Bugeaud avait choisi cette disposition en losange comme plus avantageuse qu'un carré, parce que, dans un tel ordre, chaque bataillon est indépendant de son voisin, qu'il protège, et dont il reçoit protection par le croisement des feux. De plus, en cas d'échec éprouvé par un bataillon, l'autre n'est pas nécessairement compromis. Il a sa force en lui-même. Enfin la cavalerie peut sortir et rentrer par intervalles sans rien changer au système.

Le point où l'on voyait l'état-major impérial, fut celui que Bugeaud donna à son bataillon de direction. Arrivé là on devait converser à droite et se porter sur les camps. Le général de la Moricière commandait en second sous les ordres du maréchal. L'avant-garde, ou tête de colonne du centre, était aux ordres de Cavaignac; le général Bedeau commandait la droite, le colonel Pélissier la gauche, le colonel

Gachot l'arrière-garde. Le colonel Tartas commandait en chef la cavalerie, composée de dix-neuf escadrons, et avait avec lui les colonels Jusuf et Morris. Un simple mais fort intelligent capitaine, M. Bonamy, dirigeait seize pièces d'artillerie.

Après cinq ou six minutes de halte, les ordres du maréchal sont exécutés. Les fanfares d'une musique joyeuse et guerrière retentissent, et l'ordre de combat descend vers les gués de l'Isly pour les traverser. Les cavaliers Marocains sont là en force; mais, après avoir perdu beaucoup de monde, ils se retirent devant le feu des tirailleurs français, qui s'établissent sous un plateau immédiatement inférieur à l'éminence d'où le fils d'Abd-er-Rhaman ordonnait les mouvements de son armée. Cette éminence est à la portée de notre artillerie, qui y lance de nombreux boulets, et jette le plus grand trouble dans l'état-major impérial.

Tandis que l'on était occupé à voir cette fourmilière aller et venir en mille sens, les cavaliers impériaux accomplissaient de leur côté le plan arrêté par leurs chefs. Il était bien simple, et pouvait réussir avec une infanterie moins solide; le terrain en favorisait l'exécution. Il consistait à attendre que les Français fussent engagés au passage. Alors d'innombrables masses de cavaliers, formées dans les collines, devaient déboucher au grand galop de leurs chevaux par la droite et par la gauche de l'armée assaillante, et l'envelopper, tandis que toutes les forces centrales, demeurées avec le fils de l'empereur, préserveraient sa tête de colonne.

Malheureusement pour les Marocains, les tirailleurs français, disposés avec une grande intelligence, ne se replient pas même sur les colonnes. Ils attendent de pied ferme la charge des masses ennemies. Leur feu, éclatant avec ensemble, est soutenu par l'artillerie placée aux angles morts des bataillons et vomissant la mitraille. Déchirées, ébranlées, à peine maîtresses de leurs chevaux, qui se cabrent, qui se retournent, les masses ennemies s'arrêtent devant ce feu terrible, tourbillonnent, sont indécises. L'artillerie les presse. Elles font péniblement leur retraite sous nos boulets et sous nos balles.

C'est le moment d'enlever l'affaire, comme on dit au bivouac. Bugeaud le comprend. Il ne craint plus pour ses flancs. Ordre est donné à la tête de colonne d'aller en avant. Elle atteint bientôt l'éminence où se tenait d'abord le fils de l'empereur. On commence alors le mouvement de conversion vers les camps. C'est la cavalerie qui doit aborder ceux-ci.

A la tête de six escadrons de spahis, soutenus de très-près par trois escadrons de chasseurs du 4e, le colonel Jusuf, sans se laisser intimider par les batteries qui défendent les abords des tentes, et sabrant bon nombre de cavaliers qui lui disputent faiblement le passage, tombe sur cet immense camp, absolument comme il est entré dans la smala d'Abd-el-Kader. Mais là une résistance opiniâtre s'est organisée. L'infanterie et les canonniers marocains défendent en désespérés leurs bagages et leurs tentes; au même moment la cavalerie d'Abd-er-Rhaman, qui s'est ralliée, essaye de renouveler l'attaque dont elle a eu si peu à se glorifier.

Les spahis et les chasseurs, sur ce premier point, finissent par triompher de la résistance des défenseurs du camp. Quand notre infanterie y arrive, il est couvert de cadavres; mais les Marocains l'abandonnent en fuyant, laissant aux mains de nos soldats artillerie, munitions, provisions, tentes, boutiques de marchands, en un mot tout l'attirail des armées orientales.

Mais, sur le second point, un épisode d'audace faillit compromettre le succès.

Voyant une grosse masse de cavalerie réunie de nouveau sur notre aile droite, le colonel Morris, qui commande plusieurs escadrons non engagés, conçoit la résolution de briser la charge de cette masse en l'attaquant par son flanc droit. Il passe l'Isly. La masse ennemie, repoussée comme la première fois par le feu de l'infanterie, tourne alors tous ses efforts contre les escadrons du colonel Morris. Celui-ci, attaqué, entouré par des forces dix fois supérieures, tient tête avec une fermeté héroïque; mais il est évident que si du secours ne lui vient pas, il y aura là un grave échec. Le général Bedeau précipite de ce côté trois de ses meilleurs bataillons d'infanterie. Le colonel Morris reprend l'offensive à la faveur de l'attaque que ces derniers font sur le flanc des Marocains, et chasse tout devant lui avec une impétuosité irrésistible. Trois cents Abid-Bokari ou Berbères laissent leurs cadavres sur le champ du combat.

Cependant, malgré la prise du camp, tout n'était pas fini. A l'appel des officiers impériaux, les fuyards se ralliaient sur la rive gauche de l'Isly. Ils étaient encore au moins vingt mille, et pouvaient, avec de la décision, disputer aux Français la possession du camp. Le maréchal Bugeaud ne leur donne pas le temps de préparer leur retour offensif. Infanterie, cavalerie, artillerie passent la rivière. La mitraille tonne de nouveau sur les masses ennemies. Quand elles sont de nouveau aussi ébranlées, les spahis et les hussards poursuivent leur succès. Ils chassent l'ennemi devant eux durant une lieue.

Le soleil d'Afrique était alors à son zénith. La chaleur du combat avait seule jusqu'alors protégé nos soldats contre ses rayons brûlants. La déroute des descendants des vainqueurs d'Al-Kasar était complète. Il n'y avait même plus rien à leur prendre. Suivant les expressions du maréchal, tout était pris, drapeaux, bagages, artillerie. Le

signe du ralliement put sonner à tous les clairons; et les troupes victorieuses s'installèrent dans le camp des vaincus, qui se retirèrent, les uns par la route de Thaza, les autres par les vallées qui conduisent aux montagnes des Beni-Sassassen. Les bulletins évaluèrent leurs pertes en morts à quinze cents et en blessés à deux mille, et ne portèrent les nôtres qu'à vingt-sept tués et une centaine de blessés.

Comme tout le monde avait fait son devoir, tout le monde fut pour ainsi dire cité à l'ordre du jour; nous retrouvons-là les noms de la Moricière, Bedeau, Cavaignac, Pélissier, Jusuf, Gachot, Tartas, Morris, Cassaignolles, Chadeysson, Walsin-Esterhazy, De Cotte, d'Allonville, Courby de Cognord, et d'une foule d'autres.

Plusieurs simples soldats avaient pris des drapeaux. Tels furent le spahis Courvoisier, les chasseurs Darguet, Timetdebat, Lallemand, Hugues [1]. Beaucoup de Marocains aussi avaient été braves. Un grand nombre était venu se faire tuer au pied même de nos colonnes. Mais, comme en Égypte sous Bonaparte, toutes ces masses tourbillonnantes, qui donnèrent pendant plusieurs heures, sous les ordres du fils d'Abd-er-Rhaman, ne purent rien contre les bataillons européens hérissés de fer, dont les hommes semblent soudés l'un à l'autre, et du sein desquels s'échappent les balles et la mitraille.

Le lendemain même de cette grande journée, un autre coup terrible fut porté à l'empereur du Maroc.

Le prince de Joinville avait rapidement fait voile de Tanger à Mogador. Il voulait, par la précipitation de ses attaques, frapper vivement l'esprit des populations, et faciliter ainsi au divan du schériff une soumission que l'opinion publique marocaine les empêchait de faire.

Mogador, comme nous l'avons dit, était véritablement la principale ville de commerce de l'empire. Cette ville n'est pas, comme Tanger, située sur la Méditerranée. Elle a, sur l'Océan, par 11° 35' de longitude ouest et 32° 32' de latitude nord, un port des plus sûrs, lequel est formé par une petite île. Son admirable situation lui a fait donner par les Marocains le nom de Souérah, comme on dirait en latin *pictura*. Quant à sa force militaire, assez faible du côté de la terre, elle est considérable du côté de l'Océan. Là sont des ouvrages multipliés, assez bien entendus, et qu'une artillerie de cent cinquante pièces défend contre les attaques extérieures. L'île qui sert de port est surtout formidablement protégée.

Dans l'intention du prince de Joinville, l'expédition contre Mogador devait précéder la bataille d'Isly, et peut-être la rendre inutile; mais l'escadre ne put attaquer le 11 août, jour de son arrivée. Jamais temps plus affreux ne s'opposa à une entreprise de la France. Enfin, après quatre jours passés à lutter contre la tempête, une faible brise succéda à la violence des vents du sud. On attaqua, et en quelques heures le jeune amiral fut vainqueur comme à Tanger.

Voici le rapport qu'il fit. Si jamais bulletin put être accusé d'immodestie, ce ne fut jamais, certes, celui-là; mais en même temps rien de plus concis, de plus énergique. Chaque mot porte.

« Bateau à vapeur le Pluton, Mogador, 17 août.

» Je suis arrivé devant Mogador le 11. Le temps était très-mauvais, et pendant plusieurs jours nous sommes restés devant la ville sans même pouvoir communiquer entre nous. Malgré des bouées de deux cents brasses de chaîne, *nos ancres cassaient comme du verre.*

» Enfin, le 15, le temps s'étant embelli, *j'en ai profité pour attaquer la ville.*

» Les vaisseaux *le Jemmapes* et *le Triton* sont allés s'embosser devant les batteries de l'ouest, avec ordre de les battre, et de prendre à revers les batteries de la marine. *Le Suffren* et *la Belle-Poule* sont venus prendre poste dans dans la passe du nord. Il était une heure de l'après-midi lorsque notre mouvement a commencé.

» Aussitôt que les Arabes ont vu les vaisseaux se diriger vers la ville, ils ont commencé le feu de toutes leurs batteries. Nous avons attendu pour répondre que chacun eût pris son poste. A quatre heures et demie le feu a commencé à se ralentir. Les bricks *le Cassard*, *le Volage* et *l'Argus* sont alors entrés dans le port, et se sont embossés près des batteries de l'île, avec lesquelles ils ont engagé une lutte animée.

» Enfin, à cinq heures et demie, les bateaux à vapeur, portant cinq cents hommes de débarquement, ont donné dans la passe, sont venus prendre poste dans les créneaux de la ligne des bricks, et le débarquement sur l'île s'est immédiatement effectué.

» L'île a été défendue avec le courage du désespoir par trois cent vingt hommes, Maures ou Kabyles, qui en faisaient la garnison. Un grand nombre a été tué. Cent vingt d'entre eux, renfermés dans une mosquée, ont fini par se rendre.

» L'île prise, il ne nous restait plus qu'à détruire les batteries de la côte qui regardent la ville. Notre canon les avait déjà bien endommagées; il fallait les mettre complétement hors de service.

» Hier donc, sous les feux croisés de trois bateaux à vapeur et de deux bricks, cinq cents hommes ont débarqué. Ils n'ont point ren-

---

[1] Ces drapeaux, la tente et le parasol du fils de l'empereur furent envoyés à Paris.

contré de résistance. Nous avons encloué et jeté à la mer les canons ; nous en avons emporté quelques-uns. Les magasins à poudre ont été noyés ; enfin nous avons emmené et défoncé toutes les barques qui se trouvaient dans le port.

» Je crois que nous aurions pu, à ce moment, pénétrer sans danger dans l'intérieur de la ville ; mais *ce n'aurait été qu'une promenade sans but et sans autre résultat qu'un inutile pillage*. Je m'en suis donc abstenu, et j'ai ramené les troupes sur l'île et les équipages à bord de leurs navires.

» Je m'occupe d'installer sur l'île une garnison de cinq cents hommes.

» L'occupation de l'île sans le blocus du port serait une mesure incomplète.

» Je me conforme donc à vos ordres en fermant le port de Mogador.

» La ville est, au moment où je vous écris, en feu, pillée et dévastée par les Kabyles de l'intérieur, qui, après avoir chassé la garnison impériale, en ont pris possession.

» Nous venons de recueillir le consul anglais, sa famille, et quelques Européens.

» Je ne veux pas terminer sans vous dire combien j'ai à me louer de tous ceux que j'ai eus sous mes ordres dans la campagne que nous venons de faire.

» Tout le monde a servi avec un zèle qui ne se puise que dans l'amour ardent du pays, de son honneur et de ses intérêts, et dans un dévouement absolu au service du roi.

» François d'Orléans. »

Certes, on ne peut pas parler plus modestement d'un grand avantage remporté ; mais ce que le jeune amiral ne dit point, c'est la part personnelle qu'il prit à plusieurs épisodes du combat. Il avait, comme général, les grandes traditions. Il eût rougi de frapper un ennemi. — A l'attaque de l'île on le vit marcher *sans armes* à la tête des colonnes, tandis qu'à ses côtés tombaient, blessés ou tués, les marins de l'escadre.

Voilà bien de l'honneur, et cependant nous touchons à l'une des pages les moins heureuses du règne de Louis-Philippe. Après la gloire, vient la faiblesse.

Sans doute, à la suite de victoires si promptes, si rapprochées, si retentissantes, on était en droit de croire que le Maroc allait céder à toutes nos demandes, qu'il viendrait de lui-même au-devant de nos injonctions, et qu'il prendrait l'engagement, par tous les moyens, d'empêcher Abd-el-Kader de nous nuire.

On serait promptement arrivé à un résultat semblable en laissant la négociation aux mains du prince de Joinville et du maréchal Bugeaud, que la malencontreuse expérience de son traité de la Taffna avait corrigé des demi-mesures diplomatiques.

Déjà même on était en voie d'obtenir une satisfaction des plus complètes ; sous l'intimidation du canon français, l'empereur de Maroc faisait les premiers pas ; pressé d'en finir, il précipitait les négociations qu'il avait si longtemps retardées ; mais, tout à coup, les diplomates de cabinet succédèrent aux diplomates armés. Le duc de Glücksberg et M. de Nyons furent chargés de terminer l'œuvre commencée.

Le secret de ce changement était que l'Angleterre, profondément jalouse de nos succès, vivement intéressée à les diminuer, avait obtenu du ministère d'alors l'engagement de ne faire sur aucun point de l'empire de Maroc rien qui ressemblât à une occupation ou à un commencement de conquête. Conséquemment, le premier moment de terreur passé, les Marocains devaient considérer leurs défaites comme de simples accidents. Nos négociateurs se trouvaient, d'autre part, dépourvus de toute espèce de point d'appui, puisque Abd-er-Rhaman n'était saisissable que par ses possessions. Ainsi désarmés d'avance, MM. de Glücksberg et de Nyons adoptèrent, le 10 septembre, la convention connue sous le nom de convention de Tanger, et qui fut ratifiée le 7 octobre.

Par ce traité, l'on ne demandait pas même aux Marocains d'indemnité de guerre. La France, disait-on, était assez riche pour payer sa gloire.

La convention de Tanger devint ensuite le traité des limites, qui fut négocié par le général comte de la Rue et par Sidi-Ahmida-ben-Ali-el-Sadjaï, et échangé le 9 de Rabia-el-Aouël de l'an 1261 de l'Hégyre, 18 mars 1845.

Sans entrer dans les détails de la délimitation qui fut faite, nous nous bornerons à dire que cette délimitation était déclarée être la même qui avait existé entre la Turquie et le Maroc. On la relata minutieusement par noms de tribus et de kessours[1] ; mais la partie la plus importante était celle qui concernait les réfugiés. La voici :

« Article 7. — Tout individu qui se réfugiera d'un État dans l'autre, ne sera pas rendu au gouvernement qu'il aura quitté, par celui près duquel il se sera réfugié, tant qu'il voudra y rester.

» S'il voulait, au contraire, retourner sur le territoire de son gouvernement, les autorités du lieu où il se sera réfugié ne pourront apporter la moindre entrave à son départ. S'il veut rester, il se conformera

[1] Villages du désert.

aux lois du pays, et il trouvera protection et garantie pour sa personne et ses biens ; par cette clause, les deux souverains du Maroc et de la France ont voulu se donner une marque de leur mutuelle considération.

» Il est bien entendu que le présent article ne concerne en rien les tribus.

» Il est notoire aussi que El-Hadj-Abd-el-Kader et tous ses partisans ne jouiront pas du bénéfice de cette convention, attendu que ce serait porter atteinte à l'article 4 du traité du 10 septembre 1844, tandis que l'intention formelle des hautes parties contractantes est de continuer à donner force et vigueur à cette stipulation émanée de la volonté de leurs souverains, et dont l'accomplissement affermira l'amitié et assurera pour toujours la paix et les bons rapports entre les deux États. »

Le traité des limites mettait donc seulement Abd-el-Kader hors du droit international, mais ne stipulait rien de positif à son égard.

CHAPITRE XXVII.

Continuation de la guerre. — Plans d'Abd-el-Kader. — Expéditions partielles de Kabylie. — Le général Comman — Le commandant Charras. — Expédition du général Bedeau dans l'Aurès.

Ainsi la conquête de l'Algérie était une sorte de travail de Pénélope. Toujours les traités venaient détruire l'ouvrage des armes. Malgré tant de victoires, Abd-el-Kader restait debout. Il y a plus, son prestige était plus grand que jamais. Ce n'était plus maintenant seulement le défenseur de la nationalité arabe en Algérie, il représentait, pour les populations africaines, depuis l'Océan jusqu'à Tunis, la résistance aux infidèles. Si son influence s'arrêtait à Tunis, cela tenait aux bons rapports que la France avait soin d'entretenir avec le bey, et qu'elle continua en le prenant sous sa protection d'une manière formelle pendant les années qui suivirent. Nul doute, comme l'affirme le prince de Joinville dans son remarquable ouvrage sur la flotte française, que si on eût laissé la Porte Ottomane maîtresse de remplacer cet allié, elle ne lui eût substitué un remplaçant auprès duquel Abd-el-Kader aurait trouvé la même sympathie que dans le Maroc. Il fallut les fréquentes apparitions de nos marins devant Tunis, et pour maintenir le bey, et pour empêcher l'influence des partisans d'Abd-el-Kader de s'étendre de la province de Constantine à l'État voisin.

Du reste, pendant les négociations qui suivirent la convention de Tanger, l'opinion fut très-peu fixée sur la situation où se trouvait l'émir.

Selon les uns, il était complétement abattu, et à jamais mis dans l'impossibilité de rien entreprendre. Selon les autres, les populations de Maroc se déclaraient pour lui, et peu s'en fallait qu'il ne substituât sa dynastie à celle d'Ab-er-Rhaman.

Selon ceux-ci, Abd-el-Kader, sommé de venir habiter Fez, où des terres lui avaient été offertes pour y vivre en simple particulier, s'était soustrait par un refus à cette offre impériale. Alors il se serait rejeté dans le désert marocain, où sa deïra n'aurait point voulu le suivre.

Selon ceux-là, l'empereur de Maroc lui-même, à l'occasion des fêtes du Beïram, avait annoncé à ses grands réunis que l'émir s'était retiré dans les montagnes du Rif, en une petite ville appelée El-Kalaïa, et que là, croyant pouvoir braver toute espèce d'autorité, il prêchait contre le schériff lui-même une guerre impie, à laquelle il ne craignait pas de donner le nom de sainte. A la suite de cette communication si grave, ajoutait-on, les grands s'étaient empressés de demander que l'audacieux fût mis hors la loi.

Ceux qui répandaient ce dernier bruit étaient le mieux informés. Après la bataille d'Isly, Ab-el-Kader avait effectivement trouvé un asile à El-Kalaïa ; mais l'empereur fit marcher contre les montagnards, dont cette ville est le marché, trois corps d'armée différents. L'émir ne voulut pas abuser de la générosité de ses hôtes ; il quitta El-Kalaïa, et envoya un de ses frères porter des paroles d'amitié au schériff. Sidi-Saïd, c'était le nom de son envoyé, promit à l'empereur de Maroc qu'Abd-el-Kader ne troublerait point ses États. Il le remercia de ce qui avait été fait pour lui, et l'assura qu'il saurait se suffire à lui-même.

En effet, le vaincu de tant de combats trouva encore sur les limites du désert des tribus qui lui fournirent des secours et des hommes. Les Hamïan-Gharabas, en particulier, le suivirent jusque dans les *Chott*, on appelle ainsi les dépressions de territoire qui s'étendent au sud de la province d'Oran. De là, il nouait des relations avec les tribus de l'intérieur, et formait les plans les plus gigantesques. Nous verrons bientôt comment il essaya de les réaliser.

La rapidité avec laquelle les événements du Maroc avaient forcé le maréchal Bugeaud à quitter la Kabylie était cause que la pacification opérée à la suite du combat d'Ouarez-Eddin ne présenta, au bout de quelques mois, rien de sérieux. Les chefs de la précédente insurrection, Bel-Kassem et Ben-Salem, recommencèrent leurs agitations dès qu'ils virent les Français occupés sur la frontière de l'ouest.

D'importantes tribus de la côte, entre autres les Fliça ou Flissas-el-Bahar, tinrent des djemmaâ[1], dans lesquels la question de la résistance fut controversée comme avant la journée de Thaourga.

Le maréchal avait laissé à Dellys un très-brave général, qui, après avoir vainement sommé les rassemblements de se dissiper, crut devoir agir contre eux, afin de ne pas donner à une insurrection le temps de se former dans un moment où, par suite des événements du Maroc, la situation des Français était si difficile. Il sortit donc avec décision de Dellys avec une colonne assez faible mais décidée comme lui.

Le général Comman, en poussant ainsi dans le pays des Flissas-el-Bahar, ne croyait y rencontrer que les forces mêmes de la tribu; mais six mille Kabyles de plusieurs autres tribus s'étaient retranchés dans une position formidable. Quoiqu'il n'eût avec lui que quinze cents hommes, le général Comman n'hésita pas à les faire attaquer de front par deux bataillons du 53e de ligne, tandis que deux bataillons du 58e tourneraient la position. Les premiers réussirent, grâce à leur audacieuse énergie. Ils emportèrent les positions kabyles; mais ceux-ci revinrent les y attaquer. La colonne, chargée de tourner l'ennemi, ayant été arrêtée par des obstacles de terrain, eut à faire un long circuit pendant lequel il lui fallut combattre pied à pied. Elle arriva enfin au point de ralliement à temps pour secourir les bataillons d'attaque, qui, depuis plusieurs heures, luttaient contre des assaillants dix fois supérieurs en nombre.

Ce combat fut un des plus sanglants de la guerre d'Afrique. Nous y eûmes cent cinquante blessés dont dix-sept officiers, ce qui annonce un engagement véritablement sérieux. Nos morts s'élevèrent au nombre de vingt-six. Les Kabyles eurent une perte douze fois aussi considérable.

Malgré la grandeur de ce succès, le maréchal-gouverneur, qui arrivait en ce moment de l'Isly, ne voulut pas croire à sa durée. Il pensa qu'il fallait frapper un nouveau coup, et en effet il y avait à cela quelque nécessité. Les rassemblements kabyles s'étaient de nouveau fortifiés, non loin du lieu où le général Comman les avait battus, sur es crêtes rocheuses et boisées qui dominent le village d'Abizar, dans l'aghalick de Taourgha. Ils étaient moins considérables que la première fois; mais les positions dans lesquelles ils avaient résolu de tenir tête aux Français représentaient une sorte de chaos au sein duquel il était impossible de conduire stratégiquement une attaque régulière. Mais si quelque chose distingue le maréchal Bugeaud, c'est la facilité avec laquelle il trouvait des combinaisons nouvelles pour tous les terrains. Les Kabyles furent débusqués cette fois encore. Le combat dura deux heures avec de telles péripéties et sur une si grande étendue, qu'il fallut toute la journée pour rallier les vainqueurs.

A la suite de cette défaite, les Flissas-el-Bahar et les Beni-Djenad, qui comptaient, les uns douze cents fusils, les autres quinze cents, firent leur soumission, et une insurrection qui aurait pu s'étendre fut écrasée dans son germe.

Mais les Kabyles n'en montrèrent pas moins de très-profonds ressentiments, et dont l'expression vint jusqu'aux oreilles de l'émir. Il résolut de se rendre en Kabylie; mais quelle route suivre? En se rendant des Chott à Aïn-Madhy, et en remontant de là vers le Nord, on échappait à la surveillance des Français, et une fois arrivé au grand Atlas, on pouvait espérer, de montagne en montagne, gagner le bassin de l'Adouze. Pour accomplir ce projet, l'émir demanda vainement l'alliance de Tedjeny, chef d'Aïn-Madhy. Plusieurs scheiks des montagnes de l'Atlas, entre autres Djelhoul-ben-Thayeub, chef des Djebel-el-Amoun, lui firent également dire qu'ils s'opposeraient à son passage. Il se trouva donc forcé d'ajourner ses projets.

D'autre part, l'attitude de notre armée ne permettait guère d'entreprises sérieuses à ses partisans. Cependant, ils en tentèrent plusieurs. A Tenez, un camp de travailleurs fut pris et pillé. Le colonel Saint-Arnaud vengea cette attaque par une expédition sur les Beni-Menna, qui furent en partie désarmés. Ben-Salem et El-Kassem ou Kassi essuyèrent aussi de nouvelles agitations. Le général Gentil es maintint en s'établissant à Aïn-el-Arbah. Une secte religieuse dont nous avons déjà parlé, les Derkaoua, répandue sur toute la province d'Oran, et affiliée aux sectes du Maroc, attaqua le poste de Sidi-bel-Abbès. Le général de la Moricière, qui venait d'avoir une sorte de triomphe à Oran, s'établit dans le pays attaqué. Enfin, à l'extrémité sud de la province d'Oran, entre les Chott et les pays habités, une colonne mobile, conduite par le commandant Charras, en finit avec les Khallafas de la Jacoubia. Cette population formait une espèce de smalah aux chefs ennemis des Flittas. Le commandant Charras, un de ces hommes qui ont tout à coup surgi de nos guerres d'Afrique, par une marche aussi audacieuse qu'habile parvint à les surprendre et à les désarmer.

Pendant ce temps, dans la province de Constantine, eut lieu une éclatante expédition du général Bedeau dans les monts Aurès. La pacification de ces montagnes fut alors achevée.

Tout annonçait au loin la quiétude et la tranquillité, quand de terribles événements de guerre éclatèrent encore une fois.

<hr>

[1] Assemblées politiques.

CHAPITRE XXVIII.

El-Bou-Maza. — Insurrection du Dahara. — Exécution des Ouled-Riah. — Le colonel Pélissier.

L'Afrique a toujours été la terre des prophètes. Abd-el-Kader, nous l'avons vu, avait fait aux prophètes une guerre terrible. Maintenant que l'Algérie lui refuse la terre et l'eau, d'autres vont essayer de remplir la place qu'il a forcément quittée.

Au moment où l'on croit que l'on va respirer, voici que retentit soudainement parmi les tribus de la côte ce cri singulier : Le Bou-Maza !

Les chefs abandonnaient la nationalité après quinze ans de lutte. La démocratie arabe ne s'abandonnait pas. Le peuple lui-même venait à son propre secours, et c'était de ses entrailles que sortait cet inspiré, dont les troupeaux eux-mêmes, disait-on, reconnaissaient la puissance, et qui avait eu d'abord pour toute servante une simple chèvre, dont le lait intarissable aurait suffi à nourrir des tribus entières et des milliers de guerriers.

On racontait que le père de la chèvre, jeune, beau, brillant, marqué au front d'une étoile, éloquent, avait d'abord paru chez les Ouled-Jouness. Il s'était fait reconnaître d'abord de ses voisins les plus proches; puis, en quelques semaines, il avait eu une nombreuse suite avec des réguliers et des irréguliers, un chaouch, un secrétaire, un kasnadar. Son drapeau était rouge. Sa main avait le pouvoir d'écarter les balles, et dans la bataille, tandis que les fusils de ses ennemis le rafraîchissaient d'une eau limpide, lui possédait une forteresse vivante dans son cheval, dont tous les crins lançaient la mort comme ceux des coursiers prophétiques.

Ce qu'il y avait de certain, c'est que ce nouvel aventurier était hardi, entreprenant, et, moitié terreur, moitié persuasion, entraînait beaucoup de monde avec lui. La crédulité des Arabes le favorisait partout où il n'était pas, et son courage le servait, ainsi que la fortune, partout où il se montrait.

Le Bou-Maza savait du reste choisir son terrain. Il souleva d'abord une partie des tribus de l'Ouarenseris, qui avaient tant de vieux griefs à venger; puis celles du Dahra, c'est-à-dire du Nord. On donnait particulièrement ce nom à cette autre Kabylie, qui s'étend entre la Méditerranée et le Chéliff, depuis Tenez jusqu'à l'embouchure du fleuve, sur une largeur d'environ cinquante lieues et sur une profondeur de vingt au plus. Habité par des Kabyles moitié cultivateurs, moitié vivant d'excursions au dehors, ou faisant le commerce d'objets volés, ce pays est un des plus riches de la province d'Alger et de la province d'Oran, sur lesquelles il est comme à cheval. Ses montagnes, quoique moins difficiles que celles de la Kabylie proprement dite, ont aussi leurs labyrinthes; mais, grâce à la position des trois villes de Tenez, Mostaganem et Orléansville, on est plus à portée d'y combiner de fructueuses opérations.

Dès que l'on eut annoncé l'apparition du Bou-Maza dans le Dahra, trois colonnes y débouchèrent sous les ordres des colonels Pélissier, Saint-Arnaud et Ladmirault. Elles reçurent de promptes soumissions. Il est vrai qu'elles sévissaient avec une rigueur souvent bien cruelle. L'infortunée tribu des Ouled-Riah en est une de ces preuves si tristes, que la plume de l'écrivain a peine à en retracer les douloureux épisodes.

Les Ouled-Riah, au moment où les colonnes françaises, suivant une énergique expression du temps, travaillent dans le Dahra, habitent la partie la plus tourmentée du pays (ils sont maintenant à peu près rayés de la carte des tribus). De leurs habitations, situées dans de véritables labyrinthes où jamais l'ennemi n'est parvenu, ils bravent les Français. Ceux-ci pénétreraient-ils chez eux, qu'une ressource leur reste : ils ont cet asile impénétrable que l'on nomme les grottes d'El-Kantara, et auxquelles s'attache, dans toute l'Algérie, le renom d'impénétrabilité.

Le Kantara, dont le nom signifie le pont, est un vaste massif qui joint deux mamelons situés sur les bords de l'Oued-Freschich. Là sont les vastes grottes que l'on appelle Dhar-el-Freschich. Les Ouled-Riah y croyaient avoir mis en sûreté leurs femmes, leurs enfants et leurs richesses. Serrés de près par le colonel Pélissier, qui arrivait de faire une razzia sur les Beni-Zentés, et avec lequel devait se joindre le colonel Saint-Arnaud, accourant par l'est, ils vinrent aussi se masser dans ces grottes.

Soixante d'entre eux s'étaient postés en avant pour les avertir de l'arrivée des Français. Dès que ceux-ci furent en vue, les Kabyles vinrent avec résolution tirailler contre notre avant-garde. Leur feu éclata si vif, si audacieux, qu'une partie du goum arabe qui suivait la colonne l'abandonna avec terreur. Cependant, après les premières balles échangées, les guerriers Ouled-Rhia s'enfuirent pour rejoindre leurs frères en défense et en martyre.

Il n'y avait aux grottes que deux entrées superposées où conduit un sentier encaissé. Une compagnie de grenadiers reçut ordre de suivre cette route difficile, et d'arriver le plus près possible de la retraite des Kabyles; mais ceux-ci fusillaient, avec certitude de les tuer, les hommes engagés dans cette espèce de ravin. Il fallut renoncer à une attaque de front.

On songea à un investissement. La famine aurait peut-être contraint les Ouled-Rhia de faire leur soumission; mais le colonel Pélissier était pressé d'aller joindre son collègue. D'un autre côté, il n'avait pas assez de monde pour camper à demeure dans ces montagnes, où une insurrection pouvait anéantir sa colonne; enfin un siége n'était pas conforme à ses instructions. Il avait ordre, à tout prix, de détruire le prestige attaché aux retraites du Kantara.

Une idée infernale, imitée, malheureusement, au choix, ou de nos guerres civiles ou des guerres des Espagnols en Amérique, avait été indiquée comme moyen extrême par le gouverneur général. On devait effrayer les Kabyles en les menaçant de les étouffer dans leurs grottes par la fumée et par le feu. On pensait que devant une pareille menace toute résistance cesserait.

— Ah çà! lui cria Razin, est-ce que le conscrit aurait la prétention de passer devant son ancien! fais place, et vivement!

Après avoir, non sans beaucoup de peine, réussi à se mettre en communication avec les défenseurs des cavernes, on leur fit en effet la menace conseillée par le maréchal Bugeaud. Ils la dédaignèrent; un de nos parlementaires fut même tué par eux.

On passa aussitôt à un commencement d'exécution, pensant que leur dédain ne provenait que de la certitude où ils étaient du peu de fondement d'une menace pareille. Des amas de bois, de paille sèche, furent jetés du haut du Kantara au-devant des grottes. Les Kabyles les enlevaient à mesure qu'ils étaient lancés; mais la fusillade de nos tirailleurs les ayant refoulés dans les grottes, les fascines finirent par faire un vaste monceau, auquel il n'y avait plus qu'à mettre le feu.

De quels événements les cavernes du Dahr furent-elles alors le théâtre, personne ne l'a su jamais. Sans doute les marabouts et les chefs s'opposèrent à main armée à la sortie de la masse, et la forcèrent à attendre l'exécution de la menace faite par le colonel français. Peut-être un affreux combat s'engagea-t-il au sein de ces antres mystérieux.

Quoi qu'il en soit, la plus grande indécision régnait parmi nos officiers et nos sous-officiers. Cela n'est pas possible, disait-on. Il faut qu'ils aient quelque part une issue que nous ne connaissons pas. Ce raisonnement, dont nous garantissons l'authenticité, provoqua cette réponse : S'il existe une issue autre que celles qui sont investies, on le verra bien.

Aussitôt des matières enflammées sont lancées sur les monceaux de bois et de paille entassés. Comme s'il n'eût point voulu s'associer aux horreurs de ce bûcher humain que la conquête française, conquête essentiellement civilisatrice, élevait à la nationalité arabe, le feu refusa longtemps d'embraser les masses combustibles jetées par nos soldats à l'entrée des cavernes. Quelques Arabes s'échappèrent, et allèrent non loin de là puiser de l'eau. On espéra que d'autres

les suivraient, que la soumission aurait lieu. Espérance vaine. Au moment où le soleil commençait à quitter son zénith, un vent s'éleva, qui porta directement sur les ouvertures du Dhar. La flamme commença à tourbillonner, à s'élever, à lécher les parois du massif, puis à s'engouffrer dans les cavernes avec des masses de fumée poussées par le vent. Alors nos soldats descendirent. Beaucoup croyaient que les Arabes avaient fui par quelque issue secrète, ou que du moins ils avaient trouvé un réduit où la flamme ne pouvait arriver. Ce qui encouragea cette dernière idée, c'est que vers minuit le bruit des coups de feu arriva distinctement à l'oreille des troupes. Alors on jeta de nouveau des matières combustibles dans l'ouverture des grottes. Les détonations cessèrent, et il y eut parmi nos soldats un moment d'effroi dont aucune langue ne saurait rendre la triste profondeur.

Les Ouled-Riah ne s'étaient-ils donc point enfuis, s'étaient-ils héroïquement laissé brûler ou asphyxier! Cette angoisse dura jusqu'au matin.

Aux premières lueurs du jour, une compagnie formée moitié d'hommes du génie, moitié d'artilleurs, eut ordre de pénétrer dans les grottes. Un silence lugubre, entrecoupé de râlements lointains, y régnait. A l'entrée, des animaux, dont on avait enveloppé la tête pour les empêcher de voir et de mugir, étaient étendus à moitié calcinés. Puis, c'étaient des groupes effrayants que la mort avait saisis. Ici une mère avait été asphyxiée au moment où elle défendait son enfant contre la rage d'un taureau dont elle tenait encore les cornes, et que l'incendie avait étouffé en même temps. Ailleurs des cadavres nus rendaient le sang par la bouche, et par leurs attitudes témoignaient des convulsions des vivants. Ici deux époux ou deux amants se tenaient corps à corps, et l'asphyxie avait resserré les liens formés par leurs bras enlacés. Des nouveau-nés gisaient parmi les caisses et les provisions; d'autres étaient cachés dans les vêtements de leurs mères. Enfin, çà et là, des masses de chair informes, piétinées durant les luttes intérieures, formaient comme une sorte de bouillie humaine.

Quand on vint redire au colonel toutes les horreurs de ce spectacle, il n'en voulut rien croire. Il envoya son état-major s'assurer des faits. Ce fut bien plus affreux alors, car on vida les cavernes des cadavres et du butin qu'elles contenaient. Il y avait plus de six cents morts.

La consternation la plus grande régna alors dans la colonne; on a dit que des soldats ne rougirent pas de profiter des dépouilles des martyrs du Darh-el-Freschich, nous ne le croyons pas.

Quoi qu'il en soit, il en demeura au colonel Pélissier un surnom terrible. Il est certain cependant qu'il était loin de s'attendre en ordonnant l'incendie à un aussi affreux résultat.

Avec un héroïsme inouï, le gouverneur général prit sur lui, devant l'opinion publique soulevée, la responsabilité du commandement.

CHAPITRE XXIX.

Après les Ouled-Riah, Sidi-Brahim! — On dit qu'il y a pour les nations et pour les individus des crimes heureux; nous ne le croyons pas, et Confucius a bien raison dans son proverbe : Le châtiment suit la faute comme l'ombre suit le corps.

D'un bout à l'autre de l'Algérie, l'affreux bûcher du Dahr-el-Freschich fut bientôt connu. Si cet épouvantable épisode avait soulevé en France tous les cœurs, parmi les Arabes il devait indigner tous les courages.

Aussi la guerre change-t-elle subitement d'aspect; pendant quelque temps ce ne va plus être que surprises, que massacres. Les musulmans ne respecteront plus mêmes les prisonniers, et par la tolérance Abd-el-Kader, manquant cette fois de vues politiques, s'associera à cette cruauté.

Mais, avant d'aborder la nouvelle phase où va entrer la lutte que nous résumons, un mot sur une autre lutte, à la suite de laquelle le maréchal Bugeaud abandonna momentanément le gouvernement général.

L'opinion publique en France est généreuse. L'exécution des Ouled-Riah donna naissance aux plus fâcheuses exagérations. Les razzias faites par ordre du général Bugeaud, ce système de guerre permanent, cette course continuelle de nos soldats à travers le pays, le peu de résultats apparents qui en provenait, formèrent insensiblement contre le vainqueur d'Isly une véritable coalition de griefs dont beaucoup étaient fondés. Le gouvernement lui-même prit parti. Il pensa que tout le pouvoir ne devait pas être exclusivement concentré entre des mains militaires. Pressé par l'opinion, il rendit l'ordonnance du 15 avril 1845 pour la reconstitution de l'administration civile en Algérie. Le maréchal exécuta l'ordonnance, mais sans dissimuler son mécontentement.

D'un autre côté, l'on avait tant de fois écrit dans les bulletins que la conquête était faite, qu'elle était achevée, qu'Abd-el-Kader était impuissant, on avait tant de fois proclamé la soumission des Arabes, que l'on se préoccupait fort de tous les moyens de profiter des avantages remportés.

Sur un seul point, tout le monde était d'accord : il fallait coloniser; mais comment? Telle était la grande question, pour ainsi dire unanimement controversée, tant les systèmes manquaient peu. Le maréchal Bugeaud avait le sien. Il voulait que la colonisation militaire précédât la colonisation civile. Il établissait de petites fermes qu'il donnait à des soldats ou à des sous-officiers, avec un petit capital fourni par l'État. Ces fermes, groupées les unes près des autres, formaient autant de postes qui soulageaient d'autant l'armée, et, en les

Le général Bedeau.

multipliant, le maréchal ne désespérait pas de rendre un jour la défense de l'Algérie indépendante des secours de la France. Une fois la colonisation militaire solidement établie, la sécurité se ferait, et la colonisation civile viendrait de soi même.

En face de ce système, auquel le maréchal donna un commencement d'exécution, se dressaient une foule d'autres plans. Mais parmi ces derniers, il y en avait un qui, tout de suite, s'était emparé de la faveur publique. Le brillant général de la Moricière le développait avec sa chaude et vive éloquence.

Dans le système du général de la Moricière, il fallait faire plus que coloniser, il fallait civiliser. Pour civiliser, il était nécessaire de faire appel au grand instrument de la civilisation moderne : il fallait invoquer et appliquer la puissance du capital. La grande spéculation devait être conviée à s'emparer des terres disponibles de l'Algérie. Nul doute que si le gouvernement lui assurait un minimum d'intérêt, elle ne se pressât bientôt pour obtenir des concessions. Ces concessions, pour les faire valoir, elle appellerait nécessairement des bras, des bras vigoureux, à la suite desquels viendraient tous les arts et toutes les industries de l'Europe. La civilisation se développerait rapide, entraînante, pleine de rayons. Les Arabes viendraient forcément à elle, tandis qu'ils traiteraient toujours en ennemie la froide et précautionneuse colonisation militaire.

Ce système, nous le répétons, séduisait beaucoup de monde; mais il était basé sur une question préjudicielle : appeler le capital.

Appeler le capital quelque part n'est pas chose facile. Il faut lui offrir de grands avantages et une grande sécurité.

Les grands avantages, le général de la Moricière les trouvait dans des terres considérables, concédées au plus bas prix, et qui, avec une mise de fonds relativement peu élevée, donneraient les produits les plus riches et des produits croissant d'année en année. La sécurité, il la promettait par l'application d'un autre système de gouvernement : ce système, depuis longtemps conçu par le général de la Moricière, comme nous l'avons vu lors de la création des bureaux arabes, était l'assimilation réciproque des deux nations. Faire cesser

l'antagonisme, voilà quel était, suivant lui, le problème à résoudre. Il le résolvait par l'assimilation et la civilisation.

Le maréchal Bugeaud, moitié pour faire triompher ses idées, moitié aussi par contrainte, quitta l'Algérie le 4 septembre, après avoir reçu quelques soumissions nouvelles des Kabyles. Une ordonnance investit M. de la Moricière du gouvernement général.

Malheureusement pour lui, M. de la Moricière allait passagèrement hériter des résultats de toutes les fautes personnelles de son prédécesseur, et de toutes les fautes commises sous son prédécesseur par le gouvernement. Il allait hériter des résultats du système de guerre du maréchal, et du système de paix du ministère français.

Le premier avait préparé dans un temps donné les plus terribles représailles; le second avait permis à Abd-el-Kader de se refaire une smalah, une deïra, une petite armée.

Cependant, les premiers jours qui suivirent le départ du maréchal furent heureux. Quelques révoltes partielles furent apaisées. Bou-Maza fut obligé de se rejeter dans les pentes nord-ouest du Jurjura, où d'abord il ne trouva pas d'appui. Un autre faux prophète, Mohammed-ben-Ahmet, eut tout juste la puissance de se faire condamner à mort.

Mais bientôt tout changea inopinément de face; de la province d'Alger, Bou-Maza, déployant une prodigieuse activité, alla se faire des partisans dans la province d'Oran. Nous le verrons bientôt lutter jusque sous les murs de Mostaganem. La chronologie nous force à ne pas l'y suivre encore.

Après le traité des limites, on avait imprudemment retiré le corps d'observation des frontières du Maroc. Là, dans des contrées non encore parcourues de nos troupes, à l'abri derrière des solitudes, Abd-el-Kader s'était lentement reformé. Comme nous l'avons dit, le bruit des cruautés employées contre les Ouled-Riah vint rajeunir ses entreprises des couleurs de la vengeance, couleurs toujours chères à l'Arabe. Il se prépara à tout employer.

Le général Changarnier.

Une occasion devait lui être nécessairement offerte, et voici pourquoi.

On avait, il est vrai, choisi le général le plus solide de l'armée pour commander la subdivision de Tlemcen, qui confine à l'ouest au Maroc, et au sud aux Chott; mais on avait commis la faute de disséminer les forces de la subdivision dans un trop grand nombre de petits postes. Quelles que fussent les instructions données aux chefs de ces postes, défendus par de petites garnisons, il était évident que l'un ou l'autre de ces chefs sortirait un jour ou un autre, si on lui en offrait le prétexte. Le reste n'était qu'une question de surprise. Abd-el-Kader et les siens, par son ordre, n'attendaient qu'une occasion.

A coup sûr, le général Cavaignac était trop prudent pour la leur donner. Il observait de son côté, avec une grande attention, tous les mouvements de nos ennemis. Il ne lui fut pas difficile de voir à divers symptômes qu'une révolte se préparait. Ainsi, Muley-Scheik, lieutenant du kalifa d'Abd-el-Kader, Sidi-Mohammed-ben-Abdallah, avait été vu dans le pays des Traras, où il fomentait des agitations. Diverses tribus se mettaient en marche pour aller rejoindre l'émir sur la frontière; d'autres, particulièrement les Ghossels, voisins des Traras se préparaient à se soulever. Le général se mit en devoir de briser l'insurrection en deux parts. Pour cela, il prit position entre les deux peuplades que nous venons de nommer. Il avait avec lui treize cent cinquante hommes et deux cent cinquante chevaux. Cette petite force suffit à sa décision et à son habileté pour remporter de brillants avantages. Si fortes que fussent les positions où se cantonnèrent les rebelles, il les en délogea en leur faisant éprouver de grandes pertes. Mais, ainsi qu'il le reconnut lui-même avec cette abnégation et cette modestie qui l'ont toujours placé hors ligne comme homme et comme citoyen, ces avantages furent des succès militaires complets, mais non des succès politiques. Fanatisés dans la résistance par l'annonce qu'Abd-el-Kader rentrait sur le territoire algérien, les insurgés, battus ici, allèrent se reformer chez les Beni-Menir et les Beni-Khaled. Le colonel Chadeyson donna dans cette expédition les plus grandes preuves d'intelligence et de bravoure; mais l'armée et le général eurent la douleur de perdre un brave entre les plus braves, le commandant Peyraguey, ancien vieux sergent de l'île d'Elbe, et alors commandant des zouaves. Depuis quatorze ans, il combattait avec le héros du méchouar de Tlemcen. Il mourut en portant, hors de son tour, secours à une redoute attaquée. Toute sa vie il avait agi de la sorte, c'est-à-dire fait plus que son devoir.

Le général Cavaignac devait avoir coup sur coup deux autres grandes douleurs.

A peine venait-il de remporter les avantages dont nous avons parlé, que sentant le besoin de fortifier le poste d'Aïn-Temouschen, au nord de Tlemcen, entre cette ville et la mer, il y dirigea un lieutenant, suivi de deux cents hommes. La route ne devait pas offrir de difficultés.

Déjà le malheureux lieutenant était presque en vue du poste, sa troupe arrivait au marabout de Sidi-Mouça, à une heure de marche de Temouschen, quand on lui signala de nombreux contingents arabes. Le lieutenant reconnut à leur tête, des cavaliers du Magzen d'Oran; mais ces malheureux passaient du côté de l'émir, et ils formaient l'avant-garde d'une nombreuse émigration de tribus. Ils se portèrent sur le petit bataillon français avec de grandes démonstrations d'amitié; mais quand le gros des Arabes arriva, le lieutenant, qui ne s'était pas même mis en défense, fut aussitôt désarmé avec sa troupe. On conduisit ces deux cents soldats à Abd-el-Kader. Deux cents Français prisonniers, prisonniers sans qu'ils eussent tiré un seul coup de fusil, c'était un triomphe immense. L'émir l'attribua à la protection de Mahomet, et le renom de la France, pendant un instant, ne fut plus celui de l'invincibilité.

Sidi-Brahim, malgré son héroïsme, devait affaiblir encore ce renom.

Le lieutenant-colonel de Montagnac commandait le poste de Djemmâ-Ghazouat, sur la côte, à quelques lieues du cap Milonia et du Maroc.

Au moment même où le général Cavaignac opérait contre les Ghossels et les Traras, on vint apprendre à M. de Montagnac que le chigr ou cheik Ben-Abd-den-Rossels s'était porté chez ces derniers pour le compte d'Abd-el-Kader, que bientôt il ferait sa jonction avec l'émir. Les Souhalia, tribu de la côte, qui lui donnaient cet avis, demandaient secours pour eux-mêmes, et ajoutaient qu'avec de la rapidité il serait possible de battre le chigr, et peut-être de s'emparer d'Ab-el-Kader. Ces renseignements étaient ou faux ou perfides, car l'émir en ce moment disposait de toutes les forces d'une insurrection prête à entrer en campagne.

Montagnac se laissa tenter. C'était lui qui, sous le général Baraguey-d'Hilliers, avait le plus contribué à détruire le fameux Zi-Zerdoug. La gloire de détruire Abd-el-Kader le serra au cœur. Laissant le commandement de Djemmâ-Ghazouat au capitaine Coffyn, il partit le 21 septembre 1845 sur le soir.

La petite colonne de l'aventureux officier était ainsi composée :

Trois cent quarante-six hommes du 8e bataillon d'Orléans, et neuf officiers; soixante-deux hommes du 2e hussards, et trois officiers; un interprète, un docteur, deux hommes du train.

Entre la cavalerie, les officiers et les bagages, on pouvait compter quatre-vingts chevaux et mulets. Les gibernes étaient approvisionnées à soixante cartouches. Il n'y avait pas de réserve. Le colonel se maintint d'abord avec soin en communication avec le poste. Il était, le 22 septembre, à Khamis, d'où il écrivit une première fois au capitaine Coffyn. Celui-ci lui répondit en lui apprenant que le général Cavaignac venait d'envoyer demander du renfort à Djemmâ-Ghazouat. Cette circonstance aurait dû éclairer le brave Montagnac. Elle porta quelque peu de lumière dans son esprit, mais il combattit cette lueur au moyen de raisons d'honneur. Voici sa seconde et dernière lettre au capitaine Coffyn :

« Mon cher capitaine,

» Envoyez tout ce que le colonel de Barral vous demande.

» Je ne puis donner les hommes du bataillon de M. Froment-Coste.

» Nous sommes entourés de goums considérables, composés de gens du Maroc. Nous avons eu quelques coups de fusil avec eux.

» Abd-el-Kader arrive ce soir à Sidi-Bou-Djenara.

» Je ne puis rejoindre Djemmâ-Gazhouat sans m'exposer à une déroute complète.

» Je vais me tenir sur la ligne où je suis établi.

» Envoyez-moi demain des vivres pour deux jours, et de toute nature, par les Souhalias, au bivouac, sur l'*Oued-Taouli*.

» Faites toujours de même; tenez-moi au courant de tout. Il faut huit mulets pour les vivres.

» Tout à vous,   De Montagnac. »

Après avoir écrit cette lettre, le colonel reçut de nouveaux renseignements, non moins faux que les premiers, et qui le décidèrent à abandonner son bivouac de l'Oued-Taouli, et à porter son camp sur le ruisseau de Sidi-Brahim. Là on vint l'avertir perfidement qu'Abd-el-Kader s'avançait, suivi d'une faible escorte, et ignorant absolument qu'il y eût des Français sur son passage.

De Montagnac quitte aussitôt le camp, et le laisse à la garde du commandant Froment-Coste. Quant à lui, il marche avec trois compagnies du 8e chasseurs et les soixante hussards du 2e. Il est à peine à trois quarts de lieue du camp, que l'on voit blanchir au loin les burnous des Arabes. On se hâte pour les joindre. Ils sont en effet en assez petit nombre. Deux pelotons de hussards, ayant à leur tête le commandant Courby de Cognord, les chargent avec succès. Mais aussitôt qu'ils sont engagés, une véritable armée de cavaliers paraît sur la gauche. Elle écrase notre poignée de cavaliers. Cognord tombe démonté et blessé. Le capitaine Gentil-Saint-Alphonse, qui commande après lui, a la tête brisée d'un coup de pistolet, et le chef arabe qui le frappe lui crie le nom de l'émir. C'était Abd-el-Kader lui-même qui venait venger les Ouled-Riah.

Que faire contre une pareille surprise? Montagnac n'a pas un seul instant la pensée de se rendre. « Défendons-nous, enfants ! » s'écrie-t-il. En même temps il charge avec ce qui lui reste de hussards sur les masses ennemies; mais les Arabes ne lui laissent pas le temps d'arriver jusqu'à eux. Une balle mortelle l'arrête. On l'assoit sur un tertre. Là, sentant la mort venir, il communique à sa troupe le courage surhumain qui l'inspire. Il la forme en carré, et envoie prévenir par le maréchal des logis Barbié la réserve laissée au camp.

Le carré qu'il a formé se défend; mais trois ou quatre mille Arabes l'entourent, le harcèlent, le fusillent. Les hommes tombent un à un. Ceux qui restent resserrent silencieusement leurs rangs. Le colonel, en mourant, applaudit à leur héroïsme, mais cherche encore à les sauver. « Ne vous occupez pas de moi, leur dit-il, abandonnez la partie, allez là-bas. » Et il leur montrait le marabout de Sidi-Brahim.

Mais l'héroïque carré veut mourir autour de son chef. Trois longues heures il repousse les charges des Arabes. Les mains s'engourdissent, les cartouches commencent à manquer. La cavalerie de l'émir précipite ses attaques. Enfin, encouragée par le silence de ces soldats dont les fusils deviennent inutiles, elle s'avance à bout portant, et la petite forteresse vivante s'écroule, ensevelissant encore plus d'un musulman sous ses débris.

Pendant ce temps, le commandant Froment-Coste, qui est sorti au premier avis, emmenant la 12e compagnie et une section de carabiniers de son bataillon, a été, lui aussi, entouré par les troupes de l'émir. Elles l'ont empêché de faire sa jonction avec le carré du colonel, et, ainsi isolé, il a été littéralement haché par l'ennemi.

A quoi tient le destin des hommes! Si l'ordre du général Cavaignac eût été exécuté, Froment-Coste et son bataillon auraient échappé au massacre.

De la colonne de M. de Montagnac il ne demeurait plus à la fin que quatre-vingt-trois hommes, commandés par le capitaine de Géraux et par le lieutenant Chappedelaine.

De Géraux exécute la dernière volonté du colonel, il bat en retraite vers le marabout de Sidi-Brahim. Sa retraite s'accomplit en bel ordre, mais il perd cinq soldats.

Une fois retranchés dans le marabout, un espoir reste à nos braves. La colonne de M. de Barral opère à quelques lieues : elle a peut-être entendu la fusillade. On improvise un drapeau, que l'on plante au haut de l'édifice malgré une grêle de balles; puis on se range de manière à soutenir un assaut, car pour un siége il n'y faut pas songer. On n'a plus que quatre paquets de cartouches. Les vivres sont restés aux bagages.

D'un autre côté, Abd-el-Kader a perdu beaucoup de monde. On murmure autour de lui. Il a promis une facile victoire, et depuis le matin les Français disputent le triomphe. L'émir, pour en finir, offre une capitulation.

De Géraux la refuse. « Nous sommes décidés à faire comme le colonel, répond-il à l'envoyé de l'émir. Nous attendons l'assaut. Faites vite, et faites bien, car pas un de nous ne se rendra. »

Abd-el-Kader insiste. Pour vaincre cette résistance qui l'arrête et qui compromet son prestige, qui peut compromettre aussi le succès de sa réapparition, il conçoit une idée dont la barbarie pèsera longtemps sur sa mémoire. Avisant parmi les Français qui n'ont pas réussi à se faire tuer, et que les Arabes tiennent prisonniers, un capitaine à la mine haute et fière, il l'interpelle, et le charge d'obtenir la reddition du marabout. « Tu mourras, lui dit-il, s'ils ne se rendent pas. »

Dutertre, c'est le nom de ce brave, s'avance près du marabout. « Ayez soin de ne pas vous rendre, vous autres, crie-t-il héroïquement à Géraux, vous voyez le métier que l'on fait faire aux prisonniers. » — Que leur as-tu dit? Que t'ont-ils répondu? lui demande l'émir à son retour. — Je leur ai dit de combattre, et ils combattront. »

A toutes les époques, chez les peuples les plus barbares, on eût pardonné à un tel héroïsme. Abd-el-Kader, poussé peut-être par les siens, ne pardonna pas. Dutertre paya de sa tête une action sublime.

Cependant les Arabes se pressent et tourbillonnent autour du marabout. Ils l'attaquent par deux fois avec une sorte de rage. Deux fois ils échouent contre le courage et le sang-froid de cette petite troupe qui leur fait face sur les quatre côtés de l'édifice. La nuit vient donner quelque répit à nos braves. Ils en profitent pour faire des préparatifs de défense. Ils creusent aux murs des meurtrières, et coupent en quatre, et même en six, leurs dernières balles. Dès le matin du lendemain, nouvelle attaque de la part des Arabes, nouvel insuccès. Pendant trente-six heures, les baïonnettes françaises font merveille. L'émir renonce alors à l'emploi de la force. Après avoir placé autour du marabout trois corps, chacun de cent cinquante cavaliers environ, il se retire avec sa petite armée.

La sanglante aurore du troisième jour se levait. Rien ne semblait plus impossible à ces hommes qui, depuis trois jours, luttaient un contre quarante. Ils avaient repoussé une armée; ils avaient résisté à la faim, à la soif: que ne feraient-ils pas encore?

Sur l'ordre de Géraux : les voilà qui s'élancent inopinément hors de leur glorieuse [1] citadelle, qui enlèvent un des postes d'observation, et qui, se formant en carré de tirailleurs, effrayent et maintiennent au loin l'ennemi.

Ils atteignent ainsi un ravin qui leur promet de la fraîcheur et un peu de repos; mais, comme ces nuées de vautours qui s'attaquent aux cadavres, les Kabyles sortent des villages environnants, et les heureux défenseurs du marabout risquent de trouver leur tombeau là où ils espéraient trouver la délivrance. Ils font un dernier effort, franchissent encore une fois cette nouvelle ligne d'ennemis acharnés, et se rallient à l'ombre d'un champ de figuiers. Là, ils se comptent. Ils ne sont plus que quarante, parmi lesquels Chappedelaine. Voyant ce petit nombre, inaccessibles à la pitié comme à l'admiration, excités, au contraire, par cette résistance inouïe, les Kabyles reviennent à la charge avec ces cris rauques qui ressemblent à ceux des oiseaux de proie. Nos braves n'ont plus une seule cartouche. Ils s'embrassent en se disant un dernier et sublime adieu, sous les regards de ce ciel qui ne vient pas à leur secours; puis, jetant ces fusils que leurs bras ne peuvent plus supporter, ils se précipitent sur les ennemis, sans ordre de combat, là où ils peuvent frapper, la baïonnette au poing. C'est ici que de Géraux tombe, avec vingt-cinq de ces derniers quarante. Les autres s'échappent, traqués comme des bêtes fauves et se retournant comme des lions blessés.

Pendant ce temps, les communications avec Djemmâ-Ghazouat avaient cessé. Le capitaine Koffyn attendait vainement des ordres, et vainement aussi envoyait chercher des renseignements. Les rumeurs les plus tristes commençaient à circuler. Ce qui était resté de garnison demandait à sortir; mais l'état de la contrée et la faiblesse numérique du corps ne pouvaient le permettre. La plus cruelle incertitude régnait; les récits des habitants du pays augmentaient à chaque instant les douleurs du doute affreux qui commençait à saisir tous les cœurs. Dans la soirée du 24 enfin, l'on vit arriver un hussard du 2ᵉ, mourant de fatigue et de faim, la tête égarée, les habits en lambeaux, les genoux meurtris. Il raconta une partie du désastre. Le lendemain au matin, un carabinier, nommé Rapin, se montra. Il avait assisté à la surprise, au massacre, et avait réussi à regagner la garnison en marchant de nuit. Sa narration fut confirmée par un Kabyle, du nom d'El-Dervich, qui annonça que l'émir, vainqueur, s'approchait pour attaquer la ville. On se mit en état de défense, prêt à faire comme à Sidi-Brahim.

Le 26 au matin une vive fusillade se fait entendre. On aperçoit au loin des hommes qui fuient vers Ghazouat. Le capitaine Corsy, du 4ᵉ chasseurs, sort de la place. Il voit déboucher, près du village de l'Ouled-Ziri, plusieurs hommes sans armes, poursuivis par des Kabyles. Il se hâte de leur porter secours, et arrive assez à temps pour en sauver douze, et ramasser huit cadavres. C'était tout ce qui restait de la colonne de M. de Montagnac.

Ainsi, à cette grande mais héroïque, mais sublime catastrophe, il n'y avait que quatorze survivants; leurs noms méritent d'être connus. C'étaient les hussards Davanne et Natalie; le caporal de chasseurs Lavaissière; les carabiniers Léger, l'Apparat, Michel Siel, Siès, Blanc, Antoine, Armand, Delhieu, Rapin, et les chasseurs Langlois et Raimond.

Tous les officiers, de Montagnac, Froment-Coste, Gentil-Saint-

[1] 28 septembre.

Alphonse, Klein, Dutertre, Chargère, Burgard, de Raymond, Thomas, de Géraud, Chappedelaine, étaient tués. Un seul, de Cognord, était fait prisonnier. L'incertitude régnait sur le sort du lieutenant Larrazé. Le docteur Rozaguette et l'interprète Lévy devaient subir la même mort que les chefs.

CHAPITRE XXX.

Insurrection dans la province d'Oran. — Le colonel Walsin-Estherazy. — Expédition du général de la Moricière pour venger les braves de Sidi-Brahim. — Combat d'Aïn-Kebira. — Échecs du Bou-Maza. — Retour du maréchal Bugeaud.

On rapporte qu'après ses inutiles assauts de Sidi-Brahim, Abd-el-Kader fut saisi d'un découragement profond. Quelle espérance y avait-il pour lui de chasser les Français de tant de places si bien fortifiées, dans lesquelles ils tenaient garnison, lorsque leur courage transformait en forteresse imprenable un vieux marabout défendu par une poignée d'hommes? Mais le prophète a dit : « Tu ne t'arrêteras qu'avec la victoire. » Abd-el-Kader était encore une fois lancé dans les attaques, il ne pouvait reculer. D'un autre côté, les tribus se déclaraient peu à peu pour lui. On les voyait sur les frontières marocaines plier leurs tentes, ramasser leurs bagages, pousser devant elles leurs troupeaux, et se diriger vers l'ouest, disant sur leur passage qu'elles allaient chercher une terre libre, où les femmes et les enfants ne fussent pas exposés au massacre. Cette émigration avait quelque chose de sombre et d'effrayant. Elle gagnait avec une étrange rapidité. L'émir protégeait ce mouvement avec une petite armée d'environ mille cavaliers et douze cents fantassins. Les plus braves venaient le joindre souvent de très-loin, et de nouveaux lieutenants allaient pour lui prêcher la guerre souvent à la portée même du feu de nos colonnes. Des aumônes abondantes lui arrivaient du Maroc et de l'Algérie. Ses soldats vivaient pour ainsi dire de rien. Sa deïra, campée au loin, à Sebka, se grossissait chaque jour : elle pouvait alors contenir cinq ou six mille âmes.

De l'ouest, le mouvement gagnait avec rapidité. Il fallait l'arrêter, ou se voir aux prises avec une insurrection générale.

Tous les chefs de colonne montrèrent en ce moment une énergie à la hauteur des circonstances. Cavaignac, en attendant de nouvelles forces pour prendre largement l'offensive, maintint toutes les tribus autour de Tlemcen. Le colonel Walsin-Esterhazy, successeur de Mustapha-ben-Ismaël, à la tête du magzen d'Oran, se distingua en arrêtant par un coup hardi l'émigration des Ouled-Kalfa et des Ouled-Zaïr. Il se rendit parmi eux, suivi d'une petite troupe de Douairs et de Smélas. Les chefs des tribus refusant d'obéir à ses injonctions, il en tua deux de sa main. Les tribus rétrogradèrent.

D'un autre côté, avec une intelligence et une activité remarquables, Bou-Maza opérait dans la subdivision de Mostaganem. Là, le général le Pays de Bourjolly s'étant porté chez les Flittas, pour y punir quelques brigandages, trouva cette populeuse tribu en pleine insurrection. Dès le 21 septembre, date probablement fixée pour l'insurrection générale, il fut attaqué, serré de près, et obligé de livrer les plus rudes combats d'arrière-garde. A Touïza, par exemple, chez les Beni-Dargouïa, le lieutenant-colonel Berthier un de ces officiers d'élite qui ne se remplacent pas et que tout le monde pleure, trouva la mort dans la plus chaude affaire de cette campagne particulière. Autour de son corps, une lutte acharnée s'engagea. Les Kabyles y eurent le dessous; et la colonne put gagner Bel-Acel, où elle se fortifia.

Là, une audace irréfléchie, mais heureuse, fit tout changer de face. Le colonel Tartas, commandant la cavalerie de la brigade, battait la rive gauche de la Mina pour y maintenir l'ordre. Il apprend que Bou-Maza est dans le voisinage. Ce rapide chef d'aventures, avec son drapeau rouge, ses douze cents cavaliers et une nombreuse infanterie, s'est précipité sur une tribu à nous, celle d'El-Laribi. Il l'a pillée; il a incendié les maisons de ses chefs. On avertit le colonel Tartas que la petite armée du schériff se retire ployant sous le butin. Aussitôt le colonel, qui n'a avec lui que deux cent cinquante chasseurs, se met à la poursuite de l'ennemi, l'atteint, le charge, comme s'il eût eu derrière lui deux mille hommes. Les cavaliers du Bou-Maza, malgré les imprécations de leurs chefs, se débandent pour sauver le fruit de leur razzia. Ils laissent les fantassins aux prises avec nos cavaliers, qui en ont bon marché.

Dans le rayon de Mascara, le général Géry comprima aussi avec énergie l'insurrection.

Tous les malheurs étaient réservés à la subdivision de Tlemcen, qui, nous le répétons, avait été beaucoup trop peu garnie de troupes. A son extrémité sud se trouve le poste de Sebdou. Ce poste a pour chef le commandant Billot. Ce brave soldat se laisse, avec le lieutenant Dombasle, et quatre ordonnances, attirer dans un guet-apens dressé par un nouveau kalifa d'Abd-el-Kader, nommé Bou-Guerrera. Mais l'assassinat de nos malheureux officiers ne produit pas au lieutenant de l'émir le gain qu'il en attendait. La garnison de Sebdou, enflammée d'indignation, ivre de vengeance, résiste à toutes les attaques; mais les tribus des environs émigrent vers le Maroc.

Tout cela, qu'on le remarque bien, se passait presque à la fois. L'insurrection débordait même jusque sur la province d'Alger, où le colonel Saint-Arnaud, qui commandait à Orléansville, défit, avec peu de troupes, les Beni-Ouraghr révoltés au nombre d'environ trois mille.

A la rapidité des Arabes, le gouverneur général par intérim, de la Moricière, répondit par une rapidité presque sans exemple dans les annales de la guerre. En quelques jours, il se porte au secours de la subdivision de Tlemcen, rejoint le général Cavaignac au défilé de Bab-Taza entre le district de Lalla-Maghnia et celui de Djemmâ-Ghazouat, ravitaille, relève des postes, en débloque d'autres, et, le 5 octobre, se trouve en force devant Abd-el-Kader. Une semaine s'était à peine écoulée depuis les derniers événements.

L'émir campait alors de sa personne à Aïn-Kebira avec environ trois mille cavaliers. Il activait les mouvements insurrectionnels des Ghossels et des Traras et appelait à lui les populations pour la défense du col d'Aïn-Kebira, par lequel il fallait nécessairement passer pour attaquer et forcer à la soumission les tribus réfugiées dans le système montagneux compris entre Lalla-Maghnia, Djemmâ-Ghazouat et l'embouchure de la Tafna.

Le général la Moricière avait avec lui quatre mille cinq cents fantassins, quelques escadrons de cavalerie et dix pièces de canon. Il se trouva dans les environs du col, à l'Oued-Talata, le 13 octobre, et reconnut la position de l'ennemi. Elle était formidable. Des milliers de Kabyles couvraient toutes les hauteurs. La cavalerie d'Abd-el-Kader se déployait à gauche du col.

Toutefois on pouvait aborder la position, à droite par un sentier couvert, à gauche par des pentes escarpées, et exposées au feu de l'ennemi; mais, si l'on se divisait ainsi, en deux colonnes, on laissait entre soi un mamelon garni de nombreux fantassins.

Le général de la Moricière avait trop d'habileté pour commettre cette faute ou pour attaquer d'un seul côté, et exposer ainsi l'un de ses flancs. Il fit trois colonnes. Celle qui devait gravir les hauteurs de gauche, sous le feu de l'ennemi, fut naturellement donnée à Cavaignac; le colonel Gachot eut le commandement de celle de droite, qui marchait presque à couvert. Quant au général en chef, il devait conduire la colonne de réserve chargée d'emporter le mamelon du centre. Cavaignac enleva littéralement sa colonne, qui se composait du 41ᵉ de ligne. Rapidement portée sur les hauteurs, elle culbuta l'ennemi. Les deux autres colonnes réussirent également. Ab-el-Kader, qui se réservait pour tomber sur nos troupes, si elles éprouvaient un moment d'échec, ne jugea pas à propos d'engager sa cavalerie. Il se retira poursuivi par les huées des insurgés, qui ne comprenaient rien à sa stratégie expectante.

Vainqueur, le général de la Moricière accomplit alors avec une impétuosité irrésistible un plan aussi ingénieux que fécond. C'était de tourner par l'ouest toutes les tribus qui se dirigeaient vers le Maroc et de les ramener vers la mer, où elles seraient forcées de se précipiter si mieux elles n'aimaient se rendre aux Français.

Tous les ennemis que l'on rencontra furent ou balayés, ou poussés en avant. On franchit, toujours battant, d'affreux défilés, et l'on finit par atteindre le but proposé. Les Traras, les Ghossels, plusieurs fractions des Beni-Amer, acculés à la Méditerranée, vinrent demander l'aman. En le leur refusant, le général pouvait venger par des flots de sang la trahison de Sidi-Brahim. Il lui suffisait de pousser ses soldats en avant. Il préféra montrer la France sous le jour de la plus grande magnanimité. Il reçut la soumission des rebelles.

Pendant ce temps, le Bou-Maza, toujours entreprenant, venait se faire battre jusque sous les murs de Mostaganem par le lieutenant-colonel Mellinet.

L'insurrection se calmait donc ou était progressivement vaincue. Le gouverneur général par intérim était au moment d'acquérir une grande gloire. Mais Bugeaud, dès les premières nouvelles des désastres, avait su habilement se poser en homme complètement nécessaire. L'opinion s'était retirée de lui après le massacre des Ouled-Riah. Elle lui revint quand on vit Abd-el-Kader sembler profiter de son départ pour rentrer en Algérie. Les journaux du temps ont retenti des débats qui s'élevèrent alors, et auxquels le vainqueur d'Isly se mêla par la plume. Le gouvernement général lui fut rendu avec des pouvoirs plus considérables que d'abord. On renforça aussi l'armée de douze mille hommes.

Il se trouva, de cette façon, que Bugeaud put recueillir la moisson préparée par de la Moricière, tandis que celui-ci avait hérité des conséquences funestes de la terrible guerre faite par son prédécesseur.

CHAPITRE XXXI.

Fin de 1845. — Hésitations du maréchal Bugeaud; désastre de Sétif.

Arrivé à Alger le 13 octobre, le maréchal Bugeaud ne perdit pas un seul instant pour arracher à son lieutenant la gloire de la pacification. Il se dirigea tout aussitôt vers l'ouest avec une colonne de deux mille hommes.

La proclamation qu'il adressa aux Arabes et aux Kabyles annonçait une nouvelle phase guerroyante et administrative. Il est nécessaire de la mettre sous les yeux de nos lecteurs.

« ARABES ET KABYLES,

» Il semble que le démon de la folie se soit emparé des esprits d'une partie d'entre vous. Poussés par les instigations incessantes d'un chef dont l'ambition ne respecte ni votre repos, ni votre fortune, ni votre existence même, bon nombre de tribus se sont mises en révolte contre l'autorité du roi des Français, sans avoir aucun espoir raisonnable d'atteindre leur but.

» Pensent-elles que la France, qui compte des millions de guerriers, leur abandonnerait la victoire, lors même que, par impossible, elles obtiendraient un grand succès sur ceux qui sont actuellement en Algérie ?

» Grande erreur de leur part !

» Des armées plus formidables que les premières arriveraient bientôt, et il ne pourrait, finalement, résulter de la lutte, que la destruction totale de la race arabe.

» Nous, qui ne voulons pas la détruire, nous, qui voulons, au contraire, augmenter sa prospérité sans changer sa religion, nous vous devons des avertissements paternels.

» Fermez enfin l'oreille à cet ambitieux imposteur qui se dit votre sultan, et qui s'inquiète fort peu de vous sacrifier, dans le fol espoir de satisfaire ses vues ambitieuses.

» Il a été vaincu et chassé quand il avait une armée régulière, quand il disposait de tout le pays, quand nous ne possédions que quelques villes de la côte.

» Que pourrait-il donc faire aujourd'hui ?

» Rien, absolument rien, que quelques razzias; quelques coups de main sans portée, qui, en se prolongeant, achèveront votre ruine qu'il a déjà si bien commencée.

» Il vous enflamme au nom de la religion; mais en quoi, où, et comment avez-vous été troublés par nous dans votre culte ?

» Avons-nous essayé de vous le faire abandonner? Non. Partout, au contraire, nous avons relevé et restauré vos mosquées et vos marabouts, et nous vous avons protégés dans la pratique de vos croyances.

» Jusque dans nos camps, le canon annonçait tous les jours, pendant le rhamadan, la cessation du jeûne.

» Comment nous avons-vous traités après la victoire? Ne vous avons-nous pas rendu vos femmes, vos enfants, vos vieillards, et souvent une partie de vos troupeaux?

» N'avez-vous pas reçu de nous des grains pour ensemencer vos terres ou pour vivre, quand, par suite des maux de la guerre, vous étiez dans un dénûment absolu ?

» Plus tard, nous vous avons administrés avec autant de bonté et de douceur que nous administrons les Français. Si vous ne le reconnaissez pas, si vous préférez à ce gouvernement paternel le gouvernement tyrannique et cruel d'Abd-el-Kader, c'est la lumière de Dieu qui vous a abandonnés. Vous ne pourrez vous plaindre qu'à vous-mêmes des maux que vous aurez provoqués... J'arrive avec une seconde armée. Je ne laisserai pas le plus petit coin des contrées rebelles sans le parcourir; je poursuivrai partout les tribus révoltées, et si elles persistent à ne pas revenir soumises sur le territoire, je les bannirai pour toujours de l'Algérie, et je mettrai d'autres populations à leur place. »

Ce langage était habile et ferme. L'exécution ne fut point à la même hauteur.

L'amour-propre du gouverneur général paraît en avoir été la cause.

En effet, pour terrifier l'insurrection, pour forcer l'émir, pour arrêter l'émigration, il y avait un plan bien simple à suivre, c'était de se porter immédiatement avec des forces suffisantes dans la subdivision de Tlemcen, et d'achever là l'œuvre du général de Lamoricière.

Bugeaud ne put se résoudre à suivre la ligne si bien tracée par son lieutenant. Sous prétexte de ne laisser dans l'intérieur aucune prise à l'insurrection, il néglige complètement l'ouest, et au lieu de se transporter pour en finir aux frontières du Maroc, il laisse la guerre se développer de ce côté. Quant à lui, il ne réunira toutes ses forces contre Ab-el-Kader que lorsqu'il n'aura plus rien à craindre des tribus.

Ce plan ne répondait en rien à la hardiesse accoutumée des mouvements du gouverneur général. Il cachait ou la pensée de ménager l'émir ou la jalousie d'un chef qui veut faire autrement que son subalterne. La guerre en fut prolongée de plus d'un an, et tout languit.

Nous n'avons plus, en effet, à signaler pour la fin de l'année 1845 que les deux expéditions du maréchal contre les Flittas et dans l'Ouarensenis. Elles n'eurent aucun résultat bien remarquable. Les Flittas échappèrent en partie et purent joindre leurs forces à celles de l'émir. Alors seulement le maréchal se mit à la poursuite de notre infatigable ennemi.

On était en décembre. La province de Constantine, pendant que Bugeaud opérait maintenant sans éclat dans l'ouest, eut aussi sa catastrophe.

Cette province recevait tous les contre-coups des succès et des insuccès de nos troupes dans la province du centre et dans celle de l'ouest. Une révolte y éclate dans le Hodna. Prêchée par le fanatique et courageux Si-Saad, elle ne tarda pas à gagner une partie de ce Belezma où nous avons vu naguères opérer le duc d'Aumale. Le général Levasseur commandait par intérim; il prend avec lui deux mille baïonnettes et deux cent cinquante chevaux, et le voilà parti. Il a d'abord de grands succès, comme toujours, avec les colonels Herbillon et de Bouscarens et le chef de bataillon de Liniers; il bat les insurgés dans le Djebel-Fougal, et enlève aux Ouled-Benacem et aux Ouled-Abd-el-Nour du blé de quoi charger deux mille mulets. Mais bientôt la fortune change sous l'empire des éléments.

Le général Levasseur avait au cœur la pensée de ne rentrer à Constantine qu'avec les soumissions des principales tribus du massif et qu'après une victoire complète sur Si-Saad. Il reçut, en effet, les assurances pacifiques des Saharis, des Ouled-Saanoun et des Hal-Bou-Thaleb. Il battit deux fois Si-Saad à Foum-Bou-Thaleb et à Ras-oued-Sisly, où il lui prit son drapeau. Les Monassa et les Ouled-Adjaïz vinrent aussi lui demander l'aman.

Jusque-là, malgré la saison, le ciel s'était maintenu assez beau. Mais, le 2 janvier, une tempête neigeuse se développa dans les montagnes. La neige tomba tout le jour et toute la nuit. Le général Levasseur profita d'une bonace pour quitter la montagne et redescendre dans la plaine. Il n'avait pour gagner celle-ci qu'un défilé de 1,500 mètres à traverser. Il se mit en marche dès sept heures du matin.

Déjà la moitié du convoi, la cavalerie et le bataillon d'avant-garde était hors du défilé, quand vers dix heures des rafales de neige, poussées par un vent glacial, obscurcirent l'horizon. On n'y voyait plus à une distance de vingt-cinq pas.

Rétrograder ou s'arrêter était également impossible; le général fit continuer le passage et se dirigea vers Sétif, dont il n'était séparé que par une distance de quinze lieues.

Alors commença une véritable petite retraite de Moscou, moins les ennemis. Les soldats, français et indigènes, tombaient engourdis par le froid. Nos fantassins surtout jonchaient la route de leurs cadavres; ils s'asseyaient, disaient-ils, pour prendre quelque repos; les efforts des officiers étaient impuissants à les ranimer. Après l'engourdissement, la mort les saisissait. Si une troupe ennemie les eût suivis, peut être l'action du combat les eût-elle soutenus. Mais, émus de pitié à la vue de ces soldats dont les corps marquaient sur la neige le chemin de la colonne, les Arabes cherchaient à leur porter des secours. Ceci dura neuf longues heures, au bout desquelles le général Levasseur toucha enfin Sétif. Les habitants sortirent au-devant des débris qu'il ramenait. Un officier, suivi d'un détachement, fut envoyé pour relever les morts. On en compta soixante-quatorze. Beaucoup des hommes qui avaient pu gagner la ville ou de ceux que l'on avait rapportés à moitié gelés, moururent à l'hôpital. Quelques relations estiment à cinq cents le nombre des soldats de la colonne que les médecins eurent à traiter.

Cette catastrophe acheva de jeter une teinte lugubre sur les événements de 1845 en Algérie. Jamais il n'y eut plus de dégoût de la colonisation qu'en ce temps-là. Cependant l'adresse des députés au commencement de 1846 félicita le gouvernement de ses succès en Afrique.

CHAPITRE XXXII.

1846.

La faute qu'avait commise le général Bugeaud se fit ressentir à toute l'année qui suivit les événements de Sidi-Brahim. D'autre part, jamais Abd-el-Kader ne montra plus d'activité, plus d'esprit d'entreprise et plus d'audace. Il semblait qu'il ne connût ni les obstacles ni les distances.

Nous le voyons, chassé du Tell, traverser comme une flèche le pays des Flittas, et aller chercher des forces et des subsistances dans le sud-ouest de la province d'Oran. Défait de ce côté, il continue à entretenir des intelligences avec les tribus insoumises, et cela jusque dans la province de Tittery. Tandis que Bou-Maza reparaît du côté d'Orléansville et se fait battre le 29 janvier à Tedjna près de Tenès, il se précipite à travers le Djebel-Amour, entraîne avec lui quelques-uns des Ouled-Naïl et d'autres mécontents. Les tribus du petit désert de la subdivision de Médéah sont surprises par lui. Ne pouvant se défendre, elles s'abandonnent à ses séductions et le voilà de nouveau à la tête d'une petite armée, presque toute de bonne cavalerie.

Avec cette force il conçoit les plus grands projets et les exécute. Ses affidés lui ont appris que la vallée de l'Isser est mal gardée; il s'y précipite. Quelques heures lui suffisent pour y remporter de nouveaux succès et gorger ses cavaliers de butin pris sur nos alliés. Mais

le général Gentil était alors en observation sur l'Oued-Corso. Il est prévenu que des mouvements extraordinaires ont lieu parmi les Issers. On lui dit que Ben-Salem, kalifa d'Abd-el-Kader, est en armes, et on lui indique la place de son camp, à Cherg-el-Tobboul sur l'Oued-Djemma. Le général Gentil masque aussitôt avec soin ses mouvements, et, de concert avec le colonel Blangini, réussit à surprendre de nuit les principaux rassemblements. L'émir, mal servi par le courage des siens, n'a que le temps de fuir, laissant ses prises aux mains des nôtres et perdant jusqu'à cinq cents fusils avec lesquels il se proposait d'armer ses amis de la Mitidja. D'autre part, le gouverneur général, aidé du général Bedeau, manœuvre, suivi de forces suffisantes, de manière à couper la retraite de l'ennemi à travers les tribus soumises. Mais Abd-el-Kader trompe ses prévisions; sa stratégie défie les difficultés : il quitte les vallées accessibles et gravit les pentes ardues qui sont au sud du Djerdjerah, trouve un asile et des forces chez les Benï-Zala, et là, entouré des Kabyles, il trône encore une fois comme le chef des croyants.

Les chefs de la Kabylie ne désiraient rien tant que l'indépendance; mais ils la voulaient complète. Un sultan, quel qu'il fût, arabe ou français, n'était point leur fait. L'émir, dans la grande assemblée de Bordj-el-Bogdni, tenue le 27 février, ne sut pas les convaincre. Il espérait tout mettre en feu. Il lui fallut quitter ce pays en fugitif. Désespéré, mais non vaincu, il quitta les montagnes avec la rapidité de l'éclair, et deux jours après son départ on le retrouve à cinquante lieues de là, enlevant la tribu des Douairs presque sous le canon d'un camp français, après avoir traversé la subdivision de Médéah et passé dans le rayon même du poste de Boghar. Mais ici encore son courage échoue devant la surprise et la discipline. A Ben-Nahar, dans le Djebel-Sahari, le 7 mars, le colonel Camou l'investit. L'émir acculé se défend avec le fanatisme du désespoir. Cent dix de ses réguliers et plusieurs chefs de distinction laissent leurs cadavres sur le champ du combat. Le général Yusuf, posté à Aïn-Oussera, se joint aussitôt au colonel victorieux. Les deux colonnes poursuivent l'émir l'épée dans les reins, le forcent à lever trois fois son camp en douze heures, ne lui laissent aucun relâche. Il s'échappe cependant, suivi seulement de quatorze cavaliers sur deux ou trois mille qui l'accompagnaient, et laissant entre nos mains un convoi de huit cents mulets. Nos officiers s'acharnent vainement sur ses traces. Monté sur un de ces chevaux auxquels il dut tant de fois la vie, il défie la vengeance française, vengeance légitime cette fois encore, car il vient d'ordonner la mort de deux de ses prisonniers, le lieutenant Lacotte et l'interprète Lévy, et ce dernier a été effectivement assassiné. Les Ouled-Nayel, qui faisaient alors sa principale force, l'abandonnent. Les tribus de la lisière du Tell, qui avaient émigré dans le petit désert, rentrent sur notre territoire (13 mars).

Pendant ce temps l'on remportait d'autres succès dans l'ouest. Le général Cavaignac, chargé de surveiller l'émigration des tribus des extrémités de l'Oranais, leur donna, par la prise des Ouled-Riah de l'ouest, une leçon capable de les dégoûter. Parti le 25 janvier de Lalla-Maghnia avec trois mille quatre cents hommes d'infanterie et une faible cavalerie, il revint vers cette place le 27, conduisant devant lui une population qui ne couvrait pas moins de deux lieues de route. Il y avait là des Ghossels, des Ouled-Riah, des Achache, des Beni-Ouazan et des Djaounat. Dans cette expédition, qui fut conduite avec une rapidité et un succès inouïs, le général Cavaignac eut encore cette fois pour auxiliaire le colonel Chadeyson. De Lalla-Maghnia, il dirigea sur leurs territoires toutes les tribus arrêtées.

De son côté le général de la Moricière, quoique destitué de la gloire qu'il aurait pu acquérir, ne s'épargnait pas. Il opérait, lui aussi, de manière à arrêter les émigrations, et y réussit en ramenant les Harars et une partie des Assesnas, qui s'étaient enfuis vers les Chott. Il obtint aussi la soumission des tribus voisines de Goudgilah. Mais c'était pour le général Cavaignac que se levait alors la lumière des combats.

Un chef nommé El-Sid-el-Fadel crut trouver dans la disposition où se trouvaient les esprits dans les environs de Tlemcen une occasion de succès. Se donnant comme le scheik des scheiks annoncé par Mahomet, il réussit bien vite au sein de son plus proche entourage; puis, encouragé par les groupes qui se réunirent à sa personne, il se proclama sultan de Tlemcen, et adressa au général Cavaignac la proclamation que voici :

« Mohammed-Ben-Abdallah au général Cavaignac.

» Louange au Dieu unique, personne ne lui est associé.

» Du serviteur de son Dieu, Mohammed-ben-Abdallah (Sidi-el-Fadel) au chef français, salut sur quiconque sent la vraie voie.

» Sachez que Dieu m'a envoyé vers vous et vers tous ceux qui sont dans l'erreur sur la terre; je vous dis que Dieu a ordonné de dire : Il n'y a d'autre Dieu que Dieu, et Mohammed est son prophète. N'admettez pas d'autre religion, parce que Dieu n'admet d'autre religion si ce n'est l'islamisme.

» Le Très-Haut dit : Dieu n'admet que la religion musulmane. Si vous dites : Nous sommes dans le vrai et nous n'avons plus besoin de Mohammed, le Très-Haut a dit, et son dire est très-vrai, que le juif dise au chrétien qu'il est athée, et réciproquement la vérité pour tous deux serait de témoigner en faveur du prophète Mohammed.

» Cessez de commettre l'injustice et le désordre. Dieu ne l'aime pas. Sachez qu'il m'a envoyé pour que vous vous soumettiez à moi. Il a dit : Soumettez-vous à moi et à mon envoyé.

» Vous savez qu'il doit venir un homme qui régnera à la fin des temps. Cet homme, c'est moi, Mohammed, envoyé par Dieu et choisi parmi les plus saints de la suite du Prophète. Je suis l'image de celui qui est sorti du souffle de Dieu.

» Je suis l'image de Notre-Seigneur Jésus, je suis Jésus ressuscité, ainsi que le monde le sait, croyant à Dieu et à son prophète. Si vous ne croyez pas les paroles que je vous annonce en son nom, vous vous repentirez, aussi sûr qu'il y a un Dieu au ciel, qui a le pouvoir de tout faire. »

Le général Cavaignac ne se repentit nullement d'avoir traité comme elle le méritait cette invitation à la soumission.

Sidi-el-Fadel, entraînant les Ouled-Belaghr, les Beni-Methar et beaucoup de cavaliers angads du Maroc, marcha sur Tlemcen, où il avait promis d'entrer sans coup férir. Le général sortit au-devant de lui (le 24 mars) avec ses trois cents chevaux soutenus par trois bataillons d'infanterie que commandait le colonel Gagnon. Arrivé au plateau de Terny, il se trouva face à face avec huit cents cavaliers et environ douze cents fantassins. Cette force fit d'abord bonne contenance. Elle était fanatisée et comptait sur la victoire. Mais Cavaignac, après s'être rendu compte du terrain, prend les dispositions les plus rapides. Le colonel Gagnon aborde l'ennemi avec un tel entraînement, que, séparé de sa troupe, il est d'abord entouré, lui, cinq ou sixième. La cavalerie le dégage, et tandis qu'un détachement manœuvre de manière à couper la retraite aux Arabes, la cavalerie charge par trois fois la masse ennemie et la disperse. Quant à nos fantassins, ils viennent facilement à bout des cavaliers de Sidi-Fadel, dont ils repoussent toutes les attaques, et qu'ils forcent à fuir en désordre. Sept drapeaux restent entre leurs mains, et l'on compte sur le terrain jusqu'à cent cadavres revêtus du haïk. L'insurrection est dissipée.

Mais arrêtée à Tlemcen, elle reparaît dans la Kabylie. Les Kabyles ont repoussé Abd-el-Kader à Bordj-el-Boghni ; ils se soulèvent, main tenant qu'il n'est plus là, sous la conduite de leurs propres schérifs. Un instant le pays entre Collo et Philippeville est presque tout entier soulevé ; mais ce soulèvement tourbillonne sur place, et nos établissements ne sont pas attaqués.

Il n'en est point de même dans le Dahra, où Bou-Maza résiste, par ses manœuvres rapides, aux mouvements combinés des troupes des subdivisions de Mostaganem et d'Orléansville. Cependant, atteint au commencement d'avril, cet autre Abd-el-Kader est blessé au bras et perd son principal lieutenant.

Un autre partisan de l'émir, Hadj-el-Sghir, successeur du kalifa Sidi-Embarek, se tenait en armes dans l'Ouarensenis. Il ne fallait compter sur aucune tranquillité tant que lui et Bou-Maza ne seraient pas réduits. Le duc d'Aumale fut chargé de conduire contre ce chef une opération d'ensemble, tandis que des efforts combinés seraient dirigés dans le Dahra. L'une et l'autre de ces expéditions réussirent. Cependant le général Bugeaud jugea à propos de revenir après le duc d'Aumale. Cette fois les montagnards, ainsi que ceux du Dahra, livrèrent leurs armes.

Un grand malheur frappait en ce temps-là Abd-el-Kader : non-seulement nous lui enlevions en le poursuivant à outrance tout appui de la part des Ouled-Naïl, mais encore nous les faisions rentrer dans la soumission, ainsi que la ville de Bouçada. Ce n'était pas tout, les principales tribus parmi celles qui composaient la deïra de l'émir, les Beni-Amer, les Hachem, faisaient défection : elles quittaient les drapeaux d'Abd-el-Kader, et de la Moulouïa, où elles campaient, elles allaient s'établir, sous les auspices de l'empereur de Maroc, dans les environs de Fez. Le bruit de cette défection se répandit promptement dans toute l'Algérie. Les Hachem étaient depuis seize ans attachés à la fortune de l'émir. Leur abandon le condamnait aux yeux des Arabes. A partir de ce moment on peut le regarder comme vaincu dans leur esprit.

CHAPITRE XXXIII.

SUITE DE 1846.

Désespoir des Arabes et d'Ab-el-Kader. — Massacre des prisonniers de la deïra. — Massacre de Bathna. — Des Tunisiens. — Séparation entre Bou-Maza et l'émir. — Délivrance des officiers de Sidi-Brahim.

A mesure que nous avançons dans l'histoire des mouvements militaires de 1846, la guerre se colore d'une teinte sombre. Il n'y a plus d'actions d'éclat. L'ennemi se cache, fuit et massacre quand il peut. C'est comme la dernière convulsion d'une nationalité blessée à mort.

Abd-el-Kader était à bout de ressources. Il avait donné ordre aux Hachem et aux Beni-Amer de le rejoindre vers le sud, et ceux-ci, comme nous l'avons vu, avaient émigré au Maroc. Cependant la deïra subsistait toujours, gardée par quelques centaines de réguliers, et se tenant en rapport par les rives de la Moulouïa d'un côté avec

les secours marocains, de l'autre avec les émissaires de celles des tribus qui, en Algérie, nous étaient encore hostiles. Mais d'un côté comme de l'autre l'assistance n'arrivait guère. Pressés peut-être par la pénurie de vivres, fanatisés par l'esprit de vengeance, ses chefs conçurent un projet dont l'exécution fut une tache sanglante à l'histoire de l'émir.

La deïra était alors campée à environ trois lieues de la Moulouïa. Les prisonniers établis sur le bord de la rivière occupaient une vingtaine de gourbis au milieu du camp des fantassins réguliers. Ceux-ci étaient au nombre de cinq cents environ, répartis aussi dans des gourbis par bandes de cinq ou six ; le camp était clos par une enceinte de broussailles fort élevées, dans laquelle on avait ménagé deux passages pour rendre la garde plus facile.

Le 27 avril, vers deux ou trois heures de l'après-midi, il arriva une lettre d'Abd-el-Kader. Aussitôt trois cavaliers vinrent au camp chercher les officiers de la part de Mustapha-ben-Thami ; celui-ci les invitait à une fête. MM. de Cognord, Larazet, Marin, Hillerain, Cabasse, Thomas et quelques autres se rendirent à cette invitation.

Les autres prisonniers furent commandés pour une sorte de revue de leurs effets. Les fantassins réguliers, après les avoir inspectés, les séparèrent par escouades de sept ou huit, et mirent chaque escouade dans une même gourbi sous la garde de vingt-quatre hommes armés. Quelques-uns de nos soldats furent saisis d'un affreux pressentiment, et veillèrent, prêts à se défendre par tous les moyens. Quelques-uns avaient réussi à cacher des couteaux ou de simples morceaux de fer.

Vers minuit, les réguliers d'Abd-el-Kader et les autres hommes de la Deïra poussèrent un grand cri, c'était le signal du massacre. Une horrible lutte s'engagea alors. Les Arabes, ne pouvant l'emporter malgré leur nombre, mirent le feu aux gourbis, et à mesure que les prisonniers cherchaient à échapper aux flammes, ils les fusillaient à bout portant. Cette lâche fusillade dura plus d'une heure.

Parmi ceux des nôtres qui s'échappèrent, le clairon Rolland fit surtout preuve d'audace et de courage. Au signal des Arabes, il sort de sa gourbi, rencontre un régulier, le frappe d'un coup de couteau dans la poitrine, et saute dans un buisson, où il compte trouver un abri. Des ennemis l'aperçoivent, le saisissent. Il réussit à s'en débarrasser, et après avoir essuyé plusieurs coups de fusil, il a la douleur d'assister de loin au massacre de ses camarades. Le silence étant fait, il quitte les abords du camp, et se met en marche, à l'aventure, se cachant le jour, voyageant la nuit. Après trente-six heures de fatigues, à bout de forces, il pénètre dans un village marocain, et y est fait prisonnier. Les habitants le vendent pour deux douros à un propriétaire des environs de Lalla-Maghnia, qui le ramène au camp français, où il confirme l'affreuse nouvelle du massacre du 27 avril. On était alors au 17 mai. Les tortures que cet homme avait supportées ne l'avaient point abattu.

Maintenant, sur quel ordre le massacre des prisonniers de la deïra avait-il été exécuté ? Cet ordre venait-il de l'émir ? Ses partisans l'ont nié, et ont fait peser toute la responsabilité de la nuit du 27 avril sur Mustapha-ben-Thami. Mais telle ne fut pas l'opinion qui se manifesta tout d'abord en Algérie ; telle ne fut pas non plus ni l'opinion des membres du gouvernement d'alors ni celle du maréchal Bugeaud. L'émir fut hautement accusé. Le *Moniteur* du 31 mai 1846 est à cet égard une pièce trop importante pour que nous ne le citions pas ici. Voici en quels termes il porta à la France la connaissance du massacre de la Moulouïa :

« Le gouvernement [1] n'a encore reçu aucune nouvelle officielle sur un événement douloureux dont plusieurs journaux s'occupent ce matin. Nous nous bornons à reproduire l'extrait suivant de la *France Algérienne*. On lit dans ce journal :

» Le patron d'une balancelle partie de Djemmâ-Ghazouat le 9 mai nous a annoncé une nouvelle terrible, le massacre à la deïra d'Abd-el-Kader de tous les prisonniers français ! M. le général de la Moricière donna immédiatement au vapeur *le Grégeois* l'ordre de se rendre d'urgence à Djemmâ-Ghazouat pour y transporter M. de Martimprey, colonel d'état-major, chargé de vérifier ce bruit si alarmant, d'en constater l'authenticité, et de recueillir tous les détails de ce fait d'odieuse barbarie dont on se plaisait à douter, mais qui n'est malheureusement que trop certain. L'état de la mer a pendant trois jours mis obstacle à l'accomplissement de la mission de M. de Martimprey. Enfin *le Grégeois* est rentré cette nuit même, et de tous les bruits recueillis sur ce fatal événement, *il résulte qu'Abd-el-Kader a effectivement donné l'ordre de massacrer nos prisonniers*, et que cet ordre a été exécuté. Hâtons-nous de dire que jusqu'à présent cet ordre ne concernait pas les officiers, qui ont échappé à cette épouvantable boucherie. Voici les faits qui ont amené l'émir à prendre une résolution si impitoyable.

» Dans le courant du mois dernier, Abd-el-Kader avait ordonné à Bou-Hamedi de remettre le commandement de la deïra à Mustapha-Ben-Thami, et de venir aussitôt le rejoindre avec les Beni-Amers. Ebruité dans le Sud, où il a passé pour être exécuté, cet ordre ne le fut pas, car les Beni-Amers et Ben-Hamedi refusèrent de partir. La tribu, de l'aveu même du kalifa, entama avec Bou-Zian-Ouled-

<hr>

[1] *Moniteur* du 31 mai 1846.

Chaoui des négociations dans le but d'obtenir son assistance pour se séparer de la deïra.

» Il fut convenu entre eux que les Beni-Amers ne dépasseraient pas Taza, et que Bou-Amedi se poserait en intermédiaire de la tribu auprès de l'émir, et qu'il obtiendrait son retour à la deïra sous la condition que le commandement en chef lui serait donné. Bou-Hamedi tint parole, mais les Beni-Amers manquant à la foi donnée, passèrent par l'ouest sans s'occuper du kalifa, qui, redoutant les suites de son intrigue avortée, prit la fuite afin de rejoindre Bou-Zian-Ouled-Chaoui.

» A la suite de ces événements, qui eurent lieu dans les derniers jours du mois d'avril, Mustapha-Ben-Thami, demeuré seul avec les Hachems et quelques émigrés des diverses tribus, ne put exécuter l'ordre que l'émir, son beau-frère, lui fit transmettre d'amener vers le sud tout ce qui lui restait de monde. « La deïra, réduite des trois quarts, écrivit-il à Abd-el-Kader, ne pourrait résister à une tentative probable des tribus marocaines pour s'emparer des prisonniers français, dont la garde et l'entretien devenaient chaque jour plus difficiles. »

» *Abd-el-Kader répondit par l'ordre barbare d'égorger ces malheureux.* Afin de rendre plus facile l'exécution de cet ordre, on répandit le bruit dans la deïra que tous les prisonniers musulmans avaient été mis à mort en France. C'est avec de semblables nouvelles que les agitateurs stimulent la haine cruelle et ignorante des Arabes.

» Il n'y a plus à douter de la consommation du meurtre de nos malheureux frères d'armes..... nous avons vu les cadavres de plusieurs; quelques-uns, échappés à la mort, ont réussi à s'enfuir, bien que poursuivis, et à gagner les douairs des Beni-Snassen. Des hommes de cette tribu ont sauvé la vie à l'un d'eux, et fait la promesse de nous en ramener d'autres qui sont à présent en sûreté. »

On voit d'après cette pièce que l'opinion du gouvernement français était que la responsabilité du massacre devait remonter jusqu'à Abd-el-Kader. Le maréchal Bugeaud, qui avait peut-être quelques reproches à se faire pour n'avoir pas accepté des propositions que l'on dit lui avoir été faites pour l'échange des prisonniers, se laissa entraîner beaucoup plus loin dans l'accusation. Voici quelques phrases de la proclamation que l'événement du 27 avril lui inspira :

« ARABES ET KABYLES,

» Vous aurez peut-être appris l'acte barbare exécuté sur trois cents prisonniers français par le fils de Mahiddin, que vous appeliez autrefois votre sultan. Voyant que ces prisonniers étaient réclamés par l'empereur du Maroc, ou qu'ils allaient être délivrés par notre armée, ou bien enfin qu'ils étaient incommodes à nourrir ou à garder, *il a ordonné de les égorger, et ils ont été égorgés.* »

Cinq mille prisonniers musulmans étaient alors entre les mains des Français. Abd-el-Kader les exposait à notre vengeance. Cette idée aurait dû l'arrêter; mais, ajoutait le général Bugeaud dans sa proclamation, « *notre ennemi est devenu aussi féroce que les lions et les panthères.* »

Le maréchal terminait en invitant les Arabes à comparer la cruauté de l'émir à la générosité de la France.

Quoi qu'il en soit de la complicité d'Abd-el-Kader dans le massacre de nos prisonniers, ce massacre ne lui donna aucune force. En effet, dès qu'il eut été commis, l'union qui maintenait les habitants de la deïra fut brisée. Ils se séparèrent dans toutes les directions. L'émir parvint néanmoins à en rejoindre et à en rassembler le noyau, avec lequel il se porta dans le pays des Mtalsa à Aïn Zohra. Là, son kalifa Hadj-el-Sghir et Bou-Maza se réunirent à lui avec leurs partisans, et après un peu de temps il se retrouva encore en force. Mais il ne sut pas ou ne put pas profiter des divers troubles qui agitèrent le pays pour faire à temps une nouvelle invasion.

Ces troubles furent cependant considérables. Ainsi, d'une part les Kabyles allèrent jusqu'à insulter la garnison de Bougie, qui fut contrainte de repousser en armes la tribu des Mezaïa. D'autre part la province de Constantine fut exposée à une invasion qui rappela en diminutif celle des Marocains à Ouchda.

Un cheik nommé El-Hassenaoui parvint à fanatiser les tribus des environs de Tebessa. Le général Randon sortit de Bone pour dissiper les rassemblements que l'on disait s'être formés autour de cette ancienne ville romaine. Il n'eut à traverser qu'un pays en apparence ami; mais la température étant fort élevée, la troupe eut beaucoup à souffrir. Avant que de s'engager dans les montagnes, le général Randon, encombré de malades, jugea à propos de les diriger sur Guelma, où ils trouveraient les soins désirables. On en forma un convoi qui s'achemina sous la garde du kaïd Ben-Jéar, dont on avait éprouvé plus d'une fois la fidélité. Ce convoi s'avança d'abord en pleine quiétude; mais le lendemain un départ un coup de feu retentit sur sa gauche. C'était le signal d'un nouveau massacre. En quelques minutes des masses de Kabyles entourent nos malheureux blessés, et pas un n'échappe. Là se trouvaient d'excellents officiers, le capitaine Noël, le sous-lieutenant Hamerroui, l'aide-major Castelli. On avait fait croire aux massacreurs qu'ils vengeaient le pillage de Tebessa.

Aussitôt qu'il apprit cet événement, le général Randon, bien qu'il n'eût avec lui que peu de forces, revint sur ses pas et, sans craindre de soulever tout le pays par une punition exemplaire, envahit avec rapidité le pays des Ouled-Sidi-Jabia-bou-Thaleb dans le territoire desquels le meurtre de nos malades avait été commis. Toutes les richesses de la tribu furent saisies; elle livra les instigateurs du massacre.

Mais El-Hassenaoui profita du retour du général Randon pour obtenir des habitants de la frontière de Tunis d'envahir le territoire français. Des bandes considérables et quelques chefs importants le suivirent. Il pouvait compter cinq ou six mille combattants, la plupart cavaliers. Ce rassemblement formidable vint présenter la bataille à la colonne expéditionnaire, qui campait alors près de la frontière tunisienne chez les Ouled-Chiar. Le général, sans attendre les Tunisiens, lança sur eux sa faible cavalerie. Saisis d'une terreur panique, ils fuirent à toute bride. On les poursuivit durant vingt-quatre kilomètres. Cette victoire ne nous coûta pas un seul soldat. Le gouvernement de Tunis désavoua la tentative, et fut contraint de prendre des mesures pour empêcher qu'elle ne se renouvelât.

Sur d'autres points il y eut également des soulèvements partiels. Il fallut conduire une expédition dans le sahel de Sétif. Trois de nos caïds de la subdivision de Bone furent successivement assassinés. Dans le Dahra, un nègre nommé El-Guerib se donna pour prophète. Un autre prophète, travaillant pour Bou-Maza, se leva parmi les tribus de Chekala et de Meslem.

Toutes ces tentatives montraient un pays mal soumis. Cependant, comme nous l'avons dit, soit incapacité, soit impuissance, Abd-el-Kader n'en profita point. Son attitude le fit même accuser de trahison par Bou-Maza. Celui-ci, d'une nature beaucoup plus bouillante et impétueuse, ne voulait pas que l'esprit des Arabes reposât un seul instant. Sa lutte pied à pied contre nos troupes dans le Dahra, et particulièrement contre le colonel Saint-Arnaud et le lieutenant-colonel Canrobert, lui avait donné une grande réputation. Si l'émir représentait le génie arabe dans sa plus haute expression, Bou-Maza le représentait par ses côtés populaires. Ardent, infatigable, violent, plein d'expédients et de ruses, éloquent, mais dans un langage plus vulgaire, plus excitateur et plus fanatique, il s'accommodait mal des découragements qui s'emparaient quelquefois de l'émir, et que celui-ci dissimulait sous les enveloppes de la politique et de la prudence. A son retour après le massacre du 27 avril, Abd-el-Kader était dans un de ces moments d'abattement. Bou-Maza, après avoir essayé de l'entraîner à une nouvelle invasion, le quitta une première fois pour fanatiser les tribus des environs d'Aïn-Zorah. Il marcha même assez avant sur notre territoire. Mais ses tentatives furent sans succès. Il en accusa Abd-el-Kader. L'émir, disait-il, ne voulait travailler que dans un intérêt égoïste. Il jalousait tous ceux qui s'élevaient à côté de lui. Ces paroles, rapportées à l'émir, aigrirent ce dernier. La deïra se divisa en deux partis. Celui de Bou-Maza ne fut pas le plus nombreux; ce que voyant, ce hardi chef d'aventures réunit quarante cavaliers seulement, et quittant la frontière du Maroc, rentra résolûment sur notre territoire. On apprit bientôt sa présence à Szitten, puis chez les Ouled-Naïl, à l'extrémité sud-est, desquels il s'arrêta, défiant là nos armes, qui ne s'étaient pas encore avancées si loin.

L'abandon de Bou-Maza, comme celui des Beni-Amers, porta un nouveau coup à l'autorité de l'émir. Un autre événement, arrivé vers cette époque, contribua à lui faire perdre de l'influence qui lui restait encore.

On se rappelle que plusieurs de nos officiers, prisonniers à la deïra, avaient été épargnés dans l'affreuse exécution de la Moulaïa. Octobre finissait, quand on apprit, par le gouverneur espagnol de Melilla, qu'il ne serait pas impossible, si l'on voulait y mettre un certain prix, d'obtenir la délivrance de ces officiers et de ce qui leur restait de compagnons. Le commandant Courby de Cognord, disait-on, avait écrit lui-même à ce sujet. En effet, voici ce qui se passa :

Le 2 novembre, le gouverneur de Melilla reçut une lettre de ce brave officier, et la transmit au général d'Arbouville, qui commandait alors la province d'Oran. Les chefs arabes, chargés de la garde des prisonniers, exigeaient une somme de quarante mille francs. Le général d'Arbouville envoya aussitôt un enseigne de marine des plus distingués, M. Durande, à Melilla, avec la somme demandée. Comme on ignorait alors la connivence des chefs avec l'émir lui-même, l'enseigne prit les plus grandes précautions. Il parvint à communiquer par un intermédiaire avec M. de Cognord, et à lui faire savoir que l'argent de la rançon était à Melilla, et que si les commandants de la deïra se trouvaient toujours dans les mêmes dispositions, une balancelle, croisant le long de la côte, serait toujours prête à recevoir les malheureux captifs. On fut plus de quinze jours sans recevoir aucune réponse. Enfin, le 24 novembre, deux coureurs se présentèrent dans les fossés de la place de Melilla, et annoncèrent que les prisonniers étaient à quelques lieues de la pointe de Bermiza et que l'on pouvait les y aller prendre. Ce pouvait être une embuscade. Les Arabes voulaient peut-être faire un nouveau Sidi-Brahim. Mais Durande n'hésita pas. « Je ne rentrerai pas à Oran, s'écria-t-il, si je dois rentrer sans eux. » Toutefois, comme le courage n'exclut pas la prudence, il fit accompagner sa balancelle par un canot du port de Melilla que montait don Luiz-Coppa, major de la place. Arrivé à la pointe de Bermiza, on trouve quelques cavaliers qui attendaient; puis bientôt les prisonniers arrivent, conduits au galop par un grand nombre de réguliers. Le brave enseigne avait eu la précaution de faire disposer l'argent dans le canot espagnol. Un chef arabe consent à passer sur celui-ci, tandis que M. Durande restera à terre, et l'échange se fait. Douze heures après, nos officiers touchaient à Djemmâ-Ghazouat le sol français. De là on les transportait à Mostaganem, où la garnison, l'illustre général de la Moricière en tête, les recevait avec tous les honneurs de la guerre, honneurs qui furent renouvelés par le maréchal Bugeaud lui-même. Leurs fatigues, leur courage, les en rendaient en effet bien dignes.

Le massacre de Sidi-Brahim était d'ailleurs alors vengé depuis peu. Au mois de juin, des Arabes, appartenant la plupart aux tribus qui s'étaient le plus odieusement distinguées dans cette boucherie, avaient profité de l'éloignement momentané du général Cavaignac pour attaquer les troupes occupées à tracer la route de Djemmâ-Ghazouat à la frontière. Ces troupes cessèrent aussitôt leurs travaux, et se concentrèrent. D'autre part le général accourut. Une fraction de sa colonne tomba bientôt sur les Msirdas. Les soldats trouvèrent dans les gourbis de cette tribu des armes et des dépouilles provenant du massacre du 28 septembre. Exaspérés par cette vue, ils ne firent aucun quartier à

précipiter vers le dénoûment. Abd-el-Kader va perdre une à une ses dernières espérances, et réduit à lui-même, il sera forcé de subir la loi de sa destinée.

Ce sont d'abord les Kabyles des environs de Bougie et ceux du Djurjurah qui font leur soumission.

Les Mezaïa, les Beni-bou-Messaoud se rendirent les premiers. On en forma un cercle qui releva directement du commandant supérieur de Bougie, et l'on se prépara à combattre vigoureusement les autres. Treize tribus prévinrent la conquête en envoyant demander l'amitié des Français, convaincues, disaient-elles, que l'heure indiquée par Dieu pour la soumission de leur pays et de leur race était arrivée. Ces tribus avaient été primitivement soulevées et maintenues dans la résistance par un chef nommé Mohammed-ou-Amezian. Mohammed députa ses propres parents vers les autorités françaises. Les Ouled-Amriou, les Ouled-Abd-el-Djebar, les Barbacha, les Guifsar, les Beni-Mohali, les Mehalla, les Beni-bou-Beker, les Adjissa du Sahel, les Senadja, les Beni-Djellil, les Beni-Himmel, les Beni-Ouglis, les Messisnas, les deux puissantes tribus des Fenaia et des Toudja, s'associèrent à sa démarche. On les organisa en caïdats; la place de Bougie cessa d'être bloquée et prit aussitôt une face nouvelle. Depuis

Bataille d'Isly.

l'ennemi, dont une partie se hâta de se soumettre. Une autre portion essaya de se réfugier chez les Beni-Snassen. Le général leur coupa le chemin, et les accula à la mer; là il leur fallut se rendre et périr. On porta à cinq cents le nombre de ceux qui trouvèrent la mort dans les flots.

Depuis ce moment, les affaires de l'émir ne cessèrent d'aller en décadence. Le colonel Renaud poursuivit ses partisans jusqu'aux Chotts. Dans la province de Constantine, les agitateurs furent de même punis. La tribu des Némenchas en particulier fut rudement châtiée par la garnison de Biskara, aux ordres du colonel Saint-Germain. Enfin les derniers jours de l'année 1846 virent la soumission des fractions dissidentes des Harrars, des Maknas, des Hamyans Cheragas et des Djaffras, qui, réfugiés sur la frontière, se rendirent soit au chef de bataillon de Pontèves, commandant de Tiaret, soit au chef de bataillon Charras, qui se fit remarquer alors par les services les plus signalés. A la même époque, douze cents tentes des Ouled-Balagr, sorties des environs de Daya, rentrèrent sur notre territoire. Enfin Abd-el-Kader se vit réduit à ne plus avoir, pour ainsi dire, aucun partisan avoué, et sa deïra se composa tout au plus de trois cents chevaux mal montés et de deux cents cinquante fantassins sans solde.

CHAPITRE XXXIV.

Soumission des Kabyles du Jurjura. — Le colonel Saint-Arnaud. — Reddition de Bou-Maza. — Expédition des généraux Cavaignac et Renaud dans le Sahara algérien. — Fin du gouvernement du maréchal Bugeaud.

Festinamus ad eventum, comme dit le proverbe latin. Dans cette période qui s'ouvre en 1847, nous allons voir toutes les choses se

treize ans elle n'avait pas vu un seul indigène dans ses murs. Ses marchés furent tout à coup approvisionnés. Il y eut là, sous une petite apparence, un gros événement.

Une soumission encore plus importante que celle de Mohammed-ou-Amezian fut celle de Ben-Salem. Ce chef s'était rencontré dans toutes les insurrections des Kabyles du Djurjurah. Il avait été l'un des kalifas d'Abd-el-Kader. Beaucoup de tribus et la renommée publique le considéraient encore comme tel. Par une démarche significative, il quitta pour toujours le parti de l'émir. Le gouverneur reçut ses engagements. Avec lui et après lui vinrent plusieurs amis marquants d'Abd-el-Kader, qui avaient trouvé un refuge dans la Kabylie. Ensuite se présentèrent les chefs notables des tribus de la vallée de Sebaou et des revers sud-ouest et sud du Djurjurah. Bel-Kassem ou Kassi lui-même, qui, comme Ben-Salem, et avec un fanatisme beaucoup plus sauvage, prenait part depuis dix ans à la résistance des Kabyles ses compatriotes, imita l'exemple, il se soumit.

Une reddition encore plus importante, ce fut celle de Bou-Maza.

Nous avons vu ce rapide et brillant aventurier quitter la deïra et entrer résolûment sur le territoire de l'Algérie. Il pénétra ainsi jusque dans la subdivision d'Orléansville, ancien théâtre principal de ses entreprenants coups de main. Mais là, comme presque partout sur sa route, il trouva un changement complet. Le colonel Saint-Arnaud venait de recevoir la soumission du pays et de prendre des mesures pour faire rentrer l'impôt.

Cet officier en quittant le territoire des Ouled-Jounès, y laissa près du caïd quelques cavaliers chargés de lui apporter la contribution de ces tribus.

Le 13 avril, ces mekkranis et le chef arabe étaient réunis, lorsqu'un homme, qui se couvrait la figure d'un pan de son beurnous, parut à l'entrée de la tente du caïd. Comme on lui demandait ce qu'il venait chercher, il jeta en arrière son vêtement, et le caïd reconnut en lui Bou-Maza.

« Fuis, malheureux! s'écria le chef arabe; n'as-tu pas déjà trop attiré de châtiments sur notre tribu? »

En même temps les mekkranis tirent leurs yatagans, mais le schérif en rabat la pointe vers la terre et leur dit : « Il n'est plus question de guerre entre nous, conduisez-moi au colonel d'Orléansville. »

On l'y conduisit en effet. « Tu es, dit-il à M. de Saint-Arnaud, le Français contre lequel j'ai le plus combattu, c'est à toi que j'ai voulu me rendre. »

La vengeance française devait rester désarmée devant tant de grandeur et de courage. Mohammed-ben-Abdallah, surnommé Bou-Maza, avait à peine alors vingt-cinq ans. Son voyage de Tenez, au lieu où on l'embarqua pour la France, fut un véritable triomphe. Les Arabes se pressaient sur ses pas, embrassant malgré l'escorte son beurnous et jusqu'aux traces de son cheval. Il avait toujours combattu en patriote. C'était l'Arabe dans toute sa séve native. Pour jouer un plus grand rôle, il ne lui avait manqué que l'éducation et la position. Mais il était sorti de rien. Il n'avait pas eu, comme Abd-el-Kader à ses débuts, des clients et des amis, il se devait tout à lui-même. On l'a oublié. Il est encore notre obscur prisonnier, Abd-el-Kader est libre.

Où l'abeille a passé, le mouche-
[ron demeure.

A la même époque, notre conquête se complétait au sud-ouest par des expéditions des plus remarquables dans le sens du désert. Les généraux Cavaignac, Renaud, Marcy, Joussouf faisaient de ce côté reconnaître les armes de la France, tandis que des corps d'observation, soigneusement disposés sur la frontière du Maroc, mettaient Abd-el-Kader dans l'impossibilité de rien tenter contre l'Algérie. Cependant, quelles que fussent les précautions observées par nos officiers, beaucoup de mécontents continuaient à arriver jusqu'à lui par groupes isolés. Nous le retrouverons bientôt, mais pour la dernière fois, à la tête de nouvelles forces. Il faut auparavant dire un mot des expéditions dans le Sahara algérien.

Reddition d'Abd-el-Kader.

destiné à protéger leurs yeux contre les ardeurs du soleil; si bien que l'on n'appelait plus nos vétérans d'Algérie que les demoiselles à Cavaignac. Il organisa avec les éléments qu'il avait sous la main et parmi ses officiers de petites commissions scientifiques destinées à relever tous les faits qui, dans n'importe quelle branche, pourraient intéresser la science. Aucun service ne fut négligé.

La colonne d'expédition quitta Tlemcen le 1er avril 1847. Elle se composait de quatre bataillons d'infanterie bien commandés, avec de l'artillerie, du génie; deux autres bataillons et quatre escadrons devaient la rejoindre à Daya. Ses équipages comprenaient cinq cents mulets et deux mille chameaux[1]. Cette immense caravane, pleine de confiance dans son chef, reconnut d'abord Hajdar-Roumi, ancien et considérable établissement des Romains, puis traversa le pays des Beni-Amers, celui des Ouled-Balagrh, et le 4 avril atteignit Daya, qui est notre établissement le plus méridional. De là elle se remit en marche en s'engageant dans la région des Chott. Le 13 elle était au puits d'El-Hamra; le 14 elle touchait Sounta et quittait le lit du Chott-el-Chergui, traversait bientôt après le col de Sidi-Mohammed-el-Aouri, qui donne passage dans le désert. Le 18 avril elle était aux puits de Nebeh; de là elle se rendit à ceux de Tarzeza et d'Aïn-Fritis. Ici la température tropicale changea tout à coup. On se plaignait de la chaleur et de la soif. Les bivouacs se réveillèrent couverts de neiges. Ainsi surpris, les conducteurs des convois refusaient de marcher; ils regardaient comme inutile de se défendre de la mort. Les soldats eux-mêmes s'effrayaient. Que devenir dans ce désert? On se rappelait le sort de la colonne Levasseur. Mais Cavaignac, son état-major et ses officiers étaient debout, animant les uns, forçant les autres, entraînant tout le monde. On se roidit contre l'atmosphère, et la colonne reprit sa marche. Elle aborda, sans avoir aucun sinistre à déplorer, à un premier ksour nommé Asla. Là naissent, vivent, meurent sans avoir rien connu du dehors que les caravanes, quelques centaines de malheureux. On respecta leur obscurité et leur terreur.

D'Asla à Thiout, la seconde oasis, il y a quarante-cinq kilomètres. On franchit cette distance sans coup férir. Thiout est une oasis magnifique où l'on compte jusqu'à cinq mille dattiers. La vigne, l'abricotier, le prunier, le pêcher, l'amandier, le grenadier, le figuier, le pommier, s'y développent avec abondance. Le ksour du même nom est bâti sur l'Oued-Thiout. Les habitants s'étaient enfuis à notre approche. Cavaignac ordonna que leurs propriétés ne reçussent aucune atteinte. Il se réservait de leur demander l'obéissance au retour, et précipita la marche de ses troupes vers les deux Moghard.

Des parlementaires avaient été envoyés vers le ksour de Moghard-Thatania; ils furent égorgés. Les soldats, à grand'peine retenus, pillèrent l'oasis, et l'on se porta de là à Moghard-Foukania, dont les habitants nous avaient fait provoquer. Il fallut les déloger à coups d'obus et par l'assaut. Ensuite, après avoir poussé une reconnaissance jusqu'à l'extrémité des montagnes qui dominent le Sahara-el-Falat, nos troupes revinrent à Thiout, qui ne les arrêta que le temps d'une rapide trahison vigoureusement punie.

On se porta le 5 mai de Thiout sur Aïn-Seufra. Les Berbers, en nombre considérable, essayèrent de s'opposer à notre marche; ils furent promptement battus et dispersés, et l'oasis fut emportée comme les précédentes. S'fissifa eut le même sort. Ses habitants avaient été forcés par les Marocains à l'abandonner. Quelques coups de fusil

Ici va se placer une révélation géographique de la plus haute importance. Jusqu'alors on s'imaginait qu'au sud du Tell algérien, c'est-à-dire de la terre par excellence du pays cultivable, s'étendait une sorte de mer de sable absolument inhabitable, si ce n'est dans quelques rares oasis. Les expéditions qui commencent vont faire connaître, au contraire, un pays à fond de sable étrange, désolé sans doute, mais habité par une véritable population ayant des ksours ou bourgs très-nombreux et d'une notable importance sous le rapport commercial. Aussi la civilisation n'est pas interrompue; nos troupes vont la développer jusque dans ce prétendu désert jusque-là franchissable seulement pour le rapide Méharis.

L'objet de l'expédition du général était d'en finir avec les Hamian-Garabas, de reconnaître les oasis et les ksours qui s'étendent au sud des pays de parcours de cette tribu, d'y montrer le drapeau de la France, et de relier, si faire se pouvait, le commerce des caravanes interrompu par les courses continuelles d'Abd-el-Kader, qui, pour se transporter d'une province à une autre, prenait le plus souvent son chemin par le Sahara. Aucun européen n'avait encore pénétré dans les pays que l'on allait parcourir.

Le général prit toutes ses précautions avec un soin que l'on n'aurait guère attendu d'un homme aussi rapide dans l'exécution. Lui que l'on a si souvent accusé de dureté, il poussa la paternité envers ses soldats jusqu'à ordonner qu'ils fussent tous pourvus d'un petit voile

1 Voir la savante et poétique relation de cette expédition par le docteur Jacquot, 4 vol. grand in-8o; et le bel ouvrage du *Sahara algérien*, par le général Daumas.

suivirent nos troupes à la sortie de cette ville. Elles n'en atteignirent pas moins Lamtâa, puis Taoussera, Aïn-Bou-Khlelil et Betcum-el-Khoua, d'où le général Cavaignac revint à Tlemcen avec la cavalerie, laissant la colonne continuer sa route par le Chott-el-Garbi, sous les ordres du colonel Mac-Mahon. Elle revint également à Tlemcen, mais par Aïn-Sidi-Jahia et le goor de Sebdou. Aucun sinistre dans une route si longue et si fatigante n'avait été à déplorer.

A la même époque, le général Renaut faisait une expédition analogue et parallèle. Il était chargé de visiter le pays occupé par les Ouled-Sidi-Cheiks-Cheragas, qui s'étendent au sud-est du Hamian-Garabas, et de reconnaître El-Biod, centre de leur puissance. Ce général, en politique habile, s'entendit avec le marabout principal des Ouled-Sidi-Cheiks, qui forment une association religieuse très-forte et très-étendue. Il fit comprendre à ce marabout que les Français ne venaient point pour détruire, mais pour faire vivre. L'association une fois pénétrée de cette vérité, l'attitude des ksours que visita le général Renaut ne fut pas hostile et l'expédition se fit avec un grand bonheur, quoique ce général n'eût point pris les mêmes précautions pour la route que son collègue.

L'expédition du général Jusuf et celle de M. Marey eurent également d'heureux résultats.

Ces reconnaissances de nos troupes, poussées au delà des limites naturelles de l'Algérie, terminèrent le gouvernement du maréchal Bugeaud. La monarchie de juillet, qui était en train d'établir ses enfants, avait des vues sur l'Algérie. Le maréchal se sacrifia, bien qu'il n'eût pas achevé son œuvre, bien que son ennemi particulier, son rival, l'insaisissable Abd-el-Kader fût encore debout. Peut-être n'eût-il pas eu à faire ce sacrifice s'il eût adopté un autre plan de guerre, si surtout il eût secondé les efforts du général de la Moricière du côté du Maroc dans la campagne de la fin de 1845 et dans toutes celles de 1846. Nous ne sommes que les échos de l'histoire en lui faisant ce reproche. Nous verrons dans un chapitre qui traitera de la colonisation et des colonisateurs quel fut le résultat de ses travaux administratifs. En attendant nous poursuivons le cours de notre narration.

CHAPITRE XXXV.

Intérim gouvernemental du général Bedeau. — Massacre des Hachems et des Beni-Amers par les Marocains. — Gouvernement du duc d'Aumale. — Préliminaires de la reddition d'Abd-el-Kader.

Après un intérim d'un temps peu considérable et qui ne donna pas au général Bedeau les occasions de montrer ses talents administratifs et de déployer ses solides qualités militaires, le jeune duc d'Aumale prit, en septembre 1847, le gouvernement de la colonie. Il débuta par une proclamation dans laquelle, tout en rendant justice au maréchal Bugeaud, il reportait au roi Louis-Philippe l'honneur principal de ce qui s'était fait en Algérie. C'était plus filial que vrai.

Voici le langage qu'il tint aux Arabes :

« De la part du duc d'Aumale, le fils du roi des Français, gouverneur général de l'Algérie, à tous les Arabes et Kabyles, *grands et petits*, salut.

» Le roi des Français, que Dieu bénisse ses desseins et lui donne la victoire, m'a confié le gouvernement du royaume d'Alger, depuis les frontières du Maroc jusqu'à celles de Tunis.

» Vous avez compris, ô musulmans, combien le bras de la France était puissant et redoutable et combien son gouvernement était juste et clément. Vous avez obéi à l'immuable volonté de Dieu, qui donne les empires à qui bon lui semble sur la terre.

» Vous avez fait votre soumission au maréchal, et vous avez éprouvé la bonté de son gouvernement; vous vous souviendrez toujours qu'il honora les grands, qu'il protégea les faibles et qu'il fut équitable envers tous. Rien ne sera changé à ce qu'il avait fait et ce qu'il avait établi sera maintenu : car jamais il n'a fait que le bien et il n'a agi que par la volonté du roi des Français. C'est le roi des Français qui lui a ordonné de se montrer grand et généreux après la victoire; c'est le roi qui a voulu que vos biens et votre religion fussent respectés et que vous fussiez gouvernés par les principaux d'entre vous sous l'autorité bienfaisante de la France; c'est le roi, dont la bonté est inépuisable, qui a pardonné tant de fois aux insensés qui, poussés par de perfides conseils, ont trahi la parole qu'ils nous avaient jurée. Les insensés ont reconnu l'immensité de leurs efforts et la main de Dieu les a frappés jusque sur la terre étrangère où ils avaient cherché un refuge. Remerciez Dieu de ce qu'il vous a donné les richesses et les jouissances de la paix en échange des maux irréparables de la guerre. »

Après cet éloge du maréchal Bugeaud et du roi, le jeune gouverneur parlait de lui-même.

« C'est, disait-il, pour vous donner encore un gage plus éclatant de ses bonnes intentions à votre égard que le roi des Français m'a envoyé au milieu de vous, comme son représentant sur cette terre qu'il aime à l'égal de la France. J'ai déjà vécu parmi vous, je connais vos lois et vos usages et tous mes actes tendront à augmenter votre prospérité et celle du pays.

» Vous savez que notre parole est aussi ferme que notre force est

irrésistible; vous avez éprouvé la puissance terrible de nos armes; vous avez apprécié et vous apprécierez chaque jour davantage les bienfaits de notre amitié; ceux d'entre vous qui sont restés fidèles à leurs serments ont prospéré; ceux qui ont été parjures ont souffert tant de malheurs que le cœur en est profondément accablé. Vous connaissez la seule voie qui peut vous conduire au bonheur et Dieu vous inspirera de la sagesse pour y persévérer. Salut! »

Il y avait beaucoup de vrai dans ce langage, mais si nous le retraçons, ce n'est pas à cause de sa valeur intrinsèque, c'est parce qu'il révélait aux Arabes un grand acte, un acte irrévocable de la France; la prise de possession de l'Algérie par la dynastie même qui régnait de l'autre côté de la Méditerranée. Cet acte eut sur les Arabes une influence décisive. Il les releva à leurs propres yeux; il leur fit accepter la conquête. Le fils du sultan des Français venant lui-même les gouverner, c'était bien autre chose que ce petit homme de Zaouïa, comme les indigènes de notre parti appelaient Abd-el-Kader.

Cependant, jamais celui-ci n'avait été plus prodigieux dans ses efforts.

Son quartier général était toujours à Aïn-Zohra. Trouvant des obstacles infranchissables du côté de l'Algérie que nos troupes gardaient avec un soin de tous les instants, il en revint aux projets qu'il avait nourris avant la bataille d'Isly et le Maroc fut de nouveau le but de son ambition. Cette ambition devait hâter sa perte.

D'une part, ses incursions continuelles sur le territoire des tribus marocaines força Abd-er-Rhaman à fortifier son camp de Thaza et à mettre plus de franchise dans le concours qu'il était tenu de prêter à la France; d'un autre côté, le grand nombre des mécontents qui le rejoignaient contraignit les autorités françaises à arrêter complètement toute émigration. Il en résulta des mesures qui l'isolèrent de plus en plus. Enfin ses intrigues déterminèrent un événement dont la fatalité domina décidément sa fortune.

La fatalité, on le sait, a sur les Arabes un ascendant irrésistible.

Nos lecteurs se rappellent comment l'émir, en 1845, avait entraîné avec lui sur les bords de la Moulouïa, les deux grandes tribus des Hachem et des Beni-Amer. Là, après avoir, pendant de longs mois de misères, suivi la fortune du chef, ces tribus l'abandonnèrent et se mirent sous la protection de l'empereur de Maroc, qui les établit dans la province de Fez.

Elles y étaient depuis un an, quand la nouvelle des succès d'Abd-el-Kader sur les frontières du Maroc leur parvint. On leur représentait le fils de Mahiddin comme étant de nouveau à la tête de forces considérables. Il n'attendait, ajoutait-on, qu'une occasion favorable pour se venger d'une manière sanglante de ceux qui l'avaient abandonné.

L'ancien prestige aidant, les tribus émigrées crurent à ces récits. Elles écrivirent à l'émir qu'elles ne l'avaient quitté que sous le coup pressant de la famine et de la misère, mais qu'elles le considéraient toujours comme leur sultan, et que s'il voulait les admettre de nouveau dans sa deïra, elles étaient prêtes à le rejoindre. En même temps elles lui proposaient un plan d'attaque contre les Marocains. Elles se jetteraient sur ceux-ci en venant de Fez, tandis qu'Abd-el-Kader les investirait en venant de Thaza.

L'émir ne pouvait point ne pas accepter. Il donna rendez-vous aux émigrés dans une vallée entre Fez et Thaza. Ceux-ci lui firent dire de les attendre.

Mais leur messager rencontra en route un cavalier abid-bakari qui désertait. Ces deux hommes lièrent connaissance, et l'émissaire des Hachem, voyant les mauvaises dispositions du déserteur contre le gouvernement d'Abd-er-Rhaman, fut assez imprudent pour lui conter sa mission.

Aussitôt celui-ci conçut le projet de tirer profit de cette confidence. Il attend la prochaine halte et feint de s'endormir. Son compagnon s'endort effectivement, quant à lui, sans défiance. Aussitôt le Marocain le garrotte, appelle des gens d'un douair voisin, et sous la promesse d'une riche récompense, le fait porter pieds et poings liés à Abd-er-Rhaman. Là on le met à nu, et l'on trouve sur lui la lettre des Hachem et des Beni-Amer.

Le fils de l'empereur est immédiatement averti. Il ordonne au kaïd Ferradj de se détacher du camp de Thaza avec trois mille hommes de ses meilleures troupes, d'arrêter l'émigration des tribus si elle était commencée, et de l'empêcher si elle devait effectivement avoir lieu.

Ferradj arrive sur les Beni-Amer au moment même où, avec leurs troupeaux et leurs femmes, ils se mettaient en marche. Il leur enjoint de rétrograder. Ils fondent sur lui en désespérés, et parviennent à se frayer un passage. Mais Ferradj, qui craint la vengeance d'Abd-er-Rhaman, dépêche aussitôt à franc étrier des courriers aux diverses tribus marocaines, dont les malheureux émigrés sont à travers le territoire. Il leur ordonne de courir sus aux Beni-Amer, et promet une grosse somme pour chaque tête qui sera rapportée.

Aussitôt, partout sur le passage des anciens amis d'Abd-el-Kader, c'est à qui se soulèvera. De leur côté, les Beni-Amer se défendent et attaquent au besoin. On les pousse, on les écrase. Plus de quinze mille hommes de contingents divers sont réunis autour d'eux. Il s'engage à chaque marche un combat entre ces infortunés et les Marocains. A chaque marche aussi ils espèrent voir tourbillonner au loin la cavalerie d'Abd-el-Kader venant au-devant d'eux.

Mais l'émir n'arrive point, car au même moment Sidi-Mohammed fait attaquer sa deïra.

Alors les hommes, les femmes, les enfants, poussés au désespoir, finissent par se jeter à corps perdu au milieu de leurs ennemis. Ceux qui n'ont pas d'armes se battent avec leurs ongles et leurs dents; mais chaque heure voit grossir le nombre des assaillants. Les Beni-Amers succombent; leurs guerriers sont presque tous tués, et ce que les Marocains saisissent de femmes, de vieillards et d'enfants, est partagé entre les vainqueurs comme un vil butin.

Pendant que Ferradj livrait ainsi la malheureuse tribu aux vengeances et à la cupidité des contingents marocains, il recevait de nombreuses troupes pour opérer contre les Hachem. Ceux-ci, moins considérables en forces que les Beni-Amer, avaient été avertis à temps. Espérant échapper au lieutenant d'Abd-er-Rhaman, ils s'étaient réfugiés près d'une antique zaouïa qui jouissait du privilége d'asile. Mais Ferradj les investit malgré la sainteté du lieu, massacre les hommes, et distribue à ses troupes, comme esclaves, les femmes et les enfants, ainsi que l'on a fait des Beni-Amers.

Durant cette lutte d'une population à l'agonie, Abd-el-Kader avait fait ce qu'il avait pu pour être au rendez-vous. Inquiet de ne pas recevoir de réponse, il était parti avec quinze cents cavaliers chez les Ghiesta, qui lui donnèrent du renfort. De là il pénétra dans le Rif, mais des forces extrêmement considérables s'opposèrent à son passage. Il se replia alors de nouveau sur Aïn-Zohra. Ensuite il tenta plusieurs routes pour tourner la position de Taza et joindre ainsi les tribus en marche. Il ne réussit pas davantage. La nouvelle du massacre le trouva au milieu de ses tentatives. On rapporte que, malgré sa soumission à la Providence, son désespoir d'alors fut sans bornes. Il resta plusieurs jours dans sa tente, la tête couverte de son manteau, et refusant de parler à ses meilleurs amis.

En effet, cette catastrophe terrible, qui montre combien les peuples peuvent être le jouet de l'ambition des princes et jusqu'à quel point ils expient leurs folies, devait peser douloureusement sur son âme. Il était né chez les Hachems; Allah, en abandonnant cette tribu, en la précipitant sous les coups de ses bourreaux, l'abandonnait donc aussi : il l'abandonnait d'une façon éclatante. Il le laissait comme un chef sans troupes, comme un patriarche sans famille. Toutes les tribus en jugèrent ainsi. Nous verrons que, le premier moment de douleur passé, l'émir se releva encore une fois.

Cependant les Marocains saisirent l'occasion qui se présentait d'en finir avec ses partisans. On promena par toutes les frontières et bien avant dans les terres des têtes sanglantes et des prisonniers chargés de chaînes, et ceux qui les conduisaient criaient tout haut : « Voyez ce qui arrive aux amis de cet insensé qui voudrait détrôner le schériff des schériffs, le magnifique soleil de Fez, le tout-puissant Abder-Rhaman ! »

Les tribus émigrées, au moment de la destruction, comptaient encore deux mille deux cents tentes, c'est-à-dire environ quinze mille âmes, Cinquante de leurs guerriers seulement parvinrent sur notre territoire. Étant là, ils voulurent revoir la plaine d'Eghris. On les établit avec magnanimité aux environs d'Oran.

CHAPITRE XXXVI.

Le général Thierry. — Gouvernement du duc d'Aumale. — Le général la Moricière sur les frontières du Maroc. — Nuit du 11 au 12 novembre. — Reddition des frères d'Abd-el-Kader. — Reddition de l'émir lui-même.

Avant d'aller plus loin, nous devons nous arrêter pour tracer en quelques lignes les contours d'une figure militaire, qui a son expression à part au milieu de tant d'intéressantes physionomies.

Aucune des grandes choses qui furent faites dans la province d'Oran n'aurait été possible sans l'activité sûre, prompte, secrète, fidèle et toujours éveillée du général Thierry, second modeste, mais essentiel, du brillant de la Moricière.

Les services de Victor Thierry datent de 1806. Il entra à cette époque à l'école militaire : en 1807, nous le trouvons sous-lieutenant. En 1810, il est capitaine. En 1812, au Kremlin, le plus étonnant des soldats du siècle lui décore de sa propre main. En 1815, il est licencié comme tant d'autres. Il reprend du service en 1819, et avance assez peu rapidement à cause de ses opinions. Il est chef de bataillon le 22 août 1823, et colonel seulement en 1838. Mais, en 1841, envoyé en Afrique, il révèle toutes ces qualités, qui en font un militaire exceptionnel. Il prend part avec gloire aux expéditions de Mascara et de Tagdempt, mais c'est comme commandant de la subdivision d'Oran qu'il rend les plus signalés services. Pour comprendre ces derniers, il faut songer à la grande étendue de la province et au caractère du général en chef. Excellent pour l'action et l'ensemble, M. de la Moricière ne s'occupe des détails que quand il y est forcé, et alors seulement, il y est vraiment supérieur. Victor Thierry fut son suppléant chaque fois qu'il s'éloigna. Mais que M. de la Moricière fût présent ou non, le général Thierry dirigeait le service de l'approvisionnement en vivres et en munitions. On était sûr avec lui

que les postes les plus éloignés seraient approvisionnés en temps et lieu, qu'une colonne si égarée qu'elle fût recevrait à l'heure utile son ravitaillement. Or sur une étendue aussi vaste que celle de la province d'Oran, et où la guerre se faisait par des colonnes détachées, souvent pour des mois entiers, rien n'était plus précieux. Jamais un seul instant V. Thierry ne fut en défaut à cet égard. Il fit réellement des choses impossibles, et Bugeaud l'en complimenta en revenant de la bataille d'Isly. Ajoutez à cela que son administration, dans la subdivision d'Oran, fut toujours paternelle et éclairée. Jamais un acte de dureté, jamais un acte de prodigalité. On put, avec les économies faites sur les services qu'il dirigea, prendre de quoi bâtir des villages entiers. Les services du général Thierry ne se bornèrent pas à l'Algérie ; nommé, en 1848, au commandement de Versailles, il fournit aux généraux de Paris les premiers secours en artillerie contre l'insurrection.

Une autre circonstance le rendit précieux à Oran, c'est le sang-froid qui le distingua lors des nombreuses crises par lesquelles cette province fut bouleversée. Souvent on désespérait autour de lui. Mais, d'un calme inaltérable qui l'avait fait surnommer Face de Fer par les Arabes, il envoyait des secours partout où il en fallait, et, grâce à lui, jamais un échec ne devint un sinistre. C'est là un mérite tout à fait hors ligne et qu'apprécieront tous les connaisseurs.

Mais arrivons au gouvernement du duc d'Aumale.

Le jeune duc d'Aumale était arrivé sur le sol africain avec l'intention, la volonté et les moyens d'accomplir des actes dignes de lui. Il fallait faire à jamais de ce sol une terre française. Pour commencer, réduire l'émir était la chose indispensable. Par une abnégation dont son prédécesseur n'eût pas été capable, il chargea de ce soin le général de la Moricière, auquel déjà une fois la gloire du succès avait été enlevée. Quant au duc, il se tint dans son rôle de gouverneur en s'occupant de la colonisation et du développement de la prospérité générale. Les chefs de plusieurs tribus, comme Ahmet-Tahar, l'un des héros de la grande Kabylie, tinrent à lui faire leur soumission. Il la reçut et visita les divers points essentiels des possessions.

Pendant ce temps-là, le général de la Moricière, après avoir mûri son plan, partit d'Oran le 19 novembre avec cinq mille âmes. Il se proposait de renforcer avec ses troupes les garnisons de la frontière ; puis, rendu sur les bords de la Moulouïa, il se promettait d'observer les mouvements des Marocains contre l'émir. D'après les prévisions de la Moricière, celui-ci devait trouver dans le fanatisme et la haine des Marocains un obstacle infranchissable. Alors il se rejetterait encore une fois sur notre territoire. Le général de la Moricière se proposait de disposer son monde de façon à ne pas lui permettre de gagner, comme à son habitude, le désert. Il le rejetterait, au contraire, vers la mer, et là, il n'aurait d'autre ressource que de périr ou de se rendre.

De son côté, Abd-el-Kader, jugeant la partie perdue, tenta les grands moyens. Il remit à d'autres temps sa vengeance, sur ceux qui avaient détruit les Hachem, et envoya à Abd-er-Rhaman son meilleur partisan, le dernier de ses kalifats, Bou-Hamedi. Celui-ci partit le cœur serré, désespérant d'avance de sa mission. En effet, à peine fut-il en présence du schériff, que, malgré la protection des marabouts marocains avec lesquels il était affilié de secte, il se vit jeté dans une obscure et étroite captivité.

Alors l'émir ne ménagea plus rien. Il résolut de se frayer par le fer et par la flamme un passage à travers les camps marocains, de frapper des coups terribles, de se manifester aux yeux des populations par des entreprises retentissantes.

Il avait alors avec lui cinq cents cavaliers et quinze cents fantassins et, de position en position, il était revenu à Zaïs près de la Moulouïa. Les contingents du Maroc le pressaient de plus en plus, et il connaissait la détermination des généraux français. Il réunit les siens, leur explique la situation, permet à ceux qui ont peur de l'abandonner. Tous se serrent autour de lui. Sûr de son monde, sa pensée conçoit un projet qui, s'il réussit, doit le sauver.

Deux camps marocains sont en face de lui. Il les surprendra, les détruira, voici comment.

Il ordonne aux siens de réunir le plus de chameaux et de bœufs qu'ils pourront. Ces animaux sont enduits de poix et chargés de fascines auxquelles on met le feu. Ces animaux, excités par la flamme et par la douleur, sont, durant une nuit affreuse, précipités sur les camps marocains ; et les soldats d'Abd-el-Kader s'avancent derrière eux, prêts à massacrer les troupes d'Abd-er-Rhaman, qui, dans leur pensée, doivent s'enfuir en proie au plus inexprimable désordre.

Mais les préparatifs de l'émir ont été dénoncés par des traîtres. Prévenus à temps, les fils de l'empereur ont fait évacuer les deux camps, n'y laissant que très-peu de monde, avec l'ordre de jouer la surprise et l'effroi.

En effet, quand, enveloppés par le feu, poussant des hurlements de douleur, les brûlots vivants préparés par Abd-el-Kader se précipitent sur les camps marocains, on entend retentir des cris affreux ; on voit fuir des cavaliers et des fantassins dans toutes les directions. Les soldats de l'émir se croient victorieux, ils ramassent toutes les richesses laissées à dessein dans les tentes et s'élancent en avant. Alors les fils de l'empereur de Maroc, postés pour les surprendre, forment autour d'eux un cercle immense et qui se resserre de plus en plus. Abd-el-Kader voit trop tard le piége où il était tombé; comme le sanglier blessé, il fait face à ses adversaires, coupe plusieurs fois leurs lignes, parvient à leur échapper et à regagner encore une fois notre frontière. Mais ses deux cent cinquante meilleurs compagnons sont restés sur le champ de bataille.

D'un autre côté, sa deïra va tomber au pouvoir de l'ennemi, car elle ne peut suivre la rapidité de sa course. Il revient alors sur ses pas, livre un nouveau combat, qui permet aux siens d'échapper aux fers du Maroc, et enfin, n'espérant plus rien de ce côté, il médite d'échapper aux colonnes françaises et de gagner le désert.

C'est ce que de la Moricière avait prévu. Tous ses lieutenants, Cavaignac, Renaut, Mac-Mahon sont aussitôt en campagne, chacun posté de la manière la plus favorable, chacun marchant de façon à rejeter l'émir sur le quartier général, ou à le détruire s'il veut résister. Les frères d'Abd-el-Kader comprennent les premiers qu'il ne peut échapper. Ils viennent demander l'aman au général en chef. Mais laissons celui-ci raconter à sa façon cette dernière péripétie de la lutte de l'émir. Nous éluciderons ensuite quelques points de cette narration écrite au bivouac, au milieu de la fièvre causée par ces événements qui se succèdent... et dont la Moricière rend compte au duc d'Aumale. Le rapport que l'on va lire prend les faits à partir du 18 décembre.

« Au bivouac de Sidi-Mohammed-el-Ouassini, 22 décembre, minuit.

» Depuis la lettre que j'ai eu l'honneur de vous adresser le 18 courant, j'ai pris plusieurs fois la plume pour vous donner de nos nouvelles, mais les événements se pressaient si rapidement que, la face des choses changeant à chaque instant, il m'était impossible de rien formuler sur la situation. Vous allez en juger par ce qui va suivre. Je me borne à un résumé succinct, car je ne renonce point à l'espoir d'entretenir prochainement Votre Altesse Royale. Le 8 au soir arrivent à mon camp des émissaires de Sidi-Mustapha, frère de l'émir. La négociation avec ces personnages, fort heureusement conduite par le commandant Bazaine, touche à son terme. Dans la nuit du 19 au 20 il passe la frontière, et vient camper chez les Msirdas. J'en suis informé le 20 dans l'après-midi, et je l'envoie chercher par quatre cents chevaux sous les ordres du colonel Montauban. Le 21 il arrive à mon camp vers deux heures de l'après-midi, avec une suite d'environ cinquante personnes. La lettre que Votre Altesse Royale lui a adressée et la dépêche qu'elle m'écrivait le 19 courant venaient de m'arriver; je la lui remis, et il ne fut tout à fait rassuré qu'après l'avoir lue.

» Le 19 au matin, sur une demande instante du caïd d'Ouchda, campé chez les Beni-Snassen, j'envoie à Ouchda trente mulets chargés de cartouches, sous l'escorte de quarante spahis; la cavalerie va se former en bataille sur la frontière pour protéger ce mouvement. M. Schousbaï, mon interprète, qui a de nombreuses relations à Ouchda, accompagne cet envoi, et me rapporte que c'est le 20 ou le 21 que les camps marocains doivent attaquer Abd-el-Kader.

» Pendant les journées du 19 et du 20 les camps des fils de l'empereur descendent la Moulouïa par la rive gauche, le caïd d'Ouchda s'avance jusqu'à Cheraâ; Abd-el-Kader vient camper à Aguiddim, sur le rivage même de la mer.

» Un ancien brigadier du 2ᵉ chasseurs d'Afrique qui servait dans les troupes marocaines, enlevé par l'émir dans le coup de main de la nuit du 11 au 12, s'échappe de la deïra, au moment où elle vient camper à Aguiddim, et nous donne des détails intéressants sur les embarras de la situation.

» Le bruit se répand que l'émir livrera encore un combat, après lequel il escortera la deïra jusque sur le territoire français, et qu'il se retirera dans le Sud avec tous ceux qui voudront l'y suivre, les Beni-bou-Zeggen et les Hamyn-Gharabas sont en relations avec lui et promettent de faciliter l'exécution de ce projet.

» Le 20, le mauvais temps empêche les Marocains d'attaquer l'émir; mais on apprend à la deïra que le frère de l'émir a fait sa soumission. On voit la Moulouïa grossir et les contingents des camps marocains augmenter à chaque instant.

» Le 21, la rivière est rigoureusement guéable; on commence à la passer pour venir dans la plaine de Trifa. Un combat opiniâtre s'engage, plus de la moitié des fantassins réguliers et la meilleure partie des cavaliers y sont tués; mais le passage de la deïra s'exécute sans que les bagages soient pillés. Au moyen des postes de correspondance qui sont établis le long de la frontière, je suis informé de ces faits pendant qu'ils s'accomplissent.

» Le soir, à cinq heures, les fantassins et cavaliers réguliers sont dispersés; la deïra a passé le Kiss et est entrée sur notre territoire, les Marocains cessent de la poursuivre. Abd-el-Kader, seul, à cheval, est en tête de l'émigration, qu'il dirige dans les sentiers des montagnes des Msirdas. Il demande le chemin à un des cavaliers de notre caïd qui allaient reconnaître les arrivants. Le fait m'est annoncé à neuf heures du soir, le 21. J'apprends en même temps que l'émir s'est enquis de la route qu'il peut suivre pour gagner les sources du Kiss et les Beni-Snassen.

» J'étais convaincu, et je ne me trompais pas, que la deïra venait

faire sa soumission; mais l'émir, suivant le projet que l'on m'avait annoncé, cherchait à gagner le désert. J'ignorais le chiffre de ceux qui l'accompagnaient.

» A l'heure où j'avais été prévenu, il devait avoir gagné le pays des Beni-Snassen; mais il s'agissait d'en sortir. Or la seule fraction assez bien disposée pour lui pour qu'il pût la traverser est précisément la plus rapprochée de notre territoire. Le col qui débouche dans la plaine par le pays de la fraction dont je viens de parler a son issue à environ une lieue et demie de la frontière. Je me décidai à faire garder ce passage. Et ce qui me détermina c'est que le frère du caïd d'Ouchda nous avait écrit, le soir même, pour nous engager à surveiller cette direction, par laquelle l'émir devait sans doute passer.

» Mais il fallait prendre cette mesure sans donner l'éveil aux tribus qui sont campées sur la route.

» Dans ce but, deux détachements de vingt spahis choisis, revêtus de burnous blancs, commandés le premier par le lieutenant Bou-Krauïa, l'autre par le sous-lieutenant Brahim, furent chargés de cette mission.

» Le premier se rendit au col même, et le deuxième avait une position intermédiaire entre ce point et notre camp. La cavalerie sella ses chevaux, et le reste de la colonne se tint aussi prêt à partir au premier ordre.

» Enfin, pour être prêt à tout événement, après avoir calculé la marche probable de l'émir, je fis prendre les armes à deux heures du matin pour porter ma colonne sur la frontière; je ne craignis plus, à ce moment, que ma marche fût connue en temps utile par Abd-el-Kader.

» J'avais à peine fait une lieue et demie, que des cavaliers renvoyés par le lieutenant Bou-Krauïa me prévinrent qu'il était en présence d'Abd-el-Kader et qu'il était engagé. Le deuxième détachement s'était porté à son secours, et je fis de même, aussi vite que possible, avec toute la cavalerie. Il était environ trois heures du matin.

» Chemin faisant, je reçus les députés de la deïra, qui venaient se soumettre, et auxquels j'ai donné l'aman au grand trot, en les envoyant au camp pour y chercher des lettres. (Je l'avais laissé sous la garde de dix compagnies.)

» Enfin, quelques instants après, je rencontrai le lieutenant Bou-Krauïa lui-même, qui revenait avec deux hommes des plus dévoués de l'émir, et qui étaient chargés de me dire qu'Abd-el-Kader, voyant qu'il ne pouvait déboucher dans la plaine et suivre son projet, demandait à se soumettre. Bou-Krauïa avait causé lui-même avec l'émir, qui lui avait remis une feuille de papier sur laquelle il avait apposé son cachet, et sur laquelle le vent, la pluie et la nuit l'avaient empêché de rien écrire. Il me demandait une lettre d'aman pour lui et ceux qui l'accompagnaient.

» Il m'était impossible d'écrire par la même raison qui s'était opposée à ce que l'émir pût le faire, et, de plus, je n'avais point mon cachet. Les hommes voulaient absolument quelque chose qui prouvât qu'ils m'avaient parlé : je leur remis mon sabre et le cachet du commandant Bazaine, en leur donnant verbalement la promesse d'aman la plus solennelle. Les deux envoyés de l'émir me demandèrent de les faire accompagner par Bou-Krauïa, que je fis partir avec quatre spahis.

» Tout cela se fit en marchant, car je voulais néanmoins arriver avant le jour au point de notre frontière le plus rapproché du col de Kerbous (celui dont j'ai parlé plus haut).

» Parvenu à ce point vers cinq heures et demie, j'y restai jusqu'à onze heures et demie. Je ne recevais aucune réponse, mais j'étais bien convaincu que la présence de ma cavalerie avait fait renoncer l'émir à traverser la plaine. A ce moment, j'ai dû prendre des dispositions différentes. Nos coureurs avaient rencontré et m'avaient amené plusieurs cavaliers réguliers qui erraient à l'aventure dans le pays, peut-être dans le dessein de rejoindre Abd-el-Kader; ce qui me le ferait croire, c'est qu'il y avait parmi eux deux agas. Je sus par eux que la deïra, qui m'avait envoyé demander l'aman, mais qui me l'avait pas encore reçu, était fort inquiète chez les Msirdas, qui avaient commencé à la troubler par des brigandages pendant la nuit précédente, et qui se disposaient à continuer.

» J'envoyai alors le colonel Montauban, avec cinq cents chevaux, bivouaquer près de la deïra, je fis partir le colonel Mac-Mahon pour aller camper sur les puits de Sidi-bou-Djenan, avec les zouaves et un bataillon du 9ᵉ de ligne, et, après être resté encore près de deux heures en observation, j'ai regagné mon camp avec le reste de mes troupes.

» Mon intention première était de faire venir la deïra près de la position que j'occupe et de prendre des dispositions pour renvoyer dans leur pays toutes les familles importantes dont elle se compose; mais, en arrivant ici, j'ai trouvé non-seulement tous les chefs de la deïra, mais tous ceux des troupes régulières qui n'avaient point été tués dans le combat du 21, qui venaient me demander ce que je voulais faire d'eux et me prier de laisser à la deïra deux jours de repos sur place à cause de son extrême fatigue et des nombreux blessés qui l'encombraient. J'ai dû me rendre à cette demande, et j'irai moi-même demain camper à la deïra avec deux cents chevaux et l'infanterie du colonel de Mac-Mahon. Je la dirigerai ensuite sur Nemours.

» La venue de tous les hommes avec lesquels j'ai causé ce soir me montrait l'abandon dans lequel était l'émir et me portait à croire à l'embarras très-réel dans lequel l'avaient mis nos quelques coups de fusil de cette nuit. J'avais commencé cette lettre sous cette impression, lorsque m'est revenu Bou-Krauïa et les deux émissaires d'Abd-el-Kader. Il me rapportait mon sabre et le cachet du commandant Bazaine, et en outre une lettre de l'émir qui est de l'écriture de Mustapha-ben-Tami. Je vous adresse ci-joint copie de la traduction de cette lettre, ainsi que de la réponse que j'y ai faite. J'étais obligé de prendre des engagements, je les ai pris, et j'ai le ferme espoir que Votre Altesse Royale et le gouvernement les ratifieront, si l'émir se confie à ma parole.

» Bou-Krauïa et ses deux compagnons sont repartis ce soir; les quatre spahis étaient restés avec l'émir, qui avait été bien aise de garder ce renfort pour la sûreté de sa famille chez les Beni-Snassen. J'ai donné à Bou-Krauïa quatre autres spahis choisis, et avec ces huit hommes il sera aussi fort que toute l'escorte de celui contre lequel l'empire de Maroc se ruait avant-hier avec ses 38,000 hommes.

» Les principaux compagnons d'infortune de l'émir sont aujourd'hui : Mustapha-ben-Tami, kalifa de Mascara, son beau-frère; Abd-el-Kader-bou-Klika, caïd de Tagdempt; Caddour-bel-Allal, neveu de Sidi-Embarak. J'ai fait écrire aux deux premiers par leurs proches qui sont ici. Enfin, Si-Ahmedi-Sakhal, caïd de Tlemcen, qui m'a beaucoup servi dans toutes ces affaires, a écrit à l'émir pour l'engager à avoir confiance dans la parole que je lui ai donnée au nom du gouvernement.

» Demain ou après-demain au plus tard, nous saurons à quoi nous en tenir.

» J'ai oublié de dire que je ne déciderai rien, que provisoirement, relativement aux familles importantes de la deïra et aux chefs des troupes régulières, non plus qu'à leurs soldats.

» Veuillez excuser, monseigneur, le décousu de cette dépêche. Je ne veux pas retarder son départ, et je vous l'envoie telle qu'elle est. »

On voit par cette narration que toutes les précautions du général étaient prises. Ses négociateurs et ses émissaires suivaient l'émir de manière qu'il n'échappât en aucune façon. Mais ce que M. de la Moricière ne pouvait pas dire dans son rapport et ce qui se passa, nous allons le faire connaître.

Voyant la position de l'émir, des juifs qui étaient depuis longtemps en relations avec lui résolurent d'en profiter. Ils vinrent trouver le général, et offrirent de lui amener Abd-el-Kader pieds et poings liés. Le général, qui, dans une si suprême occurrence, ne devait rien négliger, sans accepter ni refuser, écouta leurs demandes et leurs conditions, et les remit à un autre jour. Les juifs prirent cette conduite pour un acquiescement, et se mirent en devoir de trahir Abd-el-Kader. Celui-ci, averti de leurs intrigues, ne voulut pas être livré comme une marchandise par d'ignobles trafiquants. Il écrivit au général qu'il était prêt à se remettre en ses mains s'il voulait lui garantir la vie sauve et une retraite en Orient. De la Moricière avait le choix, ou de prendre l'émir sans conditions à prix d'argent, ou de le recevoir volontairement. Il lui parut plus grand de ne pas se servir des juifs et de stipuler au nom de la France. C'est alors qu'il adressa au duc d'Aumale le *post-scriptum* qui suit :

« Le 23, à neuf heures du matin.

» P. S. Je monte à cheval à l'instant pour me rendre, comme je vous l'annonçais, à la deïra. Le temps me manque pour joindre ici les copies de la lettre que j'ai reçue de l'émir et de celle que je lui ai répondue. Il me suffit de vous indiquer que j'ai uniquement promis et stipulé que l'émir et sa famille seraient tous portés à Alexandrie ou à Saint-Jean-d'Acre. Ce sont les deux seuls lieux que j'aie indiqués. C'étaient ceux qu'il désignait dans sa demande, que j'ai acceptée.

» DE LA MORICIÈRE. »

Du moment où il eut reçu l'assurance du général, Abd-el-Kader, de son côté, n'eut plus aucune tergiversation; il se mit en marche, et trouva bientôt le colonel Montauban, qui bivouaquait à Sidi-Brahim. C'est dans ce lieu, sur le théâtre même du massacre de septembre 1845, qu'il se rendit aux Français. Il renouvela sa soumission entre les mains de la Moricière assisté de Cavaignac et tous les généraux et officiers supérieurs présents, puis entre celles du duc d'Aumale, qui rendit compte en France de ce grand événement de la manière que nous transcrivons :

« MONSIEUR LE MINISTRE,

» Un grand événement vient de s'accomplir : Abd-el-Kader est dans notre camp; battu par les Kabyles du Maroc, chassé de la plaine de la Moulouïa par les troupes de Mouley-Abd-er-Rhaman, abandonné par la plus grande partie des siens qui s'étaient réfugiés sur notre territoire, il s'était jeté dans le pays des Beni-Snassen et cherchait à prendre la route du Sud, que l'empereur du Maroc avait laissée libre; mais, cerné de ce côté par notre cavalerie, il s'est confié à la générosité de la France, et s'est rendu sous la condition d'être envoyé à Alexandrie ou à Saint-Jean-d'Acre.

» Ainsi que je l'ai déjà mandé à Votre Excellence, l'émir avait, grâce à un stratagème aussi hardi qu'ingénieux, surpris, dans la nuit du 11 au 12, les camps marocains. Cette attaque, qui a coûté les plus grandes pertes au maghzen de l'empereur, paraît avoir eu un succès complet; mais Abd-el-Kader avait affaire à un ennemi si nombreux, qu'il dut s'arrêter devant la multitude et la masse compacte de ses adversaires plutôt que devant une défense qui paraît avoir été à peu près nulle. Il rallia donc sa deïra et concentra toutes ses forces et tout son monde vers l'embouchure de la Moulouïa, entre la rive gauche de cette rivière et la mer.

» Les camps marocains continuèrent de resserrer le cercle qui l'enveloppait; le général de la Moricière avait envoyé au kaïd d'Ouchda trente mulets de cartouches, qui furent distribuées aux Beni-Snassen; même envoi avait été fait de Nemours par une balancelle au kaïd du Rif; des contingents kabyles grossissaient de toutes parts et constituaient pour l'émir un danger plus redoutable que tous les autres.

» Le mauvais temps retarda l'engagement de quelques jours, de même qu'il ôtait à la deïra toute liberté d'action. Le 21, la Moulouïa était guéable; les bagages et les familles des compagnons de l'émir commencèrent à la passer pour venir dans la plaine de Triffa; l'intention d'Abd-el-Kader était de les conduire jusque sur notre territoire, puis de se retirer vers le Sud avec ceux qui voudraient le suivre. La route avait été laissée libre par les Marocains; et les Beni-ben-Zigzou, les Hamyn-Gharabas, toujours en relation avec lui, lui promettaient de faciliter l'exécution de ce projet.

» Le commencement du passage de la rivière est le signal du combat, que les Kabyles marocains, excités par l'appât du butin, engagent avec furie; mais les fantassins et les cavaliers réguliers de l'émir soutiennent jusqu'au bout leur vieille réputation, ils résistent tout le jour, pas un mulet, pas un bagage n'est enlevé. Le soir, ils ont perdu la moitié des leurs; le reste se disperse; la deïra tout entière a gagné le territoire français; les Marocains cessent la poursuite.

» Abd-el-Kader, après avoir conduit lui-même l'émigration sur notre territoire, et l'avoir engagée dans le pays des Msirdas, la quitte : un petit nombre des siens se décide à le suivre. Il vivait chez une fraction des Beni-Snassen, qui était restée fidèle à sa cause; c'est par là qu'il espère gagner le Sud. Mais le général de la Moricière, informé de ce qui se passait, a deviné son projet.

» Vingt spahis, commandés par un officier intelligent et sûr, le lieutenant Bou-Krauïa, avaient été le 21 au soir, dès les premières nouvelles, envoyés en observation au col de Kerbous; bientôt des coups de fusil signalent un engagement de ce côté : c'est Abd-el-Kader, qui rencontre nos spahis. Le général de la Moricière, qui dans la nuit avait fait prendre les armes à sa colonne, s'avance rapidement avec sa cavalerie. L'émir a pour lui l'obscurité, un pays difficile sillonné de sentiers inconnus de nos éclaireurs; la fuite lui était encore facile. Mais bientôt deux de ses cavaliers, amenés par Bou-Krauïa lui-même, viennent annoncer au général qu'il est décidé à se rendre, et qu'il demande seulement à être conduit à Alexandrie ou à Saint-Jean-d'Acre. La convention, immédiatement conclue de vive voix, est bientôt ratifiée par écrit par le général de la Moricière. Votre Excellence trouvera, dans le rapport de cet officier général, que je lui envoie en entier, les détails dramatiques de cette négociation.

» Aujourd'hui même, dans l'après-midi, Abd-el-Kader a été reçu au marabout de Sidi Brahim par le colonel de Montauban, qui fut rejoint peu après par le général de la Moricière et par le général Cavaignac; Sidi-Brahim, théâtre du dernier succès de l'émir, et que la Providence semble avoir désigné pour être le théâtre du dernier et du plus éclatant de ses revers, comme une sorte d'expiation du massacre de nos infortunés camarades.

» Une heure après, Abd-el-Kader me fut amené à Nemours, où j'étais arrivé le matin même, et je ratifiai la parole donnée par le général de la Moricière; j'ai le ferme espoir que le gouvernement du roi lui donnera sa sanction. J'annonçai à l'émir que je le ferais embarquer dès demain pour Oran avec sa famille; il s'y est soumis, non sans émotion et sans quelque répugnance. C'est la dernière goutte du calice! Il y restera quelques jours sous bonne garde pour y être rallié par quelques-uns des siens et entre autres par ses frères, dont l'un, Sidi-Mustapha, à qui j'avais envoyé l'aman, s'est rendu le 18 à la colonne du général de la Moricière et a été provisoirement conduit à Tlemcen. Cette réunion achevée, je les enverrai tous à Marseille; ils y recevront les ordres du gouvernement.

» Ainsi que le verra Votre Excellence dans le rapport du général de la Moricière, pendant que l'émir faisait sa soumission les chefs de la deïra venaient demander l'aman. Cet aman fut accordé; la deïra est campée aujourd'hui à quatre lieues d'ici, sous la garde d'une colonne commandée par le colonel Mac-Mahon.

» J'informerai prochainement Votre Excellence des mesures qui auront été prises à l'égard de la deïra et des Khialas, qui sont venus isolément se rendre à Nemours. Mon intention est de dissoudre le plus tôt possible cette agglomération de population encore très-nombreuse, de faire diriger les diverses familles dont elle se compose sur les subdivisions auxquelles elles appartiennent. Toutes celles qui appartiennent aux provinces de l'Est seront dirigées sur Oran, ainsi que les individus dont la présence parmi leurs frères pourrait devenir dangereuse.

» Je laisse ici le général Cavaignac, qui reprend le commandement de la subdivision de Tlemcen ; il sera chargé de l'exécution de ces mesures, qui sera suivie prochainement par le renvoi à leurs garnisons de la plus grande partie des troupes. Il observera également les prochains mouvements des camps marocains, qui auront sans doute été licenciés. Votre Excellence aura sans doute déjà remarqué qu'ils avaient cessé toute poursuite de la deïra dès qu'elle eut passé notre frontière.

» Dû, sans nouveaux combats de notre part, à la puissance morale de la France, le résultat que nous avons obtenu aujourd'hui est immense ; il était généralement inespéré. Il est impossible de décrire la sensation profonde qu'il a produite chez les indigènes de cette région, et l'effet sera le même dans toute l'Algérie. *C'est une véritable révolution.*

» Je ne saurais trop féliciter M. le général de la Moricière de la part qu'il a prise à ce grave événement, e ne saurais trop louer la sagacité, la prudence et la décision dont il a fait preuve et qui ont tant influé sur l'heureuse issue de cette grave affaire.

» J'appellerai aussi la bienveillance particulière de Votre Excellence et du gouvernement du roi sur les troupes et sur les officiers qui depuis deux ans font un si rude métier sur la frontière. Je solliciterai quelques faveurs bien méritées pour cette colonne qui vient de supporter, dans ces derniers temps, avec une rare ardeur, de grandes fatigues et de cruelles privations ; c'est à sa présence que nous devons ce qu'il y a eu de décisif dans les opérations des Marocains. Sans elle, Abd-el-Kader serait aujourd'hui ou vainqueur dans le Rif ou éloigné, mais encore puissant dans le Sud, et prêt à nous y susciter de nouveaux et graves embarras.

» Agréez, monsieur le ministre, l'assurance de mon respectueux attachement.

» Le lieutenant général gouverneur général de l'Algérie,
» H. D'ORLÉANS.

» *Post-scriptum du 24 au matin.* — Je crois devoir mentionner ici une circonstance en apparence peu importante, mais très-significative aux yeux des indigènes. Abd-el-Kader vient de me remettre un cheval de soumission : c'est un acte de vasselage vis-à-vis de la France, c'est la consécration publique de son abdication. »

En effet, selon la parole du duc d'Aumale, le fils de Mahiddin avait abdiqué.

Abandonné des siens, trahi par la fortune au moment d'être vendu, si le général la Moricière eût voulu l'acheter, il n'implorait plus maintenant que la générosité de cette France dont il avait été quinze ans le plus rude adversaire !

Comme le disait le duc d'Aumale avec un rare bon sens politique, il y avait dans ce fait une révolution.

Cette révolution devait consister dans la soumission de la nationalité arabe.

Nous allons voir cette nationalité imiter l'exemple de l'émir. Désormais elle ne jettera plus que de rares éclairs. L'Algérie sera bien à nous. Cependant l'histoire d'Abd-el-Kader, celle de l'armée d'Afrique ne sont pas finies.

CHAPITRE XXXVII.

Chute de la dynastie d'Orléans. — Tranquillité du pays. — La république en Algérie. — Départ des princes. — Changarnier et Cavaignac gouverneurs temporaires.

Il semble que les succès en Afrique aient porté malheur aux dynasties. Charles X prend Alger par la main du comte de Bourmont, et tombe ; Louis-Philippe reçoit des mains de la Moricière Abd-el-Kader prisonnier, et voit son trône s'évanouir en quelques heures aussi passagères qu'un songe ! Mystère étrange, et qui dans d'autres temps eût frappé les peuples : rapprochement extraordinaire, et qui prouve que la grandeur de la France est indépendante de ses gouvernements ! Après la chute de la dynastie de Bourbon, la conquête de l'Algérie succède à la prise d'Alger. Après le renversement de la dynastie d'Orléans, la vraie colonisation succède à la conquête. La domination française ne rétrograde pas, quelles que soient les révolutions de la métropole.

Il n'est pas de notre sujet de raconter les événements qui amenèrent la révolution de 1848. Un obstacle maladroitement mis au droit de réunion fut le prétexte ; la crédulité de la nation exagéra la cause, qui avait malheureusement une réalité considérable en bien des points. On accusait la royauté de juillet de sacrifier la France à ses intérêts, de tout laisser aller en corruption et en décadence, de ne rien vouloir faire pour l'émancipation du peuple ; on la rendait solidaire des résistances aveugles d'un ministère composé d'hommes ou fort éloquents, ou fort habiles en petite administration, mais entièrement étrangers au grand esprit politique qui sauve et consolide les trônes. Il y eut une défection universelle. Personne ne prit le parti du malheureux roi. La majorité de la chambre des députés, les pairs, les hauts administrateurs, les généraux, l'armée laissèrent faire. La république s'établit après une lutte où des forces très-peu considérables furent engagées. Tout le monde la salua, les uns par enthousiasme, les autres par entraînement, beaucoup par effroi, et les difficultés ne commencèrent pour les républicains qu'après la victoire. Elles se montrèrent aussitôt partout, excepté en Afrique.

Ce pays fut privilégié.

Depuis la soumission d'Abd-el-Kader, qui avait été transféré en France au château de Pau, tout prospérait en Algérie. Le duc d'Aumale se préoccupait exclusivement de l'administration et de la colonisation, et pas le plus petit événement de guerre ne troubla ses efforts.

Il venait de recevoir son frère de Joinville, exilé ou éloigné, disait-on, par le ministère, dont il n'approuvait pas les résistances, quand la nouvelle de la révolution, de la fuite du roi, de l'installation d'un gouvernement provisoire éclata dans Alger comme un coup de foudre en un ciel serein.

La situation de l'armée d'Afrique était difficile ; celle de France avait accepté le nouveau gouvernement. Néanmoins au premier moment les généraux présents à Alger et les officiers supérieurs se pressèrent autour des princes, leur offrant contre la révolution l'appui de leurs épées. Mais ces jeunes gens, que frappait une catastrophe si grande, si imprévue et pour eux mêmes si peu méritée, refusèrent avec noblesse, en répondant qu'avant d'être princes ils étaient citoyens, et que le premier devoir du citoyen est de ne pas se mettre en révolte contre le vœu de son pays. Ils s'attachèrent à maintenir la tranquillité autour d'eux et à prévenir les effets fâcheux de toute effervescence. Ils ne cachèrent cependant rien de ce qui se passait en France. Mais telle était la soumission du pays, que nul parmi les Arabes ne songea à profiter du changement qui s'opérait dans la métropole pour renouveler la guerre.

Bientôt arriva un acte du gouvernement provisoire de Paris qui remplaçait le fils de Louis-Philippe comme gouverneur général. Pour présider à la direction de la conquête, les membres du gouvernement suscitaient le héros du méchouar de Tlemcen, alors simple général de brigade, et voici les termes dans lesquels ils l'annonçaient à l'Afrique :

« SOLDATS DE L'ARMÉE D'AFRIQUE !

» Le gouvernement que la France vient de se donner porta, il y a un demi-siècle, sur la terre d'Afrique les couleurs sous lesquelles vous avez combattu il y a dix-huit ans.

» Vos luttes héroïques, vos travaux, votre infatigable persévérance, cette vertu militaire, en un mot, dont vous avez donné tant de preuves, le gouvernement républicain sait les apprécier, il saura les récompenser.

» Soldats ! la gloire que vous avez acquise en conquérant à la France la plus belle de ses propriétés nationales est un titre impérissable à la reconnaissance de la république.

» Le digne chef que le gouvernement provisoire a placé à votre tête a son entière confiance comme il a la vôtre.

» C'est dans vos rangs qu'il s'est illustré. En le suivant au chemin de l'honneur, vous vous montrerez fidèles à ce sentiment de la discipline qui n'a jamais abandonné le soldat français.

» LES MEMBRES DU GOUVERNEMENT PROVISOIRE. »

Cet acte si vrai dans ses affirmations étant reçu, il n'y avait plus pour les princes de raison de prolonger leur séjour en Algérie. Après avoir pourvu à l'administration intérimaire en remettant son commandement au général Changarnier jusqu'à l'arrivée du général Cavaignac, le duc d'Aumale fit ses adieux à cette terre où la politique lui avait fait une royauté si courte. Il invita tout le monde à la concorde. Ses derniers actes furent empreints du plus pur patriotisme et du désintéressement le plus noble.

« En présence des événements qui s'accomplissent en France et de leur influence possible sur la paix du monde, nous devons, dit-il à ceux qui l'entouraient, nous tenir prêts avant tout à assurer l'intégrité du territoire français en Afrique et à défendre un sol qui est aujourd'hui le sol national. »

Il engagea, en conséquence, les miliciens à s'exercer au tir, à chercher à se suffire à eux-mêmes. Il leur recommandait surtout de s'abstenir de toute dissension. « La population, ajouta-t-il, et l'armée doivent rester dans la plus étroite union pour sauvegarder les intérêts de la France. »

Enfin il prit congé de l'armée et des habitants de l'Algérie par une proclamation qui mérite un souvenir. La voici :

« HABITANTS DE L'ALGÉRIE !

» Fidèle à mes devoirs de citoyen et de soldat, je suis resté à mon poste tant que j'ai pu croire ma présence utile au pays.

» Cette situation n'existe plus. M. le général Cavaignac est nommé gouverneur général de l'Algérie. Jusqu'à son arrivée à Alger, les fonctions de gouverneur général par intérim seront remplies par M. le général Changarnier.

» Soumis à la volonté nationale, je m'éloigne ; mais, du fond de l'exil, tous mes vœux seront pour votre prospérité et pour la gloire de la France, que j'aurais voulu servir plus longtemps. »

A la suite de cette proclamation les princes s'acheminèrent, suivis de ceux des officiers qui avaient le courage de l'amitié, vers le port, où les attendait le vaisseau qui devait les conduire en exil. Sur leur passage, les colons se découvraient et criaient *Vivent les princes !* — « Criez *Vive la France !* » leur dit d'Aumale.

Ce fut son souhait suprême à un pays auquel lui et son frère n'avaient donné que du dévouement, et qui, les enveloppant dans le malheur de la royauté, les rejetait pour obéir aux révolutions de la métropole.

Si nous racontons ces détails, c'est que, dans notre pensée, ils ont quelque chose de naïf et d'antique. Sur cette terre lointaine, à quelques cents lieues de la France, nul ne se préoccupait d'intérêts ou d'ambitions ; chacun se sacrifiait ou voulait se sacrifier à sa patrie. On a beaucoup raillé la lettre que le général intérimaire Changarnier écrivit au gouvernement provisoire, je n'y vois, quant à moi, que l'élan d'un cœur emporté trop loin par la passion de l'éclat ; et si j'enregistre cette lettre, c'est pour l'admirer, et non pour en flétrir l'orgueil, certain que sur les champs de bataille Changarnier eût tenu ces promesses superbes ou fût mort héroïquement.

Voici ce qu'il écrivit après le départ du duc d'Aumale :

« Je prie le gouvernement républicain d'utiliser mon dévouement à la France.

» Je sollicite le commandement de la frontière la plus menacée. L'habitude de manier les troupes, la confiance qu'elles m'accordent, une expérience éclairée par des études sérieuses, l'amour passionné de la gloire, la volonté et l'habitude de vaincre me permettront sans doute de remplir avec succès tous les devoirs qui pourront m'être imposés.

» Dans ce que j'ose dire de moi ne cherchez pas l'expression d'une vanité puérile, mais l'expression du désir ardent de dévouer toutes mes forces au salut de la république.

» CHANGARNIER. »

Quant au général Cavaignac, infiniment plus modeste, il ne fut pas moins antique. Nous avons déjà transcrit trop de pièces dans ce chapitre pour en transcrire encore, nous ne répéterons donc pas la proclamation du nouveau gouverneur.

On y remarquait des phrases comme celles-ci :

« Ma pensée est droite, mon intention est pure : ce que je crois bon, je vous le dirai ; ce que je croirai mauvais n'aura pas mon appui. La nation seule est puissante ; c'est à elle qu'on obéit, c'est à elle qu'il est glorieux et doux d'obéir. »

Aux soldats il disait :

« La nation veut que vous soyez commandés avec fermeté, avec justice. A ceux à qui elle confie son pouvoir sur vous, elle ordonne de ne pas oublier que vous êtes ses enfants. Elle veut que vos chefs méritent votre confiance, elle leur défend de l'obtenir par la faiblesse et l'oubli des devoirs. Vous me trouverez tel que beaucoup de vous me connaissent, car je ne suis pas nouveau parmi vous. Quant à vous, vos devoirs se résument en un mot : l'*obéissance ;* l'obéissance *non à la volonté d'un homme, mais à la loi* militaire telle que *la loi* l'a faite. »

Chacune de ces phrases, chacun de ces mots peint l'homme.

Du reste, à l'en croire, ce n'était pas à lui le général que l'on déférait l'honneur de commander l'armée d'Afrique, c'était à l'ombre de son frère, le grand publiciste républicain Godefroy Cavaignac. C'était cette ombre si chère qui l'avait désigné au choix de la république. Le héros de Tlemcen se trompait. Le doigt de la Providence, qui allait avoir à sauver notre pays, s'étendait sur lui. Elle avait trouvé en lui l'homme du sacrifice, le *Décius* du gouffre.

CHAPITRE XXXVIII.

Les généraux d'Afrique à Paris. — Bataille de juin. — Mort de Négrier, de Duvivier, de Damesme, de Bourgond, de Bréa. — Cavaignac chef du pouvoir exécutif.

Quand, en 1792, la France, pour la première fois, s'érigea en république, elle eut à combattre l'Europe entière. On pouvait croire qu'en 1848 les coalitions de l'Europe se renouvelleraient contre ce que les souverains n'avaient pas voulu souffrir dans d'autres temps. D'un autre côté on pouvait regarder l'Algérie comme pacifiée, et croire qu'il n'y avait plus de gloire à y acquérir. Les hommes que nous avons vus à Constantine, à Oran, à Tlemcen, cherchent en conséquence à se rapprocher du théâtre probable des événements. Fatalité cruelle ! cette ambition de bien faire ne doit les rapprocher que de la tombe ou de la chute. Il ne leur est donné de servir leur pays que contre leur pays lui-même.

Quoique habitant l'Afrique depuis quinze ans, le général Cavaignac comprit le premier la portée des événements intérieurs de la France. Il pensa qu'il n'y avait nul avenir pour la nouvelle république si le peuple et l'armée, sortie du peuple, n'étaient pas intimement unis.

Or un parti considérable à Paris après 1848 se défiait de l'armée.

L'attitude des soldats, pendant et après les journées de février, ne dissipait point ces défiances. Beaucoup de généraux furent frappés, malgré leur soumission, dans le cours de leur carrière. Une sorte de proscription malentendue pesa sur les troupes. Elles furent un instant comme exilées de Paris.

De l'Afrique, le général Cavaignac comprit la faute. Il la représenta au gouvernement provisoire, dont plusieurs des membres furent froissés de cette franchise. On s'étonna de ce qu'un homme que la république venait de tirer d'une sorte d'obscurité pour le mettre à la tête de l'Algérie osât blâmer le gouvernement auquel il devait sa nouvelle position. Il lui fut répondu avec dureté que l'on bornait ses services au gouvernement de l'Algérie, dont il menaçait de quitter la direction si justice n'était rendue à ses collègues.

Cette attitude du général Cavaignac, qui a été qualifiée de hautaine par beaucoup d'historiens, était une prévision de l'avenir.

Elle frappa d'ailleurs la partie modérée du gouvernement provisoire, et, après quelques semaines de disgrâce, le défenseur officieux de l'armée fut appelé au ministère de la guerre. Tous ses compagnons d'armes reparurent avec lui. Comme lui aussi, la bataille de juin les trouva à leur poste.

On a accusé le général Cavaignac d'avoir provoqué cette bataille, ou du moins de l'avoir laissée s'engager afin d'y être vainqueur et d'y recueillir le pouvoir avec le succès. Jamais calomnie ne fut plus démentie par la vie entière d'un homme. Chercher et ramasser dans le sang une dignité suprême ! mais c'eût été là un crime odieux, irrémissible. La lutte de juin s'explique d'ailleurs naturellement par les faits.

Bien qu'elle se fût élevée sans résistance, la république n'avait satisfait qu'un petit nombre de gens convaincus. Personne en juin n'était content, ni la bourgeoisie, ni le peuple : la bourgeoisie, à cause des agitations inséparables d'un ordre de choses qui commence ; le peuple, à cause du manque de travail. On s'accusait mutuellement. Les systèmes socialistes entretenaient la désunion. On avait été vingt fois sur le point d'en venir aux mains, la dissolution des ateliers nationaux fut la goutte amère qui fit déborder le vase déjà rempli de ressentiments. Les partis monarchiques ne furent pas non plus étrangers à la prise d'armes. L'histoire le sait et le dira dans un temps où les esprits seront plus calmes.

Quoi qu'il en soit, dans cette lutte terrible, l'armée d'Afrique montra tout son patriotisme. Elle n'avait que conquis l'Afrique, elle conquit l'estime du monde entier en se mettant entre la république qui fut sauvée par elle et une insurrection qui n'avait ni but ni guides. Son sang le plus pur coula dans cette bataille de trois jours, la plus importante et la plus disputée des temps modernes. Nous la résumerons brièvement comme rentrant dans notre sujet.

Dès les préliminaires de la lutte, l'Assemblée nationale et la Commission exécutive, qui formaient alors le gouvernement, reconnurent Eugène Cavaignac comme l'homme de la situation ; et la résolution suivante fut prise.

« Par ordre du président de l'Assemblée nationale et de la Commission du pouvoir exécutif, le général Cavaignac, ministre de la guerre, prend le commandement de toutes les troupes, garde nationale, garde mobile et armée.

» Unité de commandement !

» Obéissance !

» Là sera la force, comme là est le droit.

» SENARD, président de l'Assemblée nationale ;
» ARAGO, MARIE, GARNIER-PAGÈS, LAMARTINE, LEDRU-ROLLIN. »

Comme ministre de la guerre, le général avait déjà avec ses collègues pourvu au plus pressé. Il ne recula ni devant la responsabilité du pouvoir suprême, ni devant celle d'un combat gigantesque.

L'insurrection s'étendait sur la rive droite depuis le faubourg Poissonnière jusqu'à la Seine, embrassant ainsi le faubourg Saint-Martin, le faubourg du Temple et le faubourg Saint-Antoine ; sur la rive gauche, elle occupait le faubourg Saint-Marceau, Saint-Victor et le bas du quartier Saint-Jacques ; ces deux positions étaient reliées entre elles par l'occupation de plusieurs points, tels que l'église Saint-Gervais, une partie du quartier du Temple, les abords de Notre-Dame et le pont Saint-Michel. L'église Saint-Séverin servait de quartier général et le faubourg Saint-Antoine de place d'armes. Partout où ils avaient pu, les insurgés, pour se tenir en communication avec le dehors, s'étaient emparés des barrières, d'où ils avaient des positions dominantes et véritablement formidables. L'insurrection était ainsi à peu près maîtresse de l'immense demi-cercle est, et sud et sud-ouest qui forme la moitié de Paris. L'ordre d'attaque de la révolte était d'avancer vers le centre en faisant de chaque maison une forteresse, et d'entourer, s'il se pouvait, l'hôtel de ville, où l'on créerait un nouveau gouvernement. Des milliers de barricades s'élevaient sur tous les points occupés. Il y en avait qui, construites dans les règles de l'art, formaient de véritables ouvrages militaires. Les armes, les munitions, le courage ne manquaient nulle part. On était d'autant plus sûr de vaincre que toutes les insurrections depuis 1789 avaient été victorieuses.

Le plan du général dictateur fut aussi habilement conçu que tenacement et vigoureusement exécuté. Il consistait à attaquer corps à corps l'insurrection au centre et de l'arrêter aux deux extrémités pour l'empêcher de s'étendre. Trois généraux, Bedeau, la Moricière et Damesme furent chargés de diriger les trois principales attaques.

La Moricière eut promptement arrêté l'insurrection à son extrémité nord en l'empêchant de s'étendre du faubourg Saint-Denis sur les boulevards, et il s'efforça, toujours luttant, de la comprimer depuis ce point jusqu'au faubourg Saint-Antoine.

Le général Bedeau prit le centre corps à corps, il eut bientôt dégagé les quais Saint-Michel, du Petit-Pont et l'entrée des rues Saint-Jacques et de la Harpe.

Appuyant ses opérations, le général Damesme attaquait l'aile sud de l'insurrection; il cherchait à la détacher du centre en emportant les barricades de la place Cambrai et les abords du Panthéon.

Le général Bedeau paya le premier sa dette. Il fut blessé et remplacé par le général Duvivier. Celui-ci, quoique pressé par les principales forces des insurgés, réussit, à force de courage, de persévérance, à faire un peu de vide autour de l'hôtel de ville. Il venait d'emporter de nombreuses barricades, de repousser de nombreuses attaques, quand il fut frappé d'une balle en allant faire une reconnaissance. Le général Perrot le remplaça, et, poussant de grands coups vers le nord, parvint à opérer sa jonction avec le général de la Moricière, qui avait emporté successivement le faubourg du Temple, les boulevards de la Bastille et commençait à assiéger le faubourg Saint-Antoine. Malheureusement, par défaut de soins, la blessure de Duvivier devint mortelle. Un mot sur ce brave général, et nous retournerons au combat de juin.

Depuis sept ans Duvivier n'était plus en Afrique, où nous l'avons vu si héroïque lors de la retraite de 1831, si administrateur à Bougie et à Guelma, si hardi à Constantine, à Blidah et à Médéah. Un instant on l'avait désigné pour commander en chef une expédition à Madagascar. Mais il fit une condition de combattre seul et sans l'Angleterre. L'expédition n'eut pas lieu.

Alors toute sa vie devint une vie de travail studieux. Il se remit à l'étude de l'arabe et du grec, fréquenta la société de nos plus célèbres érudits. Il avait conçu le projet de parcourir le Maroc, où il supposait avec beaucoup de savants qu'il serait possible de retrouver, dans d'antiques mosquées, les manuscrits perdus d'Aristote et d'autres écrivains du monde ancien. Rien n'égalait la pureté et la sobriété de ses mœurs. Que de fois il passa les nuits couché sur une simple peau de tigre! Toute son existence répondait à cette dureté pour lui-même. Ce studieux anachorète des camps vivait comme au désert, dit M. Villemain dans ses notes sur Montesquieu, de dattes et de riz.

A l'apparition de la République, son imagination s'enflamma. Il offrit ses services au gouvernement provisoire; se rappelant le parti qu'il avait tiré des enfants de Paris dans les gorges de l'Aoura, il proposa d'organiser en bataillons de volontaires toute la jeunesse disponible de la capitale, sous le nom de gardes mobiles. Cette organisation, faite en une seule nuit, réussit au delà de toute espérance. La place fut désencombrée comme par enchantement d'une foule de jeunes gens oisifs ou sans travail, et les gardes mobiles furent le principal instrument du salut de la république. On les vit partout aux premiers rangs, aux postes difficiles pendant l'insurrection. Ils attaquaient les barricades comme s'ils n'eussent pas connu le danger d'un tel assaut; ils allaient au feu comme ils étaient allés au jeu autrefois.

Duvivier, qui les avait organisés, ne les commandait cependant pas alors. Cent quatre-vingt-neuf mille suffrages l'avaient appelé à représenter le département de la Seine. Mais au premier mot il courut à l'hôtel de ville, où il devait trouver le coup mortel.

Duvivier était, sous beaucoup de rapports, un des hommes les plus complets de l'armée d'Afrique. Il n'avait pas seulement les qualités du soldat, il possédait celles du général et de l'administrateur. Son esprit ne s'occupait que de grandes choses, soit dans l'ordre militaire, soit dans l'ordre pratique, ou dans la science. Son Essai sur la défense des États, publié en 1836, est plein d'observations qui en font un écrit tout à fait hors ligne. Tout lui présageait un grand avenir quand il mourut. Il était âgé de cinquante-cinq ans. Il appartenait à l'armée depuis 1812; époque de son entrée à l'École polytechnique, où on l'avait admis à l'âge de seize ans. Sa première arme fut le génie, qu'il quitta pour organiser les zouaves en 1831.

Au physique, Duvivier était le guerrier dans toute la force du terme, front haut et large, yeux brillants et lançant l'éclair, tous les traits marqués au sceau du commandement. Il ne lui manqua que l'occasion pour être un vrai grand homme.

L'Assemblée constituante, quelques jours après sa mort, déclara, à l'unanimité, qu'il avait bien mérité de la patrie[1].

Pendant que Duvivier mettait le sceau à ses services, Damesme poursuivait les siens. Il révélait tout à coup les plus héroïques qualités. Il était aux prises avec d'indomptables ouvrages de défense et des cœurs plus indomptables encore, et n'avançait qu'à pas lents. Il fut blessé à l'attaque de Saint-Séverin, et laissa le commandement au lieutenant-colonel Thomas. Sa blessure aussi devait être mortelle.

[1] Sur la proposition de M. Degousée. Le décret comprenait aussi le colonel Charbonnel.

Damesme avait conquis ses principaux grades en Afrique, où il se distingua surtout comme chef de bataillon à l'Ouarenseris. Homme à la fois énergique et bienveillant, il était, à la tête de la garde mobile, le digne successeur de Duvivier. On ne peut pas en faire de plus bel éloge.

Mais, il faut être juste, tout le monde alors était héroïque, il n'y avait pas que les généraux et les soldats qui combattaient. Une foule de représentants du peuple animaient les troupes de leur présence. Arago, Recurt, Bixio, qui fut blessé; Dornès, qui fut frappé à mort; Duclerc, Havin, si conciliant et si courageux; Lasteyrie, Louis Perrée, Larabit, E. Lenglet, F. Degeorges, et cent autres, étaient aux points les plus menacés. Un martyr de la religion, le vénérable archevêque de Paris, tombait en voulant réconcilier ce peuple qui s'entr'égorgeait. Il y avait partout une grandeur triste et solennelle. Personne ne marchandait sa vie, ni là ni ici. On mourait pour sa cause avec un dévouement inouï; mais nous ne faisons que l'histoire de l'armée d'Afrique.

Le général de Bourgon, qui fut frappé à la barricade de la Chapelle-Saint-Denis, était aussi un soldat d'Algérie : mais, avant d'avoir servi là, il avait défendu la France comme volontaire à Reims et à Montmirail; il s'était distingué, en qualité de capitaine de dragons, à Ligny. En Afrique, il prit part, comme colonel, à toute la gloire que conquit le 4ᵉ régiment de chasseurs, et mérita d'être promu au grade de général de brigade en 1845. La révolution le mit en disponibilité; mais le 20 juin il prit lui-même le fusil pour défendre l'ordre. Un représentant le rencontra portant le mousquet, et lui demanda où il allait ainsi : « Vous le voyez, lui répondit de Bourgon, on m'a ôté l'épée du commandement, j'ai pris le fusil du soldat. » Le lendemain on lui rendait son épée de général, et le surlendemain il était frappé à mort.

C'était aussi un des meilleurs généraux d'Afrique, ce Négrier auquel on ne peut reprocher que la dureté de son gouvernement à Constantine. Lui aussi fut frappé à mort en faisant son devoir à la fois comme général et comme questeur de l'Assemblée nationale.

Nommerons-nous aussi le brave Regnault, tombé également victime de cet affreux malentendu de trois jours, et cet infortuné général de Bréa, dont raconter la mort coûterait trop à notre patriotisme, et les généraux Lafontaine, Korte et tant d'autres qui furent blessés?

C'est grâce à leur héroïsme et à celui de la représentation nationale que la paix se fit enfin au bout de trois grands jours par la reddition du faubourg Saint-Antoine.

Grand, prévoyant, impassible durant la lutte, ayant juré de mourir ou de sauver la république, Cavaignac laissa déborder son cœur après la victoire. Il avait supplié les insurgés de revenir à la voix de la raison. Il ordonna après la victoire qu'ils fussent épargnés. Nous n'en voulons pour témoignage que cette proclamation :

» La cause sacrée de la république a triomphé. Votre dévouement, votre courage inébranlable ont déjoué de coupables projets, fait justice de funestes erreurs. Au nom de la patrie, au nom de l'humanité tout entière, soyez remerciés de vos efforts, soyez bénis pour ce triomphe nécessaire.

» Ce matin encore l'émotion de la lutte était légitime, inévitable. Maintenant, soyez aussi grands dans le calme que vous venez de l'être dans le combat. Dans Paris, je vois des vainqueurs, des vaincus, que mon nom reste maudit si je consentais à y voir des victimes! La justice aura son cours, qu'elle agisse; c'est votre pensée, c'est la mienne.

» Prêt à rentrer au rang de simple citoyen, je reporterai autour de vous ce souvenir civique : de n'avoir, dans ces graves épreuves, repris à la liberté que ce que le salut de la république lui demandait lui-même, et de léguer un exemple à quiconque pourra être à son tour appelé à remplir d'aussi grands devoirs. »

On a dit qu'il ne tint pas les promesses de cette proclamation. On s'est trompé et l'on a trompé. Toutes les mesures qui adoucirent la position des vaincus lui furent dues. Il a dédaigné de se défendre à cet égard, et il a bien fait. Certains secrets du cœur n'ont pas besoin d'être dévoilés.

L'Assemblée constituante le récompensa en déclarant qu'il avait bien mérité de la patrie. Il eût pu alors prendre le pouvoir suprême. On lui offrait de détacher le titre de la Constitution qui traitait du pouvoir exécutif. Il refusa. Il ne voulut rien devoir qu'à la France. La France ingrate courut à d'autres destinées qu'à celles d'une république; mais, au moment où elle se détachait de son sauveur, à 503 voix contre 34, l'Assemblée nationale décida qu'elle persévérait dans son décret du 28 juin, ainsi conçu : « Le général Cavaignac, chef du pouvoir exécutif, a bien mérité de la patrie[1]. » Nous croyons que l'histoire aura la même persévérance que la représentation républicaine de 1848, et qu'en dernier ressort elle prononcera aussi en faveur d'un homme chez lequel tout fut antique, l'élévation, l'abnégation, les services et les disgrâces.

Nous reprenons maintenant l'histoire de l'armée d'Afrique, en Afrique même.

[1] Séance du 28 novembre.

CHAPITRE XXXIX.

La colonisation en Afrique. — Résumé de son histoire depuis 1830. — Les colonisateurs. — L'abbé Dupuch, les écrivains, les érudits.

L'un des principaux actes parmi ceux qui honorèrent le gouvernement de la Constituante et celui du général Cavaignac fut l'essai de colonisation algérienne au moyen duquel on se proposait à la fois de solidifier la conquête et de procurer à de nombreuses familles françaises un avenir que la patrie leur refusait.

Cet essai nous amène à résumer ici en peu de mots l'histoire de la colonisation africaine. Notre petit livre ne serait pas complet s'il ne renfermait pas un chapitre consacré à la toge au milieu de tant de lignes remplies du bruit des armes.

Ni 1830 ni 1831 ne virent de véritables tentatives de colonisation. C'était assez de combattre. Cependant les armées entraînent toujours à leur suite un certain commerce. Le commerce français des vivres, des boissons et des habillements commença quelques maisons qui ont survécu aux diverses crises de la conquête. Quelques rares émigrants vinrent aussi chercher du travail sur la terre d'Afrique.

En 1832 seulement la science se demanda quel parti on pouvait tirer du sol algérien. Un jardin d'essai, qui devait acquérir une grande célébrité et une utilité encore plus grande, fut fondé à Alger. En même temps, les premiers colons furent établis autour de la ville à Kouba et à Dely-Ibrahim. Mais la culture les dégoûta bientôt. Ils se firent la plupart cabaretiers ou gens de peine.

En 1833, l'administration militaire se livra à de grands travaux qui donnèrent autour des places où ils eurent lieu un certain essor industriel. Le desséchement des marais de Bone, celui de la plaine de la Mitidja furent entrepris.

En 1834, Bouffarik prit son origine dans le camp d'Haouch-Chaouch. Le jardin d'essai fut considérablement agrandi. Quelques colons arrivèrent, mais en petite quantité.

Et il ne faut pas accuser la France de ce petit nombre. Les historiens font souvent des parallèles entre les peuples en ce qui touche l'art de coloniser. Ils se trompent presque tous. L'art de coloniser a besoin d'être soutenu par la nécessité. Car, on ne doit pas l'oublier, il faut pour être colon plus de courage que pour être soldat. Le soldat marche en troupe. Des officiers, des généraux veillent sur lui. Le colon est souvent isolé et abandonné à ses propres forces. Lui aussi se trouve dans l'implacable situation d'avoir à quitter sa patrie, et ce n'est pas seulement la mort qu'il affrontera sur la terre étrangère, il lui faudra endurer toutes sortes de privations, les fatigues, la maladie, la famine peut-être ; il sera à lui-même son intendant et l'intendant de sa famille. Pour se défendre, pour défendre les siens, il faudra qu'il ait à la fois les qualités du soldat et celles du commandant. Il a planté sa moisson, elle sourit au soleil ; l'Arabe la va venir menacer, il menacera également la femme et la fille. Que d'héroïsme alors ! Chaque ferme devient une citadelle, une petite Saragosse où l'on meurt, mais que l'on ne rend pas.

Pour se décider à affronter tant de périls, il faut véritablement être pressé par la passion des aventures ou par la nécessité. Or c'est la nécessité qui chasse de leur sol, où ils ne trouvent que misère, l'enfant de l'Irlande et celui des montagnes allemandes. C'est elle qui pousse le mendiant et le vagabond de Londres sur les rivages de l'Australie. Mais la belle France est une terre clémente : elle a des blés superbes, un soleil ni trop chaud ni trop gris ; elle a des vignes magiques au midi, des vergers ruisselants de fruits au nord : elle est difficile à quitter, une telle mère patrie ! les brumes d'Albion, la pauvreté d'Erin, l'oppression des gouvernements d'Allemagne n'y aident pas à l'émigration.

Mais quand le colon français se décide à se rendre quelque part, il y est bien décidé, quoique la poésie soit toujours pour quelque chose dans sa décision. Il rêve sans doute beaucoup de chasse, de pêche, d'aventures ; mais, quand la première fièvre du découragement ne l'a pas tué, espérez tout de lui. Son activité, son initiative sont merveilleuses. Qui a vu l'Afrique en 1834 la reconnaîtrait à peine aujourd'hui, et cependant la population française y est encore presque à l'état d'exception.

Et puis ce que colonisent les autres nations, c'est surtout la terre vierge, la terre d'Amérique, celle d'Australie, celle où la propriété prend pour maître le premier qui vient. Mais en Afrique tout était peuplé, sinon cultivé. La propriété avait des possesseurs. De longs rouleaux de parchemins arabes, transmis de générations en générations, attestaient une séculaire transmission d'héritages. On venait troubler tout cela. Rien ne disait que les concessions accordées fussent valables, et la preuve, c'est que souvent en Algérie le fisc reprit ce qu'il donna.

En 1835, l'administration et quelques hommes de cœur rivalisèrent pour attirer autour d'Alger un plus grand nombre d'émigrants. Quatorze communes rurales furent fondées, comme nous l'avons vu ailleurs, à Pointe-Pescade, Bouzaréah, Dely-Ibrahim, Mustapha, El-Biar, Birmandréis, Birkadem, Kadous, Kouba, Hussein-Dey, Birtouta, Dechioua, Douéra et Mazafran. De hardis colons, comme le prince de Bir et M. de Guilhem, qui s'établirent à la Rassauta et près du marché de l'Arba, montrèrent qu'il suffisait d'un peu de confiance pour réussir. D'autre part, de grandes relations d'affaires s'établirent d'Alger avec la métropole. L'Algérie vendit à la France et à l'étranger pour près de deux millions cinq cent mille francs, et à la fin de l'année, la population civile fut de 11,121 têtes, dont 4,888 Français seulement. On peut considérer cette poignée d'hommes comme le premier noyau de la colonisation.

En 1836, ce noyau grossit, et la population civile européenne forma un chiffre de 14,561 habitants, dont 5,485 Français ; cependant le total du commerce diminua un peu. Mais la colonisation s'étendit, aux environs d'Alger, où MM. Mercier et Saussine, Montaigu et de Tonnac s'établirent, les premiers à la Régaya, le troisième à l'Haouch-ben-Chenouf, sur le territoire des Beni-Moussa, et le quatrième à Aïn-Kadra, — et aux environs de Bone, où l'on fonda le camp de Dréan, dans la plaine de la Seybouse.

En 1837, le traité de la Taffna permit un développement temporaire de la colonisation. On mit en culture une assez grande quantité de terres. Des colonies militaires furent établies à Miserghin et aux Figuiers, et l'on comptait autour d'Alger 6,935 hectares cultivés, 507 autour de Bone et 595 autour d'Oran. La population civile européenne s'était élevée à 16,770 habitants, dont 6,592 d'origine française. Les importations n'augmentèrent pas. On s'occupa par contre de remplacer par des plantations les destructions opérées dans les razzias : près de 400,000 pieds d'arbres furent plantés et 65,000 oliviers greffés.

L'année 1838 vit la colonisation s'étendre dans toutes les sphères. Tous les villages déjà fondés augmentèrent en population. Ainsi, on compta à Bouffarick cinq cents habitants et soixante maisons, et à Dely-Ibrahim quatre cents habitants et quatre-vingt-dix maisons. D'autres points, comme la plaine de l'Outhan des Beni-Mouça, reçurent de hardis colons. Les postes du Fondouck, sur le Khamis, et de Kara-Mustapha, sur l'Oued-Kadarah, furent installés pour la protection de la Mitidja. On fonda ailleurs ceux de Maelma, de Mered, et beaucoup d'autres qui devinrent des villages. Des cultivateurs s'établirent également à la Calle. Les camps retranchés de Koleah et de Blidah devinrent l'origine d'une certaine culture européenne. Cependant la population civile continua à arriver lentement. A la fin de l'année on ne comptait encore que deux mille soixante-dix-huit habitants européens non soldats, dont huit mille trente-quatre Français. L'augmentation du commerce était beaucoup plus vive. L'Algérie exporta en cette année pour près de 4,000,000 de francs.

Mais un fait considérable se produisit que nous ne saurions omettre. La religion chrétienne prit officiellement possession de la conquête. Il y eut un diocèse d'Alger, comme du temps de saint Augustin il y avait un diocèse d'Hippone.

Circonstance remarquable, le gouvernement français choisit pour évêque d'Alger l'homme qui était le plus complétement convenable à cette mission. Aventureux, quelque peu poëte, d'un abord facile, extrêmement politique, conciliant, l'abbé Dupuch était en outre un esprit fort large et fort élevé. Il n'avait rien de l'ascète ni du fanatique. Dans ce pays, un dévot de l'école ultramontaine, un héritier lointain de Torquemada, ou un élève des dominateurs du Paraguay, eût tout perdu. L'abbé Dupuch fit, dès l'abord, connaître sa religion en Algérie par des services. Il la rendit aimable, obligeante, bienfaisante. Il s'éleva même avec beaucoup de grandeur au-dessus des préjugés de sa caste et de son culte. Il honora la religion des Arabes partout où il la trouva sincère. Aucune persécution n'eut lieu par son fait. Bien loin de là, l'Arabe, le Kabyle, quand ils le voulurent, trouvèrent en lui un pasteur aussi bien disposé que le Français même. Que de relations n'établit-il pas avec les marabouts, avec les chefs vénérés des tribus ! Que de concessions n'obtint-il pas d'Abd-el-Kader lui-même, dont il fut l'ami peut-être le plus dévoué ! car seul, il ne l'oublia pas dans sa captivité. En 1849 déjà, il demanda la mise en liberté de l'émir et fit de lui un panégyrique qui, sincère sans doute dans la pensée de l'évêque d'Alger, sinon conforme à la vérité absolue, ne fut pas sans influence sur la destinée du captif [1].

Quand on se reporte aux affreux massacres qui furent faits en Amérique par les Espagnols sous le prétexte religieux, quand on se souvient des croisades, on ne saurait trop admirer cet excellent esprit du premier pasteur de notre conquête d'Afrique. Grâce à lui, la lutte ne sortit pas de la politique. Si elle se compliqua de fanatisme, ce ne fut que du côté des Arabes.

Parlerons-nous, après cela, du désintéressement d'Antoine Dupuch, de sa générosité, qui le fit à la longue si pauvre, et qui, après l'avoir jeté dans le cloître, nécessita l'intervention de l'État ? Au Dieu de paix ne plaise que nous fassions un crime à l'évêque d'Alger de s'être mis quelquefois à l'unisson de nos généraux ! On n'a aucun mérite à être grand quand il n'en coûte rien aux passions.

A la suite de l'abbé Dupuch, vinrent les sœurs de Saint-Joseph, puis d'autres congrégations religieuses. Elles montrèrent toutes le sentiment de leur mission.

En 1839, année de l'insurrection générale, les colons eurent fort

[1] *Abd-el-Kader au château d'Amboise*, par M. J.-Antoine Dupuch, ancien évêque d'Alger, publié à Bordeaux.

à souffrir. Il leur fallut se défendre pied à pied, corps à corps. Dans cette lutte contre les postes arabes, se distinguèrent les de Vialar, de Tonnac, de Montaigu, de Saint-Guilhem, les colons du hameau de Ben-Hoirlouse. Mais que de pertes pour tant d'héroïsme!

Cependant, cette année-là, il y eut un certain essor de la population civile. On compta vingt-six mille vingt-trois habitants européens, non soldats, dont environ douze mille Français. D'autre part, à Alger, à Bone, à Constantine, le négoce se développa. Il fallut créer un tribunal de commerce dans la capitale des possessions.

L'année 1840 fut aussi une année de guerre. Les exportations diminuèrent. La population n'augmenta que d'un millier d'âmes (vingt-sept mille deux cent quatre habitants civils, dont douze mille cent quatre-vingt-treize français).

Les succès de 1841 ranimèrent la colonisation. De grands travaux se firent dans les villes, qui prenaient peu à peu un aspect européen. Des cités entières, comme celle de Philippeville, fondée en 1838, sortirent comme de terre. D'un autre côté, on comprit que le meilleur moyen de lutter avec l'élément arabe était d'amener en Algérie une population capable de lui résister autant par les forces que par les arts et la civilisation. L'arrêté du 13 avril détermine les règles des

à 50,000,000 de francs la valeur des constructions et propriétés européennes. La population civile est de 59,186 habitants, dont 28,169 Français.

Ajoutons qu'alors la femme se montre comme élément de colonisation. Le recensement de cette année atteste la présence en Algérie de 14,569 femmes européennes, dont 9,062 mariées.

Ce nombre augmente énormément en 1845, ainsi que celui des habitants non militaires. Le chiffre de ceux-ci est de 75,420, dont environ 38,000 Français. La culture se développe. De nombreux centres de population sont fondés à Djemmâ-Ghazouat, à El-Arouch, la Calle; on établit les villages de Vallée, Damrémont, Saint-Antoine; on récolte dans les prairies appartenant à l'Etat pour 2,500,000 francs de fourrages; de riches plantations réparent les ravages des razzias.

En 1845, ce qui dénote le plus la marche ascendante de la colonisation, c'est la valeur des exportations commerciales. Elles se montent à près de 7,000,000 de francs. La population civile croît dans une proportion analogue. Elle est de 96,649 personnes, dont plus de 44,000 Français.

L'année 1846 vit s'accroître ce dernier chiffre, qui monta à 109,400. Les chemins, les routes, les écoles attirèrent plus que jamais l'at-

Siège et prise de Zaatcha. — 26 novembre 1849.

concessions, fixe les centres autour desquels elles se forment. On essaye aussi de la colonisation par les soldats libérés, mais il y a toujours un peu de contrainte dans la colonisation militaire. Le soldat libéré en Algérie a depuis trop longtemps quitté sa patrie pour ne pas désirer la revoir. Les villages militaires sont aujourd'hui des villages complètement civils. Néanmoins tous les efforts réunis donnèrent un grand essor à l'ensemble du mouvement algérien. La soie, le coton, se cultivèrent; les forêts furent parcourues et étudiées. La population européenne non militaire grandit tout à coup jusqu'au chiffre de trente-cinq mille sept cent vingt-sept habitants, dont quinze mille neuf cent quarante-sept Français.

Mais c'est de 1842 que date la vraie prospérité de la colonie. Les villages de Draria, de Douerah, de l'Achour, d'Ouled-Fayet, de Cheragas et d'autres, sont fondés. On achève de grands défrichements, les villes nouvellement conquises se peuplent, deviennent commerçantes. On trouve le Français partout. La population européenne civile est de quarante-six mille cinq cents habitants, dont vingt et un mille Français.

En 1843, création de villages à Saoula, Baba-Hassen, Crescia, Saint-Ferdinand, Sainte-Amélie, Daouâda, Montpensier, Joinville, Mered, Saint-Jules, etc., dans la province d'Alger! Concession aux trappistes de Staouëli; fondation des pépinières de Guelma, de Missergbin, de Philippeville! Travaux de la Senia, de la Mina, du Sig; institution du service spécial de desséchement; amélioration des ports d'Alger, de Cherchell, d'Oran, Mers-el-Kébir, Mostaganem, Philippeville, Bone, la Calle; fonds considérables et instruments de culture distribués, voilà les principaux faits de la colonisation! Aussi des capitaux énormes s'engagent en Algérie. On estime alors

tention. Tous les centres de population se développèrent; on créa les communes de Saint-Louis, Nemours, Joinville, Sainte-Adélaïde, Saint-Eugène, Saint-Leu, Sainte-Barbe; les villages de Saint-Hippolyte, Saint-André, de Stidia, de Sainte-Léonie; les agglomérations des Toumiettes, de Kantours, de Smendou. Les richesses naturelles furent mieux connues, les richesses agricoles augmentèrent considérablement.

En 1847, an de crise commerciale pour la France, la colonisation se ressentit du malaise général. La population diminua; elle tomba à 103,893 habitants. Cependant la fameuse ordonnance du 28 septembre institua en Algérie le régime municipal. On créa aussi de nouveaux centres à la Mouzaïa, sur la Chiffa; on fonda les villages de Bugeaud, de Condé, de Saint-Charles; les communes espagnoles de Christine, San-Fernando, Isabelle.

L'année 1848, décisive pour la France, fut aussi décisive pour l'Algérie. Le système de l'assimilation domina, puisque le territoire fut divisé, comme celui de la métropole, en départements. D'un autre côté, pour donner, comme nous l'avons dit, quelque soulagement aux classes peu aisées, un appel solennel fut fait aux colons. La loi du 19 septembre leur promit un avenir que tous ne trouvèrent pas où ils l'allèrent chercher.

Par une combinaison habile des meilleurs travaux sur la colonisation, soit ceux des généraux de la Moricière, Duvivier, Bugeaud, soit ceux de l'administration de la guerre, quarante-deux centres de population furent créés aux endroits les plus convenables pour la culture et les mieux placés pour le commerce et pour la défense. On les distribua, dans la province d'Alger, à l'Afroun, Ben-Roumi, Marengo et Zurich, sur la route de Blidah à Cherchell; à Castiglione et Teferchoone, sur la route d'Alger à Cherchell; à Lodi, sur la route de Médéah à Milianah ; à Damiette, près de Médéah; à Novi, près de Cherchell; à Montenotte, sur la route de Tenès à Orléansville; à la Ferme et à Ponteba, près de cette ville. Il y en eut neuf dans la province de Constantine, savoir : Jemmapes, Gastonville et Robertville, dans le cercle de Philippeville; Héliopolis, Guelma, Millésimo et Petit, dans le cercle de Guelma; Mondovi nº 1 et Mondovi nº 2, depuis De Barral, dans le cercle de Bone. Enfin il y en eut vingt et un dans la province d'Oran, savoir : Fleurus, Assis-Ameur, Assi-ben-Ferruh, Saint-Louis, Assi-ben-Okba, Assi-ben-Nef et Mangin, aux environs d'Oran; Saint-Leu, Damesme, Arzew, Muley-Magnin, Kléber, Mefessour et Saint-Cloud, autour d'Arzew; et Aboukir, Rivoli, Aïn-Nouissi, Tounin, Karouba, Aïn-Tideles et Sourk-el-Metin, autour de Mostaganem. Plus de 13,000 colons, partagés en un grand nombre de convois, partirent pour peupler ces contrées. Une somme de 50,000,000 de francs fut votée pour leur établissement. Tout cela se fit sans préjudice de plusieurs créations de villages, comme ceux d'Affreville, d'Arcole, de Valmy. — 115,000 habitants civils formaient à la fin de l'année la population européenne de l'Algérie.

Nous devrions nous arrêter ici, pour ne pas anticiper sur les événements; mais, afin de ne pas scinder ce résumé de l'histoire de notre colonisation, nous consignerons en peu de mots les créations des années suivantes.

Ce sont, en 1849, les villages de Négrier et de Bréa, les centres d'Ameur-el-Aïn, la Bourkika, Aïn-Menian, le marabout d'Abd-el-Kader, Bou-Mefda et Aïn-Menian dans la province d'Alger; d'Ahmer-ben-Ali et Sidi-Nassar dans le département de Constantine; de Bled-Touaria, Aïn-Sidi-Chéri, Aïn-Boudinar, Pont-du-Cheliff et Bou-Theles dans la province d'Oran. Mais cette année-là même on renonce à la colonisation par l'Etat. On quitte le système de la colonisation subventionnée pour celui de la colonisation encouragée. La population civile diminue; elle tombe au chiffre de 112,000 habitants. Mais le commerce de l'Algérie se développe; il est de 7,100,000 francs pour les productions exportées.

En 1850, on établit le village mahonnais du fort de Dean, le pénitencier de Lambessa, les groupes d'habitations rurales de Sidi-Mabrouck, Oued-Yakoub, Characat-Bouazen, Hamma, Aïn-Turc, Mansourah-la-Saysaf. Les routes deviennent sûres, des auberges s'établissent aux points fréquentés. La justice, le commerce, l'instruction, la civilisation entière, marchent d'un pas rapide.

Enfin même élan en 1851 et 1852, malgré l'arrivée de ces malheureuses victimes de nos révolutions que l'on nomme les transportés. Barrages, canaux d'irrigation, châteaux d'eau, acqueducs, routes stratégiques, camps, hôpitaux, hospices, orphelinats, administration civile et militaire, culture, monts-de-piété, milices, exploitation des forêts, des carrières, des mines, tout, en un mot, est dans un grand progrès. La population européenne, à la fin de 1851, est de 131,223 habitants. Elle était en 1850 de 125,748. Une loi abolit la législation douanière qui s'oppose à la libre entrée des produits algériens dans les ports de France. Presque tous ces produits sont assimilés à ceux du sol français lui-même.

Est-il nécessaire de dire que cette amélioration annuelle ne se fit pas sans de grands efforts? Faut-il nommer tous les hommes qui attachèrent leur nom à quelque progrès? Faut-il répéter ici en quoi consistaient les plans de Clausel, ceux de Bugeaud, ceux de Duvivier, ceux de Cavaignac, de la Moricière, de Bedeau? Faut-il répéter aussi les noms de tant d'officiers supérieurs qui, comme Charron, Daumas, Randon, Saint-Germain, V. Thierry, Marey-

Monge, comprirent que la conquête n'était qu'au prix d'un bon développement administratif? Faut-il citer les ingénieurs qui, comme les Poirel, travaillèrent à l'amélioration des ports; les marins qui, comme E. Pacini, émirent de bonnes idées sur les travaux de défense maritime; les architectes militaires qui construisirent les routes, les aqueducs, qui dirigèrent les desséchements? Nous le voudrions, qu'il nous serait impossible de le faire. Ce ne sont pas toujours les hommes les plus utiles qui laissent le plus de renommée.

Il y a aussi dans l'ordre civil des noms inséparables de l'histoire de la colonisation algérienne. Tels sont ceux de l'annaliste Pélissier, de l'entraînant historien Galibert, de l'érudit Berbrugger, de l'habile praticien et professeur de culture Hardy, de l'ingénieur des mines Fournel, de cet autre ingénieur célèbre que l'on nomme Enfantin, du savant sériciculteur Guérin-Menneville, des cultivateurs de tabac Gros, Lebescheu et autres, des apiculteurs Claude et Lavieille. Nous ne saurions oublier non plus toute cette cohorte de publicistes ou d'historiens convaincus et spéciaux qui, comme les Cohen, les Bardy, les Urbain, les Warnier, les Louis Jourdan, les Robe, les Opigez, les Foley, les Guyon, les Cauvain, les Bouvy, les E. Alby, les Mornand, les Fél. Jacquot, les de Baudicourt, ont rendu tant de services à la cause de l'Algérie. Il ne faut pas omettre surtout celui du continuateur de Pélissier, de M. Hipp. Peut, courageux écrivain qui a consacré sa fortune et sa vie à la colonisation, et aux excellentes Annales duquel nous avons puisé la plupart des détails de ce chapitre.

Des étrangers distingués ont aussi contribué à l'extension de notre colonie. Parmi eux se place au premier rang le publiciste belge Houry, qui, voué à l'extinction du paupérisme, a popularisé notre colonie en Belgique, et dont les plans de toute sorte ont été maintes fois approuvés par nos généraux. C'est à son imitation que l'on a proposé depuis la création d'une série de villages qui correspondraient à nos départements. Cela soit dit sans diminuer en rien les louanges dues à ceux qui, comme MM. H. Peut, Ducuing et d'autres écrivains des plus honorables, ont propagé cette dernière idée, dont la réalisation paraît dominer aujourd'hui parmi les projets de colonisation.

Abd-el-Kader et Napoléon III au château d'Amboise.

CHAPITRE XL.

Années 1848, 1849 et 1850. — Reddition de l'ancien bey de Constantine. — Période des aventuriers. — El-Hadj-Hamet, Sidi-Abd-el-Afidh, le faux Bou-Maza. — Bou-Zian. — Siége de Zaatcha. — Prise de Bou-Saâda. — Prise de Nahra. — Le général Herbillon. — Les colonels Canrobert et Carbuccia. — Mort du général de Barral. — Rapport du gouverneur général d'Hautpoul.

Les années 1848 et de 1849 sont de celles qui font dire aux adversaires du système militaire en Algérie que si l'on avait suivi le système de l'excellent gouverneur général Charron et tourmenté par moins d'expéditions les tribus africaines, il n'y eut point eu lieu à tant de combats et à une si longue guerre. En effet, nous n'avons d'abord presque rien à signaler en 1848, si ce n'est l'apparition et la reddition d'un schériff nommé Muley-Mohammed, et une expédition peu importante dans cette Kabylie toujours mal soumise.

La période héroïque est passée, du moins du côté des Arabes. De notre côté, c'est le second ban de l'armée d'Afrique qui s'élève, tandis que les plus illustres représentants du premier, après avoir embrassé la vie politique, trouvent l'exil ou l'abandon au bout de leur carrière, et cela au moment même où les représentants du second ban les remplacent dans les dignités. Quant à la nationalité arabe, elle ne trouve plus désormais pour la défendre que de véritables aventuriers. La chute définitive d'Abd-el-Kader, sa captivité, la soumission de l'ancien bey de Constantine, Achmet, qui, depuis ses revers, menait une vie d'aventures et d'abandon ; l'envoi réitéré des convois de colons la découragent si bien, qu'elle ne tente plus que des entreprises aussitôt étouffées par nos armes que commencées par le fanatisme uni à la crédulité.

C'est ainsi que les derniers jours de 1848 furent signalés par l'apparition d'un faux sultan, du nom d'Hadj-Hamet, dont la seigneurie éphémère n'eut qu'un jour.

El-Hadj-Hamet, après avoir essayé des prédications chez les Ouled-Sabens, vint s'établir chez les Medjouna, et là il recommença ses menées, qui lui procurèrent bientôt des adhérents. Encouragé par le grand nombre de ceux dont il était journellement entouré, il prit le titre de sultan du Dahra; mais, par malheur pour lui, il se fit un ennemi personnel dans la personne d'un chef influent du pays, nommé El-Hadj-Lekhal. Celui-ci, ayant entendu dire qu'il tenait un conciliabule armé dans la contrée boisée qui s'étend entre les territoires des Ouled-Rhiah et des Ouled-Khelauff, marcha de ce côté avec tous les cavaliers du parti de la France. Il cacha si bien sa marche, qu'il surprit le faux sultan et ses principaux auxiliaires, et l'envoya prisonnier à Mostaganem sous forte conduite. Mais durant le trajet, Hamet profita d'un passage à travers les broussailles pour s'enfuir, accompagné d'un nègre qui lui servait de chaouch. Son escorte le poursuivit, et, craignant de ne pouvoir le reprendre, le tua de loin à coups de fusil.

En 1849, la province de Constantine et le pays entre Bougie et Sétif furent le théâtre de ces sortes d'aventures sur lesquelles nous passeront rapidement, et qui donnèrent aux généraux Herbillon et de Salles et à d'autres hardis capitaines l'occasion de se distinguer. Des rébellions soulevées sur d'autres points nécessitèrent des opérations hardies que le général Pélissier conduisit avec son succès et sa vigueur accoutumés.

Dans la province d'Alger, le colonel Daumas reçut l'ordre d'apaiser une révolte des Beni-Silem, des Baâta et des Beni-Quetoun. Il partit de Blidah le 16 avril avec le colonel Vergi. En quelques jours, malgré les difficultés du terrain, il s'acquitta de sa mission de manière à mériter les félicitations du gouverneur général Charron. Un instant les Kabyles crurent le surprendre par des assurances de paix. Ce fut lui qui les battit à Souk-el-Kebour-Sidi-Abd-el-Rhaman, où il défit les populations de vingt-cinq villages. Ses pertes furent presque insignifiantes. Un peu plus d'une semaine lui suffit pour apaiser une insurrection qui menaçait toute la contrée.

Parmi les événements qui eurent lieu dans la province de Constantine, nous distinguerons ceux qui nécessitèrent le siége de Zaatcha.

De tout temps l'Aurès avait été mal soumise, et des velléités d'indépendance ne cessaient de se manifester parmi les tribus des subdivisions de Batna et de Biskara. Elles étaient entretenues par divers chefs, entre autres par le schériff de Zaatcha, Bou-Zian, qui, se fiant à l'inaccessibilité de sa retraite, finit par prendre tout à fait une attitude hostile à notre domination. Il lia des intelligences avec les principaux chefs des tribus, notamment avec ceux des Ouled-Djellel et Sidi-Moktar, et parvint à soulever les populations qui s'étendent sur les rives de l'Oued-Sidi-Salah.

Un marabout célèbre de cette contrée, nommé Sidi-Abd-el-Afidh, avait d'abord résisté aux sollicitations de Bou-Zian ; mais, pressé par les instances du Sidi-Moktar et des Ouled-Djellel, il prit une attitude hostile. Il descendit jusqu'au village de Sériana, à la tête de quatre mille fantassins ou cavaliers de l'Aurès et du Zab-Chergui. Le kaïd des Ouled-Saoula, qui avait nom Si-el-Rey-ben-Chenaouf, prévint le commandant du cercle, M. de Saint-Germain. Celui-ci était un de ces hommes qui n'ont jamais marchandé leur vie. Il prit à peine le temps de rassembler cent quatre-vingts chevaux et trois cents fantassins, et dès qu'il eut joint l'armée de Sidi-Abd-el-Afidh, il l'attaqua sans désemparer et avec des dispositions aussi habiles qu'audacieuses. L'étendard du marabout fut enlevé, ses troupes défaites. Mais Saint-Germain reçut à bout portant une balle dans la tête.

C'était un officier qui avait déjà donné plus que des espérances. Il appartenait à l'école de la colonisation et de l'assimilation. On lui devait l'état florissant du cercle de Biskara, à l'administration duquel il présidait depuis cinq ans.

Bou-Zian, qui était attendu par les populations réunies autour de Sidi-Abd-el-Afidh, n'arma pas à temps pour les secourir. Ayant appris leur défaite, il se renferma dans Zaatcha, où nos troupes, sous la conduite du général *Herbillon*[1], devaient bientôt aller l'investir.

Mais avant de les y suivre, nous avons à parler d'un faux Bou-Maza qui parut dans la Kabylie, et d'un petit différend élevé entre le Maroc et la France.

La Kabylie, où les Zaouaouas s'étaient soulevés et avaient été battus en juillet par le colonel Canrobert, semblait toujours destinée aux troubles. Le nom de Bou-Maza y était extrêmement célèbre et populaire parmi les tribus. Un certain Si-Boucif imagina de répandre

[1] Une transposition de ligne dans le tableau contenu en notre premier chapitre fait attribuer au général Pélissier le siége de Zaatcha. Il faut redescendre le nom du général Pélissier trois lignes plus bas au siége de Laghouat.

que Bou-Maza avait réussi à s'enfuir de sa captivité et à regagner le sol africain. Trouvant créance à ce bruit, il alla plus loin, et s'affirma lui-même comme étant Bou-Maza. On le crut d'autant mieux que dans le Djerjurah la figure et les traits de l'ancien schériff étaient peu connus. Il eut en peu de temps autour de lui quatre ou cinq mille Kabyles. Après avoir noué des intelligences avec les tribus des pentes de la montagne, il se regarda comme assez fort pour descendre dans l'Oued-Sahel. Mais il trouva là un simple sous-lieutenant de zouaves, M. Beauprêtre, qui, bien que n'ayant à sa suite qu'un millier de cavaliers, et encore cavaliers indigènes, intimidé par les prédictions du schériff, ne réussit pas moins à battre le faux Bou-Maza, qui fut tué dans la déroute. (Octobre.)

Quant au différend entre le Maroc et la France, il fut aussitôt apaisé que soulevé. Notre consul, expulsé de Tanger, y fut rétabli avec tous les honneurs militaires et civils par le contre-amiral le Barbier de Tinan. Ce fut encore le célèbre Bou-Sélam qui présida à cette réintégration.

Cependant la rébellion menaçait de gagner tout le sud de la province de Constantine. Le général Herbillon alla mettre le siége devant la place qui était le centre d'où soufflait le vent de la révolte.

Zaatcha s'élève à l'extrémité sud de la province de Constantine, dans l'espèce de désert qui s'étend au sud du kaïdat des Ouled-Zian et de celui de Biskra.

Un petit village appelé Zaouia ou Mosquée la borne au nord. Elle semble ne former qu'une seule masse avec les oasis de Lichena et de Farfar. A son est s'étend l'oasis de Bouchagroun, que trois kilomètres à peine en séparent. A l'ouest, l'oasis de Tolga est plus éloignée. Au sud s'étendent les oasis de Bigou, Ben-Thious, Mnala, Maile. Tous les hommes de ces ksours étaient en armes.

« L'oasis de Zaatcha elle-même, dit M. le général Herbillon, présente l'aspect d'une haute futaie de palmiers, s'élevant comme par enchantement d'un sable aride. Elle est aux pieds de deux sources et peut contenir soixante-dix mille palmiers. Le sol est coupé de canaux d'irrigation, de murs de jardins plus élevés qu'on a plus abaissé le niveau du terrain pour améliorer l'irrigation ; quelques rues étroites et la base des murs sont restées au niveau du sol naturel. Des figuiers, des abricotiers peu élevés, s'ajoutent à des plantes rampantes pour arrêter la marche. C'est un dédale inextricable. Chaque jardin à enlever à l'ennemi nécessite une affaire.

» Zaatcha, ajoute le général Herbillon, ressemblait à une petite place construite au moyen âge. Des tours carrées s'élevaient de distance en distance et étaient reliées entre elles, sans intervalle, par des maisons toutes crénelées. Un chemin de ronde, abrité des coups du dehors par un mur, bordait le fossé. Les défenseurs pouvaient d'ailleurs circuler facilement, à la partie supérieure par des terrasses, à l'intérieur par des communications ouvertes exprès de maison en maison. »

Mais aucun des éclaireurs que l'on avait envoyés à Zaatcha n'avait apprécié la force de cette place et signalé les difficultés de l'attaque. Un très-petit nombre de troupes, comparativement à la force de la résistance qu'on devait éprouver, fut dirigé sur ce point.

Le général Herbillon n'arriva le 4 octobre devant Zaatcha qu'avec quatre mille hommes de toutes armes. On enleva bien vite, sous la direction du colonel Carbuccia, les premiers jardins et le village ou Zaouia ; mais il fallut s'arrêter sous un feu meurtrier qui en peu de temps nous valut des pertes considérables. Le général fit alors construire des ouvrages en vue d'un siége. Cette construction nous coûta encore un grand nombre de soldats et seize officiers. Chaque jour, pendant longtemps, ce furent de nouveaux sacrifices. On ne pouvait s'approcher de la place qu'en s'emparant des jardins. C'était pour chaque jardin une affaire dangereuse. L'ennemi ménageait son feu et, admirablement posté, ne tirait qu'à coup sûr.

Ainsi, le 9 octobre, le colonel du génie Petit, en se faisant donner des indications sur la place par le sous-lieutenant Siroka, attaché aux affaires arabes, s'oublie un instant à découvert : il a l'épaule fracassée et M. Siroka le cou traversé. M. le capitaine d'artillerie Besse rectifie le tir d'une pièce, il reçoit une balle au front. C'est au moment où nos artilleurs démasquent leur canon pour tirer qu'arrivent les coups les mieux ajustés. Un boulet fait-il un trou dans un mur de la place, ce trou vomit aussitôt la mort sur nos troupes. Nos ouvrages sont attaqués avec un héroïsme effrayant. Les sapeurs du génie sont décimés. Des Arabes viennent enlever les gabions qu'ils posent. La nuit, quand la lune ne brille pas, les défenseurs de la place allument de grands feux, au moyen desquels ils éclairent tout à coup nos travaux et fusillent nos travailleurs surpris. Cependant on finit par faire deux brèches et par combler le fossé devant la brèche de gauche.

Mais pendant que le général Herbillon est ainsi arrêté, de tous côtés dans la subdivision de Batna éclatent des symptômes d'insurrection. Il faut en finir. Le 20 octobre on tente un assaut... Toute l'audace de nos meilleurs soldats y échoue. On perd une foule d'hommes de tous les grades, et il faut se résoudre à prolonger un siége qui devient de plus en plus pénible.

En vain le général imagine, pour attaquer les intérêts des habitants, de couper les palmiers des jardins. Les défenseurs de l'oasis engagent des combats partiels autour de chaque arbre. En même temps, du Tell et du désert on vient à leur secours. Le général est obligé de dissiper par la force plusieurs rassemblements de nomades. A Dirmech même il est repoussé et contraint de se retrancher dans son camp. Mais, rejoint successivement par les colonels de Barral et Canrobert et le commandant du génie Lebrettevillois, il reprend promptement l'offensive, marche contre les nomades, les surprend à l'oasis d'Ourlel, et leur inflige une si rude leçon, qu'ils se soumettent. Il peut alors ne s'occuper que du siége, et tenter l'assaut définitif le 26 novembre.

Depuis ce temps, les deux brèches par lesquelles on avait tenté l'assaut du 20 octobre avaient été améliorées par l'artillerie et par le génie. La nouvelle brèche était large, le fossé avait été comblé aux trois points du passage.

Le 26 novembre dès sept heures et demie du matin, trois colonnes étaient formées dans les tranchées sous le commandement de M. le colonel de Barral au centre, par M. le lieutenant-colonel de Lourmel à gauche, et M. le colonel Canrobert à droite. Mais laissons parler le général lui-même, et raconter la dernière journée de ce nouveau siége de Saragosse.

« Le signal est donné. — La charge sonne. — Les trois colonnes précédées de leurs chefs s'élancent avec enthousiasme ; à droite, le colonel Canrobert est fusillé des terrasses ; quatre officiers, quinze soldats de bonne volonté l'accompagnent en tête de la colonne ; il n'en revient que deux officiers et deux soldats, encore sont-ils blessés ou touchés. Rien n'arrête les zouaves, et bientôt le drapeau français flotte sur une des terrasses les plus élevées.

» Au centre, le colonel de Barral rencontre de tels obstacles, qu'il est obligé d'appuyer à droite, et bientôt il s'élance dans une des rues et traverse la place.

» A gauche, le lieutenant-colonel de Lourmel franchit rapidement les premiers décombres et, malgré la vivacité du feu, il se trouve à quatre mètres au-dessus du niveau d'une autre rue ; il s'y précipite, et peu après donne la main aux autres colonnes.

» A huit heures et demie la plupart des terrasses et des rues sont occupées, mais pas un défenseur n'a fui. Le feu de l'ennemi se soutient, il part des décombres et des étages supérieurs ; il faut entamer le siége de chaque maison ; de la terrasse on ne descend au premier étage qu'après un combat ; on essuie à bout portant le feu d'un ennemi décidé franchement à sacrifier sa vie.

» Du premier étage pour descendre au rez-de-chaussée on ne trouve qu'un seul trou étroit placé au milieu de la maison. Il éclaire à peine le rez-de-chaussée. C'est dans ce réduit obscur que sont réunis tous ceux qui ont été chassés des étages supérieurs. La pièce est grande. Celui qui s'y aventure reçoit immédiatement une balle et ne sait à qui répondre ; la porte intérieure est murée, et l'on ne voit d'autres ouvertures que des créneaux d'où partent de nouveaux coups de feu. C'est un autre siége plus meurtrier que l'assaut. Si l'on fait un trou à la pioche, les travailleurs, les assaillants sont immédiatement criblés de balles. La mine devient le seul moyen de réduire ces fanatiques, qui tirent encore de dessous les décombres où ils sont entassés. »

Bou-Zian tient le dernier. Le 2e bataillon des zouaves, commandé par M. de Lavarande, est sur ses traces. L'héroïque défenseur de la liberté des nomades se réfugie dans une maison solide que l'on ébranle à coups de canon et que l'on renverse avec la mine. Bou-Zian, accablé par le nombre, succombe alors avec tous les siens ; mais dans le seul et suprême assaut, il a mis cinquante zouaves hors de combat.

Il fallut plus de quatre heures pour réduire les autres maisons, et l'on y fit comme dans celle de Bou-Zian. A la fin de la journée, un aveugle et quelques femmes étaient seuls épargnés. Ce que la ville contenait de cadavres, nul ne l'a jamais su au juste.

Pendant que tout ceci se passait, une expédition des plus pénibles et en même temps des plus honorables avait lieu sur un autre point. Le colonel Daumas, qui commandait, comme nous l'avons vu, à Blidah, en eut l'honneur.

La ville de Bou-Saâda et ses environs étant en pleine révolte, cet officier reçut l'ordre de dompter cette insurrection nouvelle. Il quitta Blidah le 26 octobre, et à peine en route il fut attaqué par un ennemi plus terrible que l'Arabe : par le choléra. Ses troupes furent décimées. Il lui fallut une énergie surhumaine pour retenir son goum. Plus d'une fois des cadavres entourèrent sa tente. A force de persévérance, il arriva enfin le 13 novembre à Bou-Saâda après avoir battu en route les Oulad-Fereudj. Là, son attitude et les mesures qu'il prit décidèrent promptement les Arabes à se soumettre. Ils lui fournirent même du renfort pour poursuivre dans leurs montagnes les Oulad-Rayls et les Oulad-Ameur-Beni-Fereudj. Quoique encombré de malades, sans moyens de transport, il atteint les rebelles, les bat, leur fait des prises considérables, et domine sur les crêtes inaccessibles du Djebel-Messâd, où il reçoit la soumission des tribus. A la fin de novembre il était de retour à Blidah après avoir étouffé une insurrection qui, victorieuse, se fût certainement étendue dans l'ouest de nos possessions, et rattaché à notre cause les populations les plus vigoureuses.

D'un autre côté, la prise de Zaatcha n'avait pas mis fin au soulèvement du sud de la province de Constantine ; il restait en armes les

montagnes de l'Aurès, et principalement le pays de Nahra. Le colonel Canrobert et le colonel Carbuccia furent chargés d'en finir avec les insurgés qui avaient cette ville pour place principale.

Comme l'a écrit le colonel Canrobert [1], le nœud de la question de l'Aurès était dans Narah. Cette ville est composée des trois villages de Sidi-Abdullah, Dar-ben-Labarah et Teniat-Djemmâa. Ces villages occupent un ravin profond dans les montagnes à cinq cents mètres au-dessus de l'Oued-el-Abdi. Pour y arriver, il faut gravir les pentes les plus difficiles et emporter des tours en pierre solidement construites et qui commandent les positions. De là il faut redescendre dans une sorte d'entonnoir à pic sur lequel le feu des maisons de Nahra porte à vif.

Trois chemins frayés mènent seuls à cette ville : l'un longe la rive droite d'un torrent nommé Oued-Nahra, qui se jette dans l'Oued-el-Abdi ; les deux autres contournent les contre-forts de la rive gauche.

Le colonel Canrobert forma trois colonnes. L'une eut à suivre les chemins de la rive gauche. Elle était aux ordres du commandant Lavarande. L'autre, dirigée par le colonel même, et en sous-ordre par le commandant Bras-de-Fer, dût marcher par les escarpements de la rive droite. Une troisième, commandée par le colonel Carbuccia, devait, loin de tout chemin frayé, tourner la position de Nahra et tomber sur les derrières de cette ville à l'improviste, quand les défenseurs de la place seraient aux prises avec les deux colonnes directes. Si cette attaque, si bien combinée, ne réussissait pas, le colonel Canrobert avait un habile en cas : c'était de se jeter vers le col de Tizinto-Zoughat, où l'Oued-Nahra avait sa tête, et derrière lequel les gens de Nahra avaient mis en sûreté leurs femmes, leurs enfants et leurs richesses dans les villages de Tanganiout et de Guelfen. D'un autre côté, le colonel Canrobert avait établi un camp près de Menna, camp très-bien fortifié, et dont le commandant devait aussi, par une fausse attaque, divertir les forces de l'ennemi.

Cette audacieuse combinaison, qui avait le tort de diviser beaucoup trop les moyens dont disposait M. Canrobert, ne pouvait réussir qu'à force d'entrain et d'ardeur. Il fallait que chacun arrivât à point nommé et qu'aucun obstacle n'arrêtât les colonnes. Tout cela eut lieu. Les trois colonnes arrivèrent à heure précise à leur point d'assaut et se rejetèrent, pour ainsi dire, de l'une à l'autre les Kabyles, qui se défendirent avec un courage digne d'un meilleur sort. Investie à six heures et demie, la ville était à nous à huit heures un quart.

Les troupes étaient animées de façon à ne pouvoir être retenues. Tout ce qui se trouvait dans Nahra fut ou passé par les armes ou écrasé par la chute des maisons et des terrasses, et avant la fin du jour il ne restait de ce repaire du patriotisme et des entreprises des Kabyles absolument rien debout. La mine avait tout fait sauter. Tel fut l'effroi inspiré par cette expédition, qu'au retour nos soldats n'eurent pas à essuyer un seul coup de fusil.

Le reste de l'année 1850 fut signalé par des expéditions peu importantes soit dans la Kabylie, soit dans l'Aurès. Parmi celles de la Kabylie, nous devons détacher l'action qui coûta la vie au brave de Barral fait général après Zaatcha.

Cet officier opérait entre Sétif et Bougie. Son but était surtout de châtier les Beni-Immel révoltés. Ceux-ci l'attendirent dans une position qui leur semblait inexpugnable, sur des crêtes auxquelles on ne peut arriver que par des ravins. Ils étaient environ trois mille. De Barral venait à peine de lancer son avant-garde. Il marchait à la tête des troupes en ordre de combat, quand une balle le frappe en pleine poitrine. Soutenu par le sentiment du devoir, il a la force de se contenir, fait appeler le colonel de Lourmel qui commande sous ses ordres, lui remet son épée et lui indique les moyens de vaincre. Cette blessure était mortelle.

Un si triste événement était fait pour ralentir l'ardeur des soldats. D'un autre côté, un convoi considérable embarrassait la marche de la colonne. Le colonel de Lourmel s'arrêta pour le mettre à l'abri. Les Beni-Immel s'imaginèrent que l'on reculait devant eux. Ils descendirent de leur position et vinrent attaquer. Ce fut un coup de fortune. En quelques minutes dans la charge, on les hache, on les poursuit, et le lendemain (22 mai) ce qui en reste demande l'aman. Un village fut élevé en l'honneur de l'infortuné de Barral.

Pendant ce temps, le général Saint-Arnaud achevait la pacification de l'Aurès, et rétablissait l'ordre troublé à Tebessa, dans la province de Constantine.

Dans la province d'Oran, toutes les frontières marocaines étaient encore une fois en agitation. On put craindre un instant que quelques tribus algériennes prissent part à ces troubles. Mais un événement, sur lequel la vérité n'est pas encore faite, acheva de détacher la cause arabe de celle du Maroc. Bou-Hamedi, l'habile kalifa d'Abd-el-Kader, réfugié aux environs de Fez, d'où on le représentait comme devant un jour sortir pour proclamer de nouveau son ancien maître, mourut subitement. On accusa les Marocains de l'avoir empoisonné, et la plupart des réfugiés algériens dans le Maroc quittèrent pour toujours ce pays. Une visite armée du général Mac-Mahon aux frontières acheva de dissiper les craintes de ce côté.

A la fin de 1850, presque tout semblait à jamais soumis, et voici comment s'exprimait le gouverneur général, M. d'Hautpoul : « Cette

[1] 7 janvier 1850.

situation, disait-il, doit inspirer la plus grande confiance pour l'avenir. Certes, *tout n'est pas fini* ; il faudra s'attendre encore à des troubles, à des insurrections, à des combats, qui pourront nous coûter des pertes aussi regrettables que celle du général de Barral. — Mais, ajoutait M. d'Hautpoul, en voyant à quelle armée, à quels chefs, à quels agents la sécurité de l'Algérie est confiée, l'on peut être tranquille. »

CHAPITRE XLI.

Année 1851. — Moula-Ibrahim. — Bou-Bagla. — Le général Saint-Arnaud. — Expédition dans la Kabylie. — Défection des Flissas. — Opérations du gouverneur général.

Les agitations de l'Algérie, n'importe où elles ont lieu, se font toujours ressentir dans la Kabylie.

L'année 1851 fut inaugurée par l'insurrection du shérif Moula-Ibrahim, qui fit diverses razzias sur nos alliés les Ouled-Ali-ben-Themiou, les Beni-Ouelban, les Saridj et les Beni-Mekilleuh. Il fallut réprimer de la manière la plus sévère cette sauvage prise d'armes. Les Djouara, les Ouagenoun, les Beni-Ouakour payèrent pour les insurgés.

Mais la rébellion n'en gagna pas moins de proche en proche, et elle se déclara tout à coup dans ce groupe fédératif des Zaaouas, les plus pauvres, mais les meilleurs soldats de la race kabyle. Nous avons eu Bou-Maza, voici venir parmi eux Bou-Baghla, l'homme à la mule, non moins entreprenant et non moins tenace que l'homme à la chèvre.

Le Bou-Baghla, après avoir prêché la guerre sainte contre les marabouts eux-mêmes, qu'il accusait de trahison, se jette, le 19 mars, sur la zaouïa de Si-ben-Ali-Shérif, marabout de Chellata. Il en attaque l'*azib*, et enlève des troupeaux immenses. La garnison d'Aumale sort contre ce hardi aventurier; mais avant qu'elle soit arrivée sur ses traces, il est battu par les gens d'Illoula et forcé de se réfugier chez les Mzeldja. Mais là il se refait un parti. Toute la Kabylie se remue et lui envoie des contingents. Une partie de la garnison de Sétif a juste le temps de se porter aux Bibans pour empêcher la rébellion de passer dans la province de Constantine. Pendant ce temps le shérif, suivi de forces considérables, vient camper à Selloum sur la rive gauche de l'Oued-Sahel; la garnison d'Aumale l'y attaque le 9 avril, et fait un carnage affreux de ses soldats. Bou-Baghla rentre chez les Zaoua, qu'il réussit à fanatiser malgré son échec. Il se trouve même bientôt assez fort pour aller à la tête des Beni-Aidel, des Ouled-Djellil, des Ben-Immel, des Senadhdja et autres tribus, essayer d'emporter le col de Thizy pour de là s'emparer de Bougie. Mais la garnison de cette place, composée de neuf cents hommes d'infanterie et de quelques chasseurs d'Afrique, se porte rapidement au-devant de lui, le bat, le repousse sur le col qu'il a franchi, et où les Mzaïa lui tuent une grande quantité d'adhérents. Bou-Baghla, qui avait promis aux siens une victoire complète, perd pour un instant son prestige. Cependant les tribus des montagnes de la rive droite de l'Oued-Sahel lui fournissent un asile, d'où il va continuer à défier nos efforts.

Cependant cette insurrection de la Kabylie pouvait devenir dangereuse. On songea à frapper un grand coup. Cette fois l'attaque devait venir par l'est. Ce fut le général Saint-Arnaud, le plus heureux jusqu'à présent des généraux du second ban de l'armée d'Afrique, alors commandant la province de Constantine, qui en fut chargé.

Lorsque M. Leroy-Saint-Arnaud fut nommé au commandement de l'expédition de Kabylie, il n'était guère connu que de l'armée d'Afrique. Arrivé en Algérie après avoir été l'un des seconds du général Bugeaud à Blaye, il n'en était, pour ainsi dire, plus sorti. Les bulletins de la conquête le nomment comme s'étant distingué à l'Oued-Ger (en 1839), où il n'était encore que capitaine de la légion étrangère; au combat de Milianah, où il était chef de bataillon des zouaves sous les ordres du lieutenant colonel Cavaignac; dans l'expédition des Flissas, en 1843, comme colonel du 53ᵉ de ligne, et dans toutes les expéditions contre Bou-Maza.

Malgré ces attestations officielles, le nom de M. Leroy-Saint-Arnaud s'était peu répandu en France. L'auteur de ce résumé, en sa qualité de journaliste, avait besoin d'en connaître la signification, et, se trouvant dans le cabinet du très-honorable général Cavaignac, il prit la liberté de demander à l'ancien chef du pouvoir exécutif ce qu'il pensait de M. Saint-Arnaud. Voici ce que répondit cet homme de Plutarque :

— Saint-Arnaud, Saint-Arnaud, on lui donne l'expédition de Kabylie pour le faire général de division, et quand il sera général de division on le fera ministre de la guerre.

— Et quand il sera ministre, général ?

— Quand il sera ministre de la guerre, vous pouvez vous attendre au coup d'Etat.

A quelques mois de là, le général Saint-Arnaud, devenu général de division, était fait ministre, et pour la première fois nous le vîmes à cette place du champ de bataille politique qu'on appelle la tribune. On discutait la proposition des questeurs pour remettre à l'Assemblée législative le commandement des troupes. Un général

d'Afrique, M. Bedeau, demanda à M. Saint-Arnaud s'il était vrai qu'il eût fait enlever des casernes le texte de la constitution qui mettait la force armée à la disposition de l'Assemblée. Sans balbutier, sans chercher d'ambages, M. Saint-Arnaud répondit que très-certainement il avait fait enlever le texte en question.

Je compris tout aussitôt que le général Cavaignac avait dit vrai, et que si le coup d'Etat ne se faisait pas le jour même, il se ferait très-prochainement, et que M. Saint-Arnaud en serait l'instrument principal.

Je n'ajouterai rien à cet épisode. Tout le portrait de M. Saint-Arnaud est là.

Quant à l'expédition de Kabylie, il est certain que ce général était tout à fait propre à la bien conduire.

Cette expédition devait visiter les tribus contenues dans le triangle montagneux compris entre Philippeville, Djidjelli et Milah. M. Saint-Arnaud réunit dans cette dernière place les troupes qui devaient la former. Voici le journal de ses opérations et des opérations corollaires d'après les documents[1] mêmes du ministère de la guerre. Nous les publions textuellement afin de n'être accusé par personne d'avoir apporté dans l'histoire les passions de la politique. On remarquera que dans ces documents, mis au jour sous le ministère de M. Saint-Arnaud, son nom seul est prononcé.

« Deux brigades, commandées par les généraux Bosquet et de Luzy, ayant avec eux les colonels Espinasse, Marulaz, Jamin et d'autres, étaient organisées. Elles comprenaient douze bataillons (environ neuf mille cinq cents hommes) et huit pièces de campagne. Elles commencèrent leur mouvement le 8 mai et bivouaquèrent le 10 sur l'Oued-Dja; le 11, elles atteignirent le Fedj-Beïnem, et descendirent jusqu'au fond du ravin où coule l'Oued-Dja. Cinq à six mille Kabyles les attendent à la sortie de ce ravin. L'ennemi s'est fortement retranché dans les villages qui dominent le pays. Mais bientôt la position de Kazen est enlevée à la baïonnette par trois colonnes d'attaque qui s'élancent avec ardeur, renversent tout ce qu'elles rencontrent sur leur passage, et occupent les trois cols des Ouled-Askar. Les pertes de l'ennemi sont attestées par les nombreux cadavres qui couvrent le champ de bataille.

» Le lendemain 12, tandis que le reste de la division prend le repos qu'elle a bien gagné, quatre bataillons sans sacs et la cavalerie partent pour aller brûler les villages des Beni-Mimoun et des Ouled-Askar. Nos pertes sont minimes comparativement à celles éprouvées par les Kabyles, qui cherchent en vain à défendre leurs habitations.

» La journée du 13 fut meurtrière : le pays à parcourir était d'une extrême difficulté ; le sentier étroit dans lequel le convoi dut être engagé serpentait au milieu de taillis épais, dominés de tous côtés par des positions que l'infanterie devait successivement occuper et évacuer en marchant. Des engagements très-vifs, où nos troupes conservaient, comme toujours, leur supériorité, avaient lieu en tête, en queue et sur les flancs.

» Le 14 mai, la division soutint, comme la veille, des engagements très-vifs, tout en continuant à descendre, au milieu de sentiers impraticables, vers l'embouchure de l'Oued-el-Kébir. Partout l'ennemi fut forcé de nous livrer passage.

Bientôt, le pays s'élargissant, on sortit du massif montagneux pour entrer dans la plaine. Le 15, avant de quitter le bivouac de Djenaah, une attaque fut dirigée contre les plus beaux villages des deux rives de l'Oued-el-Kébir; mais déjà l'ennemi n'opposait plus qu'une faible résistance.

» Le 16, M. le général Saint-Arnaud établissait le bivouac sous les murs de Djidjelli, où M. le gouverneur général était arrivé dans la nuit du 14 afin de juger par lui-même de la situation et aviser aux moyens de parer à toutes les éventualités.

» D'après ses ordres, une colonne de troupes fournie par la division d'Alger se porta en avant de Sétif, sur la route de Bougie, de manière à rétablir les communications entre ces deux villes et châtier les tribus qui s'étaient laissé entraîner par Bou-Baghla.

» Deux jours de repos furent donnés aux troupes du général Saint-Arnaud avant de reprendre leur marche victorieuse. M. le gouverneur général continua, le 17 au soir, sa route pour Philippeville.

» Dans la matinée du 19 la division quitte Djidjelli et va établir son camp à Dar-el-Guidjali, au centre des Beni-Amran. Dix bataillons sans sacs se forment en trois colonnes et s'élancent avec la cavalerie et l'artillerie sur les hauteurs que les masses kabyles occupent à gauche du camp. Rien ne peut résister à l'élan de nos soldats ; en peu d'instants, toutes les positions sont enlevées à la baïonnette, et l'ennemi, poursuivi pendant plus de deux heures, éprouve de grandes pertes. La cavalerie sabre bon nombre de fuyards : plus de cinquante villages, entourés de vergers et de jardins, sont ravagés ; en outre, les Beni-Amran, Beni-Khetab et Beni-Foughal, principales tribus du cercle de Djidjelli, comptent une centaine de morts et se retirent avec un très-grand nombre de blessés.

» Le lendemain 20, la division obtient un succès plus important et plus décisif. Les Kabyles couronnent une crête boisée à quatre kilomètres du camp ; leur gauche s'appuie à un ravin profond et es-

---

[1] Tableau des établissements français en Algérie (1851-1852).

carpé, tandis que leur droite touche à une plaine peu accidentée et terminée par un plateau qui, s'abaissant par mamelons étagés, permet de tourner la position et d'arriver par derrière jusqu'au ravin de gauche. Les mouvements de nos troupes s'exécutent avec une célérité admirable : la cavalerie sabre tout ce qu'elle rencontre dans la plaine, et arrive bientôt au seul passage de retraite des Kabyles ; mais déjà l'infanterie, lancée au pas de course, occupe les principales hauteurs ; l'ennemi est précipité dans le ravin, fusillé à bout portant par nos soldats à travers les broussailles et les rochers. Il laisse sur le terrain trois ou quatre cents hommes, sans autre perte de notre côté que trois tués et six blessés. Le général Saint-Arnaud reçoit le lendemain la soumission des Beni-Ahmed, des Beni-Khetab et des trois grandes fractions des Beni-Amran, es Achaïch, les Ouled-Bouïra et Ouled-ben-Achaïr.

» Le 24, la division arrive à Tibaïren, dans le Ferdjiouah ; le 25, deux bataillons et deux obusiers de montagne se séparent de la colonne pour aller rallier les troupes opérant dans le cercle de Bougie.

» A peine arrivé au milieu de Beni-Foughal, le général Saint-Arnaud attaque les rassemblements qui voulaient lui disputer le passage : il les culbute pendant les journées des 26 et 27, leur tue beaucoup de monde et incendie leurs villages, sans perte de notre côté. A partir de ce moment, la division s'avance sans avoir à tirer un seul coup de fusil. Les Beni-Foughal viennent faire leur soumission et nous livrer des otages ; la plupart des tribus situées à l'ouest suivent le même exemple en déclarant qu'elles renoncent à faire la moindre résistance. La colonne retourne se ravitailler à Djidjelli.

» Pendant ces glorieuses et pénibles opérations, la colonne qui surveillait le pays compris entre Bougie et Sétif avait à soutenir plusieurs engagements avec les contingents que Bou-Baghla avait réunis.

» Le 23, un rassemblement kabyle se montre sur les hauteurs qui dominent le camp établi à Elma-ou-Aklou. Le commandant de la colonne prévient l'attaque de Bou-Baghla. Trois bataillons sans sacs s'élancent sur l'ennemi et le forcent à abandonner le terrain, où il laisse une cinquantaine de tués. Les Kabyles sont poursuivis au loin ; six de leurs villages sont brûlés. Cette affaire ne nous coûte qu'un blessé. Le lendemain 24, une colonne légère sort du camp pour enlever le village assez important d'Elmaïca, chez les Ouled-Khalifa. Les Kabyles, dispersés la veille, se rassemblent au plus tôt et veulent défendre la position ; mais la colonne tient bon jusqu'à l'arrivée du reste de la brigade qui s'avance à son secours. Les Kabyles, vigoureusement chargés par nos cavaliers, lâchent bientôt pied, et la colonne rentre au camp sans coup férir.

» La jonction des troupes détachées de la division du général Saint-Arnaud avec la colonne du cercle de Bougie s'effectue à Elma-ou-Aklou dans la journée du 30.

» Dans la subdivision de Médéah, les dispositions des Ouled-Nayl nécessitent, dans les premiers jours de mai, l'envoi dans le sud d'une colonne forte de quinze cents hommes d'infanterie et de cavalerie : elle s'établit à el-Hammam, rétablit le calme dans le pays et assure la rentrée des impôts.

» De son côté, le général commandant la subdivision de Tlemcen parcourt, avec la cavalerie disponible, les tribus qui avoisinent notre frontière du Maroc. Il saisit cette occasion pour demander aux Beni-Draïr un compte sévère de leurs incursions continuelles sur notre territoire. Dans les journées des 8 et 10 mai, il se porte au milieu de leurs récoltes, qu'il détruit en partie. Les Beni-Draïr se dispersent après une fusillade insignifiante. Au nombre des hommes tués par nous se trouve un shérif qui cherchait à les pousser à la guerre sainte. Au bout de quelques jours, la colonne rentre à Tlemcen.

» Un aventurier, auquel Bou-Baghla avait confié la mission d'insurger le pays arabe de la division d'Alger, parcourait depuis quelque temps les cercles de Boghar, Teniet-el-Ahd et Milianah. Il avait pris le nom de Bou-Maza, et répandait le trouble sur son passage ; mais bientôt, poursuivi avec vigueur par quelques cavaliers que dirigent les officiers chargés des affaires arabes, cet agitateur est surpris dans la journée du 3 juin chez les Ouled-Kosseir-Gharaba (subdivision d'Orléansville). Il est immédiatement mis à mort, et sa tête envoyée à Milianah.

» Mais revenons aux opérations plus importantes qui se poursuivent dans les cercles de Sétif, Bougie, Djidjelli et Collo.

» Ralliée, le 30 mai, par deux bataillons de la division du général Saint-Arnaud, la colonne destinée à opérer dans le cercle de Bougie se met en mouvement le 1er juin, et forme son camp de l'autre côté de l'Oued-bou-Sellam, en se rapprochant de la montagne des Gheboula occupée par le shérif Bou-Baghla. La fusillade s'engage bientôt entre les cavaliers kabyles et le goum de Sétif. Quatre bataillons sont dirigés sur les pentes escarpées au haut desquelles se déploient les drapeaux du shérif. Le feu de l'ennemi ne peut ralentir l'élan de nos troupes. Poussés par les zouaves qui gagnent leur gauche, les Kabyles dégarnissent les hauteurs, et descendent par leur droite le long de la vallée de Bou-Sellam. Cette retraite leur est coupée, et la déroute devient complète. Les pertes de l'ennemi se montent à plusieurs centaines de morts et de blessés. La musique du shérif, sa tente, ses bagages tombent en notre pouvoir ; plusieurs villages sont brûlés. Bou-Baghla découragé cherche un refuge chez les Beni-Yala. Dès le

soir de ce glorieux combat, les Gheboula et les tribus voisines viennent au camp faire des offres de soumission.

» Reprenant le cours de ses opérations aux environs de Djidjelli, le général de Saint-Arnaud quitte de nouveau cette ville, le 5, à la tête de sa colonne, qu'il dirige vers l'ouest, au milieu des tribus qui, quelques jours auparavant, s'étaient contentées de faire des promesses qu'elles n'avaient nulle intention de tenir.

» Le 9, le général atteint les Beni-Aïssa, dont il brûle les villages. Cet engagement suffit pour décider les rebelles à faire leur soumission. Le 10, la colonne bivouaque chez les Beni-Maad, tribu considérable où se trouvaient réunis tous les contingents des Ouled-Nabet, Ouled-Ali et Beni-Marmi. Pendant deux jours, nos troupes eurent à enlever les positions occupées et défendues avec acharnement par les Kabyles. L'ennemi, poursuivi sur tous les points, perd beaucoup de monde dans ces combats ; les Beni-Maad et les Beni-Marmi n'ont d'autre parti à prendre que d'accepter nos conditions.

» La division marche, le 12, sur Ziama, et rencontre les contingents des Ouled-Nabet et des Beni-Segoual prêts à lui disputer le passage du col qui sépare les bassins de l'Oued-Mansouria et de l'Oued-Ziami. Les Kabyles ne pouvant résister à l'ardeur de nos troupes, lâchent bientôt pied et nous abandonnent la position. Le soir même, le général voit arriver au camp les Ouled-Nabet et les Beni-Segoual, qui demandent l'aman.

» Cet exemple était suivi le lendemain par les Beni-Bou-Youcef du cercle de Bougie.

» La soumission des tribus placées à l'ouest se trouvant ainsi complétée, le général de Saint-Arnaud put rentrer le 16 à Djidjelli, et se préparer à visiter le massif de Collo.

» Pendant ce temps, nous continuions nos opérations contre le shérif Bou-Baghla et poursuivions notre marche sur Bougie sans rencontrer de résistance sérieuse. Le shérif, suivi d'un petit nombre de cavaliers, reculait devant la colonne, qui, le 15 juin, arrivait sous Bougie, après avoir obtenu la soumission de toutes les tribus placées sur son passage.

» Rallié par deux bataillons qui étaient dans la place, le général se remet en marche le 17, par la vallée de l'Oued-Sahel, en suivant les traces de Bou-Baghla, qui s'efforce de pousser les Beni-Immel à nous faire une vigoureuse résistance ; le 18, une reconnaissance de cavalerie sort de notre bivouac sur l'Oued-Amacin, et va incendier les moissons sous les yeux du shérif ; celui-ci refuse le combat, et juge prudent d'abandonner les Beni-Immel, et de se réfugier chez les Ouzellaguen, sur la rive gauche de l'Oued-Sahel. Au bout de quatre jours, les Beni-Immel se décident à faire leur soumission. L'exemple porte bientôt ses fruits, et la terreur devient générale. Les Beni-Mansour, les Tifras et les Beni-Ourghlis s'empressent de demander l'aman, tandis que les Messisna, Mellaha et Beni-Aïdel entrent en pourparlers.

» Le 24 juin, la colonne bivouaque chez les Ouzellaguen, et, le 25, elle se trouve en présence des contingents kabyles entourant le village d'Iril-Netara. Trois colonnes sont aussitôt formées et lancées sur l'ennemi. Malgré les difficultés sans nombre que présente le terrain, nos braves soldats enlèvent en quelques instants le village d'Iril-Netara, chassent les Kabyles qui s'y étaient retranchés, et poursuivent le shérif jusqu'au col d'Akfadou. Après avoir incendié plusieurs villages des Ouzellaguen, nos troupes regagnent leur camp sans que leur arrière-garde soit inquiétée dans sa marche. Les pertes des Kabyles, dans cette journée, avaient été considérables, et nos colonnes quittèrent les villages en feu par des sentiers jonchés de cadavres d'hommes et de chevaux tués à l'ennemi.

» Deux jours après, les Ouzellaguen, dont nous voulions la complète soumission, se décident à rompre les négociations qu'ils avaient entamées, et à courir de nouveau aux armes ; les Zouaoua conduits par Bou-Baghla jurent de les défendre. Le 27, le combat s'engage ; mais bientôt nos soldats gravissent au pas de course les pentes des crêtes occupées et défendues par les Kabyles ; ceux-ci lâchent pied, et regagnent en toute hâte le col des Beni-Idjer, d'où le shérif regardait prudemment la déroute de ses partisans. La leçon avait été rude ; le soir, tous les Ouzellaguen, sans exception, se rendent à merci.

» Pendant que ces événements s'accomplissaient dans la vallée de l'Oued-Sahel, le général de Saint-Arnaud continuait à soumettre les tribus à l'est de Djidjelli. Parti de cette ville le 19 juin, il allait camper sur l'Oued-Menchar, et gagnait le lendemain le pays des Beni-Ider, qui tentèrent vainement de lui disputer le passage, et durent s'éloigner en désordre après avoir laissé une quarantaine de cadavres sur le terrain. Trois des cinq fractions dont se compose la tribu viennent, le 20, demander l'aman ; mais les deux autres refusent toute soumission, et essayent, par une attaque de nuit, de surprendre notre bivouac ; cette folle tentative échoue devant la bravoure et le sang-froid de nos soldats.

» Le 21, la colonne arrive au sommet du Tahar, position militaire qui domine le territoire des Ouled-Askar, la vallée de l'Oued-el-Kebir et une grande étendue du pays. Culbutés par quelques bataillons lancés sans sacs, les Beni-Ider savent ce que leur coûte leur velléité de résistance ; le même jour, toutes les fractions se soumettent sans condition.

» La journée du 22 est employée à donner la chasse aux contingents qui se montrent sur les crêtes en vue du camp; le soir, les Beni Mamer et les Beni-Ftah arrivent auprès du général, et, le lendemain, les Ouled-Asker implorent également l'aman.

» Arrivée le 24 sur le territoire des Beni-Habibi, la colonne est accueillie à coups de fusil; mais les Kabyles payent cher cet acte d'hostilité. Leurs villages sont enlevés de vive force par nos bataillons, dont l'élan est irrésistible. L'ennemi laisse sur le terrain plus de 200 cadavres. A partir de ce moment la soumission des Beni-Habibi est complète.

» Le général de Saint-Arnaud quitte le 26 la position de Tabenna et descend à Kounar, sur le bord de la mer, pour se ravitailler; pendant cette marche, l'arrière-garde se voit tout à coup assaillie avec acharnement par trois mille Kabyles. Le terrain est disputé pied à pied; on se mêle, on lutte corps à corps avec ces intrépides montagnards qui ne battent en retraite qu'après plusieurs retours offensifs vigoureusement soutenus par l'arrière-garde; cent vingt Kabyles sont étendus sur le terrain; deux cent cinquante sont blessés. Les contingents de quatorze tribus avaient pris part à cette sanglante affaire, qui compléta pour nous les résultats obtenus par les combats précédents. Les Ledjeunah et les Beni-Salah nous livrent immédiatement des otages et demandent grâce.

» En ce moment, sur un autre point de l'Algérie, éclatait une insurrection qui aurait pu devenir sérieuse si des mesures énergiques n'avaient pas été prises pour l'étouffer. Deux colonnes parties d'Orléansville et de Mostaganem durent se mettre en campagne pour faire rentrer dans le devoir la grande tribu des Achacha qui refusaient le payement de l'impôt et voulaient prendre les armes. Arrivées le 28 juin dans le Dahara, sur le territoire des rebelles, les deux colonnes eurent bientôt raison de cette tentative insensée. Un rude châtiment fut infligé aux Achacha; de nombreux troupeaux et beaucoup de prisonniers leur furent enlevés; nos troupes ne regagnèrent leurs garnisons qu'après l'acquittement des impôts et le désarmement de la tribu entière.

» La complète soumission des Ouzellaguen, après la journée du 27 juin, avait permis à la colonne de Bougie de se diriger sur Akbou le 30, et d'y séjourner les 1er et 2 juillet. Réunis sur ce point, les gens d'Illoula, Ouzellaguen, Beni-Ourghlis, Beni-Aïdel et Beni-Abbès, jurent, entre les mains de notre marabout de Chellata, Si-ben-Ali-Shérif, pour le maintien de la paix du pays contre les tentatives de Bou-Baghla ou de tout autre agitateur. Des otages furent donnés comme garants de la sincérité de cette confédération.

» Le 3, nos troupes pénètrent chez les Ouled-sidi-Yahia-el-Aïdli, marabouts des Beni-Aïdel, qui avaient recueilli chez eux Bou-Baghla alors qu'il insurgeait la rive droite de l'Oued-Sahel. Un sévère exemple était nécessaire; la colonne brûla les villages et les moissons des partisans du shérif.

» Le 7, elle se porta chez les Beni-Abbès, qui vinrent à sa rencontre, à l'exception d'une seule fraction, les Beni-Aïal, se croyant à l'abri de nos atteintes parce qu'ils occupaient, au pied de Kalaa, un village réputé inexpugnable. Leur résistance ne put tenir contre l'élan de nos soldats, qui enlevèrent la position avec leur ardeur ordinaire. Les Beni-Aïal n'eurent bientôt d'autre parti à prendre, pour éviter une ruine complète, que de se rendre à discrétion et d'amener des otages.

» Le 8 juillet, le dernier prestige de Kalaa tombait; cette ville, que les Kabyles considéraient comme leur citadelle inviolable, était visitée par un détachement d'officiers de toutes armes.

» La tâche imposée aux troupes envoyées du côté de Bougie se trouvait ainsi glorieusement terminée. Les deux rives de l'Oued-Sahel avaient été pacifiées; Si-ben-Ali-Shérif avait été réinstallé dans sa zaouïa de Chellata avec les honneurs de la guerre et un accroissement d'influence, Bou-Baghla refoulé jusque dans les montagnes des Zouaoua, et son impuissance démontrée de manière à convaincre les plus incrédules.

» Le 11, les troupes composant la colonne de Bougie se séparèrent sous Kalaa et se dirigèrent sur leurs garnisons habituelles.

» M. le général de Saint-Arnaud, qui venait de soumettre à notre autorité toutes les tribus du cercle de Djidjelli, put se porter sur la rive droite de l'Oued-el-Kebir afin de continuer la rude mission qu'il avait à remplir aux environs de Collo.

» Le 1er juillet, la division arrive à Bou-Adjoul, chez les Bel-Aïd, dont tous les contingents sont en armes, plusieurs colonnes lancées sur les rassemblements kabyles les mettent en complète déroute et leur tuent une quarantaine d'hommes.

» En pénétrant le 2 chez les Beni-Meslem, M. le général de Saint-Arnaud trouve leurs villages défendus par quinze cents fusils. L'impétuosité et la bravoure de nos soldats ont bientôt raison de la résistance qui leur est opposée. Les Beni-Meslem battus sur tous les points viennent faire leur soumission en offrant le payement de l'impôt. Néanmoins, la nuit suivante, notre camp est attaqué par des contingents des Ouled-Aïdoun, Ouled-Attia, Ouled-Aouhat. L'ennemi, attendu à dix pas avec le plus grand sang-froid par nos troupes, est promptement culbuté et se retire en désordre laissant entre nos mains une douzaine de cadavres.

» Le 4, la division arrive sur le territoire des Djebala, qui occupent les crêtes et paraissent disposés à défendre leurs villages; deux colonnes légères enlèvent les positions au pas de course, brûlent les trois villages, et s'élancent dans toutes les directions à la poursuite des fuyards. Cette action vigoureuse décide la soumission immédiate des Djebala et des Beni-Fergan.

» Le général de Saint-Arnaud se porte, le 6, chez les Mechat, où il trouve également sous les armes de nombreux rassemblements. Le succès de notre attaque est complet, et le soir la division établit son bivouac chez les Ouled-Aïdoun.

» Avant de pénétrer dans le massif de Collo, le général fit venir des vivres de Milah, sous la protection de cinq cents hommes d'infanterie et des goums, et évacua sur cette ville ses blessés et ses malades. Ce temps de repos donné à la colonne est employé à peser sur les tribus des environs de manière à les dégoûter de la résistance. Au bout de quelques jours, les Ouled-Aïdoun, les Ouled-Ali, les Ouled-Aouhat, les Beni-Aïcha, les Beni-Khetab-Chéraga et les Ouled-Askar, une des plus puissantes tribus du Zouagha, renoncent à la lutte et reconnaissent notre autorité.

» Chaque jour de marche de la colonne se dirigeant sur Collo est signalé par de nouveaux succès. Le général quitte, le 12 juillet, son bivouac d'El-Milia, et fait incendier les villages de la seule fraction des Ouled-Aïdoun restée insoumise. Les pertes des Kabyles sont considérables; les nôtres, au contraire, insignifiantes.

» Le 13, les Ouled-Aïdoun insoumis, les Beni-Toufout de la montagne, les Ouled-Attia, les Beni-Ishak, les Achach, attendent la colonne dans le lit de l'Oued-Yzougar, dans l'espérance qu'ils pourront lui disputer le passage. Une fusillade de flanc amuse l'ennemi, tandis que le général engage le gros de sa colonne sur les crêtes et vient établir son bivouac sur l'Oued-Driouat, affluent de l'Oued-Guebli.

» Le lendemain, la colonne arrive à el-Hammam, et, le 15, elle bivouaque sous Collo.

» La terreur était grande dans cette ville, car, avant l'arrivée de nos troupes, le kaïd des Beni-Mehenna avait voulu rassurer les Colliottes en tentant un coup de main sur les Achach insoumis; malheureusement il avait échoué, et les Achach, à leur tour, soutenus par les Beni-Ishak, vinrent menacer la ville. Elle n'évita leur attaque que par suite de la présence de la corvette à vapeur le Titan qui, embossée dans la rade à une petite portée de canon, suffit pour tenir les Kabyles en respect.

» Le 16, les villages des Achach sont brûlés par deux colonnes légères qui tuent en outre à l'ennemi une trentaine d'hommes.

» La division enlève, le 17, les quatorze villages des Beni-Iakhs, et met en déroute un rassemblement de sept cents fusils environ des Ouled-Attia, Beni-Ishak, Aïchaoua, qui, établi dans une bonne position, semble en mesure de faire une vigoureuse résistance. Attaqués de front par nos soldats, les Kabyles cherchent leur salut dans un ravin profond; mais bientôt une charge de cavalerie leur coupe la retraite, tandis que l'infanterie les poursuit la baïonnette dans les reins; plus de cent cadavres ennemis restent sur le terrain.

» Le lendemain, les Achach demandaient grâce en ramenant au camp les chevaux enlevés par eux au commencement de la campagne aux cavaliers de l'escorte qui suivaient à Collo le commandant supérieur de Philippeville.

» La soumission de toutes les tribus du cercle de Collo se trouvait complétée par les résultats obtenus dans les deux dernières journées. Les Aïchaoua étaient neutralisés par l'influence du kaïd pris dans leur sein et placé à la tête des Colliottes; les Achach avaient reconnu notre autorité; les Beni-Ishak étaient réduits à l'impuissance par l'incendie de leurs villages et la perte de la plupart de leurs défenseurs; les Ouled-Attia, rudement châtiés, avaient regagné en toute hâte le sommet de la montagne d'El-Gouffi. Le temps était venu pour nos troupes de prendre dans leurs garnisons un repos nécessaire après une série d'opérations pendant lesquelles elles avaient, malgré les difficultés du terrain, tenu la campagne durant quatre-vingts jours, parcouru six cent quarante kilomètres, vaincu les Kabyles dans vingt-six rencontres différentes. La colonne se sépare; trois bataillons se rendent à Philippeville; sept bataillons sont dirigés par la vallée de l'Oued-Guebli, afin que leur passage imprime une crainte salutaire aux tribus voisines de nos colonies agricoles.

Le général Saint-Arnaud fut peu de temps après appelé en France, où il eut aux événements de décembre 1851 la part que tout le monde sait.

Pendant ce temps, les troupes de la subdivision de Bone repoussaient une fausse attaque de contingents tunisiens commandés par le kaïa du Kef. D'un autre côté, Bou-Baghla, qui s'était réfugié chez les Beni-Sedka, inquiéta les populations de l'aghalik de Sebaou. Il fut encore chassé de là et forcé de se retirer plus avant dans les montagnes. Il réussit de sa retraite à soulever les Flissahs, contre lesquels il fallut conduire une expédition dans laquelle le gouverneur général intérimaire fit preuve d'un grand talent. En quelques jours il dispersa tous les principaux alliés de Bou-Baghla, repoussa ou prévint les attaques de celui-ci, et obtint la soumission des Flissahs.

Une trahison sanglante des Larbaâ dans le sud de la province d'Alger eut lieu à la même époque. Elle motiva une vengeance à laquelle nous assisterons bientôt.

CHAPITRE XLII.

Événements militaires de 1852.—Encore Bou-Baghla. — Mise en liberté d'Abd-el-Kader. — L'émir à Paris. — Son envoi à Brousse.

Les événements accomplis en France en décembre 1851 ne produisirent aucun effet en Afrique. Leur seul résultat fut d'y envoyer de nouveaux colons temporaires sous le nom de transportés. Les indigènes ne parurent pas se douter du changement de gouvernement. Cependant l'homme à la mule, entêté comme son nom, ne se tenait pas pour battu. Les Kabyles attendaient un chef des chefs, un vainqueur par excellence, un *moula-saâ* qui devait nous chasser de l'Afrique. Déjà beaucoup de tribus regardaient Bou-Baghla comme étant ce chef promis. Il eut en effet de nouveaux succès aussitôt que les colonnes expéditionnaires furent rentrées. Mais nos alliés les Beni-Ourglis lui infligèrent une défaite sanglante le 27 janvier, et le forcèrent à se retirer derrière les Beni-Idjer. Un autre bien plus grand échec pour lui, ce fut la soumission du chef politique et religieux de la grande confédération des Zaouas, Sidi-el-Djoudi.

A la même époque, des troubles eurent lieu du côté des Larbaâ et du côté de Tadjemour et de Laghouat. Il devint également nécessaire de mettre un terme aux entreprises des maraudeurs du Maroc, qui formaient une véritable petite armée composée des Beni-Drar, des Mzaouer et des Ouled-Sgher. Ils furent taillés en pièces. On prit leurs troupeaux et l'on détruisit leurs douairs.

On jugeait aussi nécessaire de recommencer une expédition de Kabylie, dont le but devait être de mettre une garnison française à Collo. Là, un certain Bou-Seba avait remplacé Bou-Baghla. Ses contingents furent battus le 21 avril. D'un autre côté, le shérif d'Ouargla, dans le cercle de Biskra, entrait en révolte ouverte et poussait jusqu'au Ziban. Il fut également battu à Lalifia près de Mili. Mais la diversion produite par lui et par diverses insurrections dans la province de Constantine, notamment par celle des Ouled-Dhan, força la colonne expéditionnaire de Kabylie à rentrer vers le sud-est pour contenir le pays, où tout était en mouvement. Des attaques, dirigées contre les Beni-Salah, les Hanenchas et les Ouled-Dhan, mirent seules un terme momentané à l'insurrection. Elle recommença bientôt chez les Ouled-Mahhoub, qui, cernés par trois colonnes, perdirent en une seule journée douze mille têtes de bétail (17 octobre).

Vers cette époque avait lieu en France un grand événement. Louis-Napoléon Bonaparte, président de la république, au retour d'un voyage dans le midi de la France, rendait tout à coup la liberté à Abd-el-Kader. Nous allons laisser parler le *Moniteur* au sujet de cet événement considérable, dont nous abandonnons l'appréciation à l'avenir.

« Paris, 17 octobre.

» Le prince a marqué la fin de son voyage par un grand acte de justice et de générosité nationale ; il a rendu la liberté à l'ex-émir Abd-el-Kader. Depuis longtemps cet acte était arrêté dans sa pensée ; il a voulu l'accomplir aussitôt que les circonstances lui ont permis de suivre sans aucun danger pour le pays les inspirations de son cœur. Aujourd'hui la France a dans sa force et ses droits une trop légitime confiance pour ne pas se montrer grande envers un ennemi vaincu.

» Au retour de son voyage, le prince s'est arrêté au château d'Amboise. Il s'y est fait présenter Abd-el-Kader, et lui a appris en ces termes la fin de sa captivité :

« Abd-el-Kader,

» Je viens vous annoncer votre mise en liberté. Vous serez conduit » à Brousse, dans les Etats du sultan, dès que les préparatifs néces- » saires seront faits, et vous y recevrez du gouvernement français un » traitement digne de votre ancien rang.

» Depuis longtemps, vous le savez, votre captivité me causait une » peine véritable, car elle me rappelait sans cesse que le gouverne- » ment qui m'a précédé n'avait pas tenu les engagements pris envers » un ennemi malheureux, et rien à mes yeux de plus humiliant pour » le gouvernement d'une grande nation que de méconnaître sa force » au point de manquer à sa promesse. La générosité est toujours la » meilleure conseillère, et je suis convaincu que votre séjour en » Turquie ne nuira pas à la tranquillité de nos possessions d'Afrique.

» Votre religion, comme la nôtre, apprend à se soumettre aux dé- » crets de la Providence. Or, si la France est maîtresse de l'Algérie, » c'est que Dieu l'a voulu, et la nation ne renoncera jamais à cette » conquête.

» Vous avez été l'ennemi de la France, mais je n'en rends pas » moins justice à votre courage, à votre caractère, à votre résigna- » tion dans le malheur ; c'est pourquoi je tiens à honneur de faire » cesser votre captivité, ayant pleine foi dans votre parole. »

» Ces nobles paroles ont vivement ému l'ex-émir. Après avoir exprimé à Son Altesse sa respectueuse et éternelle reconnaissance, il a juré, sur le livre sacré du Koran, qu'il ne tenterait jamais de troubler notre domination en Afrique, et qu'il se soumettait, sans arrière-pensée, aux volontés de la France. Abd-el-Kader a ajouté que ce serait bien mal connaître l'esprit et la lettre de la loi du prophète, que de penser qu'elle permet de violer les engagements pris envers les chrétiens, et il a montré au prince un verset du Koran qui condamne formellement, sans exception ni réserve aucune, quiconque viole la foi jurée, même aux *infidèles*.

» Aux yeux de tous les Arabes intelligents, la conquête de l'Afrique est aujourd'hui un fait accompli ; ils voient dans la constante supériorité de nos armes l'éclatante manifestation de la volonté de Dieu.

» La politique loyale et généreuse est la seule qui convienne à une grande nation ; la France saura gré au prince de l'avoir suivie.

» Abd-el-Kader restera au château d'Amboise jusqu'à ce que toutes les mesures soient prises pour assurer sa translation et sa résidence à Brousse. »

Maintenant, quelle était la véritable pensée de Louis-Napoléon Bonaparte en mettant Abd-el-Kader en liberté? Etait-elle seulement le résultat d'une conviction relative aux engagements du gouvernement de Louis-Philippe? Etait-elle une représaille à l'adresse des généraux d'Afrique qui avaient été opposés à la politique du président de la république? Etait-elle le résultat du souvenir de la conduite des Anglais à la suite de la confiance mise en eux par Napoléon vaincu à Waterloo? S'il nous est permis de dire notre opinion, la voici. Déjà les symptômes des troubles qui agitent aujourd'hui l'Orient surgissaient. Il pouvait être un jour avantageux à la France d'avoir dans l'Asie-Mineure un allié aussi entreprenant et aussi célèbre qu'Abd-el-Kader, lequel pouvait, de quelque côté qu'il se déclarât, mettre un grand poids dans la balance. Nous croyons que ce fut là une des prévisions du président de la république, habitué, comme on le sait, à garder secrètes ses pensées d'avenir.

Quoi qu'il en soit, la promesse faite à Abd-el-Kader fut promptement tenue. Quelques jours après l'entrevue d'Amboise, il obtenait l'autorisation de se rendre à Paris, où la légèreté de notre caractère national l'accueillit en héros. Laissons parler encore ici le journal du gouvernement.

« Paris, 30 octobre.

» M. le ministre de la guerre a présenté aujourd'hui à S. A. le prince président, au château de Saint-Cloud, Abd el-Kader. M. le général Saint-Arnaud était accompagné de M. le général Daumas, directeur des affaires de l'Algérie, et l'émir de M. le chef d'escadron d'artillerie Boissonnet, commandant du château d'Amboise ; de M. Bellemare, attaché au ministère de la guerre ; et enfin de Sy-Allah et de Kara-Mohammed : le premier, cousin du fameux kalifa Ben-Allah ; le second, ancien agha de la cavalerie régulière de l'émir, aujourd'hui son intendant.

» Pour la première fois peut-être aujourd'hui le palais de Saint-Cloud a entendu la prière d'un musulman. En attendant l'arrivée du prince, Abd-el-Kader a voulu accomplir ses devoirs religieux, et sans doute en s'adressant à Dieu il n'a pas oublié le généreux bienfaiteur qui lui a rendu la liberté.

» Abd-el-Kader a été accueilli par Son Altesse avec une bienveillance marquée. Le prince, qui était entouré de tous les membres du cabinet et de la plupart de ses aides de camp, a relevé Abd-el-Kader qui s'inclinait pour lui baiser la main, et l'a serré dans ses bras avec effusion.

» Après ces salutations, Son Altesse a offert à Abd-el-Kader de lui faire visiter le palais ; mais l'émir a voulu auparavant renouveler solennellement le serment qu'il avait fait à Amboise, et il a demandé au prince la permission de lui adresser quelques paroles dont voici le résumé :

« Monseigneur,

» Vous avez été bon, généreux pour moi ; je vous dois la liberté » que d'autres m'avaient promise, que vous ne m'aviez pas promise, » et que cependant vous m'avez accordée. Je vous jure de ne jamais » violer le serment que je vous ai fait.

» Je sais qu'on vous dit que je manquerai à mes promesses, mais » ne le croyez pas ; je suis lié par la reconnaissance et par ma parole ; » soyez assuré que je n'oublierai pas ce que l'une et l'autre imposent » à un descendant du prophète et à un homme de ma race. »

» Puis l'émir a ajouté :

« Je ne veux pas vous le dire seulement de vive voix, je veux en- » core laisser entre vos mains un écrit qui soit pour tous un témoi- » gnage du serment que je viens de renouveler. Je vous remets donc » cette lettre ; elle est la reproduction fidèle de ma pensée. »

» Le prince a répondu à Abd-el-Kader qu'il était d'autant plus touché de cette démarche qu'il n'avait exigé de lui aucune promesse, qu'il avait eu confiance en lui et qu'il avait trouvé une suffisante garantie dans la connaissance de son caractère.

» Il a ajouté que cette démarche spontanée de l'émir était une preuve qu'il avait eu raison de croire en lui.

» Voici la traduction de l'acte remis par Abd-el-Kader à son Altesse :

« Louange au Dieu unique !

» Que Dieu continue à donner la victoire à Napoléon, à notre seigneur, le seigneur des rois! Que Dieu lui vienne en aide et dirige ses actions!

» Celui qui est actuellement devant vous est l'ancien prisonnier que votre générosité a délivré, et qui vient vous remercier de vos bienfaits, Abd-el-Kader, fils de Mahhi-ed-Din.

» Il s'est rendu près de Votre Altesse pour lui rendre grâce du bien qu'elle lui a fait et pour se réjouir de sa vue; car, j'en jure par Dieu, le maître du monde, vous êtes, monseigneur, plus cher à mon cœur qu'aucun de ceux que j'aime. Vous avez fait pour moi une chose dont je suis impuissant à vous remercier, mais qui n'était pas au-dessus de votre grand cœur et de la noblesse de votre origine. Vous n'êtes point de ceux qu'on loue par le mensonge et que l'on trompe par l'imposture.

» Vous avez cru en moi, vous n'avez pas ajouté foi aux paroles de ceux qui doutaient de moi; vous m'avez mis en liberté, et moi je vous ai juré solennellement, *par le pacte de Dieu, par ses prophètes et ses envoyés* [1], que je ne ferai rien de contraire à la confiance que vous avez mise en moi, que je ne manquerai jamais à mes promesses, que je n'oublierai jamais vos bienfaits, que jamais je ne remettrai le pied en Algérie. Lorsque Dieu a voulu que je fisse la guerre aux Français, je l'ai faite; j'ai fait parler la poudre autant que je l'ai pu; et quand il a voulu que je cessasse de combattre, je me suis soumis à ses décisions et je me suis retiré. Ma religion et ma noble origine me font une loi de tenir mes serments et de repousser toute fraude. Je suis *chérif* (descendant du prophète), et je ne veux pas que l'on puisse m'accuser d'imposture. Comment cela serait-il possible quand votre bonté s'est exercée sur moi d'une manière si éclatante? Les bienfaits sont un lien passé au cou des gens de cœur.

» Je suis témoin de la grandeur de votre empire, de la force de vos troupes, de l'immensité des richesses de la France, de l'équité de ses chefs et de la droiture de leurs actions. Il n'est pas possible de croire que personne puisse vous vaincre et s'opposer à votre volonté, si ce n'est le Dieu tout-puissant.

» J'espère de votre bienveillance et de votre bonté que vous me conserverez une place dans votre cœur, car j'étais loin, et vous m'avez placé dans le cercle de vos intimes; si je ne les égale pas par mes services, je les égale du moins par l'amitié que je vous porte.

» Que Dieu augmente l'amour dans le cœur de vos amis et la terreur dans le cœur de vos ennemis!

» Je n'ai plus rien à ajouter, sinon que je me confie à votre amitié. Je vous adresse mes vœux et vous renouvelle mon serment.

» (Écrit par Abd-el-Kader-ben-Mahhi-ed-Din. 30 octobre 1852.) »

» Après le discours de l'émir, le prince lui a fait visiter le palais. Dans la conversation, quelques paroles heureuses ont été prononcées par Abd-el-Kader.

» On le présentait à M. le ministre de la justice, qui lui faisait remarquer combien peu de rapports il y avait entre ses attributions et celles du ministre de la guerre :

« Un bon empire, a dit l'émir, s'appuie sur la justice et sur l'armée. »

» A plusieurs reprises, Abd-el-Kader a insisté sur l'erreur généralement accréditée qu'un musulman n'était pas tenu par le serment fait à un chrétien; il a protesté énergiquement contre cette croyance.

» L'émir, en parlant au prince de sa reconnaissance, lui a dit :

« Mes os sont vieux; quant au reste de mon corps, il a été renouvelé par vos bienfaits. »

» Son Altesse a bien voulu conduire lui-même Abd el-Kader dans sa visite aux écuries. Il lui a montré ses chevaux de prédilection, que l'émir a beaucoup admirés. Il a été étonné de la beauté des écuries : « C'est un petit palais, » a-t-il dit.

» Son Altesse a annoncé à Abd-el-Kader qu'il le ferait assister prochainement à une grande revue de cavalerie et que pour cette revue il lui prêterait un cheval arabe. Le prince a ajouté que, comme depuis longtemps l'émir n'avait pas monté à cheval, il l'invitait à venir essayer lundi celui qu'il lui destine.

» Cette bienveillance, ces attentions de la part de Son Altesse ont profondément ému Abd-el-Kader. L'émir a quitté Saint-Cloud à deux heures. Sa visite, qui a duré près d'une heure et demie, a vivement impressionné tous les assistants : ils ont tous été frappés de la noblesse et de la dignité de ses manières. »

Le lendemain, le ton était donné. Abd-el-Kader, jusqu'à son départ, fut l'objet de l'empressement de tout le monde officiel et d'une partie du public. Des directeurs de théâtre annoncèrent même sa venue sur leurs affiches. Son audience d'adieu eut lieu le 8 novembre. Voici encore comment le *Moniteur* la raconta :

« Paris, 8 novembre.

» M. le ministre de la guerre a présenté aujourd'hui à S. A. le prince Louis-Napoléon Abd-el-Kader, qui doit quitter demain Paris pour retourner à Amboise.

» Le prince a accueilli l'émir avec sa bonté accoutumée, et lui a annoncé qu'il allait lui envoyer à Amboise un sabre arabe : « Ce sabre, a dit Son Altesse, je vous le donne parce que je suis sûr que vous ne le tirerez jamais contre la France. »

[1] C'est le plus grand serment que puisse faire un musulman.

» Abd-el-Kader a renouvelé au prince l'assurance de sa reconnaissance et de son absolu dévouement.

» En quittant Son Altesse, l'émir a déposé entre ses mains la lettre dont voici la traduction :

« Louange au Dieu unique !

» Que Dieu prolonge les jours de monseigneur Louis-Napoléon ! » qu'il lui donne la victoire et le bonheur le plus complet !

» Vous m'avez fait l'accueil le plus bienveillant; vous m'avez accordé des honneurs que pas un autre que vous n'eût accordés à un » homme comme moi. Personne ne s'étonne de vos actes généreux, » car c'est vous chez qui ils ont établi leur demeure; c'est vous qui » enseignez ces actes au monde.

» Que votre règne se prolonge autant que la durée du soleil, au-» tant que le niveau des mers, et puissiez-vous accomplir tous vos » désirs !

» Je retourne à Amboise, car je sais que vous êtes occupé d'affai-» res considérables (que Dieu vous soit en aide !); mais je suis cer-» tain que vous ne m'oublierez pas plus si j'habite Amboise que si » j'habitais Paris.

» Je sais que la France demande que vous soyez nommé empe-» reur; vous méritez ce titre à cause de tout ce que j'ai vu, de tout » ce que j'ai appris.

» J'espère que vous me donnerez la permission de venir à cette oc-» casion me réjouir à Paris avec tous ceux qui vous aiment, et, je » vous le jure, à moi seul je prendrai la moitié de la joie; je n'en » laisserai que l'autre moitié à partager entre tous vos autres amis.

» Le salut de la part de celui qui vous remercie de vos bienfaits !

» Abd-el-Kader-Ben-Mahhi-ed-Din.

» (Écrit cinq jours avant la fin de Moharrem 1269 de l'hégire.) »

Voici enfin comment l'émir récompensa l'auteur de sa mise en liberté, toujours selon le *Moniteur.*

« Paris, 22 novembre.

» L'émir Abd-el-Kader a voulu donner une nouvelle preuve de sa reconnaissance et de son dévouement pour le prince.

» Il a demandé à prendre part au scrutin pour le rétablissement de l'empire, et a adressé au maire d'Amboise la lettre suivante :

« Louanges infinies a Dieu pour ses graces infinies !

» A monsieur le premier magistrat de la ville, Trouvé, maire » d'Amboise, salut !

» (L'émir) Sid-el-Hadj Abd-el-Kader a l'honneur de vous deman-» der à exercer le droit des citoyens de France pour la nomination » du sultan, car nous devons aujourd'hui nous regarder comme Fran-» çais par l'amitié et l'affection qu'on nous témoigne et par les bons » procédés qu'on a pour nous.

» Nos enfants ont vu le jour en France, vos filles les ont allaités ; » nos compagnons morts dans votre pays reposent parmi vous, et » S. A. I. le sultan, juste entre les justes, généreux entre les géné-» reux, nous a rangés au nombre de ses enfants, de ses soldats en » daignant me remettre un sabre de ses mains impériales. Dieu soit » propice au prince ! Qu'il perpétue sa puissance, sa grandeur et sa » gloire ! *Amen !* »

» (Écrit par El-Aadj-Mustapha-ben-Ahmed-ben-El, le 9 de Sa-» far 1269. Thami (khalifa), par ordre de Sid-el-Hadj Abd-el-Kader » (20 novembre 1852). Dieu soit en aide à tous, et nous dirige dans » la voie du bien (pour traduction) par sa grâce et sa protection! » *Amen !* »

» Le maire de la ville d'Amboise a cru devoir obtempérer au vœu exprimé par l'émir, et a reçu son vote et celui de ses officiers dans une urne spéciale. »

Après cet acte, Abd-el-Kader revint encore une fois à Paris, où il fut présenté au chef de l'Etat le 3 décembre. A un mois de là, le journal officiel annonçait successivement son arrivée à Messine sur la frégate *le Labrador*, sa visite à l'Etna, sa présentation au sultan de Constantinople, et enfin son arrivée à Brousse le 17 janvier 1853.

CHAPITRE XLIII.

Derniers événements de l'Afrique. — Siége et prise de Laghouat. — Appréciation générale.

Les Arabes sont presque aussi oublieux que nous. Le nom d'Abd-el-Kader était presque déjà oublié d'eux quand la politique du gouvernement français envoya libre sur les rives de l'Asie celui qui avait si longtemps tenu nos armes en échec.

Aucun trouble ne se manifesta.

Les troubles qui eurent lieu furent la suite des événements immédiatement précédents.

Les principaux eurent lieu à Laghouat, dont le général Pélissier fut obligé d'entreprendre le siège.

Laghouat ou El-Aghouat, chef-lieu de l'aghalik de ce nom, est situé à l'extrémité sud de la province d'Alger, vers la région des sables. Nous avions été l'année précédente obligés d'y remplacer un agha vieux et incapable, nommé Ben-Salem. L'officier indigène laissé auprès du fils de ce chef fut obligé de quitter la ville et de se retirer à Djelfa.

Les troubles qui le forçaient à abandonner Laghouat étaient causés par le shérif de Ouargla, quartier ou khalifalik qui s'étend au sud de Laghouat au delà même des sables. Ce shérif, déjà plusieurs fois battu par nos troupes, menaçait de révolter toutes les frontières du midi. Une colonne mobile partie de Djelfa tomba tout à coup sur ses gens, qui étaient campés à Aïn-Reig, leur tua deux cents hommes et leur prit deux mille chameaux. Après ce désastre, Mohamed-ben-Abdallah, c'était le nom du shérif de Ouargla, s'enfuit du côté d'El-Aghouat. Les habitants l'y reçurent, et il jura de s'ensevelir avec eux sous les décombres de la ville, vers laquelle le général Pélissier arriva en toute hâte. Il y était le 3 décembre avec des forces suffisantes.

La place qu'il avait à assiéger et à prendre est dominée par le marabout de Sidi-el-Hadj-Aïssa. De là on peut foudroyer El-Aghouat dont la défense consiste en trois grandes tours reliées par des courtines.

Le général Pélissier fait enlever le marabout par le capitaine du génie Brunon et le brave Morand. Aussitôt, malgré le feu des assiégés, une batterie est établie sur ce point culminant pour ouvrir la brèche par laquelle on entrera le lendemain.

Durant ces opérations, le général Jusuf, qui commandait sous le général Pélissier, prit position à l'est de la ville, avec ordre de tenter une escalade de ce côté dès qu'un signal lui apprendrait l'attaque par la brèche. Enfin, la cavalerie, disposée en pelotons, cerna l'oasis de manière à n'en rien laisser échapper.

Dès le matin, la batterie de Sidi-el-Hadj-Aïssa fait merveille. Malheureusement le général Bouscaren y est frappé d'un coup qui doit être mortel. Ce triste incident n'arrête pas l'activité du feu, qui, dirigé par le lieutenant Caremel, ne tarde pas à ouvrir la brèche.

Aussitôt qu'on a reconnu celle-ci comme praticable, deux colonnes d'attaque, aux ordres des commandants Barrois et Malafosse, appuyées d'une réserve que dirige Morand, y pénètrent avec un entrain indescriptible. Le général en chef et son état-major les y suivent. Une ardeur à laquelle rien ne résiste entraîne tout le monde. On se porte sur la maison du schériff, que le colonel Deligny fait enfoncer. C'est en courant à cet assaut que Morand est frappé d'une balle, qui, comme le coup reçu par Bouscaren, sera mortelle.

Le commandant Morand était l'aîné des trois fils du comte Morand, l'un des meilleurs généraux de l'empire. Il aurait voulu entrer le premier à Lhagouat, comme son père était entré le premier à Moscou. Son cœur bouillant ne le jeta qu'au-devant de la mort. Ses frères, dont l'un servait avec lui, dont l'autre, Alphonse Morand, est un de nos marins les plus distingués, ne déméritent pas d'un si beau nom.

Cependant l'attaque continue. Tandis que l'on entre par la brèche, Jusuf exécute du côté est l'escalade qui lui a été commandée. Il le fait avec sa rapidité accoutumée et bientôt son guidon de commandement flotte avec celui du général en chef sur la Kasbah d'El-Aghouat.

Mais malgré ces succès rien n'est fini, il faut prendre chaque maison. Une foule de combats particuliers s'engagent comme en 1817 à Zaatcha. Partout les soldats du schériff et les habitants, malgré leur courage, ont le dessous. Les cours de quelques maisons sont inondées de sang, et, suivant l'expression littérale du général Pélissier, pavées de cadavres.

Quelques cavaliers seulement s'échappèrent par stratagème. Presque toute la population fut détruite.

Comme bravoure, chacun, du côté de la France, avait fait son devoir. Aussi jamais on ne cita dans un bulletin plus de braves que n'en cita le général Pélissier [1].

La prise de Laghouat termina l'insurrection sur le point sud de l'Algérie. Toutes les populations que l'on appelle saharennes parurent soumises, et la bordure du midi de nos provinces rentra dans le devoir comme la bordure ouest et la bordure sud-est.

Ce fut le dernier fait d'armes considérable de l'armée d'Afrique. L'année 1853 n'a vu que des expéditions peu importantes.

Ainsi que nous le disions ailleurs, l'œuvre de la conquête paraît finie. Quelques écrivains voudraient engager la France à la continuer du côté du Maroc. Nous espérons qu'elle résistera à cet entraînement. Elle a désormais autant de territoire qu'elle en peut garder et coloniser sans sacrifices trop pénibles. L'épée a accompli son rôle. Elle l'a accompli dignement, en peu d'années comparativement aux difficultés de l'entreprise. La gloire a été grande, les Arabes ont succombé en gens qui méritaient la liberté. Nous leur devons maintenant notre civilisation, et, nous le répétons, cette partie de la conquête ne sera pas la moins difficile et la moins honorable. Jamais le *cedant arma togæ* n'aura nécessité des précautions plus habiles.

Il faut garder et coloniser : garder sans vexations, coloniser avec grandeur.

Quant à nous, si, dans cette rapide esquisse, nous avons pu dissiper quelques-uns des préjugés répandus sur notre armée d'Afrique, si nous avons restitué à des généraux frappés depuis par nos révolutions une partie de leur véritable illustration, si nous avons résumé leur histoire de vingt-trois ans en termes qui ne seront pas trop au-dessous de l'entreprise, cela nous suffira. L'avenir fera le reste.

Mais que, dans tous les cas et quelles que soient les destinées de notre patrie, que la France n'oublie pas tout le sang qu'a coûté l'Algérie. Traîtres qui parleraient jamais d'elle autrement que d'une seconde France !

[1] Dans l'état-major, les commandants Cassaigne et Joinville, les capitaines Henson, Faure, Beaudoin, le lieutenant Perseval ; parmi les officiers détachés aux affaires arabes, le lieutenant-colonel Deligny, le capitaine Gruard, les lieutenants Signol et Rittler, l'aga Si-Ahmet-Ould-Kader et le chaouch Ahmed-ben-Abdallah ; dans l'artillerie, le lieutenant Caremel, les maréchaux des logis Millot et Lombard, les brigadiers Laulagnet et Giey, les canonniers Everard, Charles et Heitz ; l'adjudant Betulle ; dans le génie, les capitaines Brunon et Schvennagel et le caporal Bonnet ; dans le 50e de ligne, le lieutenant Brandt, le grenadier Paget, le voltigeur Hem ; dans le 60e, le colonel Linières, le commandant Danget, le capitaine Lafond, les lieutenants Aussillous et Fay, les grenadiers Carbonnel, Marland et Vernis ; dans le 4er régiment de zouaves, le capitaine Bessières, les lieutenants Boquet et Romieu, le chirurgien major Molard, le sous-lieutenant Romieu, l'adjudant Vincenti, le sergent Escolasse ; au 2e des zouaves, les commandants Morand et Malafosse, les capitaines Defresne, Abatucci, Fermer, Ziegowitz, le lieutenant Kleber, le porte-drapeau Guyon, l'adjudant Castan, les sergents Vanderbach, Girardot, Vernard, Dejeune, les lieutenants Louis Morand, Lemontanier, de Norvins, le fourrier Bosc, les zouaves Gihoteau, Nivières, Dier, Hardas, Labalme, le clairon Hitz ; au 1er bataillon d'Afrique, le commandant Liebert, le sous-lieutenant Viardot, le sergent Meyer ; au 10e de ligne, le commandant Pein ; au 2e bataillon d'Afrique, le capitaine Girard, les lieutenants Entz et Lafond ; aux tirailleurs indigènes d'Alger, le commandant Rose, le capitaine Giacobbe, le sous-lieutenant Chazotte, le lieutenant Chibbli, le sergent Mohammed-Abd-el-Kader ; aux tirailleurs indigènes de Constantine, Mohammed-ben-Thayeb ; au 1er de spahis, le commandant Frank, le capitaine Dubarrail, l'adjudant Sève ; au 2e de chasseurs d'Afrique, le lieutenant Grangeneuve, le trompette Grumbach ; au 2e de spahis, le fourrier Vasse, le spahis Mohammed-Ould-el-Akersch ; au 4er de chasseurs, le lieutenant colonel Lichlin, le capitaine de Stael, le maréchal des logis Carcasson, le chasseur Dusy.

TABLE DES CHAPITRES.

Assaut et prise d'El-Aghouat.

FIN D'ABD-EL-KADER.

Paris. Typographie Plon frères, rue de Vaugirard, 36.